Chère lectrice,

Si vous n'êtes pas déjà en train de vous faire dorer sur des plages ensoleillées, je suis sûre que, comme moi, vous vous régalez de l'arrivée de l'été, avec ses pique-niques improvisés entre amis, ses longues soirées au jardin, quand le soleil semble devoir ne jamais se coucher, et surtout ses nombreuses occasions de faire la fête. Car quoi de mieux que les flonflons des bals pour virevolter avec son amoureux, ou, pour celles qui n'auraient pas encore trouvé l'âme sœur, se laisser entraîner dans la danse ? Alors, vous laisserez-vous tenter par la salsa, qui vous fera onduler au rythme chaud de la musique cubaine entre les bras d'un bel inconnu ? Oserez-vous goûter au charme sulfureux du tango, afin d'y vivre la plus passionnée des courses à la séduction ? Ou préfé-rerez-vous la douceur d'une langoureuse étreinte au son d'un piano romantique ?

Quelle que soit votre préférence, je suis sûre que les lumières de la fête brilleront de mille feux pour vous, et je vous souhaite de sentir, dans la chaleur de la nuit, votre cœur battre un peu plus fort que d'habitude...

Bonne lecture,

La Responsable de collection

L'étincelle de la passion

*

Un choix difficile

*

Une troublante attirance

FAYRENE PRESTON

L'étincelle de la passion

Collection *Passion*

éditions Harlequin

Cet ouvrage a été publié en langue anglaise
sous le titre :
THE BARONS OF TEXAS : TESS

Traduction française de
PATRICIA RADISSON

HARLEQUIN®

est une marque déposée du Groupe Harlequin
et Passion® est une marque déposée d'Harlequin S.A.

Originally published by SILHOUETTE BOOKS,
division of Harlequin Enterprises Ltd.
Toronto, Canada

1.

Grand, mince, hâlé…

A l'écart des autres invités, l'homme se tenait sur la terrasse, et la regardait depuis plus d'un quart d'heure. Consciente de cette présence insolite, Tess Baron consacrait néanmoins son attention à la soirée qu'elle offrait à ses amis. Non sans difficulté.

Car quelque chose dans l'immobilité de l'inconnu éveillait la vigilance. Son calme presque inquiétant évoquait la tension électrique d'un éclair emprisonné dans une bouteille. Qu'il se libère, et le danger tonnerait. D'autant plus qu'il ne semblait pas homme à contenir très longtemps son énergie.

Ce soir, Tess fêtait son anniversaire. Autour d'elle, elle connaissait tout le monde. Tout le monde, sauf lui.

Elle laissa errer son regard sur l'assemblée. Qui avait introduit cet homme chez elle ? se demandat-elle une nouvelle fois. Chaque personne présente semblait avoir sa place naturelle dans cette soirée. Les uns dansaient, d'autres, un verre à la main, discutaient, éclataient de rire, allaient d'un groupe à l'autre. Aucun convive ne semblait avoir invité un inconnu pour l'oublier aussitôt dans un coin.

D'ailleurs, comment oublier pareil homme ? songea-t-elle avec une pointe de tristesse. Derrière lui, le disque écarlate du soleil s'enfonçait avec majesté dans les eaux du golfe du Mexique. Au sein de ce tableau impressionniste, auréolé de lumière, il ressemblait à une sorte de dieu antique.

Tess exhala un profond soupir et haussa les épaules. Que signifiait de sa part ce romantisme inhabituel ? Au diable ces pensées à l'eau de rose ! Grâce au ciel, la soirée se déroulait au mieux.

Une brise tiède venue du golfe se mêlait au rythme sensuel d'une bossa-nova. Certains serveurs offraient sur des plateaux des margaritas glacés. D'autres circulaient entre les invités, porteurs de montagnes de crevettes et d'huîtres. Des agneaux rôtissaient sur les barbecues installés au milieu de la vaste pelouse.

Mais *lui* ne buvait ni ne mangeait.

— Joyeux anniversaire, Tess !

La voix de son amie Becca la ramena sans transition à la soirée. Elle embrassa la jolie jeune femme qui la serrait contre elle, puis déposa un baiser léger sur la joue de son mari, Mel Grant.

— Merci, dit-elle. Je suis heureuse que vous ayez pu venir tous les deux.

— Tu veux rire ! s'esclaffa son amie. On s'amuse

beaucoup trop à tes anniversaires pour en rater un !
En plus, Corpus Christi est une ville fantastique !

Mel sourit à Tess.

— Chaque année, c'est un jeu d'imaginer où tu vas fêter cet heureux événement ! L'année où tu avais choisi Kuala Lumpur est devenue légendaire. En revanche, l'an dernier, petite déception : Southfork ! Pas très original ! Et si près !

Tess éclata de rire.

— Désolée, mais le lieu de mes fêtes dépend de l'endroit où je travaille au moment de mon anniversaire. Et l'année dernière, je travaillais chez moi !

— On peut rêver ! J'espérais un gisement de pétrole en mer de Chine.

— On ne fête rien aux abords d'un puits de pétrole, rétorqua-t-elle avec un sourire. Trop dangereux. Tu le sais mieux que personne.

Mel travaillait pour Coastal Petroleum, une des plus puissantes compagnies pétrolières mondiales. Il poussa un soupir faussement dramatique.

— Je te l'accorde. De toute façon, cette année, tu as choisi un lieu magique.

— Tu m'en vois soulagée, répliqua Tess d'une voix un peu sèche.

— Une maison superbe, sur la plage, avec une vue féerique, poursuivit Mel. Ça rattrape l'an dernier !

Becca intervint :

— Ne fais pas attention à lui, ma chérie ! Il dit n'importe quoi.

Tess secoua la tête en riant.

— Ton mari est bien trop amusant pour que je l'ignore ! déclara-t-elle. En plus, il a raison : cette maison est sublime. Je la loue parce que mon nouveau gisement de pétrole en mer est juste en face de nous.

Du menton, elle désigna le golfe, et ajouta :

— Et parce qu'il y a un héliport juste à côté de la maison.

— Au fait, félicitations ! reprit Mel. On dit que ce nouveau gisement surpassera les précédents en importance ?

Une sourde angoisse étreignit Tess. Comme chaque fois qu'elle envisageait le quitte ou double que représentait ce site pétrolier. Elle porta sa main à l'estomac.

— N'allons pas trop vite, dit-elle. Je suis superstitieuse. Les premiers forages sont encourageants. Mais je ne triompherai que lorsque le pétrole jaillira, et que le puits commencera à produire. Tu sais comme moi que ça prend du temps, dans le meilleur des cas.

Becca agita la main avec insouciance et la rassura :

— En ce qui concerne le pétrole, ton flair est inégalable. Je me fie bien davantage à ton instinct qu'à tous les ingénieurs ! Si tu penses qu'il y a du pétrole au large de cette côte, j'y crois aveuglement. Pour moi, c'est comme s'il coulait déjà dans les pipelines !

Tess entoura de son bras les épaules de son amie.

— Merci de ton soutien, dit-elle.

Becca avait raison, songea Tess. Jusqu'ici, son instinct ne l'avait jamais trompée. Cependant, cette fois, l'enjeu était de taille. Enorme, en fait. Au point qu'elle doutait d'elle-même. Elle avait tant besoin que le puits produise vite et en quantités substantielles ! Cela ne l'incitait-il pas à se leurrer ? A prendre ses désirs pour des réalités ?

— Le bruit circule que tu dois faire face à certaines difficultés, poursuivit Mel. En cas de besoin, sache que la Coastal Petroleum est toujours intéressée…

Comment empêcher les rumeurs de se répandre, dans le microcosme pétrolier ? se lamenta Tess en son for intérieur.

— Tu connais ma position, Mel, rétorqua-t-elle d'une voix calme.

— Je sais, je sais… Tes entreprises sont tes enfants. Tu ne les lâches que lorsqu'elles volent de leurs propres ailes.

Elle hocha la tête et souligna :

— C'est une tradition familiale.

Elle avait misé sur cette soirée pour se détendre les nerfs, à vif depuis des semaines. Hélas, entre les allusions bienveillantes de Mel à ses difficultés, et cet étranger sur la terrasse, elle se sentait plus tendue que jamais. L'inconnu n'avait pas bougé d'un pouce. Son regard au laser, fixé sur elle, lui brûlait la peau.

N'y tenant plus, Tess s'enquit :

— L'un de vous connaît-il l'homme accoudé à la balustrade de la terrasse ?

Ses deux amis lancèrent un coup d'œil furtif dans la direction indiquée.

— J'aimerais bien le savoir ! déclara Becca en souriant avec gourmandise.

Mel fronça les sourcils. Vexé, il demanda d'un ton acerbe :

— Tu trouves ça drôle ?

Les yeux rieurs, sa femme lui prit la main et l'entraîna vers la piste de danse.

— Viens, dit-elle. Je vais tenter de me rappeler la raison pour laquelle je t'aime tellement…

Amadoué, Mel sourit et cligna de l'œil en direction de Tess.

— Je vais voir ce qu'elle avance pour sa défense ! A tout à l'heure.

Dès que ses amis s'éloignèrent, Tess replongea dans ses pensées. La présence de cet homme s'expliquait d'une manière ou d'une autre. Accompagnait-il un de ses invités ? Mais dans ce cas, pourquoi restait-il seul sur la terrasse ? Pourquoi ne le lui avait-on pas présenté ? Et surtout, pourquoi gardait-il les yeux rivés sur elle ?

D'ailleurs, où se trouvait Ron ? songea-t-elle, agacée. Ce dernier connaissait peut-être l'identité de l'inconnu. Ron Hughes, son jeune et brillant assistant, savait tout, connaissait tout le monde. Mais à l'heure actuelle, sans doute travaillait-il encore dans les bureaux qu'ils avaient installés dans cette maison ?

Une main se posa sur son épaule.

— Tu danses ?

Tess sursauta et tourna la tête. Son visage se détendit, et elle s'exclama :

— Colin ! Tu es venu ! Formidable !

— Tu en doutais ?

— Non, reconnut-elle en souriant.

Bronzé, suave et beau, Colin Wynne était un des célibataires les plus recherchés de Dallas. Tess le considérait comme son meilleur ami. Et pourtant, jamais ils n'étaient sortis ensemble. Ils n'éprouvaient l'un pour l'autre aucune attirance physique. Là résidait le secret, songea-t-elle avec plaisir. Au fil des années, l'amitié se révélait à ses yeux beaucoup plus précieuse que les histoires d'amour.

La main tendue, Colin maintenait son invitation à danser. Elle refusa d'un signe de tête.

— Plus tard, expliqua-t-elle. J'ai encore quelques détails à régler. La soirée commence à peine.

— Ne dis pas de sottises ! Tu es là, j'y suis aussi. La soirée marche sur des roulettes !

La pirouette fit sourire Tess. Où Colin puisait-il cette infatigable confiance en soi ? Avec lui, tout semblait facile. Et pourtant, sous ses dehors désinvoltes et légers, il était un travailleur infatigable.

— Quelle cavalière t'accompagne aujourd'hui ? demanda-t-elle.

— Personne en particulier... mais j'ai des idées !

— Je vois ! Au fait, j'ai entendu dire que tu avais

amené plusieurs invités dans ton nouveau jet. Je t'en remercie.

— Un plaisir pour moi…

Tess se pencha vers lui et demanda à mi-voix :

— Tu connais l'homme qui se tient près de la balustrade ?

Après un coup d'œil par-dessus l'épaule, Colin répliqua :

— Non. Qui est-ce ? Un pique-assiette ?

— Il accompagne sûrement quelqu'un. Mais je ne sais pas qui.

— Tu veux que j'aille aux renseignements ?

— Merci. Je vais le faire moi-même dans un instant.

Une voix froide s'immisça entre les deux amis :

— Joyeux anniversaire…

— Jill !

Mue par un automatisme, Tess serra sa sœur dans ses bras. Sans doute son geste manquait-il de chaleur et de spontanéité, mais elle se targuait d'être la seule à le savoir. A part Jill, bien sûr. Et Colin, qui les connaissait toutes les deux très bien.

Elle desserra très vite son étreinte et recula d'un pas. Jill portait une robe fourreau noire signée Armani, qui soulignait son élégance naturelle et son raffinement. Jusqu'à cet instant, Tess s'était trouvée très à son aise dans sa robe de soie ivoire, dont les fines bretelles se croisaient plusieurs fois dans son dos, jusqu'au creux de la taille.

14

Mais rien à faire ! songea-t-elle en observant à la dérobée le chignon parfait de sa sœur. Jill avait hérité de la beauté classique et de l'élégance impeccable de leur mère. Pas elle. Ni Kit, son autre sœur.

Frustrée, Tess sentit le vent jouer avec les mèches rebelles de ses cheveux blonds, retenus en catogan au creux de sa nuque.

— Je t'attendais plus tôt, dit-elle. Que s'est-il passé ?

Les yeux courroucés de Jill se posèrent sur Colin. Elle rétorqua :

— Une certaine personne a décollé sans m'attendre. J'ai dû m'arranger autrement.

Colin écarta les bras, l'air innocent.

— J'avais un horaire à respecter, objecta-t-il.

La voix glacée de Jill vrilla l'atmosphère :

— Dois-je te rappeler que tu pilotes ton propre jet ? Tu n'es soumis à aucun horaire !

Sans se démonter, Colin ironisa :

— Déjà entendu parler de ce qu'on appelle un plan de vol, dans un aéroport ?

— Mon cher, dans chaque aéroport, il existe une marge de manœuvre...

— Pour être clair... Disons que tous mes autres passagers se trouvaient à bord. Aurais-je dû les punir de tes retards à répétition ?

Tess roula les yeux au ciel. Les affrontements entre Jill et Colin ne la surprenaient plus depuis longtemps.

Chaque fois qu'ils se retrouvaient en présence l'un de l'autre, l'air vibrait d'étincelles.

— Pourquoi ne dansez-vous pas, tous les deux ? suggéra-t-elle. Je vous retrouve plus tard.

Les yeux de Colin allèrent de Tess à Jill. Puis il tendit lentement la main à cette dernière.

Jill hésita quelques secondes, avant de se tourner vers sa sœur.

— Oncle William et Des sont-ils arrivés ? demanda-t-elle.

— Oncle William ne viendra pas. Il ne se sent pas bien.

Le front lisse de Jill se fronça.

— Quelque chose de grave ?

Colin laissa retomber sa main tendue.

— Pas que je sache, répliqua Tess. Si ça n'allait pas, Des nous en informerait.

Jill acquiesça de la tête et poursuivit :

— Et Des ? Que devient-il ?

L'éternelle question, ironisa Tess en son for intérieur, la question qui hantait son esprit et celui de ses sœurs !

— Je ne sais même pas s'il compte venir ce soir, répliqua-t-elle.

— Il ne te l'a pas fait savoir ?

— Tu sais bien qu'il nous informe rarement de ses projets.

Pendant quelques secondes, Jill mordilla sa lèvre

16

inférieure. Signe de trouble, qui avait survécu à l'enfance.

— Préviens-moi si Des arrive, d'accord ? dit-elle enfin.

« Compte là-dessus ! » songea Tess.

Jill reporta son attention sur Colin.

— Alors ? demanda-t-elle.

— Alors quoi ?

— Tu danses avec moi ou pas ?

Ce fut au tour de Colin d'hésiter quelques secondes. Puis il se détourna, s'éloigna et lança par-dessus son épaule :

— Plus tard, peut-être...

Tess dissimula un sourire amusé. Si les yeux de Jill étaient des revolvers, songea-t-elle, Colin tomberait raide mort ! Elle les regarda partir dans deux directions opposées, et s'absorba dans le cours de ses pensées.

Des était l'insaisissable beau-fils de son oncle William. Avocat très puissant, célibataire convoité, autour duquel les femmes s'agglutinaient comme des mouches. Cependant, à ses propres yeux et aux yeux de ses sœurs, il était bien plus qu'un beau parti.

A la mort de leur père, elles avaient hérité du sixième de la compagnie familiale. Mais à des conditions très particulières pour chacune d'entre elles. Quant à Des, au décès d'oncle William, il hériterait de sa moitié de la compagnie familiale.

De ce fait, Des se trouvait au centre des convoitises des trois sœurs. En théorie, si l'une d'entre elles l'épousait, elle acquerrait le contrôle de la compagnie. Toutes les trois en rêvaient. Pour sa part, Tess était bien décidée à emporter le morceau. Et tant pis pour Jill et Kit !

Hélas, rien n'était plus frustrant que de tenter de courtiser Des ! songea-t-elle avec dépit. Non qu'elle doutât de sa capacité à le séduire. Mais encore fallait-il avoir l'occasion de le rencontrer en privé. Et cette chance ne se présentait que de loin en loin.

Aucune des trois ne se décourageait, cependant. L'enjeu était trop important pour qu'elles lâchent prise. Si Des daignait paraître ce soir, Jill l'assaillirait sans aucun doute de ses charmes. Mais Tess ne lui laisserait pas le devant de la scène ! Ni à Kit !

Le passé défilait dans sa mémoire. Depuis leur naissance, toutes les trois étaient rivales. Encouragées en cela par leur père, qui exigeait le meilleur de chacune d'elles dans tous les domaines. A leur entrée dans la compagnie familiale, du vivant et sous l'égide de leur père, leur compétition avait pris une ampleur considérable. A la fin de l'année fiscale, c'était à celle qui avait rapporté le plus d'argent à l'entreprise commune. Pour se glorifier de cet exploit, rien ou presque ne les rebutait.

Maintenant non plus, rien ne les rebuterait pour conquérir la main de Des, se dit-elle une nouvelle fois.

D'autant que cette année, l'enjeu était pour elle décisif et fatal. Bien plus que pour Jill et Kit.

— Vous dansez ?

Tess sursauta. Perdue dans ses pensées, elle avait oublié l'inconnu. Il se tenait devant elle, grand, les épaules larges, les yeux couleur d'ambre brûlante. Terriblement imposant.

— Qui êtes-vous ? demanda-t-elle.

— Quelqu'un qui a très envie de danser avec vous.

La voix profonde de l'homme la fit frémir. Son cœur battait à tout rompre. Sous le regard soutenu de ces yeux magnifiques, elle perdit toute assurance. Qu'importait qui il était ? Cela n'avait plus d'importance.

Il lui prit la main. Sans savoir pourquoi ni comment, Tess se retrouva dans ses bras sur la piste de danse. Des bras forts. Un corps dur, qui dégageait une chaleur à faire fondre un glacier. La sensualité riche et puissante de cet homme s'imposait d'elle-même. Il ne faisait aucun effort pour la cacher. Sa peau aux tonalités cuivrées trahissait la vie au grand air. Ses cheveux châtains étaient striés de mèches décolorées par le soleil.

Il avait vraiment l'air d'un dieu solaire, songea Tess dans la brume de ses sensations. Même si elle ne perdait jamais de temps avec des balivernes de cet ordre.

D'ailleurs, son bon sens lui criait de s'éloigner de cet homme au plus vite. Mais le pouvait-elle encore ? Déjà, cet étranger s'imposait au centre de son univers personnel.

Retrouvant une parcelle de lucidité, elle l'interrogea :

— Etes-vous invité à cette soirée ?

— Non.

Pas d'explication. Comme si c'était superflu.

— Vous accompagnez un de mes invités ?

— Non.

Un frisson parcourut l'échine de Tess. Cet homme l'étudiait comme on déchiffre un texte. Et pourtant, il ne posait aucune question. Il lui laissait ce soin.

— Dans ce cas, pourquoi êtes-vous ici ? demanda-t-elle.

— A cause de vous.

Sa voix était douce mais intense. Avec une trace d'émotion contenue.

— Vous êtes très belle. Je ne m'attendais pas à ça.

Tess demeura muette. Comme si l'inconnu l'isolait du reste du monde. Et pourtant, elle était entourée d'amis. Même si aucun d'eux ne s'alarmait de la voir entre les bras d'un homme irradiant lumière et énergie.

Leurs yeux se rencontrèrent. Au fond de ceux de l'étranger brillait un feu sombre. D'instinct, Tess en comprit la dualité : d'un simple regard, cet homme avait le pouvoir impitoyable d'écraser toute personne se mettant en travers de son chemin. Mais à l'inverse, il savait caresser une femme de loin, lui embraser les sens à distance.

20

Entre ses bras, l'ascendant qu'il possédait sur elle se décuplait. Que jouait l'orchestre ? Elle n'en avait pas la moindre idée. Elle ne savait qu'une chose : ensemble, ils se mouvaient sur la piste avec une sensuelle lenteur, en parfait accord. A l'unisson. Et cela n'avait aucun sens !

Le soleil avait presque sombré. Seules des traînées rouges, orange, dorées, striaient encore l'horizon. Peu à peu, les lumières du jardin s'allumaient, des bougies brûlaient au centre des tables. Contre elle, le corps de l'homme demeurait aussi puissant, aussi naturel et solide qu'il lui était apparu en plein soleil.

— Bon anniversaire, Tess ! cria quelqu'un.

Tournant la tête, elle remercia de la main à l'aveuglette. Puis toute son attention revint à l'inconnu, dont la chaleur la faisait fondre. Son torse, ses cuisses d'acier... Elle ne connaissait même pas son nom, et pourtant sa virilité triomphante révolutionnait chaque cellule de son corps, éveillant en elle des désirs inédits.

— Très belle soirée..., murmura-t-il.

— Merci d'y être venu.

Pour la première fois, l'ébauche d'un sourire plissa les yeux de l'étranger. Un sourire fin, assuré. Tess en ressentit un choc électrique. Qu'adviendrait-il s'il lui souriait de toutes ses dents ? se demanda-t-elle, effrayée de l'intensité de ses réactions.

De la main, elle caressait l'épaule de son cavalier, et sentait sous ses doigts l'étoffe de son coûteux costume sombre. En dansant avec lui, elle apprenait à connaître son corps, ses muscles longs et déliés d'athlète.

S'éclaircissant la voix, elle adopta un ton humoristique :

— Vous avez l'habitude de vous inviter aux soirées des autres ?

— C'est la première fois.

— Vous passez un bon moment ?

— Pour l'instant, je ne me plains pas.

— Si vous me dites votre nom, je vous enverrai un carton pour l'année prochaine.

— Cela m'étonnerait que j'attende un an pour vous revoir.

Au moment où Tess répliquait, quelqu'un heurta son dos. Dans un geste protecteur, son cavalier la serra contre lui.

— Salut, frangine ! Bon anniversaire !

Tess tourna la tête vers la nouvelle venue et soupira en son for intérieur. Qui, à part sa plus jeune sœur, lui donnerait une telle tape sur l'épaule ? Et qui d'autre, en cette occasion chic, arriverait vêtue d'un jean serré, d'un T-shirt échancré, et d'une paire de vieilles santiags ?

— Merci, répondit-elle.

Tout en dansant d'une façon très personnelle, au tempo de la musique, Kit demanda :

— Est-ce que Des vient ?

Ses cheveux roux volaient dans tous les sens. Ses yeux verts étincelaient. Ses bras, ses hanches, ses pieds, se mouvaient avec une sensualité évidente. Un petit pincement de jalousie serra le cœur de Tess. Comment sa sœur faisait-elle pour être si bien dans sa peau, si libre de toute inhibition ?

— Pas la moindre idée. Il n'a pas répondu au carton d'invitation.

Sans s'occuper de son partenaire, vêtu comme elle en rancher, Kit s'arrêta net.

— Ce que Des peut être énervant, parfois ! s'exclama-t-elle. On dirait qu'il le fait exprès !

— Je ne te le fais pas dire.

Tess contempla Kit. Décidément, tout lui était bon pour défier la tradition, et mettre la famille dans l'embarras. Inviter un de ses ouvriers à la soirée anniversaire de sa sœur, par exemple. Ou bien s'y afficher en tenue de tous les jours. Cependant, elle ne semblait pas consciente de l'essentiel : même vêtue à la diable comme un cow-boy, elle surpassait en beauté la plupart des femmes présentes, habillées par de grands couturiers. En cet instant même, tous les célibataires de la soirée lorgnaient sur elle. Et même quelques hommes mariés !

Kit passa ses pouces dans les passants de son jean, désigna le cavalier de Tess du menton et demanda avec une tranquille audace :

— Qui est ton chevalier servant, sœurette ?

— Aucune idée.

Les sourcils de Kit s'arquèrent de surprise.

— Génial ! dit-elle d'un ton sincère.

Mais très vite, elle reprit son rôle, et s'éloigna en dansant.

Le cavalier de Tess laissa échapper un rire profond.

Soudain décidée à donner à la situation un tour différent, Tess s'écarta un peu de lui.

— Pour quelle raison cachez-vous votre nom ? demanda-t-elle. Vous êtes recherché par le FBI ?

— Pas du tout.

— Alors dites-moi comment vous vous appelez.

L'homme haussa les épaules.

— Mon nom ne vous dira rien.

A bout de patience, elle exhala un soupir excédé.

— C'est à moi d'en juger. Votre petit jeu me fatigue, à la fin. Présentez-vous ou finissons-en.

Un lent sourire s'étala sur le visage de l'étranger. Un sourire irrésistible.

— Une menace ? Le jour de votre anniversaire ? dit-il d'un ton amusé.

Tess s'arc-bouta pour résister à la séduction de cet homme. Mais au fond d'elle-même, elle ressentit la futilité de ses efforts.

— Dites-moi votre nom, martela-t-elle.

— Nick Trejo. Satisfaite ?

Nick Trejo ? Le nom sembla vaguement familier à Tess. Mais pour tout l'or du monde, elle n'aurait su dire ce qu'il lui évoquait.

— Ça ne me dit rien, lâcha-t-elle.

— Je vous l'avais bien dit...

24

— Essayons une autre piste. Comment étiez-vous au courant de cette soirée ?

— Depuis quelque temps, je m'efforce de rassembler le plus d'informations possibles à votre sujet.

Soudain méfiante, Tess dévisagea Nick, à la recherche d'un indice trahissant son identité. Mais ni son visage ni ses paroles ne lui livrèrent la moindre indication.

Comme s'il percevait le désarroi de sa cavalière, Nick la rassura :

— Ne vous inquiétez pas. Je ne suis pas un désaxé.

— Dans ce cas, il est grand temps de me dire ce que vous voulez.

Il attira Tess contre lui et la tint sous la chaleur de son regard ambré.

— C'est facile : je veux la paix autour de moi, le bonheur pour chacun. Mais en cet instant précis, je goûte le plaisir intense de danser avec vous. Nos corps sont faits l'un pour l'autre, acheva-t-il d'une voix râpeuse.

A ces mots, la méfiance de Tess disparut comme par enchantement. Remplacée par une chaleur qui se diffusa dans ses membres. Comment aurait-elle pu protester ? Depuis qu'elle était entre ses bras, elle se lovait sans vergogne contre lui, moulant son corps au sien.

L'orchestre entamait un nouvel air. Une nuée de musique enveloppait la soirée, se mêlait aux parfums de la nuit. Mais tout semblait pâle à côté de Nick Trejo.

— Vous ai-je dit à quel point vous êtes belle ?

Le lui avait-il dit ? Elle ne s'en souvenait pas. En fait, elle avait du mal à se souvenir de quoi que ce soit. Comme s'il avait fait main basse sur son corps, son esprit et son âme.

En outre, elle n'avait pas l'habitude d'être trouvée belle. Cette pensée ne l'effleurait jamais. Surtout pas avec une sœur de la beauté de Jill.

Sans prévenir, elle s'arracha à l'étreinte de Nick.

— Il faut que je boive quelque chose, annonça-t-elle.

Consciente que Nick Trejo lui emboîtait le pas, elle se faufila entre ses amis jusqu'au bar, un sourire de façade plaqué sur le visage.

— Un whisky sec, demanda-t-elle au serveur.

Jamais elle ne buvait de whisky. Mais ce soir, elle avait besoin d'une boisson forte. Elle lança un rapide coup d'œil en direction de son compagnon.

— Que buvez-vous ? demanda-t-elle.

A ce moment précis, Jill s'approcha du bar et commanda un margarita. Puis elle s'adressa à Tess :

— Des nouvelles de Des, depuis tout à l'heure ?

— Non ! lança Tess, à cran.

Depuis un temps interminable, elle consacrait toute son énergie à découvrir l'identité de l'inconnu, à dissimuler le charivari qu'il provoquait en elle. Elle n'avait pas une seconde à consacrer à Jill et à ses préoccupations au sujet de Des.

Jill jaugea Nick du regard et revint à Tess, pour lancer :

— Je lui téléphone.

— Parfait. Dis-lui à quel point il m'a manqué, ce soir ! dit Tess d'un ton de raillerie.

Pour la première fois depuis ce qui semblait des heures, elle prit une profonde inspiration, détourna son attention de Nick Trejo et contempla sa fête. Tout marchait à merveille, semblait-il. Cependant, elle surprit de la part de certains de ses amis des regards furtifs, dont elle comprit sur-le-champ la raison : jamais auparavant elle n'avait permis à un homme de monopoliser si longtemps son temps et son attention. D'ailleurs, admit-elle en son for intérieur, lui avait-elle *permis* quoi que ce soit ? Cet homme s'était imposé à elle, avec une force contre laquelle elle se sentait sans défense.

Un sursaut la saisit : il était temps de juguler cette faiblesse ! Elle porta à ses lèvres son verre de whisky et en but une gorgée. Puis elle affronta Nick :

— Je le reconnais, vous m'intriguez au plus haut point. Pourquoi diable vouliez-vous me rencontrer, et pourquoi ici ? Si cela concerne les affaires, prenez rendez-vous avec moi au bureau.

— Eloignons-nous du bar, murmura-t-il.

La prenant par le coude, il la guida vers un endroit

plus discret de la terrasse. Elle se laissa faire. Par curiosité, tenta-t-elle de se convaincre.

L'air embaumait le jasmin. Nick se tourna vers Tess.

— Voilà des semaines que j'essaie d'obtenir un rendez-vous avec vous, expliqua-t-il. En vain.

— A qui vous adressiez-vous ?

— A votre assistant, Ron Hughes. Je lui parle presque chaque jour, mais il n'accepte jamais de me mettre en rapport avec vous. Selon lui, vous n'avez pas une minute à me consacrer.

Tess haussa les épaules.

— Mon emploi du temps est surchargé, surtout en ce moment. A cause des problèmes liés à un éventuel gisement, ajouta-t-elle comme malgré elle.

Sa curiosité envers Nick Trejo croissait de minute en minute.

— Ron n'a pas été capable de vous décourager, si je comprends bien ?

— Personne ne l'aurait pu.

Interloquée, Tess demeura sans voix. Elle contempla cet homme magnifique. La clarté de la lune exaltait les mèches dorées de ses cheveux, mettait une touche de douceur à son visage tanné par le soleil. Son regard ambré conservait toute sa confondante intensité. Cependant, sa force physique semblait maintenant plus maîtrisée. Si Tess avait été moins méfiante, elle aurait cru l'avoir apprivoisé. Heureusement, elle ne se berçait jamais de naïveté.

28

— Quelle raison avez-vous invoquée pour obtenir un rendez-vous ? demanda-t-elle.

Nick ne détourna pas le regard. D'un ton assuré, il lâcha :

— Je voulais vous demander d'arrêter votre forage dans le golfe. Aussi vite que possible.

Comment s'en empêcher ? Tess éclata de rire.

— Quelle requête ridicule ! Je comprends mieux le refus de Ron !

La mâchoire de Nick se contracta.

— Vous ne connaissez pas encore mes raisons, argua-t-il.

Cet homme perdait la tête ! De toute évidence, il ignorait tout du monde du pétrole en général, et de ses propres affaires en particulier.

— Vos raisons m'importent peu. Pour rien au monde je n'arrêterais ce forage.

A cet instant précis, Nick prit Tess de court. Esquissant un sourire, il posa ses mains sur ses épaules. Puis, du pouce, il lui caressa le cou. La peau de la jeune femme s'embrasa. Elle perdit toute faculté de raisonnement.

— Vous êtes une femme très ambitieuse, dit-il. Cependant, je pense avoir une chance de vous faire changer d'avis.

— Vous êtes fou, murmura-t-elle d'une voix haletante.

— Peut-être. Acceptez-vous de m'écouter ?

— Je... je ne peux pas. Ma soirée...

29

— Pas ce soir, l'interrompit-il. Demain matin au petit déjeuner. A une heure et en un lieu choisis par vous.

Elle le connaissait depuis peu. Mais elle comprit tout de suite : refuser ne servirait à rien. Son apparition à cette soirée, son attitude, tout montrait sa détermination à exposer son point de vue. De plus, quelque chose de profond en elle criait sa joie à l'idée de le revoir.

— Demain matin au petit déjeuner, dit-elle. 9 heures. Ici.

Ses mains toujours posées sur le cou de Tess, ses longs doigts caressant sa gorge, il murmura :

— Parfait.

Puis il pencha la tête vers elle et l'embrassa avec une lenteur délibérée, dégustant le goût de la bouche de Tess comme pour se l'approprier, pour l'emporter avec lui.

Quand il interrompit enfin son baiser, Tess se retint à la balustrade pour ne pas tomber. Ses jambes flageolaient.

— A demain, répéta-t-il.

Elle acquiesça d'un faible signe de tête, et le regarda disparaître dans la nuit.

Se remettre de ses émotions lui prit un long moment. Une fois son calme recouvré, sa respiration de nouveau égale, son pouls régulier, elle se dirigea vers le bar avec détermination. Elle avala son whisky d'un trait, puis se fit servir un margarita glacé, et rejoignit ses amis.

Vers 4 heures du matin, après le départ des derniers invités, l'esprit lourd de trop de boissons, elle se glissa entre les draps de son lit. Que se passerait-il dans quelques heures, lorsqu'elle reverrait Nick Trejo ?

En quel honneur cet homme se croyait-il capable de la convaincre d'arrêter le forage ? Et d'ailleurs, qu'importaient ses raisons ? Pour elle, il était urgent de confirmer la présence de ce filon de pétrole au large du golfe. Et de l'exploiter au plus vite. Pas question de permettre à qui que ce soit de se mettre en travers de ce projet capital.

Même pas à un dieu solaire aux baisers brûlants.

2.

Un tube d'aspirine à la main, Tess zigzagua vers la terrasse. La luminosité extérieure lui fit l'effet d'une agression. Elle s'en protégea de ses lunettes de soleil.

— Café, madame ? demanda Guadalupe.

Guadalupe, une des quatre personnes au service de la maison, répéta :

— Café, madame ?

Tess acquiesça d'un hochement de tête, et s'affala sur une chaise en face d'une table dressée pour le petit déjeuner. Puis elle avala quatre cachets d'aspirine avec une gorgée de café. Un mal de tête lancinant faisait battre ses tempes. Elle maudit les goélands qui piaillaient au-dessus de sa tête. Leurs cris stridents résonnaient dans son cerveau.

C'était sa première gueule de bois. Et la dernière ! se jura-t-elle.

— Désirez-vous autre chose, madame ?

Tess sursauta. Elle promena son regard sur la table. Jus d'orange, fruits, saucisses, œufs, un assortiment de petits pains, de confitures, de miel : rien ne manquait.

— Non merci, répondit-elle d'une voix atone.

Jamais elle n'avait autant bu de sa vie… Même à l'université, où les étudiants profitent de leur liberté toute neuve pour s'enivrer à la moindre occasion, elle avait consacré son énergie et son temps à étudier le monde des affaires. Surtout celui du pétrole. A cette époque, la réussite était son objectif primordial. Et elle le demeurait, d'ailleurs.

Pour l'heure, la gueule de bois étant installée, il fallait l'assumer, décida-t-elle dans le tambourinement de son mal de tête. Facile, en fait… Il suffisait de rester immobile, le temps que s'évanouisse cette impression de roulis sous son crâne.

Nick s'arrêta au bas des escaliers de la terrasse et contempla l'image qu'elle offrait. Sa tête reposait sur le dossier de sa chaise, ses cheveux blonds tombaient sur ses épaules, doucement soulevés par une brise légère. Sa jolie robe bleue toute simple dévoilait le haut de ses jambes. Le soleil exaltait l'aspect doré de sa peau veloutée.

Ce spectacle le bouleversa. Comment diable garder l'esprit aux affaires devant une telle beauté ? Le problème datait de la veille… Etant donné ses longs préparatifs, il s'était cru prêt à la confrontation avec Tess Baron. Hélas, un seul coup d'œil l'avait détrompé.

Comment aurait-il pu imaginer ce qui l'attendait ? se répéta-t-il pour la millième fois. Elle l'avait cloué sur place, d'entrée de jeu ! La veille, appuyé à la balustrade de la terrasse, il l'avait longuement contemplée. Tout en elle l'avait séduit. Parlait-elle à ses amis ? Aussitôt, son visage rayonnant le subjuguait. Ses traits trahissaient-ils une angoisse secrète ? Son instinct protecteur se réveillait alors en fanfare ! Et quand il l'avait prise dans ses bras pour danser avec elle, il avait reçu une sorte de coup de poing dans le ventre. Le désir l'avait torturé jusqu'à la souffrance.

En un mot comme en cent, la rencontre l'avait déboussolé. Alors qu'à l'origine, il avait concocté un plan très simple : attaquer bille en tête. Se présenter. Informer Tess Baron du but de sa visite.

Mais dès le départ, elle n'avait fait qu'une bouchée de lui. Sous le miroitement de ses yeux bleus scintillants, où brillait une délicieuse curiosité, comment aurait-il pu résister ? Plus tard, sur la piste de danse, le corps fluide et sensuel de cette femme peu banale lovée contre lui l'avait embrasé au-delà de toute expression.

Et ses lèvres… Pulpeuses. Douces. Du miel. Comment les oublier ? Jamais il n'aurait dû l'embrasser ! A présent, il avait besoin de bien davantage.

Une nouvelle fois, il se fit un serment : il ne succomberait pas à la tentation. Ce qu'il attendait de Tess Baron lui importait beaucoup. Beaucoup trop pour céder à ses impulsions sexuelles.

Décidé, il grimpa les marches de la terrasse.

— Bonjour, dit-il.

La profonde voix masculine fit sursauter Tess. Relevant avec lenteur ses lunettes de soleil sur le sommet de sa tête, elle regarda une seconde la silhouette nimbée de soleil, et replaça aussitôt ses lunettes sur son nez, pour mieux cacher ses yeux.

— Bonjour, répondit-elle en se redressant.

Elle enrageait contre elle-même. Que lui avait-il pris d'accepter un rendez-vous avec cet homme à une pareille heure ? En pleine lumière matinale, par-dessus le marché ! Quoi de pire pour accentuer les traces d'une cuite ! Cependant, son habituel pragmatisme reprit vite le dessus : Nick Trejo se trouvait devant elle. Il fallait s'en accommoder. Point final.

— Asseyez-vous, proposa-t-elle.

Nick lui sourit, et prit un siège.

Elle ferma les yeux. La veille, elle avait pris de bonnes résolutions : se présenter à son avantage au petit déjeuner. Adopter son fameux air professionnel. S'y tenir coûte que coûte.

Comme la réalité était différente ! Non seulement la percussion de mille tambours résonnait dans son cerveau, mais elle avait enfilé une robe au hasard, et n'avait même pas relevé ses cheveux.

Rouvrant les yeux, elle s'interrogea avec honnêteté : cet homme portait-il la responsabilité de sa gueule de bois ? Non ! Elle seule avait fait remplir son verre par le barman, encore et encore… Et d'ailleurs, sur le moment, cela lui avait fait passer une excellente soirée !

— Servez-vous, dit-elle en désignant la table d'un geste las.

— Une tasse de café me suffira.

Nick se servit et contempla la terrasse et la pelouse.

— Vous avez une équipe de nettoyage formidable ! remarqua-t-il. Rien ne trahit la soirée d'hier.

Tess ne prit pas la peine de vérifier. Tourner la tête représentait un effort bien trop douloureux. Comme la veille, Nick accaparait toute son attention. Il portait un jean et une chemise beige rosé à col ouvert, sous une veste de sport marron clair. Et son regard ambré brillait du même éclat que la nuit dernière.

De jour comme de nuit, en habit de soirée ou en tenue de week-end, Nick Trejo avait de quoi mettre la tête à l'envers de n'importe quelle femme en bonne santé, songea Tess avec tristesse. Heureusement pour elle, elle ne se sentait pas bien, ce matin…

Elle tendit vers sa tasse une main machinale, et avala une gorgée de café.

Nick demeura un moment silencieux.

— Je présume, finit-il par dire, que la soirée s'est achevée tard dans la nuit ?

— J'ai l'air encore pire que ce que je croyais ? murmura-t-elle.

Le léger sourire qui effleura les lèvres de Nick rappela à Tess le baiser de la veille. Mal en point comme elle l'était, elle se serait cru à l'abri du charme ravageur de ce sourire. Prise de court, elle constata qu'il n'en était rien.

— Vous êtes très belle, au contraire. Et j'aime vos cheveux lâchés sur vos épaules.

Les joues de Tess s'empourprèrent. Soudain intimidée, elle leva une main vers ses cheveux, mais la laissa aussitôt retomber.

Pour meubler l'instant, elle répliqua :

— Merci. Vous ne voulez rien d'autre que du café ?

— J'ai déjà déjeuné.

Tess regarda sa montre. Les chiffres se brouillaient sous ses yeux. Comme si de rien n'était, elle annonça :

— Vous disposez d'un quart d'heure, avant que mon téléphone ne se mette à sonner sans arrêt.

— Croyez-moi, je vous suis reconnaissant de me consacrer quelques parcelles de votre temps minuté.

Une lueur de moquerie brillait au fond des yeux ambrés de Nick. En temps ordinaire, Tess aurait vertement contre-attaqué. Mais pas aujourd'hui. Cela lui aurait demandé trop d'efforts.

De toute façon, le visage de Nick prit un air grave. Il s'appuya au dossier de sa chaise, et la regarda bien en face.

— Il faut que vous sachiez deux choses, commença-t-il. La première : je suis professeur d'archéologie à l'Université du Texas, dont je me suis mis en congé sabbatique pour un an.

Archéologue ? Beau métier pour un dieu du soleil ! songea Tess. Cette idée saugrenue l'aurait fait rire, si elle en avait eu la force.

Malgré la fatigue, des automatismes de défense se mirent en place dans son cerveau : cesser ces références idiotes au dieu du soleil. Eradiquer de sa mémoire ce merveilleux baiser partagé la veille. Considérer ce quasi-inconnu comme n'importe quel homme d'affaires venu lui soumettre une requête.

C'était pourtant simple ! Hélas, elle semblait avoir perdu le mode d'emploi.

Sans quitter Tess du regard, Nick poursuivit d'une voix ferme :

— La seconde : dans les années 1880, mon arrière-grand-père a découvert un énorme filon d'or dans la Sierra Madre, au nord du Mexique. Il a extrait de ces montagnes une véritable fortune. Après avoir transformé l'or brut en lingots, il les a chargés sur le galion *Aguila*, dans le port de Tampico.

Désignant le golfe de l'index, il continua :

— La destination du bateau était Corpus Christi. Cette fortune marquait pour mon arrière-grand-père le départ d'une nouvelle vie, au Texas. Il projetait d'acheter une vaste terre, de construire un ranch et d'y fonder un petit empire familial.

L'aspirine commençait à faire son effet sur le cerveau de Tess. Les battements de ses tempes devenaient moins douloureux. Elle avala une nouvelle bouchée de pain, et la fit glisser avec une longue gorgée de café.

— Tout ça est très intéressant, dit-elle. Mais quel est le rapport entre l'histoire de votre famille et mon forage en mer ?

— Ecoutez-moi, je vous en prie.

Nick Trejo représentait la force faite homme, songea Tess. Cependant, il venait de lui parler d'un ton presque suppliant. Mue par une impulsion, elle décida d'écouter son récit jusqu'au bout.

— D'accord, répliqua-t-elle.

— L'*Aguila* avait presque atteint sa destination, quand il fut pris dans un ouragan meurtrier. Au large des côtes, il sombra.

Tess frotta son front douloureux. Combien de temps durait une gueule de bois ?

— Quel dommage ! dit-elle. Surtout après un travail si acharné…

— La perte de sa fortune le tua pratiquement. De nos jours, on parlerait de dépression nerveuse. Il rassembla ses forces pour retourner dans la Sierra Madre. Cependant, en son absence, d'autres prospecteurs avaient investi la mine. De toute façon, le cœur n'y était plus. Il parvint à extraire un peu d'or, avant de quitter la montagne à jamais. De retour au Texas, il s'acheta une petite terre près de Uvalde, et éleva du bétail jusqu'à sa mort.

Ne sachant trop que dire, Tess convint :

— Ça a dû être très dur…

D'une certaine manière, tout ce qui touchait à Nick Trejo l'intéressait. Et l'histoire de son arrière-grand-père était fort triste. Néanmoins, une montagne de problèmes l'attendait dans son bureau. Sans compter la gueule de bois qui lui embrumait le cerveau.

Comme s'il sentait l'attention de Tess lui échapper, Nick la considéra d'un air sérieux.

— Je ne pense pas que vous compreniez à quel point ce fut dur pour lui. Même moi, je ne parviens pas à affronter cette catastrophe. Je sais seulement que c'était un homme fier, humilié jusqu'au tréfonds de son être par l'échec. Pour regagner l'estime de lui-même, il parlait aux gens de Uvalde de la fortune qu'il avait extraite de la Sierra Madre, et qu'il avait ensuite perdue dans des circonstances dramatiques. Hélas, personne ne le croyait. Au contraire, tout le monde méprisait ce soi-disant mensonge. Mon arrière-grand-père est mort méconnu, le cœur brisé de chagrin.

A travers les fenêtres de la maison, Tess voyait Ron répondre aux coups de téléphone. Mais elle s'était promis d'écouter le récit de Nick jusqu'au bout, et elle était bien décidée à s'y tenir.

Elle avait avalé la moitié d'un petit pain, et remerciait en secret son estomac de ne pas le rejeter.

— L'histoire de votre famille est passionnante, commenta-t-elle pour dire quelque chose.

— C'est une histoire qui se transmet de génération en génération. Moi-même, j'ai grandi en écoutant ce récit.

Mon grand-père avait hérité de la lettre de connaissement pour tout l'or embarqué sur le bateau.

— Votre grand-père en avait hérité ? s'étonna Tess. Dans ce cas, pourquoi ne la montrait-il pas aux interlocuteurs qu'il voulait convaincre ?

— Il l'a fait. Mais tous prenaient ça pour un faux. Sauf mon grand-père. Et moi.

Par-dessus son épaule, Tess vit Ron répondre à un énième coup de fil. « Dieu fasse que ce ne soit pas Jimmy Vega, avec un nouveau problème ! » songea-t-elle. Jimmy supervisait toute la plate-forme de forage. Il avait choisi pour le seconder les meilleurs spécialistes du Texas. Mais depuis le début, toute l'opération de forage se révélait plus compliquée que les autres. Ils ne creusaient que depuis une semaine, mais de multiples tracasseries techniques contrariaient sans cesse l'avancée des travaux.

— Ecoutez, Nick, dit-elle. Tout cela est bel et bon, mais je ne vois pas…

— J'ai localisé l'épave et l'or.

Le téléphone portatif à la main, Ron avança sur la terrasse. Sa bouche dessina le nom de Jimmy Vega. Bon sang ! songea Tess. Elle devait lui parler. Mais avec les yeux ambrés de Nick posés sur elle, jamais elle ne parviendrait à se concentrer sur Jimmy.

D'un geste de la main, elle repoussa Ron. Etonné, celui-ci rebroussa chemin dans la maison.

— Désolé, Nick… Vous disiez ?

— J'ai trouvé l'or, et suis prêt à l'extraire.

— Félicitations ! dit-elle avec autant d'enthousiasme que possible.

— L'heure n'est pas encore aux félicitations, répliqua-t-il. J'ai un gros problème.

Tess exhala un long soupir.

— Moi aussi, j'ai des problèmes. J'ai écouté votre histoire, comme convenu. Maintenant, l'entretien est terminé. Mon travail m'attend.

— Je n'ai pas terminé.

— Désolée, dit-elle.

En temps ordinaire, elle aurait pris plaisir à s'attarder avec Nick Trejo devant une tasse de café. Il avait le don de l'émouvoir, la troublant comme aucun autre homme jusqu'ici. Mais en cette période, elle avait d'autres chats à fouetter. Et cela allait durer des mois ainsi. Dans ces conditions…

Décidée à se lever, elle repoussa sa chaise.

— *L'Aguila* et l'or se situent à proximité de votre site de forage, lâcha Nick.

Tess s'immobilisa.

— Le galion est perché sur un escarpement sous-marin, poursuivit-il. Votre forage se déroule dans une zone sous haute pression. Qu'un gros problème survienne sur la plate-forme, et l'épave glissera et sombrera dans l'abîme. Sans doute perdue à jamais. Une série de petits incidents peut aboutir au même résultat.

D'un signe de tête, Tess en convint.

Satisfait de se sentir compris, Nick expliqua :

— Il me faut un peu de temps pour éloigner le galion et l'arrimer, de façon à le protéger d'éventuels incidents sur votre plate-forme.

Tess passa une main sur son front moite.

— Je ne vois pas comment vous pourriez faire, hasarda-t-elle.

— Ça va être difficile… Par ailleurs, avec les moyens modernes de forage, l'éventualité d'une catastrophe majeure sur votre plate-forme est assez faible. Mais restent les autres problèmes. Les failles du sol marin, par exemple, peuvent aisément transmettre des vibrations, en provenance de votre système d'exploitation, jusqu'à *L'Aguila*.

Nick observa une pause. Puis il s'adressa à Tess avec détermination :

— C'est pour cette raison que je vous demande d'arrêter le forage pendant au moins trois mois.

Au moins trois mois ! Les tempes de Tess se remirent à bourdonner. Cet homme n'avait aucune idée de l'énormité de ce qu'il lui demandait !

— En aucun cas je ne peux arrêter le travail en cours, lâcha-t-elle. Même pas pour une semaine.

La tension entre eux devint palpable.

— Que voulez-vous dire, mademoiselle Baron ? Vous n'êtes pas encore assez riche ?

Tess reçut la remarque comme une gifle.

— C'est cela même, monsieur Trejo…

Pas un muscle du visage de Nick ne bougea. Il ne cilla pas.

43

— Dommage, dit-il. Je ne vous croyais pas rapace à ce point.

— Rapace ! Vous me demandez d'interrompre pendant trois mois une opération qui me rapportera des millions. Tout ça pour vous donner le loisir de retirer des lingots d'or d'un galion ! Et moissonner vous-même des millions !

Soudain froids, les yeux d'ambre la fixaient.

Le téléphone à la main, le visage tendu, Ron réapparut sur la terrasse.

— Vega insiste pour vous parler, dit-il à Tess.

Comme elle s'emparait du portatif, Nick se leva.

— Ne quittez pas, Jimmy, dit-elle dans le combiné.

Nick regarda sa montre et déclara :

— Je ne disposerai pas davantage de votre temps ce matin. Je viens vous prendre ce soir à 19 heures.

Abasourdie, elle balbutia :

— Pardon ?

— 19 heures, répéta-t-il par-dessus son épaule.

Et il disparut.

L'espace de quelques secondes, Tess se perdit en conjectures. Un rendez-vous ? Pour quoi faire ? Pour lui laisser le temps de changer d'avis ? De toute façon, rien ne l'obligeait à s'y rendre, décida-t-elle. Bien que…

Au bout du fil, Jimmy Vega s'impatientait :

— Tess ? s'écria-t-il. Tess ?

Elle regarda l'appareil, et le porta à son oreille.

— Désolée, Jimmy. Qu'avez-vous encore à m'annoncer ?

Remontant dans sa voiture, Nick prit la direction de la petite maison qu'il louait. Il ruminait ses pensées. Tess Baron s'était montrée aussi intelligente et dure à cuire que prévu ! Depuis le début, il savait que ce n'était pas gagné d'avance. Et cela lui paraissait normal. Après tout, il exigeait d'elle un sacrifice considérable...

Cependant, au fond de lui-même, il avait espéré qu'elle comprendrait. D'ailleurs, il n'avait pas encore perdu tout espoir.

Ses mains se crispèrent sur le volant de sa voiture. Bon sang ! Pourquoi avoir touché cette femme, la veille au soir ? Pourquoi ne pas avoir seulement songé à ses affaires ? La face du monde en serait tout autre, à l'heure actuelle.

Maintenant, des émotions importunes se mêlaient à son but essentiel, et brouillaient les pistes. Comment expliquer autrement le désir stupide qui l'avait saisi, quelques minutes auparavant ? Il avait eu envie de contourner la table, d'emporter Tess dans un long baiser. Malgré le refus cinglant qu'elle lui opposait !

Il poussa un profond soupir. Deux évidences s'imposèrent peu à peu : d'abord, étouffer dans l'œuf l'attrait croissant qu'il éprouvait pour Tess Baron ; secundo, lui présenter ses exigences sous une autre forme. En un mot, mettre au point un stratagème. Et pour cela, il disposait d'une seule occasion. Ce soir. Sans marge d'erreur possible. Ensuite, il ne parviendrait plus à la faire changer d'avis.

D'un seul coup, il tourna dans une petite rue adjacente, et prit une nouvelle direction.

Tess vérifia l'heure à son poignet. 18 h 45. En principe, Nick arriverait dans quinze minutes. Où iraient-ils ensemble ? S'agissait-il d'un rendez-vous d'affaires ? D'une rencontre galante ? Comment savoir ?

Si Nick s'obstinait à tenter de la convaincre, la soirée risquait d'être longue et difficile. Malgré cela, plusieurs fois dans la journée, elle avait envisagé le dîner avec plaisir. Pour se reprendre aussitôt.

Dans sa vie professionnelle, elle côtoyait le risque à tout instant. Mais dans sa vie privée, elle l'avait banni. Jusqu'à la veille au soir. A présent que Nick Trejo avait fait irruption dans sa vie, elle le ressentait comme un danger sur lequel elle n'avait pas prise.

Un danger très attrayant.

La soirée qui s'annonçait en était l'exemple parfait. Alors même qu'elle ignorait où ils allaient, et dans quel but, elle mourait d'envie de s'y rendre. Cependant, résolut-elle, elle camperait sur ses positions : elle exigerait que ce soit une soirée d'agrément, et ne se laisserait pas entraîner sur le terrain des transactions.

Elle s'était d'ailleurs habillée pour un dîner d'été

agréable. Robe rouge près du corps, sans manches. Pull en cachemire de même couleur, négligemment jeté sur les épaules. Des sandales à talons. Les cheveux relevés à la diable.

Si Nick parlait business d'entrée de jeu, elle refuserait tout net. Elle se lèverait de table, se chercherait un bon petit restaurant, dînerait toute seule, et irait au cinéma.

En attendant, elle aurait donné cher pour savoir comment il allait se comporter !

Au fil de la journée, son mal de tête s'était atténué, ses aigreurs d'estomac avaient disparu. Elle avait fait face à une montagne de problèmes relatifs à la plate-forme pétrolière. Une foreuse endommagée, une machine en panne, des tuyaux qui s'emmêlaient. Elle avait parfois le sentiment oppressant qu'un mauvais sort s'acharnait sur cette entreprise par ailleurs prometteuse.

Toutefois, elle ne s'attardait jamais longtemps sur une pensée négative. Pour atteindre les nappes de pétrole et les exploiter, Jimmy Vega était l'homme de la situation.

Encore fallait-il qu'il y en ait en quantité suffisante...

Et c'est là que le bât blessait. Jusqu'à présent, tous les tests se révélaient encourageants. Mais les tests ne sont pas autre chose que des tests, justement. En dépit du matériel de détection pointu, la recherche du pétrole demeurait une aventure aléatoire. Les paramètres étaient nombreux et variables. Pour être compétitif sur le marché, il fallait de l'argent, des nerfs d'acier, beaucoup de chance, le sens de l'opportunité... Et de manière générale, avoir l'instinct du pétrole.

Les puits de pétrole qu'elle possédait déjà lui rapportaient d'ailleurs assez d'argent pour rendre fou de joie n'importe qui. Sauf son père, hélas.

Tess consulta sa montre. Son cœur s'accélérait, au fur et à mesure qu'approchait l'heure de son rendez-vous avec Nick Trejo. Pour conserver son calme, elle avala une longue goulée d'air marin. Pour le lendemain, elle avait programmé une visite en hélicoptère à la plate-forme, suivie d'une réunion comptable avec Jimmy Vega. Mais ce soir, elle s'octroyait une pause. Une parenthèse.

— Vous êtes ravissante.

Le cœur de Tess bondit dans sa poitrine. Elle pivota sur ses talons. Nick se tenait devant elle, profilé en ombre et lumière contre le soleil couchant.

— Merci, dit-elle. Ne sachant où nous allions, je ne savais pas comment m'habiller.

Le son de sa propre voix l'agaça. Une midinette se rendant à son premier rendez-vous !

Nick la détailla d'un regard connaisseur.

— Votre choix est parfait, assura-t-il.

— Où allons-nous ?

Il lui tendit la main. Sans réfléchir, elle la prit.

— Dans un endroit que j'adore. Et d'ici la fin de la soirée, j'espère que vous l'aimerez aussi.

Il l'entraînait déjà vers sa voiture. Résolue, elle s'arrêta et retira sa main.

— Je n'aime pas les devinettes, Nick Trejo. Nous avons déjà joué à ce petit jeu hier soir. Maintenant, c'est fini. Sommes-nous partis pour passer ensemble une bonne soirée d'été ? Ou bien projetez-vous de me convaincre de changer d'avis ? Si c'est le cas, autant vous avertir tout de suite : peine perdue. Rien ne me fera retarder la production de pétrole pendant trois mois. Et je n'ai aucune envie de passer la soirée à en discuter.

Comme Nick posait sur elle un long regard caressant, Tess sentit son corps se liquéfier. Des choses auxquelles elle ne pensait jamais, pour lesquelles elle ne disposait pas de temps, lui échauffèrent le sang. Et cela sans même qu'il ne la touche !

— Votre position a le mérite de la clarté, dit-il d'une voix basse. Quant à savoir si nous passerons une bonne soirée, je l'espère.

Chacun des mots choisis sonnait juste, songea Tess. Et pourtant, elle avait du mal à le croire. Pourquoi donc ? Après tout, il ne lui avait encore jamais menti. Que ce soit la veille ou ce matin, il n'avait pas fait mystère du but de sa visite.

Et puis… de quand datait son dernier rendez-vous galant ? songea-t-elle. Aucune idée ! En tout cas, il fallait remonter loin en arrière. Alors, puisque Nick Trejo l'intriguait tant, et que leurs chemins ne se recroiseraient sans doute jamais, pourquoi ne pas s'offrir en sa compagnie une soirée divertissante ?

Et tant mieux si son regard la brûlait, la liquéfiait ! Après tout, elle était une femme, avec un corps et un cœur, des émotions et des désirs. Même si elle passait son temps à les refouler. Oublier quelques heures les pressions énormes qui pesaient sur sa vie lui ferait un bien fou.

Avec un sourire, elle tendit la main à Nick.

— Mais… que faisons-nous à l'aéroport ? s'étonna Tess.

Tout en roulant vers un des hangars, il expliqua :

— J'ai emprunté l'avion d'un ami, pour vous emmener dîner quelque part.

La panique saisit Tess à la gorge.

— C'est très gentil à vous…, bredouilla-t-elle. Mais ce n'est pas du tout nécessaire.

— Ça me fait plaisir.

Elle secoua la tête.

— J'ai eu une rude journée, dit-elle. J'aimerais autant rester en ville.

Nick se gara et éteignit le moteur. Puis il posa son bras sur l'appui-tête du siège de Tess.

— Vous n'aurez aucun effort à fournir, promit-il. Simplement vous asseoir à côté de moi, et vous détendre.

Se détendre ! songea Tess, affolée. Facile à dire !

Déjà, dans l'espace confiné de la voiture, elle avait eu le plus grand mal à demeurer sereine. La simple vue des deux mains si viriles de Nick, posées sur le volant, l'avait troublée plus que de raison. Sa manière de conduire, rapide et sûre d'elle, l'avait quasiment hypnotisée.

— Si vous craignez pour votre sécurité, reprit-il, sachez que je suis un excellent pilote. Quant à l'avion, il est révisé à chaque vol. Sans cela, je n'aurais pas envisagé cette petite escapade.

— Ce n'est pas ça ! protesta Tess.

D'un ton léger, Nick s'enquit :

— Ne me dites pas que je suis le premier homme à vous inviter à prendre l'avion pour aller dîner quelque part ?

— Non, répondit-elle dans un souffle.

— Quand on vous a invitée, vous y êtes allée ?

— Oui.

— Dans ce cas, quel est le problème ?

— Il n'y en a pas.

Tess se passa une main nerveuse sur le front. La tension lui dressait presque les cheveux sur la tête. Nick en était la cause évidente. Mais pour quelle raison ? Depuis qu'elle le connaissait, il n'avait eu ni un mot ni un geste blessants. Alors, d'où provenait cette panique ? Pourquoi son instinct lui hurlait-il de demeurer sur ses gardes ?

— En général, j'étais avec un groupe d'amis, articula-t-elle enfin.

— Jamais avec un homme seul ?

— Une ou deux fois. Ecoutez…

— S'il vous plaît, Tess, acceptez. C'est important pour moi. En plus, j'ai déjà tout organisé.

Une nouvelle fois, il la suppliait. Comment résister, alors qu'elle mourait d'envie de cette soirée avec lui ? Selon toute probabilité, la première et la dernière. Leurs vies tendaient vers des objectifs si différents qu'aucun avenir commun ne les réunirait.

Mais ce soir, elle voulait oublier leurs différences, vérifier s'il existait entre eux des similitudes. Si elle en trouvait au moins une, la soirée serait à ses yeux un succès.

Elle hocha la tête.

— Allons-y, dit-elle.

Quelques minutes plus tard, ils décollaient. En bouclant sa ceinture de sécurité, un détail frappa Tess : l'avion s'élançait vers le soleil.

3.

— Uvalde ? s'étonna Tess. Le restaurant que vous aimez tant se trouve à Uvalde, au Texas ?

L'avion atterrit et glissa sur la piste. A ce moment seulement, Nick la regarda.

— Faites-moi confiance. Le dîner va vous plaire.

Tess haussa les épaules. Le vol s'était révélé agréable. Nick avait parlé de choses et d'autres. Pas une fois il n'avait fait allusion au forage ni à *L'Aguila*.

Cependant, dès qu'ils touchèrent terre, un malaise diffus s'empara de nouveau d'elle. Et pourtant, convint-elle en son for intérieur, personne ne l'avait obligée à venir.

Pour descendre la passerelle, Nick lui offrit sa main. Au sol, il garda sa main dans la sienne, puis déclara d'un air grave :

— J'espère que ce que j'ai prévu va vous plaire.

Il la regarda comme s'il cherchait à la déchiffrer.

— Quelque chose ne va pas ? demanda-t-elle.

Hochant la tête, Nick l'entraîna vers une rutilante Cadillac des années 1975.

— Voiture de location ? s'enquit-elle.

— C'est la voiture de mes grands-parents.

— Ils vivent à Uvalde ?

— En effet.

Elle commençait à comprendre.

— Je me demandais comment vous connaissiez un petit restaurant à Uvalde ! Vous avez été élevé ici ?

Pour une raison ou une autre, la remarque fit sourire Nick. Le cœur de Tess se mit à palpiter. Pour dire quelque chose, elle demanda :

— Ce restaurant sert de la nourriture tex mex ?

— A l'occasion. Mais pas ce soir.

Le sourire de Nick avait bouleversé Tess de fond en comble. Toute sa méfiance tomba d'un coup. Pour la première fois, elle se sentit totalement à l'aise avec lui.

Il mit la voiture en marche, quitta l'aérodrome et s'engagea sur une route goudronnée. Le soleil avait disparu, ne laissant derrière lui que quelques longs filaments d'or à l'horizon.

— Ainsi, vous êtes professeur à l'Université du Texas ? s'enquit-elle.

— C'est exact.

— Dans ce cas, vous habitez Austin ?

— Oui. Vous connaissez la ville ?

— J'y ai fait mes études. Pour mes sœurs et moi, c'était un passage obligé. L'Université du Texas, ou rien.

54

— Votre père avait des idées très arrêtées, si je comprends bien ?

« Un vrai dictateur, oui ! » songea Tess.

— Qu'avez-vous comme diplôme ? demanda Nick.

— Ingénieur. Spécialisée dans le pétrole.

Au cours de ses années d'étude, jamais il n'y avait eu à la faculté d'Austin de professeur aussi séduisant que Nick Trejo ! songea-t-elle avec regret. Sans quoi, elle aurait fait des pieds et des mains pour s'inscrire à ses cours ! La pensée la fit sourire.

— Austin est la ville idéale pour mener une existence décontractée et agréable, commenta Nick.

— L'inverse de Dallas !

Nick tourna la tête vers elle et s'enquit :

— Vivre à Dallas ne vous plaît pas ?

Le ton mélancolique de sa propre voix n'avait pas échappé à Tess. Mais elle refusa d'en convenir.

— Au contraire. Il s'y passe toujours quelque chose. Et c'est une plaque tournante pour le business international.

Elle ne mentait pas. Seul le mot « décontracté », employé par Nick, avait provoqué une éphémère mélancolie. Sa vie à elle n'était faite que de discipline, de dynamisme, d'ambition. Elle n'avait jamais connu autre chose. Rien à voir avec la bohème d'une existence universitaire.

— A l'époque des fax et des ordinateurs, on peut travailler où on veut, suggéra Nick.

— Pas si sûr. Dans ma branche, il importe d'avoir un aéroport international tout proche.

Nick s'engagea sur une route départementale, et développa sa théorie :

— D'Austin à l'aéroport de Dallas, il n'y a qu'un saut de puce, avec un petit avion personnel.

Pourquoi se transformait-il en agent promotionnel d'Austin ? s'étonna Tess. Surtout qu'il n'avait pas la moindre chance de la convaincre ! Elle habitait Dallas parce que son père et son oncle y avaient installé les bureaux de Baron International. Point final. Dès sa sortie de l'université, à l'âge de vingt-deux ans, elle avait plongé tête la première dans le monde stressant de la haute technologie du pétrole. Elle adorait cela, et elle y excellait. A aucun moment elle n'avait compté ses longues heures de travail. Ni flanché sous la pression que généraient les sommes d'argent énormes à investir. Avec pour seul guide son instinct, et sa passion de la réussite.

Hélas, par-delà la tombe, son père avait décuplé le stress de sa vie professionnelle, ainsi que celui de ses sœurs. Depuis deux ans, l'enjeu qu'il faisait peser sur ses épaules lui rendait la vie presque impossible. Un tourbillonnement sans repos.

Comme Nick prenait une route secondaire, Tess remarqua soudain :

— Vous vous trompez de direction ! La ville, c'est de ce côté.

Nick leva le pied de l'accélérateur.

56

— Nous ne dînons pas en ville, dit-il.

— Mais…

Au sommet d'une colline, Nick tourna dans un chemin de terre.

Tess fixa le chemin. Un tournant. Une barrière de bois en mauvais état. De hautes herbes des deux côtés de la chaussée. Puis une maison se profila contre le ciel crépusculaire.

En bois, celle-ci se composait de deux étages. La véranda s'ornait d'une jolie frise tarabiscotée. La peinture beige de la façade s'écaillait. Sur le toit, deux cheminées penchaient un peu sur le côté. L'ensemble semblait dans un relatif abandon.

— Ce n'est tout de même pas ici que nous allons dîner ? demanda Tess.

— Mais si !

Nick arrêta la voiture en face de la maison. Il en sortit, ouvrit la portière de sa passagère, et lui tendit la main.

Tess la prit et regarda autour d'elle. Pas une voiture. Pas de lumière dans la maison.

— On… on dirait que nous sommes seuls, dit-elle d'une voix faible.

— Ça va être un dîner très privé.

— Mais…

Avec un de ses demi-sourires à faire fondre le cœur de n'importe quelle femme, Nick lui pressa la main.

— Venez. Voici le lieu au monde où je préfère prendre mes repas. J'ai hâte de le partager avec vous.

Impossible de reculer, songea Tess. Elle s'attendait à une soirée qui sortirait de l'ordinaire. Mais à ce point !

— D'ac… d'accord, bégaya-t-elle en grimpant les marches du perron.

Nick poussa la porte non verrouillée, et elle pénétra dans un couloir obscur. Sur-le-champ, une merveilleuse odeur de nourriture lui emplit les narines.

Puis il appuya sur un interrupteur. Mystifiée, Tess remarqua le papier peint fané, le plancher irrégulier.

— Quelle odeur exquise ! s'exclama-t-elle.

Nick sourit de toutes ses dents.

— Je vous assure que la nourriture sera à la hauteur du parfum qu'elle dégage !

Tess s'enquit de la salle de bains, puis s'y enferma et regarda autour d'elle. Des accessoires démodés. Des serviettes quelque peu élimées, mais fraîches et parfumées. Une tapisserie qui pendait à un endroit. Des trous dans le linoléum. Mais aussi une délicate odeur citronnée qui planait dans l'air.

Incrédule, elle secoua la tête. Cet endroit ne pouvait être un restaurant ! Cependant, les odeurs qui s'échappaient de la cuisine la faisaient saliver. Plus elle y songeait, plus Nick lui apparaissait intéressant et complexe. Pourvu qu'il ne gâche pas tout en remettant sur le tapis l'arrêt du forage ! Si tel était le cas, elle en éprouverait une déception sans bornes.

Sitôt cette pensée formulée, Tess la repoussa. « Déçue » ? Il ne manquerait plus que ça ! Changeant d'état d'esprit comme une girouette, elle maudit Nick en son for intérieur. Par quelle outrecuidance cet individu avait-il outrepassé le refus de Ron de le mettre en contact avec elle ? Pourquoi s'était-il invité à sa soirée d'anniversaire ? Pourquoi compliquait-il sa vie au-delà du supportable ?

Elle soupira. La réponse s'imposait d'elle-même : *parce qu'il était Nick Trejo*. Tout simplement.

Quelques instants plus tard, elle quitta la salle de bains, et se dirigea vers la cuisine. Un lieu tout droit sorti d'un magazine de décoration, comme elle put le constater avec émerveillement. Deux jolies petites lampes posées sur un buffet campagnard. Au milieu de la pièce, une table carrée, dressée pour deux personnes, recouverte d'une nappe bleue. De jolies assiettes anciennes, bleues et blanches. Un petit bouquet de fleurs des champs fraîches.

Sur le comptoir, un pain croustillant, posé sur une planche de bois, et une bouteille de vin. Penché au-dessus de la table, Nick mélangeait la salade dans un saladier assorti au service.

Tess lui lança un regard ironique.

— Tout cela est monté de toutes pièces, n'est-ce pas ? dit-elle.

Nick souleva un sourcil étonné.

— Je vais vous servir un bon vin rouge. Asseyez-vous.

Elle obtempéra, et le regarda poser deux verres sur la table. Il avait enlevé sa veste, retroussé ses manches, et semblait tout à fait à l'aise dans cette maison.

— Il est temps que vous m'expliquiez, commença-t-elle. Personne n'habite ici, à mon avis.

— Oui et non…

— Ne recommençons pas ce petit jeu de devinette ridicule ! A qui appartient cette maison ?

— A mes grands-parents. Ils vivent à Uvalde, maintenant.

— Donc, personne n'habite ici ?

— Ils y viennent parfois.

— Mais…, commença-t-elle.

Puis, abandonnant l'objection, elle changea son angle d'attaque :

— D'où vient la nourriture ?

— De ma sœur, Kathy.

Nick découpa quelques fines tranches de pain et poursuivit :

— Elle et son mari pharmacien vivent en ville avec leurs deux filles. Mais ma grand-mère lui a appris à cuisiner à la perfection. Croyez-moi, ça va être délicieux.

A en juger par le fumet qui s'échappait de la cocotte, Tess n'en doutait pas. Elle sirota une gorgée de vin et résuma avec scepticisme :

60

— Votre sœur a tout préparé, et a quitté les lieux avant notre arrivée ?

Nick servit un appétissant ragoût dans les deux assiettes.

— Je lui ai indiqué notre heure d'arrivée approximative. Elle s'est organisée en conséquence.

—Très gentil de sa part ! Elle fait ça souvent, j'imagine ?

Les mains de Nick s'immobilisèrent. Il regarda Tess bien en face.

— Non, lâcha-t-il.

— Vous n'avez jamais manigancé d'autres rencontres féminines, dans ce décor de magazine ?

— Jamais, répéta-t-il.

Comme Tess le regardait sans y croire, Nick posa ses deux mains sur la table, et se pencha vers elle. Ses larges épaules, ses muscles déliés et vigoureux irradiaient une sensualité, une tension presque électriques. Une sonnette d'alarme retentit aussitôt dans le cerveau de Tess. Attention, danger ! Quand il embrassait, les baisers de cet homme brûlaient. Quand il jouait à l'hôte charmant, son attitude provoquait un sentiment de sécurité chaleureux. Mais tout cela était trompeur. De la poudre aux yeux, pour atteindre un but bien précis.

Les yeux d'ambre de Nick plongèrent dans ceux de Tess, et il répéta :

— Jamais je n'ai demandé à ma sœur un service de

cet ordre. Mais quand je lui ai révélé le nom de mon invitée, elle s'est empressée de m'aider.

Ah ! C'était donc ça ! Tess commençait à y voir plus clair.

— Si je comprends bien, on en revient à ma plate-forme de forage ?

Nick ne répondit pas et se remit à servir. Puis, d'un coup d'œil circulaire, il s'assura que tout était en place. Cherchait-il une réponse plausible ? se demanda Tess. Où ignorait-il la remarque, purement et simplement ?

— Vous vous êtes donné beaucoup de mal pour rien, avec votre petite ruse, reprit-elle. J'ai déjà refusé, à Corpus Christi.

Assis en face d'elle, Nick lui adressa un regard appuyé.

— Evitons de mentir, dit-il. Une partie de cette excursion a en effet pour but de faire ajourner de trois mois votre forage du golfe.

— Je vous ai déjà dit que…

Nick l'interrompit d'un geste, et poursuivit :

— En même temps, je souhaitais de tout cœur passer une soirée agréable en votre compagnie.

Sans quitter Tess des yeux, il fit glisser ses doigts le long du pied de son verre.

— La vérité, c'est que j'ai envie de mieux vous connaître, dit-il.

Si seulement le regard de cet homme avait scintillé

62

avec moins de profondeur…, songea Tess. Elle se serait sentie en bien meilleure posture.

Comme s'il prenait des forces, il enchaîna :

— En fait, je vous désire. Depuis que j'ai posé mon premier regard sur vous.

Tess eut un haut-le-cœur.

— Vous me…

Les yeux plantés dans les siens, Nick l'interrompit :

— Plus que je ne saurais dire. Je ne comptais pas là-dessus, croyez-moi. Hier, je me suis rendu à votre soirée avec un unique but, bien précis. Mais quand je vous ai vue, quand j'ai dansé avec vous…

Le regard de Nick glissa vers la bouche de Tess et il acheva :

— Quand je vous ai embrassée, tout a basculé. Je me suis mis à vouloir beaucoup plus que ce que je venais demander.

Tess déglutit avec difficulté. Pour se donner une contenance, elle porta son verre à ses lèvres.

— Soit vous êtes très direct, soit vous mentez pour aboutir à vos fins, lâcha-t-elle enfin.

— Je ne vous mentirais pas sur un tel sujet.

— Comment vous croire ? J'ai fait votre connaissance hier. Et ce soir, sous le prétexte de m'inviter à dîner, vous m'emmenez dans cette maison isolée.

Le son de sa voix trahissait son désarroi.

— Ecoutez…, répliqua Nick. Nous sommes bel et bien en train de dîner ensemble. Je n'ai donc pas menti sur ce point. Et je ne mens pas en disant que je vous désire. Vous devez le savoir.

Le malaise de Tess s'accrut. Que croire ? Heureusement, songea-t-elle, il parlait de désir, et non d'amour. S'il lui avait déclaré sa flamme, elle l'aurait classé d'emblée dans la catégorie des bonimenteurs. Mais quoi qu'il en soit, elle ne savait pas gérer les émotions qu'il introduisait dans leur relation. L'amitié, elle connaissait. Le flirt, les amants, non.

En affaires, en cas de négociation sur le fil du rasoir, de décision à haut risque, elle se trouvait sur son territoire de prédilection. Par contre, Nick la déstabilisait de fond en comble. Devant sa présence imposante, son regard de feu, elle ne trouvait pas la parade. En fait, elle ne savait rien des stratagèmes féminins.

Jill, *elle*, saurait très bien se tirer d'affaire avec Nick ! Elle maîtrisait l'art d'attirer un homme dans ses filets. Quitte à le laisser tomber ensuite, sans états d'âme. Kit elle-même saurait s'y prendre… Elle avait le chic pour secouer sa crinière rousse et rire en rejetant la tête en arrière. En un quart de tour, elle mettait ainsi un homme dans sa poche. Pour l'abandonner aussitôt sans se retourner.

Mais Tess, elle, était différente. Jamais elle ne jouait au chat et à la souris avec un homme. Elle ne savait que dire la vérité. Et dans cette situation précise, la vérité la rendrait vulnérable. Alors qu'elle avait la ferme intention de s'éloigner de Nick Trejo. Le plus vite possible.

— Ressentez-vous le même désir que moi ? demanda-t-il d'une voix grave.

Tess détourna la tête et ferma les yeux un instant. Elle mentait si mal ! Même si elle essayait, il s'en apercevrait tout de suite…

— Je ne serais pas ici avec vous, si ce n'était pas le cas, avoua-t-elle à contrecœur.

Un long silence s'instaura entre eux. Leur aveu encombrait l'espace. Au bout d'un moment, Nick reprit la parole, et donna un tour différent à la conversation :

— Je veux vous apprendre certaines choses, au sujet de ma famille.

La méfiance de Tess resurgit, plus violente que jamais. Elle rejeta la situation en bloc. Si seulement elle avait possédé des pouvoirs magiques ! D'un claquement de doigt, elle se serait propulsée à Corpus Christi. D'une pirouette, elle aurait fait disparaître Nick Trejo de sa vie. Elle les dissoudrait dans le vide, lui, ses exigences et ses complications. Mais elle ne vivait pas dans un monde virtuel. Dans la réalité, comment s'y prend-on, pour que le monde se conforme à ses souhaits ?

— Apprendre des choses sur votre famille, n'est-ce pas la même chose qu'apprendre des choses sur vous ? demanda-t-elle.

— D'une certaine façon, si.

Dans ce cas, pourquoi faisait-il la distinction entre les deux ? Elle ne parvenait pas à le comprendre. Et d'ailleurs, elle s'en moquait !

— Que cela nous plaise ou pas, dit-elle, notre arrière-plan familial nous façonne tous.

Nick lui sourit avec chaleur.

— Je suis content que vous le compreniez.

Qui, mieux qu'elle, connaissait le poids d'une famille ? La sienne ressemblait à s'y méprendre à celle de la série télévisée *Dallas* !

Pour conserver un calme précaire, oublier l'aveu sensuel qui planait entre eux, elle se concentra sur le ragoût. Un enchantement pour ses papilles… Pendant ce temps-là, son cerveau tournait à plein régime. Elle avait toujours eu du mal avec les hommes. Mais avec Nick, sa maladresse naturelle atteignait un comble. Dans la même situation, que ferait n'importe quelle femme normale ? Elle balayerait les assiettes d'un revers de la main, et ferait l'amour avec cet être splendide. Sur la table de la cuisine de sa grand-mère.

Mais pour elle, c'était hors de question. Elle n'en avait pas l'audace.

Pour le moment, elle ne caressait qu'un rêve : retrouver sa maison. Dans la solitude et la sécurité de sa chambre à coucher, elle remettrait les événements en perspective, passerait au crible ce qui s'était dit au cours de cette soirée. Elle analyserait, dans le désir de Nick, la part qui revenait à l'attirance physique, et celle qui revenait à ce qu'il attendait d'elle.

Nick voulait les deux, sans doute. Alors que son désir à elle était pur de tout calcul. Dans ces conditions, que se passerait-il si elle refusait d'arrêter son forage pendant trois mois ? Après avoir profité d'elle, il l'abandonnerait. Et elle souffrirait comme une idiote qui s'est laissé abuser.

Forte de cette conclusion, elle prit sur elle et engagea la conversation sur des chemins sans danger… La nourriture. La sœur de Nick. Ses nièces.

En fait, comprit-elle, elle se donnait du temps. Malgré tous ses efforts, cependant, planait toujours entre eux la véhémence du désir qu'ils éprouvaient l'un pour l'autre.

Nick débarrassa les assiettes, tandis que Tess sirotait son café.

— Dites bien à votre sœur que son repas était délicieux, insista-t-elle.

— Le compliment va l'enchanter.

Pour maintenir jusqu'au départ le rythme tranquille de cette conversation inoffensive, Tess suggéra :

— Parlez-moi de cette maison. Puisque vos grands-parents habitent en ville, pourquoi gardent-ils celle-ci ?

Nick fit couler l'eau chaude dans l'évier.

— Mon grand-père a un grave problème cardiaque. Ils vivent donc à Uvalde, près d'un hôpital, et de leur cardiologue. Mais quand il a fallu prendre la décision de partir, ils ont freiné des quatre fers.

Nick arrêta l'eau, se retourna et s'appuya à l'évier.

— Pour les convaincre de partir, ma sœur et moi leur avons promis que leur maison serait toujours là pour eux. Nous n'avons rien touché, et nous faisons nettoyer la maison de fond en comble une fois par mois. De sorte qu'ils y viennent parfois, pour quelques heures. Ils déjeunent ici, s'imprègnent des lieux, et repartent jusqu'à la prochaine fois.

— Vos grands-parents ont bien de la chance d'avoir des petits-enfants comme vous et votre sœur, remarqua Tess avec un sourire.

— C'est Kathy et moi qui avons eu de la chance. Ils nous ont élevés.

Tess cilla.

— Comment ça ?

— Nos parents sont morts dans un accident d'avion.

— Mais… c'est horrible !

— J'avais huit ans, et Kathy sept. Nos grands-parents nous ont pris en charge, à l'époque. Maintenant, c'est à notre tour de nous occuper d'eux.

— Quelle belle histoire…, murmura Tess.

— Ce que nous faisons pour eux n'est rien, comparé à ce qu'ils nous ont donné de leur temps et de leur vie.

Quel homme ! songea Tess. Décidément, tout en lui

la séduisait. Néanmoins, cela ne devait pas lui faire perdre de vue l'essentiel : Nick et elle se trouvaient en conflit d'intérêts. Jamais elle n'accepterait de retarder l'exploitation de son gisement de pétrole. Dès qu'il en aurait la conviction absolue, il repartirait comme il était venu. Elle ne le reverrait jamais.

— Vos parents sont morts dans un accident d'avion, et vous pilotez ? s'étonna-t-elle.

Il lui sourit de toutes ses dents. Un sourire presque enfantin.

— Je suis pilote *parce que* mes parents sont morts en avion. A la suite de leur accident, j'ai développé une peur bleue de cet engin. Ma seule façon de la vaincre fut d'apprendre à piloter.

— C'est pour ça que vous m'avez assurée que le vol se passerait en toute sécurité ?

Avec un haussement d'épaule, Nick expliqua :

— J'ai travaillé et étudié jusqu'à devenir un pilote confirmé. Avant chaque vol, je vérifie l'avion moi-même. J'aime mettre toutes les chances de mon côté.

Tess se leva et porta sa tasse dans l'évier.

— La maison de vos grands-parents, la cuisine de votre sœur, c'est pour mettre toutes les chances de votre côté ? Pour que j'accède à vos exigences ? demanda-t-elle.

— En partie seulement, je vous l'ai déjà dit.

Pendant le dîner, tandis que Nick lui parlait de ses nièces, de sa famille, elle avait occulté leur différend. L'espace de quelques minutes, elle avait cédé au simple plaisir d'être une femme, en compagnie d'un homme qui l'attirait au plus haut point.

Mais au fond, elle le savait : rien de sérieux ne pouvait exister entre eux. Elle n'avait jamais su entretenir avec un homme une liaison fugace. Avec Nick, elle y parviendrait encore moins.

Lui, en revanche, se satisferait sans doute très bien d'une liaison d'un soir avec elle. De plus, elle ne se faisait pas la moindre illusion : s'il devait choisir entre lui faire l'amour et la satisfaction de ses propres exigences, il oublierait bien vite son attirance physique au profit de ses ambitions.

Elle trancha :

— Je ne peux arrêter l'exploitation de ce gisement. Et j'aimerais retourner à Corpus Christi le plus vite possible. Donnez-moi un torchon, je vais vous aider.

Nick lui en tendit un et la regarda.

— Pourquoi êtes-vous si désireuse de partir ? Vous n'avez pas aimé le dîner ?

— Au contraire, dit-elle avec un bref sourire. C'était délicieux. Et j'adore la maison. Merci de me l'avoir fait connaître.

— Vous ne m'avez pas dit pourquoi vous souhaitez rentrer si vite ?

Elle essuya une assiette et expliqua :

— J'ai une journée chargée, demain. Et cette nuit, j'ai un travail préparatoire à mettre au point.

— Vous n'avez jamais envie de prendre le large un jour ou deux, de temps en temps ?

— Ça m'arrive. Mais j'adore mon travail. Il ne me pèse pas.

Tout en lui tendant une assiette rincée, Nick scruta Tess. Sans la connaître, il savait une chose d'instinct : elle voulait partir pour s'éloigner de lui. Et d'ailleurs, comment le lui reprocher ? Etant donné les circonstances, son attitude s'expliquait très bien.

— La soirée n'a pas été pour vous un franc succès, dit-il d'un ton sobre.

— Je ne dirais pas ça… C'était une expérience… très intéressante.

Nick lui tendit un verre.

— J'en suis content. Parce que j'aimerais beaucoup vous faire rencontrer mes grands-parents.

Préférant rester vague, elle répondit :

— Une fois ou l'autre, peut-être…

En esprit, elle était déjà de retour à Corpus Christi, et songeait à ses activités du lendemain.

Nick la regarda à la dérobée. Son cœur débordait de regrets. Si seulement ils avaient eu la chance de faire connaissance en d'autres circonstances… S'il avait eu le choix, il aurait donné beaucoup pour ne pas mettre à exécution le piège qu'il avait conçu.

Des femmes, il en avait fréquenté beaucoup dans sa vie. Les unes l'avaient quitté. Il s'était séparé des autres de son propre gré. Jamais elles n'avaient constitué un problème. Ni une grande joie. En fait, sa vie professionnelle occupait le plus clair de son existence, partagée entre la passion de son travail universitaire et l'aventure des trésors sous-marins.

Mais d'un seul coup, tout prenait une autre allure : il avait rencontré Tess ! Dès le premier regard, il avait jugé à quel point elle différait des autres femmes. Et il ne songeait pas seulement à son aspect physique. Même s'il la trouvait magnifique et la désirait de tout son être. En cet instant, il respirait le parfum de sa peau, en admirait l'éclat ivoire rehaussé par la lampe, contemplait avec envie la courbe de ses seins sous la robe rouge. La tentation était grande de les tenir dans ses paumes… Hélas, cela n'arriverait sans doute jamais.

Au moment même où ce regret traversait l'esprit de Nick, son corps lui dicta une autre conduite. Cédant à son impulsion, il s'essuya les mains en toute hâte, attrapa Tess par les épaules et l'attira contre lui. Il ressentit avec ivresse le frisson qui la parcourait tout entière, tandis qu'il se penchait vers elle, s'emparait de sa bouche et l'emportait dans un baiser profond.

Les mains de Tess voletèrent un instant dans l'air, avant de se poser sur ses épaules. Une étrange allégresse s'empara de lui. Elle acceptait son baiser ! Elle s'y adonnait même avec volupté ! Il le sentait à l'abandon de son corps contre le sien, à la façon dont elle enroulait ses bras autour de sa nuque.

Leur envie mutuelle avait flambé. A croire qu'elle

72

couvait dans leur sang, sous leur peau, depuis le début de la soirée.

Cette certitude emplit Nick d'une violente satisfaction : elle le désirait autant qu'il la convoitait. S'il la prenait avant qu'elle ne lui donne son accord pour l'arrêt du forage, sans doute perdrait-il un atout. Eh bien… tant pis ! Il la voulait, *maintenant*. Quelles qu'en soient les conséquences.

Laissant libre cours à son désir, il l'embrassa de plus belle. Elle ouvrit la bouche sans retenue pour l'accueillir. Leurs langues se mêlaient en un ballet à la fois doux et impérieux, qui propulsa Nick aux confins du plaisir.

Elle avait le goût de café, de pêche et de miel. Les courbes voluptueuses de ses seins, la douce peau de sa gorge, tout cela le conduisait vers un point de non-retour. Celui où on doit à toute force satisfaire son désir. Il éprouvait un vertige jusque dans les profondeurs de sa moelle.

Tess gémit. Nick la plaqua contre lui. Voilà…, songea-t-il. Le moment était venu, il fallait qu'il la possède. A tâtons, il chercha la fermeture Eclair de la robe rouge.

Tout à coup, sans le moindre signe avant-coureur, Tess s'arracha à ses bras. Pris de court, il s'appuya au comptoir pour garder l'équilibre.

— Je… je vous en prie, ramenez-moi à Corpus Christi… tout de suite.

Elle gardait les yeux rivés au sol, refusant de rencontrer le regard de Nick.

Dans un effort presque surhumain, il reprit le contrôle de ses sens. Encore une minute de ces baisers enflammés, et il aurait possédé Tess sur le plancher de la cuisine.

— Qu'y a-t-il ?

Au moment où il posait la question, il comprit : elle le croyait intéressé. Elle devait penser qu'il voulait lui faire l'amour pour la faire changer d'avis au sujet du forage. Bien sûr, elle se trompait. Mais il aurait beau le lui dire et le lui répéter, il ne la convaincrait pas. Et une fois leur union physique consommée, il aurait encore plus de mal à établir sa bonne foi. Le mal serait fait.

Tout compte fait, il l'avait échappé belle. Aujourd'hui, le désir l'avait submergé, au point d'avoir eu presque raison de son bon sens. Son corps souffrait de frustration dans chacune de ses fibres. Mais on ne l'y reprendrait pas ! Il ne pouvait se le permettre sous aucun prétexte. Ni pour Tess, ni pour lui. Dorénavant, il devait garder les yeux fixés sur son objectif dans le golfe du Mexique. Point final.

Il jura entre ses dents. En bonne logique, il aurait dû remercier Tess du coup d'arrêt qu'elle portait à l'élan violent, presque animal, qui les poussait à faire l'amour ensemble. Et pourtant… une voix lui soufflait encore de prendre cette femme dans ses bras. De l'embrasser. De déchirer ses vêtements. De sombrer avec elle dans un gouffre profond.

— Raccompagnez-moi à la maison, exigea Tess d'une voix sourde.

Laissant échapper un long soupir, il demanda :

— Si nous parlions plutôt de ce qui vient de se passer entre nous ?

Pâle, les bras croisés sur sa poitrine, Tess affronta enfin Nick du regard.

— Que voulez-vous en dire ? répliqua-t-elle. A part que cela n'aurait jamais dû arriver ! Nous savons tous les deux pourquoi. Ramenez-moi, je vous en prie.

Le moment redouté arrivait, songea Nick avec désolation. Le moment qui rendrait impossible entre eux toute relation de confiance.

— Désolé, Tess. Vous ne rentrez pas chez vous, ce soir.

4.

— Pardon ?

Nick croisa les bras et s'appuya au comptoir.

— Nous passons la nuit ici, expliqua-t-il. Et demain matin, je vous présenterai mes grands-parents.

— Vous plaisantez ?

— Pas le moins du monde.

— Mais… j'exige que vous me raccompagniez sur-le-champ !

Nick demeura de marbre.

— En tant que présidente de la société Baron, vous pouvez disposer de votre temps à votre guise, ce me semble ! Où est le problème ?

— Le problème ? C'est que la situation présente ne me convient pas ! Mais alors pas du tout ! En plus, mon assistant vous l'a déjà dit et répété, mon emploi du temps est très serré…

— Je comprends… Mais qu'est-ce qu'une journée, dans votre vie ?

Tess bouillonnait de colère. Elle s'efforça de ne pas crier.

— Pour qui vous prenez-vous, à la fin, avec votre façon de prendre des décisions à ma place ?

De l'index, elle frappa plusieurs fois le torse de Nick.

— Je vais vous dire qui vous êtes, reprit-elle. Un type qui s'est imposé à ma soirée d'anniversaire. C'est tout ! Je vous connais depuis moins de vingt-quatre heures, et vous avez la prétention de diriger ma vie ? Pas question !

Le visage composé, la voix calme, Nick rétorqua :

— Il est important pour moi que vous rencontriez mes grands-parents. C'est pourquoi nous passerons la nuit dans cette maison.

Une envie de meurtre s'empara de Tess.

— Faites ce que vous voulez ! Moi, je rentre chez moi !

— Impossible.

— J'embarque dans le premier avion ! Je rejoins Corpus Christi sans votre aide ! J'ai vu des avions privés à l'aéroport. Je demanderai le nom d'un propriétaire, lui expliquerai ma situation et louerai ses services.

— Il est tard. Ici, les gens se couchent tôt, parce qu'ils se lèvent tôt. Personne ne voudra sortir de son lit en pleine nuit, pour raccompagner une inconnue à Corpus Christi.

— Que savez-vous de ce que les gens veulent ou

ne veulent pas faire ? En tout cas, vous n'avez pas le droit de me garder ici contre mon gré !

Toujours imperturbable, Nick haussa les épaules.

— De toute façon, comment vous rendriez-vous à l'aéroport ? Je n'ai pas l'intention de vous y conduire...

— J'appellerai un taxi.

— Aucun taxi ne se déplacera jusqu'ici. Surtout à cette heure.

— Si je lui offre assez d'argent...

Nick secoua la tête.

— Désolé. Dans cette partie du Texas, votre argent ne vous sera d'aucun secours.

— Votre attitude est éhontée ! lança Tess.

— Elle est surtout désespérée. Je veux vous faire rencontrer mes grands-parents, afin que vous compreniez pourquoi *L'Aguila* et son contenu sont si importants pour moi.

— En me séquestrant, vous pensez pouvoir influencer ma décision ? Vous manquez de sens commun !

— C'est ma dernière cartouche, et je m'en sers.

— Eh bien ! Tenez-vous la chose pour dite, Nick Trejo : en me retenant ici, vous annulez toute chance de succès de votre projet.

Une lueur sombre voila le regard de Nick. Mais il cligna aussitôt des yeux, et elle disparut.

— J'essaie quand même, rétorqua-t-il.

Tess regarda autour d'elle.

— Où est le téléphone ? L'annuaire ?

En silence, Nick pointa l'index vers le buffet. Un téléphone était accroché au mur. Puis, ouvrant un tiroir, il en sortit l'annuaire, et le lui tendit.

Pendant un quart d'heure, Tess lança des appels dans tous les sens. Diverses compagnies de taxis, ainsi que les services de l'aéroport. En vain. Puis elle eut recours au commissariat. La police, connaissant la famille Trejo de longue date, ne bougea pas. En dernier recours, elle contacta une ambulance, qui lui opposa un refus.

Alors, elle téléphona à Ron. Mais décidément, la chance jouait contre elle. Il demeura injoignable. En désespoir de cause, elle laissa un message sur le répondeur du bureau. C'était bien sa veine ! se lamenta-t-elle en son for intérieur. Son assistant passait sans doute la soirée avec sa nouvelle petite amie. Peut-être même avait-il décidé de finir la nuit chez elle…

— Injoignable ? demanda Nick.

Tess lui adressa un regard meurtrier et s'assit sur une chaise.

Pendant qu'elle passait ses coups de fil, Nick avait rangé la cuisine. Il suspendit le torchon à son crochet.

— Je suis surpris que votre assistant ait une vie personnelle en dehors de son travail, ironisa-t-il. Vous ne l'avez donc pas façonné à votre image ?

Les doigts de Tess tambourinaient sur la table. Elle laissa son regard errer dans la pièce. Qui appeler ? Sûrement pas ses sœurs ! Au lieu de lui proposer leur aide, elles riraient aux larmes de la mésaventure dans laquelle elle s'était fourvoyée.

La voix profonde de Nick interrompit la dérive de ses pensées :

— Si vous cherchez quelque chose à me jeter à la figure, dit-il, choisissez-le incassable. Ma grand-mère serait malheureuse que vous brisiez un de ses objets...

Tess le regarda sans aménité, et lança :

— Que voulez-vous que ça me fasse ? Elle aurait dû vous apprendre les bonnes manières ! On ne kidnappe pas une femme comme vous l'avez fait !

— Dois-je vous rappeler que vous êtes venue de votre propre gré ?

— Parce que vous m'avez menti !

— J'ai omis une partie de la vérité, c'est différent. Quel autre moyen avais-je de vous faire monter dans cet avion ?

Sarcastique, Tess énuméra :

— Vous auriez pu me droguer, me frapper, et même m'estourbir complètement.

Nick fronça les sourcils.

— Vous me croyez capable de vous faire du mal ? demanda-t-il.

Tess haussa les épaules.

— Qu'en sais-je ? Jamais je ne vous aurais cru capable de kidnapping, et pourtant...

Elle continuait à réfléchir à une échappatoire. Téléphoner à son oncle William était hors de question. Pour rien au monde elle ne voulait l'inquiéter. Restait Des. Mais comment le joindre ? A cette heure tardive, son bureau était fermé. Quant à son numéro personnel, elle ne l'avait pas mémorisé, tant elle avait peu l'habitude de l'utiliser. Bien sûr, Colin Wynne viendrait à la rescousse, si elle faisait appel à lui. Mais elle répugnait à dévoiler à ses amis la facilité avec laquelle Nick Trejo l'avait dupée.

— Vous faites une histoire de rien du tout, Tess. Après tout, de votre propre aveu, le vol s'est très bien déroulé, et le repas était délicieux. Maintenant, vous allez passer la nuit dans une jolie chambre aux draps parfumés. Et vous serez de retour à Corpus Christi demain à midi. Je m'y engage.

Tess ironisa :

— Vous êtes vraiment très fort ! Quel ton raisonnable, sincère ! Sans oublier votre baiser, il y a quelques instants. Un sacré baiser, ma foi ! Une arme de choix dans votre arsenal de bataille !

Après cette sortie, elle prit une profonde inspiration, croisa les bras sur sa poitrine et articula avec lenteur :

— Une dernière fois : reconduisez-moi. Immédiatement.

Nick contempla le visage flamboyant de colère de Tess. A la base de son cou gracile battait une petite veine bleue. Une envie dévorante le tenaillait. La soulever dans ses bras. La transporter dans sa chambre. La déshabiller. Lui faire l'amour jusqu'à

81

satiété. Hélas, avec le piège qu'il lui avait tendu, il avait grillé cette possibilité. D'ailleurs, avait-il jamais eu la moindre chance ?

— Je vais vous montrer votre chambre. C'est celle de ma sœur. Elle vous a préparé une chemise de nuit, des serviettes de toilette, une brosse à dents neuve et du dentifrice.

— Très aimable à elle, fulmina Tess. Votre sœur est coupable du même crime que vous.

— Quel crime ?

— Ne faites pas l'innocent ! Retenir quelqu'un contre son gré est un crime puni par la loi. C'est ce que j'ai rappelé à l'officier de police de votre ville. Mais ça a paru l'amuser.

— Pas étonnant ! J'ai fréquenté les bancs de l'école avec lui. Je lui ai passé un coup de fil avant notre arrivée, pour lui expliquer la situation.

— Préméditation, en plus ! grinça Tess d'une voix coupante comme du verre.

D'un coup de reins, Nick se détacha du comptoir de la cuisine. Imperturbable, il se dirigea vers le corridor.

— Venez voir votre chambre. Si quelque chose vous manque, n'hésitez pas à le dire.

Trop en colère, Tess ne pouvait dormir. Avec quelle inacceptable maestria Nick l'avait embobinée ! songeait-elle. Mais elle éprouvait aussi un violent ressentiment contre elle-même. Si seulement elle avait écouté la petite voix qui paniquait en elle, à l'idée de prendre l'avion… A présent, sa naïveté, sa stupidité, lui faisaient honte. Elle avait accordé sa confiance à Nick, et il l'avait trahie.

Elle plaqua son oreiller contre son visage pour étouffer un grondement de rage. Pourquoi se voiler la face ? Qu'avait à voir la confiance avec la raison qui l'avait fait monter dans ce fatal avion ? Si elle avait suivi Nick, c'est parce qu'il l'attirait au-delà de toute expression. Un point, c'est tout ! Cet aveu intérieur redoubla sa colère impuissante. Elle lança l'oreiller à travers la chambre.

Mais la colère, si vive soit-elle, n'était pas la seule cause de son insomnie. Comme souvent, elle se rongeait aussi d'inquiétude au sujet de ses affaires. Exploiter dans les temps son nouveau gisement de pétrole revêtait pour elle une importance si capitale qu'elle en perdait souvent le sommeil.

Pour le moment, les travaux ne faisaient que débuter. Il était trop tôt pour espérer tomber sur la faramineuse nappe pressentie. Mais elle s'effrayait souvent à l'idée d'avoir commis une erreur quelque part. Au pire, il n'y avait pas de pétrole à l'endroit où elle faisait forer ! Mais sans aller jusqu'à cette désastreuse extrémité, le gisement pouvait se révéler beaucoup moins productif que prévu. Dans les deux cas, une partie de sa vie s'effondrerait.

Elle roula sur le côté. La maison était paisible. Nick

dormait sans doute à poings fermés, songea-t-elle. Pourquoi en serait-il autrement ? Avec une ruse de fin stratège, il l'avait attirée dans ce piège, et la tenait entre les mailles de son filet.

De rage, elle rejeta d'un coup de pied les couvertures et sortit du lit. En guise de chemise de nuit, la sœur de Nick lui avait préparé un T-shirt qui lui arrivait au-dessus du genou. Elle ne prit donc pas la peine d'ouvrir la penderie, à la recherche d'un peignoir.

Aussi silencieusement que possible, elle quitta la chambre, avança à tâtons dans le corridor, puis entra dans une pièce qui devait être le salon. Elle referma en douceur la porte derrière elle, et alluma une lampe.

Tout d'abord, elle aperçut un canapé confortable et deux fauteuils. Un rocking-chair et une table occupaient un coin près de la fenêtre. Des revues anciennes étaient posées sur un petit guéridon. Joli et chaleureux, l'ensemble rappelait la décoration des années soixante et soixante-dix.

Puis elle vit les photos. Sur les tables, le manteau de la cheminée, les murs.

Comme on visite une exposition, elle commença par un mur. Une photo sépia de jeunes mariés attira son attention. Vu l'ancienneté du cliché et le style des vêtements, il s'agissait sans doute des grands-parents de Nick. Le jeune homme éclatait de fierté, le visage de la mariée exprimait une joie profonde.

Plus loin, Tess trouva une photo de la même jeune femme, cette fois avec un petit garçon dans les bras.

84

Le père de Nick, assurément. Au fil des années et des clichés, elle vit le garçonnet grandir, partir à la guerre et revenir. Son mariage avec une charmante jeune fille était immortalisé sur un autre mur. Tout près du jeune couple, la photo d'un autre garçon, et celle d'une petite fille. Nick ? Kathy ?

Ensuite, il n'y avait plus de photos des parents de Nick. En revanche, s'étalaient sur tout un mur les années d'école et de lycée des deux enfants. Un sourire vint aux lèvres de Tess tandis qu'elle regardait Nick le jour de la cérémonie de fin d'études universitaires.

Ses grands-parents, fiers et heureux, se tenaient derrière lui. Depuis cette époque, le visage de Nick s'était creusé, ses traits et son corps tout entier avaient mûri. Mais ce jour-là, ses yeux ambrés rayonnaient de bonheur et de rêves.

Cette photo retint l'attention de Tess. Que s'était-il passé dans la vie de Nick, entre le jour de cette cérémonie et aujourd'hui ? Depuis leur rencontre, elle l'avait vu exprimer de multiples émotions. Mais pas le pur bonheur de cette photo. Ramener *L'Aguila* à la surface et en extraire la cargaison d'or faisait partie de ses rêves actuels. Mais en rêvait-il déjà, à cette époque ? Nourrissait-il alors d'autres ambitions ? Lesquelles ? Ces questions sans réponse se bousculaient dans son esprit.

D'autres photos se trouvaient à l'honneur : le mariage de Kathy, ses deux adorables petites filles. A présent, Tess comprenait pourquoi les grands-parents de Nick ne voulaient pas se séparer de cette maison. Cette pièce était dépositaire de leur vie et de leurs souvenirs.

— Beaucoup de photos, n'est-ce pas ?

La voix de Nick replongea Tess dans la vie réelle. Elle se figea d'abord sur place, puis se retourna d'un bloc. Il portait en tout et pour tout un jean délavé. Tout le reste, son torse large, ses bras aux longs muscles fins, son ventre plat, était nu.

Quant à son jean, il laissait peu de place au mystère. L'étoffe du pantalon suivait la ligne ferme de ses hanches, soulignait ses cuisses et mettait en valeur le renflement de son entrejambe.

La bouche soudain sèche, Tess contempla ce spectacle.

— Oui… beaucoup, bafouilla-t-elle.

D'un pas souple, Nick avança vers elle. La lumière des lampes allumées mettait sur son visage et son corps d'étranges clartés, ainsi que des zones d'ombres. Détourner le regard ! C'était impératif. Reporter son attention sur les photos. Voilà ce qui la sauverait. Hélas, elle s'en révéla incapable. Comme d'habitude, dès qu'il apparaissait, deux phénomènes se produisaient : il captait tout son intérêt, et elle perdait tous ses moyens.

— Kathy et moi avons proposé à mes grands-parents de transporter ces photos dans leur nouvelle maison en ville, mais ils ont refusé.

Nick se trouvait à présent tout près de Tess. Elle

respirait l'odeur de son savon, le parfum de sa peau. Une petite voix en elle lui murmura de s'éloigner. Mais, comme hypnotisée par l'intensité de son regard, elle ne bougea pas d'un pouce.

— Selon ma grand-mère, enlever les photos laisserait des traces sur le papier peint, poursuivit-il. Pas question non plus de changer la tapisserie ! A leur avis, la place de ces photos se trouve dans cette pièce, sur cette tapisserie.

Vêtue du long T-shirt de Kathy et d'un slip, Tess songea qu'elle portait davantage de vêtements que Nick. D'où lui venait, alors, le sentiment d'être presque nue devant lui ?

— Ils ont raison, dit-elle avec effort.

Dans la demi-obscurité de la pièce tranquille, ils s'exprimaient à voix basse. Ni l'un ni l'autre ne souhaitait remettre sur le tapis le sujet qui les opposait. Pas ici. Pas dans cette pièce, où étaient palpables des générations d'amour, de rires et de souvenirs.

Tess croisa le regard ambré de Nick. Il y brillait une chaleur de plus en plus intense. Elle ressentit cette chaleur sur sa peau, dans son sang. Cela l'empêcha de respirer, lui brouilla le cerveau.

Les yeux de Nick glissèrent vers ses seins.

— Le T-shirt de ma sœur vous va bien mieux qu'à elle, dit-il d'une voix rauque.

Tess baissa la tête vers sa poitrine. A la vue de ses mamelons pointant sous l'étoffe, le rouge lui monta

87

aux joues. D'un geste pudique, elle croisa les bras sur ses seins, et posa ses mains sur ses épaules.

— Euh... je ne vois pas de photo de votre arrière-grand-père ? parvint-elle à articuler.

— Il n'en existe pas.

Nick prit les deux bras de Tess, et les abaissa doucement de chaque côté de son corps.

— Ne vous cachez pas, dit-il.

Une sonnette d'alarme résonna de nouveau dans l'esprit de Tess. Si elle restait là, elle le sentait dans tout son corps, quelque chose allait se produire ! Une chose pour laquelle elle ne se sentait pas prête... Pour elle, la colère et l'angoisse se mêlaient encore trop au désir qu'elle éprouvait.

— J'ai envie de dormir, maintenant, bredouilla-t-elle.

Son cœur battait si fort à ses propres oreilles qu'elle s'entendit à peine prononcer ces mots.

— Menteuse, murmura-t-il. Vous ne pourriez pas davantage dormir que moi.

— Détrompez-vous !

— Vous ne voulez pas en savoir davantage sur ces photos ?

Tess hésita. L'honnêteté l'obligeait à l'admettre, en son for intérieur : elle n'avait pas la moindre envie de se retirer dans sa chambre.

— Si, répondit-elle dans un souffle. A condition de cantonner la conversation aux photos. Rien d'autre.

Un lent sourire éclaira le visage de Nick.

— Si vous voulez… Selon mon grand-père, son père n'a jamais accepté qu'on le prenne en photo.

— Ni sa femme et votre grand-père quand il était enfant ?

Nick étendit la main et enroula une mèche de cheveux de Tess autour de son doigt.

— J'aime quand vous laissez vos cheveux libres, dit-il.

Tess tenta de s'éloigner, mais la main de Nick dans sa chevelure l'en empêcha. L'air de la pièce se raréfia soudain. A peine parvenait-elle à respirer.

— Vous vous éloignez du sujet, dit-elle d'une voix contrainte.

— Excusez-moi… mais…

Fasciné, il caressait la mèche de cheveux de Tess entre le pouce et l'index.

Tess finit par se dégager. Fermement, elle exigea :

— Revenons aux photos.

— La première photo de mon grand-père date de son mariage. Il avait alors vingt-deux ans.

— C'est triste…

— En effet. D'ailleurs, mon grand-père a mené une existence très sombre, jusqu'à sa rencontre avec ma grand-mère. Hélas, elle-même n'a pas tout à fait réussi à effacer les souvenirs négatifs de son enfance. Cette mélancolie lui a collé à la peau toute sa vie.

— Quel dommage…, murmura Tess.

Elle était bien placée pour savoir à quel point un

proche parent peut influencer et colorer une enfance. En positif ou en négatif.

— Il n'empêche, dit-elle. Ce salon est le testament d'une existence bien remplie. Vos grands-parents doivent y trouver un grand réconfort.

Tess s'éloigna de Nick de manière délibérée. Le désir et la passion saturaient l'atmosphère. Vu les circonstances, elle ne pouvait se permettre de demeurer trop près de lui. Et pourtant... même à l'autre bout de la pièce, elle sentait la brûlure de son regard. Elle frissonna. Cet homme possédait sur elle un pouvoir dangereux.

— Malgré les épreuves, mes grands-parents ont toujours été soutenus par leur amour l'un pour l'autre. Et vous avez raison, leur vie a été bien remplie... Hélas, selon les médecins, ma grand-mère sera bientôt veuve. Ils ne savent même pas ce qui maintient son mari en vie.

Nick marqua une pause. Intriguée par son silence, Tess tourna les yeux vers lui. Il poursuivit alors :

— Mon grand-père possède une volonté de fer. Selon lui, il sentira venir sa fin. Le moment venu, il veut mourir dans cette maison. Là où il est né, où son fils est né, et où il nous a élevés, Kathy et moi.

Les yeux de Tess s'emplirent de larmes. Elle les ravala.

— C'est un privilège de mourir dans un endroit qu'on aime, dit-elle. Entouré de ceux qu'on aime.

— En effet.

90

Tess se dirigea vers un vieil électrophone. Une pile de disques trônait sur le couvercle. Elle en prit quelques-uns, pour lire les couvertures. Mais ses yeux embués l'empêchèrent de déchiffrer les titres. Dans un sursaut de lucidité, elle s'en agaça. Que lui prenait-il ? Pourquoi s'émouvoir à ce point ? Après tout, elle ne connaissait même pas ces gens-là !

Malgré elle, ses pensées continuaient à dériver. De toute évidence, la vie des grands-parents de Nick était nimbée de tristesse — d'une tristesse qu'ils s'efforçaient de maîtriser. Pour commencer, ils avaient perdu leur fils unique et leur belle-fille. Cependant, loin de s'enfermer dans leur chagrin, ils avaient recueilli leurs petits-enfants meurtris, et avaient tissé autour d'eux amour et bonheur. Dans leur existence, le mot *famille* prenait toute sa valeur. Une notion que son propre entourage n'avait pas pris la peine de lui inculquer.

En conservant cette maison, Nick et sa sœur rendaient à leurs grands-parents l'amour qu'ils avaient reçu d'eux. Et ils la garderaient sans doute au-delà de leur disparition.

Dans sa propre famille, l'amour était une denrée rare. A la mort de sa mère, elle atteignait tout juste ses quatre ans. Jill en avait trois. Kit deux. Cette disparition prématurée les avait laissées entre les seules mains de leur père. Un homme qui gardait ses émotions pour lui. Si tant est qu'il en éprouvait.

Parfois, quand elle fouillait sa mémoire, elle en exhumait le souvenir de sa mère en train de la border dans son lit, en l'embrassant sur le front avec tendresse. Mais était-ce un vrai souvenir, ou un doux fantasme auquel elle s'accrochait ?

L'espace d'un instant, elle s'interrogea : à la mort de sa mère, si elle avait été élevée par des gens comme les grands-parents de Nick, aurait-elle eu une vie différente ? Difficile à dire... De toute façon, ressasser le passé ne servait à rien. A quoi bon pleurer sur son sort ? Elle tenait au moins cette leçon de son père !

Elle lança à Nick un regard de biais. Appuyé au manteau de la cheminée, il la contemplait.

— Qu'est-ce qui vous empêchait de dormir ? demanda-t-il d'une voix rauque. Vous étiez encore en colère contre moi ?

Tess replaça les disques sur la pile.

— Entre autres choses.

Elle ne souhaitait pas s'étendre sur le sujet. Certes, sa colère et ses soucis professionnels se justifiaient amplement. Mais cela ne le regardait pas.

— Désolée de vous avoir réveillé, poursuivit-elle.

— Je ne dormais pas non plus.

Incapable de résister, Tess demanda à voix basse :

— Qu'est-ce qui vous empêchait de dormir ? La culpabilité ?

Nick sourit sans joie.

— Peut-être, répondit-il.

Dans le silence de la demi-obscurité, ni le visage

ni les gestes de Nick ne fournirent à Tess le moindre indice sur ses pensées. Cherchait-il de nouveaux moyens de la convaincre ?

C'était compréhensible, reconnut-elle en son for intérieur. Au contact de cette maison, elle admettait mieux les raisons de Nick. Le salon lui avait révélé ce qui le poussait à retrouver le trésor de *L'Aguila*. C'était l'esprit de famille.

Par une ironie du sort, un esprit de famille l'animait, elle aussi. Mais, dévoyé de son sens profond, le sien la poussait à la compétition et au profit. Il la conduisait à exploiter avec acharnement un champ de pétrole prometteur. Un but aussi important pour elle que l'air qu'elle respirait.

Nick rompit le silence le premier :

— Quand j'ai une insomnie, je viens toujours dans cette pièce. Très jeune, je le faisais déjà. Je restais parfois si longtemps, dans la nuit, que je finissais par m'endormir sur le sofa. A un moment ou un autre, ma grand-mère venait me couvrir d'un plaid. Je me réveillais bien au chaud et reposé.

« Et aimé ! » songea Tess avec envie.

— Je comprends l'effet apaisant de cette pièce, répondit-elle.

— Vraiment ?

A brûle-pourpoint, Tess prit conscience de la légèreté de sa tenue. Comment avait-elle pu l'oublier ? Cela prouvait à quel point Nick et cette pièce l'affectaient en profondeur. A ce train-là, si elle n'y prenait garde, ses émotions la prendraient au piège.

— Je retourne dans ma chambre, annonça-t-elle.

— Ne faites pas ça.

— Pourquoi ?

Nick eut un geste vague.

— Je ne sais pas, moi… Nous pourrions boire un chocolat chaud et discuter encore un peu, non ?

Un chocolat chaud et une conversation avec Nick. Comme c'était tentant ! Et pourtant… il serait imprudent d'en entendre davantage sur cette famille et cette maison. Ne devait-elle pas plutôt se concentrer sur ses propres intérêts ? Et non sur ce qui revêtait de l'importance aux yeux de Nick ?

Avec difficulté mais fermeté, elle trancha :

— Non.

En une seconde, il fut près d'elle.

— Je ne veux pas vous laisser partir tout de suite.

Tess se tendit, prête à résister. Cependant, une fois encore, Nick la surprit. Il se contenta de réduire la distance entre eux. Lentement, il approcha ses lèvres de sa bouche.

— Je ne devrais pas, murmura-t-il. Pas après ce qui s'est passé dans la cuisine. Mais… il y a en vous… Je ne sais pas quoi faire de l'effet que vous produisez sur moi.

Tess disposait de tout le temps pour bouger, pour refuser le baiser qui s'annonçait. Mais elle n'en fit rien. Elle attendait, écoutait, comprenait. Quelques instants auparavant, son désir était latent. Maintenant, il s'imposait, flambait en elle. Et quand enfin leurs bouches se joignirent, elle poussa presque un soupir de soulagement.

Le baiser de Nick différait du précédent, remarqua-t-elle dans une brume. A présent, il l'embrassait sans hâte, avec une douceur qui lui ôtait toute velléité de résistance. Leurs corps se frôlaient, mais les mains de Nick ne la touchaient pas. La pression de ses lèvres demeurait délicate, elle n'exigeait rien. Et pourtant, elle sentait vibrer chacun de ses nerfs. Une chaleur se diffusait dans ses membres, la brûlait au plus profond.

Jamais elle n'avait expérimenté pareilles sensations. Sous ce simple effleurement, elle atteignait le comble de l'excitation. La pointe de ses seins s'embrasait, son entrejambe palpitait. De tout son être, elle voulait qu'il pose la main sur elle, la caresse, l'emplisse tout entière.

N'y tenant plus, elle entrouvrit les lèvres. Tandis qu'il déposait de petits baisers délicats à la commissure de sa bouche, elle mourait d'envie que leurs langues se mêlent.

Avec une audace qu'elle ne se connaissait pas, elle fit basculer son corps vers lui. Ses mamelons dressés rencontrèrent le torse nu de Nick. Elle cria presque de plaisir. La torture de ce nouvel effleurement la faisait presque défaillir. Enroulant ses bras autour du cou de Nick, elle se hissa sur la pointe des pieds et se pressa contre lui. Le corps de cet homme se révélait source d'un plaisir infini, songea-t-elle avec ivresse. Elle voulait s'en rassasier.

— Nick…, murmura-t-elle en emmêlant ses doigts dans les cheveux de son compagnon.

— Dites-moi, murmura-t-il en retour.

Sa vie en eût-elle dépendu, Tess n'aurait pu articuler une pensée claire. Un sourd grondement monta en elle, saturé de frustration et de désir. Quand enfin Nick effleura du pouce la pointe de ses seins, une décharge électrique la vrilla. Gémissant, elle ferma les yeux et se tordit de plaisir contre lui.

Le temps suspendit son vol. Nick la souleva et la plaqua contre le mur. D'instinct, Tess enroula ses jambes autour des hanches de son partenaire, et s'accrocha à lui de toutes ses forces. La bouche de Nick se fit plus exigeante, il plongea sa langue en elle, et l'emporta dans un baiser de feu. En même temps, il passa une main sous son T-shirt et la referma sur un de ses seins nus. Enfin ! Mais son corps impatient voulait davantage. Elle voulait tout.

Ses émotions brouillaient sa lucidité. Cependant, une partie lointaine de son cerveau fonctionnait encore. Son corps menait sa vie propre, vibrait de désir, exigeait son dû. Mais…

Nick passa ses mains sous ses fesses, ajusta son corps au sien, se pressa entre ses cuisses. L'étoffe gonflée de son jean froissait le fin tissu de sa culotte.

Il imprimait à ses hanches un lent mouvement de rotation sensuel, se frottait à la chair sensible et palpitante sous la soie.

Oui ! songea-t-elle, éperdue. C'était exactement ce dont elle mourait d'envie. Et cela lui arrivait. Un instant encore et…

Mais une pensée soudaine lui traversa le cerveau. Quel serait le prix de cet abandon ? Soudain, ses doigts se crispèrent dans les cheveux de Nick.

— Arrêtez, dit-elle.

L'injonction avait jailli de sa bouche presque indépendamment de sa volonté. Aussitôt proférée, elle la regretta. Trop tard.

Nick s'immobilisa. Un violent frisson le parcourut. La voix rauque, il demanda :

— Vous me demandez d'arrêter ?

— Non, non… je vous désire si fort… mais… je vous en prie… aidez-moi.

Une sorte de grondement échappa à Nick. Tremblant de tous ses membres, il relâcha la pression qui la maintenait contre le mur. « Où trouver le courage de se détacher de lui ? » songea Tess. Elle attendit un peu. Au bout de quelques secondes seulement, elle dénoua ses jambes de la taille de Nick.

De son côté, il laissa retomber ses bras le long de son propre corps. Seules les mains de Tess autour du cou de Nick les reliaient encore. Elle se sentit incapable de lâcher prise. Pourtant, il le fallait. Evitant son regard, elle desserra enfin son étreinte, et laissa aussi retomber ses bras.

Respirant à pleins poumons, Nick fit quelques pas et tourna le dos à Tess.

Elle avait la nausée. Son corps se consumait, et personne n'éteindrait le feu qui la ravageait. Que dire ? Que faire ? Un intense embarras s'empara d'elle.

— Nick…

Il l'arrêta d'un geste de la main :

— Ne dites rien. Pas maintenant. Désolé, je me suis laissé emporter.

— Seulement parce que j'y consentais. Les responsabilités sont partagées.

Secouée, elle se dirigea vers la porte, où une pensée soudaine l'assaillit.

— Si le téléphone sonne, l'entendrai-je ? demanda-t-elle.

Après ce qui venait de se passer entre eux, Tess jugea sa question ridicule. Mais peut-être était-ce sa façon de se protéger ? De calmer son corps douloureux, en détournant sa pensée sur le business et le pétrole ? Eh bien, si tel était le cas, ça ne marchait pas !

Sans se retourner, il opina de la tête.

— Il y a un téléphone dans le couloir.

Immobile, Tess contemplait le dos nu de Nick. Comment expliquer ce dérapage sensuel entre eux ? Dans ce petit salon, depuis le début, tout s'était ligué pour les jeter dans les bras l'un de l'autre : tous deux à moitié nus, une pièce plongée dans la pénombre…

Trop de chair dénudée, trop d'émotions vives. Trop d'attirance physique.

Désireuse de mettre un terme aux tremblements qui l'agitaient, elle croisa ses bras contre sa poitrine. Elle n'aurait su dire pourquoi, mais elle éprouvait le besoin violent qu'il se retourne et la regarde. A court d'idées, elle posa la question sotte entre toutes :

— Vous n'avez pas débranché le téléphone ?

A cran, il lâcha :

— Vérifiez, si ça vous chante.

Elle hésita puis posa la main sur le bouton de la porte.

— Bonne nuit, murmura-t-elle.

— Tess ?

Le cœur de Tess bondit dans sa poitrine. Elle se retourna d'un bloc. Enfin, il lui faisait face.

— Oui ?

— J'aimerais que les choses soient différentes.

Elle comprenait très bien. Son trésor à lui… Son puits de pétrole à elle… Quelle impasse…

Sans répondre, elle ouvrit la porte, et la referma derrière elle.

De retour dans son lit, elle fixa le plafond. Jamais Nick ne saurait combien elle avait eu envie d'aller jusqu'au bout avec lui. Mais poursuivre représentait un trop gros danger.

Qu'ils se fâchent l'un contre l'autre ou qu'ils regardent ensemble d'innocentes photos de famille, ils aboutissaient au même résultat : des étincelles. Et les étincelles, si on ne les contrôle pas, produisent du feu. La preuve ? Un simple regard posé sur lui, et elle s'embrasait. Un baiser de lui, et elle tombait, brûlante, dans ses bras.

Quelque part dans la maison, elle entendit de l'eau couler. Elle n'eut pas besoin d'un dessin : Nick prenait une douche froide.

Mon Dieu ! songea-t-elle. Si elle rentrait chez elle demain, entière et le cœur intact, elle s'estimerait la plus heureuse des femmes.

5.

La chaude caresse du soleil sur son visage réveilla Tess, ainsi qu'une délicieuse odeur de café. Malgré les événements de la veille, elle avait dormi d'une traite. « Ou peut-être grâce à eux », se dit-elle en s'étirant. Les émotions violentes vécues dans la pénombre de ce salon l'avaient épuisée.

Elle n'avait d'ailleurs à s'en prendre qu'à elle-même. En acceptant l'invitation à dîner de Nick, tout en connaissant son but véritable, elle avait fait preuve d'une impardonnable stupidité. Personne ne l'avait forcée à monter dans cet avion ! Elle avait refusé d'écouter les signaux d'alarme que lui envoyait son instinct. En un mot comme en cent, elle s'était comportée en midinette écervelée, qui cède à son attrait pour un quasi-inconnu.

Fort heureusement, tout ceci serait bientôt derrière elle. Après la rencontre avec les grands-parents de Nick, elle retrouverait Corpus Christi et sa vraie vie. Alors peut-être se débarrasserait-elle de ce mélange de crainte et d'embarras qui lui collait pour le moment à la peau.

Le téléphone sonna. Ron ! songea Tess aussitôt. Elle bondit hors du lit et se précipita dans le couloir. Mais la sonnerie s'interrompit avant qu'elle n'atteigne le couloir. Dépitée, elle courut jusqu'à la cuisine, où elle trouva Nick, le combiné à l'oreille.

— C'est pour moi ? demanda-t-elle.

Nick secoua la tête et continua à écouter son interlocuteur.

Qui lui parlait ? s'interrogea-t-elle. D'où lui venait cet air si sérieux ? Il était torse nu, les cheveux mouillés et emmêlés. Des gouttelettes d'eau s'accrochaient aux poils de son torse.

Je voudrais le sécher avec ma langue...

A cette pensée saugrenue, les genoux de Tess flageolèrent. Elle déglutit sa salive avec difficulté. Une nouvelle fois, elle s'enjoignit de bannir de telles idées. La nuit précédente, avec son cortège d'émotions folles, n'appartenait pas au monde réel. Elle ne devait plus y songer.

Malgré elle, son regard descendit le long du corps de Nick, jusqu'à ses hanches étroites moulées dans son jean. La fermeture Eclair en était fermée, mais le bouton bâillait encore.

A son grand désespoir, Tess sentit son sang bouillir dans ses veines. Avant de rencontrer Nick, jamais de telles pensées, de tels désirs ne l'avaient submergée. Elle ignorait jusqu'à sa capacité à les éprouver !

Pour se donner une contenance, elle se dirigea vers le comptoir et se servit une tasse de café.

Elle portait encore le T-shirt de Kathy. Toute personne non informée les aurait pris pour des amants au saut du lit, songea-t-elle.

Un irrépressible regret l'envahit. S'ils avaient franchi le pas, étaient devenus amants, s'ils émergeaient pour de bon d'une nuit de sexe effréné, elle serait ce matin au comble de la plénitude. Toutes les fibres de son être le lui criaient.

Désemparée, elle porta la main à son front. Comment s'interdire de telles pensées ? Ces pensées absurdes, à propos de choses qui ne se produiraient jamais... *Qui ne pouvaient se produire.*

— C'est grave ?

La question de Nick au téléphone força l'attention de Tess.

— Le médecin en est sûr ? poursuivit-il.

Il observa une pause, puis sourit.

— Ça lui ressemble bien ! Préviens-moi au moindre changement. Embrasse les petites. Bisous à toi, sœurette.

Nick raccrocha et tourna vers Tess son regard d'ambre.

— C'était Kathy. Notre grand-père a eu une attaque ce matin.

— J'en suis désolée.

Aussi bizarre que cela paraisse, c'était sincère,

songea-t-elle en avalant une gorgée de café. Les photos du salon lui donnaient le sentiment de le connaître.

— Puisque notre visite est annulée, reprit-elle, je suis prête à rentrer à Corpus Christi dans quelques minutes.

— Mon grand-père désire ardemment vous rencontrer, Tess. Il nous demande seulement de reporter notre visite à cet après-midi. Il pense aller mieux à ce moment-là.

— Je l'espère pour lui. Mais je ne peux me permettre de perdre davantage de temps.

La tension de Nick devint palpable. L'ambre de ses yeux s'assombrit. Son regard prit une nuance opaque.

— C'est tout ce que la nuit dernière a représenté pour vous ? demanda-t-il. Une perte de temps ?

« Affirmer une telle chose serait mentir », songea Tess. La rencontre avait été fructueuse. D'abord, elle connaissait Nick un peu mieux, à présent. Mais surtout, elle avait beaucoup appris sur elle-même. Par exemple, en regardant les photos du salon, elle avait compris combien elle désirait faire partie d'une famille unie et aimante. Chose qui n'avait jamais été son lot, et ne le serait sans doute jamais.

Avec prudence, les yeux fixés sur sa tasse, elle commença :

— Aujourd'hui est un autre jour… je dois le passer à Corpus Christi.

Elle fit une pause et le regarda enfin, avant d'achever :

— Désolée, mais je ne peux attendre toute la journée pour rencontrer votre grand-père.

Nick passa une main fébrile dans ses cheveux.

— Ecoutez... vous êtes libre. Vous n'avez qu'un geste à faire : prendre le téléphone et appeler votre assistant. Il vous enverra un avion et vous serez chez vous vers midi. Mais je vous demande...

— C'est exactement ce que j'ai l'intention de faire, interrompit Tess. Il a dû passer la nuit dernière chez sa petite amie. Mais à cette heure-ci, il doit arriver au bureau.

Et elle veillerait à ce que dorénavant, où qu'il soit, Ron consulte ses messages à distance.

— S'il vous plaît... Ecoutez-moi encore un instant.

Tess tapa du poing sur le comptoir.

— Ne me dites plus jamais « s'il vous plaît », martela-t-elle.

— Je vous supplierai à genoux, s'il le faut, rétorqua Nick. Mon grand-père est mourant. Vous rencontrer revêt une grande importance à ses yeux.

Dépitée, Tess se sentait faiblir. Elle se cabra en son for intérieur. Céder aux exigences de cet homme l'avait déjà mise dans un sacré pétrin. Et voilà que, tête baissée, elle poursuivait dans la même voie... Fallait-il qu'elle soit idiote !

— Mais... pour quelle raison ? objecta-t-elle.

Entendre l'histoire de *L'Aguila* de la bouche d'un mourant ne me fera pas changer d'avis. C'est impossible, vous comprenez ? Im-pos-si-ble !

— Non, je ne comprends pas. Je vous demande juste de retarder votre forage de quelques mois. Votre pétrole ne va pas s'envoler !

Tess soupira. Et voilà ! songea-t-elle. Ils se retrouvaient à la case départ : il exigeait d'elle quelque chose qu'elle ne pouvait lui offrir.

— J'ai mes raisons de ne pas arrêter le forage, dit-elle.

— Lesquelles ?

— Elles sont d'ordre privé.

L'air se chargeait à présent d'électricité. Dissimulant son incertitude, Tess se servit une nouvelle tasse de café.

— D'accord, déclara Nick d'un ton bourru. Oublions le forage et les trois mois. Ne pensons qu'à mon grand-père. Il va être très déçu de ne pas vous rencontrer...

Comme elle ouvrait la bouche pour protester, il se hâta d'achever :

— Pas seulement parce que vous détenez le pouvoir d'interrompre le forage. Il m'a entendu parler de vous et...

— Comment ça, entendu parler de moi ? coupa Tess. Nous nous connaissons depuis deux jours à peine !

— J'ai fait des recherches avant de vous rencontrer.

106

— Je sais. Vous me l'avez déjà dit.

— Les bibliothèques et les microfiches m'ont fourni quelques renseignements. Même si les entreprises familiales telles que la vôtre sont en général avares d'informations. En ce qui vous concerne… votre nom et votre photo sont apparus un certain nombre de fois au cours de mes recherches. A la fois dans la section affaires et dans la section sociale.

— Quel rapport avec votre grand-père ?

Nick expira avec lenteur et reprit :

— Avant même que je ne vous rencontre en chair et en os, mon grand-père affirmait que ma voix changeait, quand je mentionnais votre nom. Et depuis notre rencontre, il est devenu formel : quand je parle de vous, le ton de ma voix prend des inflexions qu'il ne m'a jamais connues. Pour lui, c'est clair, je suis attiré par vous. Il a vécu assez longtemps pour voir Kathy mariée et heureuse. Et il a décidé que… que vous deviendrez mon épouse.

Le cœur de Tess bondit dans sa poitrine.

— Votre grand-père jouit d'une imagination sans bornes, ironisa-t-elle.

Nick posa sur elle un regard pensif.

— Sans doute… mais ne perdez pas de vue qu'il est en train de mourir. Il se fait donc une joie de rencontrer cet après-midi la femme qui, selon lui, a conquis mon cœur.

L'esprit en ébullition, Tess considéra la situation. Nick ne reculait vraiment devant rien !

— C'est ridicule, conclut-elle.

— Pas pour mon grand-père, rétorqua Nick d'un ton ferme. Vous me feriez une grande faveur en acceptant de le rencontrer.

— Vous ne jouez pas à armes égales, protesta Tess.

— En effet.

Tess porta une main à son front. Le sang battait à ses tempes. Elle se versa une tasse de café, et se dirigea vers sa chambre.

— Que voulez-vous pour le petit déjeuner ? proposa Nick.

Sans se retourner, elle répondit :

— Rien, merci.

Sous la douche, Tess se savonna et se fit un shampooing. Elle demeura un long moment sous le jet chaud, sensible à l'eau qui tombait en pluie sur ses épaules et le long de ses membres. Trop de choses s'étaient produites trop vite. Son cerveau avait besoin de repos. Et son corps... Hélas, son corps exigeait *beaucoup plus*.

Qu'importe ! Elle avait eu raison de repousser Nick. Elle s'était déjà bien trop impliquée avec lui. Physiquement, ils s'étaient aventurés trop loin. Sur le plan émotionnel, cette famille lui avait tendu un piège dont elle ne savait plus comment se dépêtrer.

Elle sortit de la douche, se sécha et enfila sa robe

rouge. Ses cheveux étaient mouillés. Ne trouvant pas de sèche-cheveux, elle les laissa sécher au grand air.

Pour éviter Nick, elle quitta la maison. Dehors, l'air était tiède, agité d'une légère brise. Un merveilleux spectacle champêtre s'offrait à ses yeux. Des collines blanches de fleurs des champs, des herbes folles dans les ravins, des arbres fruitiers bigarrés de jaune et de rouge. Et le long des barrières, de la vigne vierge à profusion.

La propriété des grands-parents de Nick, de proportions raisonnables, éclatait de beauté simple. Tess fit le tour de la maison. Au loin, quelques vaches paissaient. Plus près de la maison, elle aperçut une balancelle entourée de végétation. Les Trejo y avaient sans doute passé de longues soirées, à discuter les événements du jour, les faits et gestes de leurs petits-enfants, les projets d'avenir. Cette pensée plongea Tess dans le désarroi.

Elle s'installa sur la balancelle, et offrit son visage à la brise tiède. Que faire ? Nick n'avait pas la moindre idée de ses difficultés professionnelles. Et même s'il était mis au courant, jamais il ne reconnaîtrait l'importance de ce qu'elle devait accomplir. Il n'envisageait que le côté des choses qui le concernait : les rêves de son grand-père mourant.

D'ailleurs, elle ne l'en blâmait pas. Elle ferma les yeux. Une décision stupéfiante se faisait jour en elle. Maintenant qu'elle se trouvait ici, contrainte et forcée, la moindre des choses n'était-elle pas de rencontrer cet homme parvenu au bout de son existence ? Puisqu'il croyait son petit-fils amoureux d'elle, elle ne se sentait pas le cœur de le décevoir. Même si la situation était absurde.

Tess soupira. Faire le bonheur d'un vieillard aux portes de la mort était une immense responsabilité. Une responsabilité injuste, imposée par Nick. Mais en hommage aux photos, elle se décida : elle resterait et ferait de son mieux.

— Je peux m'asseoir à côté de vous ?

Elle sursauta et rouvrit les yeux. Détaché contre le ciel bleu, auréolé de soleil, Nick ressemblait à un dieu solaire. Comme au premier jour. En un temps record, cet homme avait chamboulé sa vie de fond en comble. Avec son regard ambré, il la menait à sa guise. Au cours des deux derniers jours, non seulement elle avait pris plusieurs mauvaises décisions, mais elle s'apprêtait à en prendre une encore plus sotte.

Pour couronner le tout, maintenant qu'il se dressait devant elle, son attirance pour lui et son désir revenaient au galop. Une nouvelle fois, elle s'insurgea contre elle-même. Ces émotions indésirables aveuglaient son jugement. Elle devait une fois pour toutes s'en débarrasser. Plus vite elle se retrouverait au bureau, à s'occuper de problèmes rationnels et gérables, mieux elle se porterait.

— Je préférerais que vous ne vous asseyiez pas, dit-elle d'un ton ferme. J'ai une question pour vous.

Nick opina de la tête et glissa une main dans la

110

poche de son jean. De l'autre, il attrapa la chaîne de la balancelle.

— Je vous écoute, dit-il.

Nouvelle erreur ! songea Tess, aux abois. Dans la position qu'elle imposait à Nick, son regard se portait au niveau de son entrejambe. Son imagination s'enflamma aussitôt. Le souvenir de la façon dont il frottait son bas-ventre contre le sien, la veille, la brûlait encore.

La bouche soudain sèche, elle demanda :

— La nuit où nous nous sommes connus, vous disiez avoir une chance de me convaincre. Qu'est-ce qui vous le faisait croire ?

— Je pensais que vous comprendriez un homme qui a caressé un rêve unique, toute sa vie.

— Vous parlez de votre grand-père, j'imagine ? Mais pourquoi comprendrais-je son rêve ?

— Au cours de mes recherches, je suis tombé sur plusieurs articles concernant votre Fondation du Rêve, destinée aux enfants défavorisés.

Tess hocha la tête.

— Je pense en effet qu'un enfant défavorisé doit pouvoir poursuivre ses rêves. Et dans ma fondation, les mots *défavorisé* et *pauvre* ont des sens différents. Un enfant peut venir d'une famille aisée, mais qui ne comprend pas ses rêves, ou ne lui apporte aucun soutien affectif. J'essaie d'aider ces enfants-là aussi.

— Certains adultes ont le même besoin d'aide pour accomplir leur rêve.

Très habile ! ragea Tess en son for intérieur. Il la coinçait sur le terrain de son propre idéal ! Elle se racla la gorge et répliqua :

— Je *peux* comprendre, mais dans ce cas précis… il m'est impossible d'accéder à votre demande.

— Pourquoi ?

— Je vous l'ai déjà dit, c'est privé.

Par un accord tacite, aucun membre de la famille Baron ne parlait des problèmes de la société avec un étranger. Elle ne serait pas la première à déroger à cette règle !

— Tout ce que je peux dire, c'est ceci : je dirige la section de Baron International, mais je subis des pressions de ma famille, et j'ai des responsabilités envers elle. Quant à ma plate-forme dans le golfe, selon nos estimations, nos premières recherches et l'examen des échantillons, ce puits peut rapporter des millions de dollars chaque année.

— Mon or aussi. Mais pas pendant des années, bien entendu. De toute façon, l'argent n'est pas ma motivation. Ma famille possède la preuve légale que l'or lui appartient. Cependant, lorsque je remonterai l'épave et sa cargaison, l'Etat du Texas prendra sa part, mes mécènes prendront la leur. Quant à moi, j'offrirai la plupart des antiquités à l'université.

Il haussa les épaules et poursuivit :

— Les impôts payés, il ne restera à mes grands-parents qu'un modeste pactole, s'ils sont encore en vie. Dans le cas contraire, j'en hériterai, ainsi que

Kathy. Mais je le répète, ce n'est pas l'argent qui est en cause.

Lâchant la chaîne de la balancelle, Nick s'accroupit devant Tess.

— Ecoutez-moi… Je ne dis pas que mes problèmes sont plus importants que les vôtres. Je dis seulement que j'ai une limite de temps très stricte. En ce moment, c'est ma seule chance.

— Comme vous l'avez dit pour mon pétrole, votre or ne va pas s'envoler ! Peut-être que mes travaux perturberont l'environnement de votre trésor, mais vous saurez toujours où il se trouve.

— Je dois agir *maintenant,* insista Nick. Après des années d'effort, j'ai enfin tous les éléments en main. Mes mécènes sont d'accord pour aligner l'argent. Croyez-moi, ça n'a pas été facile. J'ai réuni tous les plongeurs qui repêcheront l'or, toutes les machines nécessaires. Mais au moindre retard, à la première difficulté supplémentaire, mes sponsors feront marche arrière et reprendront leur argent. Ce sera pour moi le retour à la case départ, et il me faudra des années pour tout remettre sur pied. Si j'y arrive.

— Les gens qui vous financent ne savent pas que je fore à proximité de votre site ?

Nick secoua la tête.

— Non. Et je m'efforce de ne pas les inquiéter. Quand j'ai fait appel à eux, je ne savais rien de vos plans de recherche de pétrole. Croyez-le ou pas, je mens rarement. Je répugne à garder mes mécènes dans le flou. Si je le fais, c'est que j'y suis acculé, pour qu'ils continuent à s'impliquer dans le projet. Voilà pourquoi vous devez arrêter sur-le-champ votre forage, Tess. Parce que si vous le poursuivez, si quelque incident déloge *L'Aguila* du banc rocheux sur lequel il repose, il s'enfoncera dans un abîme sans fond, et sera perdu à jamais.

Un étau enserrait de nouveau la tête de Tess. Que dire à Nick ? Jamais il ne comprendrait que pour elle, chaque jour représentait une bataille. Chaque jour, elle s'employait à atteindre les buts que son père avait fixés pour elle. Non, il ne comprendrait pas. D'ailleurs, elle n'avait pas la moindre intention de lui expliquer quoi que ce soit. A quoi bon ? Il sortirait bientôt de sa vie pour toujours.

Le téléphone sonna dans la maison. Nick se redressa, et courut décrocher à petites foulées. Fatiguée, Tess se leva et porta les mains à ses tempes.

Quelques secondes après, Nick réapparut à la porte.

— C'est pour vous, cria-t-il. Un certain Des.

Des ? Tess se précipita.

— Allô ! haleta-t-elle au bout du fil. Il est arrivé malheur à oncle William ?

Une voix profonde et calme lui répondit :

— Pas du tout. C'est à ton propos que j'appelle.

La surprise cloua le bec de Tess une seconde. Des appelait si rarement !

— A mon propos ? répéta-t-elle.

114

— Ta disparition. Es-tu en difficulté ? Quelqu'un te retient-il contre ton gré ?

Tess regarda Nick du coin de l'œil. Il écoutait la conversation avec une grande attention.

— Non, répondit-elle.

— Tant mieux ! Voilà ce qui s'est passé. Ron n'a pas dormi à la maison, hier soir. Au bureau, ce matin, il a écouté ton message sur le répondeur. Tu appelais à l'aide, et demandais de rappeler dès que possible. Mais tu as omis de lui donner un numéro de téléphone !

— Ah bon ?

Tess se passa une main sur le front. Comment avait-elle commis pareille étourderie ? A cause de son agitation intérieure ? Ou bien était-ce un acte manqué ?

— Je n'arrive pas à y croire ! De toute façon, il avait mon numéro de portable.

— Il a trouvé ton portable sur ton lit, en fouillant la maison.

En effet ! Elle se souvint soudain l'avoir jeté sur son lit, juste au moment de partir.

— Le personnel a déclaré à Ron que tu étais partie pour la soirée, mais que tu n'étais pas revenue. Inquiet à juste titre, il m'a consulté.

— Je vois. Mais comment avez-vous fait pour retrouver ma trace ?

— La chance ! D'abord, Guadalupe a décrit l'homme avec lequel tu passais la soirée. A la description, Ron

115

a reconnu Nick Trejo. S'il t'avait conduite à Uvalde en voiture, nous ne t'aurions pas pistée. Sa décision de prendre l'avion nous a facilité la tâche. J'ai appelé l'aéroport, fait quelques recherches, jusqu'au moment où j'ai trouvé quelqu'un qui t'avait vue monter dans un avion privé. Ensuite, ça a été un jeu d'enfant : j'ai consulté le plan de vol, et j'ai appelé l'aéroport de Uvalde.

— Tu t'es donné beaucoup de mal, Des. Merci infiniment.

— Si tu avais eu Ron au téléphone hier soir, quelle sorte d'aide lui aurais-tu demandé ?

— Affréter un avion et venir me chercher.

— Quand tu es partie de chez toi, hier, tu savais que tu allais à Uvalde et ne rentrerais pas de la nuit ?

Tess lança un regard à Nick, qui la regardait d'un air solennel.

— Non, reconnut-elle. Ce fut… une surprise.

— Pas une surprise agréable, si j'en juge par ton coup de fil à Ron.

— Exact.

— En d'autres termes, tu as été kidnappée ?

— On pourrait le dire comme ça, mais…

— Donne-moi l'adresse de l'endroit où tu te trouves et j'arrive.

Tess hésita. L'occasion était inespérée : jamais elle n'aurait trouvé un aussi merveilleux moyen d'obliger Des à passer du temps avec elle. Incroyable ! Il lui offrait de voler à son secours. Si elle acceptait, ils

116

passeraient seuls ensemble au moins deux heures. Ce dont elle mourait d'envie jusqu'à ces derniers jours. Mais aujourd'hui...

— Ce n'est pas nécessaire, Des, dit-elle. Je reste jusqu'à cet après-midi, où je dois rencontrer les grands-parents de Nick.

— De ton plein gré ?

— Oui. Et ensuite, Nick me reconduira à Corpus Christi en avion.

— Tu es sûre de ne pas vouloir que je vienne ?

Elle ferma les yeux. Que lui passait-il par la tête ? S'apprêtait-elle vraiment à refuser les attentions de Des, dont elle rêvait depuis des mois ?

— Certaine.

— Et s'il décide de te garder encore une nuit ?

Elle rouvrit les yeux et dévisagea Nick un instant, avant de répondre :

— Il ne le fera pas. Mais si c'était le cas, je t'appellerais.

D'un geste de la main, elle demanda un stylo et du papier à Nick, qui s'empressa de les lui donner.

— Donne-moi le numéro de téléphone de l'endroit où tu te trouves, dit-elle. Je m'en servirai si nécessaire. Promis, acheva-t-elle en le notant.

— Appelle-moi ce soir, quand tu seras de retour, demanda Des. Ça me tranquillisera.

Tess demeura bouche bée. Tout à coup, elle avait le sentiment de compter pour lui. Non pas de manière romantique, mais attentionnée et affectueuse.

— Tu es sûr ? Je ne veux pas te déranger.

— Si tu as des problèmes, n'hésite jamais à m'appeler, Tess. Nous faisons partie de la même famille.

L'espace d'un instant, elle crut avoir mal entendu. Jamais Des n'avait fait pareille déclaration. La plupart du temps, il s'efforçait de les éviter, elle et ses deux sœurs.

— Merci, dit-elle. J'apprécie beaucoup.

— Aucun problème. A ce soir.

— Entendu, répondit-elle en raccrochant.

— Qui est ce Des ? demanda aussitôt Nick. Pourquoi pense-t-il que vous avez besoin d'être secourue ?

Tess se retourna vers Nick.

— J'en avais besoin, souvenez-vous ! Je voulais à toute force partir.

— Vous n'avez jamais été en danger.

En effet, reconnut Tess en son for intérieur. En tout cas, pas en danger physique, au sens où il l'entendait.

— Inutile de discuter tout cela. Je serai à la maison ce soir, reprit-elle.

— Vous ne m'avez pas répondu : qui est Des ?

— Le fils du premier mariage de ma tante May. Quand elle a épousé oncle William, le frère de mon père, celui-ci l'a adopté. Oncle William et tante May n'ont jamais eu d'autre d'enfant.

— Le soir de votre anniversaire, pourquoi vos deux sœurs guettaient-elles son arrivée ?

— C'est compliqué.

118

— Je suis trop stupide pour comprendre les subtilités de votre famille ?

— Laissons tomber. Je n'ai pas envie d'aborder ce sujet.

Nick étudia le visage de Tess.

— D'accord, dit-il. Des ne craint plus pour votre sécurité ?

— Je l'ai assuré que vous me reconduiriez à la maison.

Croisant les bras sur sa poitrine, Nick demanda :

— Vous croyez que je vais le faire ?

— Oui.

— Et si je refusais ?

— Dans ce cas, j'appellerais Des, et il viendrait me chercher.

— Même si je vous demandais de rester ?

Des images surgirent dans le cerveau de Tess : Nick la plaquant contre le mur... Elle, enroulant ses jambes autour de sa taille... Le désir inouï qui la parcourait tout entière, à ce moment-là...

Elle laissa à sa voix le temps de s'assurer, et s'enquit :

— Pourquoi le feriez-vous ? Quand j'aurai rencontré vos grands-parents, votre stratagème aura atteint son but.

Un silence électrique s'instaura entre eux. Une allumette aurait fait exploser la pièce.

Nick le rompit le premier :

119

— C'est ainsi que vous voyez les choses ? Comme si rien ne s'était passé entre nous, hier soir ?

Tess serra l'une contre l'autre ses mains tremblantes, et baissa les yeux.

— C'est mieux ainsi, murmura-t-elle. Tout cela est arrivé à cause de la nuit et du lieu particulier.

— Faux ! Et vous le savez très bien !

— Disons les choses autrement : une relation entre vous et moi serait stérile. Vous voulez quelque chose que je ne peux vous donner. Notre désaccord à ce sujet abîmerait tout le reste.

— Mais enfin, Tess ! Hier soir, dans cette même cuisine, je vous ai dit mon désir. Et un peu plus tard...

— Plus tard, nous avons failli commettre une terrible erreur. J'ai arrêté, parce que nous n'avons pas d'avenir commun.

— Et il n'y a pas de confiance possible entre nous, n'est-ce pas ?

Tess le regarda.

— Confiance ? répéta-t-elle.

— Jouons cartes sur table : si nous faisions l'amour, vous croiriez que j'essaie de vous séduire pour obtenir ce que je veux. Et moi ? Peut-être croirais-je que vous tentez de détourner mon attention de *L'Aguila* ? Que vous faites tout pour que je ne pense qu'à vous, et non à mon projet ?

Pâle, Tess se perdit dans ses réflexions. En effet, elle doutait des intentions de Nick. Mais quant à elle...

pas une fois elle n'avait cru en son propre pouvoir de séduction. Détourner cet homme de son but en faisant l'amour avec lui, cela ne lui était même pas venu à l'esprit !

A voix basse, Nick poursuivit :

— Mais tout cela ne diminue en rien notre désir mutuel, n'est-ce pas, Tess ?

Hélas, non ! reconnut-elle, désespérée, en son for intérieur. Elle avait le sentiment de jongler avec plusieurs balles : ses émotions envers Nick, son travail, le temps limité qui lui était imparti pour réussir, sa rivalité avec ses sœurs, Des... Et, cerise sur le gâteau, sa compassion toute neuve pour le grand-père de Nick. Si elle laissait une de ces balles tomber, toutes les autres tomberaient aussi. Elle perdrait tout.

Une longue liste de décisions, qu'elle seule pouvait prendre, l'attendait à Corpus Christi. Même s'il était vital pour ses intérêts, le nouveau puits à creuser dans le golfe du Mexique ne constituait pas son unique souci. Tant s'en fallait. Le reste de ses affaires occupait ses journées. Sa part du gâteau dans la société Baron, même s'il ne représentait qu'un sixième de la valeur globale de l'affaire, était énorme. Et lui donnait beaucoup de fil à retordre.

De façon beaucoup plus immédiate, la visite aux grands-parents de Nick ne s'annonçait pas facile non plus.

Et que dire de Des ? Comme un cheveu sur la soupe, il s'était manifesté au moment le plus inattendu. Inquiet à son sujet, il lui avait offert ses services. Un véritable chevalier sur son destrier blanc ! Elle aurait dû saisir sa chance au vol, doubler ses sœurs, transformer l'esprit de famille de son cousin en une attirance plus personnelle. Au lieu de quoi, elle avait laissé passer cette occasion rêvée. Et pour quelle raison ? Mieux valait ne pas y penser pour le moment.

Plus tard, de retour chez elle, dans le cocon de son environnement familier, elle répondrait à cette question à tête reposée. Plus tard seulement…

Pour l'instant, Nick représentait son souci le plus immédiat. L'aveu du désir de cet homme la secouait. La méfiance qui leur imposait de se tenir éloignés l'un de l'autre mettait à mal son équilibre émotionnel, déjà précaire. Elle bandait ses forces, pour résister à l'attirance irrésistible qui vibrait entre eux.

Difficile de jongler avec cet élément supplémentaire.

— Je dois rentrer à Corpus Christi ce soir, Nick. Si vous ne m'y ramenez pas vous-même, je trouverai un autre moyen.

— Inutile. Je vous raccompagnerai.

6.

Les bras frêles de la grand-mère de Nick entourè-
rent Tess avec chaleur. Puis la vieille dame recula de
quelques pas et sourit d'un air radieux.

— Ravie de vous rencontrer, madame Trejo,
murmura Tess.

— Appelez-moi Alma, je vous en prie. Ici, nous
ne sommes pas attachés aux formalités.

Alma Trejo était une femme menue, vêtue d'un
pantalon bleu marine et d'un chemisier fleuri, repassé
avec soin. Ses cheveux gris ondulaient en mèches
courtes autour de son doux visage. L'âge et le soleil
avaient ridé sa peau. En pensée, Tess revit la photo
de mariage des grands-parents de Nick. A l'époque,
la jeune femme paraissait timide, mais heureuse et
pleine d'espoir. Aujourd'hui, la timidité avait disparu.
En revanche, le bonheur et l'espoir éclairaient encore
ses traits.

Tess l'admira en silence. Cette femme avait vécu
une vie difficile. Elle avait même connu la douleur
de perdre un fils. A présent, elle faisait face à la

123

disparition prochaine de son époux, et à ses propres problèmes de santé. Malgré tout, elle demeurait sereine. C'était remarquable.

Les yeux bruns d'Alma pétillèrent.

— Je vais vous présenter Ben. Il vous attend depuis ce matin.

— C'est exact, s'exclama une voix essoufflée. Venez par ici !

A la voix, Tess se dirigea jusqu'à un lit d'hôpital placé dans une alcôve. Sur la droite, une grande baie vitrée offrait une vue apaisante sur un jardin. Des fleurs, des arbres, un ciel azur. Sur le rebord de la fenêtre trônait une photo. Au centre du cliché, le grand-père de Nick était assis dans un fauteuil. Nick et Alma se tenaient debout d'un côté du siège. De l'autre, Kathy et son mari. Deux petites filles étaient assises dans l'herbe au pied de leur grand-père.

Le vieil homme, qui respirait à l'aide d'un appareil à oxygène, lui serra la main avec une étonnante vigueur.

— Je m'appelle Ben, dit-il. Nick, apporte une chaise à cette jolie jeune femme.

Sans un mot, Nick s'exécuta.

Rayonnante, Alma se dirigea vers la cuisine en déclarant :

— Je prépare du thé glacé pour tout le monde.

Une fois assise, Tess se pencha vers le grand-père de Nick.

— Comment vous sentez-vous ? demanda-t-elle.

— Très bien ! Quoi qu'en dise le toubib, je ne suis pas encore prêt à partir.

Puis il ajouta en direction de Nick :

— Redresse mes oreillers, s'il te plaît. Je voudrais m'asseoir dans le lit.

— Le médecin ne veut pas que tu te redresses trop, objecta Nick.

Ben se tourna vers Tess et soupira :

— On sait qu'on est vieux, le jour où votre petit-fils n'obéit plus à vos ordres...

Nick se mit à rire.

— J'essaie seulement de te garder en vie le plus longtemps possible !

Avec une feinte irritation, Ben le repoussa.

— Laisse-moi seul avec cette jeune femme, dit-il. Elle et moi avons à parler.

Tess sourit. Sous les traits de ce vieil homme, elle n'avait aucun mal à imaginer le jeune homme viril, énergique et plein d'allant qu'il avait dû être. Il lui suffisait de regarder son petit-fils.

Pour la première fois, elle se sentait heureuse d'avoir cédé à Nick, d'être restée pour rencontrer ses grands-parents. Ils avaient vraiment l'air heureux de la voir. Elle n'en doutait plus, son refus de les rencontrer les aurait déçus. Quant à elle, elle éprouvait un étrange sentiment. Celui d'être en train d'enrichir sa vie au contact de ces deux vieilles personnes.

Malgré l'ordre donné par son grand-père, Nick tira une chaise et s'assit de l'autre côté du lit.

Les doigts de Ben remuaient sur le drap. Ses mains et ses bras étaient secs et plissés. Des hématomes à ses poignets témoignaient de la fréquence des piqûres, prises de sang et perfusions que la médecine lui infligeait.

— Nick vous a parlé de sa découverte ? s'enquit-il.

— L'or de votre père ? Oui.

Des larmes embuèrent le regard laiteux du vieil homme.

— Jamais je n'aurais cru que ça arriverait, murmura-t-il.

Nick se leva et lui offrit un mouchoir, mais il ne l'utilisa pas.

— J'aimerais tant que papa soit vivant et voie ça, reprit-il. Pour lui, ce serait une joie sans bornes.

— Je comprends, dit Tess.

Ben refoula la buée de ses yeux.

— Après le naufrage du bateau rempli d'or, la vie de mon père est devenue un enfer. Lui qui rêvait de s'offrir un vaste ranch, il a dû se contenter de quelques acres, et de railleries répétées. Quand il expliquait comment il avait découvert, puis exploité une énorme veine d'or, avant de la perdre au cours d'un ouragan en pleine mer, personne ne le croyait. Mon père était un homme fier. Etre considéré comme un vantard mythomane le minait...

Le vieil homme observa une pause et s'essuya les yeux.

— Calme-toi, grand-père, conseilla Nick d'une voix inquiète.

Ben ne parut pas l'entendre.

— Heureusement, ma mère l'a entouré d'amour et de gentillesse. Mais il n'empêche… au fil des années, il s'est de plus en plus enfermé en lui-même, dans son chagrin et son humiliation.

De nouveau, Nick lui recommanda le calme. Son grand-père agita la main d'un air fâché.

— Ne t'ai-je pas demandé de sortir ? gronda-t-il.

Nick se rassit. Alma apparut, deux grands verres de thé glacé à la main. Elle en tendit un à Tess, un autre à Nick.

— La menthe vient de mon jardin, dit-elle.

Tess but une gorgée.

— Délicieux ! s'exclama-t-elle.

Alma se rengorgea de plaisir.

— Où est mon thé à moi ? bougonna Ben.

— Je n'ai que deux mains, mon ami, fit remarquer sa femme.

A la surprise de Tess, elle vit briller au fond des yeux du vieil homme une lueur malicieuse.

— On sait qu'on est vieux, quand on vous sert du thé allégé et sans théine !

— Je le fais avec tant de soin qu'il ne voit pas la différence ! déclara Alma.

Comme la vieille dame retournait dans la cuisine, Ben adressa un clin d'œil à Tess.

— Je lui fais croire que je ne vois pas la différence. Mais à la vérité, je la sens très bien !

Tess ne put réprimer un sourire.

— Depuis combien de temps êtes-vous mariés ? demanda-t-elle.

— Bientôt soixante ans.

Avec une sincérité non feinte, elle s'exclama :

— C'est merveilleux !

Jamais elle n'avait eu l'occasion de contempler un vieux couple comme celui-ci. Un de ceux dont l'amour survit à toutes les épreuves.

— Où en étais-je ? reprit Ben. Ah, oui ! Mon père...

Le regard tourné vers la baie vitrée, comme si sa vie s'y déroulait sur un écran, il poursuivit :

— Vous savez, les enfants peuvent être très cruels. Ils entendaient leurs pères parler du mien, et ils me le répétaient en se moquant. Ils me jetaient des pierres. Quand nous nous battions, je donnais le meilleur de moi-même, pour défendre mon papa. En dépit de tout, je n'ai jamais eu gain de cause auprès d'eux. Il existait une équipe de base-ball dans laquelle je mourais d'envie de jouer, mais...

Haussant les épaules, il regarda Tess, et expliqua :

— Beaucoup de ces gosses vivent encore. Maintenant que Nick a retrouvé le trésor, je jure de vivre assez longtemps pour qu'il l'expose en pleine ville. Que ces hommes qui me jetaient des pierres voient à quel point ils se sont trompés. Qu'ils sachent que mon père ne mentait pas, que je ne méritais pas le traitement injuste qu'ils m'ont infligé.

Les larmes qui jaillirent des yeux de Tess la prirent de court. Elle les balaya d'un revers de la main.

— Je suis désolée, murmura-t-elle.

Ben la regarda un instant.

— Mon petit-fils me dit que vous pourriez arrêter votre forage ? demanda-t-il.

Pour la première fois, elle tourna les yeux vers Nick. Il demeura impassible.

Que dire ? songea Tess.

— Je réfléchis à la question...

Ben hocha la tête et répliqua :

— Je vous en suis très reconnaissant. Je n'ai pas longtemps à vivre, et je ne comprends plus rien aux impératifs du monde actuel. Mais si vous pouviez faire ça, ce serait une grande joie pour Alma et moi.

Prise de panique, Tess fouilla dans son cerveau, à la recherche d'une réponse non compromettante. En réapparaissant avec le thé de Ben, Alma lui sauva la mise.

— Voici ton thé, mon cœur. Juste comme tu l'aimes.

— Merci, ma chérie. Et maintenant, assieds-toi et fais la connaissance de Tess. Non seulement elle est jolie comme un cœur, mais en plus, elle est charmante.

Alma émit un petit rire.

— Je n'en ai pas douté une seconde ! Après tout,

notre Nick s'est épris d'elle, et nous connaissons tous les deux son bon goût.

Le regard de Tess glissa en direction de Nick. L'expression de son visage ne trahissait rien.

— Venez avec moi dans le jardin, proposa Alma. Nous cueillerons un bouquet pour vous.

Les sourcils de Ben se froncèrent.

— Ne te fatigue pas trop, ma chérie, dit-il.

Nick se leva, mais Alma l'arrêta d'un petit signe de la main.

— Reste assis, mon enfant. Et toi, Ben, détends-toi. J'emmène Tess au jardin, ce n'est pas le bout du monde !

Nick obtempéra en souriant et encouragea Tess :

— Allez-y ! De toute façon, il est impossible de faire changer ma grand-mère d'avis !

Tess se leva et suivit la vieille dame. Dès qu'elle eut refermé la porte de la maison derrière elle, celle-ci demanda :

— J'espère que ça ne vous dérange pas que je vous emmène dans le jardin ? J'ai vu au visage de Ben qu'il avait besoin de se reposer.

Une mélancolie admirative emplit le cœur de Tess. « Qu'il est beau de s'aimer encore, après soixante ans de mariage ! » songea-t-elle. De s'inquiéter à chaque instant du bien-être de l'autre. La question corollaire lui vint aussitôt à l'esprit : qui s'inquiétait à son sujet, à elle ? Personne ! Des, à la rigueur ? La croyant en danger, il s'était bien proposé pour voler à son secours.

Des... Son esprit dériva. De nouveau, elle se tourmenta. Pourquoi avoir repoussé son offre chevaleresque ? Quelques jours auparavant, elle aurait remué ciel et terre pour l'obtenir.

Plus tard, se répéta-t-elle. Plus tard, elle penserait à tout cela à tête reposée.

— Votre maison à la campagne est un endroit merveilleux, dit-elle.

Une nouvelle fois, le visage d'Alma irradia de plaisir.

— Nous l'aimons beaucoup. J'y avais un grand jardin potager, autrefois. Mais je n'ai plus la force de m'en occuper.

Percevant la pointe de tristesse dans la voix de la vieille dame, Tess protesta d'instinct :

— Vous avez bien mérité de vous reposer, maintenant que vous êtes à la retraite !

Alma s'arrêta d'un coup de marcher et regarda Tess dans les yeux.

— Ce n'était pas une corvée pour moi. M'occuper de ma famille, lui offrir de bonnes choses à manger, cela a toujours été une joie. Un jour, quand vous fonderez votre propre famille, vous comprendrez.

Tess demeura muette. Une famille, *elle* ? Un jardin potager à cultiver ? Inimaginable...

Alma lui tendit son sécateur.

— Commencez par ces roses rouges, reprit-elle.

Vous savez, Ben et moi avons dépassé le stade de la retraite. Nous sommes à la fin de notre vie, et nous en sommes conscients.

Etait-ce à cause des photos du salon suranné à la campagne ? Celles du mariage, celles des étapes importantes de la vie de ces deux personnes âgées ? Qu'importait la raison ! Tess ne savait qu'une chose : elle aimait cette femme et son mari. Elle s'empressa de rassurer Alma :

— Ce n'est pas sûr ! Personne ne connaît son avenir...

Cette fois-ci, Alma ne détrompa pas Tess.

— Je suis heureuse de vous avoir rencontrée, dit-elle. J'ai toujours su que seule une fille extraordinaire arrêterait les errances de Nick. Et vous êtes cette femme.

Tess secoua la tête en signe de dénégation. Elle répugnait à donner de faux espoirs à la vieille dame.

— Lui et moi ne nous connaissons que depuis deux jours, nuança-t-elle.

Alma rit doucement.

— Je connais mon petit Nick.

Puis, montrant du doigt un groupe d'iris, elle ajouta :

— Prenez-en quelques-uns. Les violets viennent d'un repiquage de ma belle-mère, que j'ai fait il y a des années. Kathy en a dans son jardin, elle aussi. D'ailleurs, je vais dire à Nick d'en prendre une touffe à planter chez vous. Je serai heureuse de savoir qu'ils

132

poussent dans votre maison, et que vos enfants et vos petits-enfants pourront les admirer, comme l'ont fait les générations qui les ont précédés.

— Merci. C'est très gentil à vous.

Une foule d'émotions submergea Tess. A sa grande surprise, elle se sentait au bord des larmes. Mais elle les refoula. Elle ne voulait en aucun cas troubler la quiétude de la vieille dame. De toute évidence, cette grand-mère adorable pensait que Nick et elle se marieraient et posséderaient leur propre maison. Elle n'avait pas le cœur de la détromper. Alma découvrirait bien assez tôt la vérité.

La grand-mère de Nick désigna des fleurs aux pétales crème.

— Prenez celles-ci. Elles rehausseront votre bouquet.

Accommodante, Tess coupa quelques hautes tiges, et plaça les fleurs dans le panier d'osier.

— Vous êtes-vous promenée sur nos terres ? demanda la vieille dame en poursuivant son tour de jardin.

— Pas beaucoup…

— Quand vous y retournerez, regardez bien autour de vous. Enfant, Nick a exploré chaque pré, chaque ravin, chaque colline. Chez nos voisins aussi ! Aucune barrière ne le retenait… Prenez donc quelques dahlias.

— D'accord, mais ce sont les dernières. J'ai déjà de quoi composer un ravissant bouquet.

Alma la regardait mais ne sembla pas l'entendre. Elle poursuivit :

— Il me semble que Nick cherche quelque chose depuis sa naissance. Enfant, il était sérieux mais ne tenait pas en place. Il partait pendant des heures d'affilée. En fin de journée, quand je commençais à m'inquiéter, il réapparaissait, les poches pleines des trésors qu'il avait découverts. Des cailloux, pour leur jolie forme, leur couleur. Des pointes de flèches. Des objets façonnés par les Indiens. Il en avait toute une collection.

Perdue dans sa rêverie, Alma souriait.

— Plus tard, ses centres d'intérêt ont changé. Mais il est demeuré le même. Le sport et les filles ont pris de l'importance dans sa vie, mais ne le satisfaisaient pas. Chaque fois que possible, il partait marcher, encore à la recherche de quelque chose… Notre fils, lui, ne s'est jamais intéressé à *L'Aguila* ni à son trésor. Mais Nick… ce garçon est né avec les rêves de son grand-père plantés dans la tête.

— Il doit donc être heureux d'avoir trouvé ce trésor.

Le regard de la vieille dame se concentra lentement sur Tess.

— Il a trouvé le trésor. Et pourtant, il est autant sur le qui-vive qu'auparavant. Oh, il nous le cache ! Mais je le connais si bien… Avant que Ben ne disparaisse, Nick veut exposer l'or de *L'Aguila* en plein cœur de la ville. Pour que tout le monde connaisse l'injustice commise envers son grand-père et son arrière-grand-père. D'une certaine manière, il partage

134

la passion de Ben, bien que les émotions de mon mari aillent plus en profondeur encore. Car c'est Ben qui a assisté à l'humiliation quotidienne de son père, à son désespoir. C'est lui qui a subi les quolibets de ses petits camarades. Je crois fermement que ce qui garde mon homme en vie, c'est le désir de prouver aux gens que cet or a bel et bien existé.

Tess en avait le souffle coupé. Existait-il une autre femme comme Alma Trejo ? Capable d'une telle lucidité, d'une telle fermeté ?

— Si Nick peut laver l'honneur de son grand-père et de son arrière-grand-père, croyez-vous qu'il trouvera la paix ? demanda-t-elle.

— La réponse dépend de vous.

— De moi ?

— Nick vous aime, mon petit. Ça crève les yeux. Ce qui n'est pas clair, c'est si vous l'aimez en retour. Il essaie de faire plaisir à son grand-père, mais j'espère qu'il ne perdra pas ses propres rêves en route.

— Quels rêves ?

— Tout le monde cherche le grand amour, n'est-ce pas ? Un amour profond et durable.

Aucune réponse ne monta aux lèvres de Tess. Que dire ? La vie de cette femme différait tellement de la sienne… L'éducation que lui avait imposée son père n'incluait aucune part de rêve.

Alma lança un regard circulaire autour d'elle.

— Rentrons, à présent, proposa-t-elle. Je vais envelopper les fleurs pour qu'elles restent fraîches.

— Merci, murmura Tess.

Elle se sentait impuissante à rassurer la vieille femme. Annoncer qu'elle arrêtait le forage ? Impossible. Affirmer que sa relation avec Nick apaiserait son petit-fils ? Tout aussi impossible. Pour la bonne raison qu'il n'existait pas d'amour entre eux.

Selon toute vraisemblance, l'âme agitée de Nick ne trouverait jamais de repos. Même pas dans l'amour. Quant à elle, c'était simple : on ne lui avait jamais appris à aimer.

Tandis que Nick fermait les volets de la maison, Tess passa un coup de fil à Ron. Avec son efficacité habituelle, elle organisa son retour :

— Rendez-vous à l'aéroport, lui dit-elle. Avec un sac de voyage pour une nuit, et ma sacoche de dossiers. Et puis, louez un avion, prêt à décoller dès mon arrivée.

Le vol de retour s'accomplit presque en silence. Aussitôt après l'atterrissage, Tess détacha sa ceinture de sécurité, prit les fleurs et sortit de la cabine.

— Je vous attends dehors, dit-elle.

En bas de la passerelle, elle retrouva Ron.

— Vous avez suivi mes instructions ? s'enquit-elle.

Ron acquiesça de la tête.

136

— Tout est prêt, même le pilote. Ecoutez… je suis navré de ne pas avoir eu votre message hier soir.

Elle sourit.

— Pas de problème. Mais la prochaine fois que vous découchez, consultez le répondeur à distance !

— Ne vous inquiétez pas. J'ai retenu la leçon.

— Emportez ces fleurs chez moi, et mettez-les dans un vase. Dans ma chambre, ajouta-t-elle après une courte hésitation. Quant aux iris, conservez-les. Nous les planterons en pot demain.

— Entendu. Ah ! Une chose : il se sera peut-être endormi avant votre arrivée, m'a-t-il dit.

Tess hocha la tête.

— Je comprends.

Nick dévala la passerelle. Quand il aperçut Ron, il adressa à Tess un regard perçant.

— Pourquoi est-il ici ? demanda-t-il sans ambages.

— Ron, laissez-nous une minute, voulez-vous ?

L'assistant acquiesça :

— J'attends à la porte du terminal.

Quand il se fut éloigné, Tess tourna la tête vers Nick.

— Ron est venu parce que je le lui ai demandé, dit-elle.

Elle observa une pause pour rassembler ses idées. Depuis qu'elle avait atterri, elle se sentait décalée. Aussi désorientée que si elle débarquait d'une autre planète. Une planète où les familles heureuses et accueillantes représentaient la norme. Dans son univers à elle, seul comptait l'argent. Il y régnait en maître.

Elle pencha la tête de côté et regarda Nick.

— Pourquoi avoir fait miroiter à vos grands-parents l'arrêt possible du forage ? demanda-t-elle.

— Ils n'auraient pas compris un refus pur et simple. Tandis que maintenant, si vous dites non, ils penseront que vous avez fait tout votre possible.

— La vérité serait si dure à encaisser ?

Bien sûr, elle connaissait la réponse. Parce qu'elle avait rencontré ces deux vieilles personnes, avait parcouru leur vie en photos, admiré le jardin d'Alma, accepté ses boutures d'iris, elle les comprenait de l'intérieur.

— Soyez lucide, Nick. Tout se résume à ça : vous me demandez d'abandonner des millions pour pouvoir vous-même gagner des millions. Qu'y a-t-il de si difficile à comprendre là-dedans ?

Une fois de plus, elle connaissait la réponse. L'or de *L'Aguila* ne représentait pas seulement de l'argent, aux yeux de Ben et Alma. Il représentait la justice rendue.

Nick posa sur elle un regard calme.

— Vous avez l'air bouleversée, dit-il.

Elle haussa les épaules et se mit à rire.

— C'est vrai ! En me présentant vos grands-parents, vous avez une nouvelle fois tenté de faire basculer les choses en votre faveur.

— J'ai réussi ?

Tess ferma les yeux. Sans le savoir, Nick la poussait dans une impasse. Satisfaire le rêve de Ben Trejo la placerait dans une position personnelle désespérée. En fait, cela mettrait fin à une part vitale de sa vie. Comme si on lui ôtait l'air qu'elle respirait.

Mais d'un autre côté, si elle agissait en fonction de son propre intérêt, elle éteindrait la lumière et l'espoir qui brillaient au fond des yeux de Ben et Alma. En outre, elle hâterait la mort du vieil homme. Nick ne le lui pardonnerait jamais. Elle ne le reverrait plus.

Elle rouvrit les yeux.

— Je vais essayer, dit-elle.

— Essayer quoi ?

— De suspendre le forage pendant une période. Mais pour le moment, je ne peux rien promettre.

Une intense frustration tira les traits de Nick.

— Mais enfin, la décision dépend de vous, oui ou non ?

— Au bout du compte, oui. Mais j'ai besoin d'informations complémentaires. Une seule personne peut me les fournir. Alors seulement, je pourrai vous donner une réponse différente que celle que je vous ai déjà faite.

Nick secoua la tête.

— Je ne comprends toujours pas, dit-il.

Un léger sourire parcourut le visage de Tess.

— Comment le pourriez-vous ? Quelle que soit ma décision, je vous la ferai connaître à mon retour, demain.

Nick lui attrapa le bras.

— Où allez-vous ? demanda-t-il.

— Je vous l'ai dit : je dois parler à quelqu'un.

— Alors, je viens avec vous.

— Pas question !

Nick la dévisagea comme pour la déchiffrer. Mais ce serait peine perdue. Dans le domaine des affaires, elle était reine dans l'art de se dominer.

— Pourquoi ? dit-il enfin.

Tess lui sourit.

— Ce n'est pas parce que vous m'avez kidnappée pendant vingt-quatre heures que vous avez un droit de regard sur mes allers et venues.

Lentement, Nick desserra ses doigts.

— Vous avez bien dit que vous m'appelleriez, n'est-ce pas ? demanda-t-il.

Elle acquiesça de la tête.

— Dès mon retour, promit-elle.

Il exhala un long soupir.

— Et quand aura lieu ce retour ?

— Demain, en fin d'après-midi ou dans la soirée.

— Bien. J'attendrai.

7.

Le soleil levant striait le ciel de longs rais corail et roses. Enveloppée dans une couverture, une tasse de café à la main, Tess se balançait doucement dans un des rocking-chairs de la véranda de son oncle William. La maison où elle et ses sœurs avaient grandi se trouvait à moins de deux kilomètres de là. Seule Kit y vivait, à présent.

Quand son père et son frère William avaient acheté les terres à l'ouest de Dallas, celles qui deviendraient le Ranch Double B, ils y avaient chacun construit une maison. Celle de William était une bâtisse à deux étages, un peu loufoque, bordée d'une grande véranda. Elle comprenait des pièces que personne n'avait jamais occupées.

Celle de son père s'élevait aussi sur deux étages, mais là s'arrêtait la similitude. Ses lignes en étaient nettes et sans fantaisie. Aucun espace inutile. Chaque pièce correspondait à un usage bien précis. A côté de la chambre parentale, il avait prévu trois chambres, pour y loger les trois fils qu'il escomptait d'une

141

épouse. Mais sa femme avait eu le mauvais goût de mettre au monde trois filles, avant de mourir dans un accident automobile, en revenant de faire ses courses à Dallas.

Tess but une gorgée de café, et réfléchit aux us et coutumes de sa famille. En principe, elle aurait pu passer la nuit dans la maison qui l'avait vue grandir. Elle aurait couché dans son ancienne chambre, et cela lui aurait fourni l'occasion de rencontrer Kit. Mais elle avait préféré y renoncer. Outre que la chambre ne lui rappelait aucun bon souvenir, elle n'était pas sûre que sa sœur soit chez elle.

En définitive, un des hommes du ranch était venu la prendre sur la piste d'atterrissage, et l'avait conduite chez son oncle. Quant au pilote, il était hébergé pour la nuit dans la petite maison réservée aux hôtes de passage. Sa proximité assurait à Tess un départ immédiat, dès qu'elle le souhaiterait.

Ellie entrouvrit la porte de la véranda et y passa la tête.

— C'est bien c'que j'pensais ! maugréa-t-elle. Vous auriez pu dormir un peu, mais non ! Aucune de vous trois ne s'est jamais levée après l'aube.

— Parce que notre père nous l'interdisait ! rétorqua Tess.

— Pour sûr, z'avez bien retenu la leçon...

Ellie referma la porte derrière elle. D'un pas pesant, elle vint s'asseoir sur le rocking-chair à côté de Tess.

142

— Souvent, à l'aube, quand j'regarde de ma chambre, j'aperçois vot' sœur, sur son diable d'étalon. Avec ses cheveux rouges, elle passe comme l'éclair.

Tess hocha la tête et lui sourit avec affection. Dans les années quarante, toute jeune, Ellie avait débarqué au Double B, prête à toutes les tâches. Surtout celles liées aux soins des animaux du ranch. Mais oncle William, célibataire à l'époque, ne l'avait pas entendu de cette oreille. S'occuper de travaux fermiers ne convenait pas à une femme, avait-il tranché. Aussi en avait-il fait la gouvernante de la maison. Cependant, même lui n'avait pas réussi à la confiner à l'intérieur !

Selon oncle William, cette satanée Ellie avait toujours invoqué mille excuses pour être dehors autant que possible ! Si bien qu'au fil des années, sa peau s'était ridée, acquérant l'apparence du cuir tanné. Maintenant, malgré ses cheveux blancs et son dos voûté, elle faisait encore preuve d'une force, d'une volonté et d'un bons sens qui défiaient le temps.

Ellie avait survécu au père et à la mère de Tess, ainsi qu'à la femme d'oncle William. Et qui sait ? Peut-être survivrait-elle à oncle William lui-même ?

— Vot' café sent bon, miss Tess. Parmi vous trois, y a que miss Jill qui boive du thé. D'où ça peut bien venir ?

Tess éclata de rire.

— Pas la moindre idée ! répondit-elle.

Dès leur naissance, Ellie avait accolé le mot *miss* à

143

leurs prénoms. En grandissant, les trois filles avaient eu beau protester, rien n'y avait fait.

— Nous n'avons pas eu le temps de parler, hier soir, remarqua Tess. Comment va oncle William ?

— Comme nous autres vieux, il a ses bons et ses mauvais jours. Mais pour sûr, il a regretté de pas aller à vot' soirée d'anniversaire.

— S'il était fatigué, il a bien fait.

— D'vous à moi, j'crois qu'il voyagera plus, maintenant…

Tess ferma les yeux un instant. Oncle William représentait l'unique ciment de la famille. Ses sœurs et elle, malgré leur farouche indépendance, comptaient beaucoup sur lui.

Rouvrant les yeux, elle consulta sa montre et demanda :

— A quelle heure oncle William se lève-t-il ?

— Dépend d'la nuit qu'il a passée. Mais bientôt, Wilbur va arriver. Il l'aidera à faire sa toilette et à s'habiller, et il sera prêt à vous recevoir.

— Très bien.

Wilbur, de dix ans le cadet de William, travaillait au ranch depuis ses origines. Il était l'un des deux hommes dont son oncle acceptait l'aide. L'autre étant Des.

— J'vais préparer le petit déjeuner. Mais dites… comment était vot' fête ? J'ai vu partir Kit en jean et T-shirt ! J'lui ai fait la leçon, comme quoi elle devait mieux s'habiller pour une belle occasion. Elle a éclaté de rire, et c'est tout !

— Kit ne s'embarrasse pas de protocole ni de règles, on le sait.

Ellie roula les yeux au ciel.

— Ah ça, oui ! On le sait !

— Mais elle était belle. Elle et Rodney ont paru s'amuser.

La vieille femme souffla de dédain.

— Ce Rodney ! Il se prend pour un cow-boy, alors qu'il sait rien faire ! Wilbur a parié qu'il tiendrait pas un mois avec miss Kit. Moi, j'dis pas plus d'une semaine !

Elle hocha la tête. Puis, avec un sourire, elle invita Tess à la suivre dans la cuisine.

— J'arrive dans quelques minutes, promit Tess.

Dès qu'Ellie eut disparu, elle regarda le ciel. Le soleil s'était levé, disque d'or plein des promesses du jour. Les yeux fixés sur l'horizon, une certitude l'envahit : Nick aussi était levé.

Saluant Tess d'un sourire, Wilbur poussa le fauteuil roulant de William Baron dans la grande pièce.

Quelques années auparavant, quand oncle William avait commencé à perdre sa mobilité, il avait quitté Dallas pour revenir au Double B et y installer son bureau. Il avait fait percer de larges baies vitrées dans la pièce. De la sorte, il continuait à diriger ses affaires, tout en se délectant de la plus belle vue possible de son cher ranch.

— Bonjour, Wilbur, répondit-elle.

Avec un geste de la main, Wilbur se retira. Tess se pencha vers son oncle et l'embrassa tendrement.

— Je suis heureux de te voir, dit-il. N'étant pas venu à ton anniversaire, je ne savais pas quand je te reverrais.

— Tu m'as manqué. Mais j'ai bien compris ton absence…

— C'est ce maudit médecin ! bougonna William. Si je n'avais pas d'aussi intéressantes conversations avec lui, j'en changerais tout de suite.

Comme Ellie entrait, un verre de jus d'orange et une poignée de médicaments à la main, il marqua une pause. Lorsqu'elle se retira, il but quelques gorgées de jus d'orange, et ignora les cachets avec superbe.

— Mon fils non plus n'est pas venu à ton anniversaire, je crois ?

Des était adolescent quand sa mère avait épousé William en secondes noces. Dès le début, il l'avait aimé, et ne l'avait appelé que « mon fils ».

— Non plus… Comment vas-tu ?

Tess approcha une chaise de son oncle. Elle le scruta, à la recherche de signes de déclin depuis leur dernière rencontre. A son grand soulagement, elle n'en trouva aucun.

— Bien, très bien ! Je survivrai à mon médecin, pour lui prouver l'inanité de ses traitements.

Enchantée, Tess se mit à rire. L'espace d'un instant, elle crut à l'immortalité de son oncle. Il lui parut tel qu'il avait toujours été : un homme grand et fort, la voix tonitruante, l'esprit brillant. Comme son frère. A eux deux, ils avaient fait sortir d'une terre hostile un ranch merveilleux. De plus, ils avaient fondé une compagnie pétrolière, devenue multi-milliardaire, aujourd'hui respectée dans le monde entier. Hélas, au contraire de William, son père n'avait ménagé aucune place dans sa vie pour l'amour, le rire et l'humour.

— Tu ne sais pas à quel point cette perspective me rend heureuse, dit-elle.

William prit la main de Tess. La peau du vieil homme était sèche, mais elle sentit sa force intacte.

— Mon petit… Toi, tes sœurs et Des êtes mon unique raison de vivre. Vous avez encore besoin de moi, et ça me fait avancer.

Tess refoula les larmes qui lui montaient aux yeux.

— Merci, répondit-elle. Mais le jour où nous n'aurons plus besoin de toi n'arrivera jamais.

William secoua la tête en riant.

— Allons… Venons-en au but de ta visite, dit-il. A-t-elle un rapport avec ton nouveau puits ? Ou bien avec cet homme dont Des me dit qu'il t'a enlevée pendant quelques heures ?

Tess fit la grimace. Les nouvelles se propageaient vite, songea-t-elle.

— Les deux, répliqua-t-elle. Cela concerne aussi le testament de mon père.

Attentif, William lui lâcha la main et se cala dans son fauteuil roulant.

— Raconte-moi tout, dit-il.

Elle lui parla du puits. De sa forte intuition d'avoir découvert un énorme gisement de pétrole. Mais, pour être sûre d'avoir touché le jackpot, expliqua-t-elle, il fallait attendre que le forage rencontre la première vraie nappe, que commence le pompage réel. Ensuite, elle parla de Nick. De sa famille et de son histoire particulière, des espoirs du grand-père.

Elle garda pour la fin le conflit qui l'opposait à Nick. Faisant état de la position précaire de *L'Aguila,* elle détailla l'enjeu : une simple erreur de calcul sur sa plate-forme de forage pouvait déloger le bateau du promontoire sous-marin où il se trouvait en équilibre instable. Dans ce cas, navire et trésor couleraient dans un abîme d'où il faudrait des moyens colossaux pour les arracher. En tout dernier lieu, elle fit allusion à la santé de Ben, et lâcha le morceau : Nick Trejo la suppliait de repousser de trois mois son forage.

Quand elle se tut, William poussa un long soupir.

— Je comprends ton problème, mon petit. Et je vois une chose : tu es amoureuse de ce Nick Trejo.

Tess ouvrit la bouche pour nier, mais elle se ravisa aussitôt. Sans qu'elle les convoque, images et émotions se pressèrent dans son cœur et son esprit : ses genoux

148

flageolant en présence de Nick… Le désir qui avait flambé en elle dans le salon de la petite maison des grands-parents… Le trouble d'avoir refusé la main tendue de Des… Alors que, la veille encore, elle aurait joué des coudes pour retenir son attention.

Au plus fort de ces pensées, un éclair de lucidité la frappa de plein fouet. Comment avait-elle pu occulter l'évidence ? Maintenant, celle-ci lui crevait les yeux. Acculée, elle reconnut les faits : elle *aimait* Nick.

Avec lenteur, elle hocha la tête.

— Je… Tu as raison. Mais si je ne lui donne pas ce qu'il exige, il ne m'aimera jamais en retour.

Les sourcils gris de William se froncèrent.

— Si son amour ne dépend que de ce que tu lui accordes, il n'en vaut pas la peine.

— En fait… disons plutôt que… quoi que je fasse, je ne crois pas qu'il m'aimera en retour.

— Soyons clairs. Cet homme est assidu auprès de toi pour deux raisons. D'abord parce que tu es intelligente et belle, et qu'il te désire. Ensuite…

— Je n'ai jamais dit ça ! interrompit Tess.

— Je l'ai entendu entre les lignes. Ensuite, il veut que tu arrêtes ton forage quelques mois. Tu connais ses deux motivations aussi bien que moi. Alors… Où est-ce que j'interviens, dans cette affaire ?

Ça, c'était de l'oncle William pur jus ! songea Tess. Direct, et les pieds sur terre.

Croisant les bras sur sa poitrine, elle se lança :

— Parlons du testament de mon père. Tu en connais

la clause principale : si je n'ai pas gagné suffisamment d'argent dans les dix années qui suivent sa mort, je perds ma part de la société. Et tu sais qu'il a placé la barre très haut ! Le chiffre qu'il nous a fixé, à mes sœurs et à moi, est presque impossible à atteindre !

— Il te reste peu de temps, en effet. Mais d'après ce que tu me dis, le nouveau puits de pétrole te fera gagner une fortune.

Tess hocha la tête et confirma :

— J'en mettrais ma main à couper ! Mais il faut encore attendre quelques mois avant d'en être sûre.

— Tu as un peu moins de dix mois pour le prouver, dit oncle William d'un air grave.

Surexcitée par l'enjeu, Tess se pencha en avant.

— C'est faisable. Avec de la chance, j'atteindrai la nappe principale dans deux mois, à peu près. Ensuite, il me restera huit mois pour pomper le pétrole qui me fournira l'argent dont j'ai besoin. Bien entendu, ce beau plan exclut tout obstacle, tels que pannes ou retards trop importants. En outre, ça implique de pomper sept jours sur sept, sans arrêt... Mon problème, c'est que je comprends Nick. J'aimerais lui offrir le laps de temps dont il a besoin.

Elle se leva et arpenta la pièce, avant de poursuivre :

— J'attends de toi que tu interprètes en ma faveur le testament de papa. Tout en restant dans la légalité, bien sûr. Par exemple, si j'atteins la nappe de pétrole, mais qu'elle ne me fournit pas tout de suite la somme énorme exigée par lui, pourrai-je arguer du potentiel du gisement, pour reculer la date limite fixée ?

William soupira.

— Comme j'aimerais te répondre oui, mon petit ! Mais hélas, les dernières volontés de ton père sont formelles et très claires. Nous avons rédigé nos testaments ensemble. Je lui ai déconseillé cette clause particulière, que je trouvais très injuste pour vous trois, mes chères petites nièces. Mais ton père est demeuré intransigeant. Il voulait que vous vous montriez dignes d'hériter de ses parts.

Luttant contre les larmes qui lui montaient aux yeux, Tess baissa la tête. Puis elle se posta près de la baie vitrée.

— *Dignes !* répéta-t-elle avec amertume. L'amour de ses enfants ne lui aurait pas suffi ? Même mort, il continue à contrôler nos vies ! La plupart des enfants attendent leur anniversaire avec impatience. Mais pour nous trois, ça a toujours été le signal de défis supplémentaires, de nouveaux objectifs à atteindre…

William acquiesça d'une voix voilée de regret :

— Je sais, mon petit. Jamais je n'ai rencontré d'homme aussi désireux d'avoir des fils. Il vous a élevés en garçons.

— Et n'oublie pas l'état de compétition dans lequel il nous a plongées, Kit, Jill et moi. Nous sommes prêtes à nous piétiner pour parvenir aux objectifs fixés.

— Je sais, répéta William.

— Quand il vivait, nous travaillions jusqu'à épuisement, pour lui plaire. Jamais il ne nous félicitait. Jamais !

D'un ton réticent, William émit une hypothèse :

— Peut-être cherchait-il à se prouver que des fils auraient mieux fait que vous…

— J'ai donné le meilleur de moi-même pour lui démontrer qu'il avait tort ! s'écria Tess.

— Ton père et moi avons eu beaucoup de différends au sujet de votre éducation. Je le traitais de tous les noms, mais rien n'y faisait.

Tess se rapprocha lentement de son oncle.

— Parfois, je me demande si la mort de maman était un accident, énonça-t-elle d'une voix incertaine.

William redressa vivement la tête. Les yeux aiguisés, il demanda :

— Que veux-tu dire ?

— Connaissant mon père, je suis sûre qu'il a fait vivre l'enfer à notre mère. Le blâme d'avoir mis trois filles au monde devait être un fardeau pesant pour elle. Peut-être, un jour de désespoir, a-t-elle décidé de mettre fin à ses jours… Qui sait ?

William ne répondit rien. Qu'aurait-il pu dire ?

Tess se rassit.

— Dis-moi la vérité, oncle William. Papa nous aimait-il ?

Après un instant de réflexion, William hocha la tête.

— Difficile à dire, mais… à sa manière, oui. S'il

152

ne vous avait pas aimées, il ne se serait pas intéressé à votre sort.

Des larmes roulèrent le long des joues de Tess. Elle les essuya d'un revers de la main.

— Quelle horrible façon de montrer son amour ! dit-elle. De son côté, Jill a déjà gagné le droit d'hériter de sa part de la société, un an avant l'échéance fatale, puisqu'elle est plus jeune que moi. Et Kit a encore deux ans pour faire ses preuves.

— Jill a atteint le but fixé parce que l'immobilier explose. J'aimerais beaucoup t'aider, ma chérie, mais je ne peux rien contre ce satané testament. Il faut que tu gagnes l'argent toi-même. Aucun cadeau ne te sera accordé…

— Je sais.

— Que vas-tu faire ?

Tess serra les lèvres.

— Je n'ai pas le choix, lâcha-t-elle.

— Ce n'est pas tout à fait exact. Même si tu perds ta part, tu pourras toujours diriger ton secteur de l'entreprise.

D'une voix froide, Tess rétorqua :

— C'est vrai. Mais je ne serais plus qu'une employée appointée. A part toi et Des, je devrais aussi rendre des comptes à mes sœurs. Elles auraient le droit d'examiner à la loupe chacune de mes décisions. Intolérable.

Une sourde peine l'envahit. Si elle ne parvenait pas à temps au chiffre d'affaire fixé par son père, il aurait fait la preuve par neuf qu'elle était incapable de gérer ses biens comme un homme. Il aurait gagné. Cela aussi lui semblait intolérable.

Avec une amère fermeté, elle déclara :

— A cause de mon père, je n'ai qu'une issue : ma part de Baron International est *mon* héritage, *mon* droit. Y renoncer me détruirait. Je vais faire tout mon possible pour le conserver.

8.

Tess ouvrit la porte-fenêtre de sa chambre. Des masses de nuages sombres s'amoncelaient au-dessus du golfe. Des éclairs zébraient l'horizon obscur, le tonnerre roulait dans le ciel, le vent s'accentuait de minute en minute. La turbulence de l'atmosphère épousait son humeur sombre et tendue.

Nick... Où était-il, ce soir ? se demanda-t-elle. Avait-il pu arrimer *L'Aguila* le mieux possible ? Etait-il de retour sur la terre ferme ? Selon la météo, le gros de la tempête éclaterait loin en mer, ne ferait qu'effleurer Corpus Christi et ses environs. Cependant, des précautions élémentaires s'imposaient.

Si elle tenait parole et appelait Nick au téléphone, elle saurait où il se trouvait. Mais, non sans lâcheté, elle repoussait d'heure en heure le moment fatidique où elle opposerait à sa demande un refus définitif.

Son verre de Bourgogne à la main, Tess s'appuya au chambranle de la porte-fenêtre. Elle offrit son visage au vent chargé d'humidité. Le rythme de travail effréné

155

de l'après-midi ne l'avait pas détournée d'une vérité devenue imparable : *elle était amoureuse de Nick*.

L'idée la laissait pantoise. Comment pourrait-elle aimer, elle qui ne l'avait jamais été ? Jusqu'à ce jour, elle s'en croyait incapable. Et pourtant, les faits étaient têtus : elle aimait Nick. Seul un rare aveuglement l'avait empêchée de ne pas reconnaître plus tôt, dans son cœur, les symptômes évidents de l'émoi amoureux !

Maintenant, ils éclataient au grand jour. D'abord, la façon dont Nick l'avait hypnotisée, le soir de son anniversaire. En dansant avec lui, se souvint-elle, son corps fondait, au sens propre. Ensuite, en temps ordinaire, jamais elle n'aurait accepté de partir avec un étranger pour une destination inconnue. Et enfin, signal d'alerte rouge, elle avait repoussé sans états d'âme l'aide que lui offrait Des !

Pour sa défense, comment aurait-elle reconnu ces signes ? Jamais elle n'avait fait l'expérience de l'amour. Pas même de l'amour parental ou fraternel.

De grosses gouttes de pluie éclaboussèrent la véranda. Son léger caftan de soie se mouillait. Perdue dans ses pensées, elle ne s'en souciait pas.

La pluie était fraîche, et pourtant sa peau brûlait. Tout en elle réclamait Nick. Le voir. Le toucher. Faire l'amour avec lui, comme ils avaient failli le faire l'avant-veille. L'enlacer, l'embrasser, jusqu'à en oublier que leurs vies divergeaient inévitablement.

Elle ne savait rien de l'amour, songea-t-elle, mais

elle apprenait vite. A peine rencontré, l'amour la blessait, et elle ne pouvait rien y changer.

Aucun avenir commun ne la rapprocherait de Nick. Cependant, il demeurerait toujours dans son cœur. Ce cœur en passe de se briser peu à peu. Mais… que faire d'autre, sinon vivre avec ce sentiment désespérant ?

Pour leur malheur, ils s'étaient rencontrés au pire moment. Si elle ne s'était trouvée à la croisée des chemins dans sa propre vie, si les circonstances avaient été différentes, peut-être, alors, auraient-ils eu une chance ? Au fond de son cœur, elle maudit une fois de plus les exigences faramineuses de son père.

Un long soupir s'exhala de ses lèvres. Elle aurait dû appeler Nick cet après-midi, comme promis. Par son silence, elle ne faisait que différer l'inévitable. Que ce soit cet après-midi, ce soir, dans une semaine ou un mois, sa réponse serait la même. Un refus sans appel.

Dans ce cas, pourquoi ne pas se libérer de ce poids pesant, et passer à autre chose le plus vite possible ? La réponse était simple : elle ne s'y résolvait pas. Elle avait besoin de ce répit. Pouvoir se dire quelque temps encore que Nick ne la détestait pas.

La pluie tombait plus drue, mais Tess ne rentrait toujours pas dans sa chambre. Elle souffrait trop, elle désirait trop. Les éclairs illuminaient le ciel. Un coup de tonnerre fit vibrer les carreaux de la porte-fenêtre à laquelle elle s'appuyait. L'air se saturait d'électricité.

Du rideau de pluie sombre, Nick surgit soudain. L'eau dégoulinait de ses cheveux, de son visage, de ses avant-bras. Ses vêtements trempés collaient à son corps dur. Les poings serrés, le regard pénétré d'une colère mêlée de désir, il se planta devant Tess.

Un long frisson la parcourut de la tête aux pieds. En cette minute précise, il lui parut faire partie de l'orage. Féroce. Brutal. Dangereux.

— Vous n'avez pas téléphoné.

Incapable de détourner les yeux, elle secoua la tête avec lenteur.

— J'ai eu une journée très chargée, et...

La voix profonde de Nick roula sur elle comme le tonnerre. Rien ne semblait pouvoir calmer sa rage.

— Vous deviez vous douter que j'attendais votre appel, gronda-t-il.

— Je suis désolée, je...

— La réponse est non, n'est-ce pas ? C'est pour ça que vous n'avez pas appelé ?

— Nick, j'ai essayé...

Lentement, il franchit l'espace qui les séparait.

— Au diable cette situation ! grommela-t-il.

Au moment où il l'atteignait, il s'appuya d'une main au chambranle de la porte-fenêtre.

— Le pire, ajouta-t-il, c'est qu'en cet instant, je m'en moque pas mal, de la situation !

Elle aussi ! songea-t-elle, éperdue. Elle se moquait de tout. Rien ne comptait que sa convoitise dévorante.

Demain, elle envisagerait la situation sous un angle lucide. Pas ce soir.

Nick appuya son corps contre celui de Tess, l'écrasant contre le mur. Puis il s'empara de sa bouche, lui entrouvrit les lèvres de façon impérieuse, et plongea sa langue en elle.

Une idée éclata dans le cerveau de Tess : cette nuit d'amour qui s'annonçait était écrite dans le ciel. Au cours des derniers jours, leur désir mutuel avait enflé, jusqu'à cet instant précis. Maintenant, aucun des deux ne pouvait plus arrêter le cours des choses.

En surgissant sous la pluie d'orage, Nick avait balayé sans le savoir toutes les réserves qu'elle entretenait à son égard. Il essayait le sexe pour parvenir à ses fins ? Qu'à cela ne tienne, elle y consentait ! Elle le voulait de toutes ses forces, et cette nuit, elle l'aurait. Au diable restrictions et doutes !

Se hissant sur la pointe des pieds, elle lui passa les bras autour du cou, rejeta la tête en arrière et lui rendit ses baisers avec ardeur. Tant pis s'il ne l'aimait pas ! *Elle* l'aimait, et pour ce soir, elle s'en contenterait.

La furie de l'orage explosait autour d'eux. La pluie trempait la peau de Tess, ses cheveux. Mais le feu qui lui brûlait les entrailles s'étendait à tous ses membres. Elle n'était plus que désir consumant.

Ils se couvraient le visage et le cou de baisers, léchant la pluie sur la peau de l'autre, affamés l'un de l'autre.

La main de Nick se referma sur l'un des seins de

Tess. Il se pencha vers le renflement voluptueux sous la mince étoffe de soie mouillée, et happa dans sa bouche un des mamelons dressés.

Tess rejeta la tête en arrière et gémit longuement. Sous l'assaut des sensations enivrantes qui l'envahissaient, elle se sentit pantelante. Au moment où elle croyait atteindre le pinacle du plaisir, la bouche de Nick s'empara de son autre sein. Il l'attisa, le mordilla, la rendant folle de désir.

Passant ses doigts dans les cheveux humides de son amant, elle les laissa ensuite glisser vers les boutons de sa chemise. Elle les défit en hâte, haletant.

— Ne nous arrêtons plus…

Nick leva la tête et planta son regard dans les yeux de Tess.

— Non, rien ne va nous arrêter, acquiesça-t-il d'une voix rauque.

Leurs bouches se joignirent de plus belle.

De ses mains fortes que le désir rendait fébriles, Nick attrapa l'étoffe du caftan au niveau des hanches. Il le souleva, le fit passer par-dessus la tête de Tess, et le laissa tomber dans une flaque. Puis, de nouveau, il se pencha vers elle et l'emporta dans un long baiser fiévreux.

Tess ne distinguait plus le grondement de l'orage des battements fous de son cœur. Le monde se résumait au cercle de ses sensations. Elle écarta les pans de la chemise de Nick, et referma ses lèvres sur un des mamelons de son compagnon.

Un sourd grondement monta dans la gorge de Nick. Enfouissant ses doigts dans les cheveux de Tess, il maintint son visage contre son torse.

Fascinée, elle érafla, grignota, mordilla l'extrémité érigée sous ses lèvres. Puis, de la langue, elle le lapa, goûtant la saveur de sa peau, mêlée aux gouttelettes d'eau suspendues à la toison bouclée de son torse. Jamais un buste d'homme ne lui avait paru aussi érotique.

Au bout d'un moment, il s'agenouilla devant elle, prit ses fesses à pleines mains, et les pétrit avec passion. Puis, de la langue, il explora son nombril. Peu à peu, avec une savante lenteur, sa bouche glissa plus bas, toujours plus bas.

Appuyée au chambranle de la porte-fenêtre, Tess sentit ses jambes flageoler. Le souffle court, elle avait du mal à respirer. Une délicieuse souffrance lui enflammait l'entrejambe.

D'instinct, elle entrouvrit les cuisses. Elle n'avait fait l'amour que deux fois dans sa vie. Deux fois qui se perdaient dans l'oubli de l'insignifiance. Malgré cela, elle se croyait initiée à la sexualité. Mais c'était faux, songea-t-elle dans la brume de ses sensations. Complètement faux !

Nick nicha ses doigts entre les cuisses de Tess, explora avec délicatesse les replis de son intimité. Puis, de sa langue, il lécha le tendre bouton de chair gonflé de sève. D'abord à petits coups rapides, ensuite en longs mouvements concentriques. Sous ces caresses habiles, elle fut parcourue d'ondes électriques. Consumée en son centre, elle se mit à onduler de plaisir. Atteignant le sommet de la félicité, elle emmêla ses doigts aux cheveux de son amant, et s'abandonna sans réserve aux soubresauts qui la secouaient. Au milieu d'un spasme, elle cria son nom.

Son cri éperdu se perdit dans le vent et la pluie. Happée par mille sensations, elle frissonna longuement. Mais sans lui laisser le temps de retrouver le rythme normal de sa respiration, Nick se redressa et la souleva de terre. Consentante, elle enroula ses jambes autour de sa taille, et lui passa les bras autour du cou. Elle était offerte, ouverte contre le dur renflement du jean de son compagnon.

Il la transporta jusqu'au lit. Contre toute attente, elle sentit une nouvelle vague de plaisir déferler sur elle. Haletante, elle s'accrocha à Nick, comme on s'accroche à la vie. Et en ce moment, il était bel et bien toute sa vie. Tout son univers.

Allongée sur le lit, tendue dans l'attente de Nick, Tess replia ses genoux sur son ventre. La lampe de chevet les entourait d'un cercle de lumière. De temps en temps, un éclair illuminait la pièce. Maîtrisant sa respiration, elle le regarda se dévêtir.

Il était magnifique. A chaque vêtement dont il se dépouillait, des muscles longs et déliés roulaient sous sa peau cuivrée. Elle eut hâte de caresser la cicatrice qui zébrait le côté droit de son buste nu. Les poils noirs de son torse formaient un triangle sensuel, qui s'amenuisait en une ligne jusqu'à la toison de son entrejambe. Son sexe érigé frémissait, long et puissant. L'image même de la virilité dans tout son éclat.

Sous le regard de braise de Nick, une envie renouvelée secoua Tess. Les mots devenaient inutiles entre eux, songea-t-elle avec reconnaissance. Ce soir, leurs corps parlaient à leur place. Ils parlaient besoins vitaux, instinct animal, passion élémentaire. Ils disaient la vérité. Une vérité que leurs bouches n'énonceraient jamais.

Nick s'allongea sur elle. Le corps tendu, le visage tiré par une dévorante intensité, il respirait avec difficulté.

De toutes ses forces, Tess attendait qu'il la pénètre. Mais lui prenait son temps. Il la contempla pendant des secondes entières. A quoi pensait-il ? se demanda-t-elle avec fièvre. Cependant, elle refusa de se perdre en conjectures. Le désir qui l'empoignait était trop exigeant. De toute façon, cette nuit ne se reproduirait pas deux fois. Dès le lendemain, la discorde renaîtrait entre eux. Alors, ce soir, elle n'accordait de place qu'au plaisir. Au plaisir chauffé à blanc, extatique et pur.

A plus tard, le temps des regrets ! Sa propre attitude, ses réactions sans pudeur, la choqueraient sans doute, à tête reposée. Cet abandon, cette soif de sensations lui ressemblaient si peu ! Ou bien dévoilaient-ils au contraire sa véritable personnalité ? Révélée grâce à l'homme qui lui était destiné ?

Sauf que Nick n'était pas cet homme, lui souffla une petite voix dans sa tête. Il ne pouvait l'être.

Cette ombre au tableau n'assombrit pas Tess. Au diable ces lambeaux de pensées ! songea-t-elle. Elle replongea dans la brûlure de son désir. Fiévreuse, elle caressa les épaules de Nick, son dos encore mouillé de pluie.

— Maintenant, Nick, je t'en prie, murmura-t-elle avec ferveur.

La mâchoire contractée, Nick émit un sourd grondement, et s'enfouit en elle d'un coup profond.

Tess gémit. Elle s'enroula autour des hanches de son amant, et le serra contre elle d'un mouvement convulsif. Le sentir en elle dépassait tout ce qu'elle avait imaginé. Pour la troisième fois en quelques minutes, elle s'apprêtait à se convulser de plaisir. Elle le voulait de toutes ses forces. Tout de suite. En même temps, elle aurait voulu prolonger à l'infini ce vertige de la volupté imminente.

Il se mit à aller et venir en elle. Loin, profondément. Ondulant sous lui comme une liane, elle s'accorda à son rythme. Elle soulevait ses hanches, l'accueillant en elle, l'aspirant, le retenant, l'enserrant. Feu et passion, elle n'éprouvait plus rien d'autre.

Nick prit les mains de Tess, les plaqua de chaque côté de sa tête. L'ayant ainsi clouée au lit, il emmêla ses doigts aux siens. Son corps moiré de sueur claquait contre celui de son amante. N'y tenant plus, tendu à l'extrême, il accéléra ses coups de boutoir, les approfondit encore. Un coup. Deux. Trois. Un son rauque lui déchira alors la poitrine, et il explosa bientôt en elle en longs spasmes brûlants.

Au même moment, éperdue, abandonnée, elle arqua son corps, et se tordit d'extase contre lui.

Une pluie douce tombait sur la terrasse. Tess percevait le bruit inégal de la respiration de Nick. Quelques centimètres à peine les séparaient. Des centimètres qui ressemblaient soudain à des kilomètres.

Nick ne dormait pas. Elle sentait l'énergie et la chaleur irradiant de son corps. Mais cette vitalité ne provenait plus du désir sexuel. Au contraire, elle trahissait la colère. Colère contre elle ? Contre lui-même, à l'idée d'avoir cédé à un désir qui ne résoudrait pas leur différend ?

Une grande tristesse s'abattit sur Tess. Elle frissonna et remonta le drap sur son corps nu. L'ivresse sexuelle consommée, il ne restait rien entre eux... Rien que le vide.

Depuis le début, elle savait que viendrait ce moment où Nick ne ressentirait pour elle que dédain et rancœur. Mais elle avait du mal à accepter ce retrait. Si seulement il avait dit quelque chose ! Tout valait mieux que ce silence.

Pour amorcer la conversation, elle hasarda d'un ton aussi calme que possible :

— J'aurais dû fermer la porte-fenêtre. La moquette doit être trempée.

Silence.

— Ce n'est pas grave, poursuivit-elle. Je ferai réparer les dégâts.

D'une voix dans laquelle perçait une dureté qui glaça Tess, il demanda :

— Quand avais-tu prévu de me faire part de ta réponse négative ?

Elle tourna la tête vers lui.

— Demain. Promis.

— Tes promesses... Tu ne devais pas me téléphoner aujourd'hui ?

Que répondre ? Elle avait agi avec lâcheté, même si elle rechignait à le reconnaître à haute voix.

De manière abrupte, Nick demanda :

— Est-ce que j'ai eu une chance de réussir, à un moment ou à un autre ?

Tess soupira, puis expliqua :

— Je pensais qu'il y avait une possibilité... en tout cas, j'ai essayé.

Nick attrapa son oreiller et le mit en boule sous sa tête.

— N'en parlons plus, poursuivit Tess. Ça n'a pas marché, un point c'est tout.

Dressé sur un coude, Nick n'abandonnait pas la partie :

— C'était pourtant simple ! Il suffisait de donner l'ordre de ne plus forer pendant trois mois ! Tu n'es

166

quand même pas fauchée au point de ne pas attendre quelques mois pour exploiter un gisement !

Tess se redressa à son tour contre ses oreillers. La futilité, la tristesse de cette conversation l'oppressaient. Jamais ils ne parviendraient à une entente ! Chacun à sa manière, ils étaient les otages du passé. Ni l'un ni l'autre n'était maître du présent.

— Tu ne comprends pas la situation, rétorqua-t-elle.

— Explique-la-moi, dans ce cas.

— Nous avons épuisé le sujet, Nick. Je ne changerai pas d'avis. Difficile à accepter pour toi, mais tu y es obligé.

— Faux ! Je ne suis obligé à rien. Et nous pourrions parvenir à un accord... Dis-moi ce qui peut être suffisamment important à tes yeux, pour que tu acceptes de réduire un vieil homme au désespoir ?

— Rien qui puisse te convaincre.

Le drap ne couvrait que l'entrejambe de Nick. Tout le reste de son corps nu s'étalait sous les yeux de Tess. La lumière de la lampe de chevet projetait des ombres sur son ventre plat. Le souvenir de l'extase partagée quelques moments plus tôt vint la hanter. Son cœur se mit à battre à coups sourds.

— Essaye !

L'interjection sèche replongea Tess dans la réalité. Dans sa famille, réfléchit-elle, il existait un accord tacite : ne pas parler des histoires familiales avec les gens de l'extérieur. Néanmoins, dans les circonstances présentes, elle aurait sans hésiter fait exception à la règle. Sauf que cela ne servirait à rien.

En effet, comment Nick comprendrait-il le désir obsessionnel qu'elle éprouvait d'affirmer sa valeur aux yeux de son père ? Désir profond et exclusif, enraciné en elle depuis sa plus tendre enfance. Ayant adopté dès l'adolescence les critères de cet homme inflexible et dur, elle tendait tout entière vers un but unique : faire la preuve incontestable de sa capacité à gérer et faire fructifier sa part de l'entreprise familiale. Et surtout, prouver à son père qu'elle était digne de son amour.

Bien sûr, maintenant qu'il était mort, jamais il ne l'apprendrait. Mais *elle* le saurait. Et cela ferait toute la différence.

Bouleversée, ne tenant plus en place, Tess serra le drap contre sa poitrine.

— Je ne peux te convaincre, répéta-t-elle. A dire vrai, je pense que tes raisons sont plus valables que les miennes.

— Dans ce cas, pourquoi…

— Parce que je ne *peux* pas arrêter de forer. Ne me le demande plus.

Tess glissa hors du lit. Enveloppée dans le drap, elle se posta dans l'encadrement de la porte-fenêtre. L'air humide lui rafraîchit la peau. D'un geste absent, elle remit de l'ordre dans ses cheveux ébouriffés. En son for intérieur, elle se blinda pour encaisser la prochaine réplique de Nick. Mais rien ne vint.

168

Au bout de quelques instants, elle le regarda du coin de l'œil. Il était toujours allongé sur le lit. Inconscient de la tentation que représentait sa nudité totale.

Hélas, il n'en allait pas de même pour elle, songea Tess au comble du désarroi. Un seul coup d'œil à cet homme magnifique, et déjà son corps réclamait son dû. Elle détourna vite le regard.

— Tu ne parles plus ? hasarda-t-elle.

— Tu me demandes de ne plus faire allusion à ce forage. J'obéis.

Tess avait peine à y croire. Nick abandonnait-il vraiment le jeu ? Finis, les arguments interminables ? Une partie d'elle-même en éprouva un intense soulagement. Et pourtant... s'il mettait fin au conflit qui les opposait, cela mettait aussi un terme à leurs rencontres.

Le regard fixé sur la pluie qui tombait doucement, elle demanda :

— Que va-t-il advenir de *L'Aguila* ? Tu penses que l'ouragan dans le golfe l'a endommagé ?

— J'espère que non. Nous n'avons eu que la queue des perturbations. Je vais m'en assurer dès demain.

Soudain sur le qui-vive, Tess se retourna d'une pièce.

— Ne me dis pas que tu vas replonger ? lança-t-elle.

— Bien sûr que si.

Sans même se rendre compte de ses actes, Tess se rapprocha de Nick.

169

— Mais… puisque je n'arrête pas le forage, il est dangereux de plonger !

— Je n'ai pas le choix. Cet or est trop important pour mon grand-père. A cause de son état de santé précaire, je ne peux me permettre de perdre du temps.

Tess s'assit au bord du lit.

— Je sais… Mais ton grand-père voudrait-il que tu risques ta vie ?

— Pas s'il le savait ! Mais quand il m'a posé des questions, j'ai beaucoup insisté sur l'usage de submersibles.

Tess se passa sur le front une main moite.

— Ah ! oui… Les submersibles… Tu en utilises un ?

— Parfois. Je m'en suis procuré un d'occasion. Il m'aidera à remonter l'or.

Nick se leva, enfila son caleçon puis son jean.

Le cœur de Tess se serra. Il partait.

— « Parfois » ? répéta-t-elle.

— La coque de bois du bateau est abîmée, mais je veux préserver ce qu'il en reste. Tout cela est trop délicat pour l'usage de robots.

— Mais… ce qui compte pour votre famille, c'est l'or. Pourquoi se compliquer la vie à préserver le bateau ?

Nick eut un sourire sans joie et expliqua :

— Je suis professeur d'archéologie à l'université d'Austin, ne l'oublie pas. Chaque clou, chaque planche du bateau a son importance, pour moi.

170

— Réfléchis ! Avec les robots, les scientifiques font des choses étonnantes et très minutieuses. J'ai lu que des médecins arrivent même à pratiquer des opérations à distance !

Nick s'assit sur le lit et enfila ses chaussettes et ses chaussures.

— Chacun fait comme il l'entend, commenta-t-il.

Une nausée monta aux lèvres de Tess. Désemparée, elle murmura :

— Pas une fois je n'ai envisagé que tu poursuivrais tes plongées…

— C'est simple, Tess. Nous faisons tous ce que nous pensons devoir faire. Toi, tu continues à forer. Moi, je continue à plonger.

Sur ces mots, il se dirigea vers la salle de bains. Quand il en ressortit, il avait l'air nettement plus frais que Tess. Elle se sentit en état d'infériorité. Il se dirigea vers la table de chevet, où se trouvait sa montre.

Elle le suivit du regard.

— Ecoute, dit-elle. La plongée à ce niveau-là, je sais que c'est dangereux. Le mélange d'oxygène et de je ne sais quel produit, dans les bouteilles… En plus, quand on remonte trop vite…

Nick lui coupa la parole d'un signe de tête.

— Exact, dit-il en marchant vers la porte-fenêtre d'un pas nonchalant.

— Et j'ai entendu parler de… l'ivresse des profon-

171

deurs. Ce grand bien-être qu'on éprouve, comme si on était drogué. Et l'azote qui empoisonne...

Accoudé à la porte-fenêtre, Nick hocha la tête en regardant au loin.

Tess éleva la voix :

— Est-ce que tu m'écoutes, au moins ?

— Avec attention.

Elle se leva.

— Tu connais les dangers dus à ma plate-forme flottante ? C'est pour ça que tu as cherché à me rencontrer.

— Et alors ?

— Et alors ! Tu n'as pas le droit de risquer ainsi ta vie !

— Ma parole, on dirait presque que tu t'intéresses à moi !

Dans un effort surhumain pour ne pas dévoiler ses sentiments, Tess attendit quelques secondes avant de répondre :

— Je m'inquiéterais pour toute personne dans cette situation.

Debout devant elle, il la contempla pendant ce qui lui parut une éternité. Le cœur dans un étau, elle sentait la veine battre à la base de son cou. Devinait-il qu'elle l'aimait ?

— Je suis désolé, Tess.

Toute rancœur, toute rugosité avaient disparu de sa voix. Sans prévenir, il avait changé d'attitude.

— Désolé de quoi ?

172

D'une main maladroite, il montra le lit de la main, et dansa d'un pied sur l'autre.

— Je... je n'avais pas l'intention d'en arriver là, dit-il.

Nick, embarrassé ? Tess n'en revenait pas. Et pourtant...

— Chez mes grands-parents, j'ai résisté de toutes mes forces, poursuivit-il.

Tess hocha la tête.

— Pour moi aussi, ça a été dur. Mais...

— Mais tu croyais que je voulais coucher avec toi par intérêt, interrompit-il.

— Je pensais beaucoup de choses...

— En faisant l'amour avec toi, mon but n'était pas de te faire changer d'avis, assura-t-il. Ni alors, ni maintenant.

D'une voix lasse, Tess répliqua :

— Qu'importent les raisons ! C'est arrivé, c'est tout. Parce que nous avons partagé beaucoup d'émotions en peu de temps... Mais ça ne me fait pas changer d'avis.

Nick passa ses doigts dans ses cheveux.

— Je sais. Je l'ai toujours su. Mais depuis le début, je te désirais avec trop de force. Je continue, d'ailleurs.

Tess se mit à trembler.

— Peut-on *trop* désirer ? demanda-t-elle d'une voix défaillante.

— Dans notre cas, oui. Parce que si on enlève le

173

sexe entre nous, et si on ne considère que le problème de ton forage et mon or, aucun de nous ne peut gagner. Nous ne pouvons même pas trouver un compromis.

Tess contempla ses mains.

— Je sais… Mais… si ça peut t'aider, sache que moi aussi, je te désire. Beaucoup trop.

Les yeux de Nick s'embuèrent de convoitise.

— Ça aide énormément, répliqua-t-il d'une voix rauque.

Il franchit les quelques pas qui les séparaient.

Tess lui ouvrit grands les bras. Le drap dont elle s'était enveloppée glissa à ses pieds. Accrochés l'un à l'autre, ils s'abattirent sur le lit.

Le lendemain, au réveil, elle était seule.

174

Ron passa la tête par l'entrebâillement de la porte du bureau de Tess.

— Jill sur la ligne 2, annonça-t-il.

Tess soupira. Elle était déjà d'humeur exécrable, et cet entretien avec sa sœur l'importunait. Elle et ses vantardises sur le boom immobilier, qui lui ouvrait sans problème l'accès à l'héritage de son père !

— Merci, grommela-t-elle en prenant la ligne.

Puis affectant une amabilité convenue :

— Salut, Jill ! A quoi dois-je ce coup de fil ?

— J'ai entendu dire que tu étais en danger ?

Interloquée, Tess répéta :

— En danger ?

— Ne fais pas l'innocente ! Tu as été kidnappée, et Des s'est inquiété au point de voler à ton secours.

— Ah ! Tu parles de ça ? Ce n'était pas exactement un enlèvement. En fait, je suis partie de mon plein gré. Simplement, on m'a retenue jusqu'au lendemain. Difficile à expliquer. Il faut l'avoir vécu pour comprendre.

Faisant pivoter sa chaise, elle contempla le golfe par la baie vitrée. Nick se trouvait sans doute à des dizaines de mètres sous l'eau, à l'heure actuelle, songea-t-elle. Elle adressa au ciel une prière muette pour qu'il remonte sain et sauf. D'un autre côté, elle lui en voulait de toutes ses forces. Il aurait au moins pu lui laisser un message, avant de se sauver comme un voleur !

— Ce que je comprends, rétorqua Jill avec humeur, c'est que tu t'es débrouillée pour te faire aider par Des.

Un lent sourire épanouit le visage de Tess.

— Tu as l'air contrariée, nota-t-elle. Jalouse de ne pas avoir eu l'idée la première ?

— Franchement, oui.

Tess gloussa.

— Ne t'en fais pas : j'ai repoussé l'offre chevaleresque de Des.

— Je sais. Et je me demande bien pourquoi...

— Parce que je n'étais pas en danger.

— Tu as laissé passer une occasion en or. Ça m'intrigue au plus haut point, si tu veux savoir. A moins que ça ne fasse partie d'une stratégie ?

— Sache-le, je n'ai aucune intention d'accaparer Des.

Sous aucun prétexte Tess ne souhaitait dévoiler à sa sœur sa passion toute neuve pour Nick. Un amour qui changeait tout dans sa vie. Epouser Des lui semblait à présent hors de question. Même s'il

176

représentait cinquante pour cent de la société Baron International.

Cependant, pour se changer les idées, ne serait-ce que quelques minutes, elle décida de donner du fil à retordre à Jill :

— En fait, poursuivit-elle, Des s'est montré *très* inquiet à mon sujet. Il m'a dit des choses gentilles au possible. Tu vois ce que je veux dire ? Du genre… les sentiments qu'il éprouve pour moi…

— Garce !

Tess buvait du petit lait.

— Jill ! Quel langage !

— Laisse mon langage tranquille. Tu as des problèmes plus graves, il me semble… Puisque tu ne parviens pas à atteindre les chiffres exigés par papa, un mariage avec Des représente ta seule issue. Mais permets-moi de te dire une chose : entre nous, la partie n'est pas encore terminée.

Tess rétorqua d'une voix insouciante :

— Tu as sûrement raison ! Bonne journée, Jill. A bientôt.

Dès qu'elle eut raccroché, Tess enfouit son visage dans ses mains. Le plaisir de titiller Jill disparut aussi vite qu'il était né, remplacé par la mauvaise conscience et le regret. Pourquoi faire enrager sa sœur de la sorte ? La force de l'habitude, sans doute. Une habitude stimulée par leur père.

Son esprit dériva. Comment se passeraient les choses, si elle avait reçu une éducation différente ?

Si elle était aussi proche de ses sœurs que Nick de Kathy ? Pourquoi la chose lui semblait-elle impossible ? Après tout, seules Jill et Kit étaient à même de comprendre de l'intérieur la pression insoutenable à laquelle leur père les avait soumises toute leur vie. Pression de ses exigences. Pression de la compétition qu'il avait instaurée entre elles.

Tout cela s'était développé au détriment des sentiments naturels dans une fratrie. Et pourtant… échanger leurs expériences, partager leurs émotions allégeraient à coup sûr le fardeau qui pesait sur leurs épaules.

Existait-il un moyen de sortir de cette situation bloquée ? D'atteindre une sorte d'harmonie ? Pas pour le moment ! conclut-elle aussitôt. Plus tard, peut-être. Si elles parvenaient aux buts exigés par leur père, elles cesseraient d'être rivales, pour devenir des partenaires égales au sein de la société.

Mais pour aboutir à cet éventuel équilibre, encore fallait-il que Des n'épouse aucune des trois sœurs. Il faudrait aussi renoncer à des années d'habitudes détestables, de mots blessants, d'actes perfides.

Que d'efforts en perspective ! songeait Tess. Mais le plus long des voyages ne commence-t-il pas par un premier pas ? Forte de cette réflexion, elle pivota dans son fauteuil, et tendit la main vers le téléphone. Pourquoi ne pas appeler Jill, lui présenter ses excuses ? Ce serait un bon début…

A cet instant précis, le téléphone sonna sous sa main. Elle sursauta.

— C'est Vega, cria Ron de la pièce à côté.

Tess prit une grande inspiration et décrocha.

— Bonjour, Jimmy ! lança-t-elle. Quelles sont les nouvelles ?

— Bonnes ! En fait, la plate-forme n'a subi que la queue de la tempête. Les installations sont intactes.

— Formidable ! Et le fond de mer ? A-t-il bougé ?

— Je ne pense pas. Ou alors un minimum. Pourquoi ?

— Une de mes connaissances fait de la plongée dans les parages de notre plate-forme.

— En effet, j'ai remarqué un bateau à moteur, non loin du forage. Que cherche-t-il ?

— Il a trouvé l'épave d'un galion. En position très précaire sur un escarpement sous-marin. Si quelque chose se produit sur notre plate-forme qui pourrait en affecter l'équilibre, prévenez-moi tout de suite.

— Je n'y manquerai pas. De toute façon, je vous tiens informée de tout.

— Je sais. Merci.

La journée de Tess se poursuivit sur le mode habituel. Coups de fil, décisions à prendre, rapports à lire, problèmes à résoudre. Ses intérêts professionnels s'étendaient au monde entier. Non seulement elle gérait l'exploitation et le rendement de ses puits de pétrole, mais elle consacrait beaucoup d'énergie à maintenir de bonnes relations avec les entrepreneurs et les élites politiques des pays avec lesquels elle travaillait.

Aucune de ces activités n'y fit quoi que ce soit : elle ne parvenait pas à oublier Nick. Ni la nuit passée ensemble. Depuis le début, songea-t-elle, une alchimie mystérieuse se tissait entre eux. La nuit dernière, cette alchimie avait explosé en un feu d'artifice de sensations et d'émotions. Une explosion qui avait dépassé ses rêves les plus fous. A certains moments, l'intensité de son extase l'avait empêchée de respirer. Chaque fois qu'elle pensait atteindre la volupté suprême, Nick l'avait transportée encore plus haut, plus loin. A un autre niveau du nirvana.

De son côté, elle avait tout donné, infusé de l'amour dans chaque caresse, chaque geste, chaque baiser qu'elle avait prodigués à Nick. Néanmoins, l'ardente passion qu'elle vivait ne lui faisait pas perdre de vue l'essentiel : certes, Nick était un magicien du sexe, un vrai maître en la matière... *Mais il ne l'aimait pas*.

A ses yeux, il n'existait aucune ambiguïté : Nick avait fait de la nuit dernière une affaire de sensualité pure et simple. Alors que pour elle, il s'agissait d'amour.

Bien sûr, ils avaient ressenti ensemble le même accomplissement profond. Ces choses-là ne se simulent pas. Mais au petit matin, pendant qu'elle dormait encore, il avait pris la poudre d'escampette. Volatilisé. Sans un message. Sans la moindre mention d'un retour.

La journée touchant à sa fin, elle laissa partir Ron. Puis, le regard rivé à l'écran de son ordinateur, elle poursuivit son travail, jusqu'à ce que ses yeux larmoient, que son dos lui fasse mal. Alors seulement elle renonça.

Elle rejoignit sa salle de bains, se déshabilla avec lenteur et se glissa dans un bain chaud parfumé. La tête rejetée en arrière, elle ferma les yeux. Des sensations familières l'investirent : la fatigue d'un quotidien trop rempli. La meurtrissure diffuse installée dans son cœur depuis l'enfance. Mais aussi, une émotion nouvelle, tenue en laisse depuis le matin : le chagrin.

« Comment se débarrasse-t-on du chagrin ? » songea-t-elle, soudain dévastée.

L'odeur parfumée conduisit Nick jusqu'à la salle de bains. A la vue de Tess, il s'immobilisa sur le seuil. Etendue dans la baignoire, les yeux clos, les bras flottant sur l'eau, les jambes entrouvertes, elle semblait presque détendue. Lui qui avait connu ce visage dans l'extase absolue, il y discerna cependant quelques lignes douloureuses. Devant cette beauté inconsciente, absorbée en elle-même, il sentit son corps se durcir.

Cette peau d'ivoire… Ces cheveux blonds relevés, d'où s'échappaient de petites mèches humides… Ces seins ronds qui affleuraient à la surface de l'eau… Ces mamelons doux comme de la soie…

Il eut envie de s'agenouiller près de Tess. Prendre dans sa bouche la pointe de ses seins. Les faire vibrer sous ses lèvres. Il savait comment faire pour l'enflammer tout entière. En une nuit, il avait appris à connaître intimement les réactions de ce corps merveilleux.

Et pourtant, il n'avait pas eu l'intention de revenir. Ni aujourd'hui, ni jamais.

Entre eux, rien ne s'était déroulé comme prévu. Le soir de leur première rencontre, pris de court, il avait tenté de résister à son attrait immédiat pour Tess. Ensuite, il avait repoussé le plus possible le moment de la capitulation. Jusqu'à ce que l'inévitable se produise.

Tess se trompait sur ce qui se passait entre eux, songea-t-il avec tristesse. Elle n'en faisait pas mystère : à ses yeux, il utilisait la sexualité pour parvenir à ses fins. Comme elle le jugeait mal !

Bien sûr, pour accomplir le rêve de son grand-père, il s'était montré prêt à tout. Il avait parcouru le pays de long en large, à la recherche de sponsors. Il avait travaillé des années à repérer l'épave, à acheter un bateau à moteur, à faire ses plans de plongées, à prévoir le transfert de l'or jusqu'au rivage.

Prêt à tout, en effet. Sauf à faire souffrir Tess.

Et pourtant, que faisait-il d'autre, depuis trois jours ?

A sa décharge, elle ne lui avait pas facilité la tâche ! Le premier soir, en dansant, elle l'avait aguiché sans le vouloir, se lovant contre lui de manière quasi irrésistible. Elle avait ensuite répondu à ses baisers avec l'ardeur d'une jeune femme découvrant la sexualité. Et quand ils avaient fait l'amour, elle s'était envolée très haut, l'entraînant lui aussi vers des cimes insoupçonnées.

Tout cela s'était produit presque contre le gré de Tess, il le savait, et ne lui reprochait rien. Quant à lui, à l'origine, il n'avait guère vu plus loin que le bout de son nez. Il avait mis au point un plan simple : rencontrer Tess Baron en tête à tête. Lui raconter avec franchise l'histoire de son grand-père. Lui extorquer un délai de trois mois dans ses opérations de forage.

Hélas, dès le premier coup d'œil, des désirs complexes avaient brouillé son intention première. Poussé par l'envie de la tenir contre lui, il l'avait d'abord invitée à danser. Ses lèvres pulpeuses l'avaient alors tenté au point de l'embrasser sans retenue. Enfin, la veille, il avait cédé aux impératifs de son corps.

Et maintenant, cela ne lui suffisait plus ! Il voulait davantage.

Il peinait à lire au fond de son propre cœur. Comment, dans ce cas, justifierait-il aux yeux de Tess la complexité de ses émotions ? Etant donné les circonstances, toutes ses tentatives d'explication lui sembleraient suspectes, entachées du différend qui les opposait.

A ce moment de ses réflexions, Tess ouvrit les yeux et le découvrit dans son champ de vision. Son visage exprima une défiance immédiate.

— Je ne m'attendais pas à te revoir, dit-elle.

— Pour être honnête, moi non plus. Mais… quelque chose me pousse vers toi.

Elle hésita. Des émotions successives ombrèrent son visage. Puis, lentement, elle lui tendit les bras.

— Viens, murmura-t-elle.

Nick se dévêtit dans l'urgence. Un jour très proche, il paierait cher sa gourmandise effrénée… Mais pour l'heure, il ne pensait qu'à une chose : assouvir le désir qui le consumait.

Il se glissa dans l'eau du bain, ajusta le corps de Tess au sien, et se perdit en elle avec volupté.

Le lendemain, Ron cria depuis son bureau :

— Kit au bout du fil !

Tess sourit en son for intérieur. Au tour de sa cadette de s'émouvoir de l'attitude chevaleresque de Des ! Elle venait aux nouvelles. Forte de ses résolutions de la veille, Tess décida de se montrer aimable. De toute façon, Kit ne lui donnait pas autant de fil à retordre que Jill. Simplement, elle se montrait sauvage et rebelle comme un ouragan texan. On ne savait jamais par quel bout la prendre.

Elle tendit la main vers le téléphone et lança d'un ton jovial :

— Salut, ma petite sœur ! Comment va ?

— Arrête tes salamalecs ! Ça ne prend pas !

Tess roula les yeux au ciel. Cela commençait bien !

— J'ai appris le piège dans lequel tu as essayé d'entraîner Des, reprit Kit.

— D'abord, il n'y a pas eu piège. Ensuite, ne t'inquiète pas, je n'ai pas accepté l'aide qu'il m'offrait.

— Tu l'as contraint à penser à toi. C'est déjà une manière de le piéger !

— Je...

D'instinct, Tess avait commencé à se défendre. Mais la tristesse au fond de la voix de Kit l'alerta.

— Que se passe-t-il ? demanda-t-elle.

— Que veux-tu qu'il se passe ? Je m'occupe du ranch, et ça me rend heureuse.

— Pourtant... ta voix n'est pas gaie... Tu as peur de ne pas parvenir aux impératifs fixés par papa ? Il te reste deux ans, ne te fais pas de souci.

— Ce testament ridicule est le cadet de mes problèmes !

De toute évidence, sa cadette s'était levée du pied gauche, songea Tess avec philosophie.

— Y a-t-il quelque chose que je puisse faire pour toi ? demanda-t-elle.

— Oui. Abandonne tes vues sur Des.

— D'accord.

Un silence tomba. Puis la voix de Kit reprit :

— Ai-je bien entendu ? Tu acceptes de ne plus courir après Des ?

— D'abord, je n'ai jamais couru après lui. Et ensuite, j'y renonce, de toute façon.

— Mais... pourquoi ?

A quoi bon nommer Nick ? songea Tess. Il sortirait de sa vie aussi vite qu'il y était entré. La laissant seule avec son chagrin.

— Si je parviens aux termes du testament, je posséderai un sixième de la société. Je saurai m'en contenter.

— Tu blagues ?

— Pas le moins du monde. Je me bagarre pour répondre aux exigences de notre père et mériter ma part. Mais ensuite, finie la lutte pour avoir toujours plus. Je serai heureuse de mettre fin à cette quête éperdue.

— Tu es sérieuse ?

— Tout à fait. Quelque chose d'autre ?

— Non.

Aussitôt, Kit se reprit :

— Si... bonne chance !

Tess sourit. Le vœu semblait empreint de réticence. Mais tout de même, sa cadette avait franchi le pas.

— Merci, répliqua-t-elle. A bientôt.

— Bien sûr... Salut !

Un sourire flottant toujours sur ses lèvres, Tess raccrocha.

Tout de suite, le téléphone sonna de nouveau. A l'autre bout du fil, la voix de Jimmy Vega s'éleva :

— Bonjour ! J'appelle juste pour confirmer : la tempête n'a pas fait de dégâts sur notre matériel. Ça roule !

186

— Quelle agréable musique à mes oreilles ! Si nous arrivons à atteindre le gisement à temps…

— Encore deux mois, et c'est dans la poche. Il y a des tonnes de pétrole là-dessous ! Je me fie totalement à votre instinct.

— Merci de votre confiance, Jimmy. A plus tard.

Après avoir raccroché, Tess s'appuya au dossier de sa chaise. Elle récapitula les événements positifs de la journée. Ils n'étaient pas négligeables. D'abord, pour la première fois de sa vie, Kit lui avait souhaité bonne chance. Ensuite, Jimmy venait d'appeler pour donner des nouvelles encourageantes. Enfin, il y avait eu cette nuit.

Nick était réapparu. Toute la nuit, ils avaient fait l'amour avec une intensité renouvelée.

Mais au petit matin, il s'était de nouveau volatilisé.

Cela devint une sorte de routine. Au moment où elle croyait dur comme fer ne plus jamais revoir Nick, il réapparaissait, envoûté de désir. Sans un mot, ils roulaient sur le lit, s'étreignaient et faisaient l'amour jusqu'à plus soif. Jamais elle ne lui posait la moindre question sur l'avancée de son travail. De son côté, il ne l'interrogeait pas sur son forage. Mais surtout, ils évitaient d'un accord tacite tout sujet personnel.

Tess connaissait la raison de son propre silence : elle taisait son amour. Que Nick vienne à le découvrir et il fuirait à toutes jambes, se persuadait-elle. Ce qu'elle redoutait plus que tout au monde. Mais lui, pourquoi gardait-il le silence ? Dès qu'elle y songeait, la réponse s'imposait d'elle-même à son esprit : il refusait d'exprimer quoi que ce soit qui ressemble à un engagement.

Ainsi le cours du temps s'écoulait-il, immuable. Travail le jour, passion la nuit. Dans la journée, elle envisageait leur relation avec le plus d'objectivité possible. Mais le soir, quand il la tenait entre ses bras, elle prenait conscience de l'ampleur de son amour. Si Nick la quittait pour toujours, elle n'y survivrait pas.

La clarté de la pleine lune illuminait leurs deux corps étroitement mêlés sur le lit. Nick serrait Tess contre lui. Sa propre possessivité le surprenait. Aussi longtemps qu'il demeurait lové contre elle, il pouvait prétendre qu'elle lui appartenait. Il aurait voulu que ce moment ne s'arrête jamais.

Avec d'infinies précautions, il écarta une mèche de cheveux humides du visage de Tess.

— Tu dors ? murmura-t-il.

— Je suis fatiguée, répliqua-t-elle d'une voix douce. Mais je n'ai pas sommeil.

— Tu travailles trop…

Il eut conscience de franchir une ligne invisible, qui les avait empêchés, jusqu'à cet instant, d'aborder certains sujets.

La réponse vint, toute simple :

— Oui.

La main de Nick glissa le long de la courbe voluptueuse de la hanche de Tess.

— Je me pose une question, commença-t-il.

Tess dut bouger, défaisant l'emmêlement de leurs corps. Elle roula sur le dos et s'étira comme une chatte.

— Laquelle ? s'enquit-elle.

Un désir sourd se lova au creux des reins de Nick. Il y résista.

— Le soir de notre première rencontre, j'ai cru comprendre que tu lançais chaque année une invitation pour ton anniversaire. Mais… pourquoi le fais-tu toi-même ? Pourquoi ta famille, tes amis, ne le font-ils pas à ta place ?

Le front de Tess se plissa. Elle ne répondit pas tout de suite. Un silence si long que Nick crut qu'elle ne répondrait pas.

Enfin, elle parla :

— Kathy et ta grand-mère font une fête pour chacun de tes anniversaires, n'est-ce pas ?

Le visage de Nick se fendit d'un large sourire.

— Bien sûr ! C'est très important pour elles.

— Une fête avec un gâteau et des bougies ? insista Tess.

— Oui. Depuis que je suis tout petit.

Tess déglutit.

— Tout le monde n'a pas été élevé comme Kathy et toi, remarqua-t-elle.

— Que veux-tu dire ? On ne fêtait pas ton anniversaire, chez toi ?

— La gouvernante qui s'occupait de la maison de mon oncle me faisait un gâteau. Mais je n'ai pas envie de parler de ça. J'ai sommeil, maintenant.

— Excuse-moi si j'ai évoqué de tristes souvenirs, dit-il avec douceur.

— Ce n'est pas le cas, répliqua-t-elle.

Nick n'en crut rien. Il aurait donné cher pour connaître la véritable histoire de l'enfance et l'adolescence de Tess. Mais elle ne la lui raconterait sans doute jamais. Pire encore : un soir prochain, elle lui demanderait de ne plus revenir. Au plus tard dans quelques semaines, quand le forage battrait son plein, et qu'elle rejoindrait son quartier général de Dallas. Peut-être même avant. Elle se lasserait tout simplement de le voir arriver chaque nuit.

Vu leurs objectifs antagonistes, c'était déjà un miracle que Tess lui ait ouvert sa porte, reconnut-il. En fait, une seule chose les liait : le plaisir. Même si le mot était fade pour exprimer la passion qui flambait en eux, nuit après nuit.

Cependant, il n'était pas homme à se faire d'illusions. Il en revenait toujours au même constat : un jour prochain, Tess quitterait Corpus Christi, ou se lasserait de lui. Ou les deux à la fois. Sa vie à elle se trouvait à Dallas. Quant à lui, si tout allait bien, il demeurerait quelques années à Corpus Christi, avant de rejoindre Austin et son enseignement à l'université.

190

Aucune perspective ne s'ouvrait entre eux. Leur avenir commun était borné. Et pourtant, le désir qu'il avait de Tess croissait de jour en jour. De sorte que, chaque nuit, au moment de la pénétrer, puis de se perdre au fin fond d'elle, un profond sentiment d'impasse se mêlait à sa volupté.

Si seulement elle s'attachait à lui ! Il ne pouvait s'empêcher de renouveler cette prière en son for intérieur. Elle deviendrait alors sienne à jamais. Mais il le savait, ce vœu s'apparentait au fantasme. Comment pourrait-il lui offrir ce à quoi elle aspirait ? Leurs univers différaient trop pour cela.

Sauf au lit.

Au lit, dans les bras l'un de l'autre, ils s'excluaient du monde, se repaissaient du corps de l'autre, s'abreuvaient à la source qui jaillissait d'eux.

Mieux valait ne pas se leurrer, cependant. Cette trêve, cette paix relative n'avait qu'un temps.

10.

De la baie vitrée de son bureau, Tess contemplait le golfe du Mexique. Que faisait Nick, en ce moment précis ? A chaque instant de la journée, elle s'inquiétait pour lui. Chaque nuit, quand il la rejoignait, elle se mordait les lèvres pour ne pas le supplier de renoncer à ses plongées quotidiennes.

Mais comment lui demander d'abandonner son but, alors qu'elle ne renonçait pas au sien ?

La veille, en se rendant à la plate-forme, elle avait survolé en hélicoptère le bateau à moteur de Nick. Un drapeau flottait à bord, signe d'une plongée en cours. A cette vue, la peur de le perdre l'avait empoignée avec une force particulière. Le soir, quand il l'avait rejointe, elle s'était sans un mot accrochée à lui comme à une bouée.

Le téléphone sonna dans le bureau de Ron.

— Jimmy Vega, annonça l'assistant.

Sans préambule, Jimmy s'exclama au bout du fil :

— Nous l'avons échappé belle !

Elle pâlit.

— Que s'est-il passé ?

— Le forage a rencontré une poche de pression spécialement élevée. Si je n'avais pas été là, les yeux rivés sur les appareils détecteurs, nous foncions droit à la catastrophe.

Tess ferma les yeux. Elle se passa sur le front une main soudain moite.

— Dieu merci…, murmura-t-elle. Vous imaginez ce qui aurait pu se produire ?

— J'imagine très bien, croyez-moi.

Si le pétrole avait jailli sous haute pression inopinée, les conséquences en auraient été épouvantables. Les tuyaux, le matériel du trou de sonde, brisés par la violence du phénomène, auraient surgi dans tous les sens. Cette force quasi tellurique aurait provoqué une catastrophe majeure. La moindre proportion de gaz contenue dans la sonde aurait pu s'enflammer, causant une déflagration et un incendie capables d'anéantir tous les travailleurs sur la plate-forme.

Et Nick ? songea-t-elle avec horreur. Si le drame s'était produit au cours d'une de ses plongées, il serait mort, à cette heure ! Tué par la violence de l'explosion. Ou par le tremblement de terre provoqué dans les fonds marins. Ou à cause des débris de tuyaux catapultés en tous sens.

A elles seules, les ondes de choc auraient délogé *L'Aguila*, le propulsant dans les abîmes insondables du golfe. La ligne de vie reliant Nick à son bateau se serait rompue.

Jimmy continuait à parler, mais Tess ne pensait plus qu'à Nick.

Quand elle raccrocha, elle tremblait de tous ses membres. Elle mit Ron au courant en quelques mots, et lui demanda de bloquer tous les appels téléphoniques. Puis elle sortit sur la terrasse, et fixa l'horizon. Si Jimmy n'avait pas agi avec détermination et rapidité, Nick serait mort à cette heure, se répéta-t-elle avec effroi.

Elle se mit à arpenter la véranda. Les technologies modernes de forage de pétrole rendaient les accidents rarissimes. Toutefois, on ne pouvait en écarter tout à fait la possibilité. La preuve !

Depuis le commencement du forage, ingénieurs et techniciens connaissaient l'existence de hautes pressions dans les parages. Ils avaient agi en conséquence. Mais les conditions de gisement fluctuent, à quelques mètres près. Toucher une poche de pression plus élevée que la normale demeurait toujours possible. C'est pourquoi tous les travailleurs de la plate-forme observaient une vigilance de tous les instants. C'était aussi la raison pour laquelle elle employait Jimmy Vega, le meilleur spécialiste de la question.

Combien de fois arpenta-t-elle la terrasse de long en large ? Elle avait perdu la notion du temps. Une peur animale la tenaillait. Un vertige lui brouillait le cerveau. Une idée fixe tourbillonnait dans sa tête : si Nick avait disparu aujourd'hui…

Soudain, elle pivota sur ses talons et rentra dans son bureau. Sans passer par Ron, elle appela Jimmy au téléphone. Quand il répondit, elle ordonna sans l'ombre d'une hésitation :

— Arrêtez le forage. Tout de suite.

— Quoi ?

— Arrêtez pour deux mois, au minimum.

— Que se passe-t-il ? Vous devenez folle ?

— Ecoutez-moi ! On arrête de forer, sur-le-champ. On continue à payer le personnel. Faites partir tout le monde en congés payés. Mais maintenez sur la plate-forme une équipe tournante.

— Enfin, Tess… qu'est-ce qui vous prend ? Je croyais que…

— Vous aviez raison. Mais pour le moment, telle est ma décision, et je ne tiens pas à l'expliquer. Deux mois, Jimmy. Ensuite, nous reprenons plein pot. Je vous charge donc de veiller à ce que la plate-forme demeure en état de redémarrer à tout moment.

— D'accord, mais…

Il semblait stupéfait, secoué sur ses bases. Et comment aurait-il pu en être autrement ?

— Vous avez fait du très bon travail, Jimmy. Prenez des vacances, vous aussi. Nous restons en contact. Promis juré, je serai de retour dans deux mois.

Tess raccrocha et contempla le combiné, sidérée.

Elle venait de se couper elle-même l'herbe sous les pieds.

— Tess ?

Levant les yeux, elle aperçut Ron. L'air foudroyé, il se tenait immobile dans l'encadrement de la porte du bureau.

— Vous savez ce que vous faites ? demanda-t-il à mi-voix.

Un sourire triste ombra le visage de Tess.

— Hélas, oui, répondit-elle. Ramassez toutes nos affaires. Nous partons dans une heure.

— Pour où ?

— Dallas. Pour commencer.

Nick gravit les marches de la véranda. Il se sentait épuisé par une rude journée, et une seule idée le soutenait : retrouver Tess. Plonger avec elle dans un bain chaud, puis lui faire l'amour avec lenteur et passion. Cette perspective le fit sourire de plaisir.

Aucune lumière dans la chambre de Tess. Rien d'anormal à cela. En revanche, la porte-fenêtre close l'étonna. Il tourna la poignée et appela :

— Tess ?

Pas de réponse. Il alluma une lumière et se dirigea vers la salle de bains. Vide. Plus aucune trace de flacons de maquillage ni de parfums.

Un frisson glacé lui parcourut l'échine. Il ouvrit la penderie. Les trois quarts des vêtements en avaient disparu. Tess était-elle partie en voyage d'affaires impromptu ? se demanda-t-il, l'angoisse chevillée au ventre. Dans ce cas, pourquoi ne pas l'avoir prévenu par téléphone ?

Soudain, il aperçut une enveloppe sur un des oreillers du lit. Il la déchira et lut : « J'ai arrêté le forage pour deux mois. J'espère que cela te donnera le temps dont tu as besoin. »

Stupéfait, il contempla le morceau de papier. Elle n'avait même pas pris la peine de signer !

Parcourant la maison à grandes enjambées colériques, il hurla :

— Guadalupe ?

Une voix chargée d'appréhension répondit :

— Oui, monsieur ?

— Où Mlle Baron est-elle partie ?

— Je ne sais pas.

— A-t-elle dit quand elle serait de retour ?

La gouvernante acquiesça de la tête :

— Dans deux mois.

Nick laissa échapper un chapelet de jurons. Sa violence verbale effaroucha Guadalupe, qui recula de quelques pas. Conscient de sa grossièreté, il s'excusa auprès d'elle et poussa un soupir de frustration. Puis il regarda autour de lui, avisa un stylo sur une table et griffonna son numéro de téléphone sur le message de Tess. Il le tendit à la domestique.

— Si vous apprenez quoi que ce soit à son sujet, contactez-moi à ce numéro. Merci d'avance.

Guadalupe hocha la tête et sortit de la chambre à reculons.

Le danger inhérent au forage de Tess étant écarté, il incombait à Nick de mener à bien son expédition sous-marine. Cependant, concentrer son esprit sur le travail se révéla une tâche plus ardue que prévu.

Les journées étaient difficiles. Les nuits, interminables. Tess lui manquait à un point indicible. Chaque partie de son corps souffrait et la réclamait. Douches froides et raisonnements n'y changeaient rien.

Au début, il avait essayé de retrouver sa trace. Il l'avait appelée à son bureau de Dallas. Il était tombé sur Ron. Selon lui, elle voyageait, inspectant ses différents sites pétroliers. Comme Nick insistait pour obtenir l'itinéraire de ces visites, l'assistant lui avait asséné sans état d'âme l'implacable vérité : Tess avait défendu qu'on le lui communique.

Il s'était alors tourné vers les deux sœurs de Tess. Jill avait réagi au départ de son aînée de façon fort étrange. Elle avait prononcé quelques phrases rageuses. Selon elle, Tess tirait trop souvent la sonnette d'alarme, ces derniers temps. Tout cela pour attirer l'attention de Des ! s'était-elle exclamée. Mais pas question de s'y laisser prendre… Elle allait téléphoner de ce pas à son cousin, pour lui dire de ne pas s'inquiéter.

La réaction de Kit lui avait paru plus compréhensible. Non, elle ne savait pas où se trouvait sa sœur. Mais si son secrétaire prétendait qu'elle était en voyage d'affaires, c'est qu'elle l'était bel et bien. Point final.

Ces deux brèves conversations avaient laissé Nick frustré et dubitatif. Si Tess avait prévu cette inspection, elle l'aurait prévu. Il ne sortait pas de cette logique. Alors, pourquoi avait-elle fui ?

Avait-il quelque chose à se reprocher ? L'avait-il blessée ? Il passait en revue les plus menus détails, à la recherche d'un indice. En vain. Il gardait en tête un puissant souvenir de leur dernière nuit commune. Comme d'habitude, ils avaient partagé un plaisir sans mélange, qui les avait laissés rassasiés.

Après l'amour, elle s'était endormie entre ses bras. Il l'avait contemplée un long moment, l'écoutant respirer. Un plaisir simple, qu'il n'avait jamais analysé. Gorgée de volupté, elle dormait comme une enfant. C'était le seul moment où il la sentait tout à fait détendue. Il ne fallait pas être sorcier pour découvrir qu'elle vivait sous une tension permanente, dont elle ne parlait jamais.

Il l'avait toujours su : si elle renonçait à son forage dans le golfe pendant quelques mois, elle perdrait beaucoup d'argent. Des millions de dollars, en fait. Mais il savait aussi une chose : toutes proportions gardées, cela ne serait qu'une goutte d'eau dans l'empire financier des Baron.

De plus, il en avait la certitude, l'appât du gain ne motivait pas ce nouveau forage. Au début, il l'avait envisagé. Mais depuis qu'il connaissait mieux Tess, avait changé d'avis. Quelque chose d'autre se trouvait au cœur de cette nouvelle entreprise. Quelque chose qui l'empêchait d'y renoncer. Mais quoi ? Malgré tous ses efforts indirects, il n'était pas parvenu à le découvrir.

Le soir après sa conversation avec Jill et Kit, Nick se rendit chez Tess. Guadalupe le fit entrer avec un signe de tête, puis elle se retira.

Il parcourut en silence la grande salle de séjour, avec ses immenses baies vitrées qui donnaient sur la terrasse, la pelouse, et le golfe. Pourquoi cette visite ? Il ne le savait pas au juste.

La maison lui semblait vide. Le personnel était toujours là, l'aspect des pièces n'avait pas changé. On s'attendait à voir Tess surgir à tout moment. Et pourtant, un étrange sentiment de vacuité planait dans l'atmosphère.

Dans la chambre, Nick s'assit au bout du lit. Une nostalgie violente lui poignait le cœur. Il aurait tout donné pour qu'elle soit de retour, songea-t-il. Sexuellement, il n'en pouvait plus. Son corps tourmenté de convoitise la réclamait avec véhémence. Mais à son grand étonnement, son désir s'étendait bien au-delà du physique. Il mourait d'envie de la tenir contre lui, tout simplement... Le sexe n'avait rien à voir là-dedans.

Il l'aimait.

La vérité jaillissait enfin. Pour la première fois,

il la regarda en face. Son cœur était pris depuis le premier soir ! Il avait possédé Tess, il l'avait désirée chaque jour davantage. Même lorsqu'il était furieux contre elle, il la désirait de toutes ses forces. Mais il n'avait jamais permis à son esprit de s'aventurer au-delà de ce constat.

Entre eux s'était établi un accord tacite, songea-t-il. Il venait la nuit, et elle lui ouvrait les bras. Il savait que cela ne durerait pas. Mais il vivait dans le présent. Il vivait pour leurs nuits communes, sans jamais penser au lendemain.

Puis elle avait disparu de sa vie. Et maintenant qu'il essayait de comprendre ce qui s'était passé, la vérité lui sautait au visage. *Il l'aimait*. Pourquoi lui avait-il fallu si longtemps pour le découvrir ? Il aspirait à passer avec elle le reste de son existence. Chaque jour. Chaque nuit. Il lui fallait à toute force la retrouver.

Une question l'assaillit de nouveau : pourquoi avait-elle plié bagage sans prévenir ? Et surtout, pourquoi avait-elle, au bout du compte, interrompu les opérations de forage ? Ils avaient abordé le sujet pour la dernière fois la nuit de la tempête. A ce moment-là, elle s'était montrée intraitable : pour rien au monde elle n'accepterait le moindre délai.

Alors, qu'est-ce qui l'avait fait changer d'avis ?

Nick se leva et arpenta la pièce. Une idée folle germa dans sa tête : était-elle tombée amoureuse de lui ? Mais non, songea-t-il aussitôt, ça ne collait pas… Si elle l'aimait, pour quelle raison aurait-elle pris la fuite sans laisser d'adresse ? En réalité, jamais elle n'avait partagé avec lui autre chose que le plaisir physique. Elle était bien trop indépendante pour cela.

Cependant, quelque chose l'intriguait : pas une seule fois Tess n'avait justifié l'impossibilité de différer le forage. Sans doute une raison plus importante que l'argent motivait-elle son entêtement. Et pourtant, en fin de compte, elle avait donné l'ordre provisoire d'arrêter.

Dans l'impasse, Nick hocha la tête. Il y perdait son latin...

Au bout d'un moment, une idée lui vint. Il contourna le lit, et s'empara du téléphone sur la table de chevet. Il composa le numéro d'un vieil ami de la faculté, devenu journaliste au *Dallas Morning News*. Sans préambule, il lui demanda un service.

Le lendemain matin, il travaillait à *L'Aguila*. Sa décision était prise : pour une raison ou une autre, Tess lui avait offert un sursis. Pas question d'en gaspiller une minute. D'autant plus qu'au milieu de toutes les incertitudes, un point d'ancrage demeurait : dans moins de deux mois, elle serait de retour.

« Quel plaisir d'être de retour dans la maison de Corpus Christi ! » songea Tess en défaisant ses valises. Elle avait eu sa dose d'hôtels et d'avions.

Quelques jours auparavant, elle avait pris contact

avec Jimmy Vega. Le forage reprenait le lendemain matin. Nick avait-il eu le temps de consolider la position de l'épave ? De la ramener à la surface ? Elle l'ignorait. Mais de toute façon, elle ne pouvait lui offrir davantage.

A présent, elle devait mettre les bouchées doubles, dans l'espoir d'atteindre un gisement d'or noir hors du commun. Cela suffirait-il pour répondre aux stipulations du testament de son père ? Elle n'en avait aucune idée. Quoi qu'il en soit, il n'était pas dans sa nature de renoncer !

— Bonsoir, Tess…

Stupéfaite, elle pivota sur elle-même.

— Nick ! Comment as-tu appris mon retour ?

Les yeux fixés sur elle, Nick franchit le seuil de la porte-fenêtre.

— Je n'en étais pas sûr. Au cours des derniers jours, l'activité s'est accrue sur ta plate-forme pétrolière. Je suis venu vérifier ta présence chaque soir.

— Quelle activité accrue ?

— Les vols d'hélicoptère, par exemple. Ça m'a incité à prendre mes jumelles…

Le cœur de Tess battait dans sa poitrine. Elle prit une profonde inspiration, et se remit à défaire sa valise. Au cours des deux derniers mois, elle avait passé de longues nuits solitaires. Soir après soir, elle avait chassé de son esprit les images de Nick qui s'imposaient à elle. En vain. Son corps se languissait de lui. Son cerveau conservait le souvenir de chaque moment passé en sa compagnie. Et surtout, son cœur souffrait mille morts, à l'idée d'aimer sans espoir de retour.

Et maintenant, voilà qu'il se tenait debout devant elle, vêtu d'un jean et d'un T-shirt noir qui rehaussait le merveilleux éclat ambré de son regard.

— Tes grands-parents ? Ils vont bien ? s'enquit-elle.

— Oui.

— Et *L'Aguila* ?

— Ça va.

Puis sans autre préambule, il demanda :

— Pourquoi es-tu partie ?

Les ondes de la colère de Nick atteignirent Tess de plein fouet. Comment se protéger d'une telle violence ? De toutes ses forces, elle se retrancha en elle-même. Elle venait de vivre pendant deux mois l'enfer de la séparation acceptée. Ce n'était pas pour replonger tête baissée dans les tourments de la passion ! Bien sûr, elle aimait toujours Nick. Encore plus qu'avant, même. Cependant, au prix des plus grands efforts, elle était parvenue à une vision objective de la situation. Et elle en avait tiré une conclusion importante : si elle baissait la garde et redevenait l'amante de Nick, son cœur finirait de se briser quand il la quitterait.

La réalité était implacable : Nick ne l'aimait pas. Un jour ou l'autre, il se lasserait d'elle. Sinon ce soir, du moins dans six semaines. Ou six mois. Qu'importait le moment exact… Pour se protéger de la souffrance, il n'existait qu'une solution : ériger des tours et des donjons autour d'elle-même. S'y calfeutrer. Refuser de reprendre leur relation là où elle s'était arrêtée.

Elle suspendit une robe dans sa penderie et répondit :

— Une fois l'activité de la plate-forme arrêtée, j'ai pensé que mon temps serait mieux employé ailleurs.

— Il ne t'est pas venu à l'esprit que j'avais mon mot à dire ?

Tess s'attendait à cette confrontation. Cependant, elle avait espéré y échapper pendant quelques jours. Elle sortit un ensemble pantalon de sa valise et le rangea.

— J'avais pris la décision que tu attendais. Je croyais que tu en serais heureux. Après ça...

Avec un haussement d'épaules nonchalant, elle laissa sa phrase en suspens.

Les poings sur les hanches, ses yeux lançant des éclairs, Nick reprit :

— Tes affaires ont une énorme importance, je le concède.

Tess s'arma contre le coup à venir. Il ne tarda pas :

— Mais *nous*, qu'en fais-tu ?

Elle se pencha pour attraper un pull dans sa valise, marqua un temps d'arrêt, puis se redressa, espérant qu'il n'avait pas surpris sa pause.

— Je n'aime pas les adieux.

Nick poussa un soupir. Avançant de quelques pas, il se pencha vers la valise de Tess et en retira une petite culotte en dentelle noire. Tout en caressant l'étoffe entre ses doigts, il attaqua la question sous un autre angle :

— Je ne compte plus le nombre de fois où tu as refusé d'arrêter ton forage. Et tout d'un coup, tu l'as fait. Qu'est-ce qui t'a fait changer d'avis ?

A la vue de sa culotte entre les doigts de Nick, un long frisson parcourut l'échine de Tess. Elle se dirigea vers lui, et la lui prit doucement des mains.

D'une voix qu'elle voulait ferme, elle répliqua :

— Tu as tout mis en œuvre pour m'extorquer une décision. Je l'ai prise. Ça ne te suffit pas ? Si tu veux savoir, tes grands-parents m'ont émue. J'ai beaucoup pensé à eux…

Avec un nouveau haussement d'épaules désinvolte, elle acheva :

— J'ai pris cette décision parce que c'était la chose à faire.

Nick hocha la tête. Il s'appuya au chambranle de la penderie, et croisa les bras sur sa poitrine.

Cela venait-il de son imagination ? se demanda Tess. En tout cas, elle avait le sentiment que quelque chose d'imperceptible venait de changer dans l'attitude de Nick.

— Ecoute…, commença-t-il. J'ai appelé un vieux copain de fac, une semaine après ton départ. Il est maintenant journaliste d'investigation au *Dallas Morning News*.

Tendue, Tess attendit la suite.

— Je lui ai demandé de se renseigner sur ta famille, sur les origines de la société Baron. Et sur toi.

Dans le cœur de Tess, la colère succéda à l'appréhension. Selon ce que Nick avait découvert, elle se retrouverait démunie et vulnérable. Et elle ne pouvait pas se le permettre.

— De quel droit ? lança-t-elle. J'ai fait ce que tu demandais… Pourquoi ne t'en es-tu pas contenté ?

— Parce que je voulais comprendre. Tu as pris ta décision en fonction de ma famille et de moi, d'accord. Mais depuis le début, tu affirmais qu'arrêter était impossible. Alors, pourquoi cette volte-face, tout d'un coup ? J'avais besoin de le savoir.

Tess tremblait de colère.

— Si j'avais su que tu fouinerais dans ma vie privée et celle de ma famille, *jamais* je n'aurais interrompu le forage. Vous seriez allés au diable, toi et ton *Aguila* !

Une expression grave sur le visage, Nick prit le temps de la réflexion.

— Je savais que ma démarche te déplairait, finit-il par déclarer. Mais je pensais te donner une explication convaincante.

Hors d'elle, Tess montra la porte-fenêtre du doigt.

— Sors d'ici ! lança-t-elle.

Nick secoua la tête.

— Je vais sortir. Mais il y a encore une chose que je ne comprends pas.

Les poings serrés, Tess rétorqua du tac au tac :

— Tu crois que ça m'intéresse ? Bon sang, Nick ! Tu as obtenu gain de cause pour *L'Aguila* ! Tu as même profité de mon corps pendant un certain temps… Ça ne te suffit pas ?

Depuis le premier jour, Nick avait suscité en elle toute une gamme d'émotions chauffées à blanc. Mais jamais la colère. Or, en cet instant, elle flambait de rage impuissante. Car elle refusait de voir son amour non partagé étalé au grand jour, soumis au regard scrutateur et indifférent de Nick. Cela la laisserait sans défense. Et pourtant, à son corps défendant, c'était bel et bien en train de se produire.

Nick eut un geste apaisant.

Une fois encore, Tess eut le sentiment impalpable d'un changement dans son attitude. Que se passait-il en lui ? Seule la curiosité eut raison de sa colère. Les épaules rigides, le visage crispé, elle renonça à le pousser dehors.

— J'ai découvert qu'en arrêtant le forage, tu avais fait un énorme sacrifice, reprit Nick. Un sacrifice dont l'ampleur me bouleverse…

Tess ferma les yeux. « Nous y voilà ! » songea-t-elle. Il avait découvert la clause du testament de son père. Après cela, il ne fallait pas être sorcier pour comprendre les raisons secrètes de son renoncement à ces deux mois de forage intensif. Anéantie, elle attendit. Nick allait poursuivre, décortiquer ses sentiments d'une voix empreinte de commisération.

Mais à sa grande surprise, il ne prononça pas un mot. Au lieu de cela, il enfouit ses mains dans ses poches, et se tourna vers la terrasse. Puis, les sourcils froncés, il la regarda, avant de ressortir les mains de ses poches.

Soudain, Tess comprit le changement qu'elle percevait en lui depuis le début de leur entrevue. Quelque chose le plongeait dans l'incertitude. Jamais auparavant elle ne l'avait vu hésiter. Il semblait toujours sûr de lui. Même le jour où il avait manœuvré pour lui faire passer la nuit chez ses grands-parents.

Nick regarda ses pieds, puis leva les yeux vers Tess.

— Pourquoi faire un tel sacrifice pour moi ? interrogea-t-il.

Elle eut le sentiment de voir les mains de Nick trembler.

Il la contemplait, le front plissé. Puis il reprit :

— A cause de cette décision, il est à peu près certain que tu vas perdre ta part de l'entreprise familiale. Tu avais un besoin pressant de ce temps que tu m'as offert ! Mon Dieu, Tess ! Pourquoi ne me l'as-tu pas dit ? Si j'avais su…

Les genoux de Tess flageolèrent. Elle se laissa tomber assise sur le lit. Nick ne comprenait toujours pas ! se réjouit-elle. A condition de bien jouer la comédie, cela lui laissait une ultime chance de garder pour elle ses sentiments.

D'un ton qu'elle voulait impassible, elle expliqua :

— Le jour où j'ai pris ma décision, nous sommes passés près d'un accident grave sur la plate-forme. Comme je ne voulais pas être responsable de la mort de plusieurs hommes, qu'il s'agisse de mon équipe ou de la tienne, j'ai ordonné une vérification générale de deux mois du matériel.

Le mensonge n'était que partiel. Peut-être Nick y croirait-il ?

Les épaules de Nick s'affaissèrent. Puis, lentement, il avança vers Tess et s'agenouilla devant elle. La regardant dans les yeux, il commença :

— Quand tu es partie sans dire au revoir, j'ai pris un coup à l'estomac. Au téléphone, Ron ne m'a été d'aucun secours. Quant à tes sœurs, elles se moquaient pas mal de tes allées et venues.

Il prit la main de Tess.

Le geste la déstabilisa encore davantage. Pour quelle raison enlaçait-il ses doigts aux siens ? Pour l'empêcher de se dégager ? Où voulait-il donc en venir ? Toute son attitude demeurait une énigme à ses yeux. Elle ne comprenait rien à ce qui se passait dans l'esprit de cet homme.

— La première panique passée, je me suis calmé. Je n'avais pas d'autre alternative que de laisser s'écouler ces deux mois. Je me suis remis au travail. Je consacrais mes journées à *L'Aguila*. Le soir, je venais chez toi, et je réfléchissais.

Tess retint sa respiration. Dans la voix de Nick, elle percevait une incertitude qui correspondait à l'hésitation de ses gestes.

— C'est à ce moment-là que je me suis rendu compte de l'importance vitale que tu avais prise dans ma vie, poursuivit-il. J'ai compris quelque chose que j'aurais dû comprendre d'emblée, Tess. Je t'aime.

La stupeur la cloua sur place. Ses craintes se révélaient infondées ! Loin de la regarder de haut, il faisait fi de sa propre fierté et mettait sans détour son cœur à nu devant elle ! Dieu sait que cela devait lui être pénible… Et pourtant, il le faisait.

L'esprit de Tess tournait à cent à l'heure. Nick n'avait pas compris qu'elle l'aimait ! D'ailleurs, comment l'aurait-il pu ? De son point de vue, elle était partie sans se retourner. Sans lui passer le moindre coup de fil. En donnant à Ron l'instruction précise de ne pas lui communiquer ses coordonnées. En fait, vu sous cet angle, l'attitude hésitante de Nick devenait compréhensible : il avançait à l'aveuglette !

En un instant, tout devint lumineux pour Tess : il lui ouvrait son cœur, lui avouait son amour, sans savoir s'il était payé de retour.

Pour lui, elle avait renoncé à sa part de la société familiale. Mais Nick avait mis son orgueil de côté pour elle. Ils étaient à égalité.

Des larmes de joie embuèrent ses yeux. Un sourire

timide s'installa sur son visage. Elle pressa les mains de Nick entre les siennes.

— Moi aussi, je t'aime, avoua-t-elle. Plus que je ne saurais dire.

Une expression d'émerveillement se peignit sur les traits de Nick.

— Tu m'aimes ? Tu ne dis pas ça pour…

Tess prit le visage de l'homme de sa vie entre ses mains.

— Je le dis parce que c'est vrai… J'ai fait interrompre le forage parce que je ne supportais pas de mettre ta vie en danger. Tu l'exposes déjà assez toi-même. Et je suis partie parce que j'avais trop peur de souffrir quand tu te lasserais de moi et me quitterais.

Solennel, il la regarda droit dans les yeux.

— Jamais je ne te quitterai, jura-t-il. Je t'aime trop. Crois-moi.

Des larmes de bonheur roulèrent le long des joues de Tess.

Nick rejeta la tête en arrière. Son regard aussi scintillait.

— Tu m'aimes…, répéta-t-il. Je n'arrive pas à y croire ! Mais, dis-moi… tu as fait un tel sacrifice ! Si je comprends bien, tu vas perdre ta part de la société familiale…

— Sans doute… mais pour le moment, je n'abandonne pas la partie. J'ai en tête un plan qui pourrait marcher.

— Explique-le-moi ! Je veux t'aider.

212

Tess laissa échapper un rire léger.

— Si tu veux m'aider, fais-moi l'amour tout de suite !

— Mais ton plan…

— Nous en parlerons plus tard, répondit-elle en faisant valser ses escarpins.

Un grondement profond ébranla Nick des pieds à la tête. Il roula avec Tess sur le lit.

— Nous fonderons une famille…, murmura-t-elle à son oreille.

Elle glissa ses mains sous le T-shirt de Nick.

— … et nous passerons une partie de chaque été chez tes grands-parents. Nos enfants y découvriront leurs propres trésors.

L'ambre vibra au fond des yeux de Nick.

— Tu vas m'épouser, dit-il dans un souffle.

Ce n'était pas une question, nota Tess avec ravissement. Toute incertitude avait disparu de la voix de Nick. Il était redevenu lui-même. Sûr de lui, de son cap. De leur avenir commun.

Nichant ses lèvres au creux du cou de Nick, elle répondit, d'un ton où se mêlaient amour et urgence sensuelle :

— J'accepte.

Épilogue

Sept mois plus tard

Dans le bureau de son oncle, au Ranch Double B, Tess se leva. Elle tendit aux avocats de Baron International le chèque qu'elle venait de rédiger.

— Messieurs, dit-elle, voici le montant requis par le testament de mon père. Avec quatre jours d'avance.

Un large sourire fendit le visage de son oncle William.

— Félicitations, mon petit ! J'ai toujours su que tu y arriverais !

Tess se mit à rire.

— Dans ce cas, tu en savais plus que moi !

Assis dans un rocking-chair en face du bureau de William, Nick éclatait de fierté contenue. Son regard chaleureux et aimant procura à Tess un sentiment de sécurité renouvelé.

Toute la famille participait à la réunion. Des et Jill étaient assis côte à côte. Quant à Kit, elle faisait les cent pas dans la pièce.

Au grand plaisir de Tess, Des se leva et la serra contre lui.

— Bravo ! dit-il.

— Je suis contente pour toi, déclara Jill.

Puis, l'index pointé en direction de Nick, elle acheva :

— Dommage qu'à cause de lui, tu aies perdu des millions.

Tess répliqua d'une voix calme :

— C'est la faute de notre père et de son testament tordu ! De toute façon, j'ai obtenu ce qui était le plus important pour moi : Nick *et* ma part de l'entreprise familiale ! Je suis donc une femme comblée !

Kit arrêta d'arpenter la pièce. Elle fronça les sourcils et intervint :

— Il n'empêche… tu as trop laissé de plumes dans cette histoire. Et encore ! Tu as eu une sacrée chance que le mari de Becca travaille pour une des compagnies pétrolières les plus importantes au monde. S'il n'avait pas conclu un marché avec toi, tu perdais tout.

Avec une admiration non déguisée, Des corrigea les propos de sa cousine :

— Il ne s'agit pas seulement de chance ! Si Tess a choisi la compagnie de Mel, c'est parce qu'elle et lui sont amis. Mais n'importe quelle autre compagnie aurait accepté le risque.

Devant le regard courroucé de Kit, Tess expliqua :

— Mel et sa compagnie m'ont davantage fait

215

confiance que mon propre père ! Ils sont persuadés que mon forage va aboutir à un énorme gisement d'or noir. Et qu'il les dédommagera largement de l'aide qu'ils m'apportent en ce moment.

Posant la main sur l'épaule de Tess, Des ajouta :

— Tu as passé avec eux un excellent accord. Non seulement ils t'avancent l'argent nécessaire à la mise en conformité avec le testament de ton père, mais plus tard, une fois remboursée la somme qu'ils t'ont avancée, tu toucheras un pourcentage sur les royalties que rapportera ton gisement. Bien joué !

A la vue de la main de Des sur l'épaule de sa sœur, Jill tiqua. Mais elle se reprit et commenta :

— On aura beau dire… le dur labeur de Tess et son instinct professionnel méritaient une bien meilleure récompense !

Tess sourit.

— Mais… c'est un compliment, si je ne me trompe !

Le front de Jill se plissa.

— Ce que je dis est vrai, dit-elle. Nous ne lâchons jamais prise, c'est notre père qui nous l'a appris. Mais à cause des deux mois que tu as perdus, tu as dû céder ton puits à une autre compagnie d'exploitation. Et au bout du compte, tu toucheras beaucoup moins d'argent que prévu.

— Elle a raison, intervint Kit. Tu peux encore changer d'avis ! As-tu calculé l'argent que tu allais perdre ?

Sereine, Tess rétorqua :

— J'ai aussi calculé ce que j'allais gagner ! Je possède maintenant la part de l'entreprise qui me revenait de droit. Et surtout, j'ai quelque chose de bien plus important à mes yeux.

Ce disant, elle prit la main de Nick, qui se leva.

— Nous vous invitons tous à notre mariage, dans deux semaines, annonça-t-elle. Ce sera une petite cérémonie familiale, dans l'église de Uvalde, où les grands-parents, les parents et la sœur de Nick se sont mariés. Ensuite, nous faisons une soirée, où seront invités tous nos amis, et une grande partie des habitants d'Uvalde.

Pour la première fois, Nick prit la parole.

— La soirée aura lieu sur les terres de mes grands-parents, sous une grande tente.

— Il y aura un orchestre fantastique, de la nourriture délicieuse, et le champagne coulera à flots !

— Et au milieu de la tente, nous mettrons un gros tas d'or. Avec un panneau annonçant que j'en ai encore beaucoup à extraire de *L'Aguila*.

Tess glissa son bras autour de la taille de Nick. A son tour, il lui enlaça les épaules.

— Les grands-parents de Nick et oncle William sont nos invités d'honneur, dit-elle avec émotion.

— Je serai là ! lança William. Même si je dois trucider mon médecin pour l'occasion !

Tess et Nick éclatèrent de rire.

Des sourit.

— Quelle merveilleuse occasion, dit-il à sa cousine. Je ne la manquerais pour rien au monde !

Dès que Des eut annoncé sa présence au mariage de sa sœur, Jill affirma :

— Je viendrai aussi.

Kit lança à Jill un regard irrité, et maugréa :

— Et moi donc !

— J'espère bien ! s'exclama Tess. Parce que vous êtes toutes les deux mes demoiselles d'honneur !

— Pardon ? balbutia Jill.

— Tu plaisantes ? hasarda Kit.

— Pas le moins du monde. Vous acceptez ?

Jill semblait décontenancée.

— Je… je ne sais pas.

Des l'encouragea d'un sourire :

— Bien sûr que tu acceptes ! Tu ne voudrais quand même pas décevoir ta sœur pour un si grand jour ?

— Euh… Non… bien sûr que non.

D'un air rogue, Kit prit les devants :

— Ne comptez pas sur moi pour porter une de ces tenues à froufrous…

Tess se mit à rire.

— Il n'en est pas question ! Nous ferons les boutiques ensemble, et tu choisiras ce qui te plaira.

Jill et Kit échangèrent un regard stupéfait.

— Les boutiques ensemble ? répéta Kit.

Tess buvait du petit lait. Elle avança :

— Jill viendra avec nous. Son goût nous sera très utile.

218

Le bonheur la rendait optimiste. Elle franchissait avec confiance ce premier pas vers de nouvelles relations avec ses sœurs.

— Je voudrais être une petite souris pour voir ça, murmura Des en aparté.

Oncle William tendit la main à Nick.

— Félicitations, jeune homme. Vous épousez une fille formidable.

Nick serra la main du vieil homme. Puis il se tourna vers Tess, et plongea son regard dans le sien. L'amour et l'admiration débordaient de ses yeux ambrés. En lui se concentrait toute la lumière qui entrait à flots par les baies vitrées du bureau de William. Plus que jamais, il avait l'air d'un dieu du soleil, songea Tess, au comble de l'émotion.

D'une voix ferme mais empreinte d'émotion, il déclara, à elle seule, mais de manière à être entendu de tous :

— J'ai consacré ma vie à la recherche d'un trésor. Et par bonheur, j'en ai aussi découvert un autre. Bien plus inestimable… Et je lui voue un culte éternel.

HEIDI BETTS

Un choix difficile

Collection

Cet ouvrage a été publié en langue anglaise
sous le titre :
BOUGHT BY A MILLIONAIRE

Traduction française de
FRANCINE SIRVEN

Originally published by SILHOUETTE BOOKS,
division of Harlequin Enterprises Ltd.
Toronto, Canada

© 2005, Heidi Betts. © 2006, Traduction française : Harlequin S.A.
83-85, boulevard Vincent-Auriol, 75013 PARIS — Tél. : 01 42 16 63 63
Service Lectrices — Tél. : 01 45 82 47 47

1.

Shannon Moriarty vérifia une nouvelle fois le numéro gribouillé sur son bout de papier et le compara avec celui de l'entrée du luxueux bâtiment.

Pas de doute, il s'agissait bien de la bonne adresse. Il ne lui restait plus que trois minutes pour rejoindre le dix-huitième étage et être à l'heure à son rendez-vous avec l'honorable Burke Ellison Bishop, le parti le plus courtisé de Chicago.

L'huissier de la compagnie Bishop lui octroya un signe de tête avant de la conduire aux ascenseurs qui devaient la mener au bureau personnel de M. Bishop.

Refusant de se laisser intimider par la décoration tout en cuivre, chrome et marbre de Carrare du hall de l'immeuble, Shannon remonta son sac à main — un fourre-tout à dire vrai — sur son épaule et emboîta le pas à son guide d'un air éminemment détaché.

Relax, s'ordonna-t-elle. Ce n'était pas son premier entretien d'embauche, que diable... Néanmoins, jamais elle n'avait postulé non plus pour ce genre d'emploi...

Au dix-huitième étage, les portes s'ouvrirent devant elle dans un chuintement discret, révélant un vestibule somptueux : moquette couleur saumon et bureau de réception en acajou sur lequel trônait, frappé en lettres d'or, un écriteau proclamant « Bishop Industries ».

Inspirant profondément, elle sortit de l'ascenseur et avança vers le bureau où trônait une femme d'une cinquantaine d'années au sourire d'une distinction parfaite.

— Puis-je vous aider ? demanda celle-ci d'une voix suave.

— Mon nom est Shannon Moriarty. J'ai rendez-vous à 14 heures avec M. Bishop.

La secrétaire opina.

— Bien sûr, mademoiselle Moriarty, M. Bishop vous attend. Veuillez me suivre, je vous prie.

Pas même le temps de se retourner deux malheureuses secondes pour se repoudrer le nez et remettre ses cheveux en place ! Elle se sentit soudain terriblement nerveuse, au point d'être prise d'un besoin aussi pressant que malvenu. Tant pis, ça attendrait, se résigna-t-elle en suivant la secrétaire à travers le vestibule lambrissé d'acajou.

Cette dernière, sans se départir un seul instant de son sourire, poussa une porte, murmura quelque chose d'un ton confidentiel, puis s'écarta en l'invitant à entrer d'un geste élégant de la main.

Faisant appel à tout son courage, Shannon s'exécuta et franchit le seuil du bureau de Burke Bishop d'un

224

pas déterminé. Avant de se figer, incapable d'avancer plus loin.

Le sol de marbre noir étincelait tel un canyon sans fond sous le clair de lune, lui donnant littéralement l'impression d'être suspendue dans les airs. Sur l'un des murs courait une console de verre sur laquelle étaient exposées diverses fioles et carafes à liqueur de toutes teintes et tailles. Juste en face, d'imposants fauteuils en cuir vieilli encadraient une table basse au plateau de verre craquelé. Du verre partout : à droite et à gauche, aux murs, et au plafond aussi avec des suspensions au design résolument contemporain. En réalité, il y avait assez de verre ici pour restaurer tous les vitraux de la chapelle Sixtine. Même le meuble qui servait de bureau à Bishop était de verre.

Son attention s'arrêta sur le dossier d'un fauteuil en cuir noir qui oscillait doucement d'avant en arrière tandis qu'un homme parlait au téléphone, enroulant méthodiquement le cordon du combiné autour de son index, le relâchant puis recommençant.

Ciel ! Burke Bishop était assis là, dans ce fauteuil.

L'homme le plus riche de l'Illinois, peut-être d'Amérique. Un homme dont on disait qu'il était harcelé par toutes les jeunes femmes de la bonne société de Chicago, et semblait-il aussi par de moins jeunes. Mais en quoi cela la concernait-il ?

Avant que Shannon ait eu le temps de prendre ses jambes à son cou, ce qu'elle envisageait le plus sérieusement du monde, la conversation téléphonique prit fin et Burke Bishop pivota dans son fauteuil. Ses grands yeux gris se braquèrent sur elle, et il l'examina de haut en bas puis de bas en haut.

Shannon sentit ses joues s'embraser et son cœur s'emballer devant la franchise de ce regard. Toutes les photos qu'elle avait pu voir de Burke Bishop dans les journaux et les magazines ne rendaient qu'une image approximative de son charme. Car cet homme était plus beau que beau, plus séduisant que séduisant, il était... il était terriblement, étonnamment fascinant de beauté, d'élégance, de style. Ses cheveux châtain foncé étaient coupés court, une mèche lui barrant simplement le front. Son costume gris anthracite, un Armani certainement, lui allait comme un gant, tout comme cette cravate aux couleurs vives qui descendait sur son torse.

— Mademoiselle Moriarty. Je vous en prie, asseyez-vous.

Au son de sa voix, elle manqua de vaciller. Voix profonde et intense, voix grave et chaude qui s'écoula dans ses veines avec la douceur du miel. Craignant que ses jambes ne la trahissent, elle rallia l'un des fauteuils de chrome et de cuir, face au bureau, et laissa son sac fourre-tout tomber mollement à ses pieds.

— Je suis heureux que vous soyez venue, dit-il en ouvrant un dossier qu'il commença à consulter atten-tivement. Cela ne vous ennuie pas si nous revoyons rapidement ensemble quelques détails des rapports de mes médecins et avocats à votre sujet ?

Shannon ravala sa salive. Des questions, elle en avait essuyé des dizaines et ne s'était pas attendue à un nouvel interrogatoire de la part de Burke Bishop. Elle s'empressa malgré tout d'acquiescer d'un signe de tête.

— Vous avez vingt-six ans...

— Oui, répondit-elle, bien qu'à l'évidence ce fut là une déclaration plus qu'une question.

— Diplômée d'une grande école, aujourd'hui inscrite à l'Université de l'Illinois pour une spécialité dans l'éducation de la petite enfance...

— Oui.

— Vos certificats médicaux sont excellents. Rien de plus que les maladies infantiles habituelles...

— Oui, répéta-t-elle.

Apparemment satisfait de ces réponses, il referma le dossier sur lequel il pianota quelques secondes, l'air songeur, avant de le repousser sur un coin de son bureau.

Il braqua alors ses grands yeux gris sur sa personne, et elle sentit aussitôt sa gorge se nouer.

— Avec votre permission, j'aimerais vous poser quelques questions d'ordre personnel...

— Bien sûr.

Après tout, il s'agissait d'un entretien d'embauche. Il allait être son patron, elle se voyait mal lui refuser déjà quelque chose.

— Qu'est-ce qui vous a poussé à répondre à mon annonce de mère porteuse, miss Moriarty ?

Elle ne s'attendait pas à cela, mais décida néanmoins de répondre avec la plus grande honnêteté.

— J'ai besoin d'argent.

Il continua de la fixer, sans ciller, et elle poursuivit :

— Je comprends que ma motivation manque de noblesse, monsieur Bishop, mais je préfère la vérité à un mensonge élégant.

— Et pour quelle raison avez-vous besoin d'argent ? enchaîna-t-il, toujours aussi imperturbable.

Elle toussota discrètement avant de s'expliquer d'une traite.

— Il y a quelques mois, ma mère a eu une attaque. Oh ! elle s'est rétablie, mais malheureusement sans recouvrer toutes ses facultés. Impossible de la laisser seule, ne serait-ce qu'une journée. Durant un certain temps, elle a tout naturellement vécu avec moi, mais entre les études et le travail il m'était difficile de rester auprès d'elle vingt-quatre heures sur vingt-quatre. Elle a donc décidé à cette époque d'entrer en maison de repos, mais je crois qu'elle n'avait pas conscience des prix pratiqués par ce genre de centre…

— Meadow Lark, le centre médicalisé, murmura-t-il. Lui avez-vous parlé de vos difficultés financières ?

— Non, répondit-elle catégoriquement. Elle était convaincue que ses économies suffiraient à payer la note… On en est loin ! Aujourd'hui, Meadow Lark

228

l'héberge certes… mais à crédit. Je règle chaque mois des mensualités astronomiques au centre. En revanche, je refuse d'ennuyer maman avec ce genre de détails…

Elle ravala sa salive et réprima un sentiment de tristesse.

— Elle a toujours pris soin de moi. A présent, c'est mon tour.

Burke Bishop opina avant de remarquer :

— Vous menez de pair vos études et votre travail, deux emplois en réalité : réceptionniste au cabinet d'avocats Benson & Tate pendant la journée et serveuse au restaurant *La Taverne* le soir. Et vous avez interrompu vos études pendant deux ans pour prendre soin de votre mère après son attaque.

Shannon eut un léger haussement d'épaules :

— Elle a insisté pour que je reprenne les cours. Elle ne veut pas que je sacrifie ma vie pour elle.

— Mais vous en avez apparemment décidé autrement, n'est-ce pas ? Car en répondant à mon annonce, il s'agit bien d'une sorte de sacrifice que vous faites pour la maintenir à Meadow Lark, non ?

Shannon tressaillit puis redressa la tête avant de reconnaître simplement :

— C'est ma mère. Je ferais tout pour elle.

Croisant les mains sur son bureau, son séduisant interlocuteur esquissa un sourire.

— Vous avez conscience que cela va vous prendre pas mal de votre temps, je présume…

Soulagée d'aborder un autre sujet que sa mère malade, Shannon se détendit un peu tout en fixant, fascinée, les lèvres pleines et sensuelles de Burke Bishop...

— Oui, bien sûr. Mais excepté pour les visites médicales et les formalités d'usage, je devrais être en mesure d'assister à mes cours...

Elle ne dit rien de ses angoisses, du prix émotionnel qu'elle s'attendait à devoir payer pour ce travail. Elle avait de toute façon décidé de faire face, d'assumer. Pour la santé et la tranquillité de sa mère.

Elle baissa les yeux sur ses bottines beiges une demi-seconde avant de relever la tête.

— Je travaillerai certainement moins, je consacrerai plus de temps à mes études, expliqua-t-elle, mais je ne renoncerai pas complètement à mes deux jobs. L'argent que je gagnerai à votre service ira directement payer les soins de maman, mais je dois encore subvenir à mes besoins.

Le silence emplit la pièce, le temps que Bishop digérât cette information. Puis il reprit son interrogatoire très personnel :

— Pardonnez-moi de vous demander cela, je sais en effet que mes avocats ont déjà abordé ce sujet avec vous, mais... Vous n'entretenez actuellement aucune liaison, exact ? Pas de vie sexuelle active en ce moment ?

— Non, répondit-elle avec empressement. Ne vous faites aucun souci à ce sujet.

Il y avait si longtemps que... Non, vraiment, il n'avait pas la moindre raison de s'inquiéter pour cela.

Burke observa Shannon Moriarty avec intérêt. Elle n'était pas belle au sens classique du terme, ni habillée ou maquillée comme la plupart des femmes qu'il fréquentait depuis qu'il avait fait fortune. Non, elle appartenait à cette catégorie de femmes naturelles, spontanées et indépendantes qui portent leurs cheveux libres et préfèrent les tenues décontractées non pas par snobisme mais par esprit pratique.

L'exubérance de ses boucles rousses lui rappelait la flamboyance d'une flambée et il était littéralement fasciné par la nuée de taches de rousseur qui recouvraient son petit nez. S'il s'était écouté, il se serait penché par-dessus son bureau et les aurait effleurées du bout des doigts... Il les aurait peut-être même embrassées, comme ça, pour les goûter tout simplement.

Elle portait une jupe longue en cachemire et un large sweat couleur olive qui lui tombait à mi-cuisses, dissimulant chastement tout ce qui pouvait présenter un intérêt. Ce qui n'empêchait nullement Burke d'imaginer.

Il n'était pas né de la dernière pluie et savait très exactement à quoi elle ressemblait sous ses vêtements trop grands. C'était bien là le problème.

Depuis le début de la matinée, il avait déjà fait la connaissance de six candidates au poste de mère porteuse. Et deux autres encore étaient prévues un peu plus tard dans l'après-midi. Mais à la minute où elle avait passé le seuil de son bureau, Shannon... En réalité, elle était la seule de toutes à lui avoir fait cet effet... à l'avoir troublé. Sexuellement.

Sitôt qu'il avait entendu la porte s'ouvrir, il avait levé les yeux, n'écoutant plus soudain son interlocuteur au téléphone. Oui, sa réaction face à Shannon Moriarty avait été inattendue. Si intense. Il s'était empressé de se détourner et avait même dû prendre quelques secondes pour recouvrer son souffle et ses esprits. Une fois sa libido sous contrôle, il avait raccroché et s'était décidé à la regarder en face.

A moins que les deux dernières candidates ne fussent Julia Roberts ou Meg Ryan en personne, il s'imaginait mal réagir avec autant de trouble à l'une ou l'autre.

Il voyait parfaitement Shannon Moriarty devenir la mère de son enfant. Ou de ses enfants. Le problème était qu'avec elle, il se sentait prêt à les concevoir de la manière la plus traditionnelle qui soit. Et ça, ça n'allait pas, mais pas du tout. Il n'y avait *aucune* place dans sa vie pour une femme en ce moment.

Il était essentiellement un homme d'affaires, de contrats, de marchés. Et après tout, sa quête de mère porteuse n'était que cela, un marché. Bientôt, un bébé pétri pour moitié de son ADN verrait le jour. Il prendrait alors un peu de temps pour jouir de sa paternité et chérir ce petit être, cet enfant dont il rêvait depuis si longtemps.

Mais une femme ? Une épouse ? Non, merci.

Du calme. De toutes façons, Shannon avait reconnu qu'elle s'engageait dans cette aventure auprès de lui uniquement pour l'argent… Comme beaucoup de femmes de sa connaissance, d'ailleurs. Toutes rêvaient de passer la bague au doigt du plus en vue des célibataires de l'Etat… et d'accéder ainsi aux millions de dollars de son compte en banque.

Mais Shannon, elle, se moquait de devenir madame Burke Bishop. Elle voulait seulement porter le bébé du plus beau parti de la ville pour subvenir aux besoins de sa mère malade.

« Une motivation noble, en vérité », pensa Burke, qui soudain se dit qu'il ferait mille fois mieux de garder l'esprit concentré sur ses affaires… Et son regard éloigné du décolleté prude et délicat de Shannon Moriarty.

Il se leva brusquement de son fauteuil. Elle l'imita aussitôt, son sac en bandoulière.

Alors, et presque malgré lui, il lui sourit et lui posa une question qu'il n'avait posée à aucune des autres postulantes :

— Accepteriez-vous de dîner avec moi, ce soir ?

Il rencontra finalement les deux autres jeunes femmes après le déjeuner, mais par pure formalité.

Les rendez-vous ayant déjà été fixés, il les honora sans l'ombre d'une conviction.

Cela ne pouvait être que Shannon. Elle seule serait la mère de son enfant.

La chose était définitivement réglée et il se trouvait maintenant au pied de l'immeuble où elle résidait, en train de faire les cent pas devant sa superbe limousine noire. Elle lui avait dit de ne pas prendre la peine de monter, qu'elle serait en bas à 19 heures. Mais il était 18 h 59 et Burke bouillait d'impatience.

Du calme, s'ordonna-t-il. Il devrait se montrer plus… professionnel. Il n'avait jamais ressenti la moindre nervosité en affaires. Il ne lui était jamais arrivé de marcher ainsi de long en large tel un lion en cage dans le cadre d'une O.P.A. Non, au contraire, il avait la réputation d'un négociateur calme et froid que rien ne troublait.

Suspendant son pas, il se figea, une ride creusant soudain son front. Pourquoi était-il si anxieux, dans ce cas ? Et pourquoi diable le laissait-il paraître ?

Il enfouit les mains dans les poches de son pantalon de smoking et s'adossa au flanc de la limousine, affectant une pose décontractée.

Il avait des excuses. Après tout, l'heure était grave. Il venait de trouver la mère de son enfant. L'affaire prenait maintenant une dimension bien réelle. Normal qu'il soit un peu agité…

Et puis, son attirance imprévue pour Shannon compliquait un peu les choses…

A cet instant, elle apparut dans le hall de l'immeuble, derrière les portes de verre coulissantes, le nez dans ce sac fourre-tout qu'elle semblait décidément traîner partout avec elle. Elle portait ce soir un chemisier ivoire orné d'improbables jabots au niveau des poignets et de l'encolure. Ce chemisier était glissé dans une jupe à taille étroite, évasée à mi-mollets. Enfin, elle avait ramené ses boucles auburn en arrière, les fixant sur la nuque d'un clip doré.

Lorsqu'elle leva la tête et l'aperçut, elle lui sourit. Pas un sourire radieux non, ni charmeur non plus, mais un sourire quand même, qu'il reçut comme un électrochoc.

A son tour, il se força à une sorte de rictus avant de s'écarter prestement de la limousine, tenant la portière ouverte devant elle.

— Merci, lança-t-elle dans un souffle.

Elle se glissa à l'intérieur de la voiture et s'assit sur le siège en cuir. Il prit place à côté d'elle et ferma la portière. Presque instantanément, la limousine s'ébranla.

— Merci d'être venue. Comment vous sentez-vous, ce soir ?

Elle se tourna vers lui, l'air embarrassé.

— Toujours décidée ? enchaîna-t-il, entrant tout de suite dans le vif du sujet.

La vivacité de Burke Bishop prit Shannon de court.

Il se passa quatre ou cinq secondes avant qu'elle comprenne ce qu'il voulait dire.

Non, elle n'avait pas changé d'avis. Oui, elle était volontaire pour porter son enfant.

Elle le dévisagea, sceptique. Il fallait qu'il soit réellement déterminé à devenir père pour avoir lancé une offre d'emploi de mère porteuse. Il avait mis toute une équipe de médecins et avocats sur l'affaire, ne voulant visiblement prendre aucun risque dans le choix de la mère de son futur enfant. Elle-même avait subi de la part de ses sbires un flot de questions incongrues, indiscrètes, parfois révoltantes sur son passé, son présent, ses espoirs et même ses rêves.

Elle-même avait procédé à sa petite enquête avant de postuler pour le job. Burke Ellison Bishop était un honnête homme. D'après ce qu'elle avait appris, il n'avait pas eu une enfance très heureuse, ballotté entre son père et sa mère séparés, ce qui expliquait peut-être son envie d'avoir un bébé tout seul.

Oh ! elle avait évidemment trouvé étrange qu'il ne veuille pas d'abord se marier pour avoir un enfant avec une épouse légitime, mais... Sans vraiment s'expliquer pourquoi, elle avait confiance en lui. Il ferait un bon père.

Bishop était réputé pour sa générosité. Il était l'un des donateurs les plus actifs de la ville dès qu'il s'agissait d'améliorer le sort des enfants. Souvent, elle avait vu dans les magazines des photos le montrant

236

en train de jouer et de rire avec des gamins, aimant visiblement leur compagnie.

Néanmoins, elle se sentait extrêmement nerveuse à l'idée qu'il pensait peut-être à elle pour le job. Elle présumait en effet que c'était le cas, sinon pourquoi l'aurait-il invitée à dîner ? Si elle n'avait pas réussi à susciter son intérêt dans son bureau, il n'aurait assurément pas souhaité la revoir. Non ?

Toutes ces pensées eurent pour effet d'accroître son malaise. Elle s'empressa de détourner les yeux et regarda le paysage défiler derrière la vitre. Jamais elle n'était montée dans une limousine jusqu'à ce jour, mais le confort et le luxe discret qui régnaient à l'intérieur l'amenaient à penser que c'était là le genre de transport auquel elle pourrait rapidement prendre goût.

Une poignée de minutes plus tard, ils stoppaient devant le restaurant, un endroit ultra-chic appelé *Le Cirque*, avec des petites lumières en forme d'étoiles aux fenêtres, un valet de parking en livrée et le plus important rassemblement de voitures de luxe qu'elle ait jamais vu.

Elle avait entendu parler de ce lieu, bien sûr, mais sans jamais penser qu'elle viendrait un jour y dîner. Pas de son monde, pas dans ses moyens…

Tout l'opposé de Burke.

Le chauffeur de l'établissement vint lui ouvrir la portière et lui tendit la main pour l'aider à descendre. Elle observa à cet instant certains représentants de la clientèle décidément huppée du restaurant qui se pressaient devant l'entrée. Des hommes en smoking accompagnés de femmes en robe de soirée.

Shannon ravala sa salive. Elle n'était pas à sa place ici. Soudain elle tressaillit au contact d'une main sur sa nuque. Levant la tête, elle découvrit Burke à son côté.

— Je crois que je ne suis pas vêtue comme il conviendrait, chuchota-t-elle en se forçant à sourire.

— Pas du tout, dit Burke en la guidant. J'ai réservé une table placée de manière à ce que nous ne soyons pas dérangés.

Ils passèrent devant le portier qui les salua d'un signe de tête imperceptible. A l'intérieur, sitôt que Burke apparut, un maître d'hôtel à l'accent français très approximatif les entraîna loin de la salle principale déjà surpeuplée jusqu'à une alcôve discrète qui abritait une table pour deux.

Shannon se sentit un peu moins déplacée dans ce recoin où personne ne viendrait les observer.

Elle s'assit non loin d'un somptueux bouquet de fougères et de fleurs des champs… Pas des plantes en plastique, non, des vraies, coupées certainement de ce matin dans on ne savait quel champ du Sud et expédiées sans attendre avec le plus grand soin jusqu'à Chicago. Impressionnant.

La carte, d'un format démesuré, recouverte de cuir et de pompons rouges, proposait un choix de plats dont la diversité culturelle avait de quoi donner le vertige. Elle ne connaissait pas seulement la moitié des entrées présentées.

Lorsque Burke offrit de commander pour elle, elle s'empressa d'accepter, priant néanmoins pour qu'aucun gastéropode ou autre mollusque ne vienne atterrir dans son assiette.

Une fois que le serveur eut transmis leur commande en cuisine, il leur servit à tous deux un verre d'un vin rouge rubis avant de les laisser seuls.

— D'autres questions ? demanda Shannon en prenant une gorgée de ce nectar richement parfumé.

Qu'il voulût en apprendre un peu plus sur elle, cela lui paraissait une évidence. Sinon, pourquoi l'aurait-il emmenée ici ?

Il fit non de la tête.

— Je crois en savoir suffisamment sur vous, il me semble, remarqua-t-il.

— Dans ce cas, pourquoi m'avoir invitée ce soir ?

— Parce que j'en avais envie. Mais… Vous n'aimez peut-être pas cet endroit ?

— Oh, ce n'est pas ça ! s'empressa-t-elle de répondre.

Ce n'était pas loin d'être vrai, toutefois. Difficile de se sentir elle-même dans un lieu où elle redoutait à tout instant de commettre une gaffe !

— Je m'interroge simplement sur les raisons qui vous ont poussé à m'inviter ici, si ce n'est le besoin de me poser d'autres questions, expliqua-t-elle.

— Oubliez l'interrogatoire, dit-il. Ce soir, je veux que vous vous détendiez, que vous vous sentiez bien. Je me disais que nous pourrions bavarder à bâtons rompus et apprendre ainsi à mieux nous connaître…

Elle sourit à ces derniers mots et baissa les yeux sur la nappe.

— Vous avez dû lire les rapports de vos médecins et de vos avocats… Je vois mal comment je pourrais vous en apprendre plus à mon sujet. Ils ont procédé à toutes les recherches possibles et imaginables sur moi…

— C'est une équipe très consciencieuse, opina-t-il. Mais qui êtes-vous réellement, je l'ignore au fond. Oh bien sûr ! je connais votre groupe sanguin, votre date de naissance ainsi que vos diplômes depuis le jardin d'enfants… Non, ce soir, j'aimerais en savoir plus sur vous, indépendamment de ce travail de mère porteuse.

— Comme… ?

— Votre couleur favorite par exemple, ou encore votre parfum de glace préféré, votre premier chagrin d'amour…

— Je vois, admit-elle tandis qu'une pensée surgissait dans sa tête. Si je réponds à vos questions, j'apprécierais que vous répondiez aux miennes en retour…

Il la dévisagea un moment, impassible, mais elle entrevit une lueur dans son regard qui lui fit penser que son idée en réalité l'amusait.

— Marché conclu.

Il avait su la mettre à l'aise. Elle se sentait plus détendue maintenant, plus sûre d'elle.

Quand les entrées arrivèrent, tout en commençant à manger, elle répondit à ses trois premières questions.

— Ma couleur préférée est le vert, dit-elle, sous toutes ses nuances. Je suis folle de la glace menthe chocolat. Mon premier béguin s'appelait Tommy Scottoline, en sixième. Il me brisa le cœur lorsqu'il commença à faire la cour à Lucinda Merriweather. Lucy était la plus délurée de nous toutes. Un plus aux yeux des garçons, précisa-t-elle, moqueuse.

— Oh… Ah ! lâcha-t-il avec un sourire amusé.

— Et voilà, c'est à vous, enchaîna-t-elle.

— Dois-je répondre aux mêmes questions ou souhaitez-vous m'en poser d'autres ?

— Les mêmes.

— D'accord. Ma couleur favorite est le noir. Je n'aime pas vraiment les glaces, mais si je devais choisir ce serait la vanille. Enfin, autant que je me souvienne, personne ne m'a jamais brisé le cœur.

Et Burke reprit tranquillement son repas.

— Jamais ? s'étonna-t-elle, sa fourchette en l'air.

— Jamais.

— Comment cela se fait-il ?

En même temps qu'elle posait la question, elle sut que cela ne la regardait pas.

Les préférences de son futur employeur en matière de couleur et de parfum de glace ne la surprenaient pas. Elle avait vu son bureau, froid et sans âme, décoré de noir, de chrome et de verre. Mais comment avait-il pu arriver à son âge sans que son cœur se fût jamais brisé, ou même un peu écorné ?

— Difficile d'avoir le cœur brisé lorsque vous n'avez jamais été amoureux, répondit-il avec flegme.

— L'amour ? Une peccadille ! rétorqua Shannon, à la fois amusée et incrédule. Mais n'est-ce pas pourtant ce qui fait marcher le monde ?

— Le dollar, voilà ce qui fait marcher le monde ! répondit-il du tac au tac. A côté, l'amour ne vaut pas grand-chose.

— Voilà une vision bien cynique de la vie. Je ne pense pas que l'argent puisse tout acheter, répliqua-t-elle.

— Je ne suis pas cynique, plutôt lucide.

Shannon fit la moue. Elle trouvait particulièrement déprimante la théorie de Burke. Elle connaissait l'intensité des sentiments. Lui apparemment n'y croyait pas. Il existait pourtant différentes formes d'amour : romantique, familiale, amicale… M. Burke Ellison Bishop n'avait-il donc jamais éprouvé aucune d'entre elles ? On verrait bien la toute première fois qu'il tiendrait son enfant dans ses bras !

— Je pense que vous devriez être heureuse que j'accorde plus de valeur au dollar qu'aux émotions humaines, reprit-il. Car après tout, c'est ce genre de conviction qui… va faire de vous une femme riche.

Shannon manqua s'étrangler. Elle avala avec

242

difficulté sa bouchée de ris de veau aux morilles et reposa ses couverts en argent. Serrant nerveusement sa serviette entre ses doigts, elle chercha le regard de son vis-à-vis.

— Cela signifie donc que vous avez pris votre décision ?

— J'avais pris ma décision avant même que vous ne soyez sortie de mon bureau, ce matin, acquiesça Burke. Vous êtes la femme que j'ai choisie pour porter mon enfant. Félicitations, petite maman !

2.

Plusieurs semaines s'étaient écoulées depuis que Burke avait annoncé à Shannon qu'il l'avait choisie.

Durant cette période, elle avait rencontré celui-ci plusieurs fois, mais toujours entre deux portes. La secrétaire lui avait téléphoné à deux reprises pour lui faire part du souhait de son patron de l'inviter à dîner, mais, anxieuse quant à son futur immédiat, Shannon avait refusé poliment.

Elle était désireuse de ne pas avoir à faire à Burke Bishop en personne. Pour être parfaitement honnête, elle ne souhaitait pas passer plus de temps que nécessaire avec lui. En tout cas, pas en tête à tête.

C'était prendre trop de risque.

Elle avait besoin de cet argent pour le bien-être de sa mère et n'avait certainement pas l'intention de revenir en arrière. Et c'était précisément pour cette raison que son bon sens lui conseillait de mettre le plus de distance possible entre elle et Bishop.

A dire vrai, Burke Ellison Bishop était bien trop

séduisant. Et elle n'était assurément pas censée être attirée par lui.

Qui disait qu'elle l'était, d'abord ?

Cela ne faisait pas partie de leur marché.

Cependant, Burke avait fait de ce dîner au *Cirque* un moment de complicité, d'intimité, plus qu'un rendez-vous d'affaires. Elle comprenait maintenant pourquoi les médias l'avait élu le célibataire le plus craquant de Chicago. Un charme et un charisme irrésistibles émanaient en effet de ce personnage. Et si elle n'y prenait garde, ce charme risquait même d'opérer sur elle. Ce qui forcément la mènerait au désastre.

Or, le contrat qu'elle avait signé pour devenir la mère porteuse de l'enfant de Burke lui retirait tous les droits sur l'enfant qu'elle devait mettre au monde. Des clauses qu'elle comprenait aisément et qu'elle avait pleinement acceptées.

Avant de se lancer dans l'aventure, elle avait sérieusement réfléchi à tout cela, s'interrogeant sans concession sur l'attachement qu'elle éprouverait naturellement pour ce petit être porté neuf mois durant. En céder la garde après sa naissance s'avèrerait probablement comme l'une des épreuves les plus difficiles de son existence, elle en avait conscience. Peut-être même ne s'en remettrait-elle jamais.

Elle essayait néanmoins de positiver. Burke ferait un bon père, elle en était convaincue, et son enfant ne manquerait jamais de rien… Oui, mais le moment venu, quand il lui faudrait couper tout lien, serait-elle à la hauteur ?

Ce n'était décidément pas un job comme les autres. Le bonheur de trois — non, quatre — êtres humains était en jeu. Sacré responsabilité.

Elle n'allait pas risquer de tout faire capoter pour une histoire d'hormones émoustillées, inutile de compliquer encore les choses !

Avec un soupir, elle réajusta sur ses épaules la blouse bleu délavé de l'hôpital et ramena chastement le drap sur son ventre. Perchée sur une table d'examen, attendant le médecin spécialiste et sa petite fiole contenant les spermatozoïdes de Burke pour un premier essai de fécondation, elle soupira de nouveau.

Les experts les avaient prévenus du risque d'échec élevé dans les premiers temps, mais Burke apparemment s'en moquait. L'argent n'était pas un problème pour lui. Il avait les moyens de recommencer cent fois si cela s'avérait nécessaire.

Auparavant, Shannon n'avait jamais particulièrement apprécié ses visites annuelles chez son gynécologue. Elle y repensait cependant aujourd'hui comme à de simples formalités en comparaison de ce qu'elle endurait depuis les derniers mois sur ces tables barbares. Et les choses n'étaient pas près de se calmer…

Brusquement submergée par une panique irraisonnée, elle pensa quelques instants tout laisser tomber et prendre la fuite, quand la porte s'ouvrit, laissant apparaître le médecin.

246

— Bonjour, miss Moriarty. Alors, prête pour le grand moment ?

Inspirant profondément, elle réprima le frisson d'angoisse qui l'assaillait chaque fois qu'elle pensait à l'insémination et au fait de porter l'enfant d'un inconnu… ou presque inconnu.

— Aussi prête que possible, je suppose, répondit-elle avec un sourire forcé.

Mais son sourire s'évanouit à l'instant où elle découvrit Burke sur les talons du médecin et de l'infirmière. Il était vêtu d'un costume anthracite et d'une cravate rayée et tenait sur le bras un pardessus noir.

Shannon sentit aussitôt ses muscles se figer, et inconsciemment elle serra les cuisses. Toutes ces formalités techniques la mettaient déjà suffisamment mal à l'aise, et elle devait prendre sur elle pour se mettre ainsi à nu devant un médecin qui n'était pas le sien. Comment dans ces conditions pourrait-elle supporter, en plus, la présence de Burke dans la pièce ?

Celui-ci la regarda d'un air circonspect, mais avec gentillesse et confiance, tout en déposant son pardessus sur le dos d'une chaise.

— J'espère que cela ne vous ennuie pas. Je tenais à être présent pour l'événement.

Un silence lourd s'abattit, tandis qu'il cherchait visiblement un signe d'assentiment sur son visage.

— Vous ne voyez pas d'inconvénient à ce que je reste ?

D'infimes gouttes de sueur perlèrent sur le visage

et entre les seins de Shannon. Malgré l'inconfort de la situation, elle tressaillit. En d'autres lieux et d'autres temps, elle ne lui aurait certainement pas résisté. Quelle femme l'aurait pu ?

Mais elle n'était pas une femme comme les autres. Et elle devait faire en sorte de refreiner son attirance pour lui. De ne surtout pas oublier qu'en d'autres circonstances, Burke n'aurait certainement pas même levé les yeux sur elle, insipide petite étudiante sans le sou...

Oui, elle éprouvait une attirance certaine à son égard, mais elle était d'abord en affaires avec lui. Et tout devenait désormais extrêmement-follement-affreusement compliqué.

Comment pourrait-elle trouver la force de lui demander de quitter la pièce ? Tout ce qu'il voulait, c'était être présent à la conception de son enfant. Rien de plus normal.

Comprenant qu'elle serait incapable de prononcer un seul mot, elle se contenta d'opiner pour lui accorder la permission de rester.

D'un côté et de l'autre de la table, l'infirmière et le médecin s'affairèrent à la préparation des instruments nécessaires, puis ils aidèrent Shannon à s'installer, jambes écartées. Elle devait être rouge-cramoisi tant elle était gênée, et fut reconnaissante à Burke de rester dans son dos tandis que le médecin travaillait.

De longues minutes plus tard, après qu'un silence

quasi religieux ait baigné la pièce, le docteur se redressa.

— Voilà, c'est fait. Avec un peu de chance, nous aurons réussi et vous n'aurez pas à revenir.

— Merci, docteur, dit Burke en s'avançant pour serrer la main du médecin après qu'il eut retiré ses gants.

Le gynécologue les fit ensuite passer, Burke et elle, dans son bureau pour leur faire part de ses instructions. Ils devaient essentiellement faire preuve de patience et attendre que la nature suive son cours. Shannon reviendrait pour une nouvelle visite d'ici un mois. Il ne fallait pas en effet perdre de temps en cas d'échec. Mais jusque-là, aucune contre-indication ne lui était imposée et elle devait au contraire s'efforcer de vivre le plus normalement possible.

Burke et elle quittèrent la clinique et rejoignirent le parking où attendaient sa voiture et son chauffeur.

— J'espère que je ne vous ai pas causé trop de désagréments par ma présence, dit-il.

Tout en boutonnant le col de son manteau en laine sous son menton, elle haussa les épaules.

— Je ne pense pas que ce type de rendez-vous soit une visite d'agrément pour personne, répondit-elle en évitant son regard. Et puis, c'est de votre enfant qu'il s'agit…

Sans même y penser, elle posa la main sur son ventre. Tous deux avaient néanmoins parfaitement conscience qu'il était encore bien trop tôt pour savoir si elle était ou non enceinte.

— C'était donc la moindre des choses que vous assistiez à sa conception, rajouta-t-elle avec effort.

— Oui, vous avez certainement raison, mais n'empêche, je tiens à vous remercier.

Il s'arrêta devant la limousine noire, ignorant le chauffeur qui se tenait au garde-à-vous, attendant ses ordres.

— Vous vous êtes montrée particulièrement prévenante, vu les circonstances.

Pour la première fois depuis qu'ils avaient quitté le cabinet du médecin, Shannon leva la tête pour le regarder dans les yeux. Comme chaque fois qu'elle croisait son regard gris et intense, un petit séisme la secoua, ondes de choc d'abord au creux du ventre puis se propageant à tout le corps.

— Vous me payez plutôt bien pour l'être, dit-elle avec un sourire désabusé.

Il ne lui plaisait pas de parler argent mais, étant donné l'intimité forcée à laquelle ils étaient tenus, elle estimait qu'il n'était pas superflu de garder à la mémoire que leur relation restait avant tout une relation d'affaires. Surtout en ce qui la concernait, elle qui chaque fois qu'elle regardait Burke avait tendance à se l'imaginer nu. Sous sa chemise, elle devinait un torse large et puissant. Embrassait-il aussi bien que le dessin et la texture de ses lèvres le laissaient suggérer ? Et à la délicatesse de ses mains, elle soupçonnait que ses caresses devaient avoir la douceur de la soie...

Elle fut prise d'une soudaine bouffée de chaleur, subite montée de désir qu'elle se hâta de refouler.

D'un geste vif, elle écarta une mèche de cheveux que le vent avait soufflé sur son front puis remonta son sac sur l'épaule et lança :

— Je dois y aller.

— Laissez-moi vous raccompagner chez vous, proposa-t-il en levant l'index de la main droite en direction de son chauffeur.

Aussitôt, celui-ci se précipita pour ouvrir la portière arrière. Shannon jeta un bref coup d'œil sur l'intérieur luxueux de la limousine. Elle comprit qu'elle commettrait une énorme erreur si elle acceptait son offre. Se retrouver seule avec cet homme dans cet espace confiné pour un certain laps de temps et... Non, non et encore non. Elle ne voulait pas risquer de perdre la tête.

— Merci, mais je dois aller travailler.

— Je peux vous y conduire, insista-t-il.

Remuant la tête, elle fit un pas en arrière.

— Le restaurant n'est qu'à deux pas d'ici. Merci...

Sans lui laisser la moindre chance de revenir à la charge, elle se détourna et s'éloigna à grandes enjambées. A peine avait-elle fait dix pas qu'elle l'entendit crier :

— Je vous téléphonerai. A bientôt.

Elle agita la main par-dessus l'épaule en guise de salut, mais sans se retourner.

Elle ne doutait pas qu'il le ferait, et c'était bien le problème.

Burke refit pour la dixième fois le trajet entre son bureau et l'immense baie vitrée qui offrait une vue plongeante sur la ville. Il observa le panorama sans réellement le voir puis regarda sa montre et rebroussa chemin tout en marmonnant.

Voilà déjà vingt minutes qu'il aurait dû recevoir un coup de fil. Le rendez-vous de Shannon avec le Dr Cox n'était-il pas à 14 heures ? Le médecin n'avait-il pas promis de lui faire part des résultats du test moins d'une heure plus tard ?

Il était maintenant 15 h 11 et son téléphone restait implacablement muet. Alors ?

Et dire qu'il avait fait annuler toutes ses réunions de l'après-midi justement pour pouvoir être là au moment où Cox l'appellerait.

Burke était tout sauf patient. Trop habitué à avoir ce qu'il voulait quand il le voulait. Il détestait qu'on le fît attendre. L'unique raison pour laquelle il ne s'était pas lui-même rendu à ce rendez-vous était qu'il voulait éviter de mettre une fois de plus Shannon mal à l'aise.

Mais il ne fallait tout de même pas exagérer, c'était de son enfant qu'il était question ! Enfin, si effecti-

252

vement les tests étaient positifs. S'il s'avérait que Shannon était enceinte.

Excédé, il se rua sur le téléphone et pressa nerveusement sur la touche mémoire du numéro de la clinique :

— Ici Burke Bishop. Je veux parler à Cox, ordonnat-il en coupant la parole à la standardiste.

La jeune femme ne lui demanda pas de répéter son nom ni même la raison de son appel. Dix secondes de *Quatre Saisons* plus tard, Burke reconnut la voix du médecin :

— Bishop, le salua Cox à l'autre bout du fil sur un ton affable.

Avant même que l'homme pût rajouter quoi que ce fut, Burke le coupa :

— Mais pourquoi cela prend-il tant de temps ? Vous aviez dit que nous aurions les résultats à 15 heures et il est presque 15 h 15 !

— Calmez-vous, Burke. Nous avons simplement eu un petit contretemps.

— Un contretemps ? Quel genre de contretemps ?

— Si vous me laissiez m'exprimer, je pourrais vous l'expliquer.

Cox disait cela avec la tranquillité d'un homme qui le connaissait depuis de nombreuses années. Quelqu'un qui savait que sous la carapace, il était d'une extrême anxiété.

— Bien, lâcha Burke. Allez-y, je vous écoute.

— A cause d'un petit accident, miss Moriarty est arrivée en retard à son rendez-vous. Tout a donc été décalé. Elle m'attend maintenant. Et si vous ne m'aviez pas interrompu, Burke, sans doute en aurions-nous terminé. C'est vous qui nous retardez, mon ami... Et je...

A l'idée que Shannon pût être gravement blessée, Burke serra le combiné entre ses doigts.

— Quel type d'accident ? dit-il, les mâchoires crispées.

— Rien de grave, le rassura Cox. Quelques bosses et contusions mineures.

— Mais qu'est-il arrivé exactement ?

Il voulait des détails, et il les voulait sans attendre.

— Oh ! elle ne m'a pas raconté toute l'aventure. D'après ce que j'ai compris, ce serait un accident de rollers.

— De quoi ?

— De rollers, oui. Vous savez, ce que l'on appelait jadis les patins à roulettes et...

— Je sais ce que sont des rollers, le coupa Burke.

— Oui, bon... Elle se trouvait à la fac et s'apprêtait à rentrer chez elle après une journée de cours, lorsque un type à rollers l'a percutée.

Burke marmonna un juron.

— Comment va-t-elle ? demanda-t-il.

254

— Parfaitement. Un peu inquiète, mais c'est normal, après tout…

— Inquiète ? Pourquoi ? Elle souffre ? Ce type l'a donc blessée ? Elle risque d'avoir des séquelles ? De quel ordre ? s'exclama Burke, hors de lui.

Il allait alerter la police et porter plainte contre ce type, à moins qu'il ne décide de lui tordre le cou avant…

— Pas inquiète à cause de l'accident, Burke, intervint Cox, d'une voix toujours posée. Inquiète au sujet du test.

Le test. Tout à son inquiétude quant à l'état de santé de Shannon, il en avait presque oublié la raison de son appel.

— Oh… Alors, elle va bien ? demanda-t-il de nouveau, ayant besoin d'être rassuré.

— Très bien. Et elle m'attend, je vous le répète. Donc, si vous pouviez raccrocher à présent, j'aimerais retourner auprès de ma patiente.

— Va-t-elle rester pour les résultats ? demanda Burke.

— Je crois qu'elle m'a dit qu'elle attendrait, oui. Mais je n'en suis pas certain. Pourquoi ?

— Retenez-la, j'arrive.

— Je ne vais pas la prendre en otage, Burke, prévint Cox avec une note d'humour dans la voix. Mais dépêchez-vous, elle sera peut-être encore dans les parages.

Sachant qu'à cause du trafic, il lui fallait un bon

quart d'heure pour rejoindre la clinique de Cox, Burke s'empressa de raccrocher. Il sortit en trombe de son bureau, demanda à sa secrétaire de faire venir la limousine puis s'engouffra dans l'ascenseur qui l'amena jusqu'au rez-de-chaussée. Une minute plus tard, il surgit tel un fauve de la tour à la seconde même où son chauffeur se garait devant l'entrée.

La limousine démarra, l'emportant vers son destin. Oui ou non, allait-il devenir père ?

Les joues de Shannon, son cou et même ses mains restaient brûlants, ultimes effets d'une rougeur intense due à l'humiliation autant qu'à l'exaspération.

Satanée journée. Entre vertiges et nausées, elle avait en effet trouvé le moyen de se faire renverser par un type en rollers. Ensuite on lui avait fait une prise de sang, puis elle avait dû faire pipi dans une fiole, et enfin elle était en train de subir en ce moment même un examen gynécologique en règle. Non, assurément, elle n'avait pas vécu pire journée depuis des lustres.

Et qui sait ce que lui réservait encore cette maudite journée ?

Elle en était encore à ressasser ses mésaventures quand le médecin lui donna une tape sur la jambe.

— Vous pouvez vous rhabiller à présent. Dès que j'aurai les résultats du test, je vous les communique. Vous pouvez patienter dans la salle d'attente.

Rassemblant ses vêtements et son sac, elle s'habilla puis sortit de la salle d'examen. Elle remonta le couloir jusqu'à la salle d'attente remplie d'autres patientes, une dizaine de femmes au total, certaines minces, d'autres un peu rondes et d'autres encore manifestement au dernier mois de leur grossesse.

Shannon ferma les yeux. Une nouvelle rafale de nausée la submergeait à l'idée qu'un jour prochain, elle aussi atteindrait ce stade. Un jour très prochain, peut-être bien.

Elle hésita à prendre place. Elle éprouvait soudain l'envie de fuir, tout du moins de rentrer immédiatement chez elle. Le médecin n'aurait qu'à lui téléphoner les résultats, après tout. Mais il avait dit que cela ne prendrait que quelques minutes... Autant rester là et attendre de voir si sa vie allait être définitivement bouleversée.

Fouillant dans son sac, elle en sortit un carnet sur lequel elle entreprit de rédiger quelques notes pour son cours du lendemain. Plusieurs minutes s'écoulèrent quand son attention fut dérangée par l'étrange silence qui soudain s'abattait dans la salle d'attente. Excepté les voix en sourdine venant du poste de télévision accroché au mur, on n'entendait plus rien. Les chuchotements avaient cessé, et le claquement régulier des pages des magazines aussi.

Elle leva la tête et regarda autour d'elle. Qu'est-ce qui avait pu provoquer une telle réaction chez ses semblables ?

C'est alors qu'elle le vit.

Penché devant l'Hygiaphone, Burke Bishop s'adressait à voix basse à la réceptionniste.

Shannon fronça les sourcils. Elle l'aurait reconnu entre mille, même dans ce long imperméable noir, rien qu'à ses chaussures impeccablement cirées et à ses cheveux ébène.

Une demi-seconde plus tard, il se retourna et braqua aussitôt son regard sur elle, vif et précis comme un missile à tête chercheuse. Alors elle comprit la raison du silence subit dans la salle d'attente. Il était si... si impressionnant. Elle-même en l'apercevant ne se trouvait-elle pas sans voix ?

Comme il traversait la salle dans sa direction, elle ravala sa salive. Son carnet de notes lui glissa des cuisses pour aller s'écraser sur le sol. Elle se pencha pour le ramasser, mais Burke la précéda, son bras puissant jeté en avant.

— Je crois que vous avez perdu ceci.

— Merci, dit-elle en se forçant à sourire.

Il désigna la place à côté d'elle sur l'étroite banquette, ignorant les regards fascinés des autres femmes. Bien évidemment, il avait l'habitude d'être regardé. Et admiré.

— Vous permettez ?

— Bien sûr.

Elle se poussa pour lui faire un peu plus de place et jeta son sac au sol.

— Comment vous sentez-vous ?

Le ton anxieux sur lequel il l'interrogea la surprit,

aussi le regarda-t-elle droit dans les yeux. Le Dr Cox lui avait-il parlé de ses petits malaises ?

— Bien, bien, répondit-elle en se sentant tout de même rougir.

— Pas de fractures, d'après ce que je sais.

Elle comprit alors son erreur. Du coup, elle sentit ses joues s'embraser plus encore. Visiblement, le médecin ne lui avait raconté qu'une partie de ses malheurs, en l'occurrence sa collision avec le type aux rollers.

— Non, non, pas de fractures, dit-elle en se reprenant. Quelques contusions, c'est tout. Cela n'aurait jamais dû se produire. Mais comme je n'étais pas bien, je n'ai pas pris garde en descendant du trottoir.

Une fraction de seconde se passa avant qu'il se tourne vers elle, l'air catastrophé, et pose ses belles mains manucurées sur ses épaules.

— Vous êtes malade ? demanda-t-il, manifestement en alerte.

Oups. Elle fixa Burke, sentant ses mains chaudes et rassurantes irradier ses épaules. La preuve était faite que le Dr Cox ne lui avait rien dit de ces petits troubles passagers.

— Oh, quelques minutes seulement, parvint-elle enfin à articuler. C'est fini maintenant, je me sens mieux.

— Mais qu'en dit le docteur ?

Elle ne l'aurait jamais cru possible, mais plus elle connaissait Burke Bishop, plus elle devenait nerveuse en sa présence. Il avait le droit de tout savoir sur elle, y compris ses malaises les plus intimes. Forcément, ça la mettait mal à l'aise. A moins que…

En cet instant, elle était surtout troublée par le contact de ses mains sur ses épaules, au point qu'elle se sentait frissonner sous son sweat en laine.

Comment pouvait-elle être sexuellement attirée par l'homme qui l'avait embauchée pour être la mère porteuse de son enfant ? Et pourquoi diable n'avait-elle pas rencontré le célibataire le plus séduisant de Chicago en d'autres circonstances ?

Si elle avait fait la connaissance de Bishop dans d'autres conditions, elle aurait pu s'abandonner à ses sentiments et à son désir sans culpabilité. Sans risque de contrevenir à un contrat en bonne et due forme.

Inspirant profondément, elle s'écarta, le forçant à retirer ses mains d'elle.

— Le Dr Cox ne semble pas s'alarmer de ces petits tracas, lâcha-t-elle légèrement.

— Ces petits tracas comme vous dites ne sont pas à négliger, remarqua-t-il, surtout en ces circonstances.

Avec un soupir, il se redressa avant de se rapprocher imperceptiblement d'elle sur la banquette.

— Peut-être vaudrait-il mieux que vous me racontiez précisément tout ce qui est arrivé, suggéra-t-il d'un ton protecteur. Depuis le commencement.

— Ce n'est pas exactement la période la plus rose de mon existence, commença-t-elle, résignée à lui faire le récit de sa journée. Après les cours, j'étais en chemin pour la clinique quand j'ai commencé à avoir des vertiges et à ressentir des nausées. Je n'avais qu'une envie, me cacher dans un trou de souris et prier pour que ses satanées nausées passent. J'ai donc décidé de me reposer, mais à l'évidence… j'ai mal choisi mon moment.

Son interlocuteur plongea ses grands yeux noirs dans les siens, l'air incrédule.

— Que voulez-vous dire ?

De nouveau, elle sentit ses joues s'embraser.

— Eh bien, je m'apprêtais à traverser pour aller m'affaler sur le banc de l'autre côté de la rue quand… — elle soupira puis reprit — quand le jeune à rollers a déboulé.

Burke porta la main à sa bouche et toussota. Elle eut l'impression qu'il faisait tout son possible pour ne pas éclater de rire.

C'était assez drôle effectivement, lorsqu'elle y repensait. Quand ce garçon à rollers, avec son casque, ses genouillères et son bermuda noir, l'avait percutée, lui avait exécuté un splendide vol plané, et elle s'était étalée de tout son long devant une demi-douzaine d'étudiants qui avaient éclaté de rire face à ce numéro de cirque.

— Mais vous n'avez pas été blessée, n'est-ce pas ? s'enquit Burke, voulant absolument tout savoir. Excepté quelques bleus ?

— Non, et c'est bien ce qui m'étonne : que j'en sois

sortie indemne. Je n'en dirais pas autant du roller, je crois qu'il a eu la frousse de sa vie.

Burke éclata de rire. Franchement et de bon cœur.

Cela surprit tellement Shannon qu'elle sursauta. Jamais elle ne l'avait entendu rire auparavant. A peine lui avait-elle vu ébaucher un sourire. Il était toujours si sérieux, si affairé. Elle aimait le voir rire. Quand ses yeux s'allumaient, que ses lèvres s'entrouvraient…

Lorsque l'infirmière apparut et appela son nom, Shannon laissa échapper un soupir de soulagement, trop heureuse qu'une diversion vienne mettre un terme à ces pensées. Attrapant son sac qui gisait à ses pieds, elle se leva et traversa la pièce, Burke sur ses talons… une main posée sur *son* dos.

Elle ressentait la chaleur de ses doigts à travers le tissu. Son cœur s'accéléra, son souffle cahota, et elle découvrit soudain, mortifiée, que les bouts de ses seins commençaient à pointer.

Mon Dieu !

Le Dr Cox les fit entrer dans son bureau et leur désigna deux fauteuils avant de s'asseoir lui-même.

La bouffée de sensualité s'évanouit à l'instant où elle observa le visage du médecin. Sa tension monta d'un cran, et elle se sentit totalement nouée, osant à peine respirer.

— Etes-vous prêts à entendre les résultats du test ? demanda Cox.

Les mains de Burke à côté d'elle agrippèrent les

accoudoirs du fauteuil avec une telle force que la peau autour des ongles blêmit. Elle crut un moment qu'un grognement allait sortir de sa gorge. Puis elle remarqua la pâleur de ses propres jointures cramponnées à son fourre-tout.

Lorsque Burke se décida à parler, ce fut sur un ton grave, avec une voix autoritaire, presque menaçante. Elle comprit à cette seconde pourquoi il réussissait tout ce qu'il entreprenait.

— Dites-moi ce qu'il en est. Maintenant.

Le Dr Cox néanmoins ne parut nullement intimidé. Il se contenta de sourire, puis il ouvrit avec des gestes amples le dossier de Shannon et en tourna tranquillement les pages. Certainement pour accroître le suspens, elle en était convaincue.

— John, gronda Burke d'un ton menaçant.

— D'accord, d'accord, acquiesça Cox.

Le corps de Shannon alors était si tendu, son souffle si court qu'elle faillit hurler lorsqu'elle sentit la main de Burke envelopper la sienne. Elle se mordit cruellement les lèvres, ce qui eut pour effet de la calmer. Elle recouvra une respiration normale et releva fièrement la tête en fixant le Dr Cox, la main protectrice de Burke posée sur la sienne.

— Shannon, Burke, dit le médecin d'une voix posée, toutes mes félicitations. Vous attendez un enfant.

3.

Si Shannon n'avait pas été assise, sans doute se serait-elle effondrée. C'était la nouvelle qu'ils espéraient, que tous deux attendaient, pourtant elle n'arrivait pas à y croire.

Ainsi, elle portait un enfant ?... L'enfant de Bishop.

Elle tourna les yeux vers celui-ci et fut stupéfaite par la joie lumineuse qui émanait de son visage. Etonnant. Emouvant. Ses magnifiques dents blanches étincelaient en un sourire radieux. Son regard brillait d'un bonheur total.

— Cela explique les vertiges et les nausées, commenta-t-elle avec sobriété.

— Oui, dit le Dr Cox. L'intensité des petits maux matinaux varie selon les patientes. Certaines femmes commencent à ressentir les premiers malaises juste après la conception et jusqu'à l'accouchement. D'autres en sont quasiment exemptes. Lorsque vous m'avez décrit vos symptômes, j'ai tout de suite pensé que les tests allaient être positifs. Mais je devais en avoir la certitude…

Il se tut et sourit d'un air moqueur avant de reprendre :

— Je savais que Burke souhaiterait des preuves concrètes et n'aurait que faire des vingt-cinq années d'expérience du modeste médecin que je suis. Bien, toujours est-il qu'il n'y a aucun doute. Vous êtes enceinte.

Il se tut une nouvelle fois pour la fixer, sceptique, puis il continua :

— Vous avez de la chance. L'insémination donne rarement des résultats à la première tentative. Mais vous êtes jeune, en parfaite santé, et sans doute particulièrement fertile.

— Je savais que j'avais choisi la femme qu'il fallait, dit alors Burke en déposant un baiser sur le dos de sa main. Et maintenant, quel est le programme ?

— Maintenant, dit Cox, rentrez chez vous. Shannon, ne faites rien de précis, vivez comme d'habitude. Nous nous reverrons dans trois semaines. En cas de vertiges ou de nausées, allongez-vous et reposez-vous un moment. Ce type de symptômes est fréquent au cours du premier trimestre.

Elle opina, ébranlée. Le pire était qu'elle ne pouvait décider de ce qui la choquait le plus. La nouvelle du Dr Cox ou la douceur des lèvres de son employeur sur sa peau ?

— Je vais vous prescrire un groupe de vitamines,

mais que cela ne vous empêche pas de vous nourrir correctement. D'autres questions ?

Shannon réfléchit. Où du moins essaya-t-elle, car son cerveau à l'évidence semblait hors de service. Mille pensées se bousculaient dans sa tête et elle avait l'estomac lourd. Les nerfs sans doute, cette fois, plus que les nausées dues à sa toute nouvelle grossesse.

— Pour l'instant, je ne vois pas lesquelles, répondit-elle, désemparée.

— Et vous, Burke ? Des questions ?

Manifestement, son cerveau à lui fonctionnait mieux que le sien. Il répondit au docteur avec l'empressement de quelqu'un qui attendait qu'on veuille bien l'interroger :

— Quand est prévue l'arrivée du bébé ?

Cox sourit.

— Juin. Le 15. Oh ! le bébé peut toujours arriver un peu plus tôt, ou un peu plus tard, mais du fait que nous connaissons précisément la date de sa conception, le timing est assez précis.

« Le 15 Juin, répéta Burke dans un souffle. Le jour de la fête des Pères ! »

Burke entra dans son appartement, un sourire béat aux lèvres. Il retira son imperméable puis sa veste qu'il jeta sans y penser sur le dossier du sofa et pénétra dans le salon.

Shannon était enceinte. Elle portait son enfant.

Il n'avait pas cessé de sourire depuis que Cox leur avait appris la nouvelle. Pas même lorsque Shannon avait gentiment décliné son offre de la reconduire chez elle, préférant disait-elle rentrer en métro. Pas même lorsqu'il avait serré le concierge dans ses bras, le pauvre homme lui lançant un regard effaré comme s'il avait eu affaire à un fou échappé de l'asile.

Il semblait que ce soir rien ne pût atténuer sa joie. Rien.

Il allait être père. Le jour de la fête des Pères, rien que ça ! Jamais il ne trouverait la patience.

Huit mois. Cela semblait une éternité.

Mais il y arriverait. Il franchirait mois après mois en pensant à l'issue. Père.

Il se rapprocherait de Shannon bien sûr durant toutes ces semaines. Après tout, cet enfant, ils l'avaient fait ensemble.

Avec l'aide de la science, certes, mais c'était tout de même eux qui avaient permis que bientôt cette vie éclose, non ?

Tout en sifflotant la seule berceuse qu'il connaissait, il se rendit dans la cuisine et ouvrit le réfrigérateur, en quête de quelque chose de simple et rapide à préparer pour le dîner. Normalement, il aurait dû dîner dehors ou rapporter ce que son assistante lui avait commandé chez le traiteur, mais Margaret était partie depuis longtemps, et ce soir il n'avait aucune envie de croiser qui ce soit.

Faux. En réalité, il avait envie de voir Shannon, et seulement elle.

Malheureusement, elle lui avait clairement fait comprendre qu'elle ne souhaitait pas passer plus de temps en sa compagnie que stipulé sur leur contrat. Il lui avait proposé de la raccompagner chez elle ou en un autre endroit de son choix, mais elle avait refusé. Il l'avait invitée à dîner, mais elle avait prétendu être de service le soir même à *La Taverne*.

Il avait fini par comprendre que, hors le cabinet du Dr Cox, la jeune femme préférait l'éviter.

Une attitude qui, après tout, aurait dû le combler. Car cette relation était fondée sur un marché, rien d'autre. Shannon avait accepté de porter son enfant, elle n'avait pas besoin pour autant d'un compagnon de table.

Oui mais, bon sang, il aurait quand même bien aimé qu'elle accepte au moins l'une de ses invitations ! Qu'elle passe un peu de temps ce soir avec lui.

Franchement, avec qui d'autre pourrait-il partager la nouvelle ? Non, il ne voyait qu'elle. Le Dr Cox à la rigueur, et Margaret peut-être.

Le sourire de Burke s'élargit en découvrant le contenu du réfrigérateur.

Il jeta sur le comptoir une tranche de rôti ainsi qu'un sachet de laitue, un tube de mayonnaise et un paquet de pain de mie. Bénie soit Margaret. Non seulement elle se montrait terriblement efficace au bureau, mais elle avait pris l'habitude de passer une fois par semaine à son appartement pour remplir son réfrigérateur. D'après la fraîcheur et le craquant des feuilles de salade, elle avait dû passer cet après-midi même.

Ce n'était pas la première fois qu'il était brutalement mis face à cette réalité : pas de famille, pas de véritables amis non plus.

Non qu'il gardât un souvenir attendri de ses parents. Mariés sans amour, ces deux-là avaient passé leur vie à se disputer. Il avait été un enfant solitaire, se considérant régulièrement comme le coupable de cette relation gâchée, comme celui qui avait attisé la haine.

Mais ses parents aujourd'hui n'étaient plus de ce monde. Son père avait été tué dans un accident de voiture plus de quinze ans auparavant. Sa mère avait pleuré cette disparition six semaines en tout et pour tout, avant de mettre le grappin sur un autre mari pour succomber à son tour quelques mois plus tard à une cirrhose du foie.

Excepté un camarade de collège avec lequel il avait gardé le contact, il ne se connaissait pas d'amis dignes de ce nom. Certaines de ses connaissances s'arrêtaient régulièrement au bureau ou l'invitaient à dîner, le plus souvent pour lui emprunter de l'argent, mais il ne les considérait pas comme de vrais amis.

Tout le monde cherchait finalement à obtenir quelque chose de Burke Ellison Bishop, pensa-t-il avant de mordre dans son sandwich.

En y réfléchissant, même Shannon l'utilisait par intérêt. Oui mais au moins, avec elle, il aurait quelque chose en retour. Et pas n'importe quoi. Un quelque chose dont il avait toujours rêvé. Un enfant à lui.

La quatrième semaine d'octobre, Shannon prit le même siège dans la même salle d'attente pour son premier rendez-vous de femme enceinte avec le Dr Cox.

Comme trois semaines plus tôt, Burke était assis à côté d'elle, attendant les résultats des dernières analyses. Elle n'avait pas voulu cette fois qu'il soit présent dans la salle de soins lors de l'examen et savait parfaitement qu'il en était contrarié.

Elle en éprouvait une certaine culpabilité, d'ailleurs. Il s'agissait de son enfant, après tout, et elle n'était que la mère porteuse. Mais elle se sentait décidément incroyablement mal à l'aise en sa présence depuis qu'elle avait appris sa grossesse.

Non, ce n'était pas tout à fait vrai. En réalité, elle n'avait trouvé d'autre solution que d'éviter au maximum le père du bébé qu'elle attendait, et cela depuis qu'elle avait compris qu'elle était sexuellement attirée par lui.

La situation n'avait rien d'évident, et la seule pensée qu'ils allaient devoir se rapprocher encore au cours des mois suivants lui mettait les nerfs à vif.

Et puis évidemment, elle avait droit à son lot de

270

symptômes tout aussi déplaisants les uns que les autres. Sur le chemin de la clinique, elle avait littéralement dévoré un sachet entier de chips et elle avait encore faim. Chaque matin elle souffrait le martyre avec les nausées, mais une fois passée l'envie de rendre tripes et boyaux, elle avait une faim de loup.

Les migraines, les vertiges, la fatigue et même la sensibilité aiguë de ses seins, tout cela, elle s'y attendait. Par contre, ce besoin maladif de dévorer la rendait folle.

Encore en cette minute même, elle rêvait d'une pizza géante avec garniture royale. Poivrons, saucisse, champignons, olives noires, oignons, fromage… Elle soupira intérieurement, car elle n'aurait guère la possibilité d'avaler quelque chose avant un bon moment. C'était horriblement frustrant.

La porte du cabinet s'ouvrit à sa droite, laissant passer le Dr Cox, son dossier médical à la main.

— Tout me paraît normal, leur dit-il en se rasseyant à son bureau. Tant que vous vous sentirez suffisamment en forme, je ne peux que vous conseiller de continuer à vivre le plus normalement possible.

Shannon opina, des visions de pizza dansant devant ses yeux.

— Encore ces migraines ? Un peu de fatigue ?

Du coin de l'œil, elle vit Burke froncer les sourcils.

— Oui, mais je me repose en faisant la sieste. Et puis ces migraines ne sont pas si terribles.

— Un comprimé d'ibuprofene ou deux ne vous feront pas de mal…

— Je préfère m'en passer. Je n'aime pas l'idée de prendre quelque chose dont je n'ai pas réellement besoin.

Le docteur, apparemment de son avis, opina. Il lui recommanda contre les migraines le repos dans une chambre noire avec une serviette humide sur les yeux, remède cent fois plus efficace et sans danger pour le bébé. Puis il leur donna rendez-vous un mois plus tard.

Comme la dernière fois, Burke la raccompagna jusqu'au parking où l'attendait sa voiture avec chauffeur. Terriblement élégant et follement séduisant, il portait aujourd'hui un costume noir sous un manteau couleur cannelle qui lui avait déjà valu la une d'un des magazines people les plus lus.

A peine avaient-ils échangé trois mots depuis leur rencontre dans la salle d'attente, une heure plus tôt, ce qui n'avait fait qu'accroître sa gêne.

Il avait une telle allure, il émanait de lui une telle sophistication… Et elle, qui en était réduite à des jobs ingrats et devait se battre pour payer ses cours ! Pour arranger le tout, elle commençait à se sentir aussi élégante qu'une sorcière dans ses longues jupes marrons et ses sweats informes. Burke, lui, était toujours irréprochable, toujours séduisant.

— Je vous reconduis chez vous, déclara-t-il soudain, l'interrompant dans ses pensées.

— Oh ! non, je vais marcher un peu jusqu'à la station de métro, merci.

Elle avait recouru au même alibi trois semaines auparavant et alors il n'avait pas insisté, mais aujourd'hui il lui prit le bras, un sourire déterminé aux lèvres.

— Je vous reconduis, répéta-t-il.

Avant qu'elle pût protester, il la guida jusqu'à la limousine dont le chauffeur s'empressa d'ouvrir la portière, puis il l'entraîna à l'intérieur. Elle prit place sur le siège en cuir souple tandis qu'il s'asseyait à côté d'elle.

— Je vous assure, dit-elle, ce n'est pas nécessaire. Je peux marcher, la station de métro est toute proche. Et puis, je voulais aller m'acheter une pizza avant de rentrer…

— Je comprends, dit-il, ignorant néanmoins son allusion à sa faim. Mais c'est le centre de Chicago ici, et si vous y êtes en sécurité durant la journée, il n'est pas très prudent de s'y promener la nuit venue.

— Il n'est même pas 17 heures, protesta-t-elle avec énergie. Et je n'envisageais pas de me promener, mais de rentrer chez moi.

Il fronça les sourcils, exprimant ainsi sa détermination.

— Je n'aime pas vous savoir arpenter la ville seule à quelque heure de la journée que ce soit. A partir de maintenant, vous aurez un véhicule à votre disposition.

— Vous allez m'offrir une voiture ? demanda-t-elle, stupéfaite.

— Bien sûr que non. Je vais vous affecter un chauffeur, répondit-il. J'y tiens. Il sera garé au bas de chez vous chaque matin, à l'heure de votre choix.

Elle s'imagina arriver sur le campus en limousine devant les autres étudiants.

— Je préfère marcher, commenta-t-elle.

Les yeux de Burke s'assombrirent et elle l'entendit soupirer.

— La voiture sera devant votre immeuble tous les jours aux environs de 8 heures. Si vous préférez marcher, le chauffeur aura pour instruction de ne pas vous lâcher d'une semelle. Vous feriez donc aussi bien de profiter de ma générosité.

Elle l'observa un moment, nota sa mâchoire serrée et son expression obstinée.

— Vous avez l'habitude de n'en faire qu'à votre tête, n'est-ce pas ? maugréa-t-il.

Cette phrase n'attendait guère une réponse de sa part, mais elle lui en fournit une néanmoins, accompagnée d'un sourire de défi :

— Vous l'avez entendu comme moi, le docteur affirme que la marche est excellente pour moi.

— Je vous achèterai un tapis de jogging.

Bah ! Persister à refuser l'offre de Burke était aussi absurde que vouloir faire l'ascension de l'Everest à tricycle.

274

— Bien, soupira-t-elle. Une voiture avec chauffeur.
Merci.

Le rire grave et profond de son voisin la fit tressaillir.

— Je vous en prie, conclut-il.

Retenant un bâillement, Shannon se laissa glisser
sur le siège.

— Votre chauffeur sait où il va ?

— Bien sûr.

Elle se sentait toujours autant follement affamée,
mais soudain une intense fatigue s'abattait sur elle,
reléguant son appétit au second plan.

— Je crois que je vais me reposer quelques minutes,
chuchota-t-elle. J'ai révisé mes cours assez tard, cette
nuit.

— Bien sûr, murmura-t-il en l'attirant contre lui.

Dans un coin de son esprit confus, une petite voix
l'avertit que Burke avait posé un bras autour de ses
épaules, que sa joue reposait contre le velours du col
de son manteau et que sa main caressait le haut de
son bras. La même petite voix lui souffla de réagir,
de le repousser, mais aspirée par la fatigue, elle n'en
trouva pas la force. Elle s'enivra au contraire du parfum
boisé et viril de l'eau de toilette de son compagnon
avant de sombrer dans son plus délicieux et reposant
sommeil depuis plusieurs semaines.

Une légère secousse combinée à un souffle glacial

s'engouffrant par la portière ouverte l'arrachèrent aux limbes.

Elle ne savait pas exactement combien de temps elle avait dormi, mais ce devait être depuis un long moment, car elle ne reconnaissait pas les alentours. Et Burke avait disparu de la voiture.

Elle s'apprêtait à inspecter les environs pour savoir où elle se trouvait quand un jeune homme revêtu d'un uniforme blanc et coiffé d'une casquette rouge se pencha et déposa sur le siège à côté d'elle une pile de larges boîtes en carton à l'odeur alléchante. Puis le jeune homme disparut avant qu'elle ait pu ouvrir la bouche et, tout de suite après, Burke resurgit et s'installa de l'autre côté de la pile de boîtes.

— Serait-ce ce à quoi je pense ? demanda-t-elle en approchant les doigts de la première boîte, l'eau à la bouche.

— Vous m'avez dit que vous aviez envie de pizza, répondit-il simplement en lui déposant un carton sur les genoux. Ne sachant pas quelle garniture vous préfériez, j'ai fait mettre un assortiment de toutes.

— Vous êtes sérieux ?

Elle souleva le couvercle de la boîte et inspira, aux anges, en contemplant les preuves de la générosité sans limites de Burke.

— Ciel, soupira-t-elle, comme c'est appétissant !

— Dans ce cas, qu'attendez-vous pour manger ?

Elle tourna la tête et nota dans ses yeux une lueur

d'amusement. Sourire aux lèvres, elle détacha une part de pizza et l'engloutit littéralement.

Deux pizzas plus tard, elle ronronnait encore de plaisir. S'essuyant la bouche à l'aide d'une des serviettes en papier fournies avec les pizzas, elle s'affaissa sur le siège en se tapotant le ventre.

— C'est tellement délicat de votre part ! Merci mille fois.

Emportée par la reconnaissance, elle posa une main sur l'un des genoux de Burke.

Elle fit le geste sans même y penser. Sans réfléchir aux conséquences… et sans songer à la façon dont lui l'interprèterait.

Et lorsqu'il approcha sa main pour couvrir la sienne, elle ne recula pas, ne se souciant pas plus de l'impact qu'aurait ce contact sur son attirance croissante pour lui.

— Je suis heureux de vous avoir fait plaisir. Vous êtes certaine que vous n'en voulez pas davantage ?

En gémissant, elle fit non de la tête.

— Ciel, je ne pourrais plus rien avaler ! Mais c'était délicieux, et j'étais si affamée. Merci, répéta-t-elle.

Elle retira néanmoins sa main de celle de Burke, soudain troublée de ce contact prolongé.

— Vous avez souvent ce genre de fringales ?

Il dégagea les boîtes de pizza qui restaient à sa droite, si bien qu'il n'en restait plus aucune entre eux maintenant. Allait-il se rapprocher d'elle ?

Elle lui avait touché le genou, il avait pris sa main

dans la sienne, et maintenant voilà qu'il se dépêchait d'évacuer toutes ces boîtes entre eux.

Shannon découvrit qu'elle respirait avec difficulté, tout ça la rendait de plus en plus nerveuse. Elle ravala sa salive et s'ordonna de ne rien voir de suspect dans ce comportement.

Comme Burke penchait simplement la tête de côté pour examiner son expression, elle se détendit et réfléchit à sa question.

Si elle lui avouait qu'elle avait dévoré un plein paquet *X-size* de chips sur le chemin de la clinique, il penserait avec raison qu'elle était boulimique. Mais en réalité, ces subites et irrépressibles fringales étaient simplement le fait de sa grossesse. Et de ce fait, Burke étant le père du bébé et au demeurant son employeur, il avait le droit de connaître la vérité.

— Quelques unes, admit-elle en dévissant le bouchon de la bouteille d'eau qu'il avait achetée avec les pizzas.

— Mais encore ?

Ravalant sa honte, elle avoua le paquet de chips et fut surprise par sa réaction. Non seulement Burke ne s'offusqua pas, mais au contraire il rit de bon cœur.

— J'ai également rempli mon congélateur de glaces, lui révéla-t-elle. Six parfums différents. Moi qui n'ai jamais seulement collectionné des timbres de toute mon existence ! Oh ! j'ai aussi fait le plein de nounours en gélatine, reconnut-elle en sortant de son sac un grand sachet de ses bonbons préférés. Avez-vous déjà rencontré quelqu'un au-dessus de six ans qui mange ce genre de choses ?

— Les femmes enceintes, apparemment, répondit-il, un sourire amusé au coin des lèvres.

Il tendit la main et la plongea dans le sachet de bonbons multicolores.

— Et les futurs pères, ajouta-t-il avec un clin d'œil.

Shannon l'observa tandis qu'il mâchait allègrement son nounours jaune, tout en se demandant le prix qu'elle obtiendrait du *Chicago Tribune* si elle leur revendait l'histoire de l'homme d'affaires le plus chic de la ville se régalant de nounours en gélatine dans le secret de sa limousine. En compagnie de la mère porteuse de son futur enfant, bien sûr. Elle rit en dedans.

— Pas mauvais, murmura Burke, pas mauvais du tout. Pas aussi bon que dans mes souvenirs, mais je peux comprendre que vous en soyez folle.

Il finit de mâcher consciencieusement puis se tourna vers elle, avec sérieux cette fois.

— J'espère que vous me ferez savoir si vous avez besoin de quoi que ce soit. N'importe quoi, un paquet de chips géant ou des glaces, même à 3 heures du matin.

Elle sourit, touchée par la gentillesse de Burke et par son anxiété palpable à l'idée de sa prochaine paternité.

— Merci, mais j'espère que ces crises vont s'espacer.

Pour laisser place à d'autres lubies, j'imagine. Oh ! d'ici quelques mois je n'y penserai plus…

Elle le vit froncer les sourcils et serrer les dents. Il referma les poings sur ses cuisses.

— Oui, bientôt vous en aurez terminé avec ces malaises.

— Exact. Dans un peu plus de sept mois précisément, conclut-elle alors que la limousine stoppait au bas de son appartement.

Oui, difficile à croire, mais d'ici sept mois elle accoucherait de l'enfant de cet homme qu'elle connaissait à peine.

Sa mère aurait une attaque si elle l'apprenait, alors qu'elle ne faisait cela que pour elle.

Même si elle avait l'intention de continuer de rendre visite à cette dernière à Meadow Lark pendant toute la durée de sa grossesse, elle était néanmoins décidée à ne rien lui dire jusqu'à ce qu'elle y soit obligée. Mais elle imaginait bien qu'elle n'échapperait pas à une explication orageuse une fois que son état commencerait à être manifeste…

Sa mère ne comprendrait certainement pas, elle prétendrait qu'il existe d'autres moyens de gagner cet argent qui leur faisait tant défaut. Mais puisqu'il serait impossible de faire marche arrière et que l'enfant était en route, Shannon savait aussi que sa mère finirait par se résigner. Son seul réel regret serait qu'elles n'auraient pas le moindre contact avec cet enfant après sa naissance. Un détail de la procédure qui n'était pas sans lui poser quelques problèmes à elle-même.

Mais un marché était un marché. Elle savait depuis le début qu'il serait difficile de renoncer à l'enfant qu'elle aurait porté neuf mois durant, mais elle se répétait que Burke ferait un bon père, qu'il aimerait son enfant et lui donnerait tout ce dont il ou elle pourrait avoir besoin. Alors qu'il n'y avait pas la moindre chance pour qu'elle-même soit en mesure de subvenir aux besoins d'un enfant, à cette période de son existence en tout cas.

Le chauffeur vint ouvrir sa portière puis lui offrit la main pour l'aider à sortir. Burke de son côté sortait les boîtes de pizza de la limousine.

— Laissez-moi vous aider à porter cela chez vous, proposa-t-il.

— Oh non ! merci. Jamais je ne pourrai les manger toutes ! se récria-t-elle.

Debout sur le trottoir, elle observa Burke qui entassait les boîtes multicolores sur la carrosserie luxueuse.

— Peut-être pourriez-vous les donner à quelqu'un d'autre. Cela vous dirait ? demanda-t-elle en se tournant vers le chauffeur qui se tenait près d'elle.

L'homme regarda Burke comme s'il attendait sa permission avant de répondre. Burke ne semblant rien y trouver à redire, il répondit avec chaleur :

— Eh bien oui, madame, merci. Ce serait dommage de les laisser perdre !

Avec un sourire, Burke saisit l'une des boîtes et vint les rejoindre.

— Vous pouvez emmener les pizzas, Davis. Rapportez-les chez vous ce soir, je n'y vois aucun problème. Moi, je raccompagne mademoiselle Moriarty à son appartement.

Shannon ouvrit la bouche pour protester qu'elle n'avait pas besoin d'être raccompagnée, mais la referma aussitôt lorsqu'elle reconnut son air déterminé.

— Merci, dit-elle simplement avant d'entrer dans l'immeuble.

Ce n'était pas facile pour elle d'accepter la générosité et l'attitude protectrice de Burke. Elle était en effet habituée à se débrouiller toute seule et à se soucier des autres avant elle-même.

Toute sa vie, elle avait dû se prendre en charge sans l'aide de quiconque. Son père était parti quand elle n'était encore qu'un bébé. Sa mère avait alors dû se résoudre à cumuler deux emplois pour subvenir dignement à leurs besoins. Enfant unique, Shannon avait acquis très jeune l'habitude de l'autonomie. Elle avait appris à prendre soin d'elle-même et à se distraire seule. Et lorsque sa mère était tombée malade, elle n'avait pas hésité à faire ce qui s'imposait pour obtenir l'argent dont elles avaient besoin.

Cette détermination — et elle devait l'avouer, le désespoir aussi — l'avait conduite à jouer les mères porteuses pour un homme qui apparemment ne souhaitait que le meilleur pour elle. Elle admettait la majorité des requêtes de Burke concernant son confort, mais il lui était difficile néanmoins de le laisser faire. Car elle n'avait jamais été habituée à ce que l'on fît quelque chose pour elle.

Ils gravirent les marches jusqu'au deuxième étage et remontèrent le couloir qui menait à son appartement. Ayant glissé la clé dans la serrure, elle ouvrit la porte et invita Burke à entrer.

Celui-ci fit un pas, un seul, et se pencha pour déposer la boîte de pizza sur le comptoir qui séparait le coin salon/chambre à coucher de la kitchenette.

Shannon retint son souffle, s'attendant à ce qu'il fasse d'un coup d'œil dédaigneux l'inventaire de son modeste appartement. C'était inévitable, considérant l'extrême richesse de son visiteur. Son seul bureau ne trahissait-il pas ses goûts de luxe ? Quant à elle, elle était extrêmement attachée à son appartement, bien qu'il fût minuscule et assez inconfortable. De toutes manières, elle ne pouvait s'offrir mieux pour le moment.

Il n'y avait pas de chambre. Deux matelas sur une structure en acier faisaient office de canapé convertible, servant le jour de sofa et la nuit de lit. Elle avait un bureau pour travailler, une vieille télé pour se détendre et deux plantes grasses ornaient une bibliothèque récupérée chez le brocanteur du coin.

Mais Burke ne prêta aucun intérêt à cet environnement, à moins qu'il ne fût trop poli pour s'autoriser une remarque à ce sujet. Il garda tout ce temps les yeux braqués sur elle.

— Eh bien merci pour le dîner. Ces pizzas étaient divines, réellement.

— Tant mieux.

Il sortit alors une carte de visite et un stylo de la poche intérieure de sa veste et s'appuya au comptoir pour écrire.

— J'espère que vous n'oublierez pas ce que je vous ai dit tout à l'heure. Si vous avez besoin de quoi que ce soit, à n'importe quelle heure du jour et de la nuit, je veux que vous m'appeliez.

Il lui tendit la carte et expliqua :

— Voilà les trois numéros où l'on peut me joindre : le portable, ma ligne privée au bureau et celle de chez moi.

Elle prit la carte sans rien dire. Elle ne pensait pas qu'elle aurait le cran de téléphoner à Burke à 3 heures du matin en cas de fringale incongrue, mais ce n'était pas plus mal de savoir comment le joindre, juste au cas où.

Alors, dans un geste imprévu, son employeur leva la main et la posa sur sa joue. Elle crut que la chaleur intense qui émanait de sa paume allait la faire s'évanouir.

Le temps d'un soupir, elle ferma les paupières de façon à s'imprégner de sa caresse et pria pour qu'il ne l'ait pas remarqué. Elle avait déjà assez de mal comme ça à réprimer son attraction pour lui. Jamais elle ne survivrait aux sept prochains mois s'il s'avisait de la toucher ainsi !

— Je suis très heureux que les choses aient fonctionné. Je ne m'attendais pas à ce que vous tombiez enceinte tout de suite, et... Je suis très heureux, vraiment.

— Je suis heureuse, moi aussi, dit-elle en lui souriant.

— Vous m'appelez si vous avez besoin de moi, d'accord ?

Elle opina d'un signe de tête et serra instinctivement sa carte de visite entre ses doigts.

Puis Burke se pencha, il déposa un léger baiser sur sa joue et il tourna le dos sans rien rajouter.

Ayant fermé la porte derrière lui, elle tourna le verrou et se laissa enfin aller, le front contre le battant de bois. Jamais elle n'avait rencontré homme plus séduisant de toute son existence. Jamais non plus elle n'avait rencontré un homme qui mît ainsi ses nerfs à fleur de peau et allumât un tel brasier au creux de son ventre.

Cet homme dont elle portait l'enfant.

Elle était liée à lui... le temps de leur contrat grossesse. Sept mois encore elle connaîtrait le bonheur de le voir, de parler avec lui, d'avoir la chance de parfois l'effleurer.

Et puis... Et puis son cœur se briserait quand sonnerait pour elle l'heure de la séparation.

4.

Burke reposa violemment le combiné sur sa base, maudissant en silence l'écho lancinant émis par la ligne de Shannon. Occupé. Toujours et encore occupé.

Toute la semaine, il avait tenté de la joindre sans résultat. Même le chauffeur qu'il avait envoyé pour l'escorter dans ses déplacements lui avait dit ne pas l'avoir vue depuis vendredi dernier, lorsqu'il l'avait reconduite chez elle après une visite à sa mère à Meadow Lark. Elle était montée à son appartement et avait apparemment disparu.

Elle était proche maintenant de son troisième mois de grossesse et, même si le docteur affirmait qu'elle était en parfaite santé et qu'il n'y avait aucun souci à se faire, il détestait l'idée de ne pas pouvoir la joindre. Où était-elle donc passée ?

Il avait téléphoné partout, au Dr Cox, bien sûr, à l'infirmerie de la maison de repos où se trouvait sa mère, au bureau des étudiants du campus… Personne ne l'avait vue ni ne lui avait parlé de toute cette semaine.

Finalement, n'en pouvant plus d'inquiétude autant que de frustration, il attrapa son manteau et se rua hors de son bureau. Il demanda à Margaret de faire venir la limousine et la pria de reporter ses rendez-vous de l'après-midi.

Puisque c'était ainsi, il allait lui-même chercher chez Shannon les raisons de ce silence.

Une fois arrivé en bas de l'immeuble, il aperçut la voiture qu'il avait fait envoyer chez Shannon, garée juste en face. Le chauffeur était tranquillement assis, un gobelet de café sur le tableau de bord, plongé dans ce qui ressemblait à une grille de Sudoku calée contre le volant.

Il ne prit pas la peine d'aller lui demander s'il avait du nouveau et pénétra directement dans l'immeuble. Dédaignant l'ascenseur, il se rua dans l'escalier dont il grimpa les marches quatre à quatre jusqu'au deuxième étage.

Redoutant que Shannon ne soit furieuse contre lui s'il débarquait chez elle tel un enragé alors qu'elle allait parfaitement bien, il ravala son anxiété et se força à frapper à la porte avec retenue. Après quelques secondes, il recommença, plus virulent cette fois.

Une minute s'écoula, au bout de laquelle il martela le battant de son poing, hurlant son nom entre chaque volée.

Il était à présent fou d'inquiétude. Elle ne répondait pas au téléphone, ne répondait pas à sa porte, et il n'entendait aucun signe de vie à l'intérieur.

Peut-être s'était-elle absentée ? Mais où serait-elle donc partie une semaine entière, sans le tenir, lui ou qui que ce soit d'autre, informé ?

La gravité du moment exigeait des mesures exceptionnelles.

Prenant sa respiration et son élan, il jeta son épaule contre la porte heureusement de médiocre robustesse. Au premier coup, le bois se fendit, au deuxième il entendit la chaîne de sûreté sauter et au troisième, la porte céda. Il devrait rapidement la faire remplacer par une nouvelle, plus résistante, et aussi poster un de ses hommes devant chez elle afin qu'elle ne soit pas agressée ni volée.

Mais pour l'heure, il se moquait de tout cela, y compris de la légitime colère de Shannon lorsqu'elle découvrirait qu'il avait forcé sa porte.

— Shannon ? appela-t-il.

Il écarta la porte dégondée, écrasant sur son passage des éclats de bois, quand un courant d'air glacial fouetta son visage.

En cette période de l'année, il faisait déjà froid dehors, mais à l'intérieur de l'appartement on se serait littéralement cru au pôle Nord. Avait-elle oublié de monter le thermostat ? Essayait-elle de faire des économies ? Son chauffage était-il en panne ? Il faudrait qu'il discute de cela avec elle. Si elle avait des problèmes d'argent, il payerait cette satanée facture de chauffage.

Ses yeux balayèrent la pièce et il l'aperçut.

Elle était allongée sur ce qui lui servait de canapé autant que de lit, recroquevillée sous une montagne de couvertures de toutes couleurs. Seul le haut de son crâne était visible, quelques boucles dépassant d'un épais bonnet en laine et d'un serre-tête à pompons rouge vif. Au pied du lit régnait un désordre indescriptible, mouchoirs, sirop pour la toux, baume contre l'infection des voies respiratoires, verre à moitié vide...

— Shannon, répéta-t-il en se précipitant.

Il tomba à genoux à son chevet, la panique lui nouant la gorge, pesant sur son cœur.

Il arracha l'un de ses gants avec les dents, rabaissa les couvertures et posa sa main sur sa joue. Le visage de la jeune femme était rouge presque cramoisi, et à l'évidence elle avait de la température.

— Shannon, vous m'entendez ?

Il la secoua doucement, se reprochant de la réveiller, mais il devait absolument savoir si elle était consciente.

Elle gémit, roula la tête sur l'oreiller et voulut disparaître sous les couvertures, les yeux à peine entrouverts. Puis elle parut le reconnaître. Les lèvres tremblantes, elle essaya de parler, mais ses mots s'échouèrent, disparaissant dans une quinte de toux sèche.

Inutile de perdre plus de temps.

Il enveloppa les couvertures autour d'elle comme un cocon et la souleva dans ses bras. Elle marmonna quelque chose d'incompréhensible mais ne résista que faiblement à cet enlèvement.

Reprenant l'escalier, il sortit d'un pas déterminé de l'immeuble et se dirigea vers la limousine, Shannon blottie dans ses bras. il laissa le chauffeur lui ouvrir la portière et la refermer derrière lui tandis qu'il s'installait.

— A l'hôpital le plus proche, ordonna-t-il quand l'homme eut repris sa place au volant. Et vite !

Aussitôt, la voiture se coula dans le trafic.

— Mais je ne vais pas si mal, protesta-t-elle indistinctement sans qu'il daignât l'écouter.

Glissant la main par-dessus la masse de couvertures roulée sur ses genoux, il attrapa son portable dans la poche de son manteau et composa le numéro de la limousine qu'ils avaient laissée derrière eux. Sitôt que le chauffeur décrocha, il dit :

— C'est Bishop. Grimpez tout de suite à l'appartement 2G et emportez le maximum d'affaires de Mlle Moriarty. Ramenez-les chez moi et expédiez quelqu'un pour réparer la porte.

Persuadé que ses ordres seraient exécutés, il interrompit la communication et refit en suivant le numéro du Dr Cox.

— Shannon est malade, lança-t-il au médecin dès que celui-ci fut en ligne. Elle est brûlante et n'arrête pas de tousser. Nous sommes en route pour les urgences.

290

— Je vous y retrouve, dit Cox avant de raccrocher.

Remettant le portable à sa poche, il observa la malade dont la tête reposait sur son épaule et écarta avec tendresse de son front une boucle de ses cheveux roux trempés de sueur.

— Tenez bon, mon ange. Tout va aller bien mieux, très vite.

C'était du moins ce qu'il espérait.

Les yeux clos, elle s'agita, murmurant quelque chose d'inaudible et tentant de s'arracher aux couvertures dont il l'avait enveloppée.

Il ignorait ce qu'elle avait exactement et depuis combien de temps elle se trouvait dans cet état, mais la priorité était de trouver quelqu'un qui la fît se sentir mieux. Ensuite, il s'inquiéterait de savoir quelles seraient les conséquences de sa maladie sur le bébé.

Sa main se figea sur la joue brûlante de Shannon. C'était la première fois qu'il pensait à l'enfant depuis un bon bout de temps.

Perplexe, il essaya de comprendre.

Toute la semaine, alors qu'il lui était impossible de joindre la jeune femme, il s'était inquiété d'elle, pensant moins à sa grossesse qu'à son bien-être à elle. Et tout à l'heure, quand il avait pénétré dans son appartement et l'avait découverte sur son lit dans cet état pitoyable, il n'avait pensé qu'à elle, à sa souffrance et au moyen de l'aider.

291

N'aurait-il pas dû s'inquiéter d'abord et avant tout pour le bébé ? Son bébé ?

Il payait Shannon pour qu'elle porte son enfant, bon sang, pour qu'elle lui donne la chose qu'il désirait le plus au monde, et depuis plus longtemps encore qu'il ne pouvait se le rappeler !

Et maintenant qu'un problème surgissait, il ne pensait qu'à la santé de Shannon et à pratiquement rien d'autre.

La limousine stoppa devant l'entrée des urgences et son chauffeur courut lui ouvrir la portière. Burke emporta Shannon et traversa la salle d'attente jusqu'au bureau des admissions.

— Mon nom est Burke Bishop. Voici Shannon Moriarty. Nous devons voir le Dr Cox dès qu'il sera arrivé.

D'autres personnes auraient dû remplir les formulaires d'assurance puis patienter des heures avant de voir un médecin. Mais pas lui, Burke Ellison Bishop. L'argent était décidément un passe-droit particulièrement appréciable en cas d'urgence médicale. Et tout aussi injuste, mais c'était ainsi...

— Oui, monsieur Bishop, répondit l'infirmière derrière son comptoir, un peu saisie.

Sans jeter un regard à la femme emmitouflée de couvertures qui gisait dans ses bras, elle rajouta avec empressement :

— Le Dr Cox a téléphoné, il est en route. Suivez-moi, je vous conduis dans un box d'examens.

292

Attrapant une poignée de formulaires et un collier de plastique bleu, elle l'emmena jusqu'à une petite pièce d'une blancheur éclatante. Il allongea alors délicatement Shannon sur le lit et aussitôt l'infirmière libéra l'une de ses mains des couvertures pour passer à son poignet le bracelet d'identité.

— On va devoir lui faire une perfusion, déclarat-elle après les premières investigations. Pensez-vous que je puisse découper son pyjama ?

Shannon portait en effet un pyjama délavé sur lequel on devinait la silhouette d'un chaton roux jouant avec une pelote de laine.

Burke avait déjà remarqué la passion de la jeune femme pour les chats. Il ne voulait certainement pas être à l'origine de ce qu'elle risquait de considérer comme un sacrilège.

— Je préférerais que nous nous y prenions autrement.

Cela leur demanda un certain temps et quelques efforts, mais tous deux finirent par réussir à déshabiller Shannon inconsciente pour la revêtir de l'uniforme bleu réglementaire. Burke fit de son mieux pour regarder ailleurs lorsqu'il déboutonna la veste de pyjama, mais les seins gonflés de Shannon retenus par un soutien-gorge sport blanc attirèrent son regard comme un aimant. Cela lui fut plus difficile encore lorsqu'il dut la maintenir contre son torse, le temps de lui enfiler la blouse. Fort heureusement, ce fut l'infirmière qui s'occupa du bas, sinon il se voyait à son tour obligé de subir des soins d'urgence.

Le Dr Cox arriva, un peu essoufflé, au moment où l'infirmière s'apprêtait à placer la perfusion.

— Ah, vous êtes là ! lança-t-il en se penchant au chevet de Shannon. Bien, bien, vous avez fait ce qu'il fallait. Vous avez pris sa tension et sa température ? demanda-t-il à l'intention de l'infirmière.

Au même instant, il entreprit de tâter le pouls de Shannon. Puis il souleva ses paupières et fixa un moment ses pupilles, enfin il se saisit du stéthoscope et écouta son cœur.

— C'était plus prudent de nous l'avoir amenée, Burke, mais je ne crois pas que nous devions nous inquiéter outre mesure. D'après ce que je vois, il s'agit d'un bon coup de froid, rien de plus.

— Dans ce cas, pourquoi est-elle inconsciente ? répliqua-t-il.

— Elle est fatiguée, épuisée même. J'ignore depuis combien de temps elle est malade, ou depuis quand elle essaie de résister, mais à mon avis, elle doit être exténuée à force de lutter contre l'infection. Nous allons la réhydrater, lui prescrire un traitement de soutien, et je pense qu'elle devrait se rétablir assez rapidement.

Burke l'espérait. Il ne se souvenait pas avoir été aussi effrayé de toute son existence comme quand il l'avait découverte, gisant sur ce lit misérable.

— Et le bébé ? s'enquit-il après coup.

Il regarda le visage blême de Shannon et prit soudain conscience que leurs doigts étaient entremêlés. A un certain moment durant les soins de l'infirmière ou l'examen du médecin, il avait dû lui prendre la main...

Il pensa alors retirer sa main avant que quelqu'un ne remarque qu'il en faisait décidément beaucoup pour cette femme qui, après tout, n'était que son employée. Puis il réfléchit. Et zut ! Cela ne regardait personne. Il avait parfaitement le droit de s'inquiéter, d'exiger pour elle le meilleur traitement médical... Et de lui tenir la main !

— Tout ira bien, le rassura Cox en gribouillant des notes sur le tableau que lui avait présenté l'infirmière. Aucun des médicaments prescrits n'est assez puissant pour toucher le fœtus, et dès qu'elle ira mieux, je lui donnerai un traitement plus léger, plus naturel. Nous allons la garder quelques heures en observation, mais je ne crois pas nécessaire de l'hospitaliser. Vous pourriez la raccompagner chez elle ou... ?

— Elle va venir habiter chez moi.

Devant sa détermination, le médecin lui lança un regard quelque peu sceptique, mais se garda bien du moindre commentaire et replongea dans ses prescriptions.

Une heure environ s'écoula, durant laquelle l'infirmière et Cox gardèrent Shannon à l'œil, surveillant l'effet de la perfusion. Assis près du lit sur une chaise métallique inconfortable, Burke ne lui lâcha pas la

295

main une seule seconde, caressant de son pouce sa peau douce et chaude.

Elle respira soudain bruyamment et il perçut comme un râle dans ses poumons. Fronçant les sourcils, il oublia tout des propos rassurant de Cox. Puis elle referma ses doigts sur sa main et bougea lentement la tête sur l'oreiller plat de l'hôpital.

Il se redressa, scrutant son visage à la recherche d'un signe indiquant qu'elle reprenait conscience. Elle battit des cils et du bout de la langue humecta ses lèvres.

Effleurant sa joue, il s'approcha plus près d'elle.

— Shannon, cher ange, chuchota-t-il. Etes-vous réveillée ?

Il vit les muscles de son cou frémir, puis elle bâilla et enfin ses yeux s'ouvrirent lentement. Elle regarda autour d'elle, ses yeux allant de son visage aux équipements glacés de la salle d'examens puis de nouveau à son visage. Elle écarta ensuite les lèvres pour parler, mais seul un son rauque en sortit.

— Une petite seconde.

Bondissant sur ses pieds, Burke remplit un verre d'eau, puis il revint au chevet de Shannon et l'aida à boire.

— Ça va mieux ? demanda-t-il.

Elle hocha doucement la tête de haut en bas.

— Encore un peu d'eau ?

Cette fois, elle secoua la tête de gauche à droite. Bien, très bien, elle recouvrait ses esprits.

— Où suis-je ?

Sa voix avait un écho pâteux et traînant, comme si elle ne l'avait pas utilisée depuis plusieurs jours. Et pour le peu qu'il savait, c'est ce qui avait dû se passer.

— Vous êtes à l'hôpital, aux urgences.

Elle fronça les sourcils à cette nouvelle et il s'empressa d'enchaîner avant qu'elle ne se fatigue à lui poser d'autres questions ou qu'elle ne se fâche.

— Comme je n'avais pu avoir de vos nouvelles durant toute cette semaine, je suis allé à votre appartement et je vous ai trouvée recroquevillée sur votre lit, malade comme un chien. Devant vos quintes de toux inquiétantes, j'ai appelé le Dr Cox et lui ai demandé de nous rejoindre ici.

Il caressa ses cheveux, effleura sa joue du bout des doigts.

— Vous vous sentez mieux, à présent ?

Une seconde ou deux s'écoulèrent tandis qu'elle gardait les yeux clos. Puis enfin, elle expliqua :

— Je croyais que c'était juste un rhume. Je ne me sentais pas très bien, mais je pensais qu'avec un peu de jus d'orange et quelques pastilles pour la gorge, je viendrais à bout de ce coup de froid…

Elle rouvrit subitement ses grands yeux verts et regarda fixement droit devant elle.

— C'est alors que j'ai cru mourir… je ne pouvais même pas sortir de mon lit. Plusieurs fois j'ai entendu le téléphone sonner, je crois même que quelqu'un a frappé à ma porte, mais… j'avais trop froid et j'étais trop lasse pour répondre.

Burke caressa son poignet, puis son bras, celui sans perfusion, avant de reprendre sa main.

— Alors je suis heureux d'être arrivé au bon moment. Cox dit que vous allez rapidement vous remettre, mais je vous assure… Quelle peur vous m'avez faite ! Je crois que par votre faute, j'ai vieilli de dix ans d'un coup cet après-midi.

Elle ébaucha un faible sourire.

— Pardon.

— Je connais un moyen de vous faire pardonner, dit-il en lui rendant son sourire. C'est en guérissant, vite.

Ils passèrent quelques heures encore à l'hôpital, jusqu'à ce que Shannon se sente réellement mieux au point de s'asseoir sur son lit et de se mettre à discuter, avec une certaine lenteur néanmoins. Alors, après le retrait de la perfusion, Cox lui donna l'autorisation de sortir, non sans lui avoir recommandé de bien veiller sur elle une fois dehors. Malgré ses protestations, l'hôpital lui imposa de prendre place dans un fauteuil roulant pour rejoindre le parking.

Burke la poussa donc ainsi hors de l'établissement jusqu'à la limousine et la prit ensuite dans ses bras pour l'installer sur le siège arrière de la voiture. Elle essaya bien là aussi de protester, mais il ne lui en laissa pas le temps, la prenant contre lui presque par surprise et la déposant délicatement sur la banquette arrière de la limousine.

Il respectait l'esprit d'indépendance de Shannon, mais par malchance pour elle, il aimait prendre soin d'autrui, et en ce moment il se souciait tout particulièrement d'une jeune personne rousse et entêtée. Oui, il n'avait qu'une envie : veiller sur elle avec une attention de tous les instants.

De nouveau revêtue de son pyjama qu'elle avait récupéré intact grâce à lui, se félicita-t-il, elle s'emmitoufla dans ces mêmes couvertures qui lui avaient servi à l'aller puis se blottit contre la portière, les pieds ramenés sur le siège.

Les joues enflammées et les cheveux ébouriffés, elle jeta un regard éperdu vers lui.

La majorité des femmes de sa connaissance auraient préféré mourir plutôt que d'être surprises dans un tel désarroi. Shannon, elle, semblait ne pas se soucier de son apparence. Elle était malade, et son aspect passait au second plan. Elle ne s'était pas précipitée pour arranger ses cheveux à son réveil sur son lit d'hôpital. Elle n'avait pas demandé à ce que quelqu'un coure lui acheter une tenue plus élégante que son vieux pyjama en flanelle comme l'auraient fait il le savait, la plupart des femmes.

Il aimait son naturel, sa liberté de penser. Peut-être plus encore qu'il ne voulait l'admettre.

— Comment vous sentez-vous ? demanda-t-il en l'observant à l'autre bout du siège.

— Bien mieux, répondit-elle en se tournant vers lui, mais je vais peut-être m'octroyer deux jours de repos avant de reprendre le travail et les cours.

— Nous serons bientôt arrivés. Vous pourrez alors vous coucher et dormir une semaine entière si ça vous chante.

Elle lui adressa un timide sourire tandis que ses yeux fatigués brillaient.

— Je pourrais bien vous écouter, chuchota-t-elle.

A ce moment, il ne souhaitait rien autant que la prendre dans ses bras et la bercer, comme il l'avait fait quand elle était inconsciente. Mais il était certain qu'elle ne se serait pas laissée faire cette fois. Et elle risquait de se rebeller tout autant quand elle comprendrait qu'il la ramenait chez lui. Il valait mieux qu'il préservât ses forces, car il se doutait que la bataille serait rude.

— Vous conduisez ? demanda-t-elle soudain abruptement, les yeux clos, la tête reposant sur le dossier du siège, mais apparemment d'humeur à bavarder.

La question le surprit et il ne comprit pas tout de suite de quoi elle voulait parler.

— Conduire quoi ?

Elle battit des cils et rit de son désarroi.

— Une voiture, une moto, un scooter… N'importe quoi.

— Oh ! oui bien sûr, je conduis. Pourquoi cette question ?

— Simple curiosité. Comme vous vous déplacez

300

toujours en limousine, je me demandais si vous aviez une voiture personnelle ou même si vous conduisiez.

— Pour votre information, sachez que j'en possède plusieurs. Une Mercedes, une Jaguar, la Bentley que j'ai fait envoyer chez vous et… la limousine, que j'utilise le plus souvent pour son confort. J'apprécie l'intimité et le calme qu'il y règne. D'ailleurs, il m'arrive de travailler sur ce siège…

— Je ne vous ai jamais vu travailler.

Il la fixa, sceptique. Sa voix, son expression, tout en elle respirait l'innocence… Pourtant, il lui sembla qu'une certaine lueur dans son regard ne manquait pas d'ironie.

— Simplement parce que lorsque je suis en votre compagnie, vous devenez mon unique préoccupation, figurez-vous.

Elle voulut rire mais écopa d'une quinte de toux. Burke glissa avec vivacité sur le siège et lui tendit un mouchoir en papier, puis il passa son bras autour de ses épaules et la serra contre lui.

— Dans ce cas, parvint-elle enfin à articuler au bout de quelques instants, vous méritez une statue. Je suis censée travailler pour vous, vous faciliter la vie, et je ne fais que vous causer des problèmes.

Il ouvrit la bouche pour répondre mais ne sut que dire.

La vérité, c'était que Shannon était tout sauf un problème pour lui. Au contraire, la vie avait une nouvelle saveur avec elle.

Même quand il s'était précipité à son appartement, avait enfoncé sa porte et s'était rué jusqu'à l'hôpital, il n'avait pas pensé un seul instant à son travail, aux rendez-vous manqués. Son seul regret restait de ne pas avoir pu lui venir en aide plus tôt, avant que son état n'empire.

— Je pourrai vous pardonner si vous ne protestez pas, dit-il sur un ton énigmatique, alors que la limousine stoppait dans le garage souterrain de sa résidence.

— A propos de quoi ? demanda-t-elle avant de se redresser, regardant à droite et à gauche. Mais... où sommes-nous ? Pourquoi me ramenez-vous chez vous ?

— Parce que votre appartement est momentanément hors-service. Premièrement, vous avez fini par tomber malade à cause de l'absence de chauffage. Deuxièmement, il n'y a personne pour veiller sur vous et troisièmement, jusqu'à ce que mes hommes aient réglé le problème, vous n'avez plus de porte.

Ses dernières paroles parurent l'alarmer. Elle s'arracha à ses bras et le regarda, incrédule :

— Qu'est-il donc arrivé à ma porte ? demanda-t-elle.

— Vous ne répondiez pas quand j'ai frappé. Alors je l'ai enfoncée.

Shannon scruta Burke de plus près, son visage à quelques centimètres à peine du sien. Elle nota les

302

cernes sous ses yeux, marques de fatigue provoquées par sa longue journée auprès d'elle aux urgences.

Sans un mot, il la souleva de son siège et l'emporta dans ses bras en direction de la porte de sortie du parking.

Elle aurait certainement dû protester à propos de sa porte défoncée, mais elle n'avait ni l'envie ni l'énergie de lui reprocher quoi que ce soit. Au fond, tout cela, c'était pour son bien qu'il l'avait fait.

Cependant, même si elle était reconnaissante à Burke de l'avoir fait soigner pour ce rhume plus pernicieux qu'elle ne l'avait imaginé, elle ne pensait pas que séjourner chez lui soit une bonne idée. Elle ferait certainement mieux de rentrer chez elle, malgré le froid, malgré la fatigue.

Pour la première fois depuis longtemps, elle se trouvait prise au dépourvu, ne sachant de quelle façon appréhender le problème. Il lui avait dit qu'elle pourrait se faire pardonner de lui causer tant de problèmes en évitant de faire des histoires. Mais quelle sorte de femme serait-elle si elle se mettait à le houspiller maintenant, alors qu'il avait tant fait pour elle ?

— Hmm, Burke…

Aussitôt, il la regarda avant de tourner la tête vers l'ascenseur qui venait d'arriver. Il se faufila avec légèreté dans la cabine décorée de miroirs et d'acajou.

— Cela vous est insupportable, n'est-ce pas ? dit-il sans la regarder alors que les portes se refermaient sur eux.

— Pardon ?

— Vous détestez l'idée que je vous emmène chez moi, et cela vous est insupportable de ne pouvoir dire non.

Il baissa alors la tête et plongea ses yeux dans les siens.

— N'ai-je pas raison ? demanda-t-il.

Toute la tension de Shannon s'évanouit d'un coup.

— Est-ce donc si évident ? dit-elle en lui souriant.

— Plutôt, oui ! J'ai appris à vous connaître au cours de ces deux derniers mois, Shannon Moriarty. Obstination et esprit d'indépendance sont les deux traits majeurs de votre personnalité.

— Ce n'est pas forcément un défaut, marmonna-t-elle entre ses dents.

— Bien sûr que non. Mais ce n'est pas non plus un défaut d'accepter l'aide d'autrui de temps à autre.

Les portes de l'ascenseur s'ouvrirent dans un chuintement et Burke l'emporta jusqu'à la porte d'un appartement de grand standing au design austère, orné d'une débauche de chrome et de verre, et très peu d'objets personnels.

Tout le contraire de son appartement à elle, où chaque recoin, chaque fissure, chaque espace libre abritait un petit bibelot ou un objet de décoration déniché dans une boutique ou conçu de ses propres mains...

Burke traversa le salon et contourna un monumental canapé en L avant de s'arrêter devant une porte.

— Je suis un homme de responsabilités, reprit-il, et pour les sept mois à venir je vous considère comme une priorité absolue.

Pliant les genoux, il libéra l'une de ses mains et ouvrit la porte pour pénétrer dans une chambre confortablement aménagée. S'approchant sans hésiter du lit, il saisit le coin de la couette moelleuse qui le recouvrait et l'écarta. Puis, après avoir extrait Shannon de son cocon de couvertures, il la fit s'allonger, faisant en sorte que sa tête repose sur l'un des oreillers.

Ceci fait, il recula d'un pas et, mains sur les hanches, l'observa :

— Maintenant, de quoi avez-vous besoin ?

Elle secoua la tête.

— De rien. Je vais bien.

— Nous savons vous et moi que c'est faux. Et j'ai les papiers de l'hôpital pour le prouver. En outre, vous vous trouvez dans une chambre étrangère, dans un appartement qui n'est pas le vôtre, sans aucune de vos affaires...

D'un geste il ôta son manteau et sa veste de costume, puis commença à dénouer sa cravate.

— Mais cela devrait être résolu rapidement, je pense. J'ai demandé que l'on rapporte vos affaires ici une fois la porte changée et votre appartement sécurisé.

Ravalant sa salive, Shannon tenta de comprendre

ce que cela impliquait exactement. Prévoyait-il qu'elle emménage ici ou faisait-il simplement rapatrier ses affaires pour deux ou trois jours, le temps qu'elle se rétablisse ?

— Ce n'était pas nécessaire, dit-elle en s'humectant les lèvres.

Une bouffée subite de panique lui enserra la gorge, sans qu'elle en comprenne exactement la cause. Ce n'était pas comme si Burke la prenait en otage. Il était venu à son aide aujourd'hui, attentif, gentil, prévenant. Et puis… elle portait son bébé. Il était naturel, légitime qu'il se sente responsable d'elle, la mère de son enfant.

Mais elle avait un appartement, un job — deux plus exactement —, et des cours à suivre… une vie, quoi. Bah ! sitôt qu'elle aurait un peu récupéré, elle retrouverait tout cela… Néanmoins, elle se voyait mal vivre dans l'appartement de Burke, dans sa proximité, dans son intimité, fût-ce temporairement. Cette idée lui était aussi inconfortable que celle de dormir dans cette chambre d'amis.

Ils ne faisaient qu'entretenir une simple et innocente conversation, pourtant elle ne pouvait empêcher ses yeux de suivre les frémissements des muscles de son torse sous sa chemise blanche. Elle regardait, fascinée, le duvet qui recouvrait ses avant-bras sur lesquels il venait maintenant de retrousser ses manches.

Pourrait-elle dormir sous le même toit que Burke Bishop et réellement parvenir à se reposer ? Elle ne ferait que se tourner et se retourner dans son lit toute la nuit, l'imaginant à deux pas dans son propre lit, nu ou presque…

Shannon se mit soudain à transpirer à grosses gouttes et sentit son sang bouillonner dans ses veines. Elle respira à fond et retint son souffle jusqu'à ce que la tête lui tourne. Elle maudit ces réactions dues probablement à une subite montée de fièvre avant de se raviser : en réalité, c'était l'image de Burke Ellison Bishop à moitié nu qui était la cause de ses chaleurs.

Non, décidément non ! Elle ne pouvait rester ici, à proximité de cet homme qui l'attirait irrésistiblement.

— Le médecin a dit que je serais remise d'ici un jour ou deux, réfléchit-elle tout haut. A ce moment-là, je pourrai rentrer chez moi. Il n'était pas nécessaire de faire porter mes affaires chez vous pour si peu de temps…

— Je ne vois pas les choses ainsi, dit-il en détachant ses mots. En fait, je souhaite que vous restiez ici plus que deux ou trois jours : J'espère en vérité que vous séjournerez chez moi pour le reste de votre grossesse.

5.

Burke regarda les grands yeux verts de la jeune femme le fixer avec intensité, regard d'inquiétude mêlé d'étonnement.

S'était-il montré trop brutal ?

Il n'avait pas été dans son intention de la bousculer. Il avait pensé l'accueillir chez lui quelques jours, le temps qu'elle se sente mieux, l'occasion pour lui de lui offrir le confort qu'elle méritait. C'était une proposition innocente de sa part, en tout cas motivée par la générosité et le souci qu'il avait d'elle.

Seul problème, Shannon avait du caractère et, même s'il ne s'était certes pas attendu à ce que les choses fussent simples, elle était fragile, malade et enceinte. Or, il avait les moyens et l'envie de lui rendre la vie plus facile, au moins jusqu'à l'arrivée du bébé. Voilà pourquoi ses intentions avaient évolué en même temps qu'il les formulait. Mais la question était, le laisserait-elle faire ?

— Nous reparlerons de cela plus tard, proposa-t-il.

Pour l'instant, je vais vous préparer un peu de thé et quelques toasts, ensuite vous vous reposerez.

Avec un peu de chance, elle passerait outre ses réticences et oublierait un temps l'inconfort de sa situation. Il devait tout faire pour l'amener à voir les choses comme lui les voyait.

Avant qu'elle pût répondre ou répéter qu'elle ne comptait pas rester chez lui une fois remise de sa grippe, il sortit de la pièce, ferma la porte derrière lui et se dirigea vers sa cuisine hyper robotisée toute en aluminium brossé et marbre de Carrare.

Il cuisinait rarement, mais savait néanmoins comment s'y prendre pour faire bouillir de l'eau ou réchauffer un riz cantonnais. Sa cuisine était à l'image du reste de l'appartement. Très fonctionnelle, parfaitement aménagée, le must. Et peu importait qu'il prît la majorité de ses repas au bureau, dans la voiture ou debout au comptoir d'un pub entre deux avions.

Il mit l'eau à chauffer pour le thé et inséra deux tranches de pain de mie aux céréales dans le *toaster* avant de rejoindre sa chambre, voisine de celle de Shannon, ce qui signifiait qu'il pourrait courir auprès d'elle si elle avait besoin de lui pendant la nuit.

Après avoir retiré ses chaussures, il se débarrassa de ses vêtements pour enfiler un vieux jean et une large chemise en batiste dont il retroussa les manches. Puis, pieds nus, il retourna dans la cuisine.

Il se mit en quête de thé. Lui-même était amateur de café, mais il savait que Margaret s'arrangeait pour qu'il trouve en permanence dans ses placards de quoi répondre à toute éventualité. En effet, il mit rapidement la main, juste derrière les crackers et le sucre roux, sur une boîte métallique de thé de Chine.

L'assiette des toasts en équilibre sur une tasse de thé brûlant, Burke frappa doucement à la porte de Shannon avant d'entrer. Elle était dans la même position que lorsqu'il l'avait quittée, le dos appuyé contre les coussins, la couverture remontée jusqu'à la taille.

— Thé et toasts, annonça-t-il en déposant l'assiette sur ses genoux et en lui tendant la tasse. Attention, c'est chaud.

Elle porta la tasse à ses lèvres et souffla sur le breuvage fumant.

— Parfumé à la bergamote, j'espère que cela vous convient. Et sans caféine. Tous les livres spécialisés affirment que les femmes enceintes devraient éviter la caféine.

Elle esquissa un timide sourire.

— Merci, je suis certaine que c'est parfait.

Il resta debout à son chevet à l'observer tandis qu'elle dévorait son toast et dégustait son thé. Son teint, nota-t-il, était nettement meilleur que lorsqu'il l'avait découverte quasi inanimée chez elle. Et elle semblait manger de bon appétit. Peut-être désirait-elle autre chose ?

— Voulez-vous un bol de soupe ? Ou un sandwich ? Ou... Voyons, euh... Autre chose ?

— C'est très bien ainsi, dit-elle en hochant la tête et en mordant allègrement dans son deuxième toast.

Jetant un coup d'œil à sa montre, il comprit que le sommeil ne tarderait pas à la gagner. Il était certes un peu tôt, mais elle avait été secouée et avait réellement besoin de sommeil.

Et elle avait également besoin de bien d'autres choses. Sans un mot, il sortit de la pièce et commença à réunir sur un plateau tout ce qui lui passa par la tête : mouchoirs en papier, sirop contre la toux, spray contre le mal de gorge, bouteille d'eau et jus d'orange. De retour dans la chambre, il déposa le tout sur la table de chevet.

Il constata qu'il ne restait que des miettes des deux toasts. Quant à la tasse de thé, elle était quasiment vide.

— Si vous avez besoin de quoi que ce soit au cours de la nuit, servez-vous. Ou appelez-moi. Je dors dans la chambre à côté.

Il la dévisagea un moment, sourcils froncés, puis il rajouta :

— Il se peut également que je me trouve dans mon bureau, la pièce après le salon. Il m'arrive de travailler tard. Donc, si je ne suis pas dans mon lit, je serai probablement là-bas.

Elle opina, apparemment résignée à rester vivre chez lui pour quelques jours au moins.

— Bien, si vous ne souhaitez rien de plus…

Il laissa sa phrase incomplète, tentant en même

temps de comprendre pourquoi diable il se sentait subitement si nerveux.

— Non, je ne pense pas, dit-elle en regardant le plateau posé à son chevet. Je crois que vous avez pensé à tout. Je vous remercie.

Il inclina la tête et sortit lentement de la chambre.

— Dans ce cas, bonne nuit, Shannon.

— Bonne nuit… Burke.

En chemin vers son bureau, il fit une halte dans la cuisine pour se servir un verre de vin et faire chauffer une part de ragoût congelé au micro-ondes. Tout cela était nouveau pour lui. Prendre soin d'un autre être humain, s'inquiéter pour quelqu'un. Bah ! il finirait par s'habituer, il le fallait. Après tout, d'ici quelques mois il serait père. Oui, sept mois encore et il devrait penser aux repas, aux couches, aux vaccins… Bref, toutes les responsabilités qu'impliquait la venue d'un enfant.

Pourtant, rien de tout cela ne le troublait autant que de savoir Shannon endormie près de lui dans la chambre d'amis. Il devrait commencer à s'interroger sérieusement sur les émotions qu'il ressentait au sujet de cette femme. C'était si inattendu.

S'il avait souhaité éprouver des sentiments envers la mère de son enfant, il aurait procédé différemment. Or, il avait embauché une mère porteuse précisément parce qu'il ne souhaitait pas s'impliquer émotionnellement avec une épouse ou une maîtresse !

Mais Shannon avait bouleversé tout cela. Désormais,

il ne pouvait s'empêcher d'imaginer ce que ce serait que d'élever un enfant avec une femme qu'il aimerait, ce qui ne lui était jamais arrivé. De fonder une famille. Toutes ces choses dont il ne voulait pas même entendre parler, encore deux mois plus tôt.

Et dont il ne tenait pas plus à entendre parler aujourd'hui !

Pas question.

Sitôt le bébé au monde, lui et Shannon reprendraient chacun leurs existences respectives. Elle l'oublierait. De son côté, il finirait par l'oublier tout aussi vite.

Oui, tout à son bonheur de devenir père, il s'était laissé aller à imaginer qu'il éprouvait de réels sentiments à l'égard de Shannon, la mère de son enfant. Mais il s'était trompé, tenta-t-il de se convaincre en sirotant son verre de bordeaux, hypnotisé par le plateau tournant du micro-ondes.

Le matin suivant, à son réveil, Shannon se sentait déjà mille fois mieux. Elle toussait encore un peu et sa gorge restait légèrement irritée, mais fini le mal de tête, et même la fatigue intense qui l'avait frappée semblait s'être nettement dissipée.

Quoi que lui ait administré le Dr Cox aux urgences, cela avait été efficace. Sans parler de la mini pharmacie que Burke avait préparée pour elle.

Repoussant les couvertures, elle s'assit et regarda autour d'elle, prenant subitement conscience qu'elle portait son pyjama en flanelle depuis la veille, sans rien pour se changer. Et zut. Avec de la chance, Burke serait déjà parti au bureau et avant d'aller prendre une douche elle pourrait chercher dans ses affaires un peignoir ou quelque chose d'autre à se mettre.

Pieds nus, elle traversa la chambre et ouvrit lentement la porte, épiant un signe de présence de la part de Burke. Rien ne rompant le silence, elle s'avança dans le couloir et allait pénétrer dans le salon quand elle entendit des gens bouger et des chuchotements.

Ou plutôt un chuchotement, en train de donner des ordres.

— Attention avec ça, dit Burke. Je ne sais pas ce qu'il y a dedans, mais ça peut être fragile.

Il se tenait dans l'entrée tandis que deux autres hommes déchargeaient une demi-douzaine de cartons volumineux d'un chariot métallique pour les entasser dans le hall.

Revêtu d'un pantalon noir et d'une chemise bleu foncé, il était plus séduisant encore qu'en jeans, si c'était possible. Cette chemise lui allait à ravir et le noir décidément lui donnait une élégance, une allure...

Elle devait éviter d'avoir ce genre de pensées !

Facile à dire, quand elle était confrontée au spécimen masculin le plus séduisant de l'Etat... Mais elle avait bien d'autres choses à penser, mille autres problèmes à résoudre avant de s'aveugler de fantasmes sexuels.

Peut-être devait-elle attribuer à sa grossesse ces fréquentes montées de désir qui régulièrement l'embrasaient ? Elle n'était enceinte que de huit semaines, mais déjà elle avait remarqué des changements en elle : son appétit et ses préférences alimentaires, l'apparition d'une extrême sensibilité de la poitrine… et une attirance irrésistible pour le père du bébé. Ce qui n'était pas au départ prévu dans le contrat.

— Bonjour !

L'ayant aperçu, Burke s'empressait vers elle.

— J'espère que nous ne vous avons pas réveillée, demanda-t-il en désignant du menton les déménageurs.

— Non, répondit-elle. Je vous croyais parti au bureau.

— Je refuse de vous laisser seule tant que vous ne serez pas rétablie, dit-il. J'ai fait monter vos affaires du garage où mes hommes les avaient entreposées. Je serais ravi de transporter les cartons jusque dans votre chambre et de vous aider à les déballer.

A en juger par le nombre de cartons devant la porte d'entrée, il avait dû demander à ce qu'on rapatriât tout ce qu'elle possédait. Une tenue de rechange et sa brosse à dents auraient cependant suffi amplement, vu le peu de temps qu'elle avait l'intention de séjourner chez lui.

— Ce n'était pas nécessaire, remarqua-t-elle, indifférente au fait qu'elle avait prononcé exactement les mêmes paroles la veille. Je ne reste pas plus de deux ou trois jours.

La réponse de Burke fut aussi énigmatique que sans appel :

— Nous verrons.

Une fois le dernier carton dans le hall, il paya les déménageurs et ferma la porte.

— Vous devez d'abord manger quelque chose, ensuite nous nous occuperons des cartons.

Subitement trop fatiguée ou trop désemparée pour protester, Shannon ne broncha même pas lorsqu'il la fit pivoter et la guida en direction de la cuisine, stupéfiante de propreté. Avançant un tabouret près du comptoir en marbre, il l'invita à s'installer.

— J'espère que vous avez faim, dit-il en ouvrant le réfrigérateur. J'ai envoyé ce matin Margaret faire les courses au supermarché bio. Mais si vous préférez, je peux vous commander quelque chose chez le traiteur du quartier.

Tel un automate, elle secoua la tête en signe de refus. Il lui servit un verre de jus d'orange et un second de lait. Puis il vida un sachet de fruits frais prédécoupés dans une assiette, saisit une fourchette et poussa le tout devant elle.

— Ne m'attendez pas, expliqua-t-il en désignant les quartiers de melon, d'ananas, de fraises et de raisins noirs. J'ai déjà mangé. Je vais maintenant tenter de vous préparer moi-même un porridge… Une première.

Elle ne put s'empêcher de sourire en le voyant étudier la recette du porridge au dos du paquet de flocons d'avoine. Il paraissait si grave, si soucieux et si déterminé à bien faire... Elle n'eut pas le cœur de lui faire remarquer que l'utilisation d'une préparation prête à l'emploi ne correspondait pas vraiment à l'idée qu'elle se faisait de la cuisine.

Elle commença à grignoter les fruits avant de les dévorer tandis que Burke versait le contenu du paquet dans une casserole, ajoutait un peu d'eau et de lait et remuait le mélange. Il porta ensuite le tout à chauffer puis vint fièrement lui présenter la préparation.

— J'espère que vous aimez le parfum crème de pêche. En tout cas, c'est paraît-il plus sain que relevé de sucre roux et de cannelle.

Retenant un nouveau sourire, elle dit :

— J'adore la crème de pêche.

Même si le sucre roux et la cannelle restaient son pêché mignon.

Elle voyait clair dans le jeu de Burke. Celui-ci faisait en sorte de la nourrir d'aliments bons pour le bébé. Du lait pour le calcium, du jus d'orange pour l'acide folique, des fruits et des légumes pour les vitamines et les minéraux. Pas de céréales saupoudrées de sucre pour elle, mais un solide et nourrissant porridge.

Elle n'allait pas protester. D'abord parce qu'elle était son hôte, ensuite parce qu'il s'agissait de son enfant, et finalement parce que si elle était rentrée chez elle, sans doute aurait-elle déjeuné seulement dans le café du coin d'un pain au chocolat et de café brûlant. Pas très bio à vrai dire pour une femme enceinte, mais ce qui lui ressemblait.

— Quel est votre programme pour la journée ? l'interrogea-t-elle pour faire la conversation pendant que son porridge refroidissait.

— Rien de plus que ce que je fais là, répondit-il, debout face à elle, les mains sur les hanches. Je dois veiller sur vous. Vous ne paraissez pas au top de votre forme, mieux vaut ne pas forcer. Faites donc un somme sur le sofa pendant que je déballe les cartons. Ou bien allongez-vous et dites-moi où vous souhaitez que je range vos affaires.

— Vous vous créez bien des dérangements pour si peu de temps.

Evitant son regard, Burke s'affaira à ranger et à nettoyer le comptoir, débarrassant son verre de jus d'orange vide.

— Peut-être m'étais-je dit que votre séjour ne serait pas temporaire…

Elle ne sut que répondre à ça.

Depuis leur conversation de la nuit dernière, elle savait qu'il espérait la voir rester ici plus d'un ou deux jours. Il était même allé jusqu'à lui suggérer de demeurer dans son appartement le temps de sa grossesse, mais cela était impossible. Même si elle n'avait eu aucun autre endroit où aller, elle se serait certainement bien gardée de passer les sept mois à venir sous le même toit que lui.

Elle était suffisamment lucide et honnête, tout au moins envers elle-même, pour admettre qu'elle était attirée par lui. Cette attirance s'était imposée à leur

318

toute première rencontre, mais elle avait imaginé que cela ne porterait pas trop à conséquence. Après tout, il s'agissait du célibataire le plus courtisé et le plus médiatisé de Chicago, et c'est fort légitimement qu'elle avait été impressionnée.

Néanmoins, au lieu de s'apaiser comme cela aurait dû se passer pour un coup de foudre somme toute bien compréhensible, ses émotions envers Burke Bishop semblaient prendre jour après jour un peu plus d'ampleur.

Elle en était arrivée à appréhender ses appels téléphoniques tant elle savait que le seul son de sa voix suffisait à accélérer son rythme cardiaque. Elle l'imaginait à l'autre bout du fil, mille fois plus beau et séduisant que tous les autres hommes qu'elle cotoyait. Et même s'il ne lui parlait jamais d'autre chose que de sa grossesse et du bébé, il arrivait parfois qu'au ton de sa voix ou à l'une de ses questions sur sa santé, elle eût l'impression qu'il s'intéressait autant à elle qu'à l'enfant qu'elle portait.

Et aujourd'hui elle se trouvait chez lui, dans son appartement, dans son intimité ! Elle se sentait terrorisée.

— Restez ici et terminez votre petit déjeuner pendant que je transporte les cartons dans votre chambre.

Shannon le suivit des yeux puis se redressa sur son tabouret pour l'observer quand il souleva le premier carton de la pile et passa devant elle avant de s'engager dans le couloir. Une minute plus tard, il revint sur ses pas et recommença la même opération avec le deuxième carton, et ensuite le troisième. Ses muscles se bandaient sous l'effort, et elle nota un léger sillon de transpiration sur son front.

Si seulement les choses avaient été différentes ! se dit-elle songeuse en avalant le reste de son verre de lait, trop tiède à son goût alors qu'elle aurait eu grand besoin de quelque chose de glacé. Si seulement ils s'étaient rencontrés en une toute autre occasion que ce job de mère porteuse ! Si seulement elle avait été le genre de femme que Burke remarquait en temps normal…

Mais elle ne l'était pas et elle ne devait pas l'oublier. Burke la payait pour qu'elle lui donne un bébé, après quoi ils ne se reverraient probablement plus jamais l'un l'autre. Et si elle n'y prenait garde, elle se retrouverait le cœur brisé, le corps vide et l'âme en peine.

Avec un soupir de regret, Shannon descendit du tabouret et le suivit dans son dernier va-et-vient. Comprenant qu'il était inutile de vouloir argumenter encore sur la durée de son séjour, elle décida de jouer le jeu et de l'aider à installer ses affaires dans la chambre d'amis. Elle pourrait toujours le moment venu remballer le tout et lui demander de faire transporter les cartons chez elle lorsqu'elle serait rentrée.

Il restait peu d'espace libre dans la pièce. Les cartons occupaient la quasi-totalité de la chambre. Burke en avait déjà ouvert un certain nombre et, mains sur les hanches, il en étudiait le contenu, sceptique.

— Par quoi commençons-nous ?

Elle ouvrit le premier carton à sa portée et resta un moment interdite en regardant les chaussures et les vêtements empilés. C'était un tel chantier, rangé n'importe comment, sans cohérence, plié sans soin, semelles en contact avec le linge. A l'évidence, c'était un homme qui avait procédé à l'emballage, car jamais une femme ne se serait montrée si peu soigneuse avec des vêtements, même s'il ne s'agissait pas des siens.

Attrapant un chemisier blanc, du moins à l'origine, elle soupira en observant ce qui ressemblait maintenant à un vulgaire chiffon.

— Je propose que nous rangions les vêtements à part, après les avoir lavés et repassés, bien sûr.

Il fixa le chemisier froissé et fit une grimace.

— Je suis désolé. J'aurais dû envoyer des professionnels pour emballer vos affaires au lieu de les confier à mon chauffeur.

— Ce n'est pas grave. Si vous avez un fer, je pourrai repasser certains vêtements et il n'y paraîtra plus.

Burke secoua la tête...

— Vous venez de sortir de l'hôpital. Ce n'est pas le moment de vous mettre à laver et repasser.

Il lui prit le chemisier des mains et l'étala sur le lit.

— Mettez de côté les affaires sales ou froissées, je les ferai porter au pressing.

Elle voulut protester :

— C'est inutile...

Mais elle se tut en croisant l'éclat déterminé de son regard.

Apparemment, Burke était un homme qui portait un soin particulier à la gestion des petits détails de la vie quotidienne. A l'excès peut-être. Mais ne faisait-il pas cela pour elle ?

— Ce serait super, merci.

Elle extirpa quelques affaires du carton devant elle et les tria sur le lit en deux piles. Celle du linge propre se révéla rapidement plus petite que l'autre. Décemment, elle ne pouvait demander à Burke de confier autant d'affaires au pressing. Peut-être pourrait-elle demander à l'assistante de Burke de lui fournir un fer et une planche à repasser qu'elle pourrait utiliser le temps de son séjour, puisque apparemment Burke n'en possédait pas.

Lorsqu'elle découvrit son uniforme de *La Taverne,* cependant, elle gémit et s'affala lourdement sur le lit. Son travail lui était complètement sorti de la tête et, honnêtement, elle ne se sentait pas prête pour prendre son service le soir même.

Durant une seconde, elle pensa téléphoner à son patron et lui expliquer qu'elle était malade. C'était la vérité, après tout, et elle avait les formulaires des urgences pour le prouver. Mais cela mettrait son boss et les autres serveurs dans la panade et elle savait par expérience quelles difficultés causait l'absence d'un collègue en plein boum.

De toute façon, elle avait besoin de ce travail hebdomadaire autant que des généreux pourboires qu'elle récoltait chaque vendredi soir.

Oui, elle irait travailler et verrait une fois sur place quelles tâches elle pourrait assumer. Peut-être pourrait-elle quitter le restaurant plus tôt qu'à l'accoutumée ? Si elle confiait à ses collègues qu'elle ne se sentait pas en forme, elle était certaine qu'ils s'arrangeraient pour la décharger de certaines corvées.

— Ceci est propre, mais je dois le repasser pour ce soir, dit-elle à Burke en étalant le pantalon noir et la chemise kaki sur ses genoux. Je vais suspendre ces affaires sur un cintre dans la salle de bains pendant que je prends ma douche. La vapeur atténuera les faux plis.

— Pourquoi cette tenue précisément a-t-elle tant d'importance ? l'interrogea-t-il.

Soulevant la chemise, elle désigna le logo sur la poche de poitrine.

— Je travaille ce soir, que cela me plaise ou non.

Avant qu'il pût faire un commentaire, elle rajouta :

— C'est trop tard pour téléphoner et prévenir que je ne viendrai pas.

Burke entrouvrit les lèvres mais ne dit rien. Le regard dans le vague, il enfouit les mains dans ses poches et se mit à tanguer d'un pied sur l'autre.

— Euh... à ce sujet, commença-t-il.

Il avait pris un air coupable, et elle eut l'intuition

323

qu'elle n'allait pas aimer ce qu'il s'apprêtait à lui dire :

— J'ai appelé *La Taverne* ce matin, avant que vous ne vous leviez.

— Pour quelle raison ? demanda-t-elle en fronçant les sourcils.

Question inutile, puisqu'elle pensait en connaître déjà la réponse.

— Ne vous mettez pas en colère. Comme vous étiez malade, j'ai pensé que travailler le soir n'était pas indiqué dans votre état. A mon avis, d'ailleurs, la fac et le restaurant vous épuisaient déjà avant votre grossesse.

Il ne faisait pour l'instant que se justifier, sans lui dire ce qu'il avait fait.

— A propos de *quoi* suis-je censée me mettre en colère ?

Il baissa les yeux, scruta ses chaussures, redoutant apparemment d'avouer ce qu'il avait fait.

— J'ai dit à votre patron que vous n'étiez pas pour l'instant en état de travailler le soir, ni aujourd'hui ni par la suite.

Stupéfaite, elle accusa le coup.

— Vous avez… Vous avez…

— Seulement pour un temps, s'empressa-t-il de la rassurer. Prenez ça comme une pause. Je ne suis pas entré dans les détails, bien sûr. J'ai expliqué que vous deviez prendre quelques mois de congé mais que, passé ce délai, vous seriez enchantée de revenir travailler.

Manifestement sur ses gardes, il l'interrogea du regard. Puis, comme elle ne disait rien, il poursuivit.

— Vinnie n'a fait aucune difficulté. Il a seulement dit que vous preniez une année entière si vous le souhaitiez. Vous retrouverez votre travail à votre retour. Non, réellement, il ne m'a pas paru contrarié, assura Burke en se détendant, de nouveau très sûr de lui. Je peux me montrer très persuasif, vous savez.

— Oui, je sais, dit-elle brièvement.

Dans sa bouche, néanmoins, ces paroles n'avaient rien d'un compliment. A son avis, la force de persuasion de Burke relevait d'un talent certain pour la manipulation, et elle détestait ça. Il l'avait déjà persuadée d'accepter une relation à laquelle elle ne s'attendait pas lorsqu'ils avaient conclu leur arrangement. De la même façon, il avait su la persuader de s'installer dans la chambre d'amis de son superbe appartement...

Elle comprenait ses inquiétudes, sa santé étant directement liée à celle de son enfant. Mais elle n'aimait pas, mais pas du tout, sa manière de vouloir tout régir et de décider de choses importantes à sa place, sans lui demander son avis.

— Je serais désolé que vous le preniez mal. Je croyais bien faire. Vous avez réellement besoin de vous reposer ces prochains jours. Cela ne vous fera pas de mal de mettre un frein à vos activités jusqu'à la fin de votre grossesse.

Sous l'effet de la colère, elle sentit son sang se

glacer. Inconsciemment elle serra les poings, puis ses joues s'embrasèrent.

— Peut-être devrais-je vous laisser, euh... un moment. Pour déballer vos affaires.

A l'expression de Burke, elle comprit qu'il n'avait pas réellement envie de partir mais qu'il ne souhaitait pas non plus la polémique ni la confrontation. Il ne la connaissait pas encore suffisamment et ignorait après tout de quoi elle était capable.

C'était là l'essentiel du problème : il ne la connaissait pas, et elle ne le connaissait pas. Ils étaient aussi différents l'un et l'autre que le jour et la nuit, s'efforçant néanmoins de composer dans une sorte d'union sacrée le temps que ce bébé vienne au monde.

Elle reporta son regard sur l'uniforme posé sur ses genoux, en proie à des émotions contradictoires.

Quelque chose en elle la poussait à lui dire de rester. Elle était attirée par Burke et, s'ils s'étaient rencontrés dans d'autres conditions, il ne faisait aucun doute qu'elle aurait aimé le connaître mieux. Mais en l'état actuel des choses, cela ne lui paraissait pas une bonne idée. Pour l'heure, elle avait simplement envie d'être seule. Avec ses problèmes. Sa déception. Sa lassitude.

— Oui, c'est mieux, dit-elle en regardant la porte se refermer derrière lui.

6.

Burke se maudissait.

En sortant de la chambre de Shannon, il se rendit directement dans son bureau pour s'affaler dans son fauteuil. Tête jetée en arrière, les yeux fermement clos, il se massa doucement le front.

Quel idiot il faisait. Quel maladroit, aussi. Chacun de ses actes semblaient repousser Shannon toujours plus loin de lui. Exactement l'effet inverse de ce qu'il recherchait. Lui qui n'aspirait qu'à se rapprocher d'elle, au sens propre comme au sens figuré !

Ne pas pouvoir la toucher finissait par le rendre fou. Jusqu'ici, il s'était comporté en gentleman, gardant ses distances, faisant de son mieux pour ne pas la heurter. La tenir dans ses bras sur le chemin des urgences n'avait fait qu'attiser un désir latent. Que n'aurait-il pas donné alors pour l'enlacer, l'embrasser, caresser ses cheveux, son corps…

Le problème était qu'il faisait tout de travers. Oui, bien sûr, il avait installé Shannon dans son appartement parce qu'elle était malade, parce que son appartement à elle était, selon lui, un lieu de vie indigne et misérable pour la mère de son enfant.

Néanmoins, il n'était pas dupe et reconnaissait à part lui qu'il l'avait aussi emmenée ici parce que c'était près de lui qu'il la voulait. Oui, il la voulait *près de lui*. Il ne supportait pas l'idée de ne pas pouvoir parler avec elle ou simplement la regarder s'il en éprouvait le besoin, ou même quand il en ressentait l'envie.

Impossible de lui avouer cela. Si elle venait à le découvrir, elle repartirait aussitôt sans autre forme de procès. Il pourrait s'estimer heureux alors de la voir, comme le stipulait leur contrat, aux rendez-vous fixés par Cox le temps de sa grossesse.

A partir de maintenant, il devrait agir avec plus de précautions, réfléchir à la portée de ses moindres faits et gestes concernant Shannon. Un comble pour lui, qui était habitué à tout contrôler autour de lui, à décider de tout et pour tous. Dans ses affaires, jamais il ne se préoccupait de prendre des gants, encore moins de demander la permission ou de s'excuser.

Mais Shannon Moriarty n'était pas une part de marché ni un actionnaire hostile. Elle était une femme, qu'il commençait à désirer avec une intensité inconnue jusqu'alors.

Un sérieux coup de canif à leur satané contrat.

Burke étira longuement ses bras et fit craquer les articulations de ses doigts. Un contrat, oui. Pourtant, il commençait à se sentir lié à Shannon différemment que par des clauses, des termes ou des échéances.

Il lui arrivait de plus en plus fréquemment de chérir l'idée de liens plus humains avec elle. Plus durables aussi.

Il n'y avait pas si longtemps, il se serait enfui à toutes jambes. Si une autre femme avait, jusqu'ici, pris ainsi de plus en plus de place dans sa vie, il aurait fait en sorte de soigneusement l'éviter. Et sans tarder encore, peu importait la manière.

Oui mais le problème, c'était que Shannon n'était pas n'importe quelle autre femme. Elle se moquait de son argent ou du prestige de son nom. Elle n'essayait en aucune manière de lui mettre le grappin dessus ou de parader à son bras devant les média.

En réalité, elle faisait tout pour rester en recul et passer inaperçue.

Il envisagea brièvement qu'il la voulait peut-être précisément parce qu'elle était la seule femme qu'il ne pouvait pas avoir. Pour écarter aussitôt cette idée.

Mais si, il pouvait l'avoir ! Et il l'aurait, décida-t-il soudain. Mais pas à cause du défi qu'elle représentait. Bon sang, il n'était plus un adolescent qui ressent le besoin de poursuivre la première fille qui le snobe.

D'ailleurs, elle ne jouait pas à se faire désirer. Elle était honnête, droite, vraie.

C'était peut-être cela qui l'attirait le plus. Avant qu'elle n'entre dans son bureau en réponse à son offre d'emploi, il avait fait mener sur elle, comme sur chacune des postulantes, une enquête approfondie. Il en savait à son sujet bien plus qu'elle ne l'imaginait.

Mais même sans l'intervention de toute son équipe d'avocats et de détectives privés, il aurait compris en voyant Shannon qu'il pouvait avoir confiance en elle. Elle était d'un caractère entier et sincère et il doutait que la moindre ombre de vice pût se dissimuler en elle.

Bien sûr, cela ne la dispensait pas d'être terriblement sexy. Aussi.

En tout cas, s'il avait cherché aujourd'hui à la séduire, il avait lamentablement échoué.

Il n'avait pensé qu'à l'aider, à la protéger, en téléphonant à *La Taverne* et en prenant sur lui d'expliquer à son patron qu'elle ne viendrait pas travailler au cours des huit ou dix prochains mois. Malheureusement, il avait commis une bévue grossière : il avait compris un peu tard qu'elle considérerait cette initiative comme une intrusion dans sa vie privée.

Et maintenant, se lamenta-t-il, elle ruminait certainement contre lui, toute seule dans sa chambre, furieuse.

Il devait absolument trouver le moyen de se rattraper. Il allait s'excuser et lui promettre que jamais plus il ne s'aviserait de réitérer ce genre d'incursion.

Le problème, c'était qu'il ignorait s'il pouvait tenir une telle promesse. Car sitôt qu'il s'agissait de Shannon, il se sentait capable de déplacer des montagnes, mais sans pour autant trouver nécessaire de lui demander son avis au préalable.

Shannon s'arrangea pour ne pas avoir à faire à Burke une grande partie de la journée.

Après la douche, elle enfila un vieux pantalon taille basse en cuir et un top couleur pêche puis laissa ses cheveux sécher librement avant de les nouer en une queue-de-cheval pour éviter qu'ils ne lui tombent sur les yeux. Elle choisit de rester dans sa chambre pour déballer ses affaires et s'accorda même une petite sieste dans l'après-midi. A l'heure du déjeuner, elle se glissa jusqu'à la cuisine où elle se fit chauffer un bol de soupe avant de regagner sa chambre en cati-mini. Elle se félicita de ne pas avoir croisé Burke, occupé apparemment à travailler d'après le cliquetis du clavier d'ordinateur et les bribes de conversations téléphoniques qui lui parvenaient vaguement depuis le bureau.

Ces quelques heures de solitude lui permirent d'analyser avec calme les différents aspects de leur désaccord. Elle comprenait parfaitement ce qu'il avait cherché à faire en appelant Vinnie à *La Taverne*, et elle n'en était pas plus fâchée que ça. Néanmoins, elle pensait qu'elle et Burke avaient besoin de discuter pour s'entendre une fois pour toutes quant aux velléités d'ingérence de son employeur dans sa vie privée.

Des limites, voilà ce qu'il leur faisait défaut. Des limites pour lui, mais aussi pour elle. Il n'avait pas à décider pour elle, que ce fût pour son job ou son appartement, sans la consulter d'abord. Quant à elle,

elle devait cesser de se demander ce que ça lui ferait de vivre dans ce superbe appartement, et surtout arrêter de fantasmer sur l'homme qui y vivait.

Burke avait fini par quitter son bureau. Elle l'entendait distinctement faire des va-et-vient entre la cuisine et le salon. Puis soudain la sonnette de la porte retentit, suivie aussitôt du bruit de ses pas tandis qu'il allait répondre.

Elle se sentait nerveuse à l'idée de le revoir après leur dernière entrevue. Mais c'était le passé et mieux valait aller de l'avant que de rester sur des malentendus.

Inspirant profondément pour se donner du courage, elle ouvrit la porte de sa chambre et pénétra dans l'antre du lion. A ce moment, pourtant, le lion lui parut bien moins menaçant qu'elle ne le redoutait.

L'air parfaitement serein, Burke s'appliquait à sortir d'un grand sac en papier des boîtes en carton de différentes dimensions frappées du logo d'un traiteur chinois réputé pour les disposer sur la table basse. Assiettes, couverts en argent et verres à pied trônaient déjà sur le plateau de verre, et derrière lui crépitaient gaiement quelques bûches dans la cheminée en marbre.

Lorsqu'il l'aperçut au coin du couloir, il leva la tête et sourit :

— J'espère que vous aimez la cuisine chinoise.

Elle opina en se dirigeant vers le sofa.

— Parfait. Ne connaissant pas vos préférences, j'ai

commandé un peu de tout. Sauté de bœuf et brocoli, pâtes sautées aux petits légumes, poulet aux noix de cajou, riz au porc…

Il lui énuméra ainsi presque tout le menu.

Elle nota également des œufs au thé, des rouleaux de printemps, des raviolis frits et un bol de soupe aux œufs. Elle adorait littéralement la soupe aux œufs !

— Venez vous asseoir, dit-il en tapotant le coussin de cuir à côté de lui. Détendez-vous et servez-vous, je vais remplir nos verres.

Il revint une minute plus tard avec un carafon de lait.

— Je n'avais encore jamais bu de lait dans un verre de vin, dit-elle en portant le verre à ses lèvres.

Il lui sourit avec tendresse.

— C'est excellent pour le bébé. Et le verre est plus original, vous ne trouvez pas ?

Elle opina tandis qu'il commençait à remplir une assiette d'une portion de nouilles sautées.

— Vous n'êtes pas enceinte que je sache, reprit-elle. Pourquoi ne pas vous autoriser un peu de vin ?

— Oh ! mais j'aime le lait. Et ce ne serait pas très délicat d'en boire devant vous qui en êtes privée.

— Cela ne me dérange pas.

— Moi, si.

Burke capta son regard, et l'éclat aveuglant de ses yeux la prit par surprise, faisant presque s'entrechoquer ses genoux. Si elle n'avait pas déjà été assise, se dit-elle le souffle coupé, elle se serait certainement effondrée.

Il lui tendit alors une assiettée composée de petites portions de chaque plat en lui laissant le choix entre fourchette et baguettes. Elle opta pour les baguettes puis s'installa confortablement sur le sofa, son assiette sur les genoux, attendit qu'il se soit servi pour commencer à manger.

Elle dégustait religieusement son œuf au thé quand, levant la tête, elle surprit son regard.

— Qu'y a-t-il ? demanda-t-elle en s'essuyant le coin des lèvres. J'ai de la nourriture sur le menton ?

Il rit de bon cœur.

— Non, la rassura-t-il. J'essayais simplement de trouver le moyen de m'excuser pour tout à l'heure sans soulever une nouvelle polémique ou provoquer votre colère.

— En réalité, je voulais m'excuser moi aussi. Je sais que vous ne cherchiez qu'à m'aider et que vous n'aviez pas l'intention de me blesser.

— Mais j'aurais dû en discuter avec vous au préalable, vous avez parfaitement raison.

Elle inclina brièvement la tête.

— Excuses acceptées. Mais je comprends que vous vous fassiez du souci, Burke.

Elle s'interrompit, une main posée sur son ventre, avant de poursuivre :

— C'est votre enfant que je porte, et vous avez

parfaitement le droit de vous inquiéter de ce qui pourrait avoir des répercussions sur son bien-être.

Le regard de Burke s'était arrêté sur la bouche de Shannon, suivant avec fascination chaque mouvement de ses lèvres tandis qu'elle parlait. Mais quand elle toucha son ventre, effleurant le cocon douillet qui abritait le bébé, toute son attention se concentra sur sa main.

Il mourait d'envie de mettre sa main sur la sienne en cet instant. Oh ! il était encore trop tôt pour sentir le bébé bouger, il le savait, mais plus que tout, il aurait voulu éprouver ce sentiment d'intimité incomparable que Shannon entretenait avec l'enfant. Il brûlait de se joindre à eux.

Avant même de réaliser ce qu'il faisait, il tendit le bras, suspendant son geste à quelques centimètres à peine du ventre de la jeune femme. Et lorsqu'il leva les yeux, il se sentit aspiré par le vert émeraude de son regard et dut lutter contre le besoin de l'enlacer, de la serrer contre lui, de l'embrasser pour l'éternité.

— Cela ne vous ennuie pas ? demanda-t-il dans un souffle, ses yeux rivés aux siens.

Elle humecta ses lèvres du bout de la langue, geste qui trahissait une certaine nervosité, mais elle opina.

La main de Shannon s'écarta quand la sienne vint se poser sur son ventre encore plat. Le tissu de son top était doux sous sa paume et, imperceptiblement, cherchant un signe du bébé, il commença à promener ses doigts sur elle.

— C'est trop tôt, chuchota Shannon.

— Je sais. J'espère que vous m'autoriserez à répéter ce geste un peu plus tard, lorsque le bébé commencera à bouger.

— Bien sûr.

Elle répondit presque sans hésiter, néanmoins il nota une certaine réticence dans ses paroles. Il ne pouvait lui reprocher d'éprouver une certaine nervosité à devoir le laisser la toucher. A vrai dire, l'idée le terrifiait lui-même tout autant.

Non pas qu'elle eût à craindre quoi que ce soit de lui. Non, mais simplement parce que la tension sexuelle qui existait entre eux était d'une puissance au moins égale à la bombe à neutrons.

Ils avaient fait un enfant ensemble, mais pas dans les règles de l'art. Et maintenant il semblait qu'exclue sans ménagement d'une certaine partie du processus de conception, sa sexualité se révoltait, exigeant son dû, réclamant des dommages et intérêts pour acompte de sa frustration.

Il se mordait les doigts de ne pas avoir rencontré Shannon plus tôt. De ne pas avoir pu d'abord la courtiser, apprendre à la connaître. Peut-être se seraient-ils mariés et auraient fondé une famille de la manière la plus naturelle, qui sait ?

Alors qu'il était là bêtement, assis sur le sofa à un

soupir d'elle, sa main sur son ventre, le sang rugissant dans ses veines.

Bon sang, il était fatigué d'attendre, fatigué d'aller à l'encontre de son instinct !

Retirant sa main du ventre de la jeune femme, il enleva subitement l'assiette de ses genoux pour la poser sur la table basse. Elle baissa les yeux, le regarda faire, puis de nouveau leva son visage vers le sien, interdite.

Il ne lui laissa pas le temps de protester ni le loisir de réagir. A la seconde où leurs regards se croisèrent, il prit sa bouche, l'embrassant ainsi qu'il en rêvait depuis toutes ces semaines.

Un faible gémissement s'échappa de la gorge de Shannon, et instantanément il sentit son corps se tendre sous l'effet du désir. Impatient, fébrile, il prit son visage entre ses mains, glissa ses doigts dans ses cheveux.

Il ne pouvait pas, ne voulait pas s'arrêter. Il *devait* la toucher.

Ses cheveux étaient aussi doux que la soie, sa peau plus encore. Il effleura sa nuque puis caressa son dos, ses reins. Là, ses doigts se glissèrent sous son top, remontant sur son ventre, sur sa poitrine. La soie de son soutien-gorge le troubla au plus haut point et il commença à presser le bout de ses seins entre ses doigts.

Elle recula, haletante, sa tête basculant en arrière,

et il promena sa bouche sur la courbe délicate de son menton, sur ses joues, le lobe de son oreille.

Il l'entendit au moins cent fois chuchoter son nom avant que soudain elle ne cherche à le repousser. Le souffle court, relâchant son étreinte, il s'écarta, la mort dans l'âme.

— Je suis désolé, dit-il lorsqu'il fut de nouveau en mesure de s'exprimer.

Shannon secoua la tête, tentant désespérément de recouvrer sa respiration.

— Ce... Ça va, ça va... Je... Nous ne devons pas.

— Je sais. Je suis désolé, répéta Burke en passant une main énergique dans ses cheveux courts.

Elle se leva et arrangea fébrilement son top puis s'éloigna de quelques pas.

— Je ferais mieux de m'en aller.

Dans sa chambre ? Dans son appartement ?

N'importe où en tout cas où elle n'aurait pas à croiser Burke et à être confrontée à son désir qu'elle découvrait aussi intense que le sien.

La situation était proprement terrifiante. Elle était attirée par lui depuis des semaines. Une réalité qu'elle assumait tant bien que mal, même si elle s'était arrangée pour l'enfouir au plus profond d'elle-même, dans le secret de son être. Mais ce qu'ils venaient de partager remettait tout en question. Il ne l'aurait jamais embrassée ainsi s'il n'avait éprouvé de l'attirance pour elle, ce qui signifiait que ses sentiments étaient… réciproques, au moins en partie ?

Comme elle aurait aimé y croire. Se jeter dans ses bras et le laisser lui faire l'amour comme elle en avait tant de fois rêvé au cours des deux derniers mois !

Au lieu de cela, elle se sentait abattue, un poids lourd pesait sur son cœur devant la tournure que prenaient les événements. Ce n'était pas si simple. Elle portait l'enfant de Burke parce qu'il la payait pour cela. Parce qu'ils avaient conclu un arrangement qui leur donnait à chacun ce qu'ils voulaient, sans les désavantages d'un tout autre lien ou engagement.

Et maintenant, ce contrat était en danger, tout ça parce que le célibataire le plus séduisant de Chicago lui avait donné un seul et unique bouleversant baiser.

A supposer qu'elle parvienne à faire fi de ses doutes et de ses angoisses, elle passerait quelques heures avec lui, une nuit et une seule de corps à corps et de passion. Deux, à la limite. Deux ou trois au maximum.

Oh ! certainement seraient-ce des moments d'une fabuleuse intensité. Burke la mettait déjà dans tous ses états avant d'avoir jamais posé la main sur elle. Alors elle supposait sans trop de mal que faire l'amour avec lui…

Mais ils n'étaient *pas* faits l'un pour l'autre. Peu importait le nombre d'étincelles qui crépitaient entre eux au moindre regard, ils n'appartenaient pas au même monde et n'avaient rien en commun, hormis l'enfant qu'elle portait.

Burke était beau comme un dieu, raffiné et riche comme Crésus. Shannon, elle, vivait une existence modeste. Elle se savait plutôt agréable à regarder, certes, mais sans mériter néanmoins la une des magazines, contrairement aux innombrables conquêtes de M. Bishop.

Quand elle feuilletait ces magazines, elle tombait régulièrement sur des articles racoleurs et des potins mondains où Burke Bishop apparaissait en photo au bras de fabuleuses beautés, actrices ou jeunes héritières à côté desquelles elle-même n'était qu'une Cendrillon.

Et si Burke possédait quatre voitures, une tour et un nombre indéfini de yachts et de jets, elle connaissait chaque mois des affres au moment de régler son loyer, les frais de la fac et la pension de sa mère. Elle espérait d'ici peu obtenir son diplôme d'éducatrice de jeunes enfants, ce qui lui permettrait d'avoir un train de vie peut-être un peu plus digne, mais sans plus.

Non, assurément non, ils n'étaient pas du même monde. Elle voyait déjà les gros titres de la presse : « Le Beau et la Bête », ou quelque chose du même genre… Elle serait dans le rôle de la bête qui menaçait de ruiner l'élégant, le séduisant, le très respecté jeune entrepreneur.

Evitant de le regarder, accablée, elle s'éloigna

avec un bref « Bonne nuit » pour se réfugier dans sa chambre.

Quelques minutes plus tard, Shannon entendit deux coups légers à sa porte, mais avant qu'elle puisse répondre, celle-ci s'entrouvrit.

Burke se glissa dans la chambre, un sourire timide aux lèvres, tenant dans une main son verre et dans l'autre son assiette, à peine entamée, de délices asiatiques telle une offrande de paix.

— Vous n'avez pas terminé votre repas, dit-il à voix basse. Vous devez manger.

Elle prit l'assiette et les baguettes et il posa son verre de lait sur le chevet.

— Merci.

Se redressant, il enfouit les mains dans ses poches.

— Je m'en veux de vous avoir mise mal à l'aise, chuchota-t-il, lui-même apparemment tout aussi gêné.

Shannon avala avec peine une bouchée de ses pâtes sautées.

Son anxiété était bien moins due au baiser de Burke qu'aux sentiments qu'il avait éveillés en elle, mais ça, il était hors de question de le lui faire savoir.

— J'espérais que vous me permettriez de me racheter… Si vous vous sentez mieux demain, proposa-t-il, que diriez-vous d'aller à Meadow Lark rendre visite à votre mère ?

— Vraiment ?

Elle se redressa vivement sur son lit, tout excitée à cette idée. Son père les avait abandonnées quand elle n'était encore qu'un bébé, et elle avait noué avec sa mère une relation quasi fusionnelle. Plusieurs fois par semaine elles se téléphonaient, mais elle n'était pas retournée la voir depuis qu'elle avait pris froid.

— Si cela vous dit, bien sûr.

— J'ai un cours tôt demain matin, mais après cela… Oui, j'aimerais beaucoup !

Elle en oubliait presque l'assiette sur ses genoux.

— Nous laisserons la limousine ici et prendrons une autre de mes voitures… Puisque vous semblez douter de mon aptitude à conduire.

Elle rougit, se rappelant leur conversation au retour de l'hôpital.

— Je ne suis jamais montée dans une Mercedes.

Burke rejeta la tête en arrière et rit de bon cœur.

— C'est donc l'occasion ou jamais, dit-il. Et si vous êtes sage, il se peut même que je vous confie le volant.

Après le cours, Shannon retourna à l'appartement de Burke le cœur léger, un large sourire aux lèvres. Sa gorge restait encore sensible et elle sentait qu'elle n'était pas entièrement remise, mais il n'était pas question qu'elle laisse passer cette occasion de rendre visite à sa mère. En outre, le Dr Cox lui avait assuré qu'elle était sur la voie de la guérison et en aucun cas contagieuse.

Pour la deuxième journée consécutive, Burke ne se rendrait pas à son travail, et cela uniquement pour la conduire à Meadow Lark. Elle trouvait ce comportement pour le moins… déroutant. Car enfin il était très occupé, c'était un homme d'affaires extrêmement sollicité. Le genre de patron qui n'avait pas d'horaires et quittait rarement son bureau à l'heure de Monsieur Tout-le-monde, excepté pour travailler sur son ordinateur jusqu'au milieu de la nuit.

Pourtant, depuis qu'elle le connaissait, il avait à plusieurs reprises interrompu ses journées marathoniennes et trouvé chaque fois le temps de l'accompagner à ses rendez-vous chez le médecin, la reconduire chez elle ou encore… l'installer dans son appartement.

Elle mit un terme à ces réflexions avant qu'elles ne l'entraînent un peu plus dans la confusion. Tenter de comprendre pourquoi Burke Bishop laissait de côté ses affaires, préférant passer du temps en sa compagnie et l'accompagner rendre visite à sa mère, s'avérait aussi déconcertant que d'essayer d'expliquer le baiser qu'il lui avait donné la veille.

N'avait-il pas insisté avec force pour qu'ils signent un contrat sans ambiguïté ? Un contrat qui stipulait par exemple très clairement qu'elle ne disposerait

343

d'aucun droit sur lui ou sur le bébé une fois qu'elle l'aurait mis au monde et aurait été dûment payée pour ce service. Il avait tenu à se prévenir contre elle, à s'assurer qu'elle ne réapparaîtrait pas un peu plus tard pour réclamer l'enfant ou plus d'argent encore.

Elle avait signé, sans hésitation, parce qu'elle ne nourrissait aucune de ces intentions sournoises.

Oh ! elle savait néanmoins que cela ne serait pas facile quand, le moment venu, il lui faudrait renoncer à l'enfant qu'elle aurait porté durant neuf mois. Elle faisait de son mieux jusque-là pour essayer de ne pas s'attacher à cette vie en elle, mais elle risquait de changer sur ce plan au cours des mois à venir.

Même si ses petits malaises du matin devenaient mineurs, ils venaient chaque jour lui rappeler sa grossesse. Tout comme ces autres modifications dans son corps, cette sensibilité des seins, ce sommeil agité ou ces fringales aussi soudaines qu'impérieuses. Souvent elle se prenait à imaginer le jour où, pour la première fois, elle sentirait le bébé bouger en elle… les choses deviendraient alors plus difficiles encore.

Et aujourd'hui, en plus de s'efforcer de maîtriser l'idée qu'elle devrait à terme renoncer à cet enfant, elle était obligée de composer avec cette anxiété sourde liée à l'attrait qu'exerçait sur elle le père du bébé.

Shannon se permit un petit rire amer tout en retirant le jean et le sweat qu'elle avait revêtus pour aller à la fac, avant d'enfiler une jupe longue en laine, un pull à col roulé chocolat et une paire de bottes à fermeture Eclair.

N'importe quelle autre femme trouverait normal de tomber amoureuse du père de son enfant. Dans un monde normal, non seulement elle aurait été attirée par lui, mais elle serait certainement tombée amoureuse de lui avant même d'envisager de porter son enfant.

Mais son monde à elle n'avait rien de normal. Pas en ce moment en tout cas. Il semblait qu'elle faisait tout à l'envers. La preuve, elle avait commencé par accepter de porter l'enfant de Burke avant même d'éprouver des sentiments pour lui !

Bien sûr, le fait qu'elle soit folle de Burke n'était pas vraiment le problème. Car après tout, elle n'avait qu'à prendre sur elle et ravaler ses émotions, continuer d'éprouver quelques tressaillements en le croisant ou même accepter, la prochaine fois que l'occasion se présenterait, de passer une nuit dans ses bras... Pourquoi pas ?

Le vrai problème était que maintenant, elle devait gérer également le désir que Burke paraissait éprouver pour elle.

Car il devait être attirée par elle. Pour quelle autre raison, sinon, l'aurait-il embrassée ?

Et... Dieu, non, pourvu qu'il ne le soit pas !

Non pas qu'elle n'eût aimé la saveur de ses lèvres, ni leur douceur, ou le contact de ses mains sur sa peau… Oh, comme elle avait aimé, tellement aimé ses mains ! Mais cela compliquait tant les choses.

Bah ! s'il éprouvait quelque chose pour elle, il s'agissait certainement d'un attachement lié au bébé. Il n'avait pas véritablement voulu l'embrasser, elle. Il avait embrassé la femme qui portait son enfant. Oui, c'était cela. La preuve, il avait touché longuement son ventre, le bébé donc, avant de la caresser et l'embrasser.

Oh ! c'était un vrai gentleman, il s'était arrêté dès qu'elle le lui avait demandé. Ce qui expliquait qu'elle n'ait aucune appréhension à aller aujourd'hui avec lui rendre visite à sa mère.

Ce baiser avait été une erreur de la part de Burke, une simple erreur. Quelque chose qu'il avait fait sans y penser ou presque, aveuglé par la confusion de ses émotions à son égard, et encouragé par le romantisme du moment. Le dîner en tête à tête, le feu de cheminée…

Une fois qu'il avait réalisé ce qu'il avait fait, il s'était senti désemparé. Il s'en était voulu et était venu aussitôt s'excuser auprès d'elle. Elle avait la certitude que cela ne se reproduirait plus, heureusement ou hélas… Elle aurait dû se sentir soulagée qu'il ne cherche plus à poser ses mains sur elle, et non pas frustrée et déçue comme elle l'était en fait. Les hormones. Oui, son problème était là : la grossesse lui faisait perdre la tête.

Faisant de son mieux pour réprimer sa frustration, elle attrapa son sac et sortit de la chambre.

— Vous voilà, dit-il d'une voix aussi soyeuse que le miel.

Elle tressaillit. Debout au milieu du salon, revêtu d'un costume bleu nuit et d'une cravate rouge, Burke la détaillait des pieds à la tête, ses yeux s'arrêtant sur ses seins, sur sa taille.

— Habillée pour la route, je vois.

Il lui fit un clin d'œil, puis il attrapa son manteau sur l'accoudoir d'un fauteuil.

— Pas mal, chuchota-t-il.

— Merci, dit-elle, le visage cramoisi, en s'efforçant de respirer avec calme.

Comment un compliment aussi sobre pouvait-il la mettre dans un tel état émotionnel ? Il suffisait que Burke Bishop la regarde et elle perdait tous ses moyens. Il lui souriait et son cœur s'emballait, il l'embrassait et elle fondait…

Subitement, les choses lui apparurent plus clairement : elle accusait peut-être un peu à la légère ses satanées hormones dans cette histoire.

En effet, que devait-elle penser de ses genoux qui tremblaient, de ces picotements au niveau des reins, de ce rêve obsédant d'une nuit dans le lit de Burke Bishop ? Oui, en fait elle le désirait. Elle avait envie de lui, purement et simplement. Inutile de donner un autre nom à ce qui, somme toute, ne relevait que du désir charnel.

Burke lui tendit la main, un sourire charmeur éclairant son beau visage.

— Prête ?

Elle opina, noua ses doigts aux siens et le laissa l'entraîner vers la porte. Cette fois, elle ressentit sans vaciller mais avec une certaine détermination la chaleur de sa main.

Elle voulait cet homme. Et ce fut soudain avec une évidence éclatante qu'elle sut que, avant la fin de leur arrangement, elle l'aurait.

7.

Le trajet d'une demi-heure jusqu'au centre de Meadow Lark fut particulièrement silencieux.

Shannon ne semblait pas disposée à bavarder, et Burke eut bientôt le sentiment qu'elle était mal à l'aise, seule avec lui dans l'espace confiné de la Mercedes.

Maudit baiser. Au moment même où ses lèvres avaient effleuré les siennes, il avait su qu'il commettait une erreur. Non pas qu'il n'eût pas envie de l'embrasser — au contraire, il en rêvait depuis l'instant de leur rencontre —, mais parce qu'il avait pressenti que cela allait tout changer entre eux.

Et pourtant, il ne parvenait pas à regretter la fougue de ce baiser, l'intensité de cette étreinte. Il repensa à sa bouche sucrée et chaude, à la douceur de sa peau… Il avait tout autant envie de l'embrasser aujourd'hui, encore et encore.

Se garer sur le bas-côté de la route, l'attirer contre lui, prendre ses lèvres, sa langue…

« Le fuirait-elle, alors ? Certainement », pensa-t-il, les poings crispés sur le volant. Peut-être même déciderait-elle de partir, d'interrompre toute relation avec lui, définitivement.

Serrant les dents, il fixa longtemps la route devant lui, s'ordonnant de ne pas bouger. Osant seulement un regard furtif vers Shannon de temps à autre.

— Vous semblez aller mieux, osa-t-il remarquer, n'en pouvant plus de l'atmosphère pesante qui régnait dans l'habitacle. Vous avez retrouvé des couleurs et je ne crois pas vous avoir entendue tousser ce matin. Vous vous sentez comment ?

Au son de sa voix, elle avait sursauté. Mais elle se reprit aussitôt et lui répondit en souriant, laconique :

— Bien, merci.

— Ne me remerciez pas, répondit-il en lui rendant son sourire. Remerciez plutôt le D Cox.

Elle ne releva pas et il n'osa pas l'importuner plus. Si elle n'y mettait pas un peu de bonne volonté, ils auraient bien du mal à mener une conversation. Il pensa allumer la radio mais se ravisa, refusant de lui fournir une occasion supplémentaire de rester silencieuse au cas où il lui prendrait l'envie subite de lui adresser la parole.

Malheureusement cela ne se produisit pas, et ils finirent par arriver sans avoir échangé un mot de plus en vue de Meadow Lark, long bâtiment d'un étage tout en brique rouge, fiché au bout d'une allée cernée de peupliers.

Burke se gara et coupa le contact.

Des volets blancs protégeaient les fenêtres et des massifs de fleurs multicolores ornaient l'allée, si bien que Meadow Lark ressemblait à une maison douillette plutôt qu'à un centre médical. Une rapide enquête lui avait appris qu'il s'agissait là d'un des centres de rééducation les plus performants de la région. Il existait bien d'autres structures moins onéreuses où Shannon aurait parfaitement pu placer sa mère. Mais même si cela impliquait qu'elle ait deux emplois et qu'elle doive accepter de devenir mère porteuse pour un étranger, elle avait manifestement préféré le mieux. Respect.

Shannon sortit de la voiture sans attendre qu'il vienne lui ouvrir la portière et commença à s'éloigner en direction du bâtiment.

Bon sang ! Et lui, dans l'histoire ? Il se hâta derrière elle et, une fois à sa hauteur, lui prit le bras sans hésiter. Une fraction de seconde il sentit qu'elle se raidissait à son contact, et il se maudit encore une fois pour avoir édifié entre eux cette barrière qui ne semblait cesser de s'élever. Mais il n'allait certainement pas rester là à faire le planton !

Au bureau d'accueil, elle plaisanta gaiement avec la réceptionniste avant de signer le registre des visites. Puis, d'un pas alerte, elle s'engagea dans le couloir qui menait à la chambre de sa mère, suivie de Burke.

Arrivée devant la porte close, elle s'arrêta cependant et lui fit face, l'air préoccupé.

— Il faut que je vous dise… avant d'entrer, commença-t-elle, hésitante.

Puis elle ferma les yeux, inspira profondément et reprit :

— Ma mère se montre parfois confuse. Elle me reconnaît encore, mais il lui arrive aussi de me voir comme si j'étais redevenue une petite fille ou de me parler comme si j'étais mon père. J'ignore comment elle va réagir face à vous.

— Je comprends, opina-t-il.

— Et à cause de l'attaque, le côté gauche de son corps ne répond plus comme il le devrait.

— Shannon.

Il dit son nom avec tendresse puis posa une main sur son épaule et commença à caresser de l'index son col roulé.

— Tout se passera bien. J'ai hâte de la rencontrer.

Shannon parut rassurée et se détourna pour frapper à la porte. Puis elle entra, lui sur ses talons.

Sa mère se tenait assise sur un fauteuil inclinable près de la fenêtre, un livre sur les genoux, les jambes protégées par une couverture épaisse.

— Hello, maman ! dit la jeune femme en allant vers sa mère qu'elle embrassa sur la joue. Comment te sens-tu ?

Le visage d'Eleanor Moriarty s'illumina à la vue de sa fille.

352

— Shannon ! Que fais-tu ici ? Je ne t'attendais pas !

Burke nota tout de suite la fixité de la partie gauche du visage de la vieille dame, mais hormis cela il ne remarqua aucune autre séquelle. En dépit des avertissements de Shannon sur les défaillances de sa mère, il comprit qu'il avait à faire à une femme de caractère, quelqu'un qui avait décidé de ne pas capituler devant la maladie. Nul doute que si Shannon n'était pas venue se pencher sur elle, Eleanor aurait probablement accouru pour embrasser sa fille.

— Une visite surprise, répondit Shannon, souriante.

Burke ne se souvenait pas l'avoir vue aussi heureuse. Son visage rayonnait littéralement de bonheur, et lorsqu'elle prit sa main pour le faire approcher, il éprouva un trouble intense.

— Maman, je veux te présenter quelqu'un.

Sa main tenant toujours la sienne, debout à côté de lui, elle posa son autre main sur son bras.

Burke frissonna à ce contact et une terrible envie de pleurer le submergea. A sa façon de le présenter à sa mère, de le toucher avec tant de naturel, il éprouvait une vulnérabilité que jamais auparavant il n'avait connue.

— Maman, voici Burke Bishop. J'ai récemment intégré son entreprise et il a eu l'extrême gentillesse de me conduire ici aujourd'hui. Burke, ma mère, Eleanor Moriarty.

353

Il saisit la main d'Eleanor, une main fine et délicate.

— Je suis heureux de faire votre connaissance, madame. Shannon m'a beaucoup parlé de vous.

Eleanor se pencha légèrement en avant et l'observa avec un regard perçant.

— Enchantée également, jeune homme. Malheureusement, Shannon ne m'a jamais dit le moindre mot à votre sujet.

Burke se mit à rire.

La mère de Shannon était une femme étonnante. Et même si sa fille était un peu plus réservée, il croyait reconnaître certains traits de caractère communs entre elles. Lorsque Shannon serait plus âgée, se dit-il, sans doute se montrerait-elle aussi digne et fière que sa mère aujourd'hui.

— Elle doit avoir honte de moi, dit-il avec un clin d'œil. Si vous l'aviez entendue, quand elle a su que j'avais téléphoné à son employeur parce que je souhaite qu'elle travaille exclusivement pour moi !

— Shannon ! remarqua sa mère, pourquoi ne pas m'avoir dit que tu avais quitté le restaurant et le cabinet d'avocats ?

— Oh, Burke m'a offert cette place il y a peu de temps, répondit Shannon avec calme.

— Et quelle sorte de travail t'a-t-il confié ? enchaîna Eleanor.

La main de Shannon sur son bras se crispa, et il sut qu'elle hésitait à mentir à sa mère.

354

— Secrétaire particulière, s'interposa-t-il.

Après tout, ce n'était pas si éloigné de la vérité, et ainsi Shannon bénéficierait d'un peu de répit, sans pour autant laisser sa mère sans réponse.

— Avec son expérience, je ne pouvais rêver meilleur choix, conclut-il.

— Comme je suis contente ! dit Eleanor. Tu n'auras donc plus à courir nuit et jour. Tu peux ainsi te consacrer plus facilement à tes études.

— Exactement.

Shannon relâcha son bras, et instantanément son contact manqua à Burke.

Approchant une chaise, elle s'assit près de sa mère, et il fit de même tandis que les deux femmes commençaient à bavarder à propos du livre qu'Eleanor lisait.

Quand elles se mirent à discuter des cours de Shannon et du sort de cousins inconnus, il parcourut tranquillement la chambre des yeux, notant la foison de bibelots et de photos. Certainement des souvenirs chers à Eleanor, des objets de valeur sentimentale auxquels elle était attachée.

Voilà exactement ce qui manquait chez lui, réalisa-t-il subitement. Des photos encadrées d'êtres aimés, des objets évoquant des moments heureux de son existence.

L'appartement de Shannon ressemblait assez à la chambre de sa mère, se souvint-il, avec ses livres, ses plantes grasses et ses figurines qui lui rappelaient d'heureux souvenirs ou simplement apportaient une touche de couleur. Alors que son appartement à lui, décoré par un professionnel, ne renfermait aucun objet personnel... si ce n'était l'ordinateur portable sur lequel il travaillait quand il ne se trouvait pas au bureau.

Ce constat aurait pu simplement l'effleurer, il aurait pu s'en moquer, mais il n'en était rien : il venait en réalité de comprendre combien son existence était vide et stérile. Quelque chose d'essentiel lui manquait, et il avait fallu cette visite à la mère de Shannon pour qu'il en prenne conscience.

Qu'allait-il faire de cette révélation déconcertante ? C'était toute la question.

Il lorgna discrètement sur Shannon et sa mère qui discutaient toujours de bon cœur. Et même s'il s'ordonnait de ne pas écouter leur conversation, il comprit néanmoins qu'il était question des cheveux de Shannon, manifestement trop longs au goût d'Eleanor. La voix légèrement enrouée de sa fille paraissait également lui poser des soucis.

Quelle serait l'attitude de Shannon une fois que sa grossesse serait évidente ? Avouerait-elle alors leur arrangement à sa mère ? Ou se contenterait-elle simplement de ne plus lui rendre visite jusqu'à la naissance, et le temps qu'elle retrouve son apparence première ?

Un serrement au cœur qui ressemblait à du regret le transperça.

356

C'était égoïste de sa part, pour ne pas dire hypocrite, puisque c'était lui qui avait insisté pour cette clause d'anonymat absolu. Et voilà qu'il se prenait aujourd'hui à vouloir qu'elle confie à sa mère qu'ils étaient liés par une relation autre que celle de patron et employée. Qu'elle portait son enfant !

Quelles seraient les conséquences dans sa vie, si les gens venaient à savoir, s'il déclarait au monde que Shannon comptait plus pour lui que toutes les femmes qu'il avait connues ?

Mais il ne savait pas exactement jusqu'où il était prêt à aller pour elle. Et il savait encore moins si elle était prête à aller où que ce soit pour lui.

Comme tout ça était compliqué ! Et le pire, c'est qu'il ne voyait pas comment cela pourrait l'être moins.

En proie à une insupportable frustration, il arrêta son regard sur une photo de Shannon enfant, assise dans une simple bassine dans l'évier d'une cuisine tandis que sa mère lui donnait le bain. Ce cliché le fit sourire, comme une évocation de ce que serait son propre enfant dans quelques mois. Il, ou elle aurait ses cheveux noirs certainement, mais il ou elle aurait peut-être aussi les yeux verts de Shannon, son même appétit de vivre.

Et lorsqu'il imagina son propre bébé prenant un bain, ce fut Shannon qu'il vit tenant le gant de toilette, sa main sur le dos de l'enfant. Shannon souriant au bébé riant et gigotant dans l'eau.

Shannon, la mère de son enfant.

Un court instant, l'air lui manqua et il resta pétrifié. Sa vie repassa tel un éclair devant ses yeux et il prit brusquement conscience de l'immensité de sa solitude.

Mais aussitôt après, un espoir aussi scintillant que le diamant déchira ce sentiment de solitude. Une formidable chaleur l'envahit : il se prit à imaginer un avenir auprès de Shannon et de son enfant, comme une vraie famille. Cette idée le remplissait d'un bonheur inouï, mais quel choc !

Les poings serrés alors qu'il essayait de recouvrer son souffle, il attendit que son vertige s'estompe.

Que devait-il faire ? Déchirer leur contrat ? Accrocher des portraits de Shannon dans son appartement et son bureau ?

Admettre que ses sentiments pour la jeune femme étaient plus forts que son désir d'enfant lui fit l'effet d'une douche froide.

— Burke ?

Sa main sur son bras et la voix douce de Shannon le firent sursauter. Devant sa réaction, elle s'écarta instantanément.

— Je suis désolée, je ne voulais pas vous faire peur.

— Ce n'est rien, assura-t-il, se maudissant de l'avoir effrayée. J'étais dans la lune.

Il enfouit son émotion au plus profond de lui-même et s'efforça d'adoucir sa voix.

— Comment cela s'est-il passé ?

— Oh ! très bien, nous avons parlé d'une foule de choses, répondit-elle avec un large sourire. Mais c'est presque l'heure du déjeuner et je me disais que nous pourrions accompagner maman jusqu'à la salle de restaurant avant de partir. Qu'en pensez-vous ?

— Avec plaisir.

Il traversa la chambre et s'empressa auprès d'Eleanor pour l'aider à se lever, puis il attendit que Shannon prenne l'autre bras de sa mère.

— Ce n'est pas si souvent que je me trouve à escorter deux superbes femmes, rajouta-t-il.

— Oh ! je l'adore, Shannon, dit Eleanor en riant. Ne le laisse pas s'échapper, celui-là.

— Je suis vraiment désolée, s'excusa Shannon comme ils prenaient place dans la voiture. Elle pense que nous sortons ensemble et je n'ai pas su la convaincre du contraire.

Burke rit doucement. Si seulement elle savait combien les pensées de sa mère étaient proches des siennes.

— Ne vous en faites pas pour ça. Honnêtement, je suis flatté que votre mère m'estime digne de sortir avec vous. Je m'attendais plutôt à ce qu'elle vous conseille de me fuir.

— Pas du tout. Elle pense que vous êtes un fiancé prodigieux. Beau, courtois, riche...

Elle le regarda avec un sourire forcé.

— J'espère qu'elle ne vous a pas reconnu. Elle lit beaucoup les magazines, vous savez.

— Votre mère est adorable, de toute façon. Je ne crois pas que quelqu'un d'autre m'ait reconnu, mais nous le saurons bien assez tôt.

— Quelle plaie que la célébrité ! plaisanta Shannon.

— Parfois, oui. Mais la célébrité a aussi ses avantages.

Il s'apprêtait à les lui énumérer dans l'espoir de l'impressionner, quand son portable sonna. Aussitôt il sortit l'engin de la poche de sa veste.

— Bishop, répondit-il. Oui, Margareth… Bon sang, j'avais complètement oublié ! Nous sommes en route, mais… Une minute, je vous rappelle.

Refermant son téléphone, il se tourna vers Shannon avant de reporter son regard sur la route.

— J'ai un énorme service à vous demander, commença-t-il. C'était Margaret qui me rappelait ma promesse de participer à un gala de collecte de fonds, ce soir. Le problème, c'est que je n'ai pas de partenaire, et si j'y vais seul, je serai la proie d'une nuée de jeunes filles en quête de mari fortuné. Oserais-je vous demander de m'accompagner ?

— Oh non ! gémit aussitôt Shannon en secouant la tête. Je ne crois pas que ce soit une bonne idée.

— Je vous en prie. Je ne vous le demanderais pas si ce n'était pas un cas d'urgence. Je me suis engagé pour la bonne cause. Mille dollars le dîner pour venir en aide aux enfants défavorisés. Vous aimez les enfants, n'est-ce pas ?

Il ajouta ces derniers mots en sachant parfaitement qu'elle ne pourrait résister à cette manipulation honteuse.

— J'aurais mieux fait de ne pas les aimer, protesta-t-elle. Et puis, je n'ai rien à me mettre…

— Ce n'est pas un problème.

Une main sur le volant, il composa de l'autre le numéro de Margaret.

— Shannon a la gentillesse de bien vouloir m'accompagner,. Mais elle a besoin d'une robe pour ce soir. De chaussures et d'un sac à main aussi, je suppose. Exact ? demanda-t-il en regardant Shannon.

L'air exaspéré, elle opina à contrecœur.

— Quelle est votre taille ? reprit-il, répétant les questions que Margaret lui soufflait.

— 38, répondit-elle en baissant les yeux sur ses hanches. Peut-être plus aujourd'hui.

— Elle pense 38, mais cela peut avoir changé, répéta-t-il avant de se taire, laissant la parole à Margaret. Super ! Nous serons à l'appartement dans un peu moins d'une heure.

Après avoir coupé la communication pour la seconde fois, il se tourna vers sa voisine.

— Margaret va vous présenter quelques tenues que vous pourrez essayer, expliqua-t-il.

Au sourire crispé qu'elle lui adressa, il comprit qu'elle n'était guère enthousiaste à l'idée de participer avec lui à cette soirée de bienfaisance. Il ne pouvait pas le lui reprocher. Il y aurait la presse, et tout le monde voudrait savoir qui elle était. Certaines invitées de sa connaissance, issues de la plus haute société de Chicago, la regarderaient forcément d'un œil noir…

Lui, en ce qui le concernait, il s'estimait bigrement chanceux de sortir ce soir avec elle.

Enclenchant son clignotant, il se gara sur le bas-côté de la route et coupa le moteur.

— Cela vous ferait-il plaisir de conduire le reste du trajet ?

Instantanément, elle cessa de faire la moue et le fixa, l'air incrédule.

— Conduire la Mercedes ?

Il sourit devant la joie presque enfantine qu'elle manifestait à l'idée de prendre le volant de ce bijou de 100 000 dollars.

— Mmm… Oui.

Sans un mot, Shannon retira précipitamment sa ceinture de sécurité, sortit en trombe de la voiture et la contourna presque en courant.

Il en conclut que sa proposition lui avait agréé.

Dieu, quelle voiture !

Peu importait la tenue froufroutante dans laquelle elle serait forcée de parader ce soir, peu importait en vérité toutes les choses embarrassantes qui risquaient d'arriver à la réception, conduire la Mercedes Benz de Burke valait tous les sacrifices.

La confiance que lui avait prouvé Burke en lui laissant le volant l'impressionnait tout autant. Elle ne se déplaçait pour ainsi dire qu'en bus ou en métro et conduisait très rarement. Un manque de pratique évident, qui pouvait être fatal à tout instant à la luxueuse Mercedes. Elle ferait bien de revenir sur terre !

Mais rien de fâcheux ne se produisit, et ce fut un sourire béat scotché aux lèvres qu'elle finit par se garer au bas de chez Burke.

Lorsqu'ils pénétrèrent dans l'appartement, Margaret, la jolie femme brune d'un certain âge qui l'avait reçue au bureau de Burke, les attendait dans le salon. Des boîtes marquées des logos les plus prestigieux des grands créateurs internationaux jonchaient le sol et des vêtements de toutes couleurs et de toutes tendances pendaient ici et là sur des cintres.

— Margaret, vous êtes géniale, dit Burke en déposant un baiser sur la joue de l'assistante. Je vais de ce pas enfiler mon smoking.

Puis il se pencha vers Shannon et l'embrassa elle aussi sur la joue.

— Margaret va prendre soin de vous, lui chuchota-t-il à l'oreille. A tout de suite.

Pétrifiée, Shannon regarda autour d'elle, fascinée. Tout cela ressemblait au butin d'un shopping effréné. Lorsque Margaret se mit à soulever les couvercles et à faire glisser des fermetures Eclair, elle reprit ses esprits.

— Où donc avez-vous déniché tout cela ? Et en si peu de temps ?

— Lorsque vous travaillez pour Burke Ellison Bishop, vous devez être en mesure de répondre à toute requête en un temps record ! Nous renverrons ce que vous ne mettrez pas.

— Les bijoux aussi ? demanda-t-elle en plaisantant, fixant avec envie une demi-douzaine de coffrets dans lesquels scintillaient des pièces de joaillier d'un raffinement extrême.

— Les bijoux surtout. On me les a gracieusement prêtés, répondit Margaret en riant. Dans l'espoir que Burke achèterait l'un d'eux.

L'assistante tira une élégante robe de soirée d'un sac rose fuchsia et la présenta à Shannon :

— Essayez d'abord celle-ci. Dites-moi comment vous vous sentez dedans et ce que vous aimez ou n'aimez pas dans ce modèle. Ensuite, nous passerons aux tenues suivantes.

Shannon prit la robe en veillant à ne pas en froisser les plis délicats avant de se diriger vers sa chambre d'un pas presque mécanique. Elle se sentait comme Cendrillon avant le bal, savamment managée par sa gentille marraine.

Ramenant ses cheveux en un chignon approximatif, elle retira les vêtements qu'elle avait mis pour rendre visite à sa mère puis se glissa dans la robe de satin bleu. Le tissu se répandit en volutes jusqu'à ses pieds, enserrant en revanche fermement sa poitrine de sorte qu'un décolleté pigeonnant se forma.

Elle doutait que Burke souhaite participer à une soirée de charité en compagnie d'une femme dont la poitrine ressortait telles deux pêches à pleine maturité, mais n'en étant pas absolument certaine, elle retourna dans le salon pour entendre les commentaires de Margaret.

— Trop serré au niveau du buste et un peu lâche à la taille. Certainement à cause de votre grossesse. La couleur vous va à ravir, cependant.

Margaret attrapa un autre cintre et le lui tendit :

— Passez celle-ci à présent.

Shannon essaya en tout quatre robes avant d'obtenir l'aval de Margaret. Celle-ci la renvoya alors dans sa chambre avec les chaussures assorties, une pochette dans le même ton ainsi que des boucles d'oreilles et un collier de diamants. Elle se maquilla et coiffa ses cheveux dans un style qu'elle espérait à la fois élégant et sobre, puis ressortit de sa chambre sur la pointe des pieds, priant pour que tout se passât bien.

Les autres tenues et accessoires avaient déjà été rangés, prêts à retourner en boutique, et Margaret avait pris place au comptoir de la cuisine où elle était en train de déguster un thé. Au fond du salon, lui tournant le dos, Burke ajustait son nœud papillon devant le miroir au-dessus de la cheminée.

Au clic provoqué par la tasse de Margaret sur le comptoir et à son petit cri de surprise, Burke leva les yeux. Puis, surprenant le reflet de Shannon dans son miroir, il fit volte-face.

Par tous les saints, elle était véritablement divine.

Sa robe scintillait de mille feux dans la lumière tamisée du salon. Le drapé noir était orné de minuscules incrustations de perles argentées dessinant une guirlande de feuilles et de fleurs. Ses escarpins noirs donnaient à ses chevilles une grâce incomparable. Enfin, des boucles éthérées encadraient son merveilleux et tendre visage.

Elle inspira profondément à cet instant, et sa poitrine affleura, creusant un décolleté à se damner. Les poings serrés, ne pouvant détacher les yeux de cette vision enchanteresse, il s'efforça de recouvrer ses esprits. Il voulait parler, mais sa langue demeurait figée et ses pieds comme moulés dans du béton.

Margaret s'arracha plus rapidement au charme de cette apparition. Elle bondit de son tabouret et s'empressa auprès de Shannon qu'elle embrassa.

— Oh ma chérie, vous êtes réellement splendide ! Je savais que cette robe vous irait.

Ayant essuyé une trace de son rouge à lèvres sur la joue de Shannon, elle se tourna vers Burke, puis de nouveau vers Shannon, et sourit.

— A présent, je vous laisse, dit-elle en empoignant

les sacs rassemblés près de la porte. Bonne soirée à tous les deux.

Au claquement de la porte d'entrée, Burke sursauta. Il cligna des yeux puis croisa le regard vert de Shannon.

— Margaret a raison, vous êtes réellement splendide, dit-il d'une voix rauque. Je regrette de ne pas avoir été le premier à vous faire le compliment.

— Si cela vous fait plaisir, faisons comme si...

Elle fit timidement courir ses doigts sur la rivière de diamants qui ornait son cou délicat. Cette pièce, jointe aux boucles d'oreilles assorties, valait certainement pas loin d'un demi-million de dollars. Mais en comparaison de la peau soyeuse de Shannon, les bijoux ressemblaient à de vulgaires jouets en plastique.

Il effleura tendrement sa joue.

— Oui, cela me fait plaisir.

Il se demanda quelle serait sa réaction s'il l'enlevait dans ses bras, là, maintenant, et l'emportait dans son lit. Au diable la réception, au diable tout ce qui n'était pas elle. Il avait envie de faire l'amour à Shannon, de mettre enfin un terme aux tourments qui le torturaient depuis ce jour où il avait posé le regard sur elle, deux mois plus tôt.

Ils étaient si proches maintenant, ses cheveux touchant les siens, son souffle répondant au sien. Fermant les yeux, il inclina la tête, approcha imperceptiblement ses lèvres, mais à l'instant où il crut en son bonheur, il ne trouva rien.

Rouvrant subitement les yeux, il vit que Shannon avait reculé d'un pas.

— Ne devrions-nous pas y aller ? demanda-t-elle, manifestement nerveuse.

— Oui, soupira-t-il, vous avez raison.

Comme ils quittaient l'appartement, il eut brusquement conscience de sa défaite.

Il était perdu. Perdu.

8.

A son immense surprise, Shannon apprécia véritablement cette soirée.

Lorsqu'elle et Burke sortirent de la limousine sous le feu soutenu des flashes, elle crut qu'elle avait commis la plus grave erreur de son existence. Mais une fois dans la salle de bal du *Four Seasons*, et après que Burke l'eut présentée à plus de gens qu'elle n'en avait jamais rencontrés, elle commença à se détendre et même à s'amuser.

Burke déjouait habilement, quoique avec une certaine nervosité, les questions que d'aucuns posaient à son sujet, et finalement la plupart des invités parut se satisfaire de l'idée qu'elle était sa dernière conquête en date.

Cela lui était pénible d'être assimilée aux anciens flirts de Burke, surtout après le baiser qu'ils avaient échangé et l'extrême tension sexuelle qui avait surgi entre eux au moment de quitter l'appartement. Mais qu'était-elle en vérité pour lui ? Pas même l'une de ses conquêtes, une simple employée. Une femme embauchée pour porter son enfant, rien de plus.

Si jamais quelqu'un dans l'assemblée venait à découvrir la vérité, nul doute que les rumeurs iraient bon train et que les médias se déchaîneraient. Cependant, grâce en partie au modèle de la robe choisie par Margaret, sa grossesse passait encore inaperçue.

Le dîner fut délicieux, et elle ne manqua pas de se féliciter de ne pas s'être trompée de couverts tout le long du repas.

Ils en étaient maintenant au dessert et elle chipotait silencieusement son *tiramisu* tandis que Burke faisait du charme à la matrone assise à sa gauche avec le récit de son dernier séjour en Toscane.

La Toscane ! Il lui avait fallu trois bonnes minutes pour comprendre qu'il évoquait de récentes vacances en Italie. C'était un vrai, un pur produit de la Jet-Set. Un homme d'affaires richissime et réputé qui parcourait le monde et connaissait ses plus beaux joyaux.

Elle-même n'était qu'une jeune femme issue de la classe moyenne, qui faisait ce qu'elle pouvait pour soutenir financièrement sa mère tout en poursuivant ses études. Elle ignorait tout de la Toscane et aurait même été incapable de la localiser sur une carte.

Comme elle se sentait mal à l'aise !

Certes, la géographie n'avait jamais été son fort, mais la vérité était qu'elle n'avait jamais eu véritablement besoin de savoir où se situait la Toscane, ou quels charmes l'on trouvait à cette région d'Italie.

Simplement parce que jamais, dans dix ans comme dans cent ans, jamais elle n'aurait l'occasion d'y mettre les pieds.

Sa réalité à elle était d'une limpidité sans pareille : d'abord elle espérait décrocher son diplôme et obtenir rapidement un poste d'éducatrice. Ensuite, au bout de quelques années, elle disposerait peut-être de suffisamment d'économies pour acheter à crédit une maison qu'elle partagerait avec sa mère. Cela pouvait paraître peu enthousiasmant, surtout au genre de personnes qui l'entouraient ce soir et qui avaient payé leur repas plusieurs milliers de dollars. Mais c'était en tout cas ce qu'elle attendait de l'avenir, ce dont elle rêvait.

A côté d'elle, Burke s'essuyait délicatement la bouche avec le bord de sa serviette. Il posa celle-ci devant lui avant de se tourner vers elle, un sourire charmeur aux lèvres.

— M'accordez-vous cette danse ?

S'arrachant à sa rêverie, elle réalisa qu'elle avait été plus attentive aux courbes de sa bouche qu'à ses paroles.

— Pardon ?

Il prit sa main et se leva.

— Dansez avec moi.

Posant à son tour sa serviette près de son assiette à dessert, elle le suivit jusqu'à la piste de danse à travers un dédale de tables luxueuses. Un orchestre jouait une version langoureuse à souhait d'un grand classique du jazz.

Peu familiarisée avec ce genre de musique, elle jugea plus prudent de se laisser guider.

Burke l'attira tout contre lui et commença à danser. En quelques secondes ils trouvèrent leur rythme et bougèrent en parfaite harmonie, évoluant sans se soucier des autres couples sur la piste. Sans se soucier de quiconque dans la salle, d'ailleurs.

— Vous a-t-on jamais dit comme vous étiez belle ?

Envoûtée par le romantisme des notes, à moins que ce ne fût par l'étreinte de Burke, elle mit un instant avant de le corriger :

— La robe est belle.

Il esquissa un sourire.

— La robe n'y est pour rien. Certes, elle est magnifique, mais la femme qui la porte l'est plus encore.

Shannon émit un petit rire et laissa tomber cette conversation risquée. Le slow fut suivi d'un second et ils continuèrent de danser. Elle aurait voulu que cela dure très longtemps ainsi, la main de Burke posée sur le bas de son dos effleurant sa peau nue, éveillant des désirs dans le creux de ses reins.

Lorsqu'il pressa sa joue contre la sienne, elle tressaillit au contact de sa peau un peu rugueuse contre la sienne mais ne s'écarta pas, s'abandonnant au contraire plus encore. Caresse divine, caresse délice.

Un homme, une femme. Elle sut que ce moment resterait à jamais gravé dans sa mémoire.

La voix de Burke coula dans son oreille, ses lèvres chaudes effleurant son cou.

— Si nous rentrions ? chuchota-t-il.

Elle ne fit pas semblant de ne pas comprendre la portée de ses paroles, la promesse de sensualité qu'elles renfermaient. La musique, l'atmosphère et l'étreinte de Burke avaient raison de ses réticences. Soudain, elle se moquait de toutes ses résolutions passées : tant pis pour le contrat, tant pis pour les conséquences. Elle se fichait pas mal de demain. Pour l'instant, elle n'avait que faire des regrets qu'elle ne manquerait pas d'avoir.

Pour une fois, une seule, elle n'avait envie que d'écouter son cœur. Elle voulait vivre cette aventure, elle voulait cet homme.

Elle opina, et eut un sourire timide quand Burke murmura :

— Oh, merci ! Merci mon Dieu.

Il l'entraîna hors de la piste, avançant droit devant lui à travers la salle de réception en marmonnant de vagues excuses à l'intention des gens qui l'interpellaient.

Sitôt qu'il les aperçut depuis le parking où il patientait en compagnie de ses collègues, le chauffeur de Burke sauta dans la limousine et vint se garer devant le perron du *Four Seasons*.

Tous deux s'engouffrèrent dans la voiture et, dès

que la portière fut fermée, Burke pressa sur le bouton pour relever la vitre qui les isolait du chauffeur.

Avant même que la limousine se mette en route, elle se retrouva dans ses bras.

Il prit aussitôt sa bouche qu'il dévora, sa langue s'enroulant à la sienne tandis que ses mains se promenaient avec fièvre sur son dos, sa taille, ses bras, ses épaules.

S'allongeant sur le siège en cuir, il l'attira sur lui, ses seins contre son torse, son ventre contre son ventre, ses cuisses contre les siennes. Elle sentit son désir puissant, impérieux, dressé contre sa hanche, et sans même réfléchir elle referma sa main sur lui à travers le pantalon de smoking. Il gémit, l'étreignit et releva le bassin pour venir à sa rencontre.

— Shannon, supplia-t-il contre ses lèvres. Vous me rendez fou.

Et il la rendait plus folle encore, pensa-t-elle. Mais elle ne voulait pas que Burke sache combien elle était troublée, ni combien il lui serait facile de tomber amoureuse de lui. Elle ne dit donc rien.

Elle laissa sa tête glisser sur le côté, si bien que Burke parvint sans mal à faire glisser la bretelle de sa robe sur son épaule qu'il couvrit de baisers. Il l'embrassa dans le cou, sur la gorge, ou plutôt il la dévora, aspirant entre ses lèvres un peu de sa chair, laissant sa peau humide et fraîche. Une seconde plus tard, sa poitrine était dénudée et il l'embrassa de la même manière, la mordant presque, léchant ensuite

374

le bout de ses seins avant de les prendre entre ses dents, doucement, lentement.

A son tour elle gémit, glissa ses doigts dans ses cheveux, pressant la tête de Burke contre elle tandis qu'il se repaissait d'elle.

La limousine stoppa sans qu'elle le remarqua, contrairement à Burke qui marmonna un vague juron avant de s'empresser de défroisser sa robe et de ramener la bretelle sur son épaule.

Une fois qu'il fut sûr qu'elle était décente, il lui sourit.

— Tout va bien ?

Si tout allait bien ? Et comment diable l'aurait-elle su ? Le désir bruissait en elle avec la force d'une tornade dans les palmiers, elle sentait son corps enfiévré tandis que son cerveau paraissait littéralement gélifié.

Mais elle opina, parce que c'était la réponse qu'il attendait. Elle sourit, troublée de le voir aussi confus qu'elle, et essuya à son tour tendrement sur sa joue une trace de rimmel.

Au moment où elle abaissait la main, la portière s'ouvrit. Burke sortit de la limousine et lui tendit la main. Puis, après un signe de tête au chauffeur, il l'entraîna promptement à travers le garage souterrain jusqu'à l'ascenseur.

Dès que les lourdes portes de métal se refermèrent, il se rua sur elle et la plaqua contre la paroi. Son baiser embrasa chaque cellule de son corps. Elle se sentit chanceler sous son assaut et dut agripper ses épaules pour ne pas s'affaisser sur le sol.

Lorsque l'ascenseur s'ouvrit, il la souleva dans ses bras et l'emporta tout le long du couloir sans même interrompre leur baiser. Après avoir poussé du pied la porte de l'appartement, il se dirigea droit vers sa chambre sans marquer le moindre arrêt, jusqu'à ce qu'il bute sur le lit *king-size*.

Alors il l'allongea avec une infinie tendresse, écartant d'une main délicate les boucles de son visage. Puis il recula et entreprit de retirer la veste de son smoking qui atterrit sur le sol. Le nœud papillon subit le même sort, puis il s'attaqua aux boutons de sa chemise.

Le souffle court, elle regarda la chemise glisser, révélant peu à peu l'éclat de sa peau nue, de son torse puissant. Burke posa ensuite les mains sur la ceinture de son pantalon. Elle pensa alors à se déshabiller elle aussi, mais elle ne put faire le moindre geste.

Elle était littéralement subjuguée par la beauté de Burke et par le fait que cet homme la désirait, elle, Shannon Moriarty.

Nu, il approcha et se glissa à côté d'elle sur le lit, s'appuyant sur un coude pour la regarder.

Elle ravala sa salive avec peine, ne sachant que faire ou que dire. Elle n'avait guère l'habitude de ce genre d'intimité avec un homme. Surtout un homme aussi beau que Burke.

Sans doute s'attendait-il à ce qu'elle soit experte et voluptueuse et… ?

376

De sa main libre, il commença à retirer les épingles qui maintenaient ses cheveux, les yeux toujours plongés dans les siens.

— Voulez-vous que j'arrête ? demanda-t-il avec douceur. N'hésitez pas, je ne veux pas si vous ne vous sentez pas prête. Nous pouvons en rester là…

Ce simple souci d'elle, sa proposition d'arrêter si elle le souhaitait fit céder le reste de tension qui pesait sur elle. Elle hocha la tête en signe de refus, frissonnant au contact de ses doigts dans ses cheveux qui maintenant frisaient librement autour de sa tête.

— Non, je le veux. C'est juste que… Je ne fais pas cela très souvent.

— Je ne le fais pas non plus aussi souvent que vous semblez l'imaginer. C'est pourquoi ce moment compte tant pour moi.

Il se pencha et déposa un baiser sur le coin de ses lèvres, sur ses joues, sur son nez.

Elle sentit le bout de ses doigts effleurer son bras puis le creux de ses reins. La fermeture Eclair céda centimètre par centimètre. Il fit ensuite glisser les fines bretelles de ses épaules. L'instant d'après elle se retrouvait nue.

En guise de slip, Margaret avait choisi un modèle complètement insensé, un truc minimaliste en dentelle noire, avec des incrustations de papillons d'argent qui couvraient heureusement l'essentiel. Par contre, sa robe étant pratiquement dos nu, elle ne portait pas de soutien-gorge.

Instinctivement, elle croisa les bras pour cacher sa nudité.

Les mains de Burke recouvrirent les siennes. De belles mains d'homme, puissantes et mates, sur sa peau laiteuse.

Elle frissonna. Il était si viril et elle se sentait si vulnérable. Un sentiment la traversa, non pas de désarroi, mais au contraire de sécurité.

— Ne vous cachez pas, chuchota-t-il en repoussant doucement ses mains. Comme vous êtes belle. Je veux vous regarder.

Elle se raidit sous son regard, referma les poings sur le drap.

— Ils sont sensibles, n'est-ce pas ? demanda-t-il en caressant du pouce le bout de l'un de ses seins.

Dans un hoquet, elle opina. Elle ignorait si c'était son contact ou le simple écho de sa voix, mais son bout de sein se dressa à cet instant presque douloureusement.

— Ils sont pleins aussi, plus que lors de notre première rencontre, sourit-il en continuant sa caresse. Je note toujours ce genre de choses.

Sa main quitta alors son sein pour descendre sur son ventre, puis il lui caressa les hanches.

— Je suis fasciné par les changements que la grossesse amène à votre corps.

Elle sentit la chaleur de sa paume effleurer longuement son ventre tandis qu'il la couvrait de baisers.

378

Baisers brûlants et fougueux sur son cou, ses épaules, sa taille.

Maintenant une main sur son sein, il fit descendre l'autre entre ses jambes. Elle était déjà humide et ses doigts n'eurent aucun mal à venir à sa rencontre. Elle soupira tandis qu'il s'insinuait entre les replis secrets, chaque muscle de son corps bandé, et elle sut que s'il persistait dans cette caresse, elle exploserait avant même de l'avoir reçu en elle.

— Par pitié, murmura-t-elle, Burke, je vous en prie. Prenez-moi.

Il rampa vers elle et plongea ses yeux gris dans les siens.

— Je le veux tant, moi aussi, dit-il dans un souffle.

Posant sa bouche sur la sienne, il la domina et, lentement, lentement, entreprit de la pénétrer.

Shannon retint un râle à la sensation exquise de son corps plongeant dans le sien. Elle n'avait connu que peu d'aventures, mais elle sut au fond de son cœur que cette fois serait différente des précédentes.

Burke était différent.

Aucun autre homme n'avait éveillé de telles sensations en elle. Elle avait l'impression d'être transpercée d'éclairs fulgurants, d'être la proie d'un séisme. Comme si son corps était sur le point d'imploser et que, s'il lui venait l'envie de l'abandonner maintenant, elle allait s'évaporer, cesser littéralement d'être.

Burke la pénétra de quelques centimètres à peine puis s'arrêta pour lui donner le temps de le recevoir. Il resta quelques secondes ainsi figé, mais pas seulement pour ne pas la brusquer. Pour lui aussi, dont le sang martelait ses veines dans un bruit assourdissant. Il craignait, s'il venait à éprouver plus de trouble encore au cours des trois prochaines secondes, de se ridiculiser en ne parvenant pas à se contrôler.

Il désirait Shannon depuis si longtemps. Maintenant, elle était à lui, dans ses bras, dans son lit. Il était en elle, et plus jamais il n'en bougerait.

Mais même si lui rêvait de rester ainsi fiché en elle pour l'éternité, son corps lui réclamait la délivrance.

Il se retira, arrachant un gémissement à Shannon. Puis, son souffle mêlé au sien, il la pénétra de nouveau, cette fois de tout son être.

Ecartant ses cheveux de son front, il rencontra son regard.

— Est-ce que ça va ? demanda-t-il.

Des bras et des jambes, elle l'enveloppa et l'attira à elle.

— Ne vous arrêtez pas, supplia-t-elle avec un sourire radieux.

Il lui rendit son sourire puis, se penchant, couvrit son visage et son cou de baisers. En même temps il commença à bouger en elle d'avant en arrière, d'abord avec lenteur, puis à mesure que la passion le submergeait, de plus en plus vite.

Il empoigna ses hanches, la voulant totalement, cherchant à se fondre toujours plus en elle.

— Oh ! Burke…

Elle chuchota son nom d'une voix saccadée et suppliante, déclenchant chez lui un raz de marée. Au bord de la jouissance, il serra les dents. Il voulait Shannon avec lui.

— Maintenant, souffla-t-il, ses lèvres contre les siennes, sa main glissée entre ses cuisses. Viens maintenant, Shannon… Avec moi.

Elle ouvrit la bouche dans un cri. Puis, remuant la tête de part et d'autre, elle s'arqua à sa rencontre.

Burke sentit chaque frisson, chaque onde de sa chair le frapper de plein fouet. Luttant contre son propre orgasme, il se mordit la lèvre jusqu'au sang et finit par rendre les armes. Dans un ultime assaut, il s'abandonna.

Depuis combien de temps exactement étaient-ils ainsi allongés, encastrés l'un dans l'autre, repus et exténués, il l'ignorait. Ce pouvait être depuis dix minutes, ou aussi bien des heures. Craignant soudain d'étouffer Shannon, il roula sur le dos et l'attira dans ses bras. Elle blottit aussitôt sa tête contre son épaule, mêlant ses jambes aux siennes.

— Comment vous sentez-vous ? demanda-t-il au bout d'un moment.

Il avait besoin de parler, besoin de savoir.

Shannon bougea légèrement la tête et plongea ses yeux verts dans les siens.

— Tellement bien, murmura-t-elle en esquissant un sourire.

Elle enfouit son visage dans son cou et s'étira. Son genou lui effleurant le ventre déclencha instantanément en lui une déferlante de sensations. Lui qui une seconde plus tôt croyait son corps assouvi, constata qu'il n'en était rien. Il la désirait encore.

— Et vous, comment vous sentez-vous ? demanda-t-elle.

Prenant sa main, il la posa sur son sexe dur.

— A votre avis ?

Elle le regarda, les yeux agrandis, ses doigts serrés autour de son membre.

— Je croyais que les hommes avaient besoin d'un certain temps pour récupérer...

— Apparemment non, dit-il sans autre commentaire.

Il lui semblait que depuis sa rencontre avec Shannon, il n'avait en réalité jamais cessé d'être dans cet état. Pourquoi serait-ce différent aujourd'hui ?

Shannon se souleva sur le lit pour venir au-dessus de lui, ses mains posées sur son torse, puis l'enfourcha, son ventre à quelques centimètres de cette partie de son anatomie qui la réclamait.

382

— Nous devons faire en sorte de résoudre ce problème, vous ne pensez pas ?

Il la regarda, hypnotisé par ses mains qui caressaient son torse, pressaient le bout de ses seins, effleuraient son ventre tressaillant. Le souffle court, le corps douloureux à force de tension, il attendit, se demandant ce qu'elle allait faire.

Il désirait ses lèvres sur lui presque autant qu'il avait désiré lui faire l'amour. Ces étreintes, il en avait rêvé des milliers de fois, mais il ne voulait pas que Shannon fasse quelque chose dont elle ne ressente pas réellement l'envie. Et il voulait encore moins qu'elle le fasse par obligation, simplement parce que monsieur en réclamait encore après l'une des expériences sexuelles les plus extraordinaires pourtant de toute son existence.

— Mon ange, soupira-t-il en tressaillant au contact de ses lèvres sur son sexe. Vous n'êtes pas forcée de…

Elle leva la tête et rencontra son regard.

— Vous n'avez plus envie de moi ?

Elle ne paraissait ni gênée ni incertaine comme il l'avait cru. Simplement curieuse.

L'air s'échappa soudain plus librement de ses poumons et il se mit à rire.

— Ce serait malhonnête de ma part de prétendre le contraire, répondit-il. Mais je refuse que vous fassiez une chose à laquelle vous ne seriez pas prête.

Elle le fixa, un sourire angélique aux lèvres.

— Je pense qu'une fois de plus, vous devriez me

laisser seule juge de mes envies. Et si vous n'y voyez pas d'inconvénient, je suis tout à fait prête à faire cela.

Alors il se laissa aller sous la chaleur de ses lèvres, s'en remettant aux dieux, à moins que ce soit au diable en personne. A la façon dont elle le touchait, dont elle le goûtait, il se dit qu'elle devait avoir juré de le rendre fou. Serrant les poings, le souffle court, il s'abandonna.

Sa bouche l'enveloppa, sa langue le tortura, l'explora en de longues, brûlantes et interminables caresses. Il essaya, mais sans succès, de rester tranquille. Malgré lui il se cambrait, il en voulait plus. Contre sa volonté, ses doigts lâchèrent bientôt le drap auquel ils étaient accrochés pour aller se glisser dans les cheveux de Shannon.

Il chercha d'abord à la repousser avant qu'il ne perde le contrôle, puis se trouva au contraire à la guider, à la retenir pour prolonger la caresse. Une demi-seconde à peine avant qu'il ne soit trop tard, il l'attira sur lui et noua ses bras autour de sa taille, prenant avec fièvre sa bouche.

En gémissant, il la caressa, promenant ses mains sur son dos, ses fesses, son ventre, puis il la plaça comme il voulait qu'elle fût avant de la prendre, plongeant intimement en elle.

*
* *

384

Shannon ferma les yeux et se mordit la lèvre pour ne pas crier en sentant Burke la pénétrer jusqu'au plus profond de son corps. Jamais elle n'avait été prise comme il la prenait. Jamais on ne lui avait fait l'amour comme il lui faisait l'amour. Et peu importait qu'elle ait bravement lutté contre, elle comprenait maintenant qu'elle ne pouvait plus rien contre la passion qui l'habitait, contre l'amour qu'elle éprouvait pour lui.

Elle était perdue.

Car cela ne pourrait jamais la mener à rien. Ils appartenaient à deux mondes si différents, attendaient des choses si différentes de l'avenir. Le seul point commun momentané qu'ils partageaient était l'enfant qu'elle portait, ce contrat qui les unissait. Le temps leur était compté.

Mais même consciente de cette échéance, elle ne pouvait permettre à un futur inéluctable de venir gâcher le présent. Elle voulait appartenir à Burke. Tout entière.

Lorsque le moment serait venu elle le laisserait s'en aller, mais jusque-là elle s'abandonnerait corps et âme à lui, retenant comme autant de trésors dans son esprit le souvenir de son visage, de son corps, de leurs étreintes. Ces images resteraient vivantes en elle longtemps encore après que Burke et son enfant auraient disparu de sa vie.

Des larmes obscurcirent son regard, mais elle les ravala aussitôt, se concentrant sur le plaisir que Burke lui donnait. L'extase la submergea avec la puissance d'un météore, déversant ses vagues de sensations puis de plaisir intense qui lui arrachèrent un cri.

Burke resta en elle, bougeant avec la fureur de la passion. Une seconde plus tard, il se tendit et laissa échapper un long grognement. Elle soupira, puis s'affaissa à ses côtés sans plus de forces.

Elle enviait la femme qu'il finirait par rencontrer. La femme qu'il aimerait, qui partagerait son lit, qui s'éveillerait le matin près de lui. Avec laquelle il aurait des enfants, avec laquelle il construirait sa vie. Tant de choses dont elle avait toujours rêvé, auprès d'un homme qu'elle n'imaginait plus rencontrer un jour. Puisqu'elle l'avait déjà rencontré.

Mais c'était impossible, il n'était pas pour elle.

Son cœur se serra. Oui, depuis le début, elle savait leur relation condamnée. Coucher avec lui avait évidemment été une erreur, mais elle ne regrettait rien.

Dès demain matin, la raison reprendrait ses droits. Ce fut du moins ce qu'elle se promit avant de sombrer dans le sommeil entre les bras de Burke.

9.

Shannon n'avait jamais dormi aussi profondément de sa vie. Aux rayons de soleil filtrant à travers les rideaux, elle comprit que la matinée était déjà bien avancée.

« Il était temps qu'elle se lève », pensa-t-elle. Mais ce fut comme si son corps refusait de lui obéir, et chaque fois qu'elle se préparait à sortir du lit, le sommeil la happait de nouveau dans ses limbes.

Lorsqu'une nouvelle fois elle s'éveilla, elle se trouva enveloppée des parfums du café et de toasts chauds. Le café lui était déconseillé, mais ce fut plus fort qu'elle, son estomac grogna de convoitise. Aucune nausée à l'horizon.

Comme elle s'étirait et s'asseyait sur le lit, elle vit qu'elle était nue. Il ne fallut pas plus de deux secondes pour que les souvenirs de la nuit lui reviennent.

Burke ! Et toutes ces heures de plaisir, de sueur, de cris. Ce bonheur absolu qu'elle avait éprouvé dans ses bras.

Si seulement cela pouvait continuer !

Mais c'était impossible. Et elle refusait de saboter le temps qu'il leur restait par des regrets. Elle regrettait naturellement qu'ils ne se soient pas rencontrés plus tôt et qu'ils aient si peu de points communs, mais elle ne regrettait pas ni ne regretterait jamais la nuit passée avec lui. Elle avait été attirée trop longtemps par lui pour ne pas écouter son instinct au moins une fois, une seule.

Aujourd'hui, néanmoins, elle ne voulait plus écouter que la raison. Tant pis si elle devait en mourir, oui tant pis, mais cette nuit désormais faisait partie du passé. Rien qu'à y penser son cœur paraissait vouloir cesser de battre, mais elle allait, et pas plus tard que ce matin, réinstituer avec Burke des relations exclusivement professionnelles. Ils avaient conclu un marché et elle porterait encore sept mois son enfant avant que leur arrangement n'arrive à terme. Point.

Elle pouvait le faire, elle pouvait le faire, elle pouvait…

La porte de la chambre s'effaça et l'homme de ses pensées marcha vers le lit, un plateau de bambou entre les mains. Pieds nus, il portait un jean usé et un pull ivoire.

— Bonjour mon ange, dit-il tendrement. Avez-vous bien dormi ?

Shannon se sentit fondre devant le sourire complice qui illuminait son visage ombré d'un fin duvet. Au même instant, elle frissonna face à l'éclat libertin de son regard.

Ramenant le drap sur ses seins, elle s'éclaircit la gorge avant de répondre.

— Bien, et vous ?

Si Burke nota l'écho d'une certaine anxiété dans sa voix, il n'en laissa rien voir. Il vint s'asseoir sur le bord du lit, creusant le matelas près de sa hanche gauche. Elle recula de quelques centimètres, la couverture sous le menton, les oreillers ramenés contre elle tel un rempart.

— Je n'ai passé de meilleure nuit depuis bien long-temps, répondit-il.

Il se pencha et embrassa ses lèvres.

— Et cela n'a rien à voir avec la façon dont j'ai pu dormir, rajouta-t-il avec un clin d'œil.

Après avoir posé le plateau sur ses genoux, il saisit une tasse fumante qu'il lui tendit. Elle respira le parfum du thé puis souffla pour faire refroidir le breuvage avant d'en avaler une gorgée.

— Ne sachant pas ce que vous prenez au petit déjeuner, j'ai pensé vous faire quelques toasts. Mais si vous souhaitez autre chose…

— C'est très bien ! affirma-t-elle en mordant dans la tranche de pain braisé. Mmm, comme c'est bon. Merci.

Ignorant le compliment, Burke tendit la main pour ramener une boucle de ses cheveux derrière son oreille.

— Je pensais à votre beauté d'hier soir, au gala de

bienfaisance, dit-il, mais vous êtes tout aussi sublime le matin au réveil.

Elle s'immobilisa, le toast se désintégrant dans sa bouche.

Comment était-elle supposée résister à ce genre d'aveu ? Comment ignorer le sang qui bouillonnait dans ses veines ? Comment tourner le dos à un homme qui lui apportait le petit déjeuner au lit et louait sa beauté matinale quand elle savait que ses cheveux étaient ébouriffés et les plis du drap imprimés dans sa joue. Comment ?

— J'avais pensé faire un peu de shopping aujourd'hui, reprit Burke, complètement ignorant du chaos émotionnel qui l'agitait.

Il prit sa main libre et caressa consciencieusement ses doigts tout en continuant de parler.

— Nous pourrions commencer à réfléchir à la chambre d'enfant, dit-il. Je me disais que vous pourriez m'aider à la décoration. J'ai vraiment besoin de votre aide, je ne sais pas du tout par où commencer.

Décorer la chambre d'enfant. Faire du shopping pour leur bébé.

Par pitié, elle voulait partir. Elle *devait* partir ! Tout ça était bien trop dangereux. Cela donnerait à leur relation une dimension… Il ne fallait pas. Non.

Mais après tout, quel mal pouvait-il y avoir à faire un peu de shopping ? Assurément elle pouvait être utile à Burke en ce qui concernait les accessoires pour bébé. Elle l'aiderait à acheter le bon modèle de berceau, à reconnaître les différentes catégories de couches… Et puis demain, elle partirait.

Après avoir avalé une autre bouchée de toasts et une autre gorgée de thé, elle opina.

— Juste le temps de m'habiller et nous pourrons y aller.

Il se pencha et effleura ses lèvres avant de se lever.

— Prenez votre temps.

Shannon engouffra suffisamment de toasts afin de prévenir une éventuelle fringale matinale, puis elle prit une douche et s'habilla. Elle opta pour une jupe longue en jean et un pull dans les tons roux. Le temps étant plutôt frais et craignant de reprendre froid, elle prit également une veste en laine. Enfin, attrapant son sac fourre-tout, elle sortit de la chambre.

Elle retrouva Burke dans son bureau en train de pianoter sur le clavier de l'ordinateur. Sentant sa présence, il leva les yeux sur elle.

— J'en ai pour une minute, s'excusa-t-il avec un sourire.

— Je ne suis pas pressée.

Quand il reporta son attention sur le moniteur, elle battit en retraite et traversa le salon en sens inverse pour se rendre dans la cuisine. Elle se versa un verre de jus d'orange et s'empara du journal posé sur le comptoir.

Comme elle s'efforçait de réduire ses dépenses au maximum, elle n'était pas abonnée au *Sun Times* et était de ce fait peu informée sur l'actualité mondaine et les potins de la ville. De temps en temps, elle trouvait le temps de parcourir les gros titres, de sourire au gag du jour et de consulter son horoscope.

Elle feuilletait le quotidien quand le nom de l'organisation responsable du gala de charité de la veille attira son regard.

Elle fut déçue en parcourant l'article. Rien sur les fonds collectés, rien sur le sort des enfants vivant au-dessous du seuil de pauvreté. En réalité, il s'agissait d'un compte rendu style people, un ramassis de commérages et d'appréciations superficielles.

Haussant les épaules, elle tourna la page avant de se figer en découvrant une photo cinq colonnes en noir et blanc.

Le cliché les montrait, Burke et elle, sur la piste de danse, enlacés et les yeux dans les yeux. La légende donnait le nom de Burke Bishop, entrepreneur multimillionnaire, et s'interrogeait sur cette *mystérieuse jeune femme* qui menaçait le célibat du plus séduisant des hommes d'affaires du pays, risquant ainsi de briser le cœur des belles de Chicago.

Un sentiment d'appréhension lui noua subitement la gorge. Le soir précédent, elle n'avait remarqué aucun photographe dans la salle de bal, mais apparemment les paparazzi avaient su rester discrets. Cachés sous les tables ? Derrière les palmiers en pot ? Ou invités par l'organisation de charité elle-même ?

Mais cela n'avait pas la moindre importance, n'est-ce pas ? Sa photo s'étalait en page centrale du *Sun Times*, et alors ?

Elle avait accepté de participer à cette réception pour rendre service à Burke… et aussi pour passer une soirée en sa compagnie, admit-elle. Un rendez-vous, un dîner, quelques tours de piste, et elle s'était bercée quelques heures de l'illusion qu'ils entretenaient une relation autre que contractuelle.

Oui, mais jamais elle n'avait souhaité que sa relation avec Burke soit divulguée, qu'on leur attribue une liaison ! La nouvelle de sa grossesse finirait fatalement par éclater au grand jour, et bientôt on apprendrait comment cet enfant avait été réellement conçu. Cela ne pourrait que leur porter tort à tous les deux.

Burke serait traîné dans la boue, harcelé, importuné par des reporters qui voudraient savoir pourquoi il avait embauché une inconnue pour porter son enfant, lui que courtisaient des dizaines de femmes toutes plus belles les unes que les autres et ne rêvant que de devenir madame Burke Ellison Bishop.

Elle-même serait traquée par les médias qui voudraient lui soutirer des informations sur Burke, chercheraient à savoir comment ils s'étaient rencontrés, comment elle était devenue la mère porteuse de son enfant, combien il l'avait payée pour cela et comment elle en était venue à accepter ce genre de tractation…

Sa mère découvrirait elle aussi le subterfuge, les étudiants et les professeurs de la fac également. Toute sa vie en serait bouleversée, définitivement…

Mais, pire que tout, leur enfant lui aussi finirait un jour par savoir. Très jeune, il comprendrait qu'il était différent. Il surprendrait les chuchotements, remarquerait les regards en coin et découvrirait enfin que les rumeurs concernant sa naissance étaient vraies. Que son père avait payé les services d'une jeune femme pour le concevoir et lui donner naissance. Que sa mère avait reçu un chèque en échange de son propre enfant. Comment ne se sentirait-il pas alors abandonné ? Comment ne penserait-il pas qu'il n'avait été ni désiré ni aimé par elle ?

Soudain une nausée fulgurante la plia en deux au milieu de la cuisine.

Ciel, qu'avait-elle fait ? Elle croyait pourtant avoir considéré les différents aspects de cette situation, mesuré le traumatisme que ce serait de renoncer au bébé. Mais jamais — jamais ! — l'idée ne l'avait effleurée que son arrangement avec Burke puisse être rendu public.

Inspirant profondément, elle essaya de se calmer. Une fois la nausée passée, elle se redressa et regarda de nouveau la photo qui venait de l'ébranler.

Après tout, ce cliché ne révélait rien de son état. Impossible de deviner sa grossesse. Si elle s'arrangeait pour se faire plus discrète et disparaître en temps voulu, il y avait de fortes chances que personne n'apprenne la vérité.

Un sentiment de sérénité l'envahit à mesure que cette idée s'installait dans son esprit. Oui, elle devait disparaître, la solution était là. Sans tarder, avant qu'un autre photographe ne la surprenne au bras de Burke, sortant de chez lui.

Elle allait retourner chez elle et se cloîtrer dans son appartement. Puis, une fois émoussée la curiosité du public sur sa relation avec Burke, elle reprendrait tranquillement le cours normal de son existence, retournerait en cours et irait honnêtement gagner sa vie.

Une chose était sûre, elle devait désormais rester à distance respectable de Burke Bishop. Il ne fallait tout simplement *plus* qu'on les revît ensemble.

Shannon posa une main sur son ventre. Elle devait porter cet enfant à terme, jamais elle ne mettrait en danger cette vie en elle. Mais elle avait aussi besoin de prendre du recul à la fois avec cet enfant et avec son père.

Elle devait agir sans perdre plus de temps. Fuir Burke tant qu'elle en avait encore le courage.

Quand il sortit du bureau, Burke aperçut Shannon installée au comptoir de la cuisine. Il sourit en la voyant. La nuit avait été magique. Il n'aurait pu imaginer passer cette journée sans elle. Pas même une heure loin d'elle.

Son sourire s'élargit et il se prit à rêver. Une vie près de Shannon… Il n'avait pas besoin d'analyste pour comprendre qu'il était plus heureux quand elle se trouvait auprès de lui.

Elle était vêtue des couleurs de l'automne et une image lui vint à l'esprit : celle d'un jour froid et venteux, où l'on n'a qu'une envie, rentrer chez soi au plus vite et passer la soirée auprès de l'être cher devant un feu de cheminée.

Mais quelque chose clochait. Elle à qui le roux, le beige ou le marron allaient si bien, elle paraissait particulièrement pâle, à moins que… Mais non, elle *était* pâle.

Et elle se tenait prostrée et respirait visiblement avec difficulté.

— Shannon, appela-t-il en s'empressant.

Son cri la fit sursauter. Elle se tourna comme au ralenti et croisa son regard, égarée.

Il fut auprès d'elle en moins d'une seconde, la prit dans ses bras et l'étreignit avant de l'examiner des pieds à la tête.

— Que se passe-t-il ? demanda-t-il. Vous souffrez ?

Sa première pensée alla au bébé. Quelque chose n'allait pas, il allait devoir l'emmener d'urgence à l'hôpital.

— Avez-vous lu l'article ? répondit-elle d'une voix tremblotante, au bord des larmes.

L'article ? Mais de quoi parlait-elle ? Il était terrifiée à l'idée d'une fausse couche, et elle se préoccupait d'un satané article. Une chute de pression artérielle lui avait peut-être faussé le jugement ?

Puis il remarqua qu'elle tapotait le *Sun Times* ouvert sur le comptoir. Il la lâcha et pivota sur lui-même pour se pencher sur le journal où trônait une photo pleine page de Shannon et de lui.

Elle était divinement belle. Une fraction de seconde, il se revit sur la piste de danse du *Four Seasons,* Shannon contre lui, et lui faisant de son mieux pour la séduire.

Et ça avait marché. Tout s'était enchaîné au-delà de ses espérances, mais…

Mais quelque chose dans cette photo ou dans l'article attenant l'avait manifestement traumatisée.

Il lut la légende de la photo et parcourut l'article. Pas exactement un article, non, plutôt le papier d'un chroniqueur mondain avide de potins, spéculant sur l'identité de la femme qui l'accompagnait.

Rien de nouveau sous le soleil. Il avait l'habitude de ces papiers qui régulièrement attentaient à sa vie privée. Des ramassis de rumeurs et de mensonges qu'il se contentait d'ignorer, quand ce n'était pas d'en rire. Il était sincèrement désolé que Shannon en fût à son tour la victime, mais néanmoins il n'y avait pas là non plus matière à s'offusquer.

Se tournant vers elle, il s'efforça de la réconforter.

— J'aurais dû vous prévenir de la traque dont je fais l'objet de la part de certains photoreporters, expliqua-t-il avec calme. J'ai tellement l'habitude de les trouver dans mes jambes que je ne remarque même plus leur présence.

— Cela ne vous inquiète pas que le tout Chicago découvre cette photo et imagine que nous sommes fiancés ? demanda-t-elle, l'air catastrophé.

Il caressa sa joue puis ses cheveux avant de remarquer :

— Après cette nuit, je ne verrais rien de choquant à entendre dire que nous sommes fiancés, pas vous ?

Mais Shannon secoua la tête, repoussa sa main.

— Enfin, Burke, il est hors de question que les gens nous considèrent comme un couple, parlent de nous comme... Qu'adviendra-t-il s'ils découvrent la vérité sur le bébé ?

Elle posa la main sur son ventre dans un geste protecteur et sa voix s'éteignit dans un souffle :

— Tenez-vous réellement à ce que le monde apprenne que vous avez payé les services d'une mère porteuse pour avoir votre enfant ?

Ces paroles résonnèrent pour Burke comme l'écho lancinant du ressac de l'océan.

S'il trouverait contrariant que les gens apprennent sa prochaine paternité ? Ah non, alors ! Il aurait préféré certes que cela restât un moment secret, le temps en tout cas de jouir en privé de l'extraordinaire nouvelle, mais à vrai dire il se sentait si fier à l'idée de la venue au monde imminente de son fils ou de sa fille qu'il lui prenait souvent l'envie de crier son bonheur sur les toits.

Par contre, il ne tenait pas à ce que les gens découvrent qu'il avait conclu un arrangement financier avec Shannon pour qu'elle portât son enfant et disparaisse après la naissance. Assurément pas. Mais simplement parce que ce n'était plus du tout, mais plus du tout ce qu'il envisageait.

Aujourd'hui, il voulait que Shannon soit plus qu'une simple mère porteuse, il la voulait définitivement auprès de lui et du bébé une fois ces neuf mois écoulés.

Il ne savait trop comment réagir avec cela, mais c'était ainsi. Une évidence. Une évidence qu'il assumait sans lui attribuer pour l'instant d'autre nom.

Vouloir la compagnie de Shannon au-delà du terme qu'ils avaient au préalable établi ne signifiait pas qu'il allait l'épouser, ni même que leur relation durerait. Il se sentait parfaitement à l'aise dans son rôle de célibataire et n'était certainement pas près de renoncer à son statut pour une femme, quelle qu'elle fût.

Sa gorge se serra et il eut un haut-le-corps. Cette phrase si souvent invoquée prenait une consonance étrange, tout à coup.

Peut-être n'était-ce pas aussi simple ? Il refusa cependant de creuser la question et força son esprit à revenir en terrain connu. Les affaires, par exemple.

Il était un pro, un négociateur froid et calculateur qui ne permettait jamais à ses émotions de prendre le dessus.

Il n'y avait aucune différence, même si son cœur prétendait le contraire. Sa relation avec Shannon était un marché comme un autre, il pouvait la considérer comme une O.P.A.

Elle était un challenge, un défi à…

Etait-elle un challenge ? se demanda-t-il en tressaillant. Il fixa la gorge de la jeune femme tandis qu'elle ravalait sa salive et devina son anxiété.

— Vous avez raison, dit-il enfin. Je n'ai pas envie que les gens apprennent comment mon enfant est venu au monde. Personnellement, cela ne me dérangerait pas à l'excès, mais c'est à vous que je pense. Je ne veux pas que l'on vous importune avec ça ni que votre existence ou celle de l'enfant en soit perturbée.

— Ma grossesse ne se voit pas encore, personne ne peut donc s'en douter pour l'instant. Mais nous ne pouvons pas nous permettre de nous montrer de nouveau ensemble, surtout quand ma grossesse deviendra évidente.

Tout cela était parfaitement sensé, pensa-t-il, mais brusquement son esprit en décida autrement.

— Le mieux serait que vous m'épousiez.

Le rose qui revenait peu à peu aux joues de Shannon s'effaça d'un coup. Elle écarquilla les yeux et vacilla sur ses jambes, au point qu'il saisit son bras de crainte qu'elle ne tombe.

400

— Que dites-vous ? demanda-t-elle dans un gémissement.

— Je crois que nous devrions nous marier, répéta-t-il avec calme. Cela mettra un terme à la rumeur. Même si les gens font le compte et comprennent que vous étiez enceinte deux mois avant notre mariage, personne n'y trouvera rien à redire. Pas à notre époque. Ce genre d'incident est fréquent de nos jours.

— Mais… que devient notre accord ? s'enquit-elle.

— Je vais demander à mes avocats de revoir notre contrat. Personne ne saura jamais comment cet enfant a été conçu ni que nous avons été associés avant d'être amants.

Shannon sentait le sang tambouriner à ses tempes, mais un grand froid montait en elle.

Burke ne tenait pas vraiment à l'épouser. Il voulait son enfant et cherchait à la protéger des médias, mais il ne voulait pas la prendre pour femme, pas vraiment. Pas de la façon dont elle rêvait, en tout cas.

Jusqu'à ce moment, elle ignorait à quel point elle tenait à lui. Elle désirait Burke Bishop, avait physiquement envie de lui et éprouvait pour lui des sentiments qu'elle s'efforçait de réprimer. Mais elle n'avait pas encore pris conscience de l'amour qu'elle lui portait.

Son cœur marqua une pause et elle dut se concentrer pour recouvrer son souffle.

Il avait fallu cette photo et la proposition forcée de Burke pour qu'elle comprenne. Non, elle ne voulait pas d'un tel mariage, d'une union décidée pour contrer les paparazzi.

Elle voulait plus. Tout ou rien.

Le mariage, l'amour, les enfants, une vie ensemble, toutes ces choses, Burke s'en moquait au fond. Oh, certes ! gentleman comme il l'était, il lui offrait de l'épouser pour sauver sa réputation, et bien sûr pour épargner à leur enfant plus tard les quolibets et le désespoir… Mais il ne l'aimait pas et ne l'aimerait probablement jamais.

Mieux valait en finir tout de suite. Elle continuerait à le voir à l'occasion des visites chez le Dr Cox, puis à l'accouchement, peut-être même une fois ou deux après la naissance. Mais alors elle prendrait du recul avec Burke, elle enfouirait ses sentiments pour lui au plus profond d'elle-même. Avec plus de facilité en tout cas, moins de chagrin que si elle restait avec lui dans cet appartement ou — que Dieu lui vienne en aide — si elle l'épousait.

— Je suis désolée, dit-elle au bord des larmes. Je ne peux pas faire cela.

Burke la fixa, l'air ébahi, comme stupéfait que quelqu'un puisse lui dire non.

— Que dites-vous ? Bien sûr que si, vous allez m'épouser ! C'est le seul moyen pour arrêter la rumeur lorsque les gens commenceront à comprendre que vous êtes enceinte de mon enfant.

— Non, dit-elle sur un ton neutre. Ne plus nous voir aura le même effet. Je n'aurais jamais dû accepter de m'installer ici, de laisser les choses… m'échapper ainsi. Nous devons revenir aux termes de notre contrat, Burke, ne nous rencontrer qu'en cas d'absolue nécessité de façon à ce que personne ne puisse suspecter le moindre lien entre nous.

Elle s'interrompit, désigna du menton le journal resté sur le comptoir.

— La curiosité suscitée par cet article ne tardera pas à s'estomper dès lors que nous ne nous verrons plus.

Elle nota un tressautement de sa mâchoire et l'éclat déterminé de ses yeux gris.

— Je préfère mon plan, gronda-t-il.

— Nous ne sommes pas en train de parler dollars, Burke, dit-elle en relevant fièrement la tête. Je suis désolée. Je m'en vais.

Sur ces paroles, elle lui tourna le dos et se rendit dans sa chambre, s'ordonnant à chaque pas de ne pas s'effondrer. Puis elle referma derrière elle et commença à ranger ses affaires, ignorant les larmes qui coulaient sur ses joues.

10.

Sans Shannon, les semaines qui suivirent furent aussi douloureuses pour Burke que les feux de l'enfer.

Il passait des journées entières enfermé dans son appartement à ruminer, se mettait en colère contre quiconque avait le malheur de croiser son chemin et se montrait proprement insupportable avec ses employés.

L'unique personne qui n'eût pas à subir sa mauvaise humeur était Margaret. Elle ne se serait pas laissé impressionner et l'aurait certainement vertement remis à sa place s'il s'était avisé d'élever la voix contre elle. En outre, hormis lui-même, elle était la seule à pouvoir faire tourner *Bishop Industries*.

Heureusement, car les affaires étaient bien la dernière chose dont il avait envie de s'occuper. Sitôt qu'il cherchait à se concentrer sur un dossier, il voyait le visage de Shannon s'étaler sur les pages de graphiques et les colonnes de chiffres.

En réalité, il n'arrêtait pas de penser à elle. De se demander ce qu'il avait pu dire ou ne pas dire qui l'avait poussée à partir, de s'interroger sur ce qu'il pourrait faire pour la ramener auprès de lui.

Il avait téléphoné chez elle, laissé des messages sur son répondeur, à la fac, au restaurant, au cabinet d'avocats où elle avait certainement repris son travail. Sans réponse. Il lui avait fait parvenir des fleurs, des bonbons, des ballons... Tout lui avait été retourné.

S'il n'avait pas parlé au docteur Cox plusieurs fois depuis la disparition de Shannon, il serait littéralement devenu fou. Mais heureusement, l'obstétricien l'avait rassuré en lui affirmant que celle-ci allait bien. Elle avait d'ailleurs téléphoné ces derniers jours pour confirmer son rendez-vous mensuel. Burke avait noté la date et l'heure sur son agenda à l'encre rouge puis encerclé le tout au fluo jaune avant de demander à Margaret d'annuler ses propres rendez-vous de cet après-midi-là, de façon à ne pas prendre le moindre risque de la manquer.

Shannon refusait de le voir ? Et bien tant pis pour elle. Lui, il voulait la voir.

Et si elle n'avait pas envie de lui adresser la parole, aucun problème : elle écouterait au moins ce qu'il avait à lui dire.

Shannon essuya ses mains moites sur le drap qui lui recouvrait les genoux. Elle allait revoir Burke pour la première fois depuis presque un mois et se sentait au bord de la crise de nerfs.

Depuis qu'elle avait quitté, avec sa petite valise, l'appartement de son employeur, elle n'avait eu aucun contact direct avec lui et avait fait de son mieux pour ne pas penser à lui. Il lui avait fait porter le reste de ses affaires, mais elle avait en revanche refusé les fleurs et autres présents qu'il lui avait envoyés aussi.

Oh, ce n'était ni son argent ni sa générosité qui étaient en cause ! Tous les chocolats du monde ne la feraient pas changer d'avis.

Elle n'épouserait pas un homme qui ne l'aimait pas.

Elle en était aujourd'hui à son quatrième mois de grossesse, et d'un moment à l'autre Burke allait apparaître dans le cabinet de Cox. Car si elle avait le droit de rester muette à ses appels et de renvoyer ses cadeaux sans même les ouvrir, elle ne pouvait lui refuser de se tenir informé sur la santé de son enfant. Sans doute n'allait-il pas se priver de tenter de la convaincre et de la forcer à entendre tout ce qu'il n'avait pu lui dire.

Elle serra les poings. Elle devrait se montrer forte face à lui, lui résister. Et surtout ne rien accepter... comme par exemple de revenir vivre chez lui.

Un petit coup à la porte de la salle d'examen la fit sursauter. Elle agrippa le drap qui dissimulait le bas de son corps. Le visage amical de Cox surgit et elle respira plus librement.

Ouf, ce n'était pas Burke !

Elle commençait à peine à se détendre lorsque

la porte s'ouvrit en grand et qu'un second homme apparut derrière le médecin. Grand, ses larges épaules recouvertes d'une veste noire et ses cheveux noirs ébouriffés par les bourrasques d'automne. Son manteau sur le bras, il esquissa un sourire timide, conscient apparemment qu'elle n'était guère enchantée de le revoir. Ce en quoi il n'avait pas tort.

Tous ses muscles tendus pour protester contre cette apparition, elle serra les dents à se déchausser la mâchoire.

Elle avait secrètement espéré qu'il ne viendrait pas au bout du compte. Quelle idiote elle faisait ! Burke Bishop ne raterait à l'évidence aucun de ses rendez-vous prénatals et serait tout aussi présent en salle de travail le moment venu.

O, ciel, comme il lui avait manqué ! Il ne s'était pourtant écoulé que trois semaines depuis la proposition de mariage de Burke. Depuis qu'elle avait compris combien ils étaient différents, presque contraires. La seule chose qu'ils avaient en commun, depuis le début, c'était cet enfant dans son ventre.

Elle soupira intérieurement. En réalité, plus le temps passait et plus elle s'attachait à ce petit être palpitant de vie en elle. Et elle avait beau se mettre en garde contre cet amour de plus en plus envahissant, rien n'y faisait.

Perdue dans ses pensées, elle n'en dévisagea pas moins Burke. Ses yeux gris brillaient d'un éclat presque enfantin lorsqu'il souriait. Et ses mains…

Elle frissonna au souvenir de leur caresse sur son corps lorsqu'ils avaient fait l'amour.

Comme tout cela était loin, désormais. Il semblait que son séjour chez lui fût un rêve. Oh, depuis le début elle savait qu'elle s'en irait, mais cela ne l'avait pas empêchée d'imaginer un court moment ce qu'aurait été leur cohabitation si Burke l'avait voulue pour toujours auprès de lui et si leur enfant avait été conçu dans l'amour.

Cela avait été si facile d'adopter le mode de vie de Burke, de vivre avec lui. Tellement facile d'oublier qu'elle n'était que son employée, tellement facile de croire en un avenir avec lui ! Malgré ses réticences, elle s'était tout naturellement retrouvée amoureuse de lui.

Et aujourd'hui, elle payait.

Etre séparée de lui quand tout en elle voulait être près de lui, rester figée sur cette table d'examen alors qu'elle mourait d'envie de se jeter à son cou, c'était sa punition.

Refermant la porte derrière lui, Burke se débarrassa de son manteau avant de venir s'asseoir près d'elle tandis qu'elle obéissait aux instructions du docteur.

La présence de Burke durant ces visites ne l'embarrassait plus, maintenant. Elle s'était habituée. Cela aurait été stupide de se sentir gênée après avoir fait l'amour avec lui, après avoir fait avec lui des choses mille fois plus intimes que ce que le docteur lui faisait en ce moment même.

Cox l'examina longuement, prenant consciencieusement des notes, puis il s'assit sur le tabouret à côté de la table et pressa un tube de gel sur son ventre.

Shannon poussa un petit cri à ce contact glacé, et aussitôt Burke se pencha sur elle et lui prit fébrilement la main, scrutant son visage. Elle comprit à son regard angoissé qu'il pensait que le docteur lui avait fait mal.

Quelque chose de chaud et de lumineux se concentra dans la région de son cœur. Elle n'y parviendrait pas. Non, elle ne pourrait jamais l'oublier. Elle avait cru y arriver, elle avait pensé pouvoir étouffer ses sentiments pour lui, mais elle avait perdu.

Rien n'avait changé pourtant. Lui ne l'aimait pas comme elle l'aimait, et cela impliquait qu'ils ne seraient jamais mari et femme, père et mère, qu'ils ne vivraient jamais ensemble… Mais elle savait aujourd'hui qu'il manquerait toujours quelque chose à son existence. Une pièce au puzzle de sa vie. Elle souffrirait jusqu'à son dernier souffle de l'absence de Burke.

— C'est froid, le rassura-t-elle en souriant. Cela m'a surprise.

— Excusez-moi, intervint Cox.

Le médecin répandit la gelée sur son ventre puis inclina le moniteur de façon à ce qu'ils puissent suivre l'échographie.

— Souhaitez-vous connaître le sexe de l'enfant ? demanda-t-il.

Shannon ne préférait pas. Elle avait toujours pensé

que lorsqu'elle serait enceinte, elle voudrait avoir la surprise. Mais la décision en ces circonstances ne lui appartenait pas totalement. A dire vrai, elle ne lui appartenait pas du tout.

Tournant la tête, elle rencontra le regard de Burke.

— Décidez, c'est votre bébé.

— C'est *notre* bébé, répliqua-t-il avec fermeté, ses doigts serrant les siens. Je préfère la surprise, mais si vous voulez savoir, je le veux aussi.

Elle lutta contre l'émotion qui menaçait de la submerger. Comme elle lui en voulait d'être aussi gentil, aussi attentionné ! Comme elle lui en voulait de l'impliquer autant dans cette grossesse alors qu'elle était condamnée à disparaître de leur vie une fois l'enfant né.

Comme elle ne répondait pas, il se tourna vers le médecin.

— Je pense que nous allons patienter. Nous souhaitons uniquement savoir si il ou elle est en bonne santé et s'il ne lui manque rien d'essentiel.

Le Dr Cox sourit. S'il remarqua quelque chose d'étrange dans leur comportement à tous deux, il n'en laissa en tout cas rien paraître.

Il fit courir la sonde sur son ventre, leur désignant la minuscule forme du fœtus sur l'écran. Il était encore trop tôt pour voir les différentes parties du corps du bébé, expliqua-t-il, mais d'ici quelque temps on pourrait compter jusqu'aux doigts et aux orteils de l'enfant.

410

Pour l'instant, on apercevait assez distinctement les jambes, les bras et même les mains.

Les larmes aux yeux, Shannon contemplait l'écran. Elle voyait son bébé. Une image assez brouillée, en noir et blanc, mais son bébé tout de même.

Il était si petit, blotti en elle, innocent, s'en remettant entièrement à elle. Jusqu'à aujourd'hui, elle n'avait fait que sentir les bouleversements propres à une grossesse, l'enfant restant somme toute virtuel dans son esprit. Mais là, elle le voyait… et elle ne s'était pas attendue à ce que cette image ait un tel impact sur son état émotionnel.

— Regardez, regardez ! chuchota Burke dans un soupir. On dirait qu'il suce son pouce.

Ravalant sa salive avec peine, elle fit en sorte de lui dissimuler sa propre réaction à cette vue.

— Je présume que vous aimeriez un cliché, proposa alors Cox en pressant sur un bouton.

Une minute plus tard, le médecin arrachait à l'imprimante deux copies du cliché du bébé et les tendit à chacun d'eux.

— C'est fini pour aujourd'hui, déclara-t-il ensuite en lui essuyant le ventre. Vous pouvez aller vous rhabiller. Je vous reverrai dans six semaines, mais si vous avez un problème ou des questions, n'hésitez pas à m'appeler.

Une fois le médecin parti, Shannon s'assit et se laissa glisser au bas de la table en maintenant soigneusement sur elle la blouse de l'hôpital.

— Voulez-vous que je sorte pendant que vous vous rhabillez ? intervint Burke.

— Ce n'est pas nécessaire, dit-elle calmement.

C'eût été d'une pruderie ridicule étant donné la folle nuit d'amour qu'ils avaient vécue.

Il resta donc debout près de la fenêtre, le dos tourné. Depuis le début, elle avait su qu'il était délicat.

Souriant sans trop savoir pourquoi, elle essayait d'agrafer son soutien-gorge, quand soudain elle sentit ses doigts venir à son secours. Puis il l'aida à enfiler et à ajuster sa robe.

— Cela vous va bien, chuchota-t-il, ses mains s'attardant sur sa taille.

Ce qui suffit pour qu'elle sentît son corps s'embraser.

— On devine votre ventre, maintenant, continua-t-il en décrochant son manteau et en le lui présentant. Comme j'aime voir votre ventre s'arrondir, en sachant que c'est mon enfant qui est là !

Il se tenait à présent derrière elle, son corps à quelques centimètres du sien. Penché sur le côté, il boutonna lentement le vêtement, effleurant ses seins à chacun de ses gestes.

— Rentrez avec moi à la maison, murmura-t-il à son oreille.

Ses lèvres se refermèrent sur le lobe de son oreille.

Shannon ferma les yeux et sentit son sang s'engouffrer furieusement dans ses veines. Elle dut faire

412

appel à toute sa volonté pour s'arracher à son émotion. Secouant la tête, elle avança d'un pas, rompant ainsi le magnétisme qu'il exerçait sur elle.

— Non.

Le mot sortit tel un gémissement de ses lèvres.

— Je suis désolée, mais je ne crois pas que ce soit une bonne idée.

Son cœur se serra en entendant le soupir de Burke.

Elle ne souhaitait rien autant que se blottir dans ses bras et le suivre au bout du monde s'il en avait envie. Rentrer chez lui et faire l'amour des heures entières, encore et encore, jusqu'à n'avoir même plus l'énergie suffisante pour respirer.

Mais elle s'était juré de ne pas craquer, de rester à bonne distance de lui. Elle ne voulait pas risquer le chagrin qui s'ensuivrait forcément si elle ne s'en tenait pas à cette décision.

Burke marcha tête basse jusqu'à la porte. Tournant la poignée, il chercha son regard.

— Si vous ne voulez pas venir chez moi, laissez-moi au moins vous raccompagner à votre domicile.

Moins de temps elle passait en sa compagnie, mieux c'était. Elle ouvrit la bouche pour refuser, mais il la devança.

— Faites-moi ce plaisir, insista-t-il, un sourire amer aux lèvres. Vous ne pouvez pas dire non à tout ! Pour l'amour de Dieu, laissez-moi vous reconduire chez vous.

Il avait l'air blessé. Après tout, que risquait-elle à monter dans sa limousine. Le trajet jusqu'à chez elle était court, sans aucun danger, son chauffeur serait là et elle pourrait toujours s'asseoir à l'autre bout du siège.

Elle accepta d'un signe de tête avant de passer la porte qu'il lui tenait. Une main sous son coude, il la guida à travers les couloirs jusqu'au parking où l'attendait sa voiture. Dès qu'il les vit, le chauffeur s'empressa d'ouvrir la portière arrière.

Burke l'invita à s'installer puis il dit à Davis de les conduire à son appartement avant de se glisser à l'intérieur de la limousine, à côté d'elle.

Aussi difficile que cela lui fût de ne pas se rapprocher de Shannon et glisser son bras autour de ses épaules, Burke s'interdit le moindre geste. Elle était déjà suffisamment tendue, assise droite comme un i au bord de son siège, pour risquer de la mettre plus mal à l'aise encore.

Elle se drapa étroitement dans son long manteau en laine malgré le chauffage fonctionnant à plein régime dans l'habitacle. Du fait du mauvais temps, elle avait mis des bottes de pluie qui laissaient deviner la courbe délicate de ses jambes, ce qu'il ne se priva pas d'observer.

— Comment se sont passées ces dernières semaines ? demanda-t-il, espérant briser le silence pesant qui régnait entre eux.

414

— Bien, répondit-elle sans même lui accorder un regard.

Son ton était parfaitement courtois, mais il n'avait que faire de sa politesse, bon sang ! Il voulait sa passion. Sa colère, ses cris, bref quelque chose qui ressemble à une émotion, quelque chose qui lui prouve que tout n'était pas fini, que leur nuit d'amour avait eu un sens…

En ce qui le concernait en tout cas, les choses étaient claires. Il ne supportait pas l'absence de Shannon. Elle lui était aussi nécessaire que l'air, aussi indispensable que l'eau.

— Plus de nausées ? insista-t-il.

Enfin elle le regarda, ses yeux verts exprimant la méfiance.

— Très peu, répondit-elle. Et encore, uniquement des nausées passagères.

— Tant mieux, j'en suis heureux.

Redoutant un nouveau silence, il se dépêcha de trouver quelque chose à dire.

— Avez-vous besoin de quelque chose ? Argent, vitamines, vêtements ?

Elle fronça les sourcils, et aussitôt il se maudit de ramener leur relation à des considérations financières.

Il s'agissait de bien plus, désormais, que de négociations. Mais comment pourrait-il l'en convaincre si elle daignait à peine lui adresser la parole ?

— Non, dit-elle, glaciale, j'ai tout ce dont j'ai besoin.

— Je vous demande pardon, s'empressa-t-il, sincèrement navré. Je ne voulais pas vous offenser. Je sais que vous êtes parfaitement capable de prendre soin de vous et du bébé. C'est juste que… Je m'inquiète tellement pour vous, Shannon. Vous me manquez.

Il vit qu'elle retenait son souffle. Elle ne restait donc pas insensible à ses paroles ! Un espoir fou le submergea, et il s'empressa de poursuivre :

— Je ne vis pas sans vous. Je déteste quand vous êtes loin de moi. Je n'aime pas ne pas savoir comment vous allez, ce que vous faites, où vous êtes, si vous avez besoin de quelque chose…

Il s'interrompit, respira à fond puis enchaîna :

— Vous devez penser que je ne cherche qu'à contrôler vos moindres faits et gestes, que je n'ai pas le droit d'interférer dans votre vie, mais ce n'est pas mon intention. Néanmoins, je reconnais que je me sentirais mille fois mieux si vous reveniez vivre dans mon appartement. Au moins je vous verrais tous les jours et je serais là si jamais vous aviez besoin de quoi que ce soit.

— Nous avons déjà discuté de cela, Burke, dit-elle, le regard triste mais déterminé. Je ne peux pas vivre avec vous. Je n'aurais même jamais dû accepter que vous soyez présent aux visites du Dr Cox, car quelqu'un pourrait vous y croiser et il suffirait d'un rien pour que les medias s'intéressent à nos allées et venues à l'hôpital.

La limousine ralentit puis stoppa au bas de son immeuble. Burke se mordit la lèvre, ne voulant pas la forcer à l'écouter plus encore. Il avait appris à connaître le caractère obstiné de Shannon et il savait que persister à vouloir la convaincre malgré elle ne ferait que la conforter dans ses positions.

Davis courut ouvrir sa portière et Burke glissa sur le siège pour sortir derrière elle. A sa grande surprise, elle ne le repoussa pas lorsqu'il prit son bras. Elle remonta seulement son grand sac fourre-tout sur son épaule et entra ainsi avec lui dans l'immeuble.

Sa porte était la seule de l'étage de cette catégorie : un modèle de bois plein, blindé et laqué quand les autres étaient faites d'un vulgaire contreplaqué peint en blanc. Il avait voulu quelque chose de robuste et d'esthétique à la fois en remplacement de la porte qu'il avait enfoncée.

Il remarqua que la clé de Shannon ouvrait la serrure mais aussi un verrou de sécurité, détail qu'il approuva. Si elle ne revenait pas vivre chez lui, au moins la saurait-il un peu plus protégée chez elle qu'elle ne l'avait été avant son coup d'éclat.

Une fois sur le seuil, Shannon fit face à Burke, faisant de son mieux pour obstruer l'entrée de l'appartement et lui en fermer l'accès.

— Vous ne m'invitez pas à entrer ? demanda celui-ci le plus innocemment du monde.

Son cœur cessa de battre et elle fut prise subitement d'une bouffée de chaleur. Non, ce n'était assurément pas une bonne idée. Mais il restait là, sur le pas de sa porte, attendant une réponse, et elle crut deviner à son regard que quelle que soit cette réponse, il entrerait.

Elle recula, jeta son sac sur le comptoir tout proche de sa kitchenette et commença à déboutonner son manteau. Burke entra à sa suite et referma derrière lui.

— Il ne faut pas que vous restiez trop longtemps, dit-elle, quelqu'un pourrait vous voir partir, si l'on ne vous a pas déjà vu entrer ici avec moi. Et puis, la limousine garée en bas risque d'intriguer…

— Je vous l'ai déjà dit, je m'en moque.

Il retira son manteau qu'il déposa sur le dossier d'une chaise dont les pieds étaient peints de couleurs différentes.

— Vous ne devriez pas.

Exécutant un large détour pour l'éviter, elle alla suspendre son manteau à la patère près de la porte, sans lui proposer d'en faire autant. Lorsqu'elle se retourna, il se tenait devant elle, lui bloquant le chemin, si près d'elle qu'elle sentait son souffle sur son visage. Il ne la toucha pas, mais ses yeux plongèrent dans les siens tels deux charbons ardents, provoquant en elle une déferlante de désir.

— Pourquoi devrais-je me soucier que les gens nous voient ensemble ? Pourquoi devrais-je m'inquiéter de ce que pensent ou racontent les autres, de ce qu'imprime la presse à scandales ?

La gorge nouée, Shannon tenta de rester de marbre, luttant pour que ses paroles ne viennent pas fissurer le beau blindage qu'elle s'était confectionné.

— Vous êtes évidemment habitué à voir votre photo orner la une des magazines, moi pas. Et n'oubliez pas que vous n'êtes pas seul impliqué dans cette histoire. Le bébé lui aussi pourrait souffrir de la rumeur.

— Shannon, je vous ai demandé de m'épouser, répliqua-t-il en prenant sa main qu'il commença à caresser. Voilà qui mettrait efficacement et définitivement fin aux rumeurs.

— Vous ne m'avez pas « demandé de vous épouser », corrigea-t-elle en tentant en vain de lui retirer sa main. Vous avez dit qu'en nous mariant nous pourrions contrer l'indiscrétion des médias. C'est tout à fait différent.

Le silence se fit lourd, presque étouffant. Il cessa de caresser sa main et le gris de ses yeux soudain s'obscurcit.

Elle retint son souffle. Qu'espérait-elle ? Qu'attendait-elle ? Une déclaration d'amour en bonne et due forme ?

S'il avait réellement tenu à elle, si une fois, une seule, il avait évoqué des sentiments pour elle, expliquant qu'il souhaitait l'épouser pour autre chose que simplement les protéger des médias, elle et le bébé, alors certainement aurait-elle réagi différemment.

Mais alors que les secondes succédaient aux secondes et que le visage de Burke se durcissait, elle se dit que cela n'arriverait jamais.

Puis, inexplicablement, la tension qui planait entre eux s'effilocha et il effleura tendrement son visage.

— Il existe de meilleures raisons de nous marier que l'indiscrétion de la presse.

Le cœur de Shannon s'arrêta et, au bord du vertige, elle se reprit à espérer.

— Vous devez reconnaître que nous nous entendons plutôt bien, continua-t-il. Je vous aime beaucoup, Shannon. J'aime passer du temps avec vous, j'aime vous savoir dans la pièce à côté, j'aime vous avoir au téléphone… Et je crois que vous m'aimez bien vous aussi.

Ses doigts quittèrent sa joue pour aller se glisser dans ses cheveux puis sur sa nuque. La chaleur de sa main sur sa peau irradia tout son corps. Elle suffoqua.

Alors, subitement, elle se sentit comme vidée. Vidée de ses peurs, de ses doutes. Soulagée, réconfortée. Elle brûlait d'envie de se laisser aller entre ses bras, de se reposer contre son corps chaud et puissant.

Cela serait si doux, si facile.

Mais cela ne résoudrait rien non plus.

Lorsqu'il pencha la tête et fit courir ses lèvres sur son cou, elle ferma les yeux. Elle pensa un instant le repousser, c'était ce qu'elle avait de mieux à faire.

Son sang se mit à bouillonner dans ses veines, elle commença à vaciller sur ses jambes.

Cela ne résoudrait rien, évidemment. Et alors ? Qu'y pouvait-elle ?

Elle s'abandonna contre lui en gémissant. La bouche de Burke s'arrêta derrière son oreille, son souffle chaud provoquant en elle un frisson qui se propagea à la vitesse de l'éclair jusqu'au creux de ses reins. Elle se hissa alors sur la pointe des pieds, enfonça ses ongles dans ses épaules tandis que ses lèvres rencontraient les siennes.

Comme il lui avait manqué !

Ils avaient passé ensemble une seule et unique nuit, mais ces quelques heures restaient dans sa mémoire comme les plus sensuelles, les plus harmonieuses de son existence. Peut-être même que cela avait été le seul vrai moment de bonheur de toute sa vie.

Se glisser dans les bras de Burke, c'était un peu comme se couler dans un bain moussant parfumé. Du moins dans son imagination, puisqu'elle ne disposait pas de baignoire mais d'une simple cabine de douche et qu'elle utilisait un gel on ne peut plus ordinaire.

Burke était cela pour elle : un luxe, une extravagance. Un rêve inaccessible.

Elle aurait tant voulu pouvoir se projeter avec lui au-delà de cet enfant qu'elle portait. Mais même si elle occupait une petite place dans son cœur, cela ne changeait rien au fait qu'il ne l'aimait pas. Pas au sens où elle l'entendait. Il était assez riche pour lui offrir tout ce qu'elle pouvait souhaiter, excepté une chose. Là, son argent demeurait sans valeur.

Elle l'aimait, désespérément, mais elle doutait qu'il connût le prix de l'amour.

Même sans le bébé en elle, œuvrant à tisser entre eux un lien invisible, elle serait tombée amoureuse de lui. Dieu sait pourtant combien elle avait résisté, combien elle avait lutté contre ses sentiments…

Elle ne regretterait jamais d'avoir répondu à sa recherche de mère porteuse, jamais. Comment aurait-elle eu l'opportunité de le rencontrer autrement ? Toute sa vie, elle considérerait ces moments avec lui comme les plus précieux de son existence.

Son baiser l'envoûta. Leurs souffles mêlés, leurs cœurs battant la chamade, ils furent aspirés dans un tourbillon de sensations.

Faire l'amour ne viendrait que compliquer une situation déjà impossible, mais elle s'en moquait. Pour l'instant, elle ne voulait qu'éprouver, ressentir. Elle voulait le toucher, être à lui, l'aimer une dernière fois.

11.

Nouant les bras derrière sa nuque, elle se blottit contre lui, s'abandonnant à son désir comme à celui de Burke.

Lentement, tendrement, il laissa sa bouche et fit glisser ses mains sur ses reins, s'arrêta sur ses fesses puis il la souleva et l'emporta jusqu'à son petit lit au fond de la pièce. Là, il la déposa délicatement avant de s'écarter pour retirer son costume.

Durant une bonne minute, elle ne fit que le regarder. Fascinée, elle observait le mouvement de ses muscles sous l'étoffe luxueuse. Il avait le corps d'un athlète, d'un dieu grec. Et il était à elle.

Pour aujourd'hui en tout cas, pour une heure, pour ce court laps de temps, oui, il lui appartenait.

Il s'était débarrassé de sa veste et de ses chaussures. Comme il achevait de déboutonner sa chemise, elle se releva et franchit l'unique pas qui la séparait de lui. Posant ses mains sur les siennes, elle écarta les pans de sa chemise, faisant courir ses doigts sur sa peau, s'émerveillant de la douceur de sa taille, de la fermeté de son ventre.

Il se mordit la lèvre inférieure, retint son souffle.

Un sourire diabolique aux lèvres, elle effleura consciencieusement son torse de ses ongles, telle une panthère, juste pour voir sa réaction.

Cela valait la peine. Retenant une grimace, Burke serra les dents et gémit. Il essaya bien de stopper la progression de ses mains, mais elle résista, augmentant même la pression de ses ongles sur sa poitrine, puis sur ses épaules et tout le long de ses bras, entraînant sa chemise avec elle.

Celle-ci, glissée dans le pantalon, ne tenait plus maintenant qu'à ses poignets et à sa taille. Elle fit sauter à la hâte les boutons de manchettes et libéra ainsi complètement ses bras. Puis elle s'attaqua à la ceinture, fit glisser le cuir dans la boucle en or fin, dégagea le mousqueton, effleurant son nombril, et descendit encore et encore, ses doigts explorant sa virilité à travers le tissu du boxer.

Elle entendit Burke suffoquer, les bras ballants le long du corps, tandis que sa main allait et venait le long de son sexe. Il se mit à respirer de plus en plus vite, de plus en plus mal.

Approchant les lèvres, elle embrassa sa gorge, sa langue s'abreuvant à sa peau brûlante et amère.

Ses baisers s'imprimèrent, humides, sur son torse, depuis les épaules jusqu'aux mamelons qu'elle téta avec application, mordit avec perversité, lui arrachant des gémissements. Travaillant en même temps à le dégager de son pantalon, elle abaissa la fermeture Eclair, révélant son boxer blanc, délivrant son érection. Aussitôt elle glissa une main sur ses fesses, tandis que l'autre restait refermée sur lui.

— Stop !

A peine reconnut-elle sa voix. Il s'empara de sa main et chuchota, haletant :

— Je ne pourrais pas en supporter plus. Si vous continuez ainsi, je crains de…

— Oh, comme ce serait dommage, n'est-ce pas ?

Shannon prit alors conscience qu'elle détenait le pouvoir. Un pouvoir libertin certes, mais un pouvoir quand même.

Cet homme si impressionnant, si beau, si sensuel, entre les mains duquel passaient chaque jour des millions de dollars. Celui que le tout Chicago considérait comme le milliardaire le plus séduisant… Oui, celui-là n'était rien qu'un homme comme les autres entre ses mains ! Il tremblait devant elle, la suppliait d'arrêter ses caresses alors que son corps attendait d'elle qu'elle continue.

La première fois qu'ils avaient fait l'amour, c'était lui essentiellement qui avait mené le jeu, faisant vibrer son corps, l'amenant à l'extase avec tout le savoir-faire et la délicatesse d'un gentleman.

Aujourd'hui, c'était son tour. Elle voulait décider, le soumettre, le forcer à se plier à sa loi.

Relâchant son sexe, elle fit descendre avec une

lenteur exagérée son boxer sur ses hanches, puis sur ses cuisses. A ce moment, elle s'agenouilla face à lui, l'obligea à lever un pied puis l'autre et jeta le boxer de côté d'un geste nerveux. Puis elle leva la tête et lui sourit.

Un sourire gourmand aux lèvres, elle agrippa ses chevilles et entreprit de caresser, lentement, méticuleusement, ses jambes longues et puissantes. Elle fit ainsi courir ses doigts sur le galbe de ses mollets, le creux à l'arrière de ses genoux, ses cuisses…

Lorsque ses mains atteignirent ses fesses et qu'elle les griffa gentiment, il laissa échapper un long soupir. Il lui sembla même l'entendre marmonner les trois premiers mots d'une prière.

— Quelle sensibilité, ironisa-t-elle, pressant sa joue contre son membre. Je doute que vous parveniez à résister longtemps en effet.

Alors il se déplaça légèrement de manière à écarter les jambes, prêt à recevoir ses lèvres. Il enfouit ses mains dans ses cheveux qu'il caressa avant d'agripper ses épaules, ses doigts se resserrant sur la trame de son pull.

Jamais elle n'avait aimé un homme au point de vouloir cette intimité-là avec lui. Alors que son expérience de la sexualité se limitait à un plaisir mutuel, il lui paraissait tout naturel avec Burke de se trouver à genoux devant lui, en adoration devant sa virilité.

Elle avait envie de le sentir, de le toucher, avec les mains, la bouche, avec tout son corps et tout son esprit. Elle se découvrait un talent inattendu pour la volupté et en la lui donnant, elle espérait secrètement qu'une petite partie de lui s'ouvrirait enfin à elle. Qu'il verrait en elle plus qu'une simple maîtresse. Qu'il comprendrait qu'elle signifiait plus pour lui qu'une partenaire sexuelle ou qu'une mère porteuse. Tout au fond de son cœur, elle espérait qu'il pourrait l'aimer un peu, un tout petit peu…

Si elle échouait, alors son cœur se briserait. Toute vie se figerait en elle, et jamais, plus jamais elle ne saurait aimer. Car si elle ne pouvait pas avoir Burke, elle se fichait d'aimer qui que ce soit d'autre.

Mais ce n'était pas le moment de penser à ça. Car, pour le moment, il était à sa merci.

Elle referma ses mains sur ses hanches, exécutant de petits cercles sur sa peau du bout des pouces puis elle ouvrit la bouche et le prit entre ses lèvres. Elle prit tout son temps, le temps de le lécher, le temps de jouer sur sa peau tendue du bout de sa langue.

Burke ne fut pas long à atteindre le point de rupture.

Sa bouche refermée sur son membre, ses mains accrochées à ses hanches, Shannon bougeait de telle sorte que chacun de ses mouvements provoquait en lui une salve de sensations proche de l'extase. Le souffle court, il baissa les yeux sur ses cheveux tandis qu'elle s'évertuait à le rendre fou.

Jamais il ne s'était senti aussi excité, aussi troublé. Oui, c'était exactement cela. Shannon provoquait en lui un chaos absolu, chaos des sens autant que des sentiments. Et cela, jamais il ne l'avait éprouvé, avec aucune autre femme.

Il savait depuis le début qu'elle était différente. Drôle, intelligente, indépendante, elle avait tout au long de sa vie fait preuve de courage, de volonté, d'optimisme. Face à l'adversité, elle avait fait toutes les guerres et remporté toutes les victoires.

Il ne pouvait pas imaginer la laisser s'en aller. Il ne le pouvait pas.

Mais comment, comment la convaincre de rester auprès de lui ?

Durant un moment, il essaya de réfléchir au problème, jusqu'à ce que Shannon soudain effleure sa chair du bout des dents et lui ôte définitivement toute sa raison.

Une nuée d'étoiles aveuglantes surgirent devant ses yeux clos. Ses doigts se refermèrent sur ses épaules pour la repousser, interrompre son merveilleux ouvrage érotique. Il ne voulait pas... pas sans elle.

Levant la tête, elle l'interrogea de ses grands yeux verts.

— Je vous veux avec moi, haleta-t-il.

Il prit conscience à cet instant de ce que ce vœu signifiait. Cela allait au-delà de la passion. Il fut soudain sur le point de lui en dire plus, de lui révéler ses pensées les plus secrètes, de lui faire une promesse… Mais la tiendrait-il ?

Au lieu de cela, il la força à se relever. Il glissa ses mains sous son pull et le lui retira, puis, agrippant le bas de sa jupe, il l'en débarrassa en moins de deux secondes, la laissant seulement vêtue de son soutien-gorge en satin noir et d'un minuscule slip en dentelle.

Il n'en pouvait plus. Il avait besoin de la goûter, de sentir sa peau sous ses doigts. Pressant ses lèvres contre les siennes, il l'obligea à reculer jusqu'au lit.

Un lit étroit, à peine le tiers de la largeur du sien, mais cela ferait l'affaire. Avec Shannon, il se contenterait d'un simple sac de couchage. Ou du parquet, s'il n'y avait rien d'autre.

Mais peut-être aurait-il le bonheur de lui faire l'amour dans un lit plus grand encore, et cela pour le reste de sa vie. Il draperait ce lit de soie du même vert que ses yeux et le parsèmerait de pétales de rose pour qu'il soit plus doux à son corps…

D'un geste vif, il écarta la couverture en patchwork, repoussa le drap jaune vif puis se laissa tomber avec Shannon sur le matelas, en prenant bien soin de ne pas peser sur elle.

Silencieux, il posa une main sur son ventre, ce nid chaud et douillet dans lequel dormait son enfant, et s'émerveilla une fois de plus du miracle de cette vie. Miracle rendu possible grâce à elle.

Lentement, il glissa la main sous l'élastique de son

slip et commença à le faire descendre sur ses hanches. Puis il entreprit de dégrafer son soutien-gorge.

Au contact du galbe parfait de sa poitrine, de plus en plus ronde du fait de sa grossesse, il soupira, fasciné par tant de beauté. Il prit entre ses doigts les bouts de ses seins, framboises rose sang trônant sur deux sorbets à la noix de coco.

Ses cheveux dispersés sur l'oreiller tel un halo roux et or, Shannon se cambra à sa rencontre, les yeux mi-clos et gémissant de plaisir. Il gémit à son tour, n'en pouvant plus de désir.

Continuant de caresser ses seins, il couvrit son menton puis sa joue de baisers.

Elle avait un goût de paradis, un goût sucré et épicé qui se mélangeait avec subtilité au parfum fleuri de son shampoing. Il lui prit l'envie de lécher chaque centimètre de son corps de déesse. Malheureusement, il ne possédait pas même le quart de la maîtrise de soi qu'une telle opération aurait exigé. Elle était telle la lave en fusion sous ses mains et tout ce qu'il voulait, c'était se perdre en elle, se fondre en elle… Pour l'éternité.

Il déposa de tendres baisers sur sa gorge, prenant son temps, puis ses lèvres s'égarèrent sur son épaule et de nouveau il embrassa sa joue, laissant du bout de la langue des empreintes humides et chaudes sur sa peau. Quand il en fut à ses lèvres, il introduisit une main entre ses cuisses, se fraya un chemin entre les replis soyeux, puis il la pénétra.

430

Shannon retint un cri, ses hanches se soulevant vers lui, cherchant à entraîner ses doigts plus profondément en elle.

— Burke, soupira-t-elle.

— Comme vous êtes désirable, chuchota-t-il, les dents serrées, résistant au désir de la prendre, là, maintenant, pour jouir en elle.

Il écarta les mèches de cheveux qui avaient roulé sur son visage et plongea son regard dans ses yeux émeraude maintenant grands ouverts, éclatants de volupté.

— Comme vous êtes désirable, répéta-t-il, si belle... Oh, si vous saviez comme vous êtes belle, allongée ainsi ! Je fais l'amour à une princesse, à la femme la plus magnifique du monde.

Shannon sentit l'émotion l'étreindre et se trouva aussitôt au bord des larmes. Elle lutta de toutes ses forces pour les retenir.

Serait-il possible que Burke l'aime ? Ses sentiments n'étaient peut-être pas aussi forts que les siens, mais en tout cas elle ne lui était pas indifférente. Il avait eu des dizaines de maîtresses, la presse l'avait fiancé une bonne quinzaine de fois, et pourtant elle ne pouvait se l'imaginer murmurant les mêmes mots d'amour, partageant les mêmes moments d'intimité avec une autre.

Oh, évidemment, dans son lit s'étaient succédé

les plus belles… Mais avec combien d'entre elles aurait-il accepté de faire l'amour sur un matelas aussi exigu, aussi inconfortable, dans un appartement aussi minuscule, aussi pauvrement meublé ?

Oui, Burke Bishop éprouvait quelque chose pour elle, sinon il ne serait pas là. Il ne lui chuchotait pas de si belles paroles pour la séduire, puisqu'elle était déjà nue, toute à lui. Si elle ne représentait pas plus pour lui que l'occasion d'une étreinte, il serait déjà en elle, peut-être même aurait-il déjà conclu et serait-il en train de se rhabiller… ?

A ces pensées, à ce qu'elles impliquaient, elle sentit son cœur s'accélérer.

Elle se garda néanmoins de laisser ses espoirs s'emporter. S'il lui murmurait des mots doux à l'oreille, cela ne signifiait pas qu'il était sur le point de lui déclarer son amour. Jusqu'ici, il ne lui avait rien laissé entendre de la sorte, et elle aurait été naïve d'en tirer des conclusions aussi hâtives.

Et alors, le rêve était permis, non ? C'était la première fois qu'elle avait une raison d'espérer en l'amour de Burke. Cela valait qu'elle prît tous les risques. Elle pouvait faire l'amour avec lui le cœur léger, car elle savait désormais qu'il éprouvait *quelque chose* pour elle, qu'il en eût ou non conscience. Et peut-être — peut-être seulement — parviendrait-elle un jour prochain à le convaincre de reconnaître ses sentiments pour elle, qui sait ?

432

— Si je suis une princesse, dit-elle, alors vous êtes mon prince.

Elle glissa une main dans ses cheveux ébène puis rajouta, mutine :

— Mais pour l'heure, il me semble que vous ne me faites pas l'amour. Vous êtes simplement en train de me torturer avec votre bouche et votre…

A cet instant, il s'introduit plus loin en elle, enfonça ses doigts le plus qu'il pût, lui arrachant une plainte.

— … main, finit-elle avant de se mordre la lèvre pour ne pas crier.

Esquissant un sourire diabolique, il imprima à ses doigts un mouvement de plus en plus rapide.

— Est-ce une protestation ?

Le souffle court, remuant la tête de droite à gauche sur l'oreiller, elle répondit, haletante :

— Non, non… Simplement une… observation.

— Peut-être devrais-je aller à l'essentiel ?

Cela ressemblait plus à une menace qu'à une promesse, et instantanément Shannon s'arc-bouta, sachant dans quel état Burke pouvait la mettre s'il lui en prenait l'envie. Ce qu'il lui faisait en ce moment même suffisait déjà à l'aspirer dans un gouffre de sensations divines, à lui faire subir le plus doux des supplices…

Il s'approcha, allongea son corps puissant sur le sien. Il prit alors sa bouche qu'il embrassa avec avidité puis, ayant retiré sa main d'entre ses cuisses, il la pénétra.

Shannon rejeta la tête en arrière et gémit contre ses lèvres. Relevant les jambes, elle les noua autour de ses reins et l'attira plus profondément en elle, labourant son dos de ses ongles. Il se mit alors à bouger, l'entraînant avec elle dans ses va-et-vient de plus en plus ardents, de plus en plus passionnés.

L'air vint bientôt à lui manquer et elle resta bouche ouverte tandis que Burke abandonnait sa bouche, effleurant son cou, ses épaules de ses dents acérées. Elle obéit à son rythme, à bout de souffle, poursuivant avec lui des sensations plus voluptueuses les unes que les autres, gémissant sous ses assauts, et...

Soudain, elle entendit un cri, long et guttural, et comprit qu'il s'agissait du sien. Cri d'extase provoqué par l'orgasme le plus intense qu'elle ait jamais éprouvé. Resserrant ses jambes autour de Burke, elle s'ouvrit plus encore à lui et de nouveau se sentit submergée par une jouissance comme elle n'en avait jamais rêvé. Au même instant, dans une ultime charge, il s'immobilisa au-dessus d'elle et jouit aussi.

Elle ignorait combien de temps s'était écoulé quand enfin sa tête cessa de tourner. Peu à peu, sa vue s'éclaircit, la raison lui revint.

Burke. Il lui avait donné un plaisir inouï, fabuleux.

Et elle donnerait tout pour connaître de nouveau

dans ses bras un tel miracle… Du moins sitôt qu'elle aurait recouvré un peu de ses forces.

Dans un râle, il s'écarta lentement d'elle et se laissa rouler sur le côté. Le lit était trop étroit pour qu'ils puissent reposer côte à côte, il se mit donc sur un coude, coincé entre elle et la cloison.

— J'avais tort, murmura-t-il en caressant sa joue. Je croyais que vous ne seriez jamais aussi belle que dans les affres de la passion… Mais vous êtes encore mille fois plus belle après.

Tournant la tête vers lui, elle entrouvrit les yeux, juste assez pour croiser son regard à travers ses cils. Elle tressaillit au contact de ses doigts dans ses cheveux trempés de sueur. Prenant sa main dans la sienne, elle chuchota :

— Vous n'êtes pas mal non plus.

Sa gorge était plus sèche que du papier et elle se prit alors à rêver d'un verre d'eau. Malheureusement, elle savait qu'elle avait tout juste la force de rester éveillée.

— Oh, vraiment ? dit-il avec un demi-sourire.

Elle se glissa contre lui, se hissa à son tour sur un coude.

— Absolument. Vous êtes même irrésistible. Je suis certaine qu'aucune femme d'affaires ne peut vous résister.

Il rit puis déposa un baiser sur son front.

— Détrompez-vous. Mais vous devriez participer à

mes réunions en tant qu'avocate, vous pourriez m'être utile dans mes négociations.

— Moi, une femme enceinte ?

— Pourquoi non ? Personnellement, j'adore les femmes enceintes, dit-il en posant une main sur son ventre.

— Vous adorez les femmes avec un ventre difforme, les seins lourds, les chevilles enflées, sans parler des brûlures d'estomac, des nausées et j'en passe… Pervers.

— Pensez ce que vous voulez, mais je suis impatient de voir votre ventre s'arrondir encore et encore. Si vous avez des brûlures d'estomac, je vous donnerai un verre de lait. Si vos chevilles enflent, je vous les masserai.

— Vous n'auriez pas quelque chose contre les contractions et pour faciliter l'accouchement ? demanda-t-elle en riant.

Au lieu de sourire à sa plaisanterie, il répondit avec un sérieux surprenant :

— Vous ne devez vous inquiéter de rien. Je vous fais suivre par le meilleur obstétricien de l'Etat. Et si quelque chose devait mal se passer, ce qui n'arrivera pas, j'en suis certain, je vous conduirai où il le faut sur cette planète pour que vous et le bébé bénéficiez des meilleurs soins.

— Merci, cela me rassure. Mais le Dr Cox m'a certifié que tout se passait aussi bien que possible.

436

Après cela, ils restèrent un moment silencieux, jouissant de ces minutes d'intimité et de complicité.

Elle sourit en repensant à leur conversation après l'amour, puis son sourire s'évanouit. Il avait dit être attiré par les femmes enceintes, d'accord, mais à quoi ressemblerait-elle lorsque viendrait le troisième trimestre de sa grossesse ?

— J'ai embauché une décoratrice, dit-il subitement, troublant leur repos. Je lui ai demandé d'aménager la chambre d'amis en chambre d'enfant.

Elle repensa à cette chambre où elle avait dormi durant son court séjour chez lui. Puis elle imagina la même pièce dans une couleur pastel, des clowns faisant des pirouettes peints sur les murs, ou des nounours...

Mais peut-être les décorateurs ne trouvaient-ils plus les nounours et les clowns très tendance. Oui, elle voyait très bien comment cela allait se terminer : le bébé aurait droit à un mobile de miniatures abstraites tournoyant au-dessus de sa tête.

— Elle est venue visiter l'appartement, s'imprégner de l'atmosphère générale, expliqua Burke. Elle m'a faxé son projet et... je l'ai congédiée le jour même. Je ne veux pas qu'une inconnue décore la chambre de notre enfant. Je m'étais dit que vous... nous... Je compte peindre les murs et accrocher les rideaux, qu'en pensez-vous ?

Il fronça les sourcils, l'air sceptique, puis admit en riant :

437

— Etant donné mes connaissances en bricolage, je ne manquerai pas de provoquer quelques catastrophes, mais tant pis.

Ses yeux gris s'assombrirent, son expression se fit grave. Serrant sa main avec force, il chuchota :

— Rentrez avec moi, Shannon. Epousez-moi et élevons cet enfant ensemble. Puis nous ferons d'autres bébés, nous achèterons une grande maison, un chien, tout ce que vous voudrez...

Troublée, elle accusa le coup. Jamais elle ne lui avait entendu une voix aussi sincère, un accent aussi grave. Malheureusement, il ne lui disait pas la seule chose qu'elle souhaitait entendre. Non, il ne lui disait pas pourquoi il la voulait auprès de lui, et elle avait un besoin vital d'entendre ces mots. Besoin de savoir qu'il l'aimait autant qu'elle l'aimait.

— Je vous suivrai, je ferai tout ce que vous voulez, dit-elle alors en soutenant son regard, si vous répondez à une question, une seule, et si vous me donnez une réponse honnête.

— Je vous écoute.

Elle ravala tant bien que mal son angoisse, sachant que sa réponse avait le pouvoir de faire de sa vie un conte de fée ou une malédiction.

Mais elle *devait* savoir. Elle ne pouvait imaginer passer le reste de ses jours près de cet homme s'il ne l'aimait pas, et elle ne voulait pas non plus prendre le risque de rompre avec lui s'il existait une chance, une seule, qu'il l'aime.

438

— Est-ce que vous m'aimez ?

Le vide absolu de son regard et le silence assour-dissant qui s'ensuivit furent toutes les réponses qu'il lui donna, les seules dont elle avait besoin. Avant même qu'il comprenne combien son absence de réac-tion l'avait blessée, elle retira sa main de la sienne et bondit hors du lit.

— Shannon, une minute.

Peine perdue. S'emparant d'une couverture gisant sur le sol, elle en drapa ses épaules puis se rendit en toute hâte dans la salle d'eau. Sans un mot, sans un regard.

Même enfermée dans la minuscule pièce, elle entendit deux secondes plus tard les ressorts du lit grincer lorsque Burke se leva.

— Shannon, s'il vous plaît. Laissez-moi vous expliquer, dit-il en frappant doucement à la porte.

Telle une automate, elle retira la couverture et enfila le peignoir en éponge brun orangé accroché au dos de la porte, puis elle resta un moment immobile devant le lavabo, les mains refermées sur la porcelaine glacée, fixant son pâle reflet dans le miroir. Ses cheveux étaient en désordre, ses yeux cernés et brillants.

— Shannon, insista Burke, sortez de là que nous parlions. Je vous en prie…

Dans ses veines, son sang s'était comme figé et, même si elle l'avait voulu, elle aurait été incapable de parler. Elle n'avait qu'une envie : qu'il s'en aille, qu'il la laisse seule avec son chagrin, sa déception, ses rêves brisés.

— D'accord, continua-t-il, apparemment agacé. Puisque vous refusez de sortir, eh bien je dirai ce que j'ai à vous dire derrière cette satanée porte.

Elle l'entendit soupirer, puis il tenta de s'expliquer.

— Je suis désolé de vous avoir blessée, Shannon. Votre question m'a pris au dépourvu même si elle n'aurait pas dû. Je suis impardonnable. Je vous demande de m'épouser, il est légitime que vous vous interrogiez.

Faisant un pas en arrière, elle s'assit sur le couvercle des WC, détachant ses doigts un à un du rebord du lavabo.

— Vous voulez une réponse honnête ? Je vais donc tenter d'être le plus honnête possible. Je ne sais pas, Shannon. Je ne sais pas si je vous aime parce que je n'ai jamais aimé auparavant. Je n'ai pas la moindre idée de ce dont est faite cette émotion ni comment on est supposé se sentir lorsque l'on est amoureux. Je sais que vous comptez infiniment pour moi et que je me plais immensément en votre compagnie. Je sais que j'ai envie de vous, dans ma vie, dans mon lit. Je sais que je veux que nous élevions notre enfant ensemble.

Les larmes roulèrent sur ses joues brûlantes. Le cœur serré, elle respirait avec peine. Elle maintint une

440

main sur sa bouche, ne voulant pas qu'il l'entendit pleurer.

Avec quelle sincérité il s'était confié, et comme elle lui était reconnaissante de son honnêteté envers elle.

Les paroles de Burke lui allaient droit au cœur, ses confidences la touchaient véritablement, mais cela ne lui suffisait pas. Elle ne cherchait pas à le pousser à bout ni à lui forcer la main, non, mais simplement elle ne pouvait pas épouser un homme qui ne connaisse pas toute la signification, toute la valeur du mot amour. Elle n'allait pas se marier avec un homme qui ne l'aimait pas.

Et si ses sentiments envers elle n'aboutissaient à rien ? Qu'elle s'investisse corps et âme à construire une relation, à fonder une famille avec lui, tout cela pour qu'il découvre au bout du compte qu'il ne l'aimait pas ? Ou pire, qu'il apprît la définition du mot amour auprès d'une autre...

Cela la tuerait.

Mieux valait cesser toute relation maintenant, mener leur contrat à terme, ce qui déjà serait pour elle une torture, et puis espérer qu'un jour ses blessures cicatrisent.

Elle se leva, marcha vers la porte qu'elle ouvrit, indifférente à ses yeux rougis, à ses joues humides. Burke semblait tout aussi désemparé, le regard éteint, un rictus d'amertume figé sur ses lèvres.

— Est-ce que ça va ? demanda-t-il, hésitant.

Remuant la tête, elle sentit une nouvelle vague de larmes prête à la submerger. Non, elle ne se sentait pas bien, pas bien du tout.

— J'ai apprécié tout ce que vous avez dit, trouva-t-elle enfin la force d'articuler. Et si les circonstances avaient été différentes, j'aurais été heureuse de vous épouser, de vivre avec vous, de fonder une famille avec vous. Mais il se trouve qu'à un moment ou à un autre de notre relation, je suis, moi, tombée amoureuse de vous. Et, parce que je vous aime, je ne peux pas en attendre moins de vous.

— Shannon...

Il lui tendait les mains.

Elle ferma et rouvrit les poings dans les poches de son peignoir, s'interdisant de le toucher. Fermant les yeux, elle inspira profondément, expira, recommença.

— Non, par pitié, soupira-t-elle. C'est déjà assez difficile comme ça. Je crois que vous feriez mieux de partir.

Il resta sans bouger devant elle une minute au moins, le souffle court, puis il se détourna. Il traversa la pièce, rassembla ses affaires et se rhabilla à la hâte, puis sortit de l'appartement en claquant la porte.

Sitôt qu'il eut disparu, elle sentit ses jambes l'abandonner. Adossée au chambranle de la porte de la salle d'eau, elle se laissa glisser sur le sol.

442

12.

Huit jours s'étaient écoulés, huit jours précisément depuis que Burke avait quitté l'appartement de Shannon. Huit seulement, mais chacun lui faisant pourtant l'effet d'un siècle. Il ne l'avait pas revue ni ne lui avait parlé, et de son côté elle avait même reporté son rendez-vous chez Cox sans l'en informer, de sorte qu'il l'avait manquée.

Burke laissa tomber son stylo sur le contrat étalé sur son bureau et il se frotta les yeux.

Une partie de lui-même comprenait la décision de Shannon de vouloir interrompre leur liaison. Il ne pouvait lui en vouloir d'avoir pris ses distances. Mais il ne pouvait lui donner ce qu'elle espérait.

Une déclaration d'amour éternel. Rien que ça.

Il espérait seulement qu'elle avait conscience que si cela avait été en son pouvoir, il lui aurait dit ce qu'elle voulait entendre.

Il pouvait lui offrir tout l'argent du monde, la couvrir de bijoux, lui faire tourner la tête avec des voitures de luxe, des vêtements de créateurs, des maisons, des voyages autour du monde. Devenir sa femme lui confèrerait puissance et prestige... Et bien non. Ce qu'elle voulait ne coûtait rien. Trois petits mots seulement que sa conscience cependant lui interdisait de prononcer parce qu'il ne savait pas ce qu'ils signifiaient.

Dans son esprit, « l'amour » restait un mot au même titre que tous ceux qui constituent un dictionnaire. Un mot auquel les gens recouraient à tout bout de champ, pour flatter, pour manipuler ou pour leurrer.

L'amour entre un parent et son enfant était une chose. Une forme d'émotion qui allait de soi dans la plupart des cas, même s'il ne l'avait jamais vérifié avec ses propres parents. Il savait qu'il aimait déjà absolument et inconditionnellement le bébé que portait Shannon. Et il s'était promis de faire en sorte que son enfant sente chaque jour de sa vie toute la force de cet amour.

Mais avec les adultes, les femmes notamment, c'était une tout autre histoire.

Par le passé, il avait fréquenté des femmes qui n'avaient pas hésité à lui déclarer leur amour. Une fois ou deux, il avait failli se laisser charmer par la douceur de cet aveu. Jusqu'à ce qu'il comprenne qu'elles ne faisaient que lui dire ce qu'elles croyaient qu'il espérait entendre, ce qu'elles pensaient qui leur vaudrait des cadeaux plus précieux, une carte de crédit sur son compte, peut-être même une alliance à leur doigt.

De ces mêmes femmes, il avait appris que la phrase « Je t'aime » exprimait des sentiments autres que l'amour, des sentiments aussi banals que l'instinct de survie ou la cupidité.

Et c'était la raison pour laquelle il ne pouvait dire ces mots à Shannon. Depuis le début de leur courte relation, il avait été honnête avec elle. Et même si elle comptait pour lui plus qu'il ne se l'était imaginé, il ne pouvait se résoudre à lui mentir.

Mais alors pourquoi diable croyait-il en la déclaration d'amour de Shannon ?

Avant qu'elle ne lui intime l'ordre de sortir de son appartement, elle lui avait avoué son amour. A cet instant, son cœur s'était serré, mais il s'était empressé de contenir l'émotion qui menaçait de le submerger. Puis il s'était affairé à rassembler ses affaires pour la quitter comme un voleur, dissimulant son désespoir.

Ensuite, il avait ressassé amèrement le souvenir de ce moment. Comment Shannon osait-elle prétendre qu'elle l'aimait et le chasser la seconde suivante ? Comment pouvait-elle prétendre l'aimer et lui refuser ce qu'il souhaitait le plus au monde : elle, un avenir avec elle et leur enfant ? Pourtant, de la même manière qu'il pouvait affirmer ne jamais avoir menti à Shannon, il était certain de pouvoir en dire autant de sa part. Si elle prétendait l'aimer, il y avait de sacrées fortes chances pour que ce fût vrai, et que ce fût au sens où il ne se l'était jamais entendu dire… Mais, lui, pouvait-il l'aimer ? L'aimait-il ?

Puis il avait cessé de réfléchir, renoncé à essayer de comprendre. Et peu à peu, il avait ressenti comme une petite douleur dans la région du cœur, une douleur qui avait enflé jusqu'à l'empêcher de respirer.

Un coup sec à la porte et Margaret apparut, mettant un terme à ses réflexions.

— J'ai dit que je ne voulais pas être dérangé, bougonna-t-il.

Depuis une semaine, il était d'une humeur massacrante, se montrant agressif envers quiconque s'avisait de l'approcher. Un vrai miracle qu'aucun de ses employés, et surtout Margaret, ne lui ait encore exprimé sa façon de penser.

— Vous avez dit tant de choses cette semaine, répliqua Margaret sur un ton sans appel. J'ai appris à faire le tri. Pour la seconde fois, votre rendez-vous de 14 heures est là, et je doute qu'il accepte de patienter plus encore.

Il consulta sa montre : déjà dix minutes de retard.

Bon sang, où avait-il la tête ? Jamais il n'avait autant négligé ses affaires. Obsédé par Shannon, il en oubliait les contrats juteux qui s'offraient à lui… Ridicule, insensé. Assez de tergiversations, d'hésitations, de doutes. Il devait revoir Shannon. Il en avait besoin pour en finir avec ce mal-être, avec cette angoisse de tous les instants. Oui, ils allaient s'expliquer tous deux et ensuite ils y verraient plus clair.

Se levant d'un bond, il attrapa son manteau et se rua vers la porte.

— Je dois y aller. Dites à Peterson que j'ajoute 10 % à mon offre s'il accepte de revenir me voir la semaine prochaine.

Comme il s'éloignait, saluant Peterson médusé d'un geste de la main, il entendit vaguement Margaret marmonner que ce n'était pas trop tôt.

Déjà, il appelait l'ascenseur.

Vingt minutes plus tard, les mains moites crispées sur son volant et le cœur battant la chamade, il se gara sur une place réservée aux pompiers dans l'immense parking du campus.

Tel un diable de sa boîte, il bondit hors de la Mercedes et examina sur le plan dressé à l'entrée le nom des différents bâtiments, cherchant celui où Shannon assistait à un cours de littérature anglaise.

En quelques petits mois, elle était devenue tout pour lui. Elle était la première personne à laquelle il pensait le matin à son réveil, et la dernière juste en s'endormant. Elle était dans son cœur, son esprit et son âme. Et il refusait de vivre sans elle, tout simplement.

Il ignorait pourquoi cela lui avait pris si longtemps pour l'admettre, mais à présent qu'il avait compris, il avait envie de le crier sur les toits. Pourvu qu'il arrive à convaincre Shannon de lui accorder une nouvelle chance !

Shannon pesta lorsque son satané sac besace glissa malencontreusement de son épaule et fit tomber les livres qu'elle tenait à la main.

Elle s'accroupit pour ramasser ses affaires sur le trottoir quand deux mains surgirent pour le faire à sa place. Deux mains masculines, familières.

Levant la tête, elle rencontra les yeux gris de Burke.

Sans un mot, celui-ci l'aida à se remettre sur pied puis, toujours silencieux, l'enveloppa hermétiquement de ses bras, complètement indifférent aux regards indiscrets des étudiants passant à proximité.

Il caressa ses cheveux, déposa un baiser sur son front et ferma les yeux un bref moment.

— Je suis si heureux de vous revoir ! Il fallait absolument que je vous dise quelque chose.

Il paraissait si grave et sa venue sur le campus était si inattendue qu'elle tressaillit, en proie à une soudaine anxiété.

— Ma mère, chuchota-t-elle, prise de panique. Elle est… ?

— Non, non, votre mère va bien. Il s'agit de nous.

Prenant son visage entre ses mains, il plongea ses yeux dans les siens.

— Je vous aime, Shannon. Cela m'a pris du temps avant de comprendre la signification de ce mot, mais aujourd'hui je sais. Depuis que vous m'avez chassé de votre appartement, je ne cesse de penser à vos paroles, de me creuser la cervelle pour trouver la meilleure façon de définir le tourbillon de sentiments qui m'agite. Et puis ce matin je me trouvais à mon bureau, désemparé, quand tout s'est éclairci.

Il la serra contre lui puis enchaîna aussitôt :

— Je suis un parfait idiot, voilà en tout cas ce qui explique en partie les choses. C'est seulement lorsque j'ai pensé vous avoir perdue que j'ai compris combien vous comptiez pour moi. Oui ma chérie, aujourd'hui je comprends ce que vous vouliez dire quand vous déclariez m'aimer mais préférer cesser toute relation entre nous si je ne vous aimais pas de la même façon.

Il semblait si sincère, si honnête, la suppliant de le croire. Mais elle ne demandait que ça ! Tout en elle lui criait d'accepter ses paroles, de se jeter dans ses bras et de s'y blottir pour l'éternité. Seul son cerveau restait en recul, lui conseillant de ne pas se précipiter. D'essayer de savoir s'il lui disait la vérité ou simplement ce qu'elle voulait entendre.

— Burke, commença-t-elle.

— Non, ne dites rien, laissez-moi terminer ! Après, vous pourrez vous en aller si vous le souhaitez, je n'essaierai pas de vous en empêcher. J'en mourrai certainement, mais je n'essaierai pas de vous retenir.

Inspirant profondément, elle opina, redoutant d'entendre ce qu'il avait à lui dire, mais comprenant qu'elle devait le faire.

Si réellement il était décidé à parler, si vraiment il l'aimait, elle voulait entendre chacun de ses mots. Des mots qu'elle garderait pour toujours inscrits dans son cœur. Alors, et alors seulement, elle se jetterait dans ses bras et à son tour lui dirait combien elle l'aimait.

Mais elle devait être certaine. Elle avait besoin de savoir qu'il était sûr de lui, qu'il comprenait exactement l'impact que ces trois petits mots aurait sur elle. Parce que, le quitter la dernière fois était ce qu'elle avait fait de plus douloureux dans son existence et elle ne pensait pas trouver la force de recommencer.

— J'ai toujours cru que dire à une personne qu'on l'aime servait uniquement à la manipuler, à prendre le contrôle de sa vie, de ses émotions. C'était ma seule expérience de ces mots. Mes parents ne m'ont jamais donné l'occasion de les comprendre différemment. Mais je me trompais sur toute la ligne. L'amour signifie aimer, c'est aussi simple que ça. Je vous aime, non pas parce que vous portez mon enfant ni parce que je chercherais à vous dire ce que vous avez envie d'entendre. Non, je vous aime pour votre beauté, intérieure comme extérieure. Pour votre sens de l'humour, pour votre comportement vis-à-vis de votre mère. Je vous aime pour la force et le courage qui vous ont été nécessaires pour répondre à mon annonce. Je vous aime pour m'avoir dit que vous m'aimiez sans savoir si je vous aimais en retour.

Il relâcha l'étreinte de ses bras puis, nouant ses doigts aux siens, il porta sa main à ses lèvres.

— Je vous aime, Shannon. C'est ainsi et pour l'éternité, je le sais. Je veux vous épouser et passer le restant de mes jours auprès de vous. Je veux élever cet enfant et une demi-douzaine d'autres avec vous. Je veux que vous soyez ma femme, ma complice, ma maîtresse, mon amie. Et au diable les rumeurs et les tabloïds. Jamais je ne vous donnerai une seule raison de douter de cela.

Elle regarda les muscles du cou de Burke tressauter pendant qu'il ravalait sa salive et faisait un pas en arrière, lâchant sa main. Il attendait sa réaction.

Durant un court moment, elle fut incapable de bouger. Des larmes de bonheur lui brûlaient les yeux et son cœur était comme un ballon prêt à s'envoler vers les nuages, mais ses mains comme ses pieds et sa langue étaient aussi rigides que la pierre.

Ce n'était pas possible, elle rêvait. Et elle ne voulait plus jamais se réveiller.

Burke Bishop, l'homme inaccessible par excellence dont elle était tombée amoureuse, se tenait devant elle, lui avouant à son tour son amour.

Il aurait pu lui dire la même chose huit jours plus tôt pour l'apaiser, et elle aurait accepté sa proposition de mariage. Il aurait pu dire qu'il l'aimait, lui passer la bague au doigt, elle ne s'y serait pas opposée. Mais non, au lieu de cela, il avait claqué la porte. Un geste qui signifiait énormément pour elle, aujourd'hui.

Parce qu'aujourd'hui, elle était certaine, absolument certaine, qu'il l'aimait véritablement. Que l'espoir et la tendresse qui illuminaient son regard n'étaient pas forcés.

Elle avança d'un pas, suffisamment pour qu'il pût nouer de nouveau ses bras autour d'elle.

— Je vous aime aussi, chuchota-t-elle en plongeant son regard dans le sien. Pour votre intelligence et votre beauté. Pour votre choix de donner la vie et d'aimer cet enfant, même sans une femme à vos côtés. Je vous aime même en dépit de votre fortune et de votre titre de célibataire le plus séduisant de Chicago.

Il rit, les yeux remplis d'émotion.

— Je compte dire adieu à ce statut, plaisanta-t-il.

Glissant ses doigts dans ses cheveux, elle sourit.

— Je l'espère. Car je vous veux pour complice, amant, ami... Et mari.

— Vous acceptez de m'épouser ?

— Oui, absolument. Oh...

Elle se tut, posa une main sur son ventre.

— Shannon ? Que se passe-t-il ?

— Si vous n'y voyez pas d'inconvénient, je pense même que nous devrions nous marier sans trop attendre.

Couvrant sa main de la sienne, il caressa d'un même geste leur enfant. Puis il effleura sa joue.

— Je vous aime, Shannon, depuis le jour où vous êtes entrée dans mon bureau. Le plus beau jour de ma vie.

452

— Je vous aime aussi et...

A cet instant le bébé, voulant apparemment être de la fête, bougea en elle une seconde fois.

— Je crois que notre enfant nous approuve, dit-elle en souriant.

Épilogue

— Encore un effort comme celui-là et je pense que ce sera suffisant, déclara tout sourire le Dr Cox.

Shannon gémit et laissa retomber la tête sur l'oreiller de l'hôpital. Son corps, ses cheveux étaient trempés de sueur.

— Allez, mon ange, tu vas y arriver.

Burke essuya avec tendresse le visage de sa femme avant de la prendre par les épaules pour l'aider à se redresser.

— Encore une poussée et nous tiendrons notre bébé dans nos bras. Tu n'es pas impatiente de le serrer contre toi ?

— Bien sûr que si, soupira-t-elle, mais je suis exténuée.

Mais déjà une nouvelle contraction s'annonçait. Il regarda le moniteur pendant que Shannon recommençait à pousser. Elle lui serra la main à lui faire mal, mais à peine ressentit-il quelque chose. Cela faisait seize heures qu'elle était en salle de travail, et il n'en

454

pouvait plus de la voir souffrir ainsi. Surtout qu'il n'était pas innocent à son calvaire.

— Et voilà ! s'exclama soudain le Dr Cox alors qu'un cri strident résonnait dans la salle. Une fille ! Bon boulot, Shannon.

Celle-ci se laissa tomber sur le lit comme si toutes ses forces l'abandonnaient définitivement.

— Est-ce qu'elle va bien ? demanda-t-elle cependant, à bout de souffle. Je veux la voir.

— Elle est merveilleuse, dit Burke.

Une infirmière enveloppa le bébé d'un linge bleu et procéda à une rapide toilette avant de le déposer sur le ventre de sa mère.

L'enfant cessa de gesticuler à la seconde où Shannon le toucha. Puis leur fille ouvrit de grands yeux étonnés, tandis que des larmes glissaient sur les joues de Shannon.

Ses propres yeux se remplirent de larmes qu'il n'essaya même pas de retenir lorsqu'il contemplait ces deux êtres si chers à sa vie. Sa femme et sa fille.

— Oh, regarde comme elle est belle ! murmura Shannon, caressant émerveillée les minuscules bras du bébé.

— Vous êtes belles toutes les deux.

Il se pencha et déposa un baiser sur le front de sa femme et fixa, fasciné, le petit être que la vie venait de lui offrir.

— Bienvenue, chuchota-t-il.

Puis il se tourna vers Shannon.

— Je t'aime.

— Je t'aime aussi.

— Aurais-tu un prénom en tête ?

— J'avais pensé à Abby ou Allison, mais si tu préfères Sarah ou Lisa…

— Et si nous demandions son avis à Ben ?

Le visage de Shannon s'éclaira.

— Oh oui ! Vite, cours le chercher.

Burke se rua hors de la salle de travail sous le regard stupéfait du Dr Cox et de ses collaborateurs. Il prit son fils de trois ans des bras de sa grand-mère, la mère de Shannon venue habiter avec eux après leur mariage, et retourna à la même vitesse rejoindre Shannon.

— Maman !

— Mon chéri, approche petit ange, dit Shannon en tapotant le drap.

Burke et Ben vinrent s'asseoir près d'elle. Alors, doucement, elle écarta le linge bleu et chuchota :

— Je te présente ta petite sœur. Mais papa et maman ne peuvent se mettre d'accord sur son prénom. Nous avons pensé que tu pourrais nous aider. Peut-être Sarah ou…

— Molly.

— Molly ? répétèrent Burke et Shannon d'une seule voix.

Ils échangèrent un regard, faisant leur possible pour ne pas éclater de rire. Molly était le nom d'une petite chienne, l'héroïne du dessin animé préféré de Ben.

A ce moment, leur fils tendit la main, effleurant le front puis le nez et le menton de sa petite sœur.

— Je veux qu'on l'appelle Molly.

— Je trouve ça pas mal, dit Burke au bout d'un moment.

— Mmoui, opina Shannon au bout d'une minute. Il y a pire que de porter le nom d'un cocker, après tout.

— Alors, c'est d'accord pour Molly. Merci, camarade, dit Burke en ébouriffant les cheveux bruns de son fils. Jamais ta mère et moi n'aurions eu cette idée.

Puis ils demeurèrent ainsi un long moment, assis en silence, et Burke figea chaque détail de cette scène dans son esprit. Après le bonheur qu'il avait éprouvé le jour de leur mariage, il avait pensé qu'il ne pourrait être plus heureux que la fois où il avait tenu Ben dans ses bras, juste après sa naissance. Mais aujourd'hui, son cœur connaissait une émotion qu'il n'aurait jamais cru possible. Tout ce dont il avait toujours rêvé était là, devant lui, grâce à Shannon.

Elle avait illuminé son existence, auparavant si morne. Une existence placée désormais sous le signe de la joie et du rire. Une existence tout entière vouée à l'amour.

BARBARA McCAULEY

Une troublante attirance

Collection *Passion*

éditions **Harlequin**

Cet ouvrage a été publié en langue anglaise
sous le titre :
CALLAN'S PROPOSITION

Traduction française de
DENISE NOËL

Ce roman a déjà été publié dans la collection
ROUGE PASSION N°1049
sous le titre
LES CHARMES DU MENSONGE
en mars 2001

Originally published by Silhouette Books,
division of Harlequin Enterprises Ltd.
Toronto, Canada

1.

Une douche. Une bière. Une femme.

Voilà de quoi retrouver le moral ! Et en plus, il valait mieux que ces friandises soient consommées dans cet ordre précis.

La douche en premier, cela allait de soi après les quatre heures que Callan Sinclair avait passé à patauger dans la boue des chantiers, suivies d'une demi-heure à changer un pneu à son 4x4 et des trois heures de route entre le New-Jersey et Bloomfield, en Pennsylvanie. Son jean et ses bottes étaient couverts d'une croûte jaunâtre et ses cheveux blancs de poussière.

Ensuite, il pourrait boire une bière et apaiser sa gorge desséchée. Il s'imaginait déjà, juché sur un des tabourets du bar de son frère Reese, un verre de bière à la main, regardant un jeu vidéo à la télévision pendant que le juke-box hurlerait un air de jazz, ou une chanson de Patricia Kaas, dont la voix rauque titillait si sensuellement les nerfs.

Quant à la femme, qui ne souhaiterait se blottir dans les bras d'une femme comme ultime réconfort ?...

Mais avant de se permettre une telle détente, il devait encore faire un saut au siège de la société, où Abigail l'attendait dans son petit bureau de secrétaire. Ce matin, à trois reprises, elle avait essayé de le joindre sur les chantiers, mais comme il avait oublié de recharger la batterie de son portable, Callan s'était retrouvé dans l'incapacité de la rappeler.

Un silence qui aurait été suffisant pour déclencher la colère d'une secrétaire ordinaire. Mais Abigail n'était pas une secrétaire ordinaire. Pour commencer, elle ne sortait jamais de ses gonds. Avec ses tailleurs gris, son chignon sévère, couleur de cannelle blonde, et ses lunettes dont les verres légèrement teintés cachaient la couleur de ses yeux, elle était la secrétaire la plus efficace, la plus organisée et la plus fiable qu'il eût jamais eue. Depuis qu'elle travaillait pour lui, elle avait toujours assumé sa tâche avec une bonne humeur méritoire, gardant son calme en toute circonstance, même pour répondre aux clients les plus désagréables. Elle ne l'avait jamais ennuyé non plus avec d'oiseux bavardages, ou des confidences sur ses déboires sentimentaux.

Callan se rendait compte qu'en fait, il ignorait tout de la vie privée d'Abigail Thomas. Il supposait que la plupart des patrons auraient été curieux d'en savoir davantage. Or, ce que faisait Abigail en dehors de ses heures de travail n'intéressait pas Callan. Elle était vraiment la perle des secrétaires et, pour lui, c'était la seule chose qui comptât.

Tout en cherchant une place sur le parking de l'immeuble qui abritait les bureaux de Sinclair Constructions, il consulta sa montre : 4 heures. Il allait se dépêcher de régler les problèmes qui avaient pu surgir en son absence. Ensuite, il se rendrait à la taverne de son frère. Peut-être, de là-bas, appellerait-il Shelley pour savoir si elle pouvait le rejoindre ? Ces dernières semaines, il avait été très occupé et n'avait guère eu le temps de la voir. Blonde et sensuelle, Shelley était une compagne aussi sexy que drôle, mais Callan ne se faisait guère d'illusions : c'était aussi une fille à accepter la proposition du premier garçon qui la demanderait en mariage.

Lui-même, à trente-trois ans, il ne se sentait pas encore prêt à fonder un foyer. Il estimait du reste que son frère Gabe, plus âgé que lui, aurait déjà dû lui montrer l'exemple. Callan était audacieux mais pas téméraire.

Aussi, pour le moment, la seule femme vraiment importante dans sa vie était Abigail, cette secrétaire qui le secondait si efficacement.

Elle travaillait depuis un an pour lui, ou, pour être plus précis, pour le consortium qu'il avait créé avec deux autres de ses frères, Gabe et Lucian. Tous trois étaient associés de Sinclair Constructions, une entreprise immobilière. Gabe en était le maître d'œuvre, Lucian le chef de chantier. C'était Lucian qui faisait les déplacements dans les Etats voisins, aussi avait-il carrément installé son bureau dans son mobil-home. Callan, lui, était le « commercial » du groupe. Il gérait la comptabilité et le dossier des clients, mais il lui arrivait aussi, comme aujourd'hui, d'aller sur les chantiers pour se rendre compte de l'état d'avancement des travaux.

Depuis cinq ans que Sinclair Constructions existait, un nombre incalculable de secrétaires, toutes plus incompétentes les unes que les autres, avaient défilé dans les bureaux. Jusqu'à ce qu'Abigail arrive et accomplisse enfin le vœu de tout patron : savoir travailler efficacement. Le rêve était devenu réalité.

Dès que Callan entra dans la pièce, il plissa les yeux, incrédule, et ressortit aussitôt pour vérifier la plaque sur la porte.

Non, il ne s'était pas trompé, c'était bien le bon bureau... mais ce n'était pas la bonne secrétaire !

Une piquante brunette était installée dans la pièce réservée à Abigail. Sa poitrine pointait agressivement sous son T-shirt moulant. Elle était en train de téléphoner et leva impérieusement la main vers l'arrivant pour lui imposer le silence et, sans plus s'occuper de lui, elle poursuivit sa conversation.

Mais qui était cette créature ?

Callan était persuadé qu'elle n'avait rien à faire ici, rien d'autre que mettre la pagaille. D'ailleurs il ne reconnaissait plus le bureau d'Abigail, habituellement si bien rangé. Le courrier en attente était éparpillé sur la table. Les classeurs étaient ouverts et des dossiers en avaient été sortis. Non seulement il régnait là un désordre indescriptible, mais une ficelle avait été tendue dans l'encadrement de la porte menant au bureau de Gabe. Une feuille y pendait, accrochée par une pince. Callan reconnut le dessin d'un projet de façade d'immeuble. Une tache brune maculait la feuille en son milieu. Une odeur de brûlé stagnait dans l'air.

Au téléphone, la brunette donnait à présent de la voix.

— ... Ne me dis pas que la séparation de Tina et de Joe est une triste nouvelle. Tina a-t-elle jamais écouté les conseils de ses amies ? Non, n'est-ce pas ? Alors, maintenant, qu'elle pleure donc toutes les larmes de son corps !...

La fille adressa de nouveau un rapide regard à Callan qui y répondit par un froncement de sourcils. Il esquissa un pas en direction de son propre bureau, mais buta sur un carton posé sur le plancher. Un juron lui échappa et il dévisagea sans aménité l'inconnue toujours assise, imperturbable, à la place d'Abigail. Elle prenait congé de son interlocutrice.

— ... A plus tard, Sue, je te rappellerai.

Elle raccrocha le combiné et sourit à Callan.

— Que puis-je faire pour vous, monsieur ?

— Mais enfin, qui êtes-vous ? gronda-t-il.

Le sourire disparut.

— Je vous retourne la question. Pouvez-vous me donner votre nom, s'il vous plaît ?

— Callan Sinclair.

Elle le toisa de la tête aux pieds et son regard s'éclaira.

— Vous êtes l'un des trois frères Sinclair ? Alors, ravie de vous rencontrer ! Je suis Francine Stark. C'est l'Agence pour l'emploi qui m'a envoyée chez vous.

— Abigail serait-elle souffrante ?

— Abigail ? répéta la brunette en arquant les sourcils... Ah, vous parlez de la femme qui venait travailler ici ?

— Elle travaille toujours ici, rectifia Callan d'un ton sec. Blonde, de taille moyenne, elle porte des lunettes cerclées d'écaille et légèrement teintées.

— Elle a démissionné et je la remplace.

— Démissionné ?

464

Il en avait le souffle coupé. C'était impossible, Abigail n'avait jamais eu l'intention de quitter son emploi. Il regarda avec effarement le désordre autour de lui.

— Qu'est-ce que c'est que ce foutoir? rugit-il en désignant les papiers éparpillés un peu partout. On croirait qu'un ouragan a dévasté la pièce.

Francine eut la pudeur de paraître confuse.

— C'est seulement ma première journée de secrétariat, monsieur Sinclair. Dans l'intérêt de la société, j'essaie de me familiariser avec les dossiers. Pour moi, c'est encore nouveau et très embrouillé.

C'était surtout ses explications qui étaient embrouillées! Callan avait l'impression que son propre cerveau refusait d'assimiler les informations que cette femme lui donnait. Il désigna l'ébauche suspendue en travers de la porte.

— Et ça, qu'est-ce que c'est?

— Oh, mon Dieu, Wayne a oublié d'emporter son plan!

— Wayne?

— Le petit vieux moustachu, aux cheveux gris.

— Vous voulez parler de Wayne Field, un de nos architectes?

Elle approuva d'un hochement de tête.

— Lorsque j'ai voulu l'aider à déplier la feuille qui l'intéressait, il a renversé la tasse de café qu'il était en train de boire, expliqua-t-elle.

Rien d'étonnant! pensa Callan en grinçant des dents. Devant une fille aussi volcanique, c'était même extraordinaire que le brave Wayne n'eût pas succombé à une crise cardiaque.

Mais quand, après avoir fait le tour de la pièce, le regard de Callan se porta sur l'écran de l'ordinateur, celui-ci eut l'impression que c'était à son tour de succomber à un infarctus. L'écran affichait un message disant qu'à la suite d'une erreur fatale, toutes les données avaient été effacées.

Combien de catastrophes allait-il encore découvrir?

Hier, à la même heure, il discutait avec Abigail de la meilleure façon de résoudre les problèmes qui s'étaient posés dans la journée. Et chaque problème était bel et bien résolu comme par miracle.

Comment avait-elle osé quitter l'entreprise sans un mot d'explication ni d'adieu ! Non, c'était impossible. Abigail n'avait pu se comporter avec autant de désinvolture.

Il demanda à l'apprentie secrétaire si ses frères étaient au courant de la défection d'Abigail.

Francine secoua négativement la tête.

— Aujourd'hui, ils ne sont pas venus ici. Du reste, après m'avoir mise au courant du travail qui m'attendait, miss Thomas m'a confié que, travaillant à l'extérieur, Gabe et Lucian Sinclair occupaient rarement leur bureau du siège social... Désirez-vous que je vous fasse du café ?

Callan regarda en direction du réduit qui servait d'office. La cafetière était restée sous tension, sans eau dans le réservoir. Il comprit l'origine de l'odeur de brûlé. Francine qui avait suivi son regard se précipita pour débrancher l'appareil.

Se renfrognant encore davantage, Callan questionna d'un ton sec la nouvelle employée.

— Mlle Thomas semblait-elle ennuyée ou malade ? Vous a-t-elle donné les raisons de son départ précipité ? A-t-elle dit où elle allait ?

Pour la première fois, sous cette rafale de questions, Francine Stark sembla perdre de sa superbe. Elle mordilla sa lèvre inférieure et répondit après un silence :

— Je ne me rappelle pas qu'elle ait fait une allusion quelconque aux raisons qui l'ont poussée à partir.

— En êtes-vous sûre ? insista Callan avec impatience.

Il serrait les poings, dominant difficilement son exaspération.

La brunette sembla faire un effort comme si elle se concentrait sur ses souvenirs. Ses yeux n'étaient plus que deux fentes ourlées de longs cils noirs, empâtés par un excès de mascara.

Brusquement, elle releva les paupières et Callan se heurta à l'éclat de deux prunelles brillantes.

466

— Ah, excusez-moi, j'avais oublié ! Mlle Thomas vous a laissé un message. Il est sur votre bureau.

A travers la cloison vitrée qui séparait les deux bureaux, Callan repéra l'enveloppe dans la pièce contiguë, dont la porte était entrebâillée. Il enjamba le carton, se précipita vers sa table de travail et fondit sur le pli comme un épervier sur sa proie. Il le décacheta vivement et en lut le contenu avec avidité.

« Cher monsieur Sinclair,

» J'ai le regret de vous informer que je dois quitter d'urgence mon poste de secrétaire. Je vous prie d'excuser la soudaineté de ma décision, sans préavis de surcroît. Je réalise que j'agis d'une manière impardonnable et je peux seulement espérer que Francine Stark me remplacera de façon efficace.

» Je vous remercie de m'avoir supportée pendant un an. J'ai beaucoup apprécié le travail que vous m'avez confié.

» Sincèrement vôtre.

Abigail Thomas. »

La lettre avait été tapée à la machine et la signature, manuscrite, était tracée d'une main ferme.

Callan regarda un moment la dernière phrase en essayant de lire à travers les lignes. *J'ai beaucoup apprécié le travail que vous m'avez confié.*

« Elle a aimé travailler pour moi, se dit-il, et maintenant, elle me tire sa révérence. "Je vous ai assez vu, boss, alors bye-bye !" » Voilà ce qu'exprimait pour lui ce message laconique, mais sans aucune explication sur la raison de son départ précipité.

Il froissa la lettre d'une main rageuse. Damnation ! Pourquoi cette employée si exemplaire l'avait-elle quitté avec autant de désinvolture ? Il lui aurait doublé son salaire si elle le lui avait demandé. Elle pouvait avoir tous les congés qu'elle voulait... enfin, dans la mesure du raisonnable tout de même ! Du reste, elle n'avait pas pris les vacances auxquelles elle avait droit. Il lui avait accordé de confortables indemnités de déplacement et même le treizième mois. Alors, que voulait-elle de plus ?

Il décida d'aller, sur-le-champ, lui demander des explications, chez elle, dans sa maison. Oubliées la douche, la pinte de bière et Shelley. L'urgence lui commandait maintenant d'avoir une franche discussion avec son irremplaçable collaboratrice.

Il se dirigea vers le seuil du bureau et s'arrêta net avant de le franchir.

Mais où habitait Abigail ?

Elle travaillait pour lui depuis un an et il n'avait aucune idée de l'endroit où elle se rendait après sa journée de secrétariat. Habitait-elle dans un appartement, une maison, à l'hôtel, dans sa famille ?

Avait-elle seulement une famille ? Il n'en savait rien.

Pourquoi se serait-il intéressé à ce genre de détail ?

Il revint sur ses pas. Les renseignements concernant tous les employés étaient consignés quelque part, mais où ?

Les fiches sur ordinateur avaient été détruites par cette stupide remplaçante, mais une secrétaire aussi scrupuleuse que l'était Abigail avait sûrement tenu une copie du registre du personnel, ailleurs que sur l'ordinateur. Il le trouverait...

La sonnerie du téléphone résonna. Devançant Francine, il décrocha le combiné.

— Ici Sinclair Constructions. Je vous écoute.

La voix familière de son frère Reese retentit à son oreille.

— Enfin, c'est toi ! Quel travail pour réussir à te joindre !

— Je viens juste de rentrer et mon portable était en panne. Que veux-tu ?

— Aurais-tu un problème avec ta secrétaire ?

La main de Callan se crispa sur le combiné.

— Pourquoi me poses-tu cette question ? Qu'est-ce que tu sais de mes problèmes ?

— Oh, rien de précis, sauf que cette jeune personne est assise depuis une bonne heure dans le coin le plus reculé du bar. Elle n'a pas l'air franchement de bonne humeur et elle a commandé un de mes cocktails les plus explosifs. A mon avis, elle a l'air de noyer son chagrin dans l'alcool. Alors je me suis demandé...

Callan l'interrompit par un juron. Il avait crié si fort que son exclamation de colère avait dû s'entendre jusque dans les bureaux voisins. Il ne se souciait pas de l'expression de stupeur qu'il voyait, à travers la paroi vitrée, sur les traits de Francine. Abigail attablée dans une taverne devant un verre? L'image le surprenait autant qu'elle le choquait. Jamais il n'aurait pensé que sa secrétaire, si B.C.B.G., pût s'afficher dans un lieu plus fréquenté par les routiers que par les jeunes filles de la bonne société.

Aussitôt, il décida d'aller découvrir la vérité sur la désertion de sa fidèle collaboratrice.

Abigail venait de franchir la porte d'un pub pour la première fois de sa vie. Le « Squire's Tavern Inn » ne lui était pas totalement inconnu puisqu'elle passait devant tous les jours, matin et soir, pour se rendre à son travail et en revenir. Chaque fois, elle regardait avec amusement la vieille enseigne en fer forgé représentant la silhouette d'un cavalier sur son cheval. Aujourd'hui, elle était satisfaite d'avoir eu le courage de pénétrer dans ce lieu mystérieux.

L'intérieur, qui évoquait la vieille Angleterre, était tel qu'elle se l'était imaginé avec les solives au plafond, les murs habillés de panneaux d'acajou et l'énorme cheminée en pierres brutes. S'il n'y avait eu la télévision allumée au-dessus du bar et, dans un angle de la grande salle, un juke-box hurlant des airs de rock, Abigail se serait cru transportée au temps et dans le pays de Shakespeare.

Il était encore trop tôt pour que la taverne fût envahie par la foule. En fin d'après-midi, la salle du café était un havre de tranquillité. Assis à une table, un couple de jeunes gens dégustait une bouteille de vin californien. Au bar, trois hommes buvaient une bière en mangeant des bretzels. Ils bavardaient amicalement avec une des serveuses. Aucune des personnes présentes n'avait fait attention à la jeune femme en tailleur gris qui s'était installée sur une banquette d'angle, dans le coin le plus sombre de la salle. C'était normal. Personne ne remarquait jamais Abigail Thomas.

Et c'était exactement ce qu'elle voulait.

Après avoir respiré à fond pour se donner du courage, elle avait étudié la carte des consommations. Tous les noms lui étaient étrangers.

Elle avait commandé une boisson au hasard et la sirotait avec la paille en plastique rouge que la serveuse avait disposé dans le verre.

A la première gorgée, elle avait failli s'étrangler.

Seigneur, c'était comme si elle avalait du feu liquide ! Empoignant une serviette en papier sur la table, elle l'avait délicatement portée à sa bouche pour étouffer sa toux.

Dire qu'elle avait attendu vingt-six ans pour découvrir la brûlure dévastatrice d'une gorgée d'alcool ! La violence de la première sensation s'étant atténuée, elle avait trouvé qu'après tout, le goût n'était pas si désagréable et elle s'était promis de ne plus attendre aussi longtemps avant de renouveler l'expérience. Elle avait cru choisir une boisson à base de thé et elle se demandait si la serveuse ne s'était pas trompée en lui apportant ce grand verre de cocktail incendiaire.

Quoi qu'il en fût, dès la seconde gorgée, elle s'était senti revigorée. C'était comme si un courant d'énergie se diffusait en elle, de son cerveau à la pointe de ses orteils. Son haleine allait sûrement empester l'alcool, mais quelle importance ! Elle était seule et libre comme l'air. Elle n'était pas venue là avec l'intention de s'enivrer, mais pour réfléchir tranquillement à un problème aussi déplaisant qu'insoluble. Tant mieux si un simple verre lui apportait un peu de réconfort !

A présent, elle se sentait légère et optimiste. Le bavardage des hommes au bar, les hurlements du rock ne lui parvenaient plus que comme un doux bourdonnement et elle en venait à trouver amusant le stupide dessin animé diffusé à la télévision.

Elle avala une autre lampée de cette revigorante boisson. Peut-être qu'avant la fin de la journée, elle serait enfin heureuse d'avoir quitté définitivement son job.

Pour l'instant, son ultime souci demeurait de savoir si

l'intérimaire envoyée par l'Agence pour l'emploi ferait l'affaire. Cette Francine ne lui avait pas paru particulièrement qualifiée, mais l'Agence, alertée en urgence, n'avait pas eu d'autre candidate à proposer. Or, Abigail tenait absolument à se libérer avant l'arrivée intempestive, demain, de ses deux tantes, Emerald et Ruby. Il ne pouvait plus être question pour elle de travailler à Sinclair Constructions.

Et comment aurait-elle pu avouer à M. Sinclair le tissu de mensonges dans lequel elle s'était empêtrée ! Elle aurait subi une telle humiliation qu'elle avait préféré ne rien expliquer du tout et rompre brutalement ses engagements.

Elle reconnaissait qu'elle avait agi avec une coupable désinvolture, mais elle n'avait pas eu le choix. Après tout, nul n'est irremplaçable et si Francine était incompétente, M. Sinclair la renverrait et demanderait à l'Agence une autre employée.

Des larmes picotèrent soudain ses yeux. Afin de les empêcher de couler, elle battit vigoureusement des cils. Elle devait bannir à jamais Callan Sinclair de ses pensées. Que diable, elle se trouvait en ce moment dans un lieu public ! Une taverne n'était pas un endroit où donner libre cours à son chagrin. Elle était venue s'y réfugier pour oublier son job, son ex-boss et ses deux tantes qui allaient arriver demain chez elle...

« Dieu, que tout est donc compliqué ! » soupira-t-elle.

Elle avala une autre gorgée de sa bizarre et enivrante boisson. Décidément, ce n'était pas aussi brûlant qu'elle l'avait cru, ou bien sa gorge s'y habituait ! A présent, elle buvait son cocktail comme s'il n'avait été qu'une banale orangeade... sauf que jamais un jus de fruits ne lui avait apporté une telle sensation d'euphorie.

Elle avait subitement chaud... beaucoup trop chaud. Elle ouvrit sa veste de tailleur et dégagea le haut de son chemisier blanc, qu'elle portait toujours boutonné jusqu'au cou.

Sa décision était prise. Elle allait oublier le pétrin dans lequel elle s'était fourrée.

Elle défit un second bouton et respira mieux.

Le juke-box devenait nostalgique et diffusait un be-bop endiablé, extrait du film *Grease*. Un sourire aux lèvres, Abigail qui connaissait l'air le fredonna doucement. Elle devenait la partenaire de John Travolta et John la regardait avec curiosité... mais, par une étrange métamorphose, le visage du chanteur s'effaçait et c'était celui de Callan Sinclair qui se penchait vers elle.

— Puis-je m'asseoir à votre table?

Abigail sursauta et crut que son imagination lui jouait un tour. Mais non, elle ne rêvait pas. C'étaient bien les traits de M. Sinclair. Elle avait l'impression que les yeux noirs, brillants, la transperçaient. Les lèvres, habituellement si mobiles, se serraient dans une ligne dure. Il paraissait terriblement sérieux, sombre, mécontent.

Et pourtant, curieusement, Abigail le trouva drôle et retint difficilement un gloussement de rire. Elle se contenta d'acquiescer d'un signe de tête.

Il s'installa en face d'elle et sa large silhouette boucha l'horizon de la jeune femme. Elle vit qu'une fine poussière grise maculait son blouson de cuir et ses cheveux. Il dégageait une odeur de terre comme quelqu'un qui a longuement marché dans la campagne. Ses traits étaient taillés à la serpe, son nez légèrement cabossé. Malgré ces défauts, Callan Sinclair était bien le plus beau, le plus viril et le plus séduisant des hommes qu'elle eût jamais rencontrés. Il l'avait toujours subjuguée et son sourire dévastateur la bouleversait littéralement.

Mais, en ce moment, il ne souriait pas du tout. Son visage affichait même une expression glaciale. En dépit des vapeurs qui lui embrumaient l'esprit, Abigail eut l'intuition qu'elle était probablement à l'origine de cette colère.

Il posa sur la table ses mains qu'il avait d'ailleurs fort belles, et aux ongles soigneusement coupés. Le trait pâle d'une cicatrice barrait la base de son pouce droit. Abigail réprima difficilement l'envie de prendre ces mains dans les siennes et de les embrasser.

Seigneur, jamais une idée aussi folle ne lui avait traversé l'esprit!

Elle releva le front et se heurta à l'intensité presque insoutenable des yeux noirs fixés sur elle. Le miroitement des prunelles lui donna un coup au cœur. D'habitude, elle avait l'impression que Callan Sinclair la regardait sans la voir. Or, là, elle n'était plus transparente et existait vraiment dans ses yeux.

Toutefois, elle n'était pas certaine d'aimer cette nouvelle sensation.

— Monsieur Sinclair, vous...

Il l'interrompit d'un ton sec :

— Je n'accepte pas votre démission.

Jamais la voix familière n'avait été aussi bourrue, ni aussi autoritaire et, pourtant, dans son euphorie, Abigail n'y décela qu'une preuve d'affection.

« Il tient à moi, pensa-t-elle... comme employée, bien sûr », corrigea-t-elle avec un reste de bon sens.

Elle croisa sagement ses mains sur la table et le regarda.

— Excusez mon départ précipité, monsieur Sinclair, mais je... je suis certaine que Francine vous... vous donnera entière satisfaction.

— Francine est une incapable. C'est vous que je veux, Abigail.

Le ton, péremptoire mais chaleureux, fit courir un frisson dans le dos de la jeune femme. Ainsi, elle était indispensable à quelqu'un ! Callan Sinclair la voulait... « seulement comme secrétaire, nigaude ! » se morigéna-t-elle en silence.

Ne sachant que dire, elle reprit son verre et avala une autre gorgée du mélange ravageur. Rien de tel qu'un cocktail pour vous redonner de l'assurance !

De nouveau à l'aise, elle demanda d'une voix suave d'hôtesse :

— Puis-je vous offrir à boire, monsieur Sinclair ?

Elle réalisa aussitôt qu'elle n'avait jamais offert un verre à un homme... Ah, si, à Lester. Le garçon avait été son collègue de bureau lorsqu'elle travaillait à New York, dans une société d'assurances. La scène avait eu lieu devant le distributeur de boissons de l'entreprise et c'était elle qui avait payé les deux gobelets de soda. Mais Lester était loin d'afficher le charisme de M. Sinclair...

Ce dernier pointait un doigt vers le verre aux trois quarts vide.

— Que buvez-vous ?

— Un thé glacé.

— Quoi ?

— Je vous assure que c'était ce que la carte mentionnait : un « Manhattan iced tea ».

Et elle avala une autre gorgée.

Il la dévisagea en fronçant les sourcils.

— Vous avez l'habitude de fréquenter les pubs et de vous y enivrer ?

— Sûrement pas. Quelle question idiote !

Et, confuse, elle mit vivement la main devant sa bouche.

— Oh, monsieur Sinclair, je suis navrée. Excusez-moi !

— Puisque nous en sommes à ce point de camaraderie, appelez-moi par mon prénom, ce sera plus simple.

Il se retourna et fit un geste amical en direction du barman.

Abigail avait suivi son regard. Sans qu'elle sût pourquoi, l'homme derrière le bar lui parut étrangement familier.

— Vous le connaissez ? s'étonna-t-elle.

— Naturellement. C'est mon frère, Reese, le seul de nous quatre qui ait préféré se mettre à son compte, sans s'associer à nous.

Abigail rougit jusqu'à la racine de ses cheveux blonds. Reese Sinclair était venu plusieurs fois au bureau. Elle savait qu'il possédait un bar-restaurant-hôtel, mais ignorait que c'était justement le Squire's Tavern Inn. Reese l'avait sûrement reconnue et avait dû prévenir son frère.

« Zut, zut et zut ! » marmonna-t-elle.

— La vérité, monsieur Sinclair...

— Callan.

— Callan, reprit-elle gauchement, je dois vous dire que ce n'est pas de mon plein gré que j'ai quitté mon travail. Des... des circonstances exceptionnelles m'y ont contrainte et...

Elle s'interrompit. Une serveuse posait sur la table un bock de bière et une tasse de café.

— Merci, Jane, dit Callan.

Et il poussa la tasse vers Abigail.

Elle ne voulait pas de café. Pour la première fois depuis longtemps, elle était parfaitement détendue, juste un peu trop gaie, et le café risquait de détruire les bienfaits de ce thé au goût si curieux.

Elle avait chaud... de plus en plus chaud.

Elle détacha deux autres boutons.

En voyant s'agrandir le décolleté du chemisier, Callan faillit en lâcher la chope qu'il portait à ses lèvres. Il la reposa sur la table. Fronçant de nouveau les sourcils, il dévisagea la jeune fille d'un œil perçant.

— Parlons sérieusement, Abigail. Vous me devez une explication. Auriez-vous trouvé un autre job plus intéressant que celui que vous exercez chez moi ?

— Non.

— Alors, c'est du chantage pour que je double vos émoluments ?

Elle frémit sous l'insulte.

— Certainement pas, protesta-t-elle. Si j'avais voulu une augmentation, je vous l'aurais demandée.

— Alors, pourquoi êtes-vous partie ?

— C'est une affaire personnelle. Vraiment, ça me gêne d'en parler.

— Seriez-vous malade ?

Elle hocha négativement la tête.

— Alors, enceinte ?

— Grands dieux, non !

Et son expression outrée prouvait qu'elle estimait la question aussi absurde qu'inconvenante.

Il resta silencieux quelques instants et crut avoir enfin trouvé une explication.

— Je vois, vous êtes fiancée.

Elle se troubla et, pour masquer sa gêne, elle avala d'un trait le reste de son verre.

— Ainsi, c'est bien ça ! triompha-t-il. Et vous allez vous marier !

Abigail aurait voulu démentir son affirmation. L'idée du mariage était stupide, mais ses idées s'embrouillaient. Elle ne trouvait plus les mots pour expliquer d'une manière cohérente ce qui lui arrivait.

— C'est... c'est quelque chose comme... comme ça, bredouilla-t-elle, mais pas exactement ce... ce que vous supposez.

Il rétrécit son regard.

— Quelque chose comme quoi ?

— C'est difficile à expliquer.

— Bloomfield n'est pas une très grande ville. Peut-être que je connais votre fiancé ?

— Mon fiancé !

Soudain consciente de l'absurdité de la situation, elle fut prise d'un fou rire irrésistible.

Callan la regardait, ahuri. C'était la première fois qu'il la voyait rire.

— L'heureux élu serait-il si drôle ? s'étonna-t-il.

— C'est... c'est vous, hoqueta-t-elle.

— Moi, je suis drôle ?

— Non.

Elle prit une longue inspiration et, avec de louables efforts pour contenir son hilarité, elle avoua :

— Vous... vous êtes mon fiancé.

2.

Croyant avoir mal compris, Callan la dévisageait en fronçant les sourcils. Les mots avaient été clairs, mais ils ne traduisaient sûrement pas la pensée de celle qui les avait prononcés.

— Pardon ?

— Vous... vous êtes mon fiancé, répéta-t-elle d'une voix pâteuse.

Ses lunettes avaient glissé sur le bout de son nez. Elle les releva de son index, mais Callan avait eu le temps de voir ses yeux. Ils étaient d'un vert lumineux. Mais était-ce l'amusement ou les vapeurs de l'alcool qui y avaient allumé des étoiles ?

— Vous... vous comprenez maintenant pour... pourquoi j'ai dû vous quitter, bégaya-t-elle. C'est si... si humiliant pour moi.

Non, il comprenait de moins en moins.

« Elle est complètement ivre », pensa-t-il.

Toutefois, la conclusion des élucubrations de la jeune femme le fit réagir.

— Pourquoi considéreriez-vous comme humiliant le fait de m'avoir pour fiancé ?

— Mais, de toute évidence, c'est aberrant, riposta-t-elle d'une voix plus assurée.

Callan en déduisit qu'elle était en pleine confusion mentale. Mais en même temps, à son avis, elle ne manquait pas d'audace. En général, les femmes le trouvaient plutôt séduisant et plus d'une avaient déjà rêvé de lui comme époux. Même si Abigail ne partageait pas ce genre d'opinion, il estimait qu'elle n'avait aucune raison de se sentir humiliée à l'idée de l'avoir pour fiancé.

Il avait beau se répéter qu'elle racontait n'importe quoi et qu'en guise d'explications, elle n'avait émis que des absurdités, il se sentait blessé dans son orgueil de mâle.

Il s'appuya au dossier de sa chaise en essayant de ne pas prêter attention au fait qu'elle avait non seulement écarté sa veste, mais également déboutonné le haut de son chemisier. Or, c'était plus fort que lui. Ses yeux étaient irrésistiblement attirés par la douce courbe des seins que dévoilait, en partie, cet insolite décolleté.

Seigneur, il n'avait jamais remarqué qu'elle avait une jolie poitrine ! A vrai dire, jusqu'à maintenant, il ne l'avait jamais regardée comme une femme, mais comme un robot efficace.

Il reprit sa chope de bière et, tout en la buvant, il se contraignit à ne fixer que le visage d'Abigail. Elle semblait vraiment confuse. Il posa sa chope vide et tenta de renouer le dialogue.

— Abigail, qu'est-ce que c'est que cette histoire ? Nous ne sommes pas fiancés.

Elle eut un petit rire moqueur et le toisa comme s'il était vraiment d'une rare stupidité.

— Naturellement que nous ne sommes pas fiancés. Mais mes tantes le croient.

— Quelles tantes ?

— Emerald et Ruby. Elles débarquent chez moi demain, avant de s'envoler pour une croisière dans les Caraïbes...

Elle s'interrompit, ferma les yeux et retira complètement sa veste.

— On étouffe ici, murmura-t-elle.

Se calant dans l'angle de la banquette, elle déboutonna davantage son chemisier.

Callan aperçut la dentelle d'un soutien-gorge sur une peau nacrée. Il sentit le sang battre à ses tempes. Elle avait raison. Une curieuse chaleur l'indisposait, lui aussi.

Il prit la décision de mettre fin à cette mascarade. Tous deux devaient sortir d'ici. Les histoires des tantes Emerald et Ruby ne l'intéressaient pas. En tout cas ce genre d'explication pouvait attendre.

Abigail semblait s'être assoupie. Callan appela la serveuse et régla les consommations. Ensuite, il ramassa la veste qui avait glissé sur le sol et la remit sur les épaules de la jeune femme. Il sentit la peau chaude sous la soie du chemisier et un frisson sensuel courut dans ses veines. Un parfum d'iris monta à ses narines, un parfum si discret qu'il ne l'avait jamais perçu auparavant.

Abigail ouvrit les yeux et le regarda d'un air de reproche.

— Que faites-vous ?

Callan maîtrisa son impatience.

— Il est temps que nous sortions d'ici.

Elle enfila machinalement sa veste tout en le dévisageant avec une soudaine attention.

— C'est curieux... Non, vous ne ressemblez vraiment pas à John Travolta.

Cette découverte n'appelant de sa part aucun commentaire, Callan se contenta d'un « O.K. » conciliant.

Abigail se leva et bégaya :

— Je... je voudrais que... que vous sachiez à quel point, j'ai... j'ai été heureuse de travailler avec vous, monsieur Sinclair.

— Callan.

— Callan ?

Elle avait parlé avec une douceur étonnée comme si elle entendait ce prénom pour la première fois. Puis elle chuchota :

— Je suis vraiment navrée.

Il crut voir briller une larme sur le visage enfiévré, mais il se trompait. Abigail était toujours si maîtresse d'elle-même qu'elle ne devait jamais pleurer. C'était une petite personne tellement équilibrée...

Sauf en ce moment, bien sûr. Il l'observait alors qu'elle contournait la table pour rejoindre la travée. Son pas était chancelant. Se diriger dignement vers la sortie allait se révéler pour elle un véritable exploit.

Alors qu'ils s'approchaient de la porte, un homme en costume de ville franchit le seuil de la taverne. Callan reconnut Tom Winters, le maire de la ville.

Abigail était devenue encore plus écarlate. Le maire parut surpris.

— Bonjour, Callan ! dit-il avec raideur et sans s'arrêter.

— Salut, Tom, répondit Callan avec une grimace de déplaisir.

— Monsieur Sinclair..., murmura Abigail.

Et, lui saisissant le bras, elle continua d'une voix à peine audible :

— ... Callan, s'il vous plaît, voulez-vous me reconduire tout de suite chez moi ?

La maison d'Abigail se situait quelques blocs plus loin, dans le quartier le plus résidentiel de la ville, là où les immeubles, en s'espaçant, s'offraient le luxe de s'entourer de jardins ou de parcs. C'était un élégant cottage aux murs recouverts de vigne vierge.

Callan ne s'imaginait pas que sa secrétaire pût habiter une aussi jolie demeure. A vrai dire, il ne s'était jamais soucié de l'endroit où elle résidait.

Il gara sa Range Rover le long du trottoir en souhaitant que la jeune femme eût eu l'esprit assez clair pour le guider jusqu'au bon endroit. Il coupa le moteur, sortit de la voiture et contourna le capot pour ouvrir la portière à sa passagère.

Abigail mit son sac en bandoulière, mais mesura mal la hauteur du pas qu'elle avait à franchir pour descendre du

4x4. Elle serait tombée si Callan, prévoyant, n'avait écarté les bras pour l'empêcher de chuter.

Elle s'appuya contre le grand corps solide un peu plus longtemps que ce n'était nécessaire. Il la sentait toute douce et toute chaude contre lui.

« Bougre de diablesse ! maugréa-t-il en lui-même, Se rend-elle compte à quel point elle est désirable ? »

— Excusez-moi, dit-elle.

D'une main, elle le repoussa doucement, tandis que, de l'autre, elle ajustait ses lunettes qui avaient de nouveau glissé sur le bout de son petit nez. Une longue mèche blonde s'était échappée de son chignon et caressait sa joue.

— Merci de m'avoir accompagnée, ajouta-t-elle de sa voix de jeune femme bien élevée. Au revoir, monsieur Sinclair !

Il la regarda s'engager d'un pas mal assuré dans l'allée qui, entre deux pelouses, aboutissait vingt mètres plus loin à un porche encadré de deux colonnes recouvertes de rosiers grimpants.

« "Au revoir, monsieur Sinclair" », bougonna-t-il en imitant l'intonation distante d'Abigail... Eh bien, en dépit de sa marche chancelante, elle ne manque pas d'aplomb ! Ainsi, sans autre formalité, elle me plante là ! Mais moi, je n'ai pas l'intention de repartir sans savoir ce qu'elle a dans la tête. »

Il la suivit dans l'allée, notant au passage le gazon bien tondu et l'absence de mauvaises herbes dans les massifs de sauges et de bégonias.

Devant les six marches menant au porche, elle s'arrêta comme si elle se trouvait devant une falaise à pic.

Callan la rejoignit et lui prit le bras pour l'aider à monter. Elle fouillait dans son sac d'un air soucieux, à la recherche de ses clés.

— Abigail, nous avons à parler, tous les deux.

— Ah, les voilà ! s'exclama-t-elle en brandissant le trousseau.

Et elle regarda Callan en lui souriant comme si le fait qu'il l'eût suivie coulât de source.

— Je vous offre un café? proposa-t-elle.

Elle éclata d'un petit rire nerveux avant d'ajouter :

— ... Souvenez-vous : préparer le café fait aussi partie de mon job... faisait partie, se reprit-elle aussitôt. A présent, ce sera le rôle de Francine d'être aux petits soins pour vous.

Pour le moment, Callan avait d'autres choses en tête que de penser à Francine et à son incompétence.

Après avoir ouvert la porte, Abigail s'effaça pour laisser entrer son hôte. Callan traversa un large vestibule, repérant au passage une très belle console de chasse au plateau de marbre. Les doubles portes du salon étaient ouvertes. Il les franchit et regarda autour de lui.

Il se trouvait dans une vaste pièce, éclairée par trois fenêtres et meublée avec goût. Les deux profonds canapés et les fauteuils, recouverts de reps beige, s'égayaient de coussins fleuris. Sur les murs, des toiles modernes, aux couleurs vives, voisinaient avec de romantiques paysages. Un tapis d'Orient recouvrait en partie un parquet de chêne soigneusement ciré. Sur une commode, des roses rouges et jaunes étaient harmonieusement disposées dans un grand vase en cristal. Des doubles rideaux en chintz encadraient les fenêtres.

Ainsi, non seulement Abigail était aussi méticuleuse chez elle que dans son travail de secrétaire mais, en outre, elle était experte dans l'art d'aménager un intérieur. En découvrant le cadre où elle vivait, Callan en apprenait un peu plus sur elle... bien peu, hélas! Alors qu'il l'avait cru limpide comme une source, cette femme recélait de curieuses zones d'ombre.

Mais il n'était pas venu pour la psychanalyser. Il voulait seulement connaître les vraies raisons de son départ et savoir qui étaient ces deux étranges tantes.

Il se retourna pour lui poser la première de ces question, mais elle avait disparu.

Le bruit d'un bouchon qui saute le fit sursauter et l'inquiéta : Abigail avait-elle l'intention de poursuivre sa beuverie ? Il se dirigea vers l'endroit d'où avait semblé provenir le bruit. Et arriva dans la cuisine.

La jeune femme avait débouché une bouteille de champagne. Pieds nus devant un comptoir laqué blanc, elle emplissait deux flûtes.

Il lui ôta la bouteille des mains en protestant.

— Abigail, ça suffit ! C'est d'un café que vous avez besoin.

— Non, non et non, cria-t-elle en essayant de lui reprendre la bouteille. Vous aurez votre café, mais, personnellement, je préfère le champagne.

— Vous n'avez pas encore assez bu ?

— Probablement que non.

Elle éclata d'un rire strident et chantonna d'un air inspiré :

— Qu'importe le flacon pourvu qu'on ait l'ivresse !... Et moi, je ne suis pas ivre, tout juste un petit peu étourdie.

— Etourdie ? Vous ne savez même plus ce que vous dites.

Il saisit les deux flûtes pour les mettre de côté sur une étagère, hors de la portée de la jeune femme. Au passage, il en goûta le contenu. Pouah ! Ce qu'elle qualifiait de champagne n'était qu'un infâme mousseux.

— Vous n'aimez pas ? s'étonna-t-elle. C'est une bouteille que j'ai gagnée avec un billet de tombola... Alors, je vous fais un café ?

— Non, merci, dit-il en la prenant par l'épaule pour l'obliger à s'asseoir. Abigail, je veux la vérité. Votre histoire de fausses fiançailles ne tient pas debout. Pourquoi avez-vous décidé d'abandonner votre poste de secrétaire ?

Elle s'était laissée tomber sur la chaise sans même s'apercevoir que sa jupe, relevée, découvrait haut ses longues jambes fuselées.

Callan pensait à l'Abigail qu'il croyait connaître et

appréciait tellement. Jamais celle-ci ne se serait assise sans prendre la précaution de tirer sur sa jupe. La même femme n'aurait jamais déboutonné son chemisier devant lui.

Elle prit soudain conscience de la réprobation lisible dans ses yeux noirs. Approchant sa chaise de la table au milieu de la pièce, elle posa les deux coudes sur le plateau en céramique et plongea le visage dans ses paumes.

— Tout ce que je devrais avouer ne pourrait que vous déplaire, murmura-t-elle.

— Ce sera à moi d'en juger. Je vous écoute.

Il attrapa une chaise pour s'asseoir à son tour, mais, dans cette cuisine méticuleusement tenue, la paille des sièges était recouverte de jolies housses bleues. Callan pensa à la poussière qui maculait ses vêtements et il préféra rester debout.

Comme elle demeurait silencieuse, il insista :

— Souvenez-vous, Abigail, au moment où je vous ai engagée, nous avons signé un contrat. Ni vous ni moi ne pouvons le rompre, sauf dans un cas de force majeure

— J'ai une raison majeure, affirma-t-elle en relevant la tête pour le regarder... S'il vous plaît, Callan, voulez-vous me donner un verre d'eau ?

Il lui obéit promptement. Si un verre d'eau pouvait dissiper la brume de l'esprit de la jeune femme, il se sentirait de meilleure humeur. Il alla jusqu'à l'évier, fit couler l'eau assez longtemps pour qu'elle devînt plus fraîche. Puis, après avoir trouvé un verre dans un des placards, il l'emplit et revint le poser sur la table.

Il réalisa alors que, pendant qu'il lui tournait le dos, Abigail avait réussi à se saisir d'une des flûtes et en avait bu la moitié. Il explosa d'indignation :

— Abigail !

Elle redressa les épaules et, par-dessus ses lunettes, elle le regarda d'un air de parfaite innocence. Mais les yeux d'émeraude s'étaient embués de larmes. Callan ravala les reproches qui lui montaient aux lèvres. Il devait se montrer patient, adroit et amical, sinon il n'obtiendrait rien d'elle.

— Abigail, reprit-il plus doucement, parlez-moi de cette raison, que vous qualifiez de majeure et qui vous a contrainte à quitter votre travail.

Elle soupira en baissant les yeux.

— Si j'avais continué à travailler chez vous, tante Emerald et tante Ruby auraient rapidement découvert la vérité.

— Quelle vérité ?

— Que nous n'avions jamais été fiancés.

— Et elles croient le contraire ?

— Oui.

— Mais qui leur a mis cette idée stupide en tête ?

Il le devinait mais voulait en entendre l'aveu de la bouche d'Abigail.

Comme elle gardait le silence, il posa autrement sa question :

— Pourquoi leur avoir annoncé que nous étions fiancés ?

— C'était le seul moyen pour qu'elles me laissent en paix. Cela fait longtemps qu'elles le croient et, jusqu'ici, elles se sont contentées de ce que je leur disais au téléphone. Mais il y a quelque temps, elles ont décidé de passer me rendre visite avant de partir pour une croisière. Si je leur avais avoué la vérité, je les aurais affolées au point de leur faire annuler leur voyage aux Caraïbes et elles seraient tout de même venues chez moi.

— Où habitent-elles ?

— A New York. Jamais encore, elles ne sont venues à Bloomfield. J'ai vécu chez elles pendant deux années après mes études. C'était l'enfer. Alors, préférant prendre mes distances, j'ai décidé de m'installer ici, à Bloomfield.

— Quand vous viviez chez elles, pourquoi était-ce l'enfer ?

— A cause de leur obstination à vouloir me marier. Il

ne se passait pas de semaine sans qu'elles invitent des jeunes gens qui, à leurs yeux, feraient pour moi d'excellents prétendants. J'étais lasse de leur petit jeu. Imaginez-vous à ma place. Que feriez-vous si, dans votre famille, quelqu'un essayait à tout prix de vous marier à une fille que vous n'aimez pas ? Je suppose que vous vous révolteriez.

— Je ne pense pas que ce scénario ait jamais quelque chance de se réaliser et je ne comprends pas votre attitude. Il vous suffisait d'annoncer fermement à vos tantes qu'étant majeure, vous entendiez mener la vie qui vous plaisait.

— On voit bien que vous ne les connaissez pas ! Ma mère, leur sœur, est morte lorsque j'avais treize ans. Elles m'ont alors prise sous leur coupe, choyée, couvée comme si j'étais leur propre enfant. Deux véritables mères poules qui n'admettent pas qu'à vingt-six ans, je n'aie toujours pas d'homme dans ma vie. Je suis leur seule famille et, pour elles, la vie normale, c'est une vie de couple. Depuis un an, grâce à vous, je suis enfin tranquille.

— Grâce à moi ?

— Oui. Pour avoir la paix, je leur ai dit que j'avais trouvé l'homme de mes rêves.

— Et pourquoi avez-vous décidé que ce serait justement moi l'heureux élu ?

— Il fallait que je puisse leur décrire un homme honorable et je n'en connais pas d'autre que vous.

— Pourquoi n'avoir pas inventé un personnage selon votre cœur ?

— Trop compliqué ! Le décrire aurait été un gros mensonge. Quand on invente tout, il arrive un moment où la mémoire vous trahit et on fait alors l'erreur qui vous perd. Un petit mensonge est plus facile à assumer.

Callan estimait que l'histoire qu'elle avait racontée à ses tantes relevait plutôt de l'énormité, mais il garda pour lui son opinion. A ses yeux, l'important était de la contraindre à revenir sur sa décision de ne plus travailler pour lui.

Il prit dans les siennes les deux mains qu'elle crispait l'une contre l'autre et affirma d'un ton convaincant :

— A présent que vous m'avez confié votre secret, rien ne vous empêche plus de reprendre votre poste de secrétaire.

— Impossible !... Je... je n'oserais même plus vous regarder.

Agacé, il haussa les épaules et déclara d'un ton bref :

— Tout cela relève de l'enfantillage. Reprenez votre place dans mon entreprise, Abigail, et nous trouverons ensemble un moyen de résoudre le problème avec vos tantes.

Elle regarda les grandes mains qui tenaient les siennes et balbutia d'un ton larmoyant :

— Vous... vous avez pitié de moi. Je... je le sens.

Callan avait toujours pensé que l'âme féminine était compliquée et difficile à déchiffrer. Mais il ne savait comment atteindre cette même âme, lorsqu'elle se cachait derrière les vapeurs d'un « Manhattan iced tea », l'un des cocktails les plus incendiaires de son frère. Lui qui d'habitude allait droit au but, il allait devoir louvoyer s'il voulait récupérer sa secrétaire, ne pas l'effrayer par ses éclats de colère, et agir avec des tactiques de diplomate.

— Vous n'êtes pas quelqu'un qui inspire de la pitié, dit-il doucement.

— Je n'inspire jamais rien à personne, gémit-elle. Et je... je devine ce que vous pensez de moi. A vos yeux, je... je ne suis qu'une pauvre fille, pudibonde et un peu attardée. Mais vous vous trompez, monsieur Sinclair.

Elle libéra ses mains, se leva et quitta la cuisine en courant.

Il la rejoignit dans le salon.

— Abigail, je vous en prie...

Elle lui fit face et déclara d'un ton indigné :

— Pour votre gouverne, sachez que si j'avais vraiment voulu un homme, je l'aurais trouvé.

— Mais, Abigail...

Il s'interrompit, stupéfait. Elle avait retiré sa veste de tailleur, puis elle ôta ses lunettes qu'elle posa avec soin sur le coin de la commode aux roses, tout en poursuivant du même ton outragé :

— Je ne suis ni laide, ni idiote, ni aussi prude que vous le croyez et mon corps est plutôt agréable à regarder. Vous voulez vérifier ?

Sans attendre la réponse, elle détacha les derniers boutons de son chemisier puis, écartant les deux pans de soie blanche, elle cambra le buste.

Callan vit les seins, bien ronds, sous la dentelle ivoire du soutien-gorge.

— Ils ne sont pas repoussants, n'est-ce pas ? le défia-t-elle.

Callan sentit le sang lui monter à la tête. Seigneur, elle était belle, aussi sexy que les modèles qui posent sur les magazines ! Et lui, il n'était qu'un homme avec des faiblesses d'homme.

Pendant quelques secondes, il regarda fixement la poitrine offerte, tandis que des images follement érotiques défilaient dans son esprit. Mais il se ressaisit immédiatement. Cette femme avait complètement déjanté et il devait la protéger contre ses excès et ses flambées de provocation.

D'un geste brusque, il referma le corsage ouvert et en reboutonna l'encolure.

Abigail s'effondra alors contre lui en sanglotant.

— Je... Je vous ai encore menti, monsieur Sinclair. En réalité, je suis pudique, même prude. Je... je l'ai toujours été et je le serai toujours... Abigail Thomas est la reine des oies blanches.

Callan releva le fin visage en pleurs.

— Non, Abigail, je ne pense pas que vous soyez une oie blanche. A notre époque, ce genre de volatile a disparu depuis longtemps. Vous êtes seulement ivre et encline à avoir le vin triste.

— Vous... vous le croyez vraiment ?

— J'en suis certain.

Elle le regardait d'un œil vague, les joues luisantes de larmes.

Il n'avait jamais remarqué le dessin parfait de sa bouche, la courbe pleine de ses lèvres. Brusquement, il eut envie d'en connaître le goût. Il n'en était plus séparé que par l'espace d'un soupir quand le bon sens lui revint.

Il devait absolument retenir ses pulsions. La fille qu'il tenait dans ses bras, il ne l'avait pas cueillie sur un trottoir. Elle s'appelait Abigail Thomas. Elle était son employée et il la respectait. Il ne voulait pas embrasser sa secrétaire. En outre, cette femme adorablement excitante était ivre et son délire prouvait qu'elle n'avait pas l'habitude de s'adonner à la boisson.

Le seul but qu'il s'était fixé était de la ramener à la raison et de lui faire oublier sa stupide décision.

— Abigail...

Elle avait fermé les yeux et s'appuyait plus lourdement contre lui.

— Mmm?

— Nous devons parler.

Les paupières ourlées de longs cils blonds se relevèrent, laissant apparaître un regard éteint.

— Pa... parler de quoi?

Il comprit que l'euphorie alcoolisée de la jeune femme retombait peu à peu et qu'elle ne tarderait pas à sombrer dans l'abattement. Il la souleva sans qu'elle lui opposât la moindre résistance et l'allongea sur un des divans. Il glissa un coussin sous sa nuque puis, après s'être dépouillé de son blouson poussiéreux, il s'assit près d'elle, sur le bord du moelleux canapé.

— Abigail, j'ai besoin de vous.

Aucune réaction.

Il reprit du même ton patient :

— Vous êtes la meilleure, la plus habile, la plus compétente de toutes les secrétaires que j'aie jamais eues. Vous connaissez mieux que moi les dossiers de l'entreprise. Abigail, vous n'avez pas le droit de m'abandonner.

Les mots devaient avoir traversé l'épaisseur de brume qui obnubilait l'esprit de la jeune femme car, sans ouvrir les yeux, elle bafouilla d'une voix pâteuse :

— Désolée, monsieur Sinclair, mais c'est... c'est hors de question. Pou... pourtant, j'aurais bien voulu revenir, mais je... je ne le peux pas.

Sa tête qui oscillait de droite à gauche s'immobilisa, creusant davantage le coussin.

Callan comprit qu'elle s'était endormie. Il était certain qu'avec de la patience et de l'habileté, il réussirait à la convaincre. Aussi décida-t-il de rester près d'elle. Avant la fin de la nuit, dès que son ivresse se dissiperait, elle reviendrait sur sa décision. Les raisons qu'elle avait données pour justifier son départ étaient trop futiles pour qu'il laissât échapper une aussi précieuse secrétaire.

Abigail émergeait lentement du néant. Les yeux encore clos, la bouche cotonneuse et les oreilles bourdonnantes, elle se demandait d'où provenaient les battements, sourds et réguliers, qui lui martelaient les tempes.

Elle entrouvrit les paupières. A travers la brume qui noyait encore son esprit, elle prit conscience d'un horizon de tissu bleu pâle et d'un bouton de nacre qui brillait comme un œil.

Où diable était-elle ?

Les battements continuaient. Ils ne pouvaient pas provenir de son propre cœur. Elle referma les yeux pour essayer de mettre un peu d'ordre dans sa tête douloureuse. Elle croyait percevoir des chuchotements. Les voix étaient lointaines mais leur timbre lui paraissait étrangement familier.

— Il est très beau, tu ne trouves pas ?

— Je suis de ton avis, ma chère. Il ressemble à Emett, mon jeune premier de l'Oklahoma. Seigneur, dire que vingt années se sont écoulées depuis cette aventure !

— Son nom était Ethan et il y a trente ans que tu l'as

490

connu. En outre, je ne vois aucune ressemblance. Les traits de celui-ci sont beaucoup plus virils...

Les mots ne voulaient rien dire, bien sûr; ils n'étaient que le prolongement du cauchemar dont elle émergeait avec difficulté.

Elle se frotta les yeux.

— ... Oh, regarde, reprit l'une des voix. Notre belle dormeuse se réveille. Bonjour, Abby!

Ramenée brutalement sur terre, Abigail sentit un grand frisson la parcourir. Elle crut que son cœur allait s'arrêter. Retenant son souffle, elle releva les paupières.

Et les referma aussitôt.

Le tableau qu'elle avait eu le temps de visualiser la plongeait dans un abîme de honte.

Elle était allongée sur un des sofas. Sa tête reposait sur la large poitrine de Callan et le tissu bleu qui masquait en partie sa vue était la chemise de son ancien patron. En outre, elle s'était aperçue que sa blouse de soie blanche était aux trois quarts déboutonnée.

C'était l'aube et, debout au milieu du salon, deux femmes regardaient le couple en riant.

— Bonjour, Abby chérie! redirent-elles d'une même voix.

3.

Elles portaient un confortable ensemble de voyage : pantalon et veste, verts pour Emerald, rouges pour Ruby. L'une comme l'autre affichaient la cinquantaine triomphante.

La plus grande et la plus forte, Ruby, avait une chevelure bouclée aussi rouge que son costume, de grands yeux bleus et une puissante voix de contralto.

La cadette, Emerald, était mince et vive. Ses yeux verts semblaient toujours étonnés et son sourire, qu'elle avait facile, traversait d'un éclair de dents blanches son visage lisse.

Toutes deux adoraient se parer de bagues, de colliers et de bracelets.

Les yeux maintenant grands ouverts, Abigail regardait ses tantes qui ne semblaient ni surprises ni mécontentes de la découvrir dans les bras d'un homme endormi, alors qu'elle-même se demandait par quelle aberration elle en était arrivée là.

Elle se rappelait vaguement son arrivée en voiture avec Callan. Mais pourquoi avait-elle amené son patron jusque dans sa maison ? Et, Dieu du ciel, pourquoi se retrouvait-elle au petit matin dans ses bras, la tête sur sa poitrine, le chignon en bataille et le chemisier déboutonné ?

Abigail se dégagea doucement de l'étreinte de Callan

toujours endormi. Il marmonna quelques mots incompréhensibles et voulut la retenir.

Elle réussit à s'asseoir. Ravalant son humiliation, elle s'efforça d'offrir aux arrivantes son plus délicieux sourire. Mais en même temps, son esprit filait à la vitesse de la lumière à la recherche de souvenirs qui expliqueraient pourquoi son boss... son ex-boss... dormait près d'elle à demi allongé sur un des sofas du salon.

Mais sa mémoire refusait de fonctionner, probablement à cause de cette fichue migraine qui lui vrillait les tempes.

Elle reporta son attention sur Callan.

Il avait le menton et les joues noircis par une barbe naissante. C'est à ce moment qu'il releva les paupières ; il dévisagea Abigail avec stupeur, puis, tournant la tête, il découvrit les deux femmes.

— Bonjour, jeune homme ! s'exclamèrent-elles à l'unisson.

Avec une expression de panique, il bondit brusquement hors du divan, entraînant avec lui Abigail qui roula sur le tapis.

Emerald porta les deux mains à sa poitrine avec un petit cri d'effroi. Ruby avait froncé les sourcils. Callan comprit qu'elles n'appréciaient pas la brutalité de ses manières. Il se baissa et aida Abigail à se relever, puis il lissa ses cheveux d'une main impatiente.

— Désolé, dit-il avec gêne.

Un flot de sang était monté à ses pommettes.

« Il est aussi embarrassé que moi », pensa Abigail en reboutonnant vivement son chemisier.

Jamais elle n'avait vu son patron embarrassé. Toujours sûr de lui, il se montrait d'habitude plutôt distant, voire hautain.

A ce moment, elle se rappela en un éclair pourquoi elle affichait une tenue aussi débraillée. Les images de la veille revenaient par flashes et le souvenir de son début de strip-tease la plongea dans un abîme de honte et de perplexité. Qu'avait-elle fait ensuite ?

Elle y songerait plus tard. Pour commencer, il était urgent d'offrir un accueil décent à ses tantes, même si celles-ci n'étaient attendues que dans le milieu de l'après-midi. Leur arrivée intempestive tombait vraiment mal.

— Tante Emerald, tante Ruby, c'est pour moi une agréable surprise, mais comment êtes-vous entrées ici ? demanda-t-elle en s'efforçant d'affermir sa voix.

— Par la porte, bien sûr ; elle n'était pas fermée à clé, ce qui n'est guère prudent d'ailleurs. Mais aurais-tu oublié que nous devions venir te voir ?

Abigail jeta un bref coup d'œil sur sa montre.

— Je n'ai rien oublié, mais il n'est que 7 heures du matin et vous m'aviez demandé d'être à l'aéroport à 15 h 30. Vol 212 en provenance de New York, d'après vos informations.

Emerald eut un geste désinvolte de la main.

— Au dernier moment, nous avons modifié nos projets et pris un autre avion. J'avais chargé Ruby de te prévenir et, naturellement, elle a oublié.

Ruby leva les bras dans un grand cliquètement d'anneaux d'argent.

— Tu te reposes toujours sur moi, même pour...

— Inutile de revenir là-dessus, coupa sa sœur. Ce qui est fait est fait, alors n'en parlons plus.

Et à Abigail :

— Ne te voyant pas à l'aéroport, Abby chérie, Ruby s'est souvenue de son oubli. Nous avons donc pris un taxi.

— Que tu m'as laissé le soin d'aller chercher, souligna Ruby.

Abigail avait fermé les yeux. Le tintement des bracelets, les chamailleries du duo la replongeaient dans l'atmosphère qu'elle avait fuie un an plus tôt.

Elle releva les paupières et regarda ses tantes. Comprenant que leur discussion menaçait de s'éterniser, elle les interrompit gentiment.

— Tout cela n'a pas beaucoup d'importance. Je suis si contente de vous revoir !

Et c'était vrai. Ses tantes étaient excentriques, curieuses, excessives en tout, mais, malgré leurs défauts et en dépit de la situation gênante où elle se trouvait, Abigail les adorait et était heureuse de les accueillir. Elle s'approcha d'elles et les embrassa.

Aussitôt, elle fut couverte de baisers affectueux. Une main attentionnée glissa derrière ses oreilles les mèches échappées de son chignon.

Elle mit fin à ce débordement d'effusions et jeta un œil inquiet en direction de l'homme qui, cinq minutes plus tôt, la tenait encore dans ses bras. Elle découvrit qu'il était en chaussettes. Il avait dû retirer son blouson et ses bottes boueuses avant de s'allonger près d'elle sur le divan.

Elle prit une profonde inspiration et le désigna à ses tantes.

— Je vous présente M. Sinclair.

Deux regards surpris la dévisagèrent.

— Monsieur Sinclair ?

— Mon patron, directeur commercial des *Sinclair Constructions*, précisa Abby. Je vous ai déjà parlé de lui.

— Ainsi, vous avez passé la nuit avec votre fiancée, monsieur Sinclair, déclara Ruby d'une voix faussement ingénue.

Abigail comprit que l'heure de vérité avait sonné. Elle exhala un autre soupir et décida de tout avouer.

— Monsieur Sinclair...

— Callan, rectifia-t-il en l'interrompant.

Il vint s'incliner courtoisement devant les deux femmes, leur baisa la main, puis, s'approchant d'Abigail, il posa sur ses épaules un bras protecteur en précisant :

— Parfois, Abby adore me taquiner en me donnant du « monsieur ».

Abby ? Il la désignait par son diminutif, maintenant ?

Et de quel droit l'accusait-il de taquinerie, elle qui ne lui avait jamais manqué de respect ? Avait-elle bien entendu ? Après tout, la migraine provoquait peut-être des hallucinations. Hier, elle s'en souvenait, elle avait bu un cocktail dévastateur dans le Squire's Tavern Inn. Ensuite, elle avait dû commettre un certain nombre d'impairs, dont elle n'avait que de vagues réminiscences. Etait-elle encore sous l'influence de l'alcool, à mi-chemin entre le rêve et la réalité ?

Pourtant, la pression du bras de Callan sur ses épaules était bien réelle, comme la voix respectueuse qui continuait de s'adresser aux deux femmes.

— ... Abby m'a souvent parlé de vous, mesdames. Je réalise que vous avez dû trouver la situation étrange quand vous avez pénétré dans la pièce. Mais la vérité est que la nuit dernière, nous avons fait la fête très tard et qu'en rentrant à la maison, nous étions si fatigués que nous nous sommes effondrés dans le divan. Mais la soirée était très agréable, n'est-ce pas, Abby ?

Subjuguée, elle approuva d'un signe de tête.

Bon, se dit-elle, techniquement, l'explication était vraisemblable, mais à condition de continuer sur la voie de son propre mensonge, ce qu'elle refusait. Certes, elle était reconnaissante à Callan de vouloir sauver les apparences. Toutefois, qu'ils fussent tous les deux déchaussés prouvait que leur chute sur le divan avait été préméditée.

Non, elle ne devait pas continuer de tromper ses tantes. Afin qu'aucun soupçon ne subsiste dans leur esprit, elle décida de rétablir les faits dans leur intégralité.

— La vérité, tantines, c'est que M. Sinclair et moi...

Il l'interrompit de nouveau et parla à sa place.

— La vérité, c'est que cette nuit, Abby a un peu trop bu. Je ne vous apprendrai rien en vous disant qu'elle supporte mal l'alcool.

Emerald et Ruby approuvèrent en hochant la tête. Puis Ruby déclara d'un ton sentencieux :

— Elle tient probablement ce gène de son père, qu'un

seul verre de bière suffisait à rendre malade. Sa mère était une Bliss, comme nous deux, et les Bliss supportent vaillamment les effets de l'alcool, mais n'en consomment que dans les occasions exceptionnelles et toujours avec modération.

Abigail refoula le rire qui lui venait aux lèvres. La modération était un mot qui ne convenait pas du tout à ses tantes si impériales. Agissant toujours avec panache, voire avec excès, elles étaient capables, sans perdre la tête pour autant, d'avaler des doses de whisky qui auraient assommé le plus robuste des piliers de bar.

Abigail se dit que Ruby devait avoir raison. Elle avait hérité de son père son allergie aux boissons fortes.

Et si elle avait déboutonné son chemisier devant son ancien patron, c'était parce qu'un simple cocktail l'avait plongée dans une sorte de délire. Que devait-il penser d'elle? Et comment oserait-elle jamais affronter son regard de nouveau?

Non, c'était impossible. Et, pour s'épargner de nouvelles mortifications, elle ne retournerait plus jamais au bureau.

Mais, pour le moment, elle n'avait guère le choix. Il avait passé un bras possessif autour d'elle et la serrait contre lui au point qu'elle sentait sa chaleur d'homme l'envahir. Il semblait bien décidé à jouer le jeu qu'elle avait inventé malgré lui.

Elle vit que le regard de ses tantes se focalisait maintenant avec insistance sur sa main gauche.

— Comment est-elle? demanda abruptement Emerald.

— Pourquoi ne la portes-tu pas?

— Mais de quoi parlez-vous? s'étonna Abigail.

— De ta bague de fiançailles, bien sûr. Nous avons été tellement heureuses lorsque tu nous as téléphoné pour nous annoncer la grande nouvelle.

— Oh, tantines, je suis désolée, mais...

— Mais nous n'avons pas encore trouvé ce qui nous plaît et Abby hésite entre deux pierres, continua Callan à sa place.

En même temps, il pressait plus fort son épaule comme pour l'inciter à la prudence.

— ... Un bijou aussi important doit être choisi avec soin, n'est-ce pas votre avis ? ajouta-t-il avec son sourire le plus charmeur.

Abigail comprit qu'il continuait sur sa lancée. Peut-être même s'amusait-il de la bonne farce qu'il était en train de faire à ses deux interlocutrices. Celles-ci abondèrent dans son sens.

— Vous avez raison, dit Emerald avec un hochement de tête. Il faut choisir avec soin la bague et surtout éviter d'acheter une de ces pierres qui ont la réputation, vraie ou fausse, de porter malheur. Les préparatifs d'un mariage doivent être mûrement réfléchis.

Ruby prit une expression dubitative.

— Oh, souviens-toi, Em, ceux de ton second mariage ont plutôt été bâclés et pourtant tu n'as pas été malheureuse avec Artemus. C'est vrai qu'il t'avait offert un magnifique solitaire de deux carats.

— Pas aussi beau tout de même que celui de ton troisième époux. Son diamant valait le prix d'une Mercedes...

Elles se souriaient en évoquant des souvenirs qu'elles embellissaient et que leur nièce avait entendus de multiples fois.

Elles reportèrent enfin leur attention sur le couple.

— Nous aimerions poursuivre cette agréable conversation, dit Emerald en donnant une petite tape affectueuse sur la joue d'Abigail, mais le taxi nous attend pour nous emmener à notre hôtel.

— Mais... vous ne séjournez pas chez moi ? s'étonna Abigail.

— Nous ne voulions pas te déranger. Ce n'est pas dans nos habitudes de nous montrer envahissantes.

« Depuis quand ont-elles changé leurs habitudes » ? se demanda Abigail. Ses tantes avaient toujours adoré s'imposer partout sans se préoccuper si elles gênaient ou non.

Elle en resta sans voix.

— Ne te tourmente pas à notre sujet, ajouta Emerald. Nous avons retenu des chambres dans un pittoresque établissement, que notre agent de voyages nous a recommandé. Le Squire's Tavern Inn est, paraît-il, aussi confortable qu'un quatre étoiles.

Abigail ignorait la qualité des chambres et du restaurant de la taverne. Elle savait seulement que le bar servait des boissons explosives. La veille, son « Manhattan iced tea » l'avait envoyée dans les étoiles.

Puis elle se souvint avec effroi que l'auberge était tenue par Reese Sinclair, un des frères de Callan. Seigneur, ce n'était plus qu'une question de temps avant que son mensonge ne fît le tour de la ville ! Pour tous ses voisins, elle allait devenir un objet de raillerie.

Aussitôt, elle envisagea les solutions extrêmes : elle changerait de nom, teindrait ses cheveux...

« Non, se dit-elle, le mieux est que j'aille m'installer ailleurs. »

Toutes ces idées se bousculaient dans son esprit alors qu'elle s'était dégagée de l'étreinte de Callan et embrassait ses tantes en leur disant au revoir.

Ruby et Emerald quittèrent ensuite la pièce non sans avoir salué chaleureusement Callan. Elles se retournèrent une dernière fois sous le porche et Ruby lança d'un ton joyeux :

— Naturellement, mes enfants, vous êtes nos hôtes. Nous vous attendrons pour le lunch.

— Venez vers 13 heures, renchérit Emerald. Ruby et moi, nous avons hâte d'entendre les détails de votre première rencontre.

Elles se dirigèrent vers le portail donnant sur l'avenue.

— Tantines, écoutez-moi...

Abigail allait s'élancer à leur suite mais Callan la retint par le bras.

— Ne bougez pas ! ordonna-t-il.

Il répondit au signe d'amitié des deux femmes qui se

retournaient une dernière fois vers eux en leur faisant de grands gestes dans un cliquètement de bracelets. Arrivées dans la rue, elles s'installèrent dans le taxi qui les attendait, portières grandes ouvertes.

La jeune fille ferma les yeux en souhaitant que tout cela ne fût qu'un cauchemar. Si seulement elle avait pu remonter le temps, retrouver sa petite vie tranquille entre son cottage et le bureau ! Pourquoi avait-elle inventé cette histoire de fiançailles qui, maintenant, se retournait contre elle ?

Elle releva les paupières, pour faire face au visage hilare de Callan.

— Et voilà ! dit-il négligemment. On ne s'en est pas si mal tirés, après tout !

« Pas si mal tirés » ? Il n'avait vraiment pas le sens des réalités.

Elle s'écarta de lui, retourna dans le salon et se jeta sur un des canapés en gémissant :

— Vous m'avez empêchée de leur dire la vérité et maintenant, elles nous invitent à déjeuner dans le restaurant de votre frère. Vous réalisez le scandale qui se prépare ? C'est la pire des choses qui pouvaient nous arriver, dit-elle en enfouissant son visage dans les coussins. Oui, vraiment la pire !

— Cessez de vous comporter comme une enfant et d'abord, habituez-vous à ne plus m'appeler « monsieur » devant vos tantes. Vous êtes tendue comme une corde de violon. De grâce, Abigail, soyez cool ! Vos tantes ne sont que de passage. Une fois rassurées, elles repartiront.

— Je ne peux pas continuer à leur mentir. Au téléphone, c'était facile, mais maintenant qu'elles sont là...

— Maintenant, vous ne pouvez plus reculer, coupat-il. Regardez-moi, Abigail !

Elle releva le front et dit d'un ton suppliant :

— Je vous en prie, monsieur Sinclair, laissez-moi. J'ai besoin d'être seule.

Il s'approcha d'elle. D'une main, il lui caressa la joue.

De l'autre, il écarta les cheveux qui masquaient le visage enfiévré de la jeune femme.

— Je ne partirai pas avant que nous ayons eu une sérieuse discussion.

Elle essayait d'ignorer l'émoi que provoquait le contact des doigts de Callan sur son visage. Des frissons lui picotaient la nuque et couraient le long de son épine dorsale.

— Nous n'avons rien à nous dire. Du reste, nous ne nous reverrons plus, car je songe à m'exiler en Alaska.

Il lui donna une chiquenaude sous le menton.

— Et en attendant cet exil, que comptez-vous faire ?

Elle brandit une main fermée, puis en releva le pouce.

— Un, j'annonce la vérité à mes tantes...

Elle leva l'index.

— ... Deux, je noie mon humiliation dans l'alcool. Trois, je... je...

Elle plongea de nouveau la tête dans les coussins. Oh, Dieu, elle se souvenait maintenant de toutes les conséquences de son ivresse ! Cette nuit, elle avait provoqué son boss comme une vulgaire stripteaseuse. Elle fut submergée de honte.

Il l'obligea à se redresser.

— Abby, dit-il doucement, vous n'allez pas ruminer sans cesse ce qui s'est passé cette nuit. Oubliez vos écarts, je vous en prie !

— C'est facile pour vous de donner ce genre de conseil. Un cocktail ne vous fait sûrement pas perdre la tête, alors que moi, parce que auparavant je n'en avais jamais bu, je me suis comportée en véritable allumeuse. Comment pourrais-je l'oublier ? En outre, je suis une piètre menteuse...

Il l'interrompit.

— Moi, je vous trouve plutôt habile.

— Habile ? Monsieur Sinclair, s'il vous plaît, n'essayez pas de minimiser ce que j'ai fait. Vous m'avez soutenue, mais vous avez eu tort. Maintenant, vous vous montrez bienveillant et...

— La bienveillance n'est pas mon fort, coupa-t-il d'un ton sec. Vous m'avez bien dit que vos tantes estimaient que vous aviez besoin d'un homme pour veiller sur vous, n'est-ce pas ?

— Oui, bien sûr, mais...

— Eh bien, je suis votre homme.

— Quoi ?

Elle sentait ses joues virer au cramoisi. En même temps, un espoir insensé faisait battre la chamade à son cœur. C'était impossible, M. Sinclair ne pensait pas ce qu'il disait !

— Combien de temps vos tantes comptent-elles rester à Bloomfield ? demanda-t-il.

— Une semaine ou deux, je crois.

— Alors, jusqu'à leur départ, considérez-moi comme votre fiancé. Il faudra vous surveiller, ne plus m'appeler « monsieur » devant elles. Après tout, ce ne sera pas tellement difficile...

C'était tout bonnement impossible, pensa-t-elle. Non seulement continuer de mentir à ses tantes serait aussi malhonnête que dangereux, mais agir avec son patron comme s'il était son fiancé deviendrait pour elle un jeu où elle risquait de se brûler les ailes. Callan était le plus séduisant des frères Sinclair et elle avait toujours pris soin de garder ses distances avec lui. Jusqu'à présent, comme il paraissait ne jamais la voir, la tâche avait été plutôt aisée. S'il changeait de comportement à son égard, elle n'était pas sûre de conserver son sang-froid.

Il ajouta en retrouvant sa voix de patron :

— ... Mais attention, Abigail ! En échange, je vous demande de revenir travailler au bureau. C'est donnant donnant. Etes-vous d'accord ?

Trop stupéfaite pour protester, elle hocha la tête dans un signe d'approbation, en même temps qu'elle se rendait déjà compte que la situation ne serait pas facile à vivre. Comment équilibrer les deux rôles : face à ses tantes, celui de la tendre fiancée et, au bureau, celui de la secrétaire qui ne tolère jamais le moindre geste de familiarité ?

Apparemment satisfait, Callan avait remis son blouson et enfilait ses bottes.

— Je vais chez moi me doucher, me raser et me changer, dit-il. Ne venez pas au bureau ce matin. Réfléchissez à l'attitude que vous devrez adopter en présence de vos tantes. Nous nous reverrons au restaurant. A 13 heures chez Reese, n'oubliez pas !

L'instant suivant, il quittait le cottage.

« Son idée est stupide, maugréa Abigail. D'une part, nous ne réussirons à donner le change ni à Ruby ni à Emerald. De l'autre, la pensée que, dans mon dos, il racontera tout à ses frères m'est intolérable. J'imagine les plaisanteries de Gabe, de Lucian et de Reese. Entre eux, ils n'ont pas fini de se moquer de mes prétentions. »

Puis elle réalisa que, dans son affolement, elle avait oublié de décrire à Callan toutes les excentricités dont ses tantes étaient capables. Tout à l'heure, à part leur bavardage, elles s'étaient comportées avec dignité. Or, à moins que le temps ne les eût assagies, ce dont Abigail doutait fortement, Callan allait partager avec elles un lunch qu'il n'oublierait pas de sitôt.

Oh, mon Dieu !

Il y avait encore un autre détail qu'elle avait omis de lui signaler, un détail si important qu'elle soupira et se jeta de nouveau sur le divan, le visage dans les coussins.

« Sauter de la poêle à frire dans le feu ». Ce dicton l'avait toujours intriguée. Maintenant, elle en comprenait la signification.

— Tu me demandes d'entrer dans ton jeu, mais dans quel jeu ? Je ne comprends rien à ce que tu racontes.

Grand et aussi bien taillé que son aîné, Reese Sinclair avait un visage en lame de couteau, une petite moustache brune et des yeux bleus, habituellement rieurs.

Accoudé sur le comptoir, en costume fil-à-fil, chemise blanche et cravate bordeaux, Callan, inquiet, regardait alternativement son cadet et la salle de restaurant qui communiquait avec le bar par une baie libre. Toutes les tables étaient occupées. Abigail et ses deux tantes, déjà installées, l'attendaient près d'une fenêtre. Aucune des trois femmes ne l'avait encore aperçu.

— Baisse le ton, veux-tu? répliqua Callan. Je te demande seulement de te comporter avec moi comme si j'étais le fiancé d'Abby.

La bière que Reese était en train de verser déborda du bock. Reese jura, posa le verre sur le comptoir et s'essuya la main avec un torchon. Ses sourcils relevés témoignaient de sa réprobation.

— Depuis quand appelles-tu ta secrétaire par un diminutif?

— Depuis ce matin.

Reese ricana.

— Tu t'es réveillé près d'elle?

— Ce que tu supposes est à la fois vrai et faux. Je t'expliquerai plus tard.

Il repoussa le souvenir du corps doux et chaud blotti contre le sien et de la soyeuse caresse des cheveux blonds sous son menton.

Reese avait jeté le torchon sur son épaule et scrutait attentivement son frère. Il riposta d'un ton mécontent :

— Hier, ta secrétaire était aux trois quarts ivre. Si je comprends bien, tu l'as reconduite chez elle et tu as profité de son état. Maintenant, tu veux te donner bonne conscience en lui racontant des bobards. Eh bien, mon vieux, ne compte pas sur moi pour...

— Arrête, idiot !

— ... Je regrette, continua Reese du même ton sévère. Mlle Thomas est une gentille fille qui a une excellente réputation. Je n'aimerais pas que mon coureur de frère s'amuse avec cette gamine.

Une gamine, Abigail ? Callan se rappelait les délicieuses courbes qu'elle lui avait dévoilées. Avec quiconque d'autre, il n'aurait eu aucun scrupule à profiter de ce qu'on lui offrait. Mais il s'agissait d'Abigail, de sa secrétaire, et Callan avait toujours respecté ses employées.

— Elle a vingt-six ans et n'est plus une gamine, rectifia-t-il d'un ton bref. En outre, je n'ai pas abusé d'elle comme tu le soupçonnes.

Irrité par les insinuations de son frère, Callan avait le plus grand mal à parler à mi-voix. Il jeta de nouveau un coup d'œil inquiet en direction du restaurant.

Au même moment, Abigail se retournait vers le bar. Leurs regards se rencontrèrent et Callan ressentit un petit choc agréable. Il ne l'avait jamais vu habillée autrement qu'en tailleur strict. Or, elle portait maintenant un pull vert pâle, ras du cou, aussi élégant que décontracté. Elle avait ôté ses lunettes. Noués par un ruban de velours noir, ses cheveux d'or descendaient en vagues souples dans son dos.

Elle était ravissante et il se demanda pourquoi, depuis qu'il la connaissait, elle se cachait derrière une façade de vieille fille sévère et compassée.

Reese agita la main devant le visage rêveur de son frère.

— Eh, Cal, reviens avec moi ! Qu'est-ce qui t'arrive ?

Callan reporta son attention sur lui et, d'un discret signe de tête, il désigna la salle de restaurant.

— Là-bas, près de la porte-fenêtre donnant sur le jardin, tu vois les deux femmes assises en face d'Abigail ?

Reese tourna la tête.

— Oui, les sœurs Bliss. Ce matin, c'est moi qui les ai conduites à leur chambre.

— Ce sont les tantes d'Abigail, précisa Callan, sa seule famille, et elles me croient fiancé à leur nièce. Si elles font devant toi une allusion quelconque à cet événement, ne les détrompe pas. Je t'expliquerai pourquoi quand nous serons seuls.

Soudain Ruby aperçut Callan. Un sourire lumineux éclaira son visage. Elle se leva et fit de grands gestes dans sa direction.

— Hello ! Nous sommes là !

Sa voix puissante avait dominé le bruit des conversations. Tous les regards des clients convergèrent vers elle.

Gêné, Callan respira à fond et se dirigea vers le restaurant. Il entendit Reese rire dans son dos.

Il serra les mâchoires. Ainsi, son jeune frère osait se moquer de lui ! Il ne semblait pas avoir compris que la situation embarrassante dans laquelle Callan se trouvait méritait de la discrétion et une totale solidarité ? De toute évidence, à trente ans, Reese avait encore beaucoup à apprendre sur le respect qu'il devait à ses aînés. Callan était certain de trouver plus de compréhension auprès du reste de la tribu. Gabe, Lucian et Clara, sa jeune sœur, auraient tout de suite deviné sa gêne et l'auraient aidé sans même chercher à en apprendre davantage.

Il s'efforça de repousser sa rancœur. Ce qui comptait pour lui, c'était de récupérer une secrétaire qui s'était révélée irremplaçable. Travailler avec Francine ? Plutôt se jeter dans un buisson de ronces ! Après une matinée passée avec cette incapable, il avait hâte de retrouver Mlle Thomas, sa connaissance parfaite des dossiers et sa compétence pour résoudre les problèmes les plus ardus.

Après tout, le prix à payer n'était pas tellement élevé. Pendant une semaine, devant les sœurs Bliss, il échangerait avec Abby quelques baisers et des regards faussement énamourés. Il jouerait même la comédie de la bague. Ensuite, dès que les deux femmes auraient quitté Bloomfield, Abigail et lui reprendraient leurs distances. Plus tard, la jeune fille pourrait dire à ses tantes qu'ils avaient rompu leurs fiançailles pour une raison qu'elle inventerait. Apparemment, elle n'était jamais à court d'imagination !

Amusé au fond par le petit jeu auquel il avait accepté de participer, il s'inclina respectueusement devant les deux femmes, puis il donna à Abigail un léger baiser sur les lèvres.

— Hello, chérie !

Elle tressaillit et il put lire de l'appréhension dans ses prunelles vertes.

— Hello, mons... Hello, Callan !

Sa voix restait hésitante. Il s'assit près d'elle et prit une de ses mains dans les siennes. Elle avait les doigts glacés. Il se dit qu'il devait s'employer rapidement à la décontracter, sinon jamais les deux tantes ne croiraient à leurs fiançailles.

Il lui sourit.

— J'ai pensé à notre conversation de ce matin et j'ai décidé de ne plus attendre pour sceller notre engagement. Je crois que c'était celle-ci que vous préfériez.

Il avait sorti de sa poche un écrin qui, une fois ouvert, laissa voir une bague ornée d'un magnifique diamant. Il dégagea la bague avec précaution et la passa à l'annulaire gauche de la jeune fille.

Elle en resta sans voix, ses yeux verts élargis d'incrédulité.

Emerald réprima un sanglot et saisit le bras de sa sœur en s'exclamant :

— Dommage que sa maman, notre sœur chérie, ne puisse voir que du ciel cette scène touchante ! Sa petite Abby amoureuse et comblée !

Ruby sortit un mouchoir de son sac et se tamponna les yeux.

— Tous nos espoirs sont enfin réalisés, soupira-t-elle.

Puis les deux femmes échangèrent un sourire. Abigail releva la tête au même moment et surprit leur regard de connivence.

— Non, oh, non, pas maintenant ! protesta-t-elle. Vous êtes dans un lieu public et...

Mais le chant explosa, lui coupant la parole. Les deux sœurs s'étaient levées et entonnait un air de *Carmen* :

« L'amour est enfant de Bohême... »

Emerald était soprano, Ruby, alto, et leurs voix magnifiques s'accordaient, se répondaient, se complétaient dans le chant le plus velouté et le plus ardent que Callan eût jamais entendu.

Interdit, il les contemplait et n'était pas le seul à être fasciné. Dans le restaurant, les conversations s'étaient tues et tous les regards convergeaient vers leur table.

Ruby et Emerald continuèrent pendant plusieurs secondes de glorifier l'amour. Leurs voix embrasaient les clients de la taverne comme, jadis, les habitués des salles d'opéra. Lorsqu'elles se turent, un tumulte d'applaudissements félicita le duo improvisé.

Emerald et Ruby saluèrent gracieusement avant de s'asseoir de nouveau et de se regarder, perplexes.

— Oh, ma chère, dit Emerald, je crois que notre initiative a contrarié Abby. Elle est rouge de confusion.

— Mais non, c'est de plaisir qu'elle a rosi, affirma Ruby. Avec trois générations d'actrices du côté de sa mère et deux du côté de son père, elle a le spectacle dans le sang.

Callan enregistra cette nouvelle information. Ainsi, bien qu'elle fût diplômée d'une école de gestion, Abigail était une enfant de la balle ! Comment distinguer alors le moment où elle jouait la comédie de celui où elle disait la vérité ? Il se promit de se tenir toujours sur ses gardes.

En attendant, par courtoisie autant que par admiration, il félicita les deux femmes. S'il n'avait pas tellement apprécié de les voir se donner en spectacle, en revanche, il savait reconnaître les belles voix et celles de Ruby et d'Emerald étaient superbes. En toute autre circonstance, il les aurait priées de continuer à chanter.

Elles acceptèrent ses éloges avec le petit sourire blasé des divas.

— Ce n'est rien, dit modestement Ruby.

— J'espère vous donner un jour une plus vaste idée de notre répertoire, ajouta Emerald.

Puis elles penchèrent vers Callan leurs visages aussi curieux qu'impatients et ce fut Emerald qui prit la parole.

— Nous avons hâte d'entendre les détails de votre rencontre avec notre petite Abby. A quel moment êtes-vous tombé amoureux d'elle au point de vouloir l'épouser ?

Interloqué, Callan se sentit soudain moite d'appréhension. Jouer un rôle de fiancé, passe encore, mais décrire des sentiments qu'il n'éprouvait pas lui semblait au-dessus de ses forces.

Abigail posa une main rassurante sur son bras.

— Non, Callan, ne répondez pas !

Et à ses tantes, d'un ton de reproche :

— Ce n'est ni l'endroit, ni l'heure pour de telles confidences.

— Et pourquoi pas ? protesta Callan qui s'était rapidement repris. Je vais tout vous avouer, mesdames.

Visiblement, il prenait goût à cette situation rocambolesque. Il prit un air très inspiré.

— ... Avant même de parler à Abby, j'ai su qu'elle était la femme de ma vie...

Il entoura d'un bras protecteur les épaules de sa voisine qui se raidit immédiatement et ajouta très vite :

— ... Naturellement, je ne lui ai jamais avoué l'impression que j'ai ressentie en la voyant.

Ruby posa une main sur son opulente poitrine.

— Mon Dieu, mais c'était une prémonition !

— Un rêve qui se réalisait, ajouta Emerald.

— C'est cela, un rêve, conclut Callan.

Les deux tantes dirigèrent alors le feu de leurs regards vers Abigail.

— A ton tour, chérie, dis-nous ce que tu as éprouvé.

La jeune fille les dévisageait avec les yeux d'une biche aveuglée par les phares d'une voiture.

— Eh bien, je...

Elle s'interrompit, incapable de mentir de nouveau à ses tantes.

Aussitôt, Callan enfonça les doigts dans son épaule.

— Allez-y ! l'encouragea-t-il. Décrivez à vos tantes le moment où vous avez eu le coup de foudre pour moi.

Elle prit une longue inspiration, tourna la tête vers lui et le regarda dans les yeux.

— C'était le premier jour où j'ai pénétré dans votre

510

bureau. Vous vous teniez près de l'imprimante, essayant en vain de changer une cartouche récalcitrante. Vous aviez les mains pleines d'encre, des taches sur le bout du nez, sur votre menton et sur votre chemise. Je vous ai trouvé sublime.

Quelque chose se noua dans la gorge de Callan, alors qu'il écoutait ce récit. Elle jouait si bien la comédie qu'il avait failli la croire !

Il déglutit puis, pour donner plus de vraisemblance à leurs récits, il se pencha, embrassa Abigail sur les lèvres, et garda un moment la joue enfiévrée contre la sienne.

Un des serveurs interrompit ce troublant tête-à-tête en venant prendre les commandes. Ramené brutalement à la réalité, Callan s'écarta d'Abigail et consulta la carte. Son pouls battait la chamade.

Diable, depuis quand un simple baiser le chavirait-il à ce point ? Il se persuada qu'il n'était pas le moins du monde ému, mais seulement contrarié. Il n'aimait pas jouer la comédie et la situation l'y avait obligé.

Tout en composant son menu, il se demandait si, en acceptant cette situation, il ne venait pas de s'engager dans un chemin sans visibilité, semé de pièges et d'obstacles mortels.

4.

Abigail regarda avec effarement le courrier en pagaille, le plan suspendu à une ficelle en travers de la porte séparant son bureau de celui de Gabe, les dossiers d'où s'échappaient, pêle-mêle, de précieuses fiches. Elle n'avait quitté cet endroit que la veille, en milieu d'après-midi. C'était incroyable qu'en si peu de temps, sa remplaçante eût accompli un tel désastre !

Elle commença de ramasser les papiers épars, l'oreille tendue vers le bureau contigu, où Callan téléphonait.

— ... Non, Ray, rassurez-vous, Abigail n'a pas quitté l'entreprise. Mlle Stark ne la remplaçait que pour la seule journée d'hier...

Un silence et il reprit :

— ... Je suis de votre avis. Aucune autre secrétaire ne lui arrive à la cheville... Naturellement qu'elle suit vos dossiers de très près...

Abigail se sentait un peu coupable d'écouter ainsi la conversation de son patron. Il devait parler à Ray Palmer, un promoteur de Boston qui avait demandé aux établissements Sinclair de construire un centre commercial, avec cinémas, dans une zone industrielle proche de Bloomfield.

Abigail n'avait jamais rencontré le promoteur, mais elle correspondait souvent avec lui par téléphone et elle appréciait ses manières directes, un peu bourrues mais

513

franches. Un jour qu'il s'était emporté, elle lui avait tenu tête, sûre de son bon droit. Il avait reconnu son erreur et pour se faire pardonner son accès de colère, le lendemain, il lui avait fait porter un magnifique bouquet de fleurs. Comme il était passablement bavard, elle savait aussi qu'il était veuf, avec un fils qu'il aurait désiré marier le plus tôt possible...

— ... Naturellement qu'Abigail a obtenu vos permis, poursuivait Callan. Elle ne laisse jamais rien traîner en ce qui concerne les démarches administratives...

Il eut un petit rire satisfait et ajouta :

— ... Elle est le précieux pivot de notre société. Que ferais-je sans elle !

Abigail avait la gorge sèche. Se savoir aussi précieuse aurait dû la réjouir. Alors pourquoi se sentait-elle infiniment triste ?

A cause d'une fatigue anormale, sûrement, se dit-elle. Les événements qu'elle venait de vivre avaient quelque peu bouleversé son bel équilibre. En vingt-quatre heures, elle avait appris l'arrivée de Ruby et d'Emerald, démissionné de son emploi, exposé sa poitrine à son ex-boss, joué la comédie à ses deux tantes et, en fin de compte, accepté de revenir travailler à Sinclair Constructions. Un emploi du temps peu banal pour une simple secrétaire ! Sans compter le baiser de son patron, dont le souvenir continuait de la troubler... et une bague qu'elle n'avait pas le droit de conserver.

— Abby !

Elle sursauta. Perdue dans ses pensées, elle ne s'était pas aperçue que Callan avait terminé sa conversation téléphonique. Elle le regarda par-dessus son épaule. Il était debout, dans l'encadrement de la porte qui séparait leurs deux bureaux. Il s'étonna.

— Vous êtes là ? Je vous croyais en train de promener vos tantes dans Bloomfield.

— Je leur ai dit que j'avais un travail urgent à faire au bureau...

Afin d'éviter son regard, elle se dirigea vers sa table et faillit suffoquer en découvrant le message affiché sur l'écran de l'ordinateur.

Elle déglutit avant de continuer son explication :

— ... Mes tantes ont illico emprunté ma voiture ! Elles ont décidé d'aller jusqu'à Philadelphie rendre visite à un directeur de théâtre, qu'elles ont connu, autrefois, à New York.

Elle osa enfin regarder Callan. L'amusement pétillait dans les yeux noirs.

— Philadelphie est à plus de soixante kilomètres d'ici, remarqua-t-il. Avant ce soir, nous serons obligés d'envoyer à la police un avis de recherches.

Les bras écartés, il s'appuyait contre les montants de la porte et regardait Abigail s'affairer pour remettre de l'ordre dans la pièce.

Elle dit d'un ton distrait :

— Si mes tantes suivent l'itinéraire que je leur ai indiqué, elles ne devraient pas rencontrer de problèmes.

Tout en parlant, elle rangeait des documents dans un dossier.

Callan objecta, railleur :

— Vos tantes me donnent l'impression de n'en faire qu'à leur tête. Elles ne respecteront sûrement pas votre itinéraire et iront se perdre dans quelque campagne éloignée.

— C'est bien possible.

Elle enferma le dossier dans un classeur métallique, puis elle se tourna vers Callan en levant la main gauche.

— Monsieur Callan, je ne peux pas porter ce magnifique bijou.

— Pourquoi pas ? C'est un accessoire nécessaire à la comédie que nous jouons. Vous plaît-il ?

Elle regarda le diamant serti dans un anneau d'or gris. La monture, fine et travaillée, était de facture ancienne.

— C'est une très belle bague, dit-elle. Bien sûr qu'elle me plaît, mais je n'ai pas le droit de la porter. Je suppose

515

qu'il s'agit d'un bijou de famille. Je vous le rendrai dès que mes tantes auront quitté Bloomfield... A propos, je vous remercie de les avoir supportées avec stoïcisme pendant le déjeuner. Leur comportement excentrique a dû pourtant vous gêner.

— Rassurez-vous, je l'ai trouvé plus drôle qu'excentrique.

Elle le remercia intérieurement de sa gentillesse. Il avait employé le mot « drôle » pour ne pas la vexer. En réalité, elle était persuadée qu'il jugeait les deux femmes ridicules.

Au lycée, à l'Ecole supérieure de gestion, tout comme dans l'entreprise de New York où elle avait travaillé, Abigail avait subi une foule de sarcasmes au sujet de sa singulière famille. Elle avait appris à les ignorer et à donner l'impression qu'elle était indifférente à ces moqueries.

Ce qui était loin d'être le cas. Elle en avait énormément souffert et bien qu'elle éprouve une tendre affection pour ses tantes, leurs excentricités la mortifiaient. En outre, comme les deux femmes agissaient toujours sur des coups de tête, leur non-conformisme pouvait éclater à n'importe quel moment et mettre la jeune fille dans des situations embarrassantes.

Toute sa vie, elle avait rêvé d'une existence normale, discrète et tranquille. Bloomfield était le premier endroit où elle s'était sentie à l'aise. Personne ne connaissait son extravagante famille et on la respectait.

Eh bien, tout cela était terminé ! Après l'exhibition du déjeuner, la ville entière allait se gausser d'elle dans son dos. M. Sinclair les avait trouvé drôles ? Il était indulgent et elle le lui fit savoir.

Il protesta.

— Elles sont géniales ! D'accord, quand elles ont commencé à chanter, j'ai été très surpris, mais j'ai très vite apprécié la qualité de leurs voix et je n'ai pas été le seul. Tout à l'heure, Reese m'a confié que jamais il

516

n'avait fait une aussi bonne recette. Les clients se sont attardés pour commenter entre eux le duo des deux inconnues et ils ont consommé plus que d'habitude, au point que mon frère envisage de demander à vos tantes de renouveler leur exploit. Il est prêt à leur offrir leurs repas, et même à les payer, pour qu'elles acceptent de chanter à la fin du dîner. La nouvelle qu'il héberge deux cantatrices va se répandre en ville comme une traînée de poudre et des curieux, voire des mélomanes, vont affluer dans son établissement et faire grimper son chiffre d'affaires.

« Il ne sait pas à quoi il s'expose », se dit Abigail avec anxiété.

Mais ce qui l'inquiétait le plus, c'était le fait que ses pseudo-fiançailles allaient bientôt alimenter toutes les conversations. Dans cette petite cité provinciale, où les clivages sociaux existaient encore, les Sinclair appartenaient à une famille bourgeoise et respectée. Abigail, elle, n'était qu'une étrangère, certes parfaitement assimilée, mais qui n'était venue là que pour travailler. La rumeur publique ne trouverait pas de bon ton qu'elle eût jeté son dévolu sur un des plus beaux partis de Bloomfield.

« L'Alaska n'est pas encore assez loin, pensa-t-elle avec désespoir. Je devrai choisir une île lointaine, ou un pays au plus profond de la vieille Europe. »

Elle regarda de nouveau l'écran de l'ordinateur. Le mot « ERREUR » qui y scintillait toujours lui paraissait lourd de menaces.

— C'est une catastrophe, dit-elle à haute voix en pensant à sa propre situation.

L'erreur qui avait effacé les données lui semblait même moins grave que celle qu'elle avait commise en inventant son histoire de fiançailles. Elle s'était cru délivrée de l'embarrassante tutelle de ses tantes sans imaginer que son mensonge la précipiterait dans le pire des scandales.

Callan se méprit et haussa négligemment les épaules.

— Je vais appeler un réparateur et si le meilleur des

spécialistes ne peut rattraper la boulette de cette incapable de Francine, j'achèterai un nouvel appareil, plus performant que celui-ci, et vous enregistrerez de nouveau les données perdues. Ce n'est pas un drame, Abigail.

Elle secoua la tête.

— Je ne pensais pas à l'ordinateur, mais à l'aventure dans laquelle je vous ai entraîné. Ce que je vous ai demandé est impossible à réaliser.

— Vous ne m'avez rien demandé, Abby. Souvenez-vous, c'est moi qui ai décidé de la conduite à tenir. Nous avons conclu un marché et, puisque vous êtes là, en train de remettre de l'ordre dans votre bureau, c'est la preuve que vous avez accepté de remplir votre engagement. De mon côté, je remplirai le mien jusqu'au départ de vos tantes. Et je vous en prie, ne vous faites pas une montagne de ce qui nous attend. Nous avons passé avec brio l'épreuve du lunch. Il n'y a pas de raison pour que cela ne continue pas !

Comment pouvait-il être aussi optimiste et décontracté, alors qu'elle-même gardait encore sur les lèvres le goût de son baiser ?

Il s'était approché et, parce qu'il posait maintenant sur elle un regard différent de celui d'autrefois, elle en éprouvait un trouble intense. Elle avait beau essayer de se cuirasser contre tout émoi, c'était plus fort qu'elle, la proximité de cet homme la menait au bord du vertige.

— Monsieur Sinclair, je ne...

Elle s'interrompit. Il l'avait prise par les épaules et l'obligeait à lui faire face.

— Abby, dit-il doucement, décontractez-vous et, pour ne pas semer le doute dans l'esprit de vos tantes, habituez-vous à m'appeler par mon prénom.

— Ici, c'est impossible.

— Pourquoi ?

Elle soupira et leva les yeux au plafond d'un air qui signifiait que la réponse était trop évidente pour être formulée.

— De quoi avez-vous peur ? insista-t-il en lui massant légèrement la nuque. Dieu, mais je ne vous ai jamais vue aussi tendue ! Vos muscles sont durs comme du bois.

— Je... je n'ai pas peur, bégaya-t-elle.

Ses genoux faiblissaient et elle avait l'impression que la chaleur des mains qui la massaient se coulait en volutes sauvages dans ses veines. Un picotement courait le long de son dos et elle s'étonna secrètement de le trouver délicieux.

Tout aussitôt, elle réagit.

— Non, je n'ai pas peur, dit-elle en affermissant sa voix. C'est plutôt que je ne pense pas à vous de cette manière.

Il leva un sourcil.

— De quelle manière ?

— Vous le savez très bien.

Elle sentait ses joues brûler et résistait difficilement à l'envie de fermer les yeux et de se laisser aller contre la poitrine virile.

Il cessa de la masser, prit entre ses paumes le visage écarlate et le regarda d'un œil amusé.

— Voilà donc le problème, fit-il sentencieux. Vous avez besoin de changer votre manière de penser à moi. Pendant une semaine ou deux, vous devrez cesser de me considérer seulement comme votre patron.

— Mais...

Il la fit taire d'un doigt sur ses lèvres.

— Pas de mais, s'il vous plaît ! Aux yeux de vos tantes, je suis votre fiancé, n'est-ce pas ? Alors, pour vous entraîner à ne pas commettre d'impairs, chaque fois que nous serons en tête à tête, comme maintenant, adoptez avec moi l'attitude d'une femme amoureuse. Est-ce donc si difficile ?

En même temps, il l'étreignait amicalement. Elle respirait un parfum de vétiver qui l'enivrait. Son cœur battait si furieusement qu'elle se demandait si elle était seule à l'entendre. Sans le bras de Callan, elle se serait effondrée sur le sol.

Elle cilla en essayant de se persuader qu'il voulait seulement l'aider à se sortir honorablement d'une situation embarrassante. Mais ce qu'il lui demandait risquait de la briser. Si, depuis qu'elle le connaissait, elle s'était toujours senti attirée vers lui, en revanche, elle savait qu'elle ne l'intéressait pas. Il avait tout ce qu'il lui fallait en ville et, comme il n'était pas du genre à lutiner ses employées, ce qu'il lui proposait maintenant ne pouvait être que la répétition de la comédie qu'ils auraient à jouer provisoirement. Du reste, il avait précisé que le petit jeu amoureux ne durerait que jusqu'au départ de Ruby et d'Emerald.

— Ce sera difficile, dit-elle, mais je veux bien modifier mon attitude et me montrer plus familière avec vous.

— J'ai besoin d'être sûr du résultat, dit-il.

Il lui ôta ses lunettes, qu'il posa sur un coin de table, puis il approcha lentement sa bouche de la sienne.

Elle respira son souffle et, pour ne pas paniquer, elle se morigéna silencieusement.

« Ce n'est qu'un test qui ne nous engage à rien », se dit-elle.

— Vous devez vous montrer convaincante, murmura Callan en frôlant ses lèvres.

Il n'avait pas prémédité d'embrasser Abigail. Son intention était de tenter l'impossible pour qu'elle se détende et se sente à l'aise avec lui. Or, il ne connaissait pas de meilleure méthode pour mettre en confiance une femme que de la prendre dans ses bras, ou de lui masser doucement la nuque. Le geste qui réussissait avec les autres femmes était resté sans effet avec Abigail. Se souvenant qu'elle avait réagi favorablement, au déjeuner, quand il lui avait donné un baiser rapide, il se dit que, peut-être, s'il renouvelait l'expérience...

Il prit la bouche offerte.

Une onde de plaisir le traversa et descendit par vagues brûlantes jusqu'à ses reins. Il ne s'était pas attendu à un tel bouleversement et il en trouva la cause immédiatement. Le baiser qu'elle lui rendait était en contradiction avec la froideur qu'elle avait coutume d'afficher. C'était un baiser à la fois sensuel et infiniment tendre.

Alors, Callan força les lèvres entrouvertes. Leurs langues se trouvèrent et s'explorèrent mutuellement. Callan en éprouva un nouveau choc qui le priva de toute pensée raisonnable. Il s'enhardit et, sans séparer sa bouche de celle de sa partenaire, il caressa la poitrine qu'elle lui avait dévoilée la nuit dernière. Les nerfs à vif, il brûlait maintenant de la dénuder et de l'embrasser un peu partout...

Un gémissement le ramena à la réalité. Aurait-il oublié qui était la femme qu'il serrait contre lui? Sa secrétaire, habituellement si discrète, si effacée, semblait éprouver un plaisir immense à son contact. Il s'écarta légèrement et la regarda.

Les yeux clos, elle continuait de lui tendre une bouche encore humide, gonflée par leur dernier baiser. Elle paraissait si absorbée par son plaisir qu'elle ne réagit pas lorsque la porte s'ouvrit dans son dos.

Callan releva la tête et découvrit son frère aîné sur le seuil du bureau.

Les yeux écarquillés de surprise, Gabe regarda le couple puis, sans un mot, repartit en refermant doucement le battant derrière lui.

Callan fronça les sourcils. Gabe, qui venait rarement au siège social, avait vraiment mal choisi son moment! Dans un éclair de lucidité, Callan se demanda si, plus tard, il réussirait à le convaincre que la scène entrevue n'était, en fait, que la simple répétition du jeu innocent qui lui avait été imposé.

Innocent?

A présent, il en doutait.

— Abby! murmura-t-il.

Elle releva les paupières et lui sourit. Un reste de désir miroitait encore dans ses yeux clairs.

— Abby, répéta-t-il, Gabe nous a surpris.

Elle tressaillit.

— Quand ?

— Tout de suite. Il est entré dans votre bureau et en est ressorti aussitôt.

— Oh, mais c'est un vrai drame !

— Le terme est exagéré. Vous n'avez aucun souci à vous faire. J'expliquerai plus tard à Gabe les raisons de notre attitude. Il les comprendra.

Callan avait parlé avec conviction, mais en fait il n'était pas certain de l'indulgence de son aîné. Avec son côté puritain, Gabe attachait une valeur excessive aux engagements. Pour lui, des fiançailles étaient le prélude à un mariage. Aussi trouverait-il d'un goût douteux le mensonge qu'Abigail avait fait à ses tantes et inacceptable, la comédie que son cadet était en train de jouer.

Mais, d'autre part, Callan savait que Gabe appréciait autant que lui les qualités d'Abigail. Pour les trois dirigeants de Sinclair Constructions, elle était la perle rare, une collaboratrice aussi précieuse qu'irremplaçable. Sans trop y croire, Callan espérait que Gabe oublierait ses principes pour ne considérer que les avantages du marché que son frère avait conclu avec Abigail.

La jeune fille était allée s'asseoir à sa table de travail. Les coudes sur le bureau, le front dans les mains, elle se lamentait.

— J'avais raison de vouloir avouer la vérité à mes tantes. Un mensonge mal parti, c'est une vraie bombe qui génère des réactions en chaîne qu'on ne peut plus arrêter. Oh, mon Dieu, quel gâchis !

— Abby, cessez de vous désoler ! Je vous promets de tout arranger avec Gabe.

Elle écarta les mains et le regarda en se mordillant la lèvre inférieure. Ce tic banal devenait chez elle incroyablement sexy. Jamais Callan n'aurait soupçonné que, sous ses dehors vertueux, Abigail cachait une nature ardente. Mais les yeux verts, si brillants tout à l'heure, reflétaient maintenant une profonde détresse.

Après un silence, elle murmura :

— Je suis effondrée, car il y a encore un détail que je ne vous ai pas dit.

— Quel détail ?

Elle ne répondit pas. Il insista d'un ton faussement enjoué :

— J'ai survécu à l'annonce de mes fiançailles, au lunch et à la répétition de la scène du baiser. Alors, rassurez-vous, je suis définitivement cuirassé contre tous les effets de la bombe dont vous parliez. De quoi s'agit-il encore, Abby ?

Elle inspira à fond et avoua :

— Il y a près d'un an, quand je leur ai annoncé mes fiançailles, j'ai affirmé à mes tantes que nous habitions ensemble.

En fin d'après-midi, Callan retrouva dans son appartement ses trois frères et sa sœur. De son bureau, il les avait appelés au téléphone l'un après l'autre, pour leur demander de venir chez lui à 18 heures pour une réunion de famille.

Son appartement comportait trois vastes pièces dans un building moderne ; pratique par sa situation en pleine ville et sa proximité avec le siège social de l'entreprise, il était aménagé de bric et de broc.

Quelques années plus tôt, après l'accident qui avait coûté la vie à leurs parents, les enfants Sinclair s'étaient partagé les meubles de la grande maison victorienne, qu'ils avaient ensuite vendue. Callan avait pris ce que les autres ne voulaient pas, sans se préoccuper si des meubles anciens étaient à leur place dans un univers futuriste, aux murs laqués et aux immenses baies. A l'époque, sa principale préoccupation était de faire prospérer l'entreprise qu'il avait créée avec deux de ses frères. Sa résidence privée, il y penserait plus tard.

A présent que l'affaire rapportait de confortables bénéfices, il hésitait entre deux options : demander les services d'un décorateur afin de réaménager avec goût l'appartement, ou faire construire une maison hors de la ville.

Il n'avait pas encore pris de décision.

Ils étaient tous là, réunis dans le salon aux sièges Chippendale, dont le cuir avait été usé par des générations de Sinclair. Reese avait provisoirement confié sa taverne à son personnel. Lucian avait quitté sa caravane. Gabe qui habitait tout près n'avait eu que la rue à traverser. Même Clara était venue. De Philadelphie où elle demeurait, elle avait fait le trajet en une petite heure pour répondre à l'appel pressant de son aîné. Mariée à un avocat, Yann Shaussey, elle était vice-présidente d'une association caritative créée par ses beaux-parents. Blonde, racée, élégante dans son tailleur de lin grège, elle était paresseusement allongée sur une vieille ottomane au satin râpé. Elle savourait un jus d'orange et pressait son frère de s'expliquer.

Gabe avait allumé la télévision. A l'écart des autres, il buvait une bière tout en regardant un match de base-ball.

Reese affichait un air goguenard. Il avait ouvert un paquet de biscuits salés et en répartissait le contenu dans des coupelles, qu'il posait sur des tables gigognes, à côté de boîtes de bière.

Lucian était venu s'asseoir sur le canapé à côté de Gabe, mais il s'intéressait davantage à Callan qu'au match télévisé.

Debout devant la baie et conscient de la tension qui régnait, Callan regardait les grands immeubles qui bordaient la rue. Le *Municipal Bulding* bouchait l'horizon. Jamais, comme ce soir, il n'avait remarqué la tristesse des façades. Il pensait au délicieux cottage d'Abigail.

Cette fois, c'était décidé, il achèterait un terrain hors de la ville et y ferait construire une maison à son goût. Il la voulait entourée de pelouses et de fleurs, meublée de moelleux divans comme...

La voix impatiente de Clara interrompit le cours de ses pensées.

— Vas-tu enfin nous dire pourquoi tu nous as tous convoqués en catastrophe ?

Il pivota et affronta trois regards inquiets. Le quatrième, celui de Gabe, restait fixé sur l'écran de télévision.

Lucian posa près de lui le verre qu'il allait porter à ses lèvres et approuva sa sœur d'un ton mécontent.

— J'espère que tes raisons sont sérieuses, Callan, car pour venir ici, j'ai abandonné le chantier Palmer et les ouvriers qui y travaillent. De quoi s'agit-il ?

— Il veut nous annoncer ses fiançailles, lança Reese d'un ton narquois.

Callan le regarda avec colère. Alors qu'il cherchait les mots justes pour expliquer la situation, son diable de cadet lui coupait l'herbe sous les pieds de la façon la plus maladroite qui fût.

Gabe n'avait pas bronché, mais Clara s'était vivement relevée et dévisageait son frère d'un air stupéfait.

— Tu es fiancé ? Mais avec qui ?

— Abigail, ricana Gabe. Je les ai surpris dans les bras l'un de l'autre.

Callan s'écarta de la baie. Il s'empara de la télécommande et éteignit le poste sans se soucier des protestations de Gabe, puis il fit face au clan.

— Je ne suis pas fiancé, déclara-t-il en maîtrisant difficilement son irritation. Pour conserver notre secrétaire et rassurer ses tantes, j'ai dû me plier à une petite comédie.

— Quelles tantes ? Quelle comédie ? Explique-toi ! ordonna Clara. A t'entendre tu serais victime d'un chantage. Or, j'ai rencontré plusieurs fois Abigail au siège de votre entreprise. Elle ne m'a pas donné l'impression d'être une fille à histoires.

— Et pourquoi parles-tu de la conserver, objecta Lucian. Abigail n'a jamais eu l'intention de nous quitter.

— Eh bien, si. Hier, quand je suis revenu du chantier de Woodbury, j'ai trouvé sa lettre de démission sur mon bureau. Elle avait même demandé une remplaçante à l'Agence pour l'emploi. L'agence avait envoyé une de ces incapables comme nous en avons trop vu pendant des années. J'ai pu, heureusement, convaincre Abigail de revenir sur sa décision.

— Et c'est pour être sûre de la garder que, tantôt, tu l'embrassais dans son bureau ? ironisa Gabe.

— Etait-ce agréable ? demanda Lucian avec un sourire moqueur. Personnellement, je ne me vois pas prendre ce genre de liberté avec la prude Abigail.

Alors, Callan laissa libre cours à son amertume.

— J'attendais de votre part un peu plus de compréhension, rugit-il. Or, vous ne voyez que le côté égrillard de l'aventure. C'est beau, la famille !

— Calme-toi, dit Clara. Je crois comprendre, mais j'aurais tout de même besoin de précisions. Pourquoi dois-tu agir maintenant avec ta secrétaire comme si tu étais son fiancé ?

Callan remercia sa sœur d'un sourire avant d'expliquer :

— C'est une histoire complètement loufoque. La famille d'Abigail se réduit à deux tantes, Ruby et Emerald, qui habitent New York. Toutes deux voulaient que leur nièce mène une vie normale de couple. Pour avoir la paix, Abigail leur a dit qu'elle était fiancée à son patron. Comme ses tantes ne quittent jamais New York, elle pensait être tranquille. Or, l'envie a pris aux deux femmes d'aller faire une croisière aux Caraïbes et de faire escale, auparavant, à Bloomfield pour s'assurer que leur nièce avait bien trouvé l'homme de sa vie. Ainsi, elles partiraient en croisière l'esprit tranquille. Paniquée à l'idée des conséquences de son mensonge, et sachant que s'il était découvert, ses tantes se priveraient de leur escapade pour rester auprès d'elle, Abigail a préféré démissionner. Lorsque j'ai su pourquoi, je lui ai proposé de jouer la comédie du fiancé aussi longtemps que durerait le séjour des deux femmes à Bloomfield.

— Marrant! s'exclamèrent d'une seule voix Gabe et Lucian.

Reese précisa que, sur le conseil d'une agence de voyages, les tantes étaient descendues dans son auberge.

— ... Ce que je ne comprends pas, ajouta-t-il en regardant Callan, c'est pourquoi Abigail t'avait décrit, toi, comme l'homme de sa vie. Elle pouvait tout aussi bien choisir un jeune premier, une vedette de la chanson ou du cinéma, par exemple.

Callan se sentit blessé dans son orgueil.

— Je vaux bien une vedette, non? J'ai toujours entendu dire que j'étais le plus beau des frères Sinclair.

Reese et Lucian s'esclaffèrent.

— Tu te fais l'écho de ce qu'Irma Johnson raconte, remarqua Reese. Mais Irma a quatre-vingts ans et elle est myope comme une taupe.

— Parlons sérieusement, dit brusquement Gabe.

Il se leva et, croisant les bras, il vint se planter au milieu de la pièce et les regarda d'un air sévère. A trente-huit ans, Gabe était l'aîné et tous le respectaient pour son bon sens. Même Reese qui manifestait souvent un esprit d'indépendance s'inclinait devant les décisions de Gabe.

— J'admets que Callan ait cru bon de se dévouer pour empêcher Abigail de quitter l'entreprise, dit-il d'un ton grave. Pour nous trois, elle est plus une collaboratrice qu'une simple secrétaire et je ne sais vraiment pas comment nous ferions sans elle...

Il regarda Callan avec sévérité.

— ... Mais as-tu réfléchi aux conséquences de ta décision? Abigail peut se prendre au jeu. Alors, qu'arrivera-t-il lorsque ses tantes repartiront et que tu reprendras tes chères habitudes de célibataire endurci?

Callan n'en savait rien et n'envisageait pas l'avenir.

— Un problème à la fois, dit-il sur la défensive. Lorsque les tantes seront sur leur bateau de croisière,

Abigail pourra toujours leur téléphoner qu'elle a rompu ses fiançailles. A ce moment-là, qui sait ? peut-être aura-t-elle même trouvé le fiancé idéal ?

Clara hochait la tête d'un air soucieux.

— Tu joues avec le feu, Cal, et l'un de vous deux risque de s'y brûler, donc de souffrir. Tu dois regarder plus loin que cette comédie. Qu'as-tu derrière la tête ?

— Rien et rassure-toi, personne ne sera blessé.

Puis il pensa au baiser qu'il avait échangé quelques heures plus tôt avec Abby et qui avait dangereusement réveillé ses sens. Il avait bien failli perdre son contrôle, mais l'imprudence venait de lui et il s'était promis qu'elle ne se renouvellerait plus.

Ses frères semblaient rassurés. Seule, Clara voulait en savoir davantage.

— Ton rôle se résume à quoi ? demanda-t-elle. Vous tenir par la main devant les tantes comme deux amoureux ? Echanger avec Abigail des gentillesses et, à la rigueur, quelques baisers ?

— Oui, mais ce n'est pas tout, déclara Callan. Parce que Ruby et Emerald sont persuadées que nous vivons ensemble, dès ce soir, je dois aller m'installer chez Abigail.

— Quoi ?

L'exclamation avait jailli de quatre poitrines indignées.

Callan sentit que, cette fois, il aurait du mal à convaincre ses frères et sa sœur de l'innocence de la comédie qu'il s'était engagé à jouer.

— Et alors ? se rebiffa-t-il. Abby et moi, nous sommes des adultes responsables, non ? Elle habite un cottage dans le quartier du musée. Sa chambre est au rez-de-chaussée. Moi, je dormirai au premier étage. Il me suffira de laisser traîner dans la maison quelques affaires personnelles pour qu'à chacune de leurs visites, les tantes soient persuadées que nous formons un vrai couple. Soyez tranquilles : dès la fin de la comédie, Abigail et moi, nous reprendrons nos distances.

— Tu le crois vraiment? demanda Clara.

— J'en suis sûr, affirma Callan.

Il avait tout intérêt à en être persuadé, lui le célibataire endurci! Dans deux semaines au plus, il rirait de cette aventure.

En attendant, il avait besoin de se sentir soutenu et approuvé par sa famille. Jouer la comédie devant deux étrangères un peu excentriques lui était facile, mais il ne voulait pas que ses frères et sa sœur prennent au sérieux son attitude, au point d'échafauder des plans pour son avenir.

— Et ne vous faites aucun souci, ajouta-t-il. Pas plus que moi, Abigail ne se brûlera, car il n'y a pas de feu. Ce n'est qu'un jeu, idiot je vous l'accorde, mais heureusement provisoire. En outre, pour la bonne marche de notre entreprise, c'était le seul moyen d'empêcher notre dévouée secrétaire d'aller travailler ailleurs.

— Tu as raison, dit Gabe après un silence.

Et les autres approuvèrent d'un hochement de tête.

5.

Depuis qu'elle travaillait à Sinclair Constructions, Abigail s'était imposé un horaire rigoureux. Elle se levait à 6 h 30, se douchait, se coiffait et enfilait une robe de chambre pour aller mettre la cafetière en route. A 7 h 15 exactement, fin prête, elle avalait son petit déjeuner, debout devant le comptoir qui, dans la cuisine, faisait office de bar. Puis elle prenait sa voiture et arrivait à 7 h 55 au bureau pour commencer sa journée de travail à 8 heures précises.

Sa vie était ordonnée, régulière, prévisible, comme elle l'avait toujours rêvée.

Ce matin, pourtant, sa pendule de chevet avait sonné une demi-heure plus tôt que d'habitude. Elle avait modifié ses horaires pour occuper l'unique salle de bains du cottage avant son hôte, afin d'être prête quand il se lèverait.

Tout en se lavant les cheveux, elle évoquait la soirée de la veille. Après un dîner rapide, au restaurant de Reese, seule avec ses tantes rentrées à bon port de Philadelphie, elle avait trouvé Callan devant son cottage. Il l'attendait, une raquette d'une main et un sac de voyage de l'autre.

Elle lui avait fait faire le tour du propriétaire, puis il s'était installé dans la chambre d'amis au premier étage.

Abigail avait eu le plus grand mal à s'endormir.

Avant l'arrivée de Callan, elle avait toujours vécu seule. Non pas que ce fût différent maintenant, se disait-elle, mais une raquette de tennis sur la console de chasse et une casquette de base-ball accrochée négligemment dans le vestibule lui donnaient l'illusion de cohabiter réellement avec un homme.

Et ce matin, le fait de voir les accessoires de toilette masculins dans la salle de bains bouleversait ses habitudes de célibataire.

Cette nuit, à l'idée que son boss dormait dans la chambre au-dessus de la sienne, elle n'avait pas réussi à fermer l'œil.

Un parfum de vétiver la fit soudain tressaillir. Fronçant les sourcils, elle flaira la mousse qui blanchissait ses mains.

Seigneur, elle s'était trompée de flacon, et elle était en train de se servir du shampooing de Callan !

Confuse, elle se rinça énergiquement sous la douche. Mais le parfum persistant évoquait pour elle des moments troublants. Elle en avait déjà senti les effluves hier, en début d'après-midi au bureau lorsque, sous prétexte de répéter la comédie qu'ils devraient jouer, Callan l'avait serrée contre lui et embrassée. Le souvenir de leur baiser continuait de la chavirer.

Elle avait déjà été embrassée par des garçons, mais aucun baiser n'avait éveillé en elle des sensations aussi ravageuses. Etait-ce parce que Callan possédait plus d'expérience dans ce domaine que les autres hommes qu'elle avait déjà rencontrés ?

Mieux valait pour elle ne pas trop réfléchir à ce problème et surtout, à l'avenir, ne plus céder à la tentation d'un autre baiser, ailleurs que devant les tantes. Même à ces moments-là, elle devrait ne jamais oublier que, dans la vie réelle, son pseudo-fiancé était son patron.

Elle se sécha rapidement et enfila la robe de chambre en coton fleuri qu'elle mettait habituellement pour se coiffer.

Elle finissait de brosser ses cheveux, lorsque des coups frappés à la porte la firent sursauter.

— Puis-je entrer? demandait Callan derrière le battant.

Elle lui ouvrit et s'arrêta de respirer.

Il n'était vêtu que d'un slip. En dépit de sa chevelure brune en désordre, de ses joues et de son menton noircis par un début de barbe, il restait le plus beau spécimen masculin qu'elle eût jamais contemplé.

— Bonjour, Abby! Avez-vous bien dormi?

Sa voix chaude avait coulé comme une caresse sur la peau de la jeune femme. Les jambes soudain molles, elle fit un effort pour se reprendre, répondit à son salut et ajouta :

— Je ne vous croyais pas si matinal.

Il réprima un bâillement.

— Moi non plus, mais à l'aube, comme je n'avais pas fermé mes volets, un geai bleu a tapé du bec sur les vitres et m'a réveillé.

— C'est Stanley, dit Abigail. Hier soir, j'ai oublié de lui déposer son repas de cacahuètes sur le rebord des fenêtres. Alors, il me rappelle à l'ordre.

— Stanley?... Un repas de cacahuètes? répéta Callan, ahuri.

Puis il éclata de rire et hocha la tête, indulgent.

— Abby, je vous adore. Vous êtes une femme extraordinaire.

Elle sourit, flattée, avant de se souvenir que c'était là un banal compliment qui échappait souvent au directeur commercial, lorsqu'il découvrait que sa secrétaire avait pris quelque initiative bénéfique pour l'entreprise.

Toutefois, jamais encore il n'avait prononcé les mêmes mots avec autant de conviction. D'habitude, il la regardait sans la voir. Or, en ce moment, les yeux noirs s'attardaient sur son visage et elle croyait sentir la caresse de mains brûlantes.

Elle se sentit complètement désemparée lorsqu'il ajouta :

533

— Au lieu d'emprisonner vos mèches dans un affreux chignon de garde-chiourme, pourquoi ne laissez-vous pas votre chevelure libre, ce qui vous va si bien? Vous avez de magnifiques cheveux, Abby.

Et il glissa les deux mains sous l'épaisseur soyeuse, la souleva et la laissa retomber aussitôt en effleurant les joues de la jeune femme au passage.

Abigail sentit son visage s'empourprer. Elle bégaya qu'un chignon était plus pratique pour travailler, puis, décidant de mettre un terme à cette discussion trop intime, elle annonça qu'il pouvait disposer de la salle de bains.

Il s'écarta et elle sortit vivement en prenant garde à ne pas le toucher.

Dans sa chambre, elle se jeta sur son lit à baldaquin. Un étrange sentiment d'inquiétude l'étreignait.

Deux semaines! Deux petites semaines à refréner les délicieuses sensations que la présence de Callan éveillait en elle! La comédie s'arrêterait dès le départ de Ruby et d'Emerald. D'ici là, il lui fallait absolument conserver son calme.

Mais en ce moment, parce que ses joues brûlaient encore du contact des mains de Callan, ces deux semaines lui paraissaient devoir durer une éternité.

— ... J'ai établi le rapport du projet Sanders, photo-copié les plans des architectes et enregistré les permis de construire du complexe Palmer. J'ai envoyé le double de ceux-ci, par fax, au camping-car de Lucian, expliquait Abigail en étalant des documents sur le bureau de Callan. Wayne pense que les nouvelles exigences de Ray Palmer vont considérablement augmenter le montant du devis initial...

Assis à sa table de travail, Callan écoutait d'une oreille distraite les paroles d'Abigail. Comme à son habitude, la jeune femme faisait preuve d'une efficacité exemplaire.

Très droite, de l'autre côté du large bureau de verre et d'acier, dans son éternel tailleur gris, le chignon sévère et le regard dissimulé par ses lunettes aux verres teintés, elle n'omettait aucune précision.

Il habitait le cottage depuis une semaine, affrontait presque chaque jour le regard des sœurs Bliss et prenait de plus en plus goût à ce qu'il avait considéré au début comme une comédie loufoque.

Les dîners confectionnés par Abigail étaient infiniment plus savoureux que ceux qu'il avait coutume de prendre dans un fast-food. Le matin, c'était agréable de partager un copieux et délicieux breakfast en compagnie d'une hôtesse toujours souriante. Le soir, parfois, après le départ des tantes, ils regardaient ensemble un film à la télévision, ou écoutaient un disque.

Il se sentait un homme nouveau, plus sensible, plus attentionné qu'autrefois. Oh, certes, il devait refréner ses pulsions car, bien que son hôtesse ne se montrât jamais provocante, l'envie le prenait souvent de pousser plus loin leur intimité. Il avait compris que s'il dépassait certaines limites, il trouverait sûrement le paradis, mais en revanche, il risquait de perdre ensuite sa précieuse collaboratrice.

Emerald et Ruby venaient souvent les surprendre le soir. Elles dînaient avec eux, ou se contentaient de boire un café en racontant leur journée. Elles avaient fini par conclure un marché avec Reese qui ne tarissait pas d'éloges sur ses nouvelles pensionaires. Il leur offrait le gîte, et en échange, à l'heure où les pubs sont à peu près déserts, c'est-à-dire dans l'après-midi, Emerald et Ruby donnaient un récital qui attirait dans son café autant de clients qu'aux moments de grande affluence.

Tout en se montrant discret, Callan en avait appris un peu plus sur Abigail. Il avait découvert que, derrière le cottage, elle cultivait un minuscule jardin, où poussaient fraises, tomates, cassis et framboises. C'était elle qui faisait les délicieuses marmelades qui le régalaient le matin.

Il savait maintenant, ce dont il se doutait, qu'elle n'avait pas besoin de lunettes. A la maison, elle s'en passait, sauf pour regarder la télévision. Méticuleuse et soignée jusqu'au bout de ses orteils aux ongles laqués de rouge, dès qu'elle rentrait chez elle, elle se déchaussait. Puis elle se mettait à l'aise, enfilait un ravissant déshabillé de coton fleuri et, pieds nus, elle s'activait à ses tâches ménagères...

Il la regardait fixer un plan sur la table à dessin, au fond du bureau. Aujourd'hui, elle avait remplacé sa jupe habituelle par un strict pantalon du même gris que sa veste. Il imagina le galbe des jambes superbes sous le tissu, les pieds si fins aux ongles vernis dans les informes chaussures de sport qu'elle affectionnait...

— ... Pour son complexe commercial, disait-elle, au lieu d'un hall banal, M. Palmer a demandé à Wayne un large passage avec des colonnes soutenant des coupoles. Regardez, à mon avis, les courbes en sont assez jolies...

Il hocha machinalement la tête en détaillant la silhouette d'un œil intéressé. Oui, les courbes étaient jolies. Portait-elle toujours un soutien-gorge en dentelle... avec un slip assorti ?

— ... Je peux en varier les couleurs, précisa-t-elle en se retournant vers lui.

Arraché à sa contemplation, il cilla.

— Quoi ?

— Je vous parle de la mosaïque pour la fontaine centrale du complexe Palmer, Callan. Vous n'avez pas l'air de m'écouter.

— Si, si, je vous écoute.

Décidément, s'il voulait garder l'esprit clair, il devait cesser de fantasmer sur les sous-vêtements d'Abby.

Elle continuait d'expliquer :

— ... Nous avons le libre choix de la décoration, mais les plans doivent être achevés pour sa visite de mardi prochain.

Il fronça les sourcils.

— Quelle visite ?

— Celle de votre client. Aurais-je oublié de la noter ?

Elle s'approcha du bureau du directeur, le contourna et feuilleta l'agenda par-dessus l'épaule de Callan.

Callan respira un délicieux parfum d'iris. Une flamme brutale échauffa ses sens. Se parfumait-elle sur tout le corps ou seulement derrière les oreilles ? Il s'imagina en train de la dévêtir et de la prendre, là, sur son bureau...

Il serra les dents. Diable, il s'agissait de sa secrétaire, pas d'une fille quelconque, et il méprisait les patrons qui abusent de leurs employées...

— Regardez, je n'ai rien oublié ! s'exclama-t-elle d'un ton triomphant. C'est inscrit, là, le 20 juin. A 14 heures, mardi prochain, vous allez chercher M. Palmer et son fils à l'aéroport pour une visite sur le chantier. J'ai fait également les réservations pour le dîner, à 19 heures, au King Charles, et retenu une suite pour le père et le fils au Sheraton.

Toute la semaine, Callan avait été distrait au point de négliger de consulter son agenda. Heureusement qu'Abigail veillait ! La visite des Palmer était une corvée dont il se serait bien passé, mais le riche promoteur de Boston était un des plus gros clients de l'entreprise et puisque les dîners d'affaires faisaient partie des prérogatives du directeur commercial, Callan ne pouvait s'y soustraire.

Il soupira et consulta la montre à son poignet.

— Bientôt 5 heures, remarqua-t-il. Si j'ai bonne mémoire, vos tantes nous ont invités à leur cocktail-concert d'aujourd'hui. Il serait peut-être temps de nous y rendre.

Elle s'écarta de lui et son visage s'assombrit.

— Hier soir, je n'ai pas aimé leur façon d'insister pour que nous soyons présents à ce récital. Je me demande ce qu'elles mijotent. Vous n'êtes pas obligé d'accepter, Callan.

Il se leva, la prit par le bras et la guida hors du bureau en protestant.

— Je ne veux pas rater le spectacle. Reese m'a raconté que, jeudi dernier, elles avaient fait un tabac en chantant « Hello Dolly », repris en chœur par toute la salle. Vos tantes sont géniales, Abby, un peu extravagantes, certes, mais bigrement talentueuses. Je suis d'accord avec Reese. Il ne faut pas les décevoir.

Après s'être garé assez loin de la taverne, dont le parking pourtant vaste était complet, il fit le tour du véhicule pour ouvrir la portière à sa passagère. Mais elle l'avait devancé et sautait légèrement sur le sol. Il se souvint du jour où, ivre, elle était tombée du 4x4 dans ses bras. C'était probablement à ce moment qu'il avait ressenti pour elle sa première flambée de désir. Depuis, les tentations n'avaient pas manqué et il avait dû avoir beaucoup de discipline pour ne pas y céder.

« Tu joues avec le feu, l'avait prévenu sa sœur, Clara. L'un de vous deux risque de s'y brûler. »

Certes, le risque existait, mais Callan se disait que, dans une semaine, les tantes seraient parties et, la raison ayant repris le dessus, la vie redeviendrait comme avant. Aussi s'efforçait-il de ne pas commettre l'irréparable.

En s'approchant du Squire's Tavern Inn, ils perçurent un brouhaha, où se mêlaient musique, conversations bruyantes et rires gras.

« Seigneur, mon frère a raison ! pensa Callan. Avec ses deux cantatrices, il fait le plein de clients. Que diable suis-je allé faire dans cette galère ! »

Pourtant il ne laissa rien voir de son inquiétude alors qu'il poussait la porte et s'effaçait pour laisser passer Abigail.

Lorsqu'ils entrèrent, une chape de silence tomba sur eux et remplaça la cacophonie perçue de l'extérieur.

Abigail ôta ses lunettes et les rangea dans son sac tout en écarquillant les yeux. C'était pire que ce qu'elle avait redouté.

La moitié de la ville semblait s'être donné rendez-vous chez Reese. Le vendredi étant jour de fermeture du restaurant, la cloison mobile qui séparait la salle à manger du bar avait été enlevée pour former une immense pièce, débarrassée des tables et des sièges. Des buffets garnis étaient dressés contre les murs. Au fond trônait une large estrade, où Emerald et Ruby, vêtues de robes longues en lamé, souriaient d'une oreille à l'autre. Une banderole couvrait le bas de la scène : *Félicitations à Abby et à Callan !*

Au silence succéda un chœur de hourras et, avant que les deux arrivants eussent eu le temps de réagir, Callan et Abigail étaient serrés dans des bras amicaux. Le premier était gratifié de grandes tapes dans le dos. La seconde, prise dans l'étreinte affectueuse de gens enthousiastes.

— Bienvenue dans la famille ! dit Gabe Sinclair.

Et il l'embrassa sur le front.

— A mon tour de vous féliciter, ajouta Lucian en lui plantant un baiser sonore sur la tempe.

Abasourdie par les acclamations autour d'elle, Abby cherchait Callan qu'elle n'apercevait plus dans cette mer de visages. Que devait-il penser de l'initiative des sœurs Bliss et de la complicité de Reese ?

Au moment où cette question lui traversait l'esprit, Abigail fut serrée dans les bras de Reese qui l'embrassa sur les deux joues en riant.

Jamais elle n'aurait soupçonné que les frères Sinclair, qu'elle tenait pour des gens plutôt distants, fussent à ce point extravertis.

— Bon, ça suffit, mon jeunot ! dit près d'elle une voix familière.

Et Callan l'arracha à l'étreinte de Reese qui continuait de rire.

Callan paraissait aussi surpris qu'elle et le petit nerf qui tressautait au coin de son œil gauche donnait la mesure de sa tension. Toutefois, il s'efforçait de faire bonne figure et remerciait en souriant les gens qui se pressaient autour d'eux.

Abigail s'accrocha à son bras comme une noyée à une

bouée. Elle le devinait mécontent et lui était reconnaissante de ne pas manifester une mauvaise humeur qui aurait ajouté à sa propre confusion.

Il chuchota à son oreille :

— Vous êtes pâle comme un linge. Allez-vous bien ?

— Oui, mais...

Elle s'arrêta. Callan s'écartait pour répondre à quelqu'un. Sur l'estrade, tante Ruby agitait une clochette d'une main et, de l'autre, approchait un micro de sa bouche.

— Votre attention, s'il vous plaît !

La foule fit silence. Emerald se saisit d'un second micro et annonça :

— Merci d'avoir répondu aussi nombreux à notre invitation. Comme vous le savez, nous célébrons aujourd'hui les fiançailles de notre nièce chérie, Abigail Thomas...

— ... Avec Callan Sinclair, ajouta Ruby.

Abigail les aurait étranglées toutes les deux avec plaisir.

La foule se mit à applaudir et à hurler sa joie. Abigail avait l'impression que l'enthousiasme des gens s'adressait autant aux deux cantatrices qu'au couple. Quelqu'un lui tendit une flûte de champagne. Elle la prit d'une main tremblante et vit que Callan dégustait la sienne d'un air détaché, les yeux pétillants, comme si, maintenant, il s'amusait de cette mascarade.

Abigail, elle, se forçait à sourire. Peut-être que Callan se forçait lui aussi, pour donner le change à tous ses amis ? Certes, il ne pouvait leur crier qu'il n'avait jamais été fiancé de sa vie et que cette comédie n'était montée que pour ne pas décevoir les deux superbes actrices qui paradaient sur la scène.

Abigail qui ne savait que penser en venait à se demander si le public n'était pas déjà au courant de la vérité. La plupart des invités lui étaient étrangers, mais elle reconnaissait parmi eux Jane Weldon, du drugstore,

540

M. Richard, le receveur des postes, Tom Winters, le maire, et beaucoup d'autres qu'elle rencontrait chaque jour. Comment pourrait-elle leur parler de nouveau sans se sentir écrasée de honte ?

C'était complètement dément. Et dire que tout cela arrivait par la faute du petit mensonge qu'elle avait fait à ses tantes ! Elle était à l'origine de ce cauchemar. Non, jamais plus elle ne mentirait !

Au-delà de la marée de têtes, elle aperçut soudain Clara, la sœur de Callan. Très élégante dans un tailleur en coton fleuri, Clara était assise sur un des tabourets du bar et ne s'était pas précipitée vers le couple comme ses frères l'avaient fait. Elle souriait d'un air circonspect. Assis près d'elle, son mari discutait avec un serveur.

« Elle est sûrement au courant, se dit Abigail, et elle n'est venue que parce que Reese le lui a demandé. »

Un grondement monta soudain de la foule.

« Un discours... un discours... Allez, les fiancés, un discours !... »

Abigail se sentit poussée, soulevée, et se retrouva sur l'estrade à côté de Callan. Affolée, elle le regarda en souhaitant du fond du cœur qu'il annonçât la vérité, afin de mettre un terme à cette farce grotesque.

Il entoura les épaules d'Abigail d'un bras réconfortant et la serra contre lui, face à la foule.

Ruby agita la clochette. Le silence revint et Callan déclara d'une voix nette :

— Je devine votre surprise à tous, mais je dois vous avouer que personne ne peut être aussi surpris que nous le sommes, Abigail et moi...

Il se pencha en avant et continua en baissant le ton comme pour une confidence :

— ... Ces choses-là arrivent au moment où on s'y attend le moins et, puisque vous êtes dans le secret, je vous demande de le garder pour vous. D'accord ?

La foule hurla de rire à ce qu'elle crut une plaisanterie, puis applaudit à tout rompre.

Les muscles raidis, les mains glacées, Abigail fixait Callan d'un air incrédule. En somme, à mots couverts, il avait avoué la vérité, mais personne n'avait semblé le croire. Et à présent, il affrontait la joie du public en paraissant vraiment s'amuser.

Aux applaudissements succédaient maintenant des cris :

« Un baiser... un baiser... un baiser... »

La panique étreignit la jeune fille et lui coupa les jambes. Embrasser Callan devant ses tantes, passe encore, mais le faire devant une assemblée en délire relevait de l'exhibition et elle s'y refusait.

Mais Callan ne lui laissa pas le temps de se dérober. Il s'inclina vers elle et prit ses lèvres.

Alors, Abigail oublia la foule ; les cris et les encouragements lui paraissaient venir de très loin et elle répondit au baiser de Callan avec une ardeur affolante.

Tout aussitôt, la raison lui revint. Posant les deux mains sur le torse aussi dur que l'acier, elle repoussa doucement le pseudo-fiancé. Leurs regards se croisèrent. Abigail lut dans les prunelles noires quelque chose de sensuel et de très primitif. Elle maîtrisa un frisson et se sentit devenir écarlate, tandis qu'une salve d'applaudissements montait de l'assistance.

Quelqu'un mit le juke-box en marche et, de son micro, Emerald demanda au couple d'ouvrir le bal.

Une partie de la foule reflua en direction du bar, afin de libérer une piste de danse dans la grande salle du restaurant.

Callan prit Abigail dans ses bras, sauta de l'estrade et entraîna sa partenaire dans un be-bop endiablé. Il avait besoin d'évacuer l'excitation que le baiser avait éveillée en lui. Seigneur, heureusement qu'Abby s'était reprise à temps ! Il en avait oublié que des centaines de regards les fixaient...

— Callan, je vous jure que j'ignorais tout de cette bouffonnerie, murmura-t-elle à son oreille. Je suis désolée.

Son haleine chaude raviva la flamme qu'il essayait d'éteindre. Il changea le rythme de ses pas et choisit une danse si complexe qu'habituellement, aucune de ses cavalières ne pouvait le suivre.

A sa grande surprise, Abigail ne manqua aucune mesure.

Il haussa les épaules et, sans ralentir la cadence, il rétorqua :

— Ne soyez pas surprise ! Avec la faconde de vos tantes, je me doutais que nos prétendues fiançailles deviendraient très vite un secret de polichinelle...

Il sourit à un autre couple qui dansait près d'eux puis, reportant son attention sur Abby, il demanda, rieur :

— ... Notre baiser était-il suffisamment éloquent pour que vos tantes soient convaincues ?

Elle ne répondit rien et il fut déçu par son silence. Tout à l'heure, elle l'avait repoussé un peu vite. Au moment où il l'embrassait, n'avait-elle donc pas éprouvé, comme lui, une bouffée de désir ?

Il l'écarta légèrement et scruta son visage, mais il ne put rien lire dans les yeux verts.

Comme il était un excellent danseur, il tenta un pas encore plus compliqué, certain que, cette fois, Abby allait trébucher et qu'il devrait la resserrer plus étroitement contre lui.

Mais elle le suivit sans ciller avec une aisance de ballerine. Elle était souple, légère comme un papillon.

Ils dansèrent un moment, alternant rock, blues, reggae et même valse, au gré de la musique diffusée par le juke-box. De l'estrade, c'était Emerald qui indiquait les changements de disques à un comparse dans le bar.

Et, subitement, Callan sentit sa partenaire se raidir, puis s'immobiliser.

Surpris, il la regarda et découvrit de l'affolement dans ses yeux. Elle fixait un homme, debout près de l'estrade. Ce dernier parlait à Ruby, penchée vers lui.

L'individu portait un T-shirt et un pantalon noir. Ses

cheveux sombres étaient lissés en arrière et gominés à la mode des années 50. Un foulard rouge noué autour du cou lui donnait mauvais genre.

Pâlie jusqu'aux lèvres, Abigail murmura un nom : « Roberto ».

— Qui est-ce ? demanda Callan.

Il examinait sans indulgence le garçon, dont le visage éveillait un vague souvenir dans son esprit.

Abby s'était écartée et essayait de se frayer un passage dans la direction opposée à l'estrade.

Callan la rattrapa et insista :

— Qui diable est ce type ? Et pourquoi paraissez-vous en avoir peur ?

— Je ne peux rien vous dire maintenant. Partons, je vous en prie !

Elle se retrouva soudain en face de Ruby qui avait quitté l'estrade et lui barrait le passage. Elle fronça les sourcils.

— Non, tatie, s'il te plaît, ne fais pas cela !

— Que t'arrive-t-il, chérie ? s'étonna Ruby. Souviens-toi, c'est une tradition de famille. Les Thomas-Bliss ont toujours célébré les fêtes en produisant leurs meilleurs shows. Et ce soir, c'est toi, la star.

— Impossible. Il y a trop longtemps. J'ai tout oublié.

— Enfantillages ! protesta Ruby. Ces réflexes-là, on les garde toute la vie. C'est comme de faire du vélo.

Callan voyait Abby se retourner vers lui et lui adresser des regards suppliants. Il aurait voulu l'aider, mais ignorait les raisons de son altercation avec sa tante.

Lorsque Ruby prit sa nièce par le bras et l'emmena manu militari vers une porte derrière l'estrade, il ne put qu'adresser à la jeune fille un petit signe d'encouragement.

Quelques secondes plus tard, la musique s'arrêta. Sur l'estrade, Emerald annonça une pause avant la prochaine surprise.

Tout le monde se rua vers les buffets. Callan fut accaparé par des amis et, machinalement, grignota des petits canapés au caviar et au saumon fumé. Il était plus intrigué qu'inquiet, car Reese lui avait confié que ses deux nouvelles pensionnaires excellaient dans tous les genres : opéra ou variétés. En outre, comme elles possédaient un véritable don de meneuses de jeu, Callan supposait qu'elles s'apprêtaient à chanter avec Abigail. Il sourit. Ce petit spectacle pouvait être amusant et surtout révélateur des talents de la jeune fille.

Il espérait seulement pour elle que sa voix était aussi belle que celle de ses tantes. Jamais il ne l'avait entendue chanter, ou même fredonner.

Son sourire s'évanouit quand il vit que le dénommé Roberto attendait près de la porte menant à l'office, la porte qu'Abigail avait franchie quelques minutes plus tôt.

Qui donc était ce garçon ? Un ancien amant de la jeune fille ?

— Ta fiancée t'aurait-elle déjà abandonné ?

Il sursauta. Clara était près de lui et le dévisageait d'un air moqueur. Il fronça les sourcils.

— Pourquoi ne m'as-tu pas averti de ce piège ?

— Parce que tu ne serais pas venu. Or, je ne voulais pas gâcher le plaisir de tous ces gens et, surtout, des sœurs Bliss. Ma belle-mère les connaît. Ces deux immenses artistes ont eu leur période de gloire dans les années quatre-vingt. Elles sont d'une très grande générosité...

Elle glissa un bras sous celui de son frère et lui décocha un sourire railleur avant d'ajouter :

— ... Si je ne te savais pas aussi farouchement attaché à ta vie de célibataire, je te croirais amoureux.

— Qu'est-ce qui te permet de le supposer ?

— La manière dont tu embrasses Abigail. De son côté, elle te regarde comme si tu étais vraiment l'homme de sa vie.

Un serveur passa près d'eux et leur tendit deux flûtes de champagne. Clara refusa. Callan prit la sienne et en avala une gorgée avant de préciser d'un ton bref :

— Nous jouons très bien notre rôle, c'est tout.

— Et, si j'en crois Gabe, vous continuez de le répéter au bureau, ajouta malicieusement Clara.

— Non, rassure-toi. Au bureau, je suis le patron et Abigail redevient la secrétaire efficace et réservée qu'elle a toujours été...

Et parce que les questions de Clara commençaient à l'agacer, il ajouta :

— ...Tu devrais apporter quelques petits-fours à ton mari. Il a l'air de s'ennuyer ferme.

— Il ne s'ennuie pas. Il attend la suite avec curiosité. Sa mère lui a raconté combien les sœurs Bliss ont l'art des coups de théâtre. Alors, il se demande ce qu'elles vont bien pouvoir encore inventer.

Au même moment, les lumières s'éteignirent. Des « Ah ! » de protestations s'élevèrent, mais, aussitôt, des projecteurs braquèrent leurs faisceaux colorés sur la scène.

Toute scintillante sous les spots, Emerald apparut.

— Et maintenant, mes chers amis, vous allez assister à la parodie d'une comédie musicale bien connue. J'ai l'honneur de vous présenter les sosies de John Travolta et d'Olivia Newton, dans leur célèbre rôle de duettistes.

Une musique disco jaillit du juke-box. Callan la reconnaissait sans pouvoir préciser si c'était celle de *Grease*, ou de *La Fièvre du samedi soir*, deux vieux films qu'il avait découverts dans un ciné-club. A présent, il comprenait pourquoi il avait trouvé un air de déjà vu à Roberto. Le garçon était la réplique de John Travolta vingt ans plus tôt.

Abby jouant dans une comédie mucicale ? Son Abby si réservée pastichant des scènes qui, il s'en souvenait, étaient particulièrement érotiques ?

Incrédule, abasourdi, il vit les sœurs Bliss se fondre dans l'obscurité. A leur place, apparut une créature rousse, juchée sur de hauts talons et vêtue d'un blouson de cuir sur un collant noir. La tête un peu penchée sur le côté, le visage à demi dissimulé par son bras replié, elle semblait prête à s'élancer vers Roberto qui, une main sur le cœur, surgissait de l'autre bout de la scène.

Non, cette fille flamboyante n'était pas Abby. Abby était timide, douce, pudique.

Mais quand l'actrice découvrit ses traits et commença à chanter, Callan écarquilla les yeux stupéfaits. Pure comme le cristal, la voix d'Abigail s'élevait dans une mélodie qui parlait d'amour et de désir. En même temps, son corps suivait sensuellement le rythme de la chanson.

Roberto s'approcha et mêla son timbre de ténor à la voix de soprano. Il posa un genou à terre devant sa partenaire et, tout en chantant, voulut lui étreindre les jambes.

Elle lui échappa. Après avoir retiré son blouson avec les gestes lents et érotiques d'une stripteaseuse, elle virevolta à travers la scène. Les yeux mi-clos, tour à tour alanguie ou passionnée mais toujours charnelle et provocante, elle cambrait le buste, s'arquait dans de souples arabesques, défiait Roberto qui s'était relevé et ne réussissait pas à la saisir. Chacune des figures correspondait à des paroles de désir ou de soumission. Leurs deux voix s'unissaient ou se répondaient dans une harmonie parfaite.

Ce ballet et ce duo fascinants excitaient les fantasmes du public. Lorsque la ballerine enfin vaincue se laissa caresser langoureusement par son partenaire, des sifflets d'encouragement fusèrent de la salle.

Callan crispa les doigts sur la flûte qu'il tenait toujours; elle éclata dans sa main, mais le bruit de verre brisé fut couvert par le son de la musique qui s'amplifiait, déversant d'assourdissants décibels pour le mouvement final, où Roberto saisissait enfin sa proie pour la serrer contre lui. Dans un dernier bond, celle-ci l'attrapait par le cou et s'enroulait comme une liane autour de lui.

Callan avait envie de tuer ce type.

Lorsque les deux acteurs se donnèrent la main pour venir s'incliner devant la foule, ce fut du délire. Le public déchaîné hurlait sa joie, sifflait, applaudissait, réclamant une autre danse, une autre chanson.

Abigail souriait, remerciait avec autant de grâce et d'aisance qu'une habituée des planches. Son regard qui parcourait la foule d'admirateurs rencontra soudain les prunelles sombres de Callan.

Son sourire s'évanouit aussitôt. Elle lâcha la main de Roberto, recula vers le fond de la scène et salua une dernière fois avant de disparaître.

6.

Abigail ôta sa perruque et secoua la tête pour libérer ses cheveux de la résille qui les emprisonnait. En courant, elle traversa l'office, longea un couloir et sortit par la porte de service. Ses jambes tremblaient, son cœur cognait contre ses côtes au point que, dehors, elle dut s'appuyer contre le mur de brique pour ne pas s'effondrer.

Près des bacs à ordures, un bruit léger la fit sursauter. Une souris, ou un mulot, la frôla. Elle retint un hoquet de dégoût avant de se moquer d'elle-même.

Les souris la terrorisaient moins que la pensée d'affronter de nouveau Callan Sinclair. Tout à l'heure, lorsque leurs regards s'étaient croisés, elle avait lu dans les yeux noirs une telle réprobation qu'elle en était encore sous le choc. Même la petite brise aigrelette qui soufflait ce soir ne réussissait pas à rafraîchir son visage brûlant de honte.

Les clameurs à l'intérieur de la taverne ne lui parvenaient plus qu'assourdies. Puis il y eut un silence et elle perçut un air de Mozart. Pour calmer le public, ses tantes allaient entonner un de leurs plus célèbres duos. Certainement que Roberto les accompagnerait de sa belle voix de ténor. Abigail était tranquille. Un long moment s'écoulerait avant que son absence ne fût découverte. Elle avait le temps de rentrer chez elle. De là, elle téléphonerait à la taverne pour s'excuser. Elle inventerait une brusque migraine qui l'avait contrainte à rentrer chez elle.

Mais, dépourvue de voiture, elle était contrainte de faire le chemin à pied. Elle n'habitait pas très loin, à environ deux kilomètres de là, mais ce n'était pas aisé de marcher avec des talons aiguilles.

Elle sortit de l'impasse et s'engagea dans une rue peu fréquentée. Elle pensait à Callan. Il était furieux et elle admettait qu'il pût l'être devant tout ce carnaval. Mais pourquoi n'avait-il pas compris que c'était contrainte par Ruby qu'elle avait dû se donner en spectacle ? Pourquoi ne lui témoignait-il pas un peu plus d'indulgence ? Il avait été le seul à ne pas apprécier le show. Lorsqu'elle avait salué le public, même Gabe et Clara applaudissaient et semblaient ravis.

A cette heure tardive, les boutiques étaient fermées. Après le salon de coiffure, elle dépassa la clinique vétérinaire. Elle trébuchait sur les pavés inégaux et ses chevilles commençaient à la faire souffrir. En outre, le courant d'air glacial qui balayait la rue lui donnait la chair de poule. Elle avait hâte d'arriver chez elle, d'ôter ce maquillage de pierreuse, que Ruby lui avait imposé, et de s'enfoncer dans son lit, la couverture par-dessus la tête.

Le lendemain était un samedi. Avec un peu de chance, elle serait tranquille pendant quarante-huit heures.

Un crissement de pneus à sa hauteur lui fit douter de sa chance.

— Abby ! cria la voix de Callan.

Elle fit semblant de n'avoir rien entendu et continua d'avancer.

— Abby, ne soyez pas stupide et montez dans ma voiture.

Elle fit la sourde oreille, se mit à courir et faillit se tordre une cheville. Elle ralentit son allure, ignorant superbement la Range Rover qui la dépassait.

Mais lorsque la voiture s'arrêta dix mètres plus loin

sous un lampadaire, elle comprit qu'elle n'échapperait pas à la confrontation.

Callan descendit et l'attrapa au passage. La soulevant, il l'assit sans ménagement sur le siège du passager, referma sa portière et revint s'installer au volant.

— Perchée sur vos échasses et seulement vêtue d'un justaucorps indécent, où couriez-vous ? demanda-t-il d'un ton rogue.

Elle eut un rire amer.

— Votre question est presque vexante, mais je vais vous répondre. Etant donné mon costume, ma destination est évidente. J'allais rejoindre les filles à matelots dans un bar mal famé du port. Le hic, c'est que nous sommes loin de la côte et que je n'ai jamais rencontré un seul marin à Bloomfield.

— Je n'apprécie pas ce genre de plaisanterie.

— Et moi, je déteste les hommes qui se comportent comme des sauvages.

Callan se demandait s'il devait la prendre dans ses bras ou continuer de la houspiller. Sa colère était un mélange des deux pulsions. Il s'efforça de se maîtriser, se promettant de laisser libre cours à sa fureur dès leur arrivée au cottage.

Les mains crispées sur le volant, le regard sur la chaussée presque déserte, il franchit rapidement la distance qui le séparait du quartier où demeurait la jeune fille.

A peine avait-il arrêté la voiture que sa passagère sautait sur le sol sans se préoccuper s'il la suivait ou non. Elle fila dans l'allée vers le porche.

Etait-ce à cause des talons, jamais encore il n'avait remarqué le balancement exquis de ses hanches.

Il la rejoignit alors qu'elle se tenait debout au pied des marches du perron, la tête basse, toute penaude d'avoir oublié son sac à la taverne... Son sac, ses lunettes et ses clés.

Callan extirpa de sa poche un double du trousseau. Abigail le lui avait confié le lendemain de la première nuit qu'il avait passée chez elle.

Lorsqu'elle eut déverrouillé la porte, elle murmura :

— Ce soir, je voudrais être seule.

— Vous le serez, mais auparavant, j'aimerais vous poser quelques questions.

Elle eut un geste de lassitude, entra, alluma les lampes et, cédant à un réflexe de courtoisie, le voyant refermer le battant derrière eux, elle lui proposa quelque chose à boire.

— ... Je peux vous faire un café, ou vous offrir un verre de sherry ; j'en ai une bouteille dans le cellier.

— Je ne veux ni café ni vin. Abby. Expliquez-moi seulement à quoi rime cette comédie.

— Excusez-moi.

Elle retira ses escarpins, fila dans la salle de bains et en revint avec un étui de cotons à démaquiller. Tout en ôtant le fard qui empâtait ses traits, elle invita Callan à venir s'asseoir dans le living.

Il se débarrassa de son veston qu'il accrocha dans le hall, puis rejoignit la jeune fille. Alors qu'elle s'installait sur un des sofas, il resta debout et la regarda emballer soigneusement dans un plastique les petits disques souillés, puis jeter le tout dans une corbeille à papier.

Elle dit d'un ton las :

— Ce que vous appelez une comédie était une réception de fiançailles.

Ses yeux sombres étincelant de colère contenue, Callan fronça les sourcils.

— Vous savez très bien à quoi je faisais allusion.

Elle releva la tête et répliqua avec fierté :

— Dans ma famille, la tradition veut que la personne fêtée offre aux invités un échantillon de ses talents. Mais j'ai été piégée. Si j'avais prévu ce qui nous attendait, je vous jure que j'aurais refusé de me rendre au cocktail offert par mes tantes.

Le buste raide et les mains croisées sur ses genoux, elle ajouta d'une voix brisée par le chagrin :

— ... Jamais, non, jamais, je n'ai voulu vous mettre dans l'embarras. Croyez-moi, Callan, je suis désolée.

552

Sa confusion le surprit et désamorça en partie la fureur qui bouillonnait en lui.

— Vous ne m'avez pas mis dans l'embarras. J'ai même l'impression que, maintenant, la population masculine de Bloomfield va me jalouser...

Et il se rappela qu'en découvrant la silhouette, à la fois gracieuse et provocante, de la danseuse, il avait eu envie d'étrangler les hommes qui la regardaient. Tous les hommes, même ses frères et Roberto. Surtout Roberto.

Au seul souvenir de la danse suggestive d'Abigail, Callan sentait ses sens se réveiller.

— ... Vous avez été éblouissante, ajouta-t-il. Une vraie star.

Elle mit les coudes sur ses genoux et cacha son visage dans ses mains.

— Non, non, plus jamais ce mot, hoqueta-t-elle en refoulant ses larmes. A quinze ans déjà, je ne voulais plus l'entendre. A plus forte raison maintenant que je croyais avoir enfin réalisé mon rêve.

Intrigué, il s'assit près d'elle et l'obligea à écarter les paumes de son visage.

— Quel rêve, Abby ?

— Mener une vie normale, devenir une femme comme les autres.

Elle n'était pas comme les autres femmes, pensait Callan. Certes, depuis une semaine, elle le déroutait par tout ce qu'il découvrait d'elle, mais il la trouvait de plus en plus attirante.

— Je ne comprends pas, dit-il.

— Alors, apprenez que lorsque j'avais quatre ans, à l'âge où les petites filles jouent à la poupée, moi, je dansais et je chantais sur scène. Ma vie se passait en répétitions et en tournées. Jusqu'à douze ans, j'ai suivi mes parents qui appartenaient à une troupe de comédiens ambulants. Nous logions au hasard des étapes et nos valises étaient toujours prêtes. Vous ne pouvez imaginer ce que c'est que de ne posséder aucun chez soi, aucun endroit où planter ses racines...

— Si, il l'imaginait assez bien. Pendant les deux années qui avaient suivi la création de l'entreprise, pour essayer de trouver des clients, Callan avait parcouru les routes de Pennsylvanie et des Etats voisins. Il couchait à l'hôtel et avait détesté cette vie errante. Ce qui était pénible pour un adulte avait dû être particulièrement traumatisant pour un enfant. Il commençait à comprendre pourquoi elle était si méticuleuse, si efficace. Avant tout, elle recherchait l'ordre et la stabilité.

— Vous n'alliez pas en classe ?

— Si. Un instituteur accompagnait la troupe qui comprenait de nombreux enfants.

— Et lorsque vous avez eu douze ans ?

— Mon père est parti avec une jeune et jolie débutante et nous n'avons plus jamais entendu parler de lui. Ma mère en a éprouvé un tel chagrin qu'elle est tombée gravement malade. Abandonnant la troupe, elle et moi, nous sommes allées nous réfugier chez mes tantes qui habitaient déjà New York. Avec Ruby et Emerald, ce n'était pas précisément une existence banale, mais, au moins, nous ne courions plus les routes, car toutes deux avaient horreur des voyages. A cette époque, elles étaient au sommet de leur gloire et faisaient la fortune d'une scène de Broadway. Naturellement, elles ont insisté pour m'inscrire dans une école pas comme les autres : celle du music-hall. Tout de suite, j'ai été célèbre et l'école comme mes tantes étaient fières de mes succès dans les cabarets de New York, où j'étais traitée en star. Mais j'aspirais à tout autre chose. Je voulais sortir de ce milieu de paillettes, faire des études sérieuses...

Un hoquet de chagrin l'interrompit. D'un revers de main, elle essuya rapidement ses larmes. Callan comprit qu'elle abordait là un chapitre particulièrement douloureux de sa vie.

Il glissa un bras autour de sa taille pour l'encourager et la rassurer. Elle tourna la tête et le petit sourire tremblant qu'elle lui offrit balaya définitivement le reste de sa rancune. Il lui caressa la joue et l'engagea à continuer.

— Comment avez-vous réussi à changer d'école ?

— Après la mort de ma mère, mes tantes auraient décroché la lune si je la leur avais demandée. Enfin libre de mon choix, je suis entrée au lycée et, plus tard, dans une école supérieure de gestion. Dès que j'ai eu mes diplômes, j'ai trouvé du travail, à New York, dans une compagnie d'assurances. Mais habiter avec mes tantes n'était pas de tout repos car, je vous l'ai dit, elles voulaient me marier. En outre, pour leur faire plaisir, je m'étais présentée à un concours de danse, où j'avais remporté le premier prix, assorti d'un contrat à la télévision pour un show, celui auquel vous venez d'assister, et qui m'avait valu un succès fou dans les cabarets. Je me voyais déjà plonger de nouveau dans ce milieu du music-hall que j'abhorrais, lorsque le ciel m'est venu en aide.

— Le ciel ? s'étonna Callan en souriant. Et sous quelle forme ?

— Une annonce dans le *Time*. Je feuilletais machinalement cet hebdo dans la salle d'attente de mon dentiste, lorsque je suis tombée sur l'offre de Sinclair Constructions :

Société en plein essor, ayant son siège à Bloomfield, recherche secrétaire sérieuse, capable de prendre des responsabilités.

— Vous vous souvenez des termes exacts ! s'exclama Callan amusé.

— Je ne les oublierai jamais. Je me suis aussitôt renseignée. A Bloomfield, une petite ville de Pennsylvanie, plus proche de Philadelphie que de New York, il n'existait ni théâtre, ni music-hall. Le rêve ! Vous connaissez la suite : présentation dans vos bureaux, essai concluant d'une journée et engagement. Le hasard continuant de m'être favorable, j'ai trouvé très vite une maison à louer. Mais lorsque j'ai annoncé ma décision à mes tantes, si vous aviez vu leur tête ! Si je leur avais dit que je rejoignais une secte, elles n'en auraient pas été plus bouleversées.

— J'imagine assez bien la scène, dit Callan.

— J'avais enfin trouvé un endroit où je me sentais heureuse. Travailler dans votre entreprise me valorisait bien davantage que les applaudissements d'une salle de cabaret. J'aimais mon métier. Mon cottage m'apportait la stabilité qui m'avait toujours manqué. Après mon départ de New York, chaque soir, pendant un mois, mes tantes m'avaient téléphoné pour me supplier de revenir près d'elle. A les entendre, seule dans une ville de province, j'étais en perdition. C'est alors que, pour avoir la paix, je leur ai annoncé que j'avais trouvé l'homme de ma vie. J'étais tranquille. Ni Ruby, ni Emerald ne viendraient vérifier si c'était vrai, car jamais elles ne se déplaçaient. Je ne pouvais pas supposer qu'un jour, elles éprouveraient l'envie de faire une croisière, ni qu'elles profiteraient de ce voyage pour venir séjourner deux semaines ici...

Elle le regarda et ajouta avec un sourire tremblant :

— ... Cette année passée à Bloomfield a été pour moi une année de bonheur ; elle m'a guérie de mes anciennes blessures et je veux vous en remercier, Callan.

— Ne parlez pas au passé, Abby. Rien n'est terminé.

— Si, hélas ! Mes tantes ont tout gâché.

— Elles n'ont rien détruit du tout.

Il s'était penché vers elle et si près de son visage qu'il discernait le grain de sa peau. Quelques traces de maquillage maculaient encore ses paupières. Il respirait son souffle et regardait la bouche pulpeuse, qu'il avait embrassée quelques heures plus tôt devant une partie de la ville et qu'il brûlait d'embrasser encore.

— Rien n'est terminé, affirma-t-il en lui caressant la joue.

Ses doigts suivaient maintenant la ligne svelte de son cou. Il la sentit frissonner et, comme elle ne le repoussait pas, il s'enhardit et prit ses lèvres. Il les savoura, s'y désaltéra, certain de n'avoir jamais rien goûté d'aussi enivrant.

Comme heureuse soudain d'être en son pouvoir, elle lui rendait ses baisers avec ardeur. Callan la serra contre lui et sentit que leurs deux cœurs battaient d'une manière désordonnée. L'envie qu'il avait d'elle s'aviva avec une violence difficilement contrôlable. Il voulait Abby et à l'instant. Pourtant, au fond de lui-même, un reste de raison... ou d'honnêteté le freinait.

Il s'écarta légèrement et la regarda. Elle avait fermé les yeux.

— Abby, nous ne faisons plus semblant, en êtes-vous consciente ?

Elle releva lentement les paupières. Ses yeux d'un vert lumineux scintillaient de bonheur.

— Consciente de quoi ? demanda-t-elle.

— Que ce n'est plus de la comédie...

Il lui prit le visage entre ses deux mains, effleura de ses lèvres la bouche frémissante et insista :

— ... Nos gestes ne sont plus simulés et n'ont plus rien à voir avec le mensonge que vous aviez fait à vos tantes. Nous ressentons quelque chose qui n'appartient qu'à vous et à moi. Ce sera dur de s'arrêter, mais si vous souhaitez que je n'aille pas plus loin, c'est le moment de me le dire. Qu'en pensez-vous, Abby ?

Elle faillit éclater de rire à l'absurdité de la question. Ne voyait-il pas qu'elle le désirait de toutes ses fibres ? Elle était même prête à se donner à lui de la manière la plus primitive qui soit. La petite voix de la conscience lui commandait de se calmer, mais elle n'était plus en mesure de l'écouter.

Plusieurs fois, elle était sortie avec les jeunes gens que ses tantes auraient voulu lui faire épouser, mais aucun d'eux n'avait jamais su allumer en elle la flamme qui la dévorait maintenant.

Pour toute réponse, elle mit les deux bras autour du cou de Callan et se plaqua étroitement contre lui.

Au contact du grand corps viril, elle eut l'impression de se liquéfier. Incapable de résister au vertige qui la vidait de toute pensée, de toute raison, elle se cambrait, frémissante de passion.

— Abby, vous me rendez fou, lui confia-t-il entre deux baisers.

Sa respiration s'accélérait et, tandis qu'il lui mordillait le lobe d'une oreille, ses mains exploraient les courbes de son dos. Elles avaient trouvé, sous la nuque, la fermeture Eclair du justaucorps et la faisaient glisser lentement, très lentement, dénudant d'abord les épaules nacrées, qu'il dévora de baisers, puis deux seins, ronds et fermes comme des pommes. Les bourgeons bruns étaient une tentation pour ses doigts comme pour ses lèvres. Il n'y résista pas.

Abigail gémit lorsqu'elle sentit la chaleur humide d'une langue sur le bout durci de son mamelon. L'impression était si ravageuse qu'elle aurait voulu, à son tour, toucher Callan, mais le justaucorps à demi baissé entravait ses avant-bras, la contraignant à la passivité.

Alors, sans trop savoir ce qu'elle faisait, elle se libéra du justaucorps jusqu'à la taille.

— J'ai... j'ai besoin de sentir votre peau nue, bégaya-t-elle en essayant de lui déboutonner sa chemise.

Mais le désir la rendait fébrile et maladroite. Ne parvenant pas à le dévêtir, elle lui caressa le visage, puis enfonça ses doigts dans l'épaisse chevelure brune.

La bouche contre son oreille, Callan lui demanda :

— Le geste dans le final du show, pourriez-vous le refaire maintenant ?

— Quel geste ?

Puis elle se souvint du dernier saut où, prenant appui sur les épaules de son partenaire, elle enroulait ses jambes autour des reins de Roberto.

Elle rit. Aussitôt, attrapant Callan par le cou, elle lui étreignit les hanches avec ses cuisses et put sentir la force de sa virilité éveillée.

Alors, Callan se mit debout. Il glissa un bras sous la taille de la jeune fille et l'autre sous ses genoux, puis il la souleva et prit la direction de la chambre du rez-de-chaussée, en se cognant aux embrasures des portes. Enfin, haletant, il s'écroula avec son précieux fardeau sur le lit à baldaquin.

Jamais Abigail n'avait éprouvé une telle impatience. Pourtant, dans un dernier réflexe, cédant à son habituelle minutie, elle prit la précaution d'ôter la courtepointe de satin bleu, en la faisant glisser sous son corps jusqu'au pied du lit.

Penché au-dessus d'elle, Callan achevait de lui ôter justaucorps et sous-vêtements. Ses gestes n'étaient plus commandés que par l'urgence de son désir.

Abigail le voulait avec la même violence. Quand ils furent nus l'un contre l'autre, ils éprouvèrent un besoin sauvage de mêler leurs bras et leurs jambes, de se toucher, de se respirer, de s'embrasser.

Toute sa vie, Abigail avait attendu ce moment. Ses mains coulèrent le long des bras musclés, des hanches et des cuisses de celui qui buvait son souffle. Elle le serrait contre elle, mais le voulait en elle. Elle s'offrit alors sans plus de retenue.

Callan la pénétra mais rencontra une résistance qui l'étonna. Abby serra les dents, puis, nouant ses jambes autour de lui, d'un coup de reins, elle l'amena au plus profond d'elle-même.

La petite douleur fut rapidement balayée par une joie qui augmenta à mesure que Callan bougeait. C'était comme si chaque poussée faisait fondre sa chair et ses os. Elle devenait une source chaude, un océan sans limites, aux vagues de feu, divines mais intolérables...

Puis elle eut l'impression d'exploser en une infinité d'étoiles.

Un grognement répondit en écho à son cri.

— Vous auriez dû me prévenir, haleta Callan.

Il la tenait serrée contre lui, le corps apaisé. Peu à peu,

il recouvrait la raison, mais son cœur n'avait pas encore retrouvé un rythme normal et il sentait Abby aussi bouleversée qu'il l'était lui-même.

Après un long silence, elle releva la tête et lui sourit malicieusement.

— Vous prévenir? Aurais-je sauté une ligne sur le formulaire que j'ai rempli, il y a un an, avant mon admission dans votre entreprise? Une ligne du genre : « Cochez une des deux cases suivantes : vierge ou déflorée? »... Non, je ne me souviens pas d'un oubli de ce genre.

Callan, lui, ne souriait pas. Comment pouvait-elle plaisanter sur un sujet aussi grave?

Un peu gêné, il protesta.

— Tout à l'heure, dès que les choses ont commencé à s'emballer entre nous, vous auriez dû me mettre en garde.

— Ah bon! Et si je vous avais prévenu, qu'auriez-vous fait?

Honnêtement, il n'en savait rien.

— Nous en aurions discuté, dit-il.

Elle se redressa sur un coude et le dévisagea.

— D'accord, discutons-en! Avec combien de femmes avez-vous déjà couché?

Il fronça les sourcils.

— Il n'est pas question de moi, Abby.

— Pourquoi pas? Si nous abordons le domaine de la sexualité, celui-ci nous concerne tous les deux, non?

Il n'aimait pas beaucoup le chemin où elle l'entraînait. Aussi objecta-t-il brièvement :

— Vous avez vingt-six ans et vous m'aviez avoué être sortie avec beaucoup d'hommes.

— Et alors? Je vous ai dit que j'étais sortie avec eux, mais non pas que je les avais suivis dans leur lit. Je ne couche pas avec n'importe qui. Si c'est ce que vous avez cru, vous vous êtes lourdement trompé...

Elle rabattit le drap sur sa poitrine nue et, tournant le dos à Callan, elle ajouta d'un ton sec :

— ... Maintenant, partez! Vous n'avez plus rien à faire ici.

560

Il se traita mentalement d'idiot. Il n'avait pas voulu la vexer. Parce qu'il restait sous le choc de sa découverte, il s'était montré maladroit et maintenant, il le regrettait.

— Abby !

Elle ne répondit pas. Il fit courir un doigt le long de son bras, la sentit frémir et s'enhardit.

— Abby, je suis navré.

— Parce que j'étais vierge ?

— En partie, oui. J'ai été brutal et je le regrette. Pourtant, j'ai connu ensuite la sensation la plus extraordinaire de ma vie.

Elle pivota vers lui sans perdre pour autant de sa froideur.

— Vous dites ça pour me faire plaisir.

— Non. Je le dis parce que je le pense...

Voyant briller des larmes dans les yeux verts, il voulut l'attirer contre lui et sentit sa résistance.

— ... Je vous jure que c'est la vérité, insista-t-il.

Elle s'effondra alors contre son torse et avoua :

— Pour moi aussi, c'était... c'était merveilleux, Callan.

Il lui embrassa une épaule en chuchotant :

— La vérité, Abby, c'est qu'à ma grande surprise, j'ai eu envie de vous, pour la première fois, l'après-midi où vous vous étiez réfugiée dans la taverne de mon frère, après m'avoir laissé votre lettre de démission. Avec vos joues rougies par l'alcool et vos lunettes qui ne cessaient de glisser sur le bout de votre petit nez, je vous trouvais si drôle que j'ai pressenti que, tôt ou tard, l'inévitable arriverait entre nous.

— Ce jour-là, je me suis couverte de ridicule.

— Pas du tout. Partagée entre votre affection pour vos tantes et la crainte du scandale, vous aviez seulement perdu vos repères...

Il eut un petit rire avant de s'exclamer :

— ... Ces braves sœurs Bliss ! Au fond, si nous en sommes là tous les deux, c'est bien grâce à leur arrivée intempestive...

Elle approuva d'un signe de tête.

Rasséréné, Callan poursuivit :

— ... Nous leur devons de la reconnaissance et, surtout, efforçons-nous de ne jamais les décevoir.

— Vous avez raison.

— J'ai toujours raison.

Et sa bouche effleura celle d'Abigail... qui ne résista plus.

Lorsque leurs lèvres se retrouvèrent, Callan sentit une flamme exigeante, qu'il connaissait bien, lui embraser les reins. En même temps, une pensée déplaisante le traversa et l'assombrit.

— Abby, ce Roberto, qu'est-il exactement pour vous ?

— Nous suivions les mêmes cours de danse et, sur scène, il était le partenaire idéal. Que voulez-vous savoir encore ?

— Rien. S'il vous touche encore une fois, je le casse en deux.

Abigail pouffa. Mais avant que le rire ne s'éteigne dans sa gorge, elle gémissait de nouveau et tout son corps vibrait sous les caresses érotiques des doigts de Callan.

562

7.

Le matin suivant, Abigail eut beaucoup de mal à émerger d'un rêve particulièrement voluptueux.

Elle sourit et, à son habitude, voulut étreindre son oreiller. Sa main rencontra une épaule.

Ce contact l'éveilla complètement et figea son sourire.

Déjà haut dans le ciel, le soleil baignait la chambre. Stanley, le geai bleu, s'impatientait derrière les vitres.

Et, mon Dieu, elle n'était pas seule dans son lit !

Elle déglutit et se souvint. Non, elle ne rêvait pas. Pour la première fois de sa vie, elle avait dormi avec un homme.

Dormir était un euphémisme car, en réalité, après une nuit mouvementée, le sommeil ne les avait engloutis qu'aux premières lueurs de l'aube.

Elle réalisait qu'enfin, elle avait mis en pratique ce qui, depuis son adolescence, n'était pour elle qu'une théorie.

Eh bien, à son avis, tout ce qu'elle avait entendu autour d'elle, lu dans les romans, ou vu dans les films, restait en deçà de la réalité.

Elle avait envie de chanter, de rire, de danser et... d'aimer encore.

Mais une angoisse soudaine vint assombrir son bonheur.

Elle s'était donnée sans réserve, mais au fond, Callan, lui, l'aimait-il ?

Il s'était montré un amant passionné, adroit, attentif. Il était entré en elle en conquérant et avait su éveiller dans son corps des sensations qu'elle n'avait jamais imaginées. Il l'avait enflammée jusqu'au ciel et, ensemble, ils avaient gémi de plaisir.

Mais pas une fois, il ne lui avait dit qu'il l'aimait.

Peut-être la considérait-il comme une conquête supplémentaire à ajouter à son palmarès de séducteur ? Elle connaissait sa dernière petite amie, Shelley, une jolie blonde qui tenait un salon de coiffure dans une ville voisine. Shelley était venue plusieurs fois chercher Callan au bureau...

Abigail referma les paupières, assaillie par un autre doute. Peut-être l'avait-il trouvée trop naïve, maladroite et peu inventive ? Et maintenant, comment devait-elle se comporter ?

Avec nonchalance et demander : « Bonjour, chéri ! Avez-vous bien dormi ? »

Ou avec désinvolture : « C'était super, non ? »

« La plupart des femmes ne se posent sûrement pas ce genre de questions, se dit-elle, mais c'est que leur problème n'est pas exactement le mien. Elles ne couchent pas avec leur patron et fréquentent des hommes du même milieu que le leur. »

— Abby, vous dormez ?

Surprise par la voix chaude et caressante, elle sursauta et envoya maladroitement son coude dans les côtes de Callan.

— Ouille ! s'exclama-t-il. Vous avez le réveil plutôt brutal.

Confuse, elle se tourna vers lui.

— Oh, je suis désolée de vous avoir fait mal !

Il lui désigna l'endroit sur le thorax où elle l'avait heurté.

— Posez vos lèvres ici, et je suis sûr que la petite douleur s'effacera.

En même temps, il avait repoussé le drap qui les recouvrait.

Abigail sentit une bouffée de chaleur l'enflammer. Elle avait oublié qu'ils étaient nus et elle put admirer à la lumière du jour le corps de Callan. Ce fut avec une sorte de ferveur qu'elle l'embrassa à l'endroit indiqué.

Aussitôt, il l'étreignit et la serra contre lui.

Avec naïveté, elle avoua que, pour elle, la situation était toute nouvelle.

— Quelle situation?

— C'est la première fois que je m'éveille à côté d'un homme et je ne savais pas comment me comporter.

Il éclata d'un grand rire, puis, l'écartant légèrement, il la regarda en plissant des yeux amusés.

— C'est très simple. Vous commencez par me dire que je suis un merveilleux amant. Ensuite, vous vous levez et vous courez dans la cuisine. Là, vous me préparez un délicieux breakfast, que vous m'apportez au lit, sur un plateau.

Elle faillit protester, mais, réalisant à temps qu'il plaisantait, elle se contenta de le regarder avec adoration.

Il reprit en affectant un air blasé :

— En fait, la nuit dernière, vous m'avez déjà dit que j'étais merveilleux.

Elle sentit ses joues brûler.

— J'ai dit ça, moi?

— A deux reprises. Vous ne vous en souvenez pas?

Il se redressa, déposa une série de petits baisers sur le visage enfiévré, puis mordilla le lobe d'une oreille.

Abigail sentait son cœur battre plus vite, tandis que des ondes de désir la parcouraient. Incroyable! La bouche de Callan réveillait en elle des ardeurs insoupçonnées. Mais comme s'il voulait faire durer à tout jamais leur plaisir, Callan lui effleurait maintenant la poitrine de sa langue. Sans se presser, il allait d'un bout de sein à l'autre, comme une abeille qui butine des fleurs tout en continuant de voler.

A son tour, elle le caressa. Ses paumes glissèrent sur les muscles longs et durs du dos, puis sur les hanches.

Une de ses mains s'égara sur le pli de l'aine et ses doigts frôlèrent... Mon Dieu, était-ce possible que, dès le matin...!

Lorsque les lèvres de Callan se refermèrent sur la pointe durcie d'un de ses seins, Abigail cessa de s'étonner ou de se poser des questions. Elle s'arqua contre lui, haletante, prête à s'abandonner de nouveau.

Callan souriait béatement. Il s'estimait être l'homme le plus heureux du monde.

Allongé sur le dos, les sens apaisés, il caressait doucement les cheveux soyeux d'Abby. Après avoir vibré à l'unisson avec lui, elle avait plongé de nouveau dans le sommeil.

Bien que l'heure du petit déjeuner fût passée depuis longtemps et que son estomac criât famine, Callan la laissait dormir encore un peu.

L'aventure qu'il vivait lui paraissait tenir du miracle. Dire que, pendant un an, il n'avait vu en Abigail qu'une secrétaire idéale, sans jamais discerner les trésors de féminité qu'elle dissimulait sous son accoutrement presque monacal!

Et quel enchantement d'avoir à portée de la main une créature aussi délicieuse que passionnée! Le samedi matin, très souvent, il se levait tôt pour rejoindre Shelley, à vingt kilomètres de là, sans être toujours certain que la jeune coiffeuse serait disponible. Au dernier moment, elle pouvait avoir un empêchement d'ordre professionnel qui contrarierait leurs projets...

Avec Abby, pas d'ennui de ce genre. Non seulement il possédait la merveille des merveilles comme secrétaire, mais à présent, elle était aussi sa maîtresse. L'amante restait encore un peu inexpérimentée, mais il la sentait prête à apprendre et, surtout, elle était follement excitante. De jour comme de nuit, la vie allait s'organiser de façon idéale.

566

Il n'était pas certain qu'Abigail fût entièrement de son avis. Peut-être préférerait-elle conserver une certaine indépendance ? Alors, il s'emploierait à la convaincre que sa propre idée était la meilleure. Ils en discuteraient, mais pas avant lundi. Il voulait que ces deux jours de liberté fussent uniquement deux jours de bonheur et d'insouciance. Ils jouiraient de voluptueux plaisirs tout en apprenant à mieux se connaître...

Elle murmura quelques mots inintelligibles et s'étira contre lui. Il l'embrassa sur la tempe après avoir écarté les mèches blondes qui lui masquaient en partie le visage.

Ils pourraient s'offrir une longue sieste cet après-midi, mais, à 11 heures du matin, Callan estimait qu'il était tout de même temps de se lever. Il embrassa de nouveau Abby, cette fois sur les lèvres.

Elle ouvrit les yeux et lui sourit.

Avant qu'ils eussent eu le temps d'échanger le moindre mot, la sonnette de la porte d'entrée retentit et les figea.

— Mes tantes, murmura Abigail.

Le timbre résonna de nouveau, avec plus d'impatience.

Cette fois, une douche glacée ne les aurait pas précipités plus vite hors du lit. Abigail chercha ses vêtements et se souvint qu'elle les avait laissés, la veille, à la taverne. Le justaucorps n'était pas vraiment indiqué pour accueillir ses hôtes. Elle se précipita dans la salle de bains et en ressortit en attachant fébrilement la ceinture de son peignoir. Elle se heurta à Callan. En pantalon mais torse nu, il se dirigeait vers le hall.

— Je vais leur ouvrir, dit-il.

— Sûrement pas. Votre tenue les choquerait.

D'un doigt, il lui souleva le menton, puis la regarda d'un air moqueur.

— Ne soyez pas stupide. Hier, vos tantes ont organisé une réception en l'honneur de nos prétendues fiançailles. Elles croient que nous vivons ensemble. Alors, pourquoi seraient-elles scandalisées de me découvrir chez vous, le torse nu ?

— Mais...

— Pas de mais ! dit-il péremptoire. Allez vous doucher et vous habiller. Je m'occupe d'elles.

La sonnette retentissait maintenant de façon continue.

Tandis qu'Abigail retournait dans la salle de bains, Callan traversa le hall et déverrouilla la porte.

Emerald et Ruby attendaient sous le porche. Comme il faisait déjà très chaud, toutes deux étaient vêtues d'une robe bain de soleil. De longues écharpes en mousseline, rose pour Ruby, vert pâle pour Emerald, dissimulaient leur décolleté et le haut de leurs bras.

— Bonjour, mon cher, gazouillèrent-elles d'une seule voix.

Il les salua courtoisement et s'effaça pour les laisser entrer. Ruby portait le sac d'Abigail et Emerald, les vêtements que la jeune fille avait laissés, la veille, dans l'office de la taverne. Avec de grands cliquetis de bracelets, elles déposèrent leur fardeau sur la table de chasse, à côté de la raquette de Callan, puis elles demandèrent des nouvelles de leur nièce.

— Abby est en pleine forme, dit Callan en les entraînant dans la cuisine. Elle est complètement remise de sa migraine d'hier soir.

Ruby et Emerald s'assirent et, pendant qu'il s'affairait à mettre la cafetière électrique en marche, puis disposait des tasses sur la table, toutes deux racontèrent la soirée de la veille en se coupant mutuellement la parole.

— ... Dommage que vous n'ayez pas assisté à la fin du spectacle ! disait Ruby. Après votre départ, nous avons demandé au public de participer...

— ... Et, en duo avec moi, Mlle Primple, la libraire de la place du Marché, a chanté « America ». Elle a une très jolie voix, affirma Emerald.

— ... Deux de vos frères sont montés sur scène, eux aussi, ajouta Ruby en riant. Lucian et Gabe ont entonné « la Chanson des Jets », également de *West Side Story*. Ils se sont taillé un beau succès...

568

Callan aurait bien donné un mois des bénéfices de son entreprise pour assister à une telle exhibition.

« Mes frères devaient avoir un sacré coup dans le nez », pensait-il en écoutant le babillage des deux femmes.

Elles avaient vraiment arraché la petite ville à sa léthargie, mais Callan les trouvait tout de même un peu trop excentriques. Il comprenait pourquoi Abigail avait souhaité mettre de la distance entre elles. Il se rappelait aussi la confession de la jeune fille concernant la vie d'artiste que sa famille lui avait d'abord imposée. Malgré un indéniable talent, elle avait préféré s'éloigner de ce milieu superficiel et il ne pouvait qu'approuver son choix...

— Voilà notre chérie ! s'exclama soudain Ruby.

Il pivota. Abby entrait d'un pas hésitant dans la cuisine. Elle portait une robe d'été en coton fleuri. Un serre-tête retenait sa chevelure lissée en arrière.

Et dire que cette créature resplendissante lui appartenait ! Oui, il était bien le plus heureux des hommes.

Il la regarda embrasser ses tantes et les rassurer sur sa santé. Ensuite, elle lui prit la cafetière des mains et commença d'emplir les tasses.

Ruby tapota le siège libre près d'elle.

— Assieds-toi, Abby... vous aussi, Callan. Emerald et moi, nous voulons vous parler.

Abby tressaillit et versa un peu de café sur la table. Elle releva le front, se heurta aux yeux rieurs de Callan. D'un geste, il l'engagea à obéir et s'installa lui-même en face des deux femmes.

Les épaules raidies, craignant le pire, Abigail s'assit près de lui et regarda ses tantes avec appréhension. Qu'avaient-elles encore inventé ?

Elles savourèrent posément leur café, puis Emerald prit la parole.

— Nous tenons d'abord à vous dire combien nous sommes soulagées de vous voir si heureux tous les deux.

Ensuite, sachez, mes enfants, que nous avons passé une semaine très agréable dans cette petite ville de Pennsylvanie...

— ... Et nous serions restées plus longtemps à Bloomfield si l'envie ne nous avait pris, à ma sœur et à moi, de visiter la Floride, ajouta Ruby. Nous avons décidé de passer à Miami les huit jours qui nous restent avant d'embarquer sur notre paquebot de croisière.

— Vous... vous partez? balbutia Abigail, les yeux écarquillés de surprise.

— Nous partons aujourd'hui, ma chérie, confirma Emerald. Nous t'avons ramené ta voiture. Un taxi nous attend avec nos valises pour nous conduire à l'aéroport de Philadelphie. Notre avion pour Miami décolle à 3 heures cet après-midi.

— Nous reviendrons à Bloomfield assister à votre mariage, bien sûr, déclara Ruby. Je suppose qu'il aura lieu avant l'automne.

— Faites-nous connaître la date dès que vous l'aurez fixée, ajouta Emerald.

Toutes deux se levèrent et, sans laisser au couple le loisir de poser la moindre question, Emerald annonça d'un ton mélodramatique :

— Dieu seul sait combien nous détestons les adieux ! Aussi, nous allons rapidement vous embrasser et nous en aller.

A tour de rôle, elles étreignirent Abigail, puis ce fut à Callan de subir leurs effusions.

Elles partirent non sans avoir interdit à leurs hôtes de les accompagner jusqu'au taxi.

Lorsque la porte se referma derrière elles, un lourd silence pesa sur le cottage.

Indécise, Abigail se balançait d'un pied sur l'autre.

— Au fond, c'est mieux ainsi, murmura-t-elle.

— C'est mieux que quoi ?

— Eh bien... c'est difficile à dire.

Il la saisit par les épaules et essaya de capter un regard qui se dérobait.

— Vous voulez que je reparte chez moi tout de suite ? demanda-t-il en retenant son souffle.

— Non. Restez jusqu'à lundi, dit-elle spontanément.

Il exhala un soupir de soulagement avant de l'embrasser tendrement.

Oui, il était vraiment l'homme le plus heureux du monde.

Le lundi qui suivit cet incroyable week-end, Abigail éprouva quelque difficulté à reprendre le rythme habituel de son travail.

Heureusement que Callan avait dû se rendre sur le chantier du futur complexe Palmer ce jour-là pour préparer la visite du client, le lendemain. Et comme à son habitude, il resterait déjeuner sur place avec son frère Lucian.

Abigail avait décidé de profiter de cette journée de tranquillité pour établir les fiches d'honoraires des architectes, ainsi qu'un relevé des factures dues aux sous-traitants.

Mais elle ne réussissait pas à se concentrer sur son travail. A sa grande honte, le matin, elle avait commis plusieurs erreurs et, cet après-midi, elle avait dû s'y prendre à deux fois pour les comptes informatisés.

Pire encore ! A plusieurs reprises, elle s'était surprise à rêvasser, les bras croisés, ce qui ne lui arrivait jamais.

Vivre dans l'incertitude lui avait toujours paru inconfortable. A l'inverse de ses tantes, elle n'improvisait jamais, ne se lançait pas dans l'aventure, et s'il lui arrivait de faire des projets, elle les réalisait scrupuleusement après en avoir étudié les avantages et les inconvénients.

Pendant ce week-end, elle avait essayé de connaître les intentions de Callan. Mais aucun sujet sérieux n'avait pu être abordé, car dès qu'elle ouvrait la bouche, il la lui refermait d'un baiser. Si elle redevenait songeuse, il s'efforçait de la distraire par tous les moyens possibles.

Et au souvenir des « distractions » qu'il avait inventées, elle sentait ses joues s'enflammer.

Il avait été un amant insatiable et attentif à lui plaire, en même temps qu'un compagnon spirituel et drôle.

Mais on était lundi. Tante Ruby et tante Emerald étaient reparties. Tôt ce matin, Callan avait quitté le cottage et remporté chez lui ses affaires. Tout merveilleux qu'il avait été, le week-end appartenait maintenant au passé. Ce n'avait été qu'un intermède, joyeux et passionné, pendant lequel Abigail s'était rendu compte que si les corps vibraient à l'unisson, en revanche, les âmes restaient trop souvent étrangères l'une à l'autre.

Le fait de découvrir qu'ils aimaient les mêmes disques et appréciaient les mêmes écrivains n'avait enthousiasmé qu'Abigail. Callan avait semblé satisfait, sans plus, comme si, inconsciemment, il repoussait tout ce qui pouvait cimenter une union durable.

Elle ravala les larmes qui menaçaient de couler. Dans toutes les circonstances de sa vie, elle avait fait montre d'un courage souvent à la limite de l'héroïsme. Elle n'allait pas flancher maintenant. Pas un instant, elle ne regrettait de s'être donnée à l'homme qu'elle aimait. Elle venait de passer avec lui deux jours sublimes, mais à présent, elle devait regarder la réalité en face.

Ce qui avait été impensable pendant un an s'était concrétisé. Très bien, mais dorénavant, ces moments de rêve appartiendraient au domaine des souvenirs.

Elle releva une mèche qui s'était échappée de son chignon et reporta son attention sur l'écran de l'ordinateur. Elle aurait voulu terminer avant la fin de la journée la tâche qu'elle s'était fixée en arrivant ce matin au bureau. C'était impossible. La cadence qu'elle avait suivie était si lente qu'elle devrait remettre au lendemain une grande partie de son planning.

Elle venait d'achever ses notes d'honoraires et se levait avec l'intention de prendre des fiches dans un classeur lorsque, à travers la large vitre qui la séparait du bureau de son patron, elle vit Callan entrer dans l'autre pièce.

Il était en bottes, en jean et en chemise bleu pâle. A travers la vitre, il lui sourit et Abigail se sentit soudain moins sûre d'elle.

Il traversa la pièce et entra dans le bureau d'Abigail.

— Salut, beauté du ciel !

Sa voix était un peu rauque et ses yeux avaient le même éclat joyeux que ce matin, à l'aube, quand il l'avait réveillée.

Au souvenir des caresses qu'ils avaient échangées, elle s'empourpra et saisit une grande enveloppe posée sur sa table de travail. Elle la tint devant elle comme un bouclier.

— J'ai préparé le devis du nouveau projet Palmer, dit-elle très vite. Il est sur votre bureau avec la liste des sous-traitants qui devront travailler à sa réalisation. Vous avez un message de votre sœur sur votre répondeur...

Il s'avançait lentement vers elle et, à la lueur qui brillait dans son regard, elle devinait ses intentions. Elle recula jusqu'au fichier en ajoutant du même ton précipité :

— La secrétaire de votre client de Boston a téléphoné. Ray Palmer a changé l'heure de son vol. Il arrivera demain matin, à 11 heures, avec son fils. J'espère que d'aller les chercher à l'aéroport de Philadelphie ne vous posera aucun problème.

— Non, non, dit-il machinalement sans la quitter du regard.

Dieu, qu'elle était jolie ! A présent, il la trouvait aussi désirable dans son tailleur monacal que lorsqu'elle se promenait, nue, dans sa chambre. Et il avait bigrement envie de lui déboutonner sa veste et de mettre la pagaille dans ce qu'il trouverait sous cet affreux uniforme gris.

Il aurait pu revenir plus tôt au bureau, mais il s'était volontairement attardé sur le chantier, afin de laisser à la jeune fille le temps de se reprendre. Il se doutait qu'après un week-end aussi brûlant, Abigail aurait du mal à se plonger de nouveau dans les dossiers. Or, elle devait s'habituer à l'idée de partager son temps entre le patron et l'amant. Dans la journée, le business. La nuit, la volupté. Certes, au début, elle trouverait peut-être difficile de séparer les deux occupations, mais elle finirait bien par s'y adapter.

Il devinait son embarras. En ce moment, toute rougissante, elle se débattait pour conserver son apparence de parfaite employée. Aussi raide qu'un piquet, les yeux baissés, elle semblait se cramponner à la grande enveloppe qu'elle tenait entre ses mains. Et Callan se réjouissait secrètement de la voir aussi compassée. A présent, il savait comment ôter l'amidon qui l'empesait. Dans quelques secondes, elle aurait retrouvé une douce et tendre souplesse, mais c'était à lui de prendre les initiatives.

— Abby, je veux...

Elle l'interrompit et releva bravement la tête.

— Nous avons besoin de parler, Callan. Pouvons-nous aller dans votre bureau ?

— Heu... Mais oui, bien sûr.

Il la laissa entrer la première et referma derrière lui la porte qui séparait les deux pièces. Il avait encore la main sur la poignée, lorsque, trois pas plus loin, la jeune fille se retourna et lui fit face.

— D'abord, je veux vous remercier de tout ce que vous avez fait pour moi.

La sachant trop réservée pour oser une allusion à leurs ébats érotiques, il en déduisit qu'elle parlait de la comédie qu'il avait accepté de jouer.

— Ne me remerciez pas, Abby. Je me suis beaucoup amusé et, malgré leurs extravagances, j'ai bien aimé vos tantes.

— C'est réciproque, car je sais que vous leur avez beaucoup plu.

Flatté, il lui sourit. Bon, maintenant que la discussion était amorcée, il allait en reprendre l'initiative et aborder le sujet délicat de leurs nouvelles relations. Il avait besoin de choisir soigneusement ses mots pour ne pas la heurter.

— Abby, j'ai bien réfléchi...

— Moi aussi, coupa-t-elle. Vous avez été un délicieux amant, Callan, et j'ai passé avec vous une inoubliable fin de semaine... Oui, inoubliable, insista-t-elle, car une jeune fille se souvient toute sa vie de l'homme qui l'a dépucelée...

Il cilla. Abigail avait beau continuer de s'habiller comme une puritaine, son langage s'était émancipé. Elle ne s'encombrait plus de périphrases et allait droit au but.

Et il la trouvait de plus en plus excitante ! Il avait envie de la prendre, là, tout de suite...

Il regarda sa table de travail, encombrée de dossiers, et s'imagina la débarrassant de toute cette paperasse d'un revers de bras. Ensuite, il y allongerait Abby...

Absorbé dans son fantasme érotique, il n'avait plus écouté les explications de son interlocutrice. Seuls, les derniers mots le frappèrent.

— ... devenue impossible maintenant.

Il la regarda, les sourcils hauts.

— Qu'est-ce qui est impossible ?

— Je viens de vous le dire : ma collaboration au sein de l'entreprise.

— Quoi ?

— Mais rassurez-vous. L'agence m'a promis d'envoyer, cette fois, une secrétaire très qualifiée.

— L'agence ? Quelle agence ? Je n'ai pas besoin d'une deuxième secrétaire.

Il voulut franchir la courte distance qui les séparait. Elle l'arrêta en levant la main qui tenait l'enveloppe.

— Ne rendez pas les choses plus difficiles qu'elles ne le sont, Callan. Je ne peux plus travailler avec vous. Après ce qui s'est passé entre nous, je m'étonne que vous ne le compreniez pas.

— Non, je ne comprends rien à ce que vous me racontez. Pourquoi ne pourriez-vous plus travailler avec moi ?

Les joues déjà empourprées d'Abigail virèrent au rouge brique.

— Parce que nous avons couché ensemble.

Il blêmit d'indignation autant que de stupeur. Alors que, pendant huit jours, afin de garder sa précieuse secrétaire, il avait fait les pires acrobaties pour plaire à deux divas un peu fêlées, voilà que, maintenant, elle parlait de le quitter ?

Inadmissible !

Il respira à fond et, attentif à peser chacun de ses mots, il annonça :

— Ce qui s'est passé entre nous n'a rien à voir, ni avec votre travail, ni avec la bonne marche de l'entreprise. Nous sommes deux adultes qui savons faire la part des choses. Au bureau, devant le personnel, les clients et mes collaborateurs, nous resterons ce que nous avons toujours été depuis un an...

Il jeta un bref coup d'œil vers sa table de travail et, s'efforçant d'oublier l'image érotique, encore imprimée dans son esprit, il poursuivit de la même voix mesurée :

— ... En revanche, les nuits nous appartiendront, chérie, et nul n'a besoin de savoir comment nous les occuperons...

Il s'était avancé et se penchait vers elle avec l'intention de l'embrasser.

Un bref instant, elle oscilla, indécise, les yeux rêveurs. Puis le bon sens lui revint et elle recula hors de son atteinte.

— Non, Callan, c'est terminé. Sexe et travail sont incompatibles. Je parle d'une aventure entre un chef et son employée. Chacun doit rester à sa place. C'est un principe.

Une aventure ? Ainsi elle n'avait vu dans leurs étreintes passionnées qu'une banale aventure ?

Il hésita entre l'envie de la secouer et celle de la serrer dans ses bras, mais comprenant qu'aucun des deux gestes ne serait bienvenu, il fourra les mains dans ses poches.

— D'où sortez-vous ce curieux principe ? railla-t-il.

— Toutes les revues féminines en parlent. Dernièrement, *Vogue* a traité de ce même sujet dans un article très pertinent.

— Vous, une fille intelligente, vous croyez aux bêtises que publient les magazines ?

— Pas toujours, mais là, ce que j'ai lu n'a fait que confirmer ce que je savais déjà. Travailler maintenant près de vous ne pourrait engendrer que des complications.

Des complications !

Il retint un juron et se contenta de ricaner. Depuis huit jours, sa vie n'était faite que de complications et il avait su s'en accommoder, non ?

— Les pires difficultés peuvent toujours être résolues, dit-il. Je ne vous laisserai pas partir, Abby.

Il pouvait promettre de ne plus jamais la désirer, mais ce serait un mensonge. Même en ce moment, malgré son ressentiment, il la voulait comme un fou et aurait aimé dévorer sa bouche.

Il tenta une ruse maladroite.

— Nous reparlerons de tout cela en dînant, dit-il gentiment. Je vous emmène à Atlantic City et vous invite au Dock Oyster. Un plateau de fruits de mer nous remettra à tous les deux les idées en place.

— Non, Callan. Je vous remercie de votre invitation, mais je la refuse, car ma décision est prise et je n'en changerai pas. Pendant huit jours, j'assumerai encore ma tâche au bureau. S'il le faut, ensuite, je mettrai ma remplaçante au courant, puis je partirai. Ceci est ma lettre de démission.

Elle posa l'enveloppe sur la table et, sans regarder Callan, elle retourna dans son propre bureau.

Sa démission ?

Il prit l'enveloppe et sentit un objet dur à l'intérieur. Il la décacheta, en retira une lettre manuscrite... et la bague qu'il avait glissée au doigt de la jeune fille, devant ses tantes, huit jours plus tôt.

Une bordée de jurons lui échappa. Dans un geste de colère, il fourra la bague dans sa poche et déchira la lettre en quatre morceaux, qu'il envoya dans la corbeille.

Que le diable emporte Abigail Thomas! Il avait fait l'impossible pour la garder. Plus tard, ensemble, ils avaient vibré dans une communion complète de leurs deux corps et, maintenant, elle le quittait sans raison ni état d'âme.

Non, jamais il ne comprendrait les femmes.

Il regarda sa montre. 17 heures. Dans quelques minutes, les bureaux de l'entreprise se videraient de leurs employés.

Il se dépêcha de quitter le sien afin d'aller réfléchir tranquillement dans le calme de son appartement.

8.

Agacé par l'insistance des coups de sonnette, Callan se décida à aller ouvrir.

En jean et débardeur bleu vif, Clara était sur le palier avec son visage des mauvais jours.

— Enfin ! On peut dire que tu es difficile à joindre ! Hier dimanche, j'ai laissé un message sur ton répondeur au bureau et un autre sur celui de ton appart'. Tu ne les as pas écoutés ou tu fais la tête ?

Callan résista à l'envie de lui refermer la porte au nez.

— Puisque tu es là, entre, dit-il d'un ton rogue.

Dans le vestibule, elle faillit trébucher sur un sac de voyage. Callan l'avait jeté sur le sol, le matin, après avoir récupéré ses affaires personnelles dans le cottage.

— Que fais-tu à Bloomfield ? demanda-t-il du même ton peu amène.

— J'ai eu envie de te voir. Pourquoi ne réponds-tu pas aux messages ?

— J'étais occupé. Et ce soir, ce n'est vraiment pas le moment de venir m'ennuyer.

Sans relever ce que la réflexion avait de désagréable, Clara passa devant lui et alla s'asseoir dans le salon sur son siège favori : la vieille ottomane au satin usé. Encore haut dans le ciel, le soleil illuminait l'appartement d'une lueur dorée. Elle croisa les bras et regarda attentivement son frère resté sur le seuil de la pièce.

— Qu'est-ce qui t'arrive, Cal ?

Il aimait bien sa sœur, mais, après sa désastreuse altercation avec Abigail, il n'était pas d'humeur à s'expliquer avec Clara. Il pivota sur ses talons et fila dans la cuisine à la recherche d'une bière. Mais il ne trouva dans le réfrigérateur qu'une canette de soda et une petite bouteille de jus d'orange qu'il versa dans un verre. Il n'était pas revenu chez lui depuis huit jours, depuis la réunion de famille qui avait épuisé ses réserves de boissons.

Il alla dans le salon et offrit le verre de jus de fruits à sa sœur.

— Il ne m'arrive rien du tout, crâna-t-il. Inutile de t'inquiéter. Je vais très bien.

Il décapsula la canette de soda et la porta à ses lèvres. Clara continuait de l'observer avec attention.

— Est-ce que, par hasard, tu te serais disputé avec Abigail ? demanda-t-elle.

Il s'étrangla, toussa, puis regarda sa sœur d'un œil noir.

— Abigail ne se dispute avec personne. Sans se soucier des ravages et des catastrophes qu'elle provoque, elle prend des décisions en fonction de ce qu'elle lit dans *Vogue*.

— Abigail lit *Vogue* ?

Il posa la canette encore à demi pleine sur une table basse, s'assit en face de Clara et dit d'un ton las :

— *Vogue* n'est peut-être pas son magazine préféré, mais quand elle le consulte, bonjour les dégâts ! Dans le dernier numéro, il y a, paraît-il, un article sur les relations entre patrons et employés.

— Je l'ai lu, dit Clara et je suis de l'avis du chroniqueur. Les aventures de bureau n'apportent que des désillusions.

Callan serra les dents. Abby n'était pas une banale aventure. Ce mot le hérissait. Il haussa les épaules.

— Les journalistes écrivent n'importe quoi.

— Pas toujours, protesta Clara. En l'occurrence, celui de *Vogue* se basait sur des statistiques. Dans la majeure partie des cas, un flirt trop poussé entre un chef et son employée n'est excitant qu'au début. Ensuite, tout vole en éclats : le travail et les cœurs. Abigail est une fille raisonnable et parfaitement équilibrée. Quelle décision a-t-elle donc prise pour que tu parles de ravages et de catastrophes ?

— Elle démissionne et, cette fois, impossible de la convaincre de continuer à travailler pour nous.

Clara resta silencieuse un long moment, puis elle hocha la tête d'un air inspiré.

— Je vois. Vous avez couché ensemble.

Callan fronça les sourcils. Sa vie sexuelle était un sujet qu'il préférait ne pas aborder avec sa sœur.

— Cela ne regarde que nous, riposta-t-il d'un ton sans réplique.

Depuis son retour du bureau, une colère aveugle continuait de bouillonner en lui au point qu'il aurait eu plaisir à donner des coups de pied dans les meubles. Heureusement, la présence de Clara l'obligeait à une certaine retenue. Il avala le reste de son soda et crispa ensuite sa main sur la canette avec une telle violence que le métal se froissa comme un sac en papier.

Aussitôt, il regretta de ne pas mieux maîtriser ses nerfs. En fine psychologue, sa sœur avait sûrement déjà tout compris et Dieu seul sait ce qu'elle allait maintenant en déduire.

Il décida de se montrer un peu plus explicite.

— Abigail n'avait pas le droit de démissionner. Avant l'arrivée de ses tantes, tous deux, nous avions passé une sorte de pacte. Elle l'a rompu, alors que moi, j'ai tenu mes engagements.

— Trop bien, peut-être ? suggéra Clara.

— *Très* bien, rectifia-t-il. Nous étions tous deux d'accord et je ne comprends toujours pas ce qui a pu lui passer par la tête.

— Moi si, dit Clara. Je te connais, Cal. Tu es égoïste comme tous les hommes, et tu voulais probablement tout d'elle : qu'elle te donne du plaisir et qu'elle travaille pour toi.

Il se cabra de nouveau. Egoïste, lui, alors qu'il ne pensait qu'au bonheur d'Abby et à la bonne marche de l'entreprise ?

Il préféra couper court à une discussion qui ne menait à rien.

— A propos d'homme, qu'as-tu fait du tien ? Yann ne t'a pas accompagnée ?

— Non. Il plaide à Cleveland et ne reviendra à Philadelphie que dans trois jours. Aussi, je suis très disponible si tu veux que je prenne soin de toi, Cal.

— Va prodiguer tes soins ailleurs, maugréa-t-il.

Il n'avait nul besoin de sa sœur, ni d'aucun de ses frères. Un seul être l'intéressait, Abby, et il l'avait perdu.

— Tu as tort de te replier sur toi-même, dit gentiment Clara. Pendant vingt-cinq ans, je n'ai jamais pu éternuer sans qu'un de mes aînés s'inquiète pour ma santé. Vous m'agaciez mais, au fond, j'étais contente de me sentir protégée. Puis je me suis mariée et, devenue indépendante, j'ai eu l'impression d'avoir subitement grandi plus vite que mes frères et d'être beaucoup plus sage qu'ils ne le sont. Le fait que tous les quatre, vous ayez réussi en affaires ne vous a pas assagis pour autant. Vous continuez à butiner à gauche et à droite, sans vous attacher vraiment. Or, Abigail m'a toujours fait penser à notre mère. Elle appartient à cette catégorie de femmes, un peu rétro peut-être, mais éprises d'absolu et fidèles aux valeurs d'autrefois. Pour Abby, l'amour reste un engagement grave et profond. Si tu n'es pas capable de lui apporter ce qu'elle recherche, Cal, alors laisse-la partir...

Callan la regardait maintenant avec effarement. Pourquoi parle-t-elle d'amour ? L'amour n'avait rien à voir dans cette histoire ! En tout cas, il n'avait pas envisagé sous cet angle ses relations avec Abby... ni avec aucune autre femme, du reste. L'amour, tel que Clara le concevait, s'accompagnait d'un cortège de devoirs et de contraintes qu'il n'était pas prêt à assumer.

Un bref instant, il s'interrogea sur les sentiments qu'il éprouvait pour Abigail mais la question était terriblement dérangeante. Il valait mieux laisser de côté cette introspection stérile. Il désirait Abby comme un fou et voulait qu'elle continuât son travail de secrétaire. Point final.

Et d'abord, comment sa sœur pouvait-elle savoir qui était réellement Abigail ? Lui-même ne cessait de la découvrir et de s'étonner des multiples facettes de sa personnalité. Clara la comparait à leur mère, mais Mme Sinclair avait été une femme douce, effacée, qui dirigeait sa nichée d'une main de fer dans un gant de velours et n'était jamais montée sur une scène de music-hall...

— J'ignore à quoi tu penses, remarqua Clara en haussant la voix, mais j'ai l'impression que tu ne m'écoutes pas. Alors, c'est inutile que je continue à prêcher dans le désert.

Elle se leva et lui caressa la joue.

— ... Je suis descendue chez Reese, précisa-t-elle. Il m'a annoncé le départ des tantes d'Abby. Ce soir, Gabe et Lucian viennent dîner à la taverne. Très tard comme d'habitude. Puis-je espérer que tu nous rejoindras ?

Il hocha négativement la tête. La pensée d'être obligé de subir les taquineries de ses frères lui était insupportable. Mais voyant que son refus chagrinait Clara, il se domina et dit d'un ton radouci :

— J'irai peut-être prendre le café avec vous.

— Comme tu voudras.

Il accompagna la jeune femme jusqu'à la porte.

Sur le seuil, après l'avoir embrassé, Clara lui sourit. Une petite lueur pétillait dans ses yeux clairs. Callan se souvint que, jadis, lorsque Clara affichait le même regard, leur mère disait que c'était celui du diable en train de danser.

— Réfléchis aux conseils que je t'ai donnés, Cal...

Son sourire s'élargit et elle ajouta, malicieuse :

— ... En ce moment, tu me fais penser à un sportif en deltaplane. Il est au bord de la falaise et se demande s'il va sauter ou non... A ce soir, Callan !

Il referma la porte, songeur.

Une falaise ? Mais de quoi parlait-elle ? Et quelle sorte de conseils lui avait-elle prodigués ? Il n'avait pas écouté la moitié de ce qu'elle avait dit.

Cette même fin d'après-midi, alors que le soleil disparaissait lentement derrière les collines, Abigail épluchait des légumes dans sa cuisine.

Pour s'empêcher de penser à Callan, elle se forçait à récapituler tout ce qu'elle devait faire avant le dîner : plier et ranger les draps qu'elle avait lavés à son retour du bureau, sortir la poubelle, arroser les fleurs du jardin, préparer le festin matinal de Stanley...

Et décider de son avenir.

En ville, elle avait acheté trois journaux différents avec l'intention d'étudier les petites annonces. Son travail à Sinclair Constructions cessant à la fin de la semaine, elle devait commencer à étudier les offres d'emploi. Certes, elle n'était pas sans ressources. A la mort de sa mère, Ruby et Emerald, en tant que tutrices, avaient fait des placements judicieux avec son héritage, ce qui la mettait à l'abri des soucis financiers. Elle l'avait entamé pour se meubler et acheter sa voiture, mais il lui restait encore suffisamment d'argent pour se reposer pendant plus d'un an. Mais elle se méfiait de l'inactivité. Dans son cas, avec un cœur en écharpe, ce serait la porte ouverte à la déprime.

Sa vie si paisible avait été bouleversée par l'arrivée intempestive de ses tantes. Oh, elle ne leur en tenait pas rigueur ! Elle s'estimait seule responsable des incidents en chaîne que son mensonge avait déclenchés. Certains avaient été grotesques, comme le cocktail en l'honneur de ses prétendues fiançailles, mais d'autres s'étaient révélés merveilleux, comme son dernier week-end avec Callan.

Pourtant, en se donnant à l'homme qu'elle aimait, elle avait eu le pressentiment de mettre le pied dans un engrenage qui finirait par la broyer. Depuis longtemps, elle avait compris que Callan était un homme d'instinct, un être sensuel qui refusait de se laisser tyranniser par les sentiments.

Son intuition ne l'avait pas trompée. Si elle était montée avec lui au septième ciel, en revanche, une fois la fête terminée, elle avait refusé de l'accompagner là où il voulait l'entraîner. Elle était trop fière pour accepter le rôle qu'il prétendait lui voir jouer. Sa passion était totale, malheureusement, elle ne la sentait pas partagée. Leurs corps avaient vibré aux mêmes plaisirs, mais, pour Abigail, ce n'était pas suffisant.

Et tant pis si Callan était furieux ! Puisqu'elle n'avait pas réussi à trouver le chemin de son cœur, elle avait préféré cesser toute relation avec lui.

Ce soir, toute vibrante de cet amour, elle avait comme seul recours contre la souffrance celui d'accomplir posément les gestes quotidiens d'une maîtresse de maison. Mais, par moments, l'envie lui prenait de hurler son désespoir. Elle ne regrettait pas sa décision, mais elle n'avait pas prévu à quel point elle en souffrirait...

La sonnette de la porte d'entrée la fit sursauter. Elle lâcha son couteau qui tomba dans l'évier avec un bruit métallique, puis elle s'essuya vivement les mains en adressant une prière au ciel.

« Mon Dieu, faites que ce ne soit pas Callan ! »

Ce n'était pas Callan, à la grande déception d'Abigail. Clara se tenait sous le porche, un bouquet de roses rouges à la main.

— Est-ce que je vous dérange ? demanda-t-elle.

— Non, bien sûr que non, dit Abigail en retrouvant aussitôt ses bonnes manières. Entrez, je vous en prie.

La visite de Clara la surprenait. Callan aurait-il chargé sa sœur d'un message ? Etait-ce lui qui envoyait les fleurs que Clara déposait sans façon sur la table de la cuisine ?

— Je les ai trouvé si jolies que je les ai achetées pour vous, expliqua la jeune femme.

Abigail déglutit, refoulant en même temps ses dernières illusions. Puis, en bonne comédienne, elle trouva en elle-même assez de ressort pour remercier la jeune femme avec un plaisir parfaitement feint.

— Elles ont soif. Avez-vous un vase ? demanda Clara.

Abigail ouvrit un placard et en sortit l'objet demandé. Clara le remplit d'eau fraîche, y disposa artistement les fleurs, puis le posa sur un coin du comptoir.

Abigail lui offrit une chaise, mais Clara refusa et dévoila de but en blanc l'objet de sa visite.

— Callan m'a dit que vous lui aviez donné votre démission.

Abigail se sentit pâlir.

— Oui, aujourd'hui.

— Pourquoi ?

— Eh bien... c'est difficile à expliquer.

— Bon, alors, écoutez-moi, dit Clara en souriant. Je suis la cadette de quatre frères tyranniques et, tôt dans la vie, afin de ne pas leur laisser une chance de me contredire, j'ai appris à parler crûment et avec le minimum de mots. Vous démissionnez parce que vous avez couché avec Callan, n'est-ce pas ?

Abigail s'arrêta de respirer. Est-ce que Callan avait claironné partout cette nouvelle ? Combien de personnes étaient au courant ?

— C'est... c'est lui qui vous a dit ça ?

— Non. C'est une déduction personnelle. Vendredi soir, vous disparaissez tous les deux de la taverne avant la fin du cocktail, puis mon frère ne donne pas de nouvelles pendant tout le week-end, ce qui ne lui arrive jamais...

Elle croisa les bras et cala ses reins contre le comptoir tout en poursuivant :

— ... Avant de me marier et de travailler pour la fondation caritative de mes beaux-parents, je terminais des études de médecine dans le service de psychothérapie d'un hôpital de Philadelphie. Bien que j'aie renoncé à exercer, mes facultés d'observation et de raisonnement ne se sont pas émoussées pour autant. Aussi, ai-je rapidement deviné pourquoi Callan ne répondait pas au téléphone...

Confuse, Abigail ferma les yeux. Clara continuait :

— ... Comme j'avais aussi compris que, depuis longtemps, vous étiez amoureuse de lui.

Abigail releva les paupières.

— Vous vous trompez, mentit-elle.

— Mais non, Abby. La façon dont vous regardiez mon frère était révélatrice.

Abigail respira à fond. Les manières franches de Clara lui plaisaient. Après tout, peut-être que d'avouer la vérité apaiserait un peu la douleur qui vrillait son âme et son cœur ?

— Oui, je l'aime, admit-elle.

Clara lui sourit.

— Alors, maintenant que tout est net entre nous, confiez-moi les raisons de votre démission.

Abigail n'hésita que quelques secondes avant de se lancer dans une confession salvatrice.

— Comment pourrais-je, dorénavant, adopter au bureau une attitude distante avec un homme qui serait mon amant la nuit ? Je vais vous paraître démodée, mais pour moi, cette situation amorale n'est acceptable que dans les vaudevilles. Etant fille d'acteurs, j'ai passé mon enfance et une partie de mon adolescence sur les planches. Déjà, à ce moment-là, je détestais jouer la comédie. Non, voyez-vous, Clara, les liaisons secrètes qui exigent dissimulations et faux-semblants ne sont pas pour moi.

— Ce n'est pas la véritable raison de votre démission, Abby. L'autre, la plus grave, est d'ordre sentimental. Influencée par l'article que vous avez lu dans *Vogue* et sûre que votre amour pour Callan n'est pas partagé, vous avez préféré en rester là. Ce n'est pas une démission, c'est une rupture.

Abigail en resta un moment sans voix. Puis elle soupira et dit, admirative :

— Chapeau, Clara ! Vous avez deviné le point douloureux de mon histoire. Toutefois, la vérité est un peu plus nuancée. C'est la peur qu'un jour je souffre davantage, voire que je sois humiliée, qui m'a donné le courage d'annoncer mon départ à Callan.

— Et là, vous vous êtes trompée. Je connais bien Callan. Il vous aime.

Abigail hocha tristement la tête.

— Ce n'est qu'une question de sexe, Clara, seulement de sexe. Il n'éprouve pour moi qu'un attrait physique, sans plus. Aussi merveilleux qu'en soit le résultat, je ne peux pas m'en contenter.

— Je vous répète qu'il est amoureux de vous, mais il ne le sait pas encore. En ce moment, parce que vous lui manquez, il doit être en train de faire les cent pas dans son appartement en se cognant aux meubles comme un animal fou. Mais, empêtré dans ses contradictions, il préférerait mourir plutôt que d'avouer ses sentiments. Figurez-vous que mes quatre frères ont conclu entre eux une sorte de pacte idiot, où ils se sont juré de ne jamais se marier...

Soudain ses yeux pétillèrent et elle se frotta joyeusement les mains.

— ... Quelle est la durée du préavis que vous devez à l'entreprise ?

— Une semaine, pourquoi ?

— Ce sera un peu court, mais en appliquant un plan accéléré, on pourrait y arriver.

— Arriver à quoi ? s'enquit Abigail, soudain méfiante.

Clara s'approcha de l'évier, trouva le couteau qu'Abigail avait lâché et, se saisissant d'une carotte dans le panier de légumes, elle la brandit sous les yeux ébahis de la jeune fille.

— Regardez ce que vous allez faire subir à Callan.

Elle gratta la carotte jusqu'à ce qu'il ne lui reste plus qu'un trognon dans la main.

— Je vais vous indiquer comment le débarrasser de la coquille dans laquelle il enferme son cœur. Vous verrez, c'est très efficace.

Incrédule, mais reconnaissante à la jeune femme des efforts qu'elle déployait pour la convaincre, Abigail s'étonna.

— Pourquoi êtes-vous si gentille avec moi ?

— Pour trois raisons. D'abord, vous m'êtes sympathique. Deux, je veux m'offrir une petite revanche personnelle pour toutes les fois où Callan et mes autres frères ont décidé à ma place de ce que je devais faire. Trois, Callan est mon préféré et je voudrais qu'il soit heureux. Si je n'avais pas compris tout de suite que vous étiez la femme qu'il lui fallait, je ne ferais pas tout cela pour vous aider.

Abigail sourit et demanda quel était le plan qu'elle avait en vue.

Au lieu de répondre, Clara regarda la montre à son poignet.

— 7 heures. Il est tard. A Bloomfield les boutiques sont fermées, mais je connais un centre commercial, à dix kilomètres d'ici, où les magasins restent ouverts jusqu'à minuit.

— Qu'allons-nous faire ? s'étonna Abigail.

— Du shopping. Enfilez des chaussures, ôtez votre blouse de ménagère et prenez une veste. Je vous emmène.

Ray Palmer n'en finissait pas de s'extasier sur la décoration intérieure du restaurant.

— ... Je ne connaissais pas le King Charles, disait-il. Par son luxe, l'endroit me rappelle les anciennes demeures coloniales. Cela fait très vieille Europe. C'est superbe. Bravo pour votre bon goût, Callan !

— Vous féliciterez Abigail. C'est elle qui l'a choisi.

Le seul fait d'avoir prononcé le nom de la jeune fille lui avait contracté la gorge. Il avala le reste de son whisky et regarda Jack en s'étonnant secrètement de la distinction toute britannique du fils Palmer.

— On remet ça? demanda Ray en désignant leurs verres vides.

Les trois hommes prenaient l'apéritif en attendant l'arrivée d'Abigail, que Ray avait désiré inviter. Une initiative que Callan avait jugé un peu déplacée. En général, sa secrétaire ne participait pas aux dîners d'affaires. Il avait dû l'appeler du chantier sur son portable. Elle avait tout de suite accepté.

Avant même que Callan eut répondu, Ray avait levé une main boudinée en direction d'un serveur. Il commanda qu'on leur remplît de nouveau leurs verres.

— Pour moi, ce sera un jus de fruits, rectifia Callan.

L'alcool avait excité l'impatience coléreuse qu'il refrénait difficilement depuis le matin.

Ce mardi, il ne s'était pas rendu au bureau. A 11 heures, il était allé chercher les Palmer à l'aéroport. Tous trois avaient déjeuné rapidement dans la banlieue de Philadelphie, où Palmer avait acheté des terrains. C'était là qu'il projetait d'édifier une résidence de luxe pour personnes âgées. Naturellement, les maîtres d'œuvre en seraient les frères Sinclair. Ensuite, la visite aux chantiers de Bloomfield les avait occupés le reste de l'après-midi...

Mais que faisait donc Abigail? Alors que, d'habitude, elle était si ponctuelle, ce soir, elle avait déjà plus de dix minutes de retard.

— ... Vous êtes un sacré veinard et je vous envie, disait Ray Palmer. Votre secrétaire est une perle que j'ai hâte de connaître. De nos jours, c'est si difficile de trouver une aide efficace!

— Elle devrait déjà être là, répliqua Callan, agacé.

Il n'avait pas parlé de la démission d'Abigail et n'en parlerait pas, car, au fond, il n'y croyait pas.

Jack suggéra qu'elle avait pu être retardée par les embouteillages. Situé sur la côte, le King Charles était à une vingtaine de kilomètres de Bloomfield.

— Jack a raison, appuya Ray. Mais par ailleurs, votre secrétaire peut aussi avoir pris tout son temps pour s'habiller. Ma défunte épouse soignait toujours son entrée dans les lieux publics. Les femmes adorent capter sur elles tous les regards.

Callan se retint de hausser les épaules. Abby était bien trop discrète pour s'amuser à ces petits jeux.

Jack remarqua d'un ton négligent :

— Attention, Callan ! Mon père apprécie tellement votre secrétaire que vous devrez garder l'œil sur elle, car je soupçonne qu'il a l'intention de vous l'enlever.

Callan qui détestait ce genre de plaisanterie dut faire un effort surhumain pour sourire poliment.

Il regardait les deux hommes en face de lui et, une fois de plus, dans son for intérieur, il s'étonnait de les trouver si dissemblables. Petit, gros, assez vulgaire, comment Ray avait-il pu engendrer un garçon aussi racé ? Grand et mince, Jack avait des yeux bleus et une élégance de play-boy. A plusieurs reprises, au cours de la journée, Callan avait également apprécié l'intelligence du jeune homme. Mais, en ce moment, il ne voyait plus en lui qu'un dangereux séducteur et cette idée lui déplaisait.

Jack et Ray s'apprêtaient à boire leur second whisky, lorsqu'ils se figèrent, le verre à hauteur de leurs lèvres. Callan les vit fixer l'entrée du restaurant en écarquillant les yeux.

Il se retourna pour voir ce qui suscitait ainsi la curiosité admirative des deux hommes.

Son cœur sauta jusque dans sa gorge.

D'un pas de souveraine, Abigail avançait dans la travée menant à leur table.

Un long fourreau de velours noir moulait ses formes et découvrait les épaules. Une fente sur le côté laissait apercevoir, par éclairs, des jambes qui n'en finissaient pas. Et ses cheveux, qu'avait-elle fait à ses cheveux ? Raccourcis, ils retombaient de chaque côté de son visage en nappes d'or qui mettaient en valeur la lumière des yeux d'émeraude.

Callan regretta le tailleur gris, les lunettes et le chignon austère. C'était un dîner de travail, sacrebleu ! Elle aurait dû arriver avec sa discrétion habituelle, alors que là, tous les regards se braquaient sur elle dans un silence ébloui.

Quand elle atteignit la table ronde qu'elle s'était chargée de réserver, les Palmer, père et fils, se levèrent comme un seul homme. Le sourire qu'elle leur décocha atteignit Callan comme un coup de poignard.

Il se leva à son tour, heurtant la table. Son sang battait à ses tempes comme après un quatre-cents mètres.

— J'espère que je ne vous ai pas fait trop attendre, dit-elle de sa voix suave.

Elle tendit à Ray une main qu'il baisa respectueusement. Celui-ci lui présenta son fils et, malgré la faible lumière des petites lampes sur les tables, Callan surprit dans les yeux de Jack un éclat qui lui donna envie d'envoyer son poing dans la figure de son invité, d'autant que le jeune homme gardait la main d'Abby dans la sienne plus longtemps que nécessaire.

Elle se dégagea doucement et s'adressa au père d'un ton aimable.

— Depuis si longtemps que nous nous parlons au téléphone, c'est un plaisir de vous rencontrer.

— Tout l'honneur est pour moi, mademoiselle, gloussa le gros homme, tandis que Callan reculait la chaise près de lui pour permettre à Abigail de s'asseoir.

Il se sentait la gorge nouée et la langue comme un bloc de ciment. Une chance encore que l'aisance d'Abigail et la faconde de Ray l'eussent dispensé des présentations !

Il avala son jus de fruits, puis, recouvrant sa voix, il demanda à sa voisine si elle désirait un apéritif.

Elle refusa sans même le regarder. Toute son attention se concentrait sur Ray qui la félicitait pour son travail.

— ... J'ai vu les échantillons de la mosaïque qui habillera la grande fontaine du hall. Exactement ce dont je rêvais ! Mais où diable avez-vous trouvé ce genre de matériau, aussi luxueux que rare ?

Pendant un temps qui parut interminable à Callan, Ray et Abigail discutèrent des travaux en cours, Abigail avec son habituelle compétence, Ray avec l'air extasié d'un dévôt devant l'apparition de la Vierge. Sous le charme, le gros homme en venait à accepter des modifications onéreuses, qu'il avait pourtant refusées quelques heures plus tôt à Callan.

Jack n'avait d'yeux que pour la jeune fille.

Heureusement que le maître d'hôtel, en venant prendre la commande, mit un terme à cette discussion d'où Callan, amer et malheureux, se sentait exclu.

Pendant le repas, il fut le seul à goûter du bout des lèvres les mets raffinés qu'il avait dans son assiette. Il aurait aimé être seul avec Abby pour savourer langouste et carré d'agneau, seul avec elle pour se repaître des courbes douces de sa poitrine parfaite, de la colonne svelte du cou, de la nacre de cette peau presque translucide, si souvent brûlante sous ses doigts...

Il étouffait de rage à l'idée qu'elle l'avait à jamais dépossédé de tous ces privilèges.

« Ma décision est irrévocable », lui avait-elle affirmé.

Plus que jamais, il avait envie de la faire revenir sur cette stupide décision.

9.

Ce n'était pas facile de jouer les femmes fatales, se disait Abigail quatre jours plus tard en étudiant le courrier de la matinée. Le nouveau rôle, préconisé par Clara, l'obligeait à passer de longs moments devant son miroir pour soigner maquillage et coiffure moderne. En plus, après avoir abandonné ses vêtements si pratiques, elle devait se percher toute la journée sur de hauts escarpins, au lieu d'être à l'aise dans ses chaussures de sport.

C'était par amitié pour la sœur de Callan qu'elle avait accepté cette comédie, dont le succès ne semblait pas évident. Clara se trompait. Jouer les coquettes n'était sûrement pas le bon moyen pour gagner le cœur d'un homme épris de liberté. Abigail avait même l'impression d'agacer Callan et de l'éloigner d'elle. Non seulement il se montrait d'une humeur massacrante, mais à présent, tous les prétextes lui étaient bons pour s'absenter du bureau et partir visiter les chantiers.

En outre, Abigail avait l'impression qu'il n'avait pas pris au sérieux sa volonté de démissionner, car il lui avait confié l'étude et le suivi d'un projet, dont la réalisation ne devait commencer que le mois suivant. Quand elle avait objecté que ce serait là le travail de sa remplaçante, il avait riposté, hargneux :

— Quelle remplaçante ?

Aucune discussion sur ce sujet n'étant plus possible, Abigail s'était contentée de hausser les épaules.

Et il était parti en claquant la porte.

Désabusée, le cœur en lambeaux, elle restait tout de même décidée à quitter son emploi. La directrice de l'Agence lui avait promis d'envoyer une femme particulièrement expérimentée. Cette dernière, veuve d'un entrepreneur de travaux publics et âgée de cinquante ans, avait dirigé l'affaire familiale jusqu'à la mort de son époux. Elle serait libre dans une dizaine de jours. Abigail resterait le temps nécessaire pour la mettre au courant des dossiers en cours. Ensuite, elle reprendrait sa liberté.

Elle achevait d'ouvrir et de classer le courrier, lorsque le téléphone sonna. Elle décrocha et reconnut la voix de Clara.

— Bonjour, Abby. Etes-vous seule?

— En principe non, car ce matin, votre frère devait venir au bureau. Mais la porte de communication étant fermée, j'ignore s'il est là.

— Ne pouvez-vous le voir à travers la cloison vitrée?

— Non. Depuis mardi, il en a descendu le store comme pour concrétiser la séparation entre nous.

— S'il est là, peut-il écouter notre communication?

— Impossible. Je viens de bloquer la ligne de son bureau.

— Bon. Alors donnez-moi un rapport détaillé de tout ce qui s'est passé depuis le début de la semaine. D'abord, parlez-moi de la réception au King Charles. Avez-vous fait comme je vous l'avais dit?

— J'ai suivi vos instructions à la lettre. Mes années de théâtre m'ont aidée, car cette soirée a été particulièrement éprouvante. Je n'ai ébloui que les Palmer. Callan a paru extrêmement tendu pendant tout le repas.

— Excellent, ça! Ainsi, il a découvert que vous n'êtes pas son bien personnel et il commence à en souffrir. Le lendemain, comment a-t-il réagi?

A voix basse pour que ses propos ne s'échappent pas

596

de son bureau, Abigail décrivit l'attitude d'indifférence hostile de Callan. Puis elle émit des doutes sur le résultat d'une stratégie qu'elle réprouvait.

— ... Par moments, j'ai honte d'agir avec autant d'arrogance, Clara. Ma décision de rompre a profondément blessé Callan et il ne me pardonne pas mon esprit d'indépendance. A mon avis, on ne peut pas émouvoir un cœur qui refuse de s'ouvrir.

— Pour l'atteindre, il faut parfois emprunter des chemins escarpés, Abby. Or, vous ne vous y engagez qu'à contrecœur, comme une jument rétive. Aujourd'hui, comment êtes-vous habillée ?

— Escarpins, ample jupe rouge et petit caraco en dentelle blanche.

— Quelle longueur, la jupe ?

— A mi-mollets.

— Alors, faites ce que je vais vous dire. Reculez légèrement votre chaise. Relevez haut votre jupe. Mettez un pied sur votre bureau et faites glisser lentement votre main sur votre jambe, comme si vous suiviez une maille de votre bas qui aurait filé.

— C'est une répétition ? railla Abigail.

— Une première, rectifia Clara. Vous jouez à rideau ouvert.

— Non. Le store de la paroi de verre est baissé.

— Ne vous fiez pas aux apparences et essayez ce que je vous propose.

Se sentant ridicule, Abigail posa le combiné sur la table et suivit pourtant les instructions de Clara. Au moment où, la jupe relevée sur ses cuisses, elle passait un doigt sur sa jambe, un choc assourdi la fit sursauter. Elle reprit l'appareil.

— Alors ? demandait Clara.

— Je viens d'entendre un bruit bizarre dans le bureau voisin.

— Ce sont probablement les yeux de mon frère qui ont sauté de leurs orbites, dit légèrement Clara.

Songeuse, Abigail reprit une pose plus décente. Callan l'aurait-il regardée en écartant les lamelles du store ? Elle jeta un coup d'œil vers la cloison vitrée sans rien y déceler d'anormal.

Toutefois, à la pensée que Callan n'était peut-être pas aussi indifférent qu'il semblait l'être, elle avait senti une légère chaleur lui rosir les joues.

— Je ne peux pas croire qu'il m'épie, chuchota-t-elle. J'ai cessé de l'intéresser...

— Tss, tss ! coupa Clara. J'ai quatre frères et un mari, ma chère, et je connais les hommes comme ma poche. Plus ils paraissent froids, plus ils bouillonnent à l'intérieur. Callan finira par exploser et ce sera une reddition sans conditions.

— J'en doute... Oh, je dois recevoir un client. Excusez-moi, Clara, je vous rappellerai plus tard.

Elle raccrocha. Après deux coups discrets sur la porte du couloir, le fils Palmer était entré dans le bureau. Elégamment vêtu d'un polo et d'un pantalon de toile blanche, il tenait un bouquet de superbes orchidées.

— Jack ? Je vous croyais reparti, hier jeudi, avec votre père pour Boston. Vous venez voir Callan ?

Il fit non de la tête, s'assit sur le siège réservé aux visiteurs et lui tendit le bouquet.

— C'est pour moi ? s'étonna-t-elle.

— Pour qui voulez-vous que ce soit ? Pour votre boss ? Je n'ai pas l'habitude d'offrir des fleurs aux hommes.

Elle le remercia, alla remplir d'eau un vase dans l'office et y disposa les fleurs, tandis que Jack expliquait d'une voix suffisamment forte pour être entendue par la jeune fille :

— Je voulais vous dire quel délicieux moment j'ai passé avec vous lundi soir. Mon père est reparti, seul, après m'avoir confié une importante mission. C'est bientôt l'heure du lunch. Voulez-vous que nous en discutions pendant le repas ? Je vous emmène déjeuner en ville.

Abigail revint dans le bureau et regarda Jack, certaine

que peu de femmes résistaient au charme de ce garçon aussi beau qu'intelligent. Elle-même le trouvait fort séduisant, mais il n'était pas l'homme à qui elle continuait de rêver jour et nuit. Toutefois, elle se disait qu'un repas en sa compagnie la distrairait sans l'engager à plus d'intimité par la suite.

— J'accepte votre invitation avec plaisir, dit-elle. Toutefois, je vous préviens, je ne dispose que d'une heure pour déjeuner.

— Alors, nous irons dans une brasserie toute proche...

La porte du bureau voisin s'ouvrit brusquement et Callan apparut sur le seuil, le regard baissé sur le dossier qu'il tenait entre les mains. Il releva les yeux, vit Jack et s'étonna de sa présence.

— Tiens, Palmer ! Je vous croyais à Boston.

Il lui serra rapidement la main, puis, tapant de l'index sur le dossier cartonné, il s'adressa à Abigail.

— Je suis en train d'étudier le projet Gibson. Il est réalisable, mais j'ai besoin de précisions. Vous allez écrire à tous les fournisseurs de cet éventuel chantier pour leur demander un devis détaillé. Il faut faire vite. Les lettres devront partir au courrier de 15 heures.

— Mais... c'est un gros travail, monsieur, et la pause du déjeuner...

— Pour une fois, il n'y aura pas de pause-déjeuner, trancha-t-il. Je vais téléphoner à Reese pour qu'il vous envoie des sandwichs.

Jack s'était levé.

— Je ne veux pas vous déranger plus longtemps, dit-il. Tant pis pour le lunch, Abby ! Mais nous pourrions dîner ensemble. Je connais un gril super à une dizaine de kilomètres de Bloomfield. Si vous êtes d'accord, attendez-moi à partir de 19 heures à la Brasserie de la Poste. Je passerai vous prendre avec ma voiture.

Elle sentait le regard de Callan la transpercer. Mais bien que ni la tactique ni la réponse n'entrent dans le scénario prévu par Clara, elle sourit aimablement à Jack.

— O.K. pour le dîner, dit-elle.

Callan resta de marbre et feuilleta de nouveau, ostensiblement, les pages manuscrites contenues dans la chemise. Jack le salua et quitta la pièce après avoir adressé à la jeune fille un petit geste d'amitié.

Callan retourna dans son bureau et claqua la porte derrière lui.

Abigail mit la main devant sa bouche pour étouffer son rire.

Callan serait-il devenu myope ? Ne s'était-il pas rendu compte que les pages, qu'il semblait étudier avec tant d'intérêt, il les tenait à l'envers ?

« ... Quatre... cinq... six... »

Allongé sur le tatami du gymnase préféré des Sinclair, suant et ahanant, Callan venait de réussir un arraché d'haltères de deux cents kilos. Bras levés, il essayait de maintenir la barre pendant dix secondes, mais le souvenir d'une jambe gainée de soie traversa son esprit, brisant net son effort.

Ses bras retombèrent et les disques de fonte rebondirent sur leurs supports. Il jura. Aussitôt des regards réprobateurs le fusillèrent. Il les ignora superbement.

Pour être sûr de ne pas croiser Abigail, il était parti avant la fermeture des bureaux et s'était rendu directement à la salle de sports. Mais deux heures d'efforts intensifs sur plusieurs appareils de musculation n'avaient pu chasser cette satanée fille de ses pensées. Demain, il serait perclus de courbatures. Tant pis ! Il devait absolument évacuer le trop-plein de fureur qui le rongeait. Or, le sport était un excellent exutoire.

Avant de soulever de nouveau le lourd balancier, il allongea un bras, attrapa une serviette-éponge et essuya la sueur qui l'aveuglait.

Quel démon habitait donc Abigail depuis le début de la semaine ? Pourquoi ce changement de style, de coiffure, d'attitude? Et d'où sortait-elle ce nouveau rouge à lèvres qui faisait paraître sa bouche constamment humide?

Elle avait décidé de ne plus avoir avec lui que des relations de travail? Eh bien, parfait! Par son apparente indifférence, il lui avait démontré qu'il était capable de se dominer. Mais alors, qu'elle cesse de le provoquer!

Il se promettait de se rendre à son cottage, demain samedi, et d'avoir avec elle une discussion sérieuse au sujet des rapports entre patron et secrétaire. Au prix d'une torture de tous les instants, il se sentait capable de résister à la tentation de la prendre dans ses bras et de la faire crier de plaisir.

Bien sûr, elle devait ignorer qu'il n'avait baissé le store dans son bureau que pour mieux l'observer. Ce matin, en soulevant discrètement une des lamelles, il l'avait surprise, un pied sur sa table de travail et la jupe relevée. Probablement à la recherche d'une maille filée, elle suivait lentement d'un doigt le galbe exquis de sa jambe.

Quelle vision insoutenable! Il en avait hoqueté de stupeur et son coude avait heurté un lourd cendrier de cristal qui était tombé sur la moquette avec un bruit sourd. Un peu plus tard, le fils Palmer s'était présenté avec des fleurs. Des fleurs pour une secrétaire! Et ce freluquet avait eu l'audace d'offrir à Abigail de déjeuner avec lui!

Etait-ce pour ce blanc-bec qu'elle jouait les séductrices? Et la mission dont le vieux Palmer avait chargé son fils, ne serait-ce pas, par hasard, une offre à Abby de travailler pour lui, à Boston?

Callan avait jugé bon d'intervenir, mais son initiative s'était retournée contre lui. Au lieu d'un rapide déjeuner en brasserie, Abby roucoulait en ce moment dans un gril de luxe, auprès de ce maudit play-boy.

Il les imaginait tous les deux attablés dans une alcôve, buvant et riant. Jack avait peut-être apporté à son invitée un contrat mirobolant qu'elle était en train d'étudier?

Bon sang, cette hypothèse le torturait!

Le seul moyen de garder Abby était de faire appel à

son sens du devoir. Elle savait que ni lui ni Gabe ne pouvaient se passer de sa collaboration. Au besoin, il lui jurerait que jamais plus, même au prix des plus durs sacrifices, il ne se permettrait la moindre privauté avec elle. Son appétit sexuel, il pouvait toujours le satisfaire à l'extérieur, mais pour la bonne marche de l'entreprise, il avait besoin d'une secrétaire compétente. Or, ses précédentes et désastreuses expériences lui avaient appris qu'Abigail était irremplaçable...

Serrant les dents, il saisit le balancier et, des deux mains, il arracha les disques à leurs appuis.

Un... Deux... trois...

Un soupçon le traversa.

Puisque la jeune fille avait jeté aux orties sa défroque monacale, peut-être maintenant portait-elle un slip de soie ? En outre, sous le caraco de dentelle qu'elle exhibait ce matin au bureau, sa poitrine semblait libre de tout soutien-gorge.

Au souvenir des seins, doux et fermes, dans ses paumes, il grogna et sentit ses bras trembler. Il ferma les yeux et rassembla ce qui lui restait d'énergie.

— Eh, Cal, aurais-tu besoin de notre aide ?

La voix fraternelle avait retenti tout près. Il releva les paupières et découvrit, debout devant lui, Gabe et Lucian, en jogging et les yeux rieurs.

Bon sang, il n'avait pas besoin d'eux en ce moment !

— Tu parais à bout de forces, remarqua Lucian.

— Pas du tout. Je... je suis ca... capable de tenir plus de dix secondes.

Mais ses muscles fléchirent. Il lâcha son fardeau si brusquement que les disques de fonte rebondirent sur leurs supports et tombèrent sur le sol, mettant la barre à seulement quelques centimètres du torse de Callan.

Incapable de se dégager, il pouvait à peine respirer.

— Mon pauvre vieux ! railla Gabe. Pour toi, les Jeux olympiques ne sont pas pour demain.

— Ni pour après-demain, appuya Lucian.

602

— Bon sang, gronda Callan qui peinait pour retrouver son souffle, arrêtez vos stupidités et débarrassez-moi de cette foutue barre.

— Je ne voudrais pas interrompre ton entraînemant, remarqua Gabe.

— Et moi, je me demande si c'est bien un service à te rendre, ajouta Lucian en se grattant la tête.

— J'aurais plaisir à vous étrangler, grommela faiblement Callan.

En riant, chacun des deux frères saisit un bout de la barre. Ils la soulevèrent et remirent l'appareil sur ses supports.

Callan resta encore allongé pendant quelques secondes, haletant, à bout de forces. Il tuerait ses frères plus tard. Pour l'instant, il avait seulement besoin de retrouver un rythme de respiration normal.

Enfin, il put se relever. Il essuya son visage en sueur avec sa serviette. Tout ce qu'il souhaitait, c'était une bonne douche.

Gabe l'attrapa par l'épaule.

— Aurais-tu un problème ?

— Va au diable ! bougonna Callan en se dégageant.

— Abby ? demanda Lucian.

Callan ne répondit pas et se dirigea vers le couloir menant aux vestiaires.

Lucian lui barra la route.

— C'est Abby, j'en suis sûr. Tout à l'heure, je l'ai aperçue dans une décapotable blanche, à côté du fils Palmer. J'en ai conclu que ton idylle avec elle avait rendu l'âme.

Ivre de fureur, Callan se jeta sur son frère et tous deux roulèrent sur le sol dans une bagarre serrée où, malgré leur désir d'en découdre, ils se gardaient de coups déloyaux.

Plusieurs des sportifs présents dans la salle arrêtèrent leur entraînement pour regarder un spectacle qui n'était pas nouveau pour eux. Souvent, ils avaient vu les frères Sinclair régler ainsi quelque querelle familiale.

Ce fut Lucian qui eut le dessus. Il se releva, satisfait.

— Je vais t'arracher le cœur, bougonna Callan en reprenant son souffle.

— C'est une bonne idée. Toi et moi, nous serons alors à égalité. Le tien est déjà arraché et piétiné par une fille que, tous, nous respections, parce que nous retrouvions chez elle les qualités de notre mère. Or, apparemment, elle est aussi garce que les autres.

Callan se remettait debout lentement. Toute velléité de combat l'avait abandonné. Il regrettait seulement de n'être pas fils unique et le proclama bien haut.

Gabe lui décocha une affectueuse bourrade.

— Fils unique, tu aurais été privé de bien des joies, remarqua-t-il. En outre, quand une fille vous déçoit, rien ne vaut la chaleur de la famille pour vous faire reprendre goût à l'existence. Reese nous a invités à dîner. Comme c'est le jour de fermeture de son restaurant, nous serons tranquilles. Il y a un match de base-ball à la télé et notre cher frère vient d'engager une serveuse particulièrement mignonne et, paraît-il, pas trop farouche... Tous trois, nous savons que, pour toi, la semaine n'a pas été facile.

Callan soupira. Bien qu'il eût mesuré ses paroles, Gabe semblait au courant des différends qui séparaient maintenant son cadet d'Abigail. Clara avait dû raconter sa visite à l'appartement, cinq jours plus tôt. Il n'y avait jamais eu de secrets entre les Sinclair et c'était dans l'adversité que leur union se révélait plus que jamais soudée.

Pourtant, Callan hésitait à accepter la proposition de Gabe. Ce soir, il avait envie d'être seul et de ruminer ses griefs contre Abigail. Mais, d'autre part, la compagnie de ses frères lui apporterait peut-être la diversion qui chasserait de son esprit le souvenir de cette fille insaisissable.

— Alors, tu viens avec nous ? demanda Lucian.

— Quatre célibataires invétérés qui ont une foule d'anecdotes égrillardes à se raconter, insista Gabe. Le divertissement promet d'être joyeux.

— Vous avez raison, dit enfin Callan. Je vous rejoins à la taverne dans une vingtaine de minutes.

Abigail verrouilla derrière elle la porte de son cottage et, songeuse, alluma les lampes.

Par l'intermédiaire de son fils, Ray Palmer lui avait proposé un poste dans une de ses agences. Sans même savoir qu'elle avait donné sa démission aux Sinclair Constructions, il lui offrait une alléchante carrière : la direction d'une agence immobilière dans Back Bay, l'un des quartiers les plus élégants de Boston. Elle avait lu la proposition de contrat. Non seulement son salaire serait le double de celui qu'elle percevait à Bloomfield, mais, en plus, elle toucherait une commission sur les transactions qu'elle effectuerait.

Elle serait folle de refuser une telle opportunité.

Pourtant, elle avait demandé à Jack de lui laisser quelques jours pour réfléchir. Il n'avait pas insisté et avait parlé de tout autre chose, de ses voyages, de sa formation à Harvard, de sa passion pour les voitures anciennes. Il s'était montré charmant et drôle. Toute la soirée, son comportement avait été celui d'un parfait gentleman.

Mais il ne pouvait remplacer Callan, ni dans le cœur, ni dans l'esprit d'Abigail et elle avait même trouvé pénible de sortir avec un homme, alors qu'un autre occupait toutes ses pensées.

Elle retira sa veste et ne put s'empêcher de parader pendant quelques instants devant le haut miroir du vestibule.

Avant de rejoindre Jack à la Brasserie de la Poste, elle était passée chez elle pour se changer. Ce long fourreau de velours noir, acheté sur le conseil de Clara, était vraiment très seyant. Le bustier dégageait les épaules et soulignait la courbe des seins. « Une robe de demi-mondaine », s'était-elle dit. Lundi dernier, pour narguer Callan, elle l'avait portée sans veste. Ce soir, elle avait pudiquement caché sous un boléro blanc ce que Jack n'avait pas besoin de contempler.

Elle fit courir ses paumes le long de ses hanches, appréciant la douceur veloutée du tissu. Quelque part dans son esprit, elle avait espéré que Callan, jaloux, les rejoindrait au restaurant.

Eh bien, si elle avait autant d'imagination que Clara, en revanche, toutes les deux se trompaient sur les réactions de Callan. S'il continuait de la désirer, ce dont elle ne doutait pas, il la voulait seulement comme maîtresse occasionnelle. Secrétaire de jour. Amante, la nuit.

Parfois, lorsque son cœur se tordait de chagrin, Abigail se disait qu'après tout, ce ne serait pas une si mauvaise solution. Bien des femmes s'en contenteraient.

Mais aussitôt, une bouffée de fierté chassait ce genre de capitulation. Si elle acceptait la proposition de Callan, elle n'oserait plus jamais se regarder dans une glace. Elle avait beau avoir changé de look, sous les apparences elle était restée l'Abigail de toujours : intègre et attachée à des valeurs vieillottes, rêvant depuis son adolescence de mariage et d'une nichée d'enfants.

Mais pour qui donc se prenait-elle d'oser prétendre à l'amour d'un homme comme Callan ?

Sa décision de départ était irrévocable. Lundi prochain, sa remplaçante arrivait. Abigail la mettrait au courant, puis quitterait définitivement Bloomfield.

Elle avait envie d'un thé bien chaud. Tout à l'heure, Jack lui avait proposé un dernier verre à son hôtel, mais Abby ne s'était pas méprise sur le sens de cette invitation. Elle avait refusé et repris sa voiture qu'elle avait laissée sur le parking de la brasserie.

Si elle acceptait de travailler pour les Palmer, elle devrait faire comprendre à Jack qu'elle n'était intéressée que par le poste et non pas par celui qui le lui offrait.

Une fois déjà, elle avait commis l'erreur d'imaginer le contraire. Elle ne recommencerait pas.

Elle se dirigea vers la cuisine pour mettre une bouilloire d'eau à chauffer. Tout en préparant son thé, elle se demandait ce que Callan avait fait ce soir. Peut-être avait-il rejoint la blonde Shelley ? Cette hypothèse la torturait, mais elle s'efforçait de l'envisager avec résignation.

Soudain, la sonnette de la porte d'entrée brisa le silence.

Jack ?

Elle ne lui avait pas donné son adresse, mais comme celle-ci figurait dans l'annuaire, il était facile de trouver où elle habitait.

Elle décida de ne pas ouvrir.

Le visiteur sonna de nouveau et cette fois avec impatience.

Intriguée, Abigail alla dans le vestibule, alluma l'ampoule extérieure et, s'approchant de la porte, elle regarda à travers l'œilleton.

Sa respiration s'arrêta.

Callan se tenait sous le porche et tapait maintenant des deux poings contre le battant. A la lumière jaunâtre de l'applique, elle le voyait froncer les sourcils de contrariété.

« Ne réponds pas », lui conseillait la voix de la raison.

Mais comme l'émoi qu'il suscitait toujours en elle lui ôtait tout bon sens, elle leva le bras pour déverrouiller la porte. Cependant, au dernier moment, elle hésita. Pour venir à minuit chez elle, Callan devait avoir bu et perdu la tête.

— Abby, ouvrez-moi ! ordonna-t-il. Je sais que vous êtes là ; alors, qu'attendez-vous ?

La voix n'était pas celle d'un homme ivre, mais en colère.

« Et de quel droit serait-il furieux ? pensa Abigail. S'il fonce comme un taureau pour me reprocher ma soirée avec Jack, je vais lui dire ce que je pense de ses manières. »

Redressant les épaules, animée maintenant d'un sentiment combatif, elle ouvrit la porte.

Callan ne fonça pas à l'intérieur comme elle s'y attendait. Il restait immobile sous le porche, mais ses yeux détaillaient la silhouette de la jeune fille. Ils suivaient le renflement des seins puis la courbe des hanches. Abby croyait sentir sur elle la caresse de mains brûlantes et elle en éprouvait un trouble qui lui coupait les jambes. Elle se cramponna à la poignée qu'elle n'avait pas lâchée.

— Qu'est-ce qui me vaut votre visite ? demanda-t-elle en affermissant sa voix.

— Vous devriez le savoir.

Il entra, referma la porte derrière lui et, sans laisser à Abigail le temps de protester, il l'enlaça et lui donna un baiser si passionné que tout ce qu'elle put faire fut de se cramponner aux épaules de Jack.

10.

Ce n'était pas du tout ce que Callan avait prévu de faire.

Il était venu seulement pour parler à Abigail, pour discuter avec elle d'une situation ambiguë qui ne pouvait pas durer.

Peut-être aussi, devait-il le reconnaître, avait-il voulu s'assurer qu'elle n'avait pas ramené Jack Palmer chez elle.

Mais lorsqu'elle avait enfin ouvert la porte et qu'il l'avait découverte, resplendissante dans sa longue robe de velours noir qui, non seulement, soulignait les courbes tendres de sa silhouette, mais dégageait largement les épaules et le haut des seins, il n'avait plus pu refréner les élans qu'il retenait difficilement depuis lundi. Avec la puissance qui soulève les flots des océans, il l'avait étreinte et embrassée comme un fou.

Elle ne l'avait pas repoussé. Au contraire, elle avait répondu avec passion à son baiser.

Et à présent, reprenant leur souffle, ils se regardaient, aussi surpris l'un que l'autre d'avoir cédé à leurs pulsions.

Callan lisait dans les yeux verts un mélange de stupeur, de désir et de confusion. Elle le tenait encore aux épaules. Dieu, qu'elle était belle ! Elle avait changé de parfum et il respirait un subtil mélange de violette et de menthe qui lui rappelait les bonbons de son enfance, enveloppés dans du papier doré.

Seigneur, il avait envie d'ôter l'emballage de ce bonbon-là, de le croquer et d'en savourer le goût !

Il lui fallait une volonté d'acier pour ne pas assouvir son désir sur-le-champ. Mais Abby reculait déjà, histoire de mettre de la distance entre eux.

Il dit :

— Je vous jure que je n'étais pas venu chez vous avec l'intention de vous embrasser.

Elle touchait ses lèvres du bout de l'index comme pour en effacer la trace du baiser.

— Dois-je être ravie ou déçue par votre affirmation ? demanda-t-elle, sarcastique.

Il fronça les sourcils.

— C'était une manière de m'excuser. Que voulez-vous de plus ?

— Rien, Callan, dit-elle fraîchement. Vous entrez comme un ouragan et vous m'étreignez avec fougue, comme si nous ne nous étions pas vus depuis une éternité. Je ne dis pas que c'était désagréable, non, c'était inattendu. Il est minuit passé, pourquoi êtes-vous venu ?

— Je voulais seulement vous parler. Mais quand je vous ai vue si belle...

Il s'interrompit, attendant au moins un sourire. Or, elle le toisait, altière, sans faire le moindre geste pour l'encourager à continuer.

Jugulant son désir, Callan lui lança un regard blessé.

— Je ne recommencerai pas, promit-il presque humblement. Et si vous le désirez, je vais repartir.

Pour toute réponse, elle lui proposa de son ton d'hôtesse :

— Je me suis préparé un peu de thé. En voulez-vous ?

— Avec plaisir.

Il détestait le thé, mais pour avoir le bonheur de rester avec elle, il aurait bu de l'antigel si elle lui en avait offert.

Il la suivit dans le couloir menant dans la cuisine, les

yeux fixés sur le doux balancement de ses hanches. Sentant son désir s'exacerber de nouveau, il se força à regarder le bout de ses baskets.

Dans la cuisine, elle se tourna vers lui, les deux mains sur les hanches, et demanda de but en blanc :

— De quoi vouliez-vous me parler ?

Il ne pouvait plus lui affirmer qu'il avait résolu de n'avoir avec elle que des relations professionnelles, comme celles qui avaient été les leurs pendant un an. Le baiser avait fait voler en éclats sa stratégie. Il lui fallait trouver une nouvelle tactique pour persuader Abigail de continuer son travail à Sinclair Constructions. Il chercherait des arguments plus tard. L'urgence était de ne pas perdre la face. Aussi choisit-il de biaiser.

— Ce Jack Palmer, vous a-t-il fait la cour ?

— Oui.

— Et je parie qu'il vous a offert un travail à Boston.

— Vous avez gagné.

Callan sentit une boule de colère monter dans sa gorge. Un petit tic fit tressauter sa paupière gauche.

— Et qu'avez-vous répondu ? aboya-t-il.

— Je lui ai dit que j'allais réfléchir à sa proposition.

Callan se sentit mieux.

— C'est la sagesse même, approuva-t-il.

Mais Abigail lui ôta ses illusions.

— Que j'accepte ou non l'offre des Palmer, ma décision est irrévocable. Dès la semaine prochaine, je quitte mon job. Mme Green, la femme qui va me remplacer, arrive lundi. Ce n'est pas une débutante. Elle a dirigé pendant trente ans l'entreprise de son mari et elle est très au courant de la tâche qui l'attend chez vous. Afin de la familiariser avec les dossiers en cours, je resterai quelques jours avec elle. Ensuite, je quitterai Bloomfield.

« Non, ne partez pas ! » aurait-il voulu lui crier. Mais à l'obstination qu'il lisait sur son visage, il comprenait qu'il ne réussirait pas à la fléchir. Alors, il décida de jouer le tout pour le tout.

Il s'avança vers elle et lui caressa tendrement la joue.

— Abby, vous ne comprenez pas que je vous désire comme un fou? Je vous désire comme je n'ai jamais désiré aucune femme avant vous...

Il la sentit frémir. Une lueur sauvage brilla dans les prunelles fixées sur lui.

S'il n'avait pas encore gagné sa cause, du moins, se disait-il, avait-il réussi à communiquer à Abby un peu de l'ardeur qui l'enflammait. Il continua de la même voix rauque :

— ... Je vous veux, Abby, pas seulement comme secrétaire, mais tout le temps, maintenant, demain, toujours. En ce moment, je vous désire tellement que j'en ai mal.

Et parce qu'elle-même se sentait écartelée entre sa volonté de le fuir et la soif qu'elle avait de lui, elle comprenait très bien ce qu'il ressentait. Elle attendait des précisions sur sa déclaration. Il la voulait tout le temps, est-ce que cela signifiait qu'il souhaitait faire d'elle son épouse?

Mais les mots espérés ne venaient pas et, à sa grande honte, Abigail savait qu'elle était prête à se perdre en lui sans rien exiger d'autre que de sentir de nouveau leurs corps vibrer à l'unisson. Il avait mal? Et elle donc! La chair palpitante, les nerfs à vif, elle sentait sa volonté se diluer dans la grande force virile qui émanait de Callan.

— Abby, pour l'amour du ciel, dites quelque chose!

Elle faillit lui répondre : « Moi aussi, je vous aime. » Mais il n'avait pas parlé d'amour. Si elle lui ouvrait son cœur, peut-être rirait-il d'elle et elle en mourrait. Pas plus que Gabe, Lucian ou Reese, Callan n'était romanesque. En général, les histoires d'amour excitaient la verve railleuse des frères Sinclair.

Abigail devait le prendre tel qu'il était : sensuel, ardent, viril.

— Embrassez-moi! ordonna-t-elle.

Il parut surpris, mais, aussitôt, ses bras furent autour

d'elle et la serrèrent dans une étreinte passionnée. Il l'embrassa et elle défaillit sous ses baisers, se fondit dans sa chaleur, l'esprit vidé de toute pensée raisonnable.

C'était à la fois mortifiant et sublime.

Et quand il la courba en arrière et qu'elle sentit sous ses reins la fraîcheur de la table, elle sut qu'elle était prête à se donner, là, dans la cuisine, dans l'élan le plus primitif qui soit.

L'assaut de la bouche aimée continuait, dévastant ses lèvres, son cou, la pointe de ses seins. Les mains relevaient la robe, caressaient la douce peau des cuisses. Abigail sentit son slip glisser le long de ses jambes jusqu'au sol, puis les doigts impatients s'égarer dans le repli secret, humide et brûlant, de sa féminité.

Une tempête de volupté la secoua. Au bord de la jouissance, elle gémit et, sans trop savoir ce qu'elle faisait, elle défit vivement la boucle de la ceinture de Callan et la fermeture Eclair de son jean.

— Maintenant, Callan, maintenant, haletait-elle.

Une flamme sauvage brûlait Callan. Pas plus qu'Abigail, il n'était capable de maîtriser cet élan quasi animal.

Il entra en elle et la bouscula avec de longs appels puissants qui leur arrachaient des soupirs et des râles.

Puis ce ne fut plus possible. Elle cria et se raidit. Tandis qu'il atteignait, lui aussi, l'extase suprême, il sentit les ongles d'Abby griffer son dos à travers sa chemise.

Il s'effondra, le visage au creux du cou gracile. Un long moment s'écoula avant qu'il ne retrouve une respiration normale, puis il lui fallut encore plusieurs secondes avant de réaliser qu'ils étaient à demi allongés sur une table.

La table de la cuisine !

Il se redressa, confus.

— Abby, pardonnez-moi. J'aurais dû prendre au moins le temps de vous emmener jusqu'à votre chambre.

Elle l'obligea à se pencher de nouveau et l'embrassa au coin des lèvres.

— C'est ce que nous voulions, non ? Alors, ne vous excusez pas !

Il la souleva et l'emporta en riant jusque sur le lit à baldaquin.

Abigail Thomas était une fille unique, adorable et stupéfiante. Non, jamais il ne consentirait à la perdre.

Alors, il se souvint d'une réflexion de Clara.

« ... Au bord de la falaise, tu te demandes si tu sautes ou non... »

Sans comprendre pourquoi, ce souvenir l'effraya. Il avait soudain peur de ce que sa sœur avait voulu insinuer.

Le matin suivant, une pluie d'été, orageuse et drue, le réveilla.

Abigail dormait encore, une jambe en travers de ses cuisses et la joue sur son torse. Les cheveux blonds s'étalaient sur son épaule comme une écharpe de soie d'or.

Il ne se souvenait pas d'avoir jamais été aussi heureux... ni aussi fier.

Tout était résolu. Ils pouvaient travailler ensemble au bureau et passer des nuits sublimes dans l'intimité. Des couples faisaient cela tout le temps sans se soucier de ce que les magazines racontaient.

Il sourit à l'idée du bonheur qui l'attendait.

Abby bougea. Il écarta ses cheveux et pressa les lèvres sur son front.

— J'aimerais un bon steak, dit-il pour la taquiner.

Elle releva à demi les paupières et, encore embrumée de sommeil, elle répliqua :

— Moi, c'est vous que j'aime, Callan.

Et elle se rendormit en nichant la tête au creux du bras musclé.

Le sourire de Callan s'était évanoui. Il respira à fond et fronça les sourcils.

Pourquoi avait-elle parlé d'amour ?

Les paroles de Clara lui revinrent à l'esprit :

« ... Pour Abby, l'amour reste un engagement grave et profond. Si tu n'es pas capable de lui apporter ce qu'elle recherche, alors, laisse-la partir... »

Il se sentit blêmir. Est-ce que pour Abigail, l'amour signifiait le mariage?

Or, pour lui, le mariage était synonyme de contraintes, ce qu'il n'était pas prêt à assumer. La fidélité, les enfants, les chiens, les chats, non, ce n'était pas pour lui. Et il ne changerait pas d'avis...

Le téléphone sonna. Callan se pencha pour décrocher le combiné sur la table de chevet, mais la sonnerie avait réveillé Abigail. Plus vive que lui, elle étendit le bras et répondit.

— Allô! Qui est à l'appareil?

Elle s'assit au bord du lit et il eut le spectacle de son dos nu. Un dos sculptural, se dit-il, ébloui. Il admira la ligne des épaules, la courbe moelleuse des hanches, la couleur laiteuse, presque translucide, de la peau.

— Oh, bonjour! disait-elle... Non, ce n'est pas trop tôt...

Callan fronça les sourcils. A 8 heures du matin, un samedi, c'était tôt. A qui parlait-elle?

Elle rit. Un rire de gorge, sensuel et doux, qui lui déplut.

— ... Mais oui, rassurez-vous, j'y pense... Je vous rappellerai plus tard à ce sujet... Non, aujourd'hui, c'est impossible... Mais moi aussi, je le souhaite...

Seigneur, l'intrus était sûrement Jack Palmer! Bien que le père soit un des plus gros clients de l'entreprise, il étriperait ce garçon.

Elle raccrocha.

Lorsqu'elle se pencha en avant pour attraper sa robe de chambre, il la saisit par l'épaule et l'obligea à basculer sur le lit. Elle s'effondra sur lui en riant.

— C'était Jack Palmer, n'est-ce pas? dit-il plus sèchement qu'il ne le voulait. Pourquoi, diable, se permet-il de vous appeler si tôt?

Abby ne riait plus et la lueur dans ses yeux verts prouvait qu'elle n'appréciait pas le ton qu'il employait.

Il poursuivait de la même voix impérieuse :

— ... Vous n'allez pas accepter de travailler pour ces gens-là. Je vous l'interdis.

Elle lui échappa, sauta du lit et, tout en enfilant son peignoir, elle riposta d'un ton bref :

— La décision n'appartient qu'à moi seule. Je l'ai prise et n'y reviendrai pas.

— C'est stupide. En outre, vous m'aviez dit que vous aimiez vivre à Bloomfield. Pourquoi quitteriez-vous une ville qui vous plaît ?

Elle s'abstint de répondre, ce qui attisa la colère de Callan.

Alors qu'elle se dirigeait vers la salle de bains, il lança d'une voix âpre :

— Jack Palmer veut tout simplement vous mettre dans son lit.

Elle pivota, ses yeux aussi froids qu'un lac en hiver.

— En admettant que ce soit vrai, alors ma vie à Boston ne sera pas différente de celle d'ici.

Il en resta d'abord sans voix, puis protesta d'un ton indigné :

— Ne me comparez pas à ce type. Entre vous et moi, c'est tout de même autre chose.

— Quoi donc ? demanda-t-elle soudain très calme.

Il ouvrit la bouche, la referma à court de réplique. Incapable de prononcer l'aveu qu'elle attendait, il préféra temporiser.

— Nous reparlerons de cela plus tard...

Il se leva et enfila vivement ses vêtements en expliquant :

— ... La pluie redouble de violence. Comme rien ne laissait prévoir qu'il pleuvrait, je dois me rendre sur le chantier pour aider Lucian. Il a dû déjà étendre des bâches pour protéger les travaux et le matériel, mais je veux m'assurer que l'eau ne traverse pas le toit des hangars...

Il aurait voulu attirer Abigail contre lui et l'embrasser tendrement, mais, sans lui accorder la moindre attention, elle se dirigeait vers la salle de bains.

Il se promit qu'à son retour, quand elle serait plus calme, il lui parlerait et trouverait des arguments pour l'empêcher de partir pour Boston. En ce moment, il ne se sentait capable que de crier.

En jean et T-shirt, Abigail regardait rêveusement le jardin gorgé de pluie. Le crépitement des gouttes sur les vitres de la cuisine se mélangeait au sifflement de la cafetière électrique. Elle était contrariée que, tout à l'heure, Callan fût reparti en colère. Son attitude la peinait sans vraiment la surprendre. Après une nuit d'amour, il avait dû s'imaginer qu'elle avait changé d'idée et accepté d'être à la fois sa maîtresse la nuit, et sa secrétaire le jour.

Il se trompait lourdement.

Quand elle lui avait fait remarquer que le désir de Jack ressemblait au sien, il s'était fâché, mais n'avait pas su, ou voulu, préciser ce qui les différenciait l'un de l'autre.

Elle savait maintenant qu'elle l'aimait trop profondément pour réduire leurs relations à une simple liaison. Il voulait rester libre ? Eh bien, même si cette décision la brisait, Abigail lui rendrait sa liberté et quitterait la ville. Elle ne voulait pas courir le risque de le rencontrer avec une autre femme, ou d'apprendre qu'il retournait chez Shelley.

« Avec moi, c'est tout ou rien », avait-elle décidé.

Elle but son café en feuilletant les pages jaunes de l'annuaire. Elle trouva la rubrique « Déménagements », releva le nom et le numéro de téléphone des entreprises qui offraient le plus de garanties. Elle les contacterait dès lundi. Sur le contrat que lui proposaient les Palmer, il était mentionné que la directrice de l'agence disposerait d'un confortable appartement situé au-dessus du magasin...

La sonnette de la porte d'entrée la fit sursauter. Son cœur battit plus vite. Callan n'avait pas pris les clés. Sa visite aux chantiers aurait-elle été plus rapide qu'il ne l'escomptait ? Revenait-il lui dire qu'il ne pouvait plus se passer d'elle parce qu'il l'aimait ?

L'espoir la fit bondir vers la porte. Elle l'ouvrit et se figea, stupéfaite.

— Hello, chérie ! dirent en même temps Emerald et Ruby.

Toutes deux étaient vêtues d'une élégante tunique blanche sur un large pantalon, rouge pour Ruby et vert pour Emerald. Ses tantes étaient bien les dernières personnes qu'Abigail s'attendait à voir. En principe, les deux femmes embarquaient, le lendemain matin, à Miami, sur un paquebot de croisière.

Elle s'écarta pour les laisser entrer. C'est alors qu'elle remarqua la canne sur laquelle Emerald s'appuyait.

Elle les embrassa et s'inquiéta.

— Je vous croyais en Floride. Que s'est-il passé ? Tu es blessée, tante Emerald ?

Celle-ci grimaçait à chaque pas. Ruby aida sa sœur à atteindre un des sofas du salon. Quand elles furent assises, Emerald expliqua :

— Il m'est arrivé un accident stupide. Hier, à Miami, alors que nous flânions sur le marché de Bayside, je n'ai pas vu un trottoir et je suis tombée. A l'hôpital, la radio n'a pas révélé de fracture. Mais j'ai une mauvaise entorse et dois garder la cheville plâtrée pendant trois semaines.

— Mais... et votre croisière ? demanda Abby.

Les deux femmes eurent le même haussement d'épaules résigné.

— Nous y renonçons, dit Emerald.

— C'est la vie, ajouta Ruby. On fait des projets, puis le destin vient se mettre en travers. Nous avons tenu à venir vous embrasser tous les deux, ton fiancé et toi, avant de repartir pour New York. Callan est-il là ?

Abigail les regarda avec affection, puis décida de ne

pas leur mentir plus longtemps. Elle soupira, s'assit dans un fauteuil en face des deux femmes, puis elle annonça :

— Tante Emerald, tante Ruby, j'ai un aveu à vous faire. Je n'ai pas bien agi avec vous, mais je vous supplie d'essayer de me comprendre.

— Nous t'écoutons, ma chérie. De quoi s'agit-il ?

La pluie avait cessé, mais le ciel, encore chargé de nuages gris, semblait refléter l'humeur de Callan.

En compagnie de Gabe et de Lucian, il avait passé des heures à protéger du déluge tout ce qui pouvait l'être. La veille, rien ne laissait présager un tel orage et, ce matin, les trois frères avaient non seulement dû bâcher en catastrophe une partie du matériel et des fournitures, mais également transporter d'un hangar à l'autre des sacs de sable et de plâtre qui risquaient d'être mouillés.

Rompus, Callan et Lucian maintenant assis dans le mobil-home devant un solide breakfast récupéraient leurs forces en attendant Gabe encore retenu à l'extérieur.

Toute cette agitation n'avait pas suffi à chasser la mélancolie qui assombrissait Callan.

Lucian s'étonna de son silence.

— Qu'est-ce qui te tracasse ? Ta mauvaise humeur serait-elle due à ta déconvenue de cette nuit ?

— Quelle déconvenue ? riposta Callan sur ses gardes.

— Après nous avoir brusquement quittés à minuit, n'aurais-tu pas couru chez ta dame de cœur qui t'aurait fermé la porte au nez ?

— Arrête de débloquer ! gronda Callan.

Il se servit une seconde tasse de café, se brûla la langue et jura. Au même moment, Gabe entra. L'aîné des Sinclair ôta son blouson dégoulinant de pluie et vint s'asseoir en face de ses frères.

— Tu arrives au bon moment, dit Lucian. Cal s'apprêtait à raconter ses déboires amoureux.

— Quels déboires ? Et ai-je jamais parlé d'amour ? Entre nous, le sujet est tabou.

« ... Moi, je vous aime... », avait murmuré Abby dans son sommeil.

Et tout à l'heure, même en pleine action, alors que la pluie trempait le ciré que Lucian lui avait prêté, il n'avait pu effacer de son esprit l'aveu d'Abigail.

Gabe l'observait en plissant les yeux.

— Avec son nouveau look, cette fille te met la tête à l'envers.

— Va au diable ! aboya Callan. Ce qui me tracasse, c'est sa décision de nous quitter. Palmer lui a offert de travailler pour lui.

Lucian émit un long sifflement.

— Et le vieux Palmer a dû mettre le paquet. Elle a accepté ?

— Elle réfléchit.

Des deux mains, Callan rejeta en arrière sa chevelure encore humide tout en ajoutant comme pour lui-même :

— ... C'est bien la preuve qu'elle nous est moins attachée que je ne l'aurais cru. Si elle m'aimait autant qu'elle l'affirme, elle aurait refusé d'emblée la proposition de Ray Palmer.

« Si elle m'aimait... »

Les mots lui avaient échappé et il les regretta aussitôt en voyant l'expression de ses frères.

— Elle t'a avoué qu'elle t'aimait ? demanda Gabe, un sourcil plus haut que l'autre.

— Et naturellement, ajouta Lucian, notre frérot a mordu à l'hameçon.

— Tout de suite les conclusions stupides ! Je n'ai mordu à rien, coupa Callan.

— Tu es malheureux jusqu'au trognon, dit calmement Gabe. Reese, lui aussi, a remarqué combien tu avais changé. Depuis ton retour chez toi, après le départ des deux fofolles, tu es aussi aimable qu'un fagot de ronces. Et comme les épines pointent à l'intérieur comme à l'extérieur, pourquoi ne mets-tu pas fin au supplice en épousant la fille ?

620

— Bien sûr, ce serait un grand malheur pour Abigail, railla Lucian. Mais elle aurait trois beaufs et une belle-sœur pour la consoler.

— Me marier ?

Callan s'en étrangla. Il toussa puis fusilla ses frères d'un regard meurtrier.

— Oh, bien sûr, toutes tes anciennes conquêtes en crèveraient de dépit, dit Lucian. A propos, la nouvelle serveuse de Reese m'a demandé ton numéro de portable.

Callan haussa rageusement les épaules. La nouvelle serveuse ne l'intéressait pas. La seule femme qu'il désirait tenir dans ses bras était Abigail Thomas.

Ses frères continuaient à faire monter la pression.

— Tu sembles au bord d'un précipice, dit Gabe. Accroché à une aile volante, tu te demandes si tu sautes ou non.

Callan tiqua. L'antienne était connue. Clara était sûrement passée par là et avait orchestré la cabale contre lui.

— A mon avis, ajouta Lucian, tu as loupé le coche et Abby t'a échappé. Devant un Jack Palmer, tu ne fais pas le poids. De même qu'aux yeux d'une femme, Bloomfield ne peut pas rivaliser avec Boston.

« Ma parole, ils essaient de me rendre fou ! se disait Callan en se maîtrisant difficilement. C'est comme s'ils agitaient un chiffon rouge devant un taureau. »

Il serra les poings et, l'œil noir, il se leva lentement de sa chaise.

— J'ai compris. Vous cherchez la bagarre..., commença-t-il.

Au même moment, la sonnerie du téléphone fixe du mobil-home résonna dans le bureau de Lucian. Ce dernier alla répondre.

— C'est pour toi, cria-t-il à Callan.

« Abby, pensa aussitôt Callan. Je la connais. Depuis mon départ, elle a probablement pleuré toutes les larmes de son corps et, maintenant, n'y tenant plus, elle m'appelle. »

Sans se presser, comme pour narguer ses frères et leur prouver qu'il n'était pas de ceux qui se précipitent quand une femme les sonne, il traversa la caravane et prit le combiné que lui tendait Lucian.

— Oui ? lança-t-il d'un ton décontracté.

Ce n'était pas Abby.

622

11.

— Nous sommes navrées de vous déranger, cher ami,
dit Emerald, mais après qu'Abby nous eut confessé son
énorme mensonge, c'était de notre devoir de vous présenter nos excuses...

Assise sur un des sofas du salon, son pied plâtré
confortablement posé sur un coussin devant elle, Emerald, très digne, avait tout de suite pris la parole sans laisser au visiteur le soin de placer un mot.

Callan n'avait pas mis plus d'un quart d'heure pour
accourir après l'appel pressant de Ruby. Comme, au téléphone, l'ancienne actrice s'était contentée de le prier de
venir d'urgence, sans lui fournir aucun détail, Callan,
affolé, avait imaginé le pire concernant Abigail.

Ruby lui avait ouvert la porte et l'avait aussitôt conduit
auprès d'Emerald.

Après les salutations d'usage, il avait accepté de
s'asseoir en face de la blessée.

— ... Si je n'avais pas été handicapée par une mauvaise entorse, continuait Emerald, nous serions allées
toutes deux nous excuser également auprès de votre frère
Reese, et le remercier de nous avoir traitées avec autant
de courtoisie...

Callan l'écoutait d'une oreille distraite en jetant de fré-
quents coups d'œil en direction du vestibule. Où donc
était Abigail ? Dans la cuisine, avec Ruby, en train de lui

préparer un café ? Après la confession qu'elle avait décidé de faire à ses tantes, elle avait dû subir des reproches bien sentis. Etait-elle prostrée dans sa chambre ?

Il brûlait d'aller la retrouver pour la réconforter.

Mais, pour l'heure, la plus élémentaire des politesses le contraignait à écouter Emerald. Il essaya de concentrer son attention sur ce qu'elle racontait.

— ... Oh, bien sûr, en inventant cette histoire de fiançailles, Abby n'avait pensé qu'à nous rassurer. Elle savait combien nous nous inquiétions pour elle et quel prix nous avons toujours attaché à la vie de couple...

Ruby revenait avec une tasse de café sur un plateau, qu'elle posa sur une petite table près de Callan. Elle interrompit sa sœur pour faire remarquer :

— Entre nous, cher ami, vous nous avez bien fait marcher tous les deux ! Quel superbe acteur vous auriez fait ! Quand on vous voyait avec Abby, nous étions vraiment convaincues que vous étiez amoureux d'elle. Imaginez notre stupeur lorsque nous avons appris que tout cela n'était que de la comédie et que vous n'éprouviez pour elle rien d'autre que l'attachement d'un patron pour sa secrétaire. Vous avez agi par grandeur d'âme, ce qui est tout simplement admirable...

La grandeur d'âme flattait l'orgueil de Callan. Mais, par Dieu, Ruby se trompait sur ses sentiments envers Abby ! Il ressentait pour la jeune fille bien plus qu'un attachement intéressé. Il éprouvait même davantage que de l'admiration, de l'amitié, voire de l'affection. Même si l'admettre lui nouait la gorge, ses sentiments pour elle ressemblaient fort à de l'amour. Oui, il l'aimait de toutes les fibres de son corps.

Il avala d'un trait sa tasse de café et demanda la permission de s'entretenir avec Abigail.

— Abby n'est pas là, dit Emerald.

— Où est-elle ?

Les deux femmes échangèrent un rapide regard, puis s'exclamèrent tout en dévisageant Callan d'un air affligé :

— Mon pauvre ami, ne vous aurait-elle pas appelé ?

— Elle devait vous téléphoner avant de faire sa valise.

Les deux femmes avaient parlé ensemble mais il avait tout de même saisi l'essentiel : Abigail avait fait sa valise. Aussi se dressa-t-il comme si un ressort l'avait propulsé hors de son fauteuil.

— Elle est partie ? Mais pour quel endroit ?

Ruby lui posa une main apaisante sur l'épaule et le força à se rasseoir.

— Calmez-vous, mon bon ami. Puisque l'accident de ma sœur nous oblige à renoncer à notre croisière, nous avons donné à Abby un de nos billets en la persuadant qu'un séjour aux Caraïbes, sur un paquebot de luxe, serait pour elle une détente avant qu'elle n'aille s'installer à Boston.

Une croisière... L'installation à Boston...

Callan prit les deux nouvelles avec l'impression de recevoir un coup violent dans la poitrine. Il en perdait le souffle et avait mal à en hurler. Mais, presque aussitôt, une vague de rancœur l'engloutit.

Ainsi, Abigail n'avait pas hésité une seconde avant d'accepter le séjour aux Caraïbes et le déménagement à Boston ! Tout cela sans même avoir pris la peine de l'en avertir.

Et elle prétendait l'aimer !

Il remplit d'air ses poumons en s'efforçant de refouler les cris qui lui montaient du cœur. A la souffrance qu'il ressentait, il ne pouvait plus nier la profondeur de son attachement pour Abby. Jamais il ne s'était senti aussi secoué. Se découvrir amoureux et, en même temps, se voir frustré de celle qu'il aimait le brisait. Il découvrait soudain qu'il n'existe pire torture que d'aimer sans espoir de retour.

— Allez-vous bien ? s'inquiéta Ruby. Vous êtes tout pâle.

Il la regarda, hagard.

— Oui, oui, je vais bien, dit-il machinalement.

Puis après un silence :

— ... Abigail vous a-t-elle dit pourquoi elle avait décidé d'aller s'installer à Boston ?

Emerald répondit :

— On lui a offert là-bas une situation alléchante. Elle veut se rendre sur place pour visiter l'appartement de fonction réservé à son poste de direction. Nous avons cru comprendre qu'au retour de sa croisière, elle irait directement de Miami à Boston.

Callan avait de nouveau l'impression de manquer d'air. Plus que jamais, il voulait Abigail et pas seulement comme secrétaire. Prêt à consentir à ce qu'il refusait jadis, il l'épouserait pour la garder. Dans un éclair de lucidité, il comprenait que si elle s'était détachée de lui, c'était parce qu'il ne lui avait pas offert la stabilité dont elle rêvait. Clara avait raison. Abigail était une de ces femmes, rares et précieuses, comme l'avait été leur mère. Elle aspirait à un foyer et à l'amour d'un mari fidèle. Jamais elle ne se contenterait des caprices d'un amant, aussi sensuel et attentionné que soit ce dernier.

— Elle a laissé une lettre, dit soudain Ruby en sortant une enveloppe d'une poche de sa tunique. Je ne devais vous la remettre que lundi, mais puisque nous avons pu vous joindre et que vous êtes là, je ne vois pas pourquoi j'attendrais plus longtemps.

Callan la lui prit des mains et l'ouvrit d'un geste fébrile.

« Cher Callan,

» Excusez-moi de partir aussi rapidement. Pour le travail, soyez rassuré. Mme Green est une personne compétente qui saura vous seconder efficacement. Je suis désolée de ne pouvoir la mettre au courant des dossiers, mais j'ai la conviction que tout se passera très bien sans moi.

» Tante Emerald m'offre sa place de croisière. Je l'ai acceptée en pensant qu'une rupture brutale entre vous et moi est préférable à des discussions ne menant à rien. Mes tantes ont pris ma confession avec humour. Je suis sûre qu'un jour, lorsque nous nous souviendrons de cette période de notre vie, tous deux nous en rirons de bon cœur. »

Callan grinça des dents. Rire ? Jamais il ne pourrait plus rire ! En ce moment, il avait plutôt envie de hurler.

Il continua sa lecture.

« Du bateau, ou de la prochaine escale, je téléphonerai à Ray Palmer pour l'avertir que j'accepte de diriger une de ses agences. Avant de signer le contrat, j'irai me rendre compte, sur place, des conditions de travail et de logement.

» Mais je tiens à vous redire tout le plaisir que j'ai eu à collaborer avec vous pendant un an.

» Toute ma vie, je me souviendrai tendrement de vous.

Abigail. »

Callan froissa rageusement la lettre dans sa paume glacée. Brisé, le cœur en déroute, il regardait fixement devant lui sans rien voir.

S'aidant de sa canne, Emerald se pencha dans sa direction.

— Est-ce que quelque chose vous contrarie ?

Il tressaillit et revint sur terre.

— A quelle heure est-elle partie ?

Emerald écarta ses bracelets pour consulter à son poignet une petite montre sertie de brillants. Puis, alors que Callan bouillait d'impatience, elle parut se livrer à des calculs compliqués. Enfin, elle annonça :

— Le taxi pour l'aéroport est venu la chercher il y a environ deux heures. En ce moment, elle doit être en train de prendre place à bord. L'avion pour Miami décolle dans vingt minutes et c'est le seul de la journée pour la Floride.

— Où puis-je la contacter ?

Les deux femmes se regardèrent en secouant la tête d'un air navré. Puis Ruby expliqua :

— J'ai bien peur que vous ne puissiez plus la joindre.

Les événements se sont déroulés si vite que, nous-mêmes, nous ignorons où elle passera la nuit à Miami. Nous avions annulé nos réservations à l'hôtel avant de quitter la ville et notre petite Abby sera contrainte d'accepter ce qu'on lui proposera, de préférence près du port, car le *San Antonio* lève l'ancre très tôt demain matin.

— A quelle heure ?

Ruby et Emerald haussèrent les épaules dans un geste d'ignorance. Puis Emerald se frappa le front comme traversée d'un trait de lumière.

— Mais j'y pense, déclara-t-elle, l'information est inscrite sur le billet qui nous reste. Où est-il ?

— Dans mon sac, dit Ruby.

Elle se leva et alla chercher un grand cabas de cuir blanc, dont elle sortit une pochette comme en fournissent les agences de voyages. L'étui contenait des prospectus, une brochure et le titre de transport d'une compagnie maritime.

— Départ de Miami à 7 heures, lut Ruby.

— Et si tu remettais tout bonnement le dossier à Callan, dit soudain Emerald. Certes, notre pauvre ami ne pourra rien faire du billet, hélas ! Le dernier avion pour Miami est sur le point de partir et il n'a aucun moyen de franchir à temps les deux mille kilomètres qui le séparent de la Floride. Mais il trouvera sur la brochure tous les renseignements concernant la manière de communiquer, sur le bateau ou aux escales, avec les passagers...

Ruby hésitait. Callan se retenait de lui arracher la pochette des mains. Enfin, elle se décida et lui tendit le tout.

Il se leva alors d'un bond, salua Ruby d'un air un peu guindé, souhaita un prompt rétablissement à Emerald et se précipita vers la porte d'entrée.

Dans le vestibule, il se ravisa et revint dans le salon. Il serra, l'une après l'autre, dans ses bras, les deux femmes médusées et les embrassa affectueusement sur les joues.

Puis il quitta le cottage.

Emerald et Ruby attendirent que décrût le bruit du moteur de la Range Rover. Alors, se regardant d'un air malicieux, elles poussèrent un long soupir et décidèrent qu'elles avaient bien mérité un petit verre de sherry.

A Miami, l'air chaud sentait la poussière et les gaz d'échappement, mais sur le bateau, une brise vivifiante apportait du large des parfums d'iode. Par moments, les échos d'une musique reggae dominaient le ronronnement des machines.

Accoudée à la rambarde du pont supérieur, Abigail regardait s'éloigner les côtes de Floride. Des souvenirs remontaient de son enfance. Au cours des tournées de ses parents, dans des ports dont elle n'avait pas retenu le nom, elle avait souvent regardé partir de grands paquebots blancs, sans jamais imaginer qu'un jour, elle en serait une des passagères.

Avec ses cinq ponts qui tous affichaient le nom d'un oiseau marin, le *San Antonio* était un magnifique bâtiment. Véritable palace flottant, il emportait dans ses flancs un demi-millier de passagers et presque autant de membres d'équipage.

Tout à l'heure, mêlée à la foule qui attendait d'embarquer, Abigail s'était fait quelque idée sur ses compagnons de croisière. La moyenne d'âge semblait élevée, mais tous, jeunes et moins jeunes, affichaient des mines réjouies.

Elle était probablement la seule à se demander ce qu'elle faisait là.

Si elle avait été libre de son choix, elle serait restée chez elle. Mais après avoir avoué son mensonge à ses tantes, encore tenaillée par le remords d'avoir abusé de la confiance des deux femmes, Abigail n'avait pas osé refuser leur offre. Elle avait été un peu surprise par leur réaction. Ni Emerald, ni Ruby n'avaient paru réellement fâchées. Peut-être les deux anciennes actrices admiraientelles, au fond, l'excellente prestation dramatique de ceux qui s'étaient joués d'elles ?

Pendant sa confession, Abigail avait senti sur elle le regard scrutateur d'Emerald. Elle s'était attendue à des reproches bien mérités. Or, elle n'avait lu que de la tristesse dans les yeux de ses tantes. Ruby avait murmuré :

— Dommage ! Callan me plaisait bien.

— A présent, tu as besoin d'oublier toute cette histoire, avait décrété Emerald. Pars à notre place pour les Caraïbes. Rien ne vaut un voyage pour se changer les idées.

Abigail avait surtout besoin de ne plus penser à Callan à chaque seconde de sa vie. Mais, étant d'un naturel casanier, elle doutait qu'une croisière pût la guérir. Elle avait tenté de répliquer :

— Le billet est à ton nom, tante Emerald, je ne peux pas l'utiliser.

Sa tante avait eu un geste d'insouciance.

— Après ton départ, je téléphonerai au directeur de notre agence de voyages, à New York. Il fera le nécessaire auprès de la compagnie maritime pour que tu sois en règle sur le bateau.

— A ton retour, tu nous raconteras ta croisière, avait ajouté Ruby, et nous aurons l'impresssion de l'avoir faite nous-mêmes.

Puis tout s'était déroulé très vite. Ruby avait appelé un taxi pendant qu'Abigail empilait, dans une valise, robes d'été, shorts et maillots de bain.

A Miami, elle avait dormi dans un modeste hôtel près du port, le seul qui disposât encore d'une chambre libre. Callan continuait d'occuper toutes ses pensées. A présent, elle essayait de chasser de son esprit l'image du Callan furieux, distant et froid, qui l'avait quittée hier matin. Elle préférait s'attarder sur les souvenirs brûlants, sur les gestes de tendresse de l'amant sensuel et empressé à lui plaire.

Mais Dieu, que son cœur lui faisait mal !

Tout à l'heure, un steward en spencer blanc l'avait conduite à la suite réservée par ses tantes : deux chambres luxueuses, précédées d'un petit salon, et dont les hublots donnaient sur le pont Albatros, au quatrième niveau. En découvrant la bouteille de champagne, les fleurs, la corbeille de fruits, toutes ces attentions offertes aux passagers par la compagnie, Abigail avait senti son cœur se serrer. Comme elle aurait aimé partager ces plaisirs avec l'homme qu'elle adorait !

Elle avait refermé la porte de la seconde chambre inutile et était partie à l'aventure dans le grand bateau blanc. Elle avait longé des coursives aux murs d'acajou et aux rampes de cuivre, découvert des salons et des bars dignes d'un hôtel quatre étoiles. Par les échelles extérieures reliant les ponts entre eux, elle était montée jusqu'en haut du paquebot avec l'espoir que le spectacle de l'Océan lui apporterait enfin la paix. Elle devait apprendre à vivre sans Callan. Ce serait dur. Peut-être les distractions offertes aux passagers l'aideraient-elles à surmonter sa douleur ?

Elle avait étudié la brochure concernant le bateau. On trouvait tout à bord : chaises longues, piscine, court de tennis, boîtes de nuit. Derrière elle, déjà, hommes et femmes à demi nus s'allongeaient pour prendre un bain de soleil...

La voix du capitaine résonna soudain dans les haut-parleurs, invitant courtoisement les passagers, dont les cabines étaient situées au niveau Cormoran, à se regrouper, équipés de leur gilet spécial, sur la plage arrière de leur pont, afin de participer à un exercice de sauvetage. Les passagers des autres ponts seraient appelés, à tour de rôle et d'heure en heure, pour le même exercice.

Abigail avait trois grandes heures devant elle puisque le niveau Albatros se situait trois étages au-dessus du Cormoran, mais elle doutait de savoir s'équiper convenablement. Le gilet orange, qu'elle avait découvert dans un placard de sa chambre en y rangeant ses affaires, lui avait paru étrangement volumineux et compliqué. Elle décida d'aller se livrer à un essayage préliminaire.

Elle redescendit au niveau Albatros, longea une coursive, ouvrit la porte de sa suite... et resta figée sur le seuil.

Elle s'était trompée de cabine.

Un homme, dont le visage était dissimulé par le journal qu'il lisait, était assis dans un fauteuil du salon. Elle ne voyait que son short blanc et sa chemise hawaïenne, à grosses fleurs rouges.

— Excusez-moi, dit-elle. Ici, toutes les portes se ressemblent et j'ai dû mal lire le numéro.

Le journal s'abaissa.

Persuadée d'être victime d'une hallucination, Abigail écarquilla des yeux incrédules.

L'instant suivant, serrée dans une étreinte qui l'empêchait de respirer, elle comprenait qu'elle ne rêvait pas. Et lorsque Callan l'embrassa, elle eut l'impression de recommencer à vivre.

Elle lui rendit son baiser avec fougue, puis, posant les deux paumes à plat sur le torse viril, elle l'écarta légèrement et rejeta la tête en arrière pour mieux contempler le visage aimé.

— Quand et comment êtes-vous arrivé? s'étonnat-elle.

— Mon Dieu, je ne le sais pas trop moi-même, dit-il en riant. Je crois que deux bonnes fées ont pris en main ma destinée et m'ont donné une grande claque dans le dos qui m'a propulsé jusqu'ici...

Il l'obligea à s'asseoir sur le canapé. Tout en débouchant la bouteille de champagne, il avoua:

— Votre départ a été pour moi un déclic. Brusquement, j'ai compris que je vous aimais, Abby, que je vous aimais comme un insensé. La lettre que votre tante m'a remise m'a ouvert les yeux. Maintenant que j'y réfléchis mieux, je suppose qu'au moment où je la lisais, mes sentiments devaient s'inscrire sur mon visage. Quand je dis que vos tantes ont pris ma destinée en main, je ne mens pas, car, pour toute consolation, elles m'ont remis le billet de croisière au nom de Ruby, en regrettant que je ne puisse l'utiliser par manque de moyen de transport. Elle me le donnait pour que j'y trouve les renseignements, fax et téléphone, pour vous joindre sur le bateau...

Il remplit les deux coupes, en tendit une à Abigail qui la prit d'une main mal assurée. La joie comme le chagrin lui ôtaient une partie de ses moyens. Et, là, elle était submergée de bonheur.

« ... J'ai compris que je vous aimais... »

Avait-elle mal entendu ? Callan avait-il vraiment prononcé les mots qu'elle avait si souvent espérés ?

— Hier, dit-elle, j'ai pris le dernier avion pour la Floride. Comment êtes-vous venu ?

— Par la voie des airs, bien sûr. Tout de suite, j'ai contacté une compagnie privée et retenu pour ce matin un avion avec pilote. Puis j'ai prévenu mes frères de ma décision et pris toutes mes dispositions pour que l'entreprise tourne normalement pendant mon absence. L'avion a atterri à 6 heures sur une des pistes de Miami. C'était limite pour arriver au port avant que la passerelle du *San Antonio* ne soit relevée. J'ai été le dernier passager à embarquer. Pour rejoindre la suite de vos tantes, j'ai attendu, dans un des salons du pont Cormoran, que le bateau soit en mer.

— Pourquoi dites-vous qu'en vous remettant le billet, elles regrettaient que vous ne puissiez pas l'utiliser ?

— Non seulement, elles espéraient que je l'utiliserais, mais, en outre, elles avaient bizarrement anticipé mes réactions. Elles sont très fortes, les coquines ! Tout à l'heure, quand je me suis présenté devant les officiers chargés de l'embarquement, ce n'était pas le nom de Ruby qui figurait sur leur registre, c'était le mien. L'agent de voyages avait donc été prévenu et fait le nécessaire. Un vrai miracle, conclut-il en venant s'asseoir près d'elle. Buvons à ce miracle-là !

Ils trinquèrent et savourèrent en silence l'excellent champagne. Puis Callan posa tendrement sa joue contre celle d'Abby et annonça d'un ton péremptoire :

— Naturellement, vous renoncez à aller travailler à Boston.

— Mais...

— Pas de mais, chérie ! Je vous garde... oh, pas comme secrétaire, bien sûr, puisque, d'après votre horrible lettre de rupture, cette Mme Green est tout à fait qualifiée pour vous remplacer. Non, je vous veux dans un rôle que vous remplirez à merveille : celui d'épouse et de mère de nos enfants... Abigail Thomas, voulez-vous être ma femme ?

Et comme, étourdie de joie, elle ne répondait pas tout de suite, Callan, saisi soudain d'un doute torturant, insista d'une voix radoucie.

— Abby, je vous aime. Il a fallu tous ces événements pour que je voie enfin clair en moi. Pendant un an, vous étiez pour moi une brise revigorante, dont j'avais besoin pour travailler. Puis, soudain, cette brise s'est muée en un cyclone qui m'a ouvert les yeux. Je me suis aperçu que j'aimais tout de vous : votre facilité à rougir, votre intelligence, votre esprit de repartie, la manière dont vos lunettes glissaient sur le bout de votre petit nez. Un peu plus tard, j'ai apprécié vos qualités de maîtresse de maison et même ressenti de l'affection pour ce satané Stanley qui joue les réveille-matin...

Elle étouffa un rire. Il aimait Stanley ? Alors, oui, il avait vraiment perdu l'esprit !

Il continuait d'un ton convaincant :

— ... Abby chérie, vous m'aimez, n'est-ce pas ? Vous me l'avez avoué alors que vous étiez encore à moitié endormie. Nous nous entendrons à merveille et pas seulement au lit, bien que ce soit important... Si vous acceptez d'être ma femme, le monde entier nous enviera. Nous aurons des enfants et je vous construirai la plus belle maison de Bloomfield. En attendant, nous pourrons abriter notre bonheur dans votre si joli cottage... Abby, voulez-vous être mienne pour la vie ?

Elle le regarda avec adoration.

— Question inutile, mon amour. Tu en connais la réponse. Je suis déjà ta femme.

Il sortit d'une des poches de sa chemise la bague ancienne qu'elle lui avait rendue huit jours plus tôt et il la glissa au doigt d'Abigail.

— Cette fois, ce n'est pas de la comédie, dit-il. Nous nous marierons dès notre retour. Nous pourrions même nous unir légalement sur le bateau, mais ce serait priver Emerald et Ruby d'une cérémonie qu'elles voudront sûrement hors du commun.

— En attendant, dit-elle en se blottissant tendrement contre lui, nous sommes en route pour une croisière de rêve.

— Notre voyage de noces, mon amour.

Il lui prit les lèvres dans un baiser à la fois si doux et si ardent qu'Abigail sentit se lever l'aube d'un nouveau bonheur, plus lumineux encore que dans ses rêves les plus fous.

L'ASTROLOGIE EN DIRECT
TOUT AU LONG
DE L'ANNÉE.

(France métropolitaine uniquement)

Par téléphone 08.92.68.41.01

0,34 € la minute (Serveur JET MULTIMÉDIA).

Composé et édité par les
éditions Harlequin
Achevé d'imprimer en juin 2006

BUSSIÈRE

GROUPE CPI

à Saint-Amand-Montrond (Cher)
Dépôt légal : juillet 2006
N° d'imprimeur : 61137 — N° d'éditeur : 12197

Imprimé en France